천국의 열쇠

The Keys of the Kingdom

The Keys of the Kingdom by Archibald Joseph Cronin
Copyright ⓒ 1941 by A. J. Cronin
Korean translation copyright ⓒ 2005 by Somensum Publishing. co.
All right reserved

아취볼드 조셉 크로닌 Archibald Joseph Cronin 지음

이윤기 옮김

섬앤섬
SOMENSUM PUBLISHING COMPANY

차
례

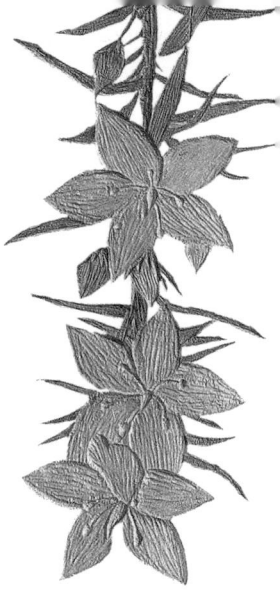

개정판 서문		6
제1부	끝의 시작	9
제2부	기묘한 소명	23
제3부	못난이 보좌 신부	178
제4부	중국에서	263
제5부	귀국	576
제6부	시작의 끝	589
작가와 작품 해설		599

옮긴이 서문

키득거리면서 울먹이면서

1991년은 나의 미국 생활이 시작된 해다. 이로부터 근 10년 간 계속된 미국 생활에서 나를 가장 행복하게도 만들고 불행하게도 만든 것이 하나 있다. 영화다.

미국에는 〈AMC$^{\text{American Movie Classic}}$〉라는 채널이 있다. 흘러간 영화만 줄기차게 틀어주는 채널이다. 지금과는 달리 당시 나는 밤새 일하고 새벽에야 잠이 들었다. 그런데 이 AMC가 가장 중요한 영화를 틀어주는 시간대가 밤 11시 무렵이었다. 이 시간대에 맥주 캔 들고 TV 앞에 앉았다가 공치는 일이 많았다. 흑백 영화의 재미에 빠져 할 일 미루고 밤을 밝히기가 예사였기 때문이다. 몇 년 동안 영화에 빠져 글쓰기에 게으름을 피우던 나는 원칙을 하나 세웠다.

"오늘 밤은 AMC에 빠져들지 않겠다, 단《천국의 열쇠》를 틀 경우만 제외하고……."

하지만《천국의 열쇠》를 잊어 버릴만하면 AMC가, 연전에 작고한 배우 그레고리 펙의 젊은 시절에 만들어진 이 영화를 틀고 또 트는 바람에 나는 번번이 일을 망치고는 했다. 모르기는 하지만 열 번도 더 보았을 것이다. 이 소설 《천국의 열쇠》는 내가 1988년 무렵에 우리 글로 옮긴 작품이다. 근 17년 만에 다시 읽으니 원서의 지문地文은 잘 기억나지 않는데 대화對話는 상당 부분 내 귀에 들리는 것 같다. 영화를 여러 차례 보았기 때문일 것이다. 영화를 여러 차례 본 것은 소설이 정말 재미있었기 때문이다.

《천국의 열쇠》는 내가 한밤중에 혼자 때로는 키득거리면서, 때로는 울먹이면서 매우 빠른 속도로 번역한 별난 작품이기도 하다. 키득거릴 수밖에 없었던 것은 주인공 치점 신부와 그를 둘러싼 인물들의 독특하게 유머러스한 말씨 때문이었을 것이고, 울먹일 수밖에 없었던 것은 치점 신부가 걷는 순교자적 삶이 참으로 감동적이었기 때문일 것이다. 키득거리면서, 울먹이면서 번역한 《천국의 열쇠》를 17년 만에 다시 키득거리면서, 울먹이면서 꼼꼼하게 읽었다. 손볼 데가 많을 것 같았는데 의외로 많지 않았다. 눈 부릅뜨고 살피고 또 살피겠다.

두려운 마음으로 독자들 손에 다시 붙인다.

2005년 4월 이윤기

제1부

끝의 시작

1

 1938년 9월 어느 날의 해거름, 프랜시스 치점 신부는 절룩거리면서 성 콜룸바 성당에서 언덕 위의 사제관(司祭館)으로 통하는 가파른 길을 올라가고 있었다. 그는 다리가 성치 못한 사람이면서도 물매가 덜한 머캣 골목길보다 이 길을 좋아했다. 담장으로 둘러싸인 뜰 앞의 조그만 문 앞에 이른 그는 큰일이나 해 낸 사람처럼 잠시 걸음을 멈추고 숨을 돌리면서 시가지를 내려다보았다. 그는 시가지 풍경을 좋아했다.
 눈 아래로는 은빛으로 조용히 흐르는 트위드 강이 보였다. 가을 석양에 수면이 군데군데 누렇게 얼룩져 보였다. 북 스코틀랜드 쪽 강변 언덕배기에는 허름한 트위드사이드 시가지가 붙어 있었다. 분홍색과 노란색의, 뒤죽박죽으로 얽힌 무수한 기와지붕이 미로같이 꼬불꼬불한 골목길을 가리고 있었다. 이 국경 도시는 여전히 높은 석벽石壁으로 둘러싸여 있었다. 석벽 위에 놓인 크리미아 전쟁의 전리품인 대포는 게를 쪼아 먹으러 온 갈매기의 횃대 구실이나 하고 있는 게 고작이었다. 강 어구 모래톱에 널려 있는 흐릿하게 보이는 그물과 하늘을 향해 가만히 서 있는 내항內港 고깃배의 돛대는 유령의 모습을 방불케 했다. 내륙 쪽으로는 이미 어둠이 더햄의 구릿빛 숲 위로 내리고 있었다. 치점 신부는 더햄 숲 쪽으로 부지런히 날고 있는 왜가리 한 마리를 바라보았다. 맑고도 삽상한 공기에서는 장작 연기 냄새와 철 이른 서리에 떨어져 썩은 사과 냄새가 났다.

안도의 한숨을 내쉰 치점 신부는 정원 쪽으로 발길을 돌렸다. 정원이라고 해봐야 아름다운 녹옥색綠玉色 언덕 위에 있는 코딱지만 한 유원遊園이었으나 스코틀랜드의 정원이 거의 그렇듯이 과일 나무가 담장 밖으로 가지를 내뻗고 있는 깔끔한 정원이었다. 정원의 남쪽 구석에 있는 배나무가 특히 볼만했다. 잔소리 좋아하는 정원사 두갈이 마침 보이지 않는 것을 다행으로 여긴 치점 신부는 주방 창문 쪽을 조심스럽게 곁눈질하고는 자기 배나무에서 배를 하나 슬쩍 따 가지고 법의法衣 주머니에다 감추었다. 치점 신부의 주름투성이인 누런 뺨은 그 순간 자신이 이루어낸 이 작은 일에 대한 기쁨으로 가볍게 부풀어 올랐다. 치점 신부는 그런 얼굴을 하고, 창살 무늬 천으로 만든 그의 유일한 사치품인 우산(파이탄柏坦에서 쓰던 것이 아니어서 유감이지만)에다 몸을 의지하고 자갈 깔린 길을 절룩거리며 한 걸음 한 걸음 부지런히 걸었다. 현관 앞에는 자동차가 한 대 서 있었다.

그의 얼굴에서 주름살이 되살아났다. 기억력이 전 같지 못한데다 건망증이 심하기로 유명한 치점 신부였지만 비서인 슬리드 신부를 보내겠다는 내용의, 제안이라기보다는 선언에 가까운 주교主教의 편지를 받고 당황했던 일까지 잊어버렸을 정도는 아니었다. 치점 신부는 손님을 맞으려고 걸음을 재촉했다.

슬리드 신부는 빈 벽난로를 등지고 객실에 딱딱하게 서 있었다. 얼굴이 검고 몸이 깡마른 그는 외모가 특이했다. 아직은 젊은 사람이라 속이 깊지 못한 그는 자기가 서 있는 객실의 허름한 분위기에 휩쓸리지 않으려고 일부러 성직자의 위엄을 가누려 하고 있었다. 그는 치점 신부 개인을 파악하는 데 필요한 자료, 가령 동양에서 시무視務한 기념품으로 가져 온 도자기나 칠기 같은 것을 찾아보고 있던 참이었다. 그러나 텅 빈 그 객실에 그런 것은 없었다. 바닥에 깔린 싸구려 리놀륨, 말털 천에 싸인 걸상 몇 개, 낡아빠진 벽난로가 있을 뿐이었다. 그가 이미 곁눈질을 끝낸 벽난로 위에는 팽이 하나와 액수를 알 수 없는 잔돈 부스러기가 놓여 있을 뿐이었다. 느낌이 좋지 않았으나 애써 태연한 척하기로 한 그는 찡그렸던 미간의 주름을 펴고는 우아한 몸짓으로, 미안해하는 치점 신부를 위로할 생각을 했다.

"가정부 아주머니의 안내로 벌써 제가 묵을 방을 보았습니다.

며칠 묵었으면 하는데 폐가 되지 않았으면 합니다. 오후의 날씨 참 좋더군요. 이 날씨가 만들어 내는 색깔은 더 기가 막혔고요! 타이니캐슬에서 이곳으로 차를 몰고 올라올 때는 산모랄레스에 와 있는 것으로 착각했을 정돕니다."

그는 어둠이 내리는 창을 통하여 밖을 내다보았다. 어쩐지 속이 보이는 듯한 태도였다.

노인은 타란트 신부를 빼다 박은 듯한 그의 모습을 보며 신학교 다니던 시절 생각을 하고는 나오는 웃음을 참았다. 슬리드 신부의 우아한 몸짓, 면도날 같은 눈매, 심지어는 오똑한 콧날까지 완벽한 타란트 신부의 판박이로 보였던 것이다.

치점 신부는 혼잣말처럼 대꾸했다.

"편히 지내시기를 바라겠소. 곧 식사 준비가 될 것이오만 진수성찬을 마련하지 못해서 미안하오. 소찬이기는 할 것이오만, 스코틀랜드 하이 티(고기 요리가 딸려 나오는 차) 수준은 될 게요."

슬리드 신부는 눈길을 살짝 돌린 채로 고개를 끄덕였다. 이때 미스 모파트가 들어와 우중충한 모충사毛蟲絲(벨벳처럼 보풀을 세운 장식용 비단실-역주) 커튼을 내리고 조심스럽게 상을 보기 시작했다. 슬리드 신부는 자기에게 겁먹은 듯한 시선을 힐끗 던지는, 남자 같기도 하고 여자 같기도 한 그 미스 모파트가 그 방 분위기와 기가 막히게 어울린다는 생각을 했다. 미스 모파트가 세 사람 몫의 상을 보는 게 마음에 걸렸으나 슬리드 신부는 미스 모파트 덕분에 대화를 자연스럽게 이을 수 있게 된 것을 다행으로 여겼다.

자리를 잡고 앉자 슬리드 신부는 새 타이니캐슬 대성당의 수랑을 지을 자재로 주교가 카라라에서 특별히 구해 왔다는 대리석을 침이 마르게 찬양했다. 그는 앞에 놓인 접시에서 햄, 계란, 소의 콩팥 같은 것을 먹성 좋게 집어먹으면서 미스 모파트가 브리타니아 무쇠 찻주전자에서 따라주는 홍차 잔을 받았다. 슬리드 신부가 구운 빵에다 열심히 버터를 바르고 있는데 주인인 치점 신부의 부드러운 음성이 들려 왔다.

"앤드류도 포리지(물이나 우유로 죽처럼 끓인 오트밀-역주)를 먹어야 할 텐데, 합석해도 괜찮겠지요? 앤드류, 인사드려라, 슬리드 신부님이시다."

슬리드 신부가 고개를 들었다. 아홉 살 안팎으로 보이는 사내아이가 언제 들어왔는지 퍼런 스웨터를 당기면서 거기에 서 있었다. 아이는 잠깐 망설이다가 창백한 얼굴을 실룩거리고는 제자리에 앉아 기계적으로 손을 내밀어 우유 통을 끌어당겼다. 아이가 우유 통을 끌어당기느라고 고개를 숙이자, 물에 젖은 갈색 머리카락(미스 모파트가 삼겨주었던 모양이다)이 빠질빠질한 이마를 덮었다. 아이의 눈은 놀라우리만큼 파랬다. 그 눈으로 보아 아이는 어린아이 특유의 직감으로 어떤 위기를 예감한 듯했다. 그래서 얼굴을 들지 못하고 있는 것이었다.

주교의 비서인 슬리드 신부는 태도를 누그러뜨리고 식사를 계속했다. 아무래도 본론으로 들어가기에는 무리가 있다고 생각하면서. 그는 이야기를 꺼내는 대신 이따금씩 아이 쪽으로 시선을 던졌다.

그러던 그가 아이에게 말을 걸었다. 말투가 상당히 다정했다.

"네가 앤드류로구나. 여기에서 학교 다니느냐?"

"네……."

"그래……, 얼마나 배웠는지 어디 좀 볼까?"

슬리드 신부는 꽤나 상냥한 말투로 간단한 질문 몇 가지를 했다. 아이는 얼굴을 붉히면서 턱없이 당황해하느라고 제대로 대답을 못했다.

슬리드 신부의 눈꼬리가 올라갔다. 그는 이런 생각을 하고 있었다.

'지독해. 이건 돌대가리가 아닌가!'

슬리드 신부는 콩팥 한 쪽을 다시 먹다가 그제야 치점 신부와 앤드류는 포리지만 떠먹고 있는데 자기만 고기를 먹고 있다는 걸 알았다. 그는 얼굴을 붉혔다. 그는 노인이 금욕주의를 과시하고 있는 것으로 느끼고는 내심 불쾌해했다.

치점 신부는 그의 그런 기분을 읽었던지 고개를 가로저으며 말했다.

"너무 오래 맛있는 스코틀랜드 오트밀 없이 살았소. 그래서 요새는 끼니때마다 거르지 않고 먹지요."

슬리드 신부는 이 말을 듣고 아무 대꾸도 하지 않았다. 아무 말 않고 앉아 있던 앤드류가 재빨리 눈치를 살피더니 먼저 자리에서 일어나겠다는 말을 하고는 짤막하게 식후 감사 기도를 드리고 일어섰다. 그의 팔꿈치에 걸려 숟가락 하나가 바닥으로 떨어졌다. 문 쪽으로 가는 아이의 딱딱한 장화가 또박또박 발걸음

소리를 내었다.

한동안 침묵이 흘렀다. 식사를 마친 슬리드 신부가 자리에서 일어나서는 불 쬘 생각도 없이 불기 없는 벽난로 앞에 가서 섰다. 그는 다리를 벌리고 뒷짐을 진 채로 그런 눈치를 보이지 않으면서 늙은 치점 신부에 대한 생각을 했다. 노인은 슬리드 신부의 입에서 나올 말을 기다리는 듯한 분위기를 지어내며 여전히 식탁 앞에 앉아 있었다. 슬리드 신부는 이런 생각을 했다.

하느님 맙소사. 성직자치고는 참으로 한심한 성직자의 모습을 하고 있지 않은가 이 영감은…… 빛바랜 법의, 때 묻은 칼라…… 피부는 또 왜 이렇게 창백하고 거칠담.

노인의 한쪽 뺨에는 부스럼 자국인 흉터가 있었다. 이 흉터가 아래 눈꺼풀을 당기는 바람에 머리가 살짝 아래쪽으로 엇비슷하게 기운 것 같았다. 노인의 목은 영원히 한쪽으로 기운 채로, 한쪽이 짧아 절름발이인 그의 다리와 조화를 이루고 있는 것 같은 인상을 주고 있었다. 늘 시선을 내리깔고 지내는 그가(눈을 치뜨는 일은 드물었다), 꿰뚫어보는 듯한 시선을 엇비슷하게 던질 때면 이상하게도 그 눈빛에는 사람을 당혹케 하는 데가 있었다.

슬리드 신부는 마른기침으로 목청을 가다듬었다. 말을 꺼내어야 할 순간이라고 판단한 것이었다. 그는 애써 정중하게 물었다.

"치점 신부님, 여기에는 얼마나 계셨지요?"

"십이 개월이오."

"주교님께서는 특별히 배려하셔서 신부님을 이곳으로 파송하신 것입니다. 돌아오시자마자 고향에서 시무하실 수 있게 해

주셨으니까요."

"주교의 고향이기도 하지요."

슬리드 신부는 가만히 고개를 끄덕였다.

"주교님과 신부님의 고향이 같다는 것은 저도 알고 있었습니다. 그렇다면 어디 보자……, 신부님, 연세가 어떻게 되셨지요? 일흔이 되셨지요?"

치점 신부는 고개를 끄덕이고는 나이를 자랑스럽게 여기는 노인 특유의 말투로 덧붙였다.

"안셀름 밀리보다는 젊소."

슬리드 신부는 주교의 이름을 부르는 치점 신부의 말투에 잠시 눈살을 찌푸렸다가는 다시 미소를 지었다. 연민의 미소에 가까웠다.

"그러실 테지요만, 두 분은 서로 달라도 많이 다른 길을 걸으셨군요. 단도직입적으로 말씀드리면……."

그는 자세를 가다듬고 단호하게 말했다. 그러나 말투는 여전히 상냥했다.

"주교님과 저는 신부님께서 오래 그리고 성실하게 해오신 봉사하시는 삶에 대한 보상을 마련해야 한다고 생각하고 있습니다. 요컨대 신부님께서 은퇴하실 때가 되었다는 것이지요."

둘 사이에는 기묘한 침묵이 감돌았다.

"나는 은퇴하고 싶지 않은걸."

슬리드 신부가 천장에다 시선을 박은 채로 말을 이었다.

"저는 참으로 고통스러운 사명을 받고 이곳으로 왔습니다. 이곳 사정을…… 조사해서…… 주교님께 보고 드려야 하는……, 하지만 여기에서 우리가 그냥 지나쳐버릴 수 없는 일들이 일어나고 있는 것은 분명합니다."

"일은 무슨 일?"

슬리드 신부는 서성거리면서 대답했다.

"한두 가지가 아닙니다. 신부님의…… 신부님의 동양 취미를 과장해서 보고할 뜻은 없습니다만."

노인의 눈 속에서 천천히 불꽃이 일었다.

"미안하오만, 내가 중국에서 삼십오 년을 산 사람이라는 걸 잊지 말아주기 바라오."

"교무^{教務}가 엉망진창입니다."

"내가 빚이라도 지고 있다는 말이오?"

"그거야 아직은 모르죠. 분기별^{分期別} 헌금이 벌써 육 개월째 올라오지 않고 있습니다."

슬리드 신부는 목청을 돋우었다. 말도 조금씩 빨라졌다.

"매사가 사무적인 절차에 따라 이루어지고 있지 않습니다. 가령 지난 달 블랜드 상회의 외무원이 양초 삼 파운드어치 등등의 대금 청구서를 올렸을 때 신부님께서는 동전으로 셈을 치르셨다더군요."

치점 신부는 슬리드 신부를 똑바로 바라보았다. 꿰뚫어보는 듯한 눈빛이었다.

"동전밖에 들어오지 않는 걸 어떻게 하오? 나는 돈에는 늘 먹통이오. 잘 아시겠지만 가져본 적이 없으니까……. 그건 그렇고…… 돈이라는 게 그렇게 중요한 거요?"

슬리드 신부는 정면으로 치고 나오는 치점 신부의 말에 얼굴이 화끈거렸으나 내친걸음이라 자기도 정면으로 밀어붙였다. 그는 이미 가죽으로 표지를 한 수첩을 꺼내 들고 있었다.

"신부님, 말이 나온 김에 말씀드리지요. 드릴 말씀은 사실 또 있습니다. 신부님 강론 말씀인데…… 신부님께서 대중에게 하시는 말씀은 교리상의 문제가 있다는 지적이 있습니다……. 말하자면 위험할 정도로 독특하다는 것입니다."

"그럴 리가 있나!"

"성령 강림 대축일에는 대중에게 이러셨다지요? 천국을 하늘에 있다고 생각하지 말라……, 천국은 여러분의 손바닥 안에 있다…… 천국은 어디에나 있을 수 있고 실제로 어디에나 있다……, 고요."

슬리드 신부는 수첩의 페이지를 넘기면서 눈살을 찌푸렸다.

"또 있습니다. 사순절에는 참으로 믿기지 않는 말씀을 하셨군요. 무신론자라고 해서 다 지옥에 가는 것은 아니다. 나는 지옥에 가지 않은 무신론자를 한 사람 알고 있다, 지옥은 하느님의 얼굴에 침을 뱉은 자만이 가는 곳이다……. 무서운 일입니다만 신부님, 또 있습니다……. 그리스도는 완전한 인간이다, 그러나 유머 감각으로 본다면 그리스도보다는 공자孔子님이 한 수 위다……."

슬리드 신부는 난폭하게 수첩의 페이지를 넘기고는 말을 이었다.

"믿기지 않는 것은 이것뿐만이 아닙니다. 독실한 신자인 글레드닝 부인이 살이 너무 찌는 데 겁을 먹고 신부님의 영적인 교시를 얻고자 했을 때 신부님께서는 그러셨다는군요. 적게 잡수시오, 천국의 문은 좁소……. 신부님, 우리가 이런 이야기를 계속해야 할까요? 요컨대 저희들에게는 신부님이 영적인 영도력을 잃으신 분으로 보이는 것입니다."

이 말끝에 슬리드 신부는 가장자리에 금박이 박힌 수첩을 단호하게 닫았다.

치점 신부가 조용히 대답했다.

"하지만 나는 남의 영혼을 영도하고 싶지 않은걸요."

슬리드 신부의 얼굴이 붉어졌다. 그는 노망한 늙은이와 신학적인 논쟁을 벌이고 있는 자신의 모습을 상상할 수 없었다.

"신부님께서 은퇴하셔도 신부님 마음대로 입양하신 이 아이 문제가 남습니다."

"내가 돌보지 않으면 이 아이를 누가 돌보나?"

"랄스본에 우리 수녀원이 있습니다. 우리 관구^{管區}에서는 그 중에서도 나은 고아원입니다."

치점 신부는 예의 그 사람을 당혹케 하는 눈을 치뜨고 슬리드 신부를 바라보았다.

"어린 시절을 고아원에서 보내고 싶다고 생각해본 적 있소?"

"신부님, 그렇게 사적인 질문까지 하실 필요가 있는 일일는지요? 조금 전에도 말씀드렸습니다만…… 사정을 인정한다고 하더라도 지금의 상황은 극히 비정상적입니다. 따라서 이런 상황은

끝의 시작

이제 끝나야 합니다. 신부님께서 떠나시게 되면 어떻게든 그 아이 있을 곳을 마련해 주어야 하지 않겠습니까?"

슬리드 신부는 이 마지막 한 마디는 두 팔을 벌리고 했다.

"우리를 쫓아내려고 작정한 게로군. 그럼 나도 수녀원으로 가야 한다는 말이오?"

"물론 아닙니다. 신부님께서는 클린톤에 있는 은퇴 사제관으로 가실 수 있습니다. 쉬실 곳으로는 이만한 곳이 없습니다."

노인은 웃었다. 짧고 메마른 웃음이었다.

"죽으면 얼마든지 쉴 수 있소. 살아 있을 동안만은 늙은 사제들 틈에 섞여 살고 싶지 않구려. 이상하게 생각되겠지만 나는 사제들 떼거리에서는 견뎌내지 못하는 사람이오."

슬리드 신부도 웃었다. 그러나 고통과 당혹감이 섞인 묘한 웃음이었다.

"신부님, 저는 그런 신부님을 이상하게 생각하지 않습니다. 용서하십시오…… 말씀을 마저 드려야겠습니다……. 중국으로 떠나시기 전부터 평판이…… 신부님께서는 한평생을 특이하게 사셨습니다."

침묵이 흘렀다. 한동안 흐르던 침묵을 깨뜨리고 치점 신부가 나지막하게 말했다.

"내 한평생에 대한 보고서는 하느님께 내겠소."

슬리드 신부는 자기가 경솔했다는 것을 깨닫고 고개를 숙였다. 지나쳤다고 생각한 것이었다. 그는 냉혹한 사람이면서도 늘 공명정대하게 처신하고자, 신중하게 행동하고자 노력하는 사람이었다. 그에게는 남에게 불쾌한 사람으로 보이는 것을 부끄러워하는 염치도 있었다.

"저는 신부님을 심판하는 입장에도 있지 않고, 신부님을 심문하는 위치에도 있지 않습니다. 실제로 결정된 것은 아직 아무것도 없습니다. 그래서 제가 여기에 와 있는 것입니다. 며칠 기다려 보면 무슨 결정이 내려올 테지요. 저는 교회로 내려가 보겠습니다. 안내해주실 필요는 없습니다. 길은 아니까요."

문 쪽으로 가면서 그가 한 말이었다. 문을 나서는 그의 입가에 미소가 푸짐하게 번지고 있었다.

치점 신부는 깊은 생각에 잠긴 듯 두 손으로 눈을 가린 채 식탁 앞에 꼼짝도 하지 않고 앉아 있었다. 그에게는 참으로 어렵게 얻은 이 한적한 임지에 대한 갑작스러운 위협이 놀라웠다. 오랜 체념에 버릇 든 치점 신부도 그것만은 받아들이고 싶지 않았다. 그에게 문득 세상이 비어 보이고 모든 것이 끝났다는 생각이 들었다. 하느님과 인간으로부터 동시에 버림받은 것 같았다. 견디기 어려운 석막이 그의 가슴을 채우는 것 같았다. 평소에는 아무것도 아니라고 생각했던 그 적막감이 이번에는 굉장한 양감으로 그에게 다가와 있었다. 그는 이렇게 부르짖고 싶었다.

"나의 하느님, 나의 하느님, 어찌하여 나를 버리시나이까?"

그는 무겁게 무겁게 일어나 이층으로 올라갔다.

앤드류는 이미 객실 위에 있는 다락방 침대에서 잠들어 있었다. 모로 누운 채 자기 몸을 제 손으로 지키려는 듯이 앤드류는 가냘픈 팔로 베개를 끌어 가슴에다 대고 자고 있었다. 치점 신부는 그런 앤드류를 바라보고 있다가 주머니에서 배를 꺼내어 침대 옆의 등나무 의자 위에 개어 놓은 옷 위에 내려놓았다. 앤드류에게 그가 줄 수 있는 것은 그것뿐이었다.

  허전한 바람 한 자락이 모충사 커튼을 흔들었다. 신부는 창가로 다가가 창을 열었다. 별들이 싸늘한 하늘에서 떨고 있었다. 그 별 아래 그가 이루어 낸, 모양도 내용도 보잘것없는 그의 한살이가 펼쳐져 있는 것 같았다. 바로 그 트위드사이드 거리에서 웃으며 뛰놀던 어린 시절이 불과 한두 해 전의 일로 느껴졌다. 그의 생각은 온 길을 되짚어 갔다. 그의 한살이가 만일에 양식화할 수 있는 것이라면 그의 운명이 바뀐 날은 그로부터 60년 전 4월의 어느 토요일이 될 터였다. 행복인 줄도 모르고 누리던 그 턱없이 행복했던 4월의……

제2부

기묘한 소명

1

아홉 살이던 그 해 봄날 아침 프랜시스는 양말 신은 발로 난로의 온기를 느끼고, 장작 타는 냄새와 뜨거운 오트 케이크 냄새에 시장기를 느끼며, 어두컴컴해서 아늑한 주방에서 이른 아침 식사를 기다리고 있었다. 비가 오고 있었지만 프랜시스는 그렇게 즐거울 수가 없었다. 토요일인데다 조수^{潮水}가 연어잡이에 알맞게 차오르고 있었기 때문이다.

프랜시스의 어머니는 나무 주걱으로 젓고 있던 가장자리가 파란 완두콩 오트밀 냄비를 프랜시스와 남편 사이의 잘 닦인 식탁에다 내려놓았다. 프랜시스는 뿔 숟가락을 냄비에 넣어 오트밀을 한 술 떠 가지고는 앞에 놓인 버터밀크 잔에다 넣었다. 그러고는 덩어리 하나 없이 잘 섞이고 잘 익은 이 황금빛 부드러운 오트밀을 혀로 굴리면서 맛있게 먹었다.

퍼렇게 색이 바래고 낡은 스웨터 차림에 어부용 양말을 신은 아버지는 그 큰 몸을 구부린 채 맞은편에 앉아 혈색 좋은 손을 천천히 움직이며 조용히 오트밀을 먹고 있었다. 어머니는 철판에서 오트 케이크 마지막 장을 떼어내어 자기 접시 가장자리에 놓고는 홍차 잔 앞에 앉았다. 어머니가 잘라 놓은 뜨거운 오트 케이크 위에서 노란 버터가 녹고 있었다. 비좁은 주방에 침묵과 따뜻한 사랑이 넘치고 있었다. 파이프 백토(白土)로 만든 난로와 난롯가의 쇠그물 위로는 불꽃이 오르고 있었다. 프랜시스는 아홉 살, 그날 아버지와 함께 어부들 합숙소로 나가게 되어 있었다.

합숙소에서 프랜시스는 알렉산더 치점의 아들로 유명했다. 프랜시스가 합숙소로 가면 털 스웨터와 엉덩이까지 올라오는 장화 차림인 어부들이 프랜시스를 보고 고개를 끄덕이거나 미소로 아는 체하고는 했다. 프랜시스는 이들과 함께 고기잡이 나가는 일을 은근한 자랑거리로 삼았다. 크고 넓은 어선이 방파제를 저만큼 돌아 노 젓는 소리도 요란하게 바다로 나갈 때면 아버지는 고물에서 솜씨 좋게 그물을 치고는 했다. 방파제 뒤쪽에 이르러 돛과 뱃전을 연결하는 밧줄이 젖은 자갈에 닿을 때가 되면 뱃사람들은 바람을 피하려고 자세를 낮추었다. 이때가 되면 누런 돛으로 어깨를 감싸는 이가 있는가 하면 시커먼 파이프로 담배를 피워 몸을 덥히는 이도 있었다. 프랜시스는 이들에게서 떨어져 아버지와 함께 서 있고는 했다.

알렉산더 치점은 이 연어잡이 어부들의 지휘자이자 트위드 제3어장의 망꾼이었다. 프랜시스와 아버지 알렉산더 치점은 말없이 강과 바다가 만나는 수면의, 흔들리는 얼레 실에 매달려 멀리서 춤추는 부표를 바라보고는 했다. 바람이 거세어 말은 서로 해 봐야 소용도 없었다. 이따금씩은 주름진 파도 위에 비치는 햇살 때문에 눈앞이 캄캄해졌다. 그러나 프랜시스는 눈을 깜빡거릴 수도 없었고 깜빡거려서도 안 되었다. 한순간의 방심으로 여러 마리의 고기를 놓쳐버릴 수도 있기 때문이었다. 그즈음에는 고기가 많이 오지 않아, 잡은 고기를 그곳에서 멀리 떨어진 빌링스게이트 수산시장까지 가져가면 파운드 당 반 크라운씩은 받을 수 있었다. 체구가 우람한 프랜시스의 아버지 알렉산더 치점은 고개를 어깨 사이에다 묻은 채 잠시도 긴장을 풀지 않고 부표를 응시했다. 뾰족한 챙이 달린 낡은 모자 아래로 보이는 그의 옆얼굴은 날카로웠다. 약간 높은 그의 광대뼈는 붉그레했다. 이따금씩 아버지에 대한 말로 표현할 길 없는 사랑이 그의 의식 속에서, 해초 내음과 시의회에서 들리는 시계의 타종소리와 더햄 숲에서 들려오는 까마귀 우는 소리와 어우러지면, 바다 바람에 이미 젖어 있는 소년의 눈은 다시 물기로 젖고는 했다.

그러노라면 아버지의 고함소리가 들렸다. 아버지의 고함소리를 듣고서야 프랜시스는 부표 쪽으로 눈을 돌렸다. 그러나 부표 움직이는 것은 소년의 눈에 좀처럼 띄지 않았다. 부표가 파도에 일렁이는 수가 있어서 소년이 부랴부랴 손쓸 준비를 할 때가 있기는 했다. 그러나 부표가 천천히 그리고 힘 있게 움직이는 것은 경험이 많은 어부의 눈에만 띄는 모양이었다. 아버지의 고함 소리를 들으면 어부들은 우루루 그물을 끌어올리는 권양기(捲揚機) 쪽으로 모여들었다. 그 순간은 늘 겪어도 항상 새로운 경험이었다. 어부들은 그날의 수확에 따라 상여금을 받았으나 그 순간에 돈을 생각하는 어부는 거의 없었다. 오직 원시적 본능의 뿌리에서 솟아오르는 흥분 상태가 그들을 지배할 뿐이었다. 그물과 함께 물에 젖은 채로 해초가 묻은 밧줄이 천천히 권양기의 나무 바퀴에 걸려 삐걱거리며 올라오다가 마지막 일격에 그물이 송두리째 물 위로 드러나면, 거기에서는 아름답고도 힘 있는 물고기……, 연어가 번쩍거리며 뛰었다.

어느 운 좋은 토요일에는 한 번의 그물질로 40마리를 잡아 올린 적도 있었다. 덩지가 우람한 연어는 그 큰 몸을 뒤틀면서 그물에서 강물로 뛰어나가려고 몸부림쳤다. 프랜시스는 다른 어부들과 함께 달려들어 필사적으로 도망치려는 연어를 붙들었다. 어부들은 물에 흠씬 젖은 데다 온몸에 비늘이 묻은, 그런데도 연어 한 마리만은 가슴에 안고 있는 이 소년을 뱃전으로 안아 올려주었다. 그날 밤 소년은 아버지의 큰 손에 그 조그만 손을 잡힌 채 석양의 안개 속으로 발소리를 요란하게 울리며 집으로 돌아왔다. 아버지는 아무 말 없이 번화가에 있는 버얼리 상회 앞에서 걸음을 멈추고는 조개 모양의 과자를 한 페니어치나 사 주었다. 소년이 가장 좋아하던 박하 과자였다.

이 부자가 한 동아리가 되어 누리는 재미는 이것뿐만이 아니었다. 주일 미사가 끝나면 이들은 낚싯대를 챙겨 들고 안식일 평화에 잠긴 마을 뒷길로 살며시(점잖은 분들을 놀라게 하지 않으려고) 빠져나와서는 푸른 나무 무성한 위타더 골짜기로 가고는 했다. 소년이 든 주석 깡통 안에는 미끼로 쓰일 구더기가 들어 있었다. 전날 밤에 밀리네 가족 묘지에서 잡아 톱밥과 섞어 놓은 것이었다. 그런 날은 흐르는 물소리, 상큼한 풀냄새(아버지는 소년에게 목을 잡아주고는 했다), 물 위로 몸을 솟구치는 붉은 반점이 있는 송어, 아버지가 피우는 모닥불, 그 모닥불 위에 굽는 구수한 송어 냄새……로 머리가 어지러울 만큼 즐거웠다.

잼을 만들 산딸기, 덩굴딸기, 노란 야생 나무딸기를 따러 갈 때도 있었다. 어머니가 합세하는 날은 그야말로 대단한 소풍날이었다. 아버지는 이런 딸기가 많은, 아무도 모르는 깊은 숲이나 등나무 숲을 무수히 알고 있었다.

겨울이 와서 눈이 내리고 땅이 얼면 더햄 숲의 금렵 지구로 들어갈 때도 있었다. 그런 날은 경비원의 호루라기 소리가 들려올까봐 긴장한 탓에 숨은 턱 끝에 닿고 온몸에서는 진땀이 나기가 일쑤였다. 아버지와 함께 거대한 별장 창문이 보이는 곳까지 바짝 다가가 덫을 거둘 때면 소년의 귀에서는 심장의 고동소리가 들리고는 했다. 그러나 묵직한 사냥 망태를 들고 집으로 돌아올 때면, 맛있는 토끼 찌개에 대한 생각에 추위가 저만큼 달아난 덕분에 소년의 눈은 생기를 되찾고는 했다. 어머니는 요리 솜씨가 대단한 분이었다. 부지런하고 검약한 어머니를 두고 칭찬에 인색한 스코틀랜드 사람들조차도 이런 말을 곧잘 했다.

"엘리자베드 치점은 정말 현모양처란 말이야."

프랜시스는 오트밀을 다 먹은 뒤에야 어머니와 아버지가 이야기를 나누고 있다는 걸 알았다. 어머니는 식탁 건너편에 앉아 있는 아버지에게 이런 말을 하고 있었다.

"알렉산더, 오늘은 시민을 위한 음악회가 있으니까 신경을 쓰셔서 일찍 오셔야 해요."

아버지는 대답하지 않았다. 프랜시스는 아버지를 보면서 아버지가 딴 생각을 하고 있다는 걸 알 수 있었다. 강물이 불어 연어 잡이는 틀렸어…… 이런 생각을 하고 있음이 분명했다. 그는 딴 생각을 하느라고 까맣게 모르고 있다가 문득, 연례행사인 시민 음악회가 바로 그날 밤에 열린다는 사실을 상기한 것 같았다.

아버지는 희미하게 웃으면서 대꾸했다.

"가기로 한 모양이군."

어머니는 가볍게 얼굴을 붉혔다. 프랜시스는 어머니가 왜 평소의 어머니답지 않게 아버지로부터 다짐을 받고 싶어 하는 것일까, 하고 궁금해 했다.

"일 년 내내 손꼽아 기다릴 만한 일이 몇 번 되는 줄 아세요? 게다가 당신은 시의원이 아닌가요? 그러니까……, 그러니까 가족, 친지들과 함께 단상에 자리를 잡고 앉아 음악회를 구경하는 게 당연한 일이죠."

아버지의 미소가 그윽해졌다. 눈 주위에 주름이 잡히는 그윽한 미소……. 프랜시스가 자기와는 인연이 없을 것이라고 생각했던 미소, 이 세상에서 가장 사랑하는 아버지의 미소였다.

"그렇다면 가야 할 모양이군."

알렉산더 치점은 '시의원'이라는 말을 홍차 잔, 빳빳한 칼라, 주일마다 신어야 하는 바닥이 딱딱한 장화만큼이나 싫어했다. 그러나 그런 알렉산더 치점도 음악회에 가야 한다고 주장하는 아내 엘리자베드 치점은 싫어하지 않았다.

"고마워요. 타이니캐슬로 연락해서 폴리와 노라도 청해 두었어요. 네드는 자리를 비울 수 없나 봐요."

어머니는 안도의 한숨을 쉬면서 이렇게 말하고는 잠시 뜸을 들였다가 덧붙였다.

"에탈로 계산서 보내는 일 말인데, 다른 사람을 보내면 안 될까요?"

아버지는 어머니 쪽으로 잠깐 송곳 끝 같은 시선을 던졌다. 어머니의 속마음을 꿰뚫어보기로 작정한 눈초리 같았다.

프랜시스는 폴리 아주머니와 노라가 온다는 말에 들떠 있는 바람에 어머니와 아버지 사이의 미묘한 감정의 흐름을 눈치 채지 못했다. 폴리 아주머니는 고모부 네드 바논의 누이동생이었다. 이미 세상을 떠난 고모는, 트위드에서 남쪽으로 60마일쯤 떨어진 신흥 도시 타이니캐슬에서 유니온 주점을 경영하는 네드 바논에게 시집갔는데, 이 고모 없는 고모부의 누이동생이 폴리 아주머니였다. 노라는 고모부의 질녀였지만 어려서 부모를 잃은 열 살배기 고아였다. 폴리 아주머니와 노라가 프랜시스의 가까운 친척인 것은 아니었다. 그러나 프랜시스의 집에서 이들은 상

기묘한 소명

당히 반가운 손님으로 대접받는 터라 이들이 온다는 소식은 적어도 프랜시스에게는 예사 소식이 아니었다.

프랜시스의 귀에 아버지의 조용한 그러나 힘 있는 음성이 들려 왔다.

"늘 그래왔듯이 이번에도 내가 가야 해."

건드리면 터질 것 같은 긴장 속의 침묵이 한동안 계속되었다. 프랜시스는 어머니의 유난히 창백해진 얼굴을 보았다.

"당신이 꼭 가셔야 하는 일은 아닌 것 같은데……. 샘 멀리스 같은 사람에게 부탁하면 기꺼이 당신 대신 가줄 텐데요."

아버지는 조용히 어머니를 바라보았을 뿐 이 말에는 대꾸하지 않았다. 어머니는 아버지의 자존심, 아버지가 신봉하고 있는 교파에 대한 아버지 특유의 자존심을 건드린 것이었다. 어머니는 안절부절 못하고 있었다. 어머니는 숨길 것도 없고 체면 차릴 것도 없다고 생각했는지 몸을 구부리고 떨리는 손을 남편의 손목에 얹고 애원했다.

"저를 위해서요. 지난번에 무슨 일이 있었는지 당신도 아시잖아요? 그쪽 사정이 다시 나빠지고 있대요. 사태가 아주 험악하다고 들었어요."

아버지는 그 큰 손으로 어머니의 손을 따뜻하게 감싸며 웃었다.

"날 꽁무니 빼게 만들고 싶지 않지, 그렇지? 일찌감치 갔다가 일찌감치 돌아오겠어. 당신과 우리의 죄 없는 친구들을 위해서. 모처럼 맞는 귀한 음악회에 지각하지 않을 테니까 걱정 마."

아버지는 자리에서 일어났다.

어머니는 어안이 벙벙해진 얼굴을 하고 장화를 신는 아버지를 바라보았다. 잔뜩 낙심한 데다 기가 죽어 있던 프랜시스는 무서운 일이 닥칠지도 모른다는 기이한 예감에 몸을 떨었다. 아버지가 평소의 그답지 않게 마음에 걸리는 것이라도 있는 것처럼 다정하게 말을 걸어서 더욱 그랬다.

"오늘은 집에서 기다리는 거다, 알겠지? 네가 있어야 엄마가 집안일 하시기 수월할 테니까 말이다. 손님들 오시기 전에 할 일이 많을 거다."

낙심천만이었지만 프랜시스는 아버지에게 대들지 못했다. 그는 어깨 위로 올라온 어머니의 부드러운 손길을 느끼고는 눈을 내리깔았다.

아버지는 문 앞에 서서 한동안 자애로운 눈으로 어머니와 프랜시스를 바라보고는 조용히 집을 나섰다.

정오에 비는 멎었지만 프랜시스에게 오후 시간은 지겹게도 느리게 흘렀다. 그는 되도록이면 근심에 잠긴 어머니 얼굴을 보지 않으려고 애썼다. 그러나 사정을 어렴풋이나마 아는지라 신경이 쓰이는 것은 어쩔 수 없었다.

조용한 자치 도시 트위드에서 치점은 알 만한 사람은 다 아는 인사였다. 트위드에서의 치점은 존경을 받을지언정 남의 손에 해코지를 당할 사람은 아니었다. 그러나 에탈에서는 사정이 달랐다. 에탈은 트위드에서 4마일쯤 떨어진 상업 도시로 알렉산더 치점이 매달 어획고를 보고해야 하는 수산 시장의 본사가 있는 도

기묘한 소명

시였다. 에탈은 1백 년 전만 하더라도 신교도들의 피로 얼룩진 곳이었다. 그러나 당시는 사정이 변하여 탄압받던 신교도들이 탄압자 무리가 되어 있었다. 새로 부임한 시장의 영도 아래 무자비한 종교 탄압이 자행되기 시작한 것이었다. 신교도들이 비밀 단체를 만들고 광장에서 자주 집회를 갖는 바람에 에탈의 민심은 더할 나위 없이 흉흉했다. 폭동을 일으킨 신교도들은 이 도시에 살고 있던 가톨릭교도들을 몰아내는 한편 인근 지방에 사는 가톨릭교도들에게도 에탈에는 나타나지 말 것을 엄중히 경고한 바 있었다. 그러나 프랜시스의 아버지 알렉산더 치점은 이 경고를 무시했기 때문에 이들의 주목을 받고 있는 형편이었다. 알렉산더 치점은 그 전달에도 이들과 싸움을 벌인 일이 있었다. 이 트위드의 건장한 연어잡이 망꾼에게는 여러 사람을 좋이 때려눕힌 전력이 있었다. 그렇게 했던 그가 자신에 대한 신교도들의 경계가 강화되고 있었는데도 불구하고, 아내가 그토록 만류했는데도 불구하고 다시 그곳으로 떠난 것이었다.

프랜시스는 이런저런 생각을 두서없이 하면서 그 작은 주먹을 불끈 쥐었다. 왜 사람들은 서로 자기가 살고 싶어 하는 대로 살게 내버려두지 않는 것일까? 프랜시스의 아버지와 어머니만 하더라도 종파가 달랐다. 그러나 이들은 서로를 존중하며 평화롭게 살고 있었다. 프랜시스는 아버지가 이 세상에서 가장 훌륭한 사람이라고 생각했다. 그는 사람들이 아버지 알렉산더 치점을 해치려 하는 까닭을 알 수 없었다. 평화롭던 그의 삶으로 면도칼같이 날아 들어온 '종교'라는 말이 그를 전율케 했다. 그는 다른 이름으로 섬겨도 섬기기는 같은 하느님을 섬기는데, 사람들이 왜 서로를 미워하는지 그 까닭을 알 수 없었다.

오후 4시, 역에서 폴리 아주머니와 노라를 맞아 집으로 돌아올 때도 프랜시스의 마음은 개운하지 못했다. 물구덩이를 건너뛰면서 촌수가 먼 노라가 깔깔거리며 말을 걸어왔을 때도 프랜시스는 하루 종일 자신을 억누르던 불길한 예감에서 헤어나지 못하고 있었다. 어머니와 성장盛裝한 폴리 아주머니는 뒤에서 따라오고 있었다. 노라의 귀여운 수다, 갈색 술이 달린 새 옷으로 단장한 노라의 깔끔한 모습, 쉴 새 없이 떨어대는 노라의 아양……, 이 모든 게 프랜시스의 정신만 산란하게 만들 뿐이었다.

프랜시스는 나이에 어울리지 않게 엄숙한 얼굴을 하고는 나지막하고 깨끗한 회색 석조 건물인 자기 집 앞에 이르렀다. 집 앞으로 캐널게이트가 내려다보였다. 집 뒤에는 여름마다 아버지가 과꽃과 베고니아를 기르는 뜰이 있었다. 반짝이는 놋쇠 문고리와 먼지 한 점 보이지 않는 계단은 깔끔한 어머니의 성격을 잘 되비치고 있었다. 커튼 안 문턱에는 세 개의 화분에 핀 제라늄이 분홍빛 꽃밭을 이루고 있었다.

얼굴이 빨갛게 상기된 채 노라는 연방 숨을 할딱거렸다. 노라의 눈에서는 불꽃이 일고 있었다. 재미있어서 못 견디겠다는 표정이고 분위기였다. 노라는 짓궂은 장난을 하려 할 때마다, 그래서 몹시 기분이 좋을 때마다 그런 얼굴을 하고는 했다. 프랜시스와 노라는 집을 끼고 프랜시스의 어머니가 단정하게 가꾸어 놓은 뒤뜰로 갔다. 차를 마실 시각이 될 때까지 거기에서 안셀름과

기묘한 소명 033

놀기로 한 것이었다. 노라가 허리를 구부리고 프랜시스의 귀에다 입술을 대고는 무엇인가 귀엣말을 했다. 노라의 머리카락이 프랜시스의 귀에 닿을락말락했다. 조금 전에 팔짝 뛰어서 건넌 구덩이가 노라에게 재미있는 놀이를 생각나게 했던 모양이었다.

처음에는 프랜시스는 노라의 말에 동의하지 않는 낯색을 했다. 노라의 말이라면 무엇이든지 들어주는 프랜시스였는데 이 경우는 조금 이상했다. 프랜시스는 그 조그만 몸을 곧추세우고 그런 장난거리를 생각해낸 노라를 바라보았다. 예쁜 노라가 그런 장난거리를 생각해냈다는 사실이 믿어지지 않는다는 듯이.

노라가 그런 프랜시스를 채근했다.

"틀림없이 속아 넘어갈 거야. 늘 교회놀이밖에는 생각하지 않는 애니까. 해보자, 프랜시스. 해봐, 하는 거지?"

프랜시스의 입가로 희미한 미소가 번져 갔다. 프랜시스는 마지못해 하면서도 뒤뜰 한구석에 있는 창고에서 삽과 물뿌리개와 낡은 신문지 한 장을 가지고 나왔다. 그러고는 노라가 시키는 대로 월계수 나무 사이에다 깊이 두 자 가량의 구덩이를 파고 거기에다 물을 부은 다음 그 위를 신문지로 덮었다. 노라는 그 신문지 위에다 조심스럽게 마른 흙을 뿌렸다. 프랜시스가 삽과 물뿌리개를 창고에 넣고 돌아서는데 안셀름 밀리가 왔다. 안셀름 밀리는 흰 세일러복을 예쁘게 입고 있었다. 노라는 재미있어서 못 견디겠다는 듯한 얼굴로 프랜시스를 바라보고는 안셀름 쪽으로 돌아섰다.

"안녕, 안셀름. 참 예쁜 옷을 입었구나. 아까부터 너를 기다리고 있었어. 우리 무슨 놀이 할까?"

안셀름 밀리는 짐짓 선심이나 쓰는 척하면서 놀이를 궁리했다. 안셀름 밀리는 열한 살치고는 큰 축에 드는, 뺨이 발그레하고 잘생긴 아이였다. 금발 고수머리에 눈빛이 그윽한 이 아이는 마을에서는 가장 유복하고 신심이 깊은 집안의 아들이었다. 그의 아버지는 강 건너편에 큰 골분^{骨粉} 공장을 가지고 있었다. 안셀름 밀리는 이미 제 뜻도 그렇고 신심이 깊은 어머니의 희망도 그렇고 해서 사제가 되기 위해 북스코틀랜드 굴지의 가톨릭 신학교인 홀리웰에 들어가기로 예정되어 있는 소년이기도 했다. 프랜시스 치점과는 성콜룸바 성당 합창대의 일원이기도 한 안셀름 밀리는 자주 두 눈에 눈물을 글썽이며 교회의 바닥에 무릎을 꿇고 있고는 했다. 그럴 때면 그 옆을 지나던 수녀들은 그의 머리를 쓰다듬어주는 것이었다. 요컨대 안셀름 밀리는 많은 사람들로부터 좋은 의미에서 꼬마 성자로 인정받고 있는 소년이었.

노라의 제안에 그런 안셀름 밀리가 대답했다.

"그럼 성체 행렬이 어떨까? 줄리아 성녀의 성체 행렬…… 오늘이 마침 줄리아 성녀의 본명 축일^{本名祝日}이니까."

노라가 손뼉을 치며 좋아했다.

"그래, 그럼 줄리아 성녀의 제단이 월계수 숲에 있는 걸로 하자. 옷을 차려 입어야 할까?"

안셀름은 고개를 가로저었다.

"아니야. 놀이를 할 게 아니라 진짜 기도를 하는 게 좋겠어. 옷을 차려 입을 필요는 없어. 내가 법의를 입고, 보석 박힌 성체 안

치기^{安置器}를 들고 있는 걸로 상상하면 돼. 너는 하얀 옷을 입은 카르도 지오회 수녀야. 프랜시스, 너는 내 시제^{時祭}를 하는 거다. 자, 마음의 준비는 다 됐겠지?"

프랜시스는 문득 양심의 가책을 느꼈다. 프랜시스는 사람과 사람과의 관계를 구체적으로 분석할 나이에는 이르지 못하고 있었다. 그가 아는 것은, 안셀름이 자기를 가장 가까운 친구로 여기고 있는데도 불구하고 안셀름으로부터 그런 말을 들을 때마다 묘한 수치심 같은 걸 느끼고 있다는 사실이었다. 프랜시스는 하느님에 대한 접근을 유보하고 있는 형편이었다. 그 까닭이 혹은 그 진상이 무엇인지 모르면서도 프랜시스는 그러한 감정을 무슨 섬약한 신경의 가닥처럼 자기의 몸 깊은 곳에다 깊이 숨겨 놓은 채로 간직하고 있었다. 기독교 교리 시간에 안셀름이 "나는 온 마음으로 우리 구세주를 사랑하고 섬깁니다." 하고 자신 있게 선언한 날, 프랜시스는 얼굴을 붉힌 채 주머니에 든 대리석 구슬을 만지작거리다가 학교가 파하자 뚱한 얼굴로 집으로 돌아가서는 유리창을 깨뜨린 일도 있었다.

그 다음 날 안셀름은 닭요리를 싸들고 등교, 팍스톤 할머니의 병문안 간다는 말을 뻐기면서 했다. 팍스톤 할머니는 쾌병과 진짜 간경화 증으로 꼬장꼬장 마른 어부의 아내로 매주 토요일 밤이면 난동을 부려 온 캐널게이트를 시끄럽게 하는 노파였다. 이 말을 들은 프랜시스는 몹시 아니꼽게 생각하다가 수업 시간에 몰래 빠져나가서는 닭요리를 꺼내고 대신 썩은 대구 대가리를 넣어 놓고는 동무들과 함께 닭요리를 먹어버렸다. 이 일로 안셀름은 눈물을 흘렸고 팍스톤 할머니는 이런 장난을 한 악동들을 저주했는데, 이 눈물과 저주는 어린 프랜시스를 적잖이 만족스럽게 했다.

그러던 프랜시스에게도, 노라와 함께 꾸민 장난만은 자꾸만 망설여졌다. 그래서 친구에게 피할 기회를 주고 싶다는 생각에서 이렇게 물었다.

"누가 앞장설 거지?"

"물론 내가 앞장서야지."

안셀름은 당당하게 말하고는 선두에 서서 노라를 돌아다보며 말을 이었다.

"노라, 노래를 불러. 탄툼 에르고(성체 강복식 때 부르는 노래_역주)를 시작해."

음정이 높은 노라의 노래 소리와 함께 성체 행렬은 움직이기 시작했다. 월계수 숲에 이르자 안셀름은 두 손을 마주 잡고 하늘을 가리켰다. 그러나 바로 그 순간 안셀름은 신문지를 밟고 진흙 구덩이에 빠지고 말았다.

한동안은 아무도 움직이지 않았나. 구덩이에서 기어 올라오던 안셀름이 비명을 지른 것과 노라가 깔깔대기 시작한 것은 거의 동시에 일어난 일이었다. 안셀름 밀리가 악을 쓰기 시작했다.

"죄악이다, 이건 죄악이다!"

노라도 깔깔대면서 소리쳤다.

"안셀름, 싸워, 싸워! 왜 프랜시스를 때려주지 않는 거야!"

"때리지 않아, 때릴 수 없어. 이쪽 뺨을 마저 내어 놓는 한이 있어도 나는 때릴 수 없어."

안셀름은 이렇게 말하고 나서 저희 집 쪽으로 달려가기 시작했다. 노라는 웃느라고 눈물을 다 흘리면서 프랜시스를 껴안았다. 그러나 프랜시스는 웃지 않았다. 그저 입을 꽉 다물고 땅바닥만 내려다볼 뿐이었다. 아버지는 그 위험한 에탈의 거리를 헤매시는데 나는 어째서 이렇게 유치한 장난이나 하고 있는 거지…… 차를 마시러 집 안으로 들어갈 때까지도 프랜시스는 묵묵히 이 생각만 했다.

아담한 거실에는 상이 차려져 있었다. 스코틀랜드 사람들이 귀한 손님을 대접할 때나 차리는 상이었다. 상 위에 올라 있는 그릇도 최고급, 말하자면 그 소박한 살림 중에서는 가장 값진 것들이었다. 프랜시스의 어머니는 폴리 아주머니와 마주 앉아 있었다. 난롯불 앞에 앉아 있어서, 그렇지 않아도 밝은 어머니의 얼굴은 이날따라 더 밝아 보였다. 어머니는 이따금씩 그 단정한 자세를 무너뜨리고는 시계를 돌아다보곤 했다.

불안과 믿음(어머니는 아버지의 에탈 나들이를 불안하게 여기면서도 그렇게 불안하게 여기는 자기 자신을 꾸짖었다)이 착잡하게 엇갈리는 하루를 보낸 참이라 어머니의 귀는 밖에서 들려올지도 모르는 아버지의 발소리에 쏠려 있었다. 어머니는 남편의 발걸음 소리가 들려오지 않는 데 대해 내심 안달을 부리고 있었다.

어머니는, 타이니캐슬에서 20마일 떨어진 따분한 조선 공업 도시 대로우의 꾀죄죄한 빵 가게 주인이자 민선民選 야외 설교사 겸 기독교 단체 지도자인 다니엘 글레니의 딸이었다. 어머니는, 열여덟 살 때 빵 가게 일을 한 주일쯤 쉬는 틈을 타서 트위드사이드의 젊은 어부 알렉산더 치점과 사랑에 빠졌다가 화급하게 결혼식을 올리고는 그의 신부가 되었다.

이치로만 따지자면 가톨릭인 알렉산더 치점과 신교도인 엘리자베드 글레니의 결합은 이미 파국이 예견되어 있는 결합일 수 있었다. 그러나 현실적으로 이들의 결합은 흔히는 볼 수 없는 성공적인 결합이었다. 까닭은 간단했다. 알렉산더 치점은 광신자가 아니었다. 조용하고 사고방식이 단순한 치점은 아내의 신앙에 이렇게든 저렇게든 간섭하는 것을 좋아하지 않았다. 엘리자베드도 어릴 때부터 종교 교육을 받기는 했으나, 무조건적 관용이라는 이상한 교리를 가르치는 독특한 이론가인 아버지의 영향을 받아 교파를 두고 까다롭게 굴지는 않았다.

신혼의 단꿈에서 깨어났지만 엘리자베드의 행복은 그 신혼의 단꿈과 조금도 다르지 않았다. 엘리자베드의 말을 빌면, 알렉산더 치점은 그저 곁에만 있어도 아내를 행복하게 하는 존재였다. 알렉산더 치점은 깔끔하고도 친절한 사람이었다. 그는 아내가 빨래 짜는 기계를 고쳐달라고 해도 조금도 당황해하지 않고 말짱하게 고쳐주었고, 닭장 문 닫는 일, 꿀 따는 일 같은 것은 아예 도맡아 해주었다. 과꽃 나무 손질하는 그의 솜씨는 트위드사이드에서 최고였고, 그가 훈련시킨 싸움닭은 출전할 때마다 읍내 대회를 석권했으며, 프랜시스에게 만들어준 비둘기장을 보고는 솜씨 좋은 목수도 혀를 내둘렀을 지경이었다. 찬바람이 쌩쌩 부는 겨울철에, 프랜시스를 재워 놓고 주전자의 물을 끓이는 난롯가에서 뜨개질을 하던 어머니 엘리자베드는, 그 큰 몸으로 어슬렁어슬렁 돌아다니면서 부엌 일거리를 찾는 알렉산더를 보고 다정하게 웃으면서 이런 말을 건넨 적도 있었다.

"당신이 참 좋아요."

엘리자베드는 신경질적으로 시계 있는 곳으로 시선을 던졌다. 여느 때 같으면 벌써 돌아왔을 시각이었다. 창밖으로 구름이 모여 집안이 어두컴컴해지는가 싶더니 곧 굵은 빗발이 창문을 때리기 시작했다. 프랜시스와 노라가 들어온 것은 이때였다. 엘리자베드는 걱정하고 있는 것이 분명한 아들의 시선을 피했다.

폴리 아주머니가 그 무거운 분위기를 바꾸어 보려는 듯이 두 아이를 자기 자리로 불렀다.

"얘들아, 재미있게 놀았니? 암, 재미있게 놀아야지. 노라는, 손 씻었니? 프랜시스, 너는 오늘 밤 음악회에 대한 기대가 굉장한 모양이구나. 음악이라면 나도 좋아하지. 저런, 노라, 좀 얌전히 있어. 계집애가…… 손님으로 왔으면 손님이 차려야 할 예의를 알아야지. 자, 차나 마시자."

그러나 이 말도 분위기를 바꾸어 놓을 수는 없었다. 감추고 있어서 더욱 팽팽해진 긴장감을 이기지 못하고 엘리자베드가 자리에서 일어났다.

"알렉산더를 더 이상 기다리고 있을 수는 없겠어요. 우리끼리 마시죠, 뭐. 마시다 보면 돌아오실 테니까."

프랜시스의 어머니 엘리자베드는 억지로 웃었다.

차는 맛있었다. 엘리자베드가 손수 만든 둥근 과자 빵과 설탕 조림 과일도 맛있었다. 그러나 식탁 위로는 무거운 긴장감이 감돌았다. 평소 같으면 건성으로라도 이런저런 이야기로 프랜시스를 기쁘게 해주던 폴리 아주머니였다. 이날따라 꼿꼿하게 앉아 손가락으로 찻잔을 만지작거리고 있을 뿐이었다. 마흔을 목전에 둔 노처녀인 아주머니는 옷을 약간 이상하게 입기는 했지만 입은 옷이 잘 어울리고 그래서 늘 품위가 있어 보이는, 말하자면 교양미를 의식하는 교양 있는 숙녀라고 할만 했다. 그런 아주머니가 새의 깃털로 장식한 모자를 쓴 채 뜨거운 차의 김에 코끝이 붉어진 채로 손수건을 무릎에 올리고 앉아 있는 것이었다.

침묵이 계속되자 폴리 아주머니가 의도적으로 그 침묵을 깨뜨렸다.

"생각해 보니까 말이죠, 엘리자베드, 애들이 밀리 집안의 그 애를 데리고 왔으면 좋았을 걸 그랬어요. 네드 오빠도 그 애의 아버지를 안대요. 안셀름이라는 그 애를 신학교에 보낸다니, 잘된 일 아니에요……?"

폴리 아주머니는 꼼짝도 하지 않고 그 투명한 눈으로 프랜시스를 빤히 바라보며 말을 이었다.

"이 도련님도 홀리웰 신학교에 보내면 어떨까…… 엘리자베드, 강단에 선 아드님, 보고 싶지 않으세요?"

"그 앤 외동아들인걸요."

"하느님께서는 외동아들을 좋아하신대요."

폴리 아주머니가 의미심장한 농담을 했다.

그러나 엘리자베드는 웃지 않았다. 아들을 아주 훌륭한 사람, 가령 유명한 변호사나 의사로 만들기로 작정한 엘리자베드였다.

엘리자베드는 복잡하기 짝이 없는 문제로 고통을 받는 아들, 성직의 어려운 나날과 씨름하는 아들을 상상하기가 괴로웠다. 엘리자베드는 시시각각으로 조여드는 긴장감을 이기지 못해 이렇게 속삭였다.

"알렉산더나 빨리 와줬으면 좋겠네……. 이 양반, 않던 짓 다 하고 있어. 이 양반 때문에 우리 모두 늦어버리는 거나 아닌지 모르겠어."

"계산이 아직 안 끝났겠죠, 뭐."

폴리 아주머니가 걱정을 함께 해주었다.

엘리자베드는 더 이상 자제할 수가 없었던지 흥분을 감추지 못하고 얼굴을 붉혔다. 그러나 엘리자베드는 되도록이면 자기가 느끼는 불안감만은 감추고 싶어 했다.

"지금쯤 합숙소에 와 있을지도 몰라요. 에탈에 다녀올 때면 늘 합숙소부터 들르니까…… 어쩌면 우리가 기다리고 있다는 걸 잊어버렸는지도 몰라요. 워낙 잔정이 없는 양반이니까……. 오 분만 더 기다려 보도록 해요. 차 한 잔 더 드실래요, 폴리 아주머니?"

그러나 차를 한 잔씩 더 마신 뒤부터는 더 이상 기다릴 수가 없었다. 불길한 침묵이 흘렀다. 무슨 일이 생긴 걸까? 시간에 맞추어 돌아올 생각이 없었던 것일까? 엘리자베드의 자제력도 무너지기 시작했다. 불길한 예감을 떨쳐버리지 못한 눈길로 시계를 곁눈질하던 엘리자베드가 마침내 자리에서 일어났다.

"폴리 아주머니, 미안하지만 가서 왜 늦는지 알아보고 와야 할까봐요. 오래는 걸리지 않을 거예요."

프랜시스도 그때까지 불길한 상상을 하고 있던 참이었다. 좁고 험한 길, 칠흑 어둠 속에서 나타나는 살기등등한 얼굴들……. 여러 사람들에게 둘러싸여 치고받고 하다가 바닥에 쓰러져 군중의 발에 짓밟히는 아버지……. 주체하지 못할 만큼 떨고 있던 프랜시스가 벌떡 일어서면서 말했다.

"어머니, 나도 갈래요."

어머니는 창백하게 웃었다.

"얘는…… 너는 남아서 손님을 대접해야 하잖니?"

놀랍게도 폴리 아주머니가 고개를 가로저었다. 이로써 폴리 아주머니는 자기 역시 불안한 예감에 시달리고 있었음을 고백한 셈이었다. 폴리 아주머니는 놀라우리만큼 침착한 목소리로 말했다.

"엘리자베드, 데리고 가세요. 노라와 내 걱정은 마시고."

이상한 침묵이 흐를 동안 프랜시스는 눈으로 어머니에게 애원했다.

"좋아, 가자."

어머니는 두꺼운 외투를 프랜시스의 어깨 위에다 덮어 주고는 케이프를 두른 다음 아들의 손을 잡고, 밝고 따뜻한 방을 나섰다.

밖은 칠흑 어둠이었고 비는 억수같이 퍼붓고 있었다. 길바닥에서 분류를 일으키던 물은, 지나다니는 사람 하나 없는 거리로 거품을 일으키며 흘러가고 있었다. 엘리자베드와 프랜시스는 머캣 거리를 따라 올라갔다가 집에서는 꽤 멀리 떨어져 있는 광장을 지나 공회당이 어렴풋이 보이는 곳에 이르렀다. 칠흑 어둠은 프랜시스의 가슴에 새로운 공포를 불러일으켰다. 프랜시스는 입을 앙다물고 이 공포와 싸우면서 어머니의 잰 걸음을 좇았다.

10분 뒤 두 사람은 보더 브리지를 통하여 강을 건너, 물길이 되어버린 부두를 따라 제 3합숙소로 갔다. 합숙소에 이르자 엘리자베드는 걸음을 멈추고는 몹시 당혹해했다. 그도 그럴 수밖에, 사람이 있기는커녕 합숙소 문은 잠겨 있었기 때문이었다. 엘리자베드는 합숙소 앞에서 우물쭈물하다가 발길을 돌렸다. 그때였다. 빗줄기 사이로 강 상류로 1마일쯤 떨어진 제5합숙소의 불빛이 희미하게 보였다. 당시 이 제5합숙소에는 어장의 망꾼인 샘 멀리스가 살고 있었다. 샘 멀리스는 갈팡질팡 사는 술주정뱅이였으나 알렉산더의 소식이라면 알고 있을 터였다. 엘리자베드는 다시 제5합숙소를 향하여 물이 들어찬 풀밭을 가로질러 갔다. 물속에 있어서 보이지도 않는 풀뿌리나 울타리에 걸려 넘어지기도 하고, 보이지 않는 도랑에 빠지기도 하면서 그쪽으로 갔다. 어머니 옆에 바싹 붙어 따라가는 프랜시스는 시간이 흐를수록 고조되는 어머니의 긴장을 느낄 수 있었다. 이윽고 두 사람은 콜타르를 칠한 목조 건물인 제 5합숙소에 이르렀다. 합숙소 건물은 뒤로 높은 석조 방파제를 등지고 강둑에 서 있었다. 담장에는 고기잡이 그물이 잔뜩 걸려 있었다. 프랜시스는 합숙소 앞에 이르자마자 합숙소 문을 열고는 숨을 헐떡거리며 안으로 돌진해 들어갔다. 그러고는 비명을 질렀다. 하루 종일 그를 괴롭히던 상상 속의 광경이 현실이 되어 거기에 펼쳐져 있었기 때문이었다. 프랜시스는 눈이 휘둥그러진 채로 그 광경을 내려다보았다. 아버지는 샘 멀리스의 합숙소 긴 의자에 누워 있었다. 그의 얼굴은 창백했고 군데군데 핏자국이 보였다. 아버지의 한 손은 끈에 묶인 채 엉성하게 천장에 매달려 있었고 뺨은 퍼렇게 멍들어 있었다. 아버지와 샘 멀리스는 둘 다 스웨터 차림에, 엉덩이까지 올라오는 장화를 신고 있었다. 가까운 탁자 위에는 술병과 술잔이 놓여 있었다. 세숫대야에 담긴 물에는 핏물이 벌겋게 든 지저분한 걸레가 떠 있었다. 열린 문으로 들어온 바람이, 이들을 비추고 있는 등을 흔들 때마다 어두컴컴한 방구석과 떨어지는 빗방울에 북소리를 내고 있는 천장으로 쪽빛 그림자가 일렁거리고는 했다.

어머니는 긴 의자 쪽으로 다가가 몸을 던지듯이 그 의자 앞에 무릎을 꿇었다.

"알렉산더, 알렉산더……, 많이 다쳤어요?"

눈두덩이는 부어 있었으나 그는 웃었다. 아니, 어쩌면 웃는 척했을 뿐인지도 모른다. 그 바람에 터지고 부어오른 그의 입술이 뒤틀렸다.

"내 손에 맞은 놈들에 비하면 약과라네, 이 사람아."

눈물이 엘리자베드의 뺨을 타고 흘러내렸다. 그의 고집에 대한 원망의 눈물, 사랑의 눈물, 그를 그 지경으로 만든 자들에 대한 분노의 눈물이었다. 멀리스가 비틀거리며 다가와 말참견을 했다.

"여기에 당도했을 때만 해도 형편없었답니다. 하지만 몇 모금 마시게 했더니, 기운이 좀 나나봐요."

엘리자베드는 곱지 않은 눈으로 멀리스를 노려보았다. 토요일 밤이면 늘 그렇듯이 그는 엉망으로 취해 있었다. 엘리자베드는, 몸도 못 가눌 정도로 다친 알렉산더에게 술을 먹인 그 주정뱅이에게 심한 분노를 느꼈다. 알렉산더는 피를 너무 흘린 것 같았다. 그러나 그 합숙소에는 남편을 치료하는 데 도움이 될 만한 것은 하나도 없었다. 한시바삐……, 한시바삐 집으로 데려가야 했다. 엘리자베드가 조심스럽게 물었다.

"알렉산더, 집까지 갈 수 있겠어요?"

"갈 수 있을 것 같네……, 천천히만 간다면."

엘리자베드는 공포와 혼란과 싸우면서 생각을 가다듬으려고 애썼다. 엘리자베드는 오로지 좀 더 따뜻한 곳, 밝은 곳, 안전한 곳으로 남편을 옮겨야 한다는 생각만 했다. 출혈이 멎긴 했으나 관자놀이의 상처는 치명상에 가까웠다. 아들을 돌아다보면서 엘리자베드가 소리쳤다.

"프랜시스, 집으로 달려가거라. 가서 폴리 아주머니에게 준비를 해 놓으라고 이르고, 너는 또 달려가서 의사 선생님을 우리 집에 모셔다 놓아라."

프랜시스는 오한이 들어 떨고 서 있다가, 무조건 알았다는 눈치를 보였다. 그러고는 아버지를 향하여 한 번 고개를 숙여 보이고는 부두 쪽으로 냅다 뛰기 시작했다.

"알렉산더……, 제 손을 잡고 일어서 보세요."

엘리자베드는 있으나 마나한 멀리스의 손길을 뿌리치고 남편을 일으켜 세웠다. 일어난 그는 서 있는 게 힘겨운지 심하게 비틀거렸다. 어찌나 비틀거리는지 도무지 의식이 있는 사람 같지 않을 정도였다. 그러나 그는 멀리스에게 속삭였다.

"샘, 그럼 나 가네. 잘 자게."

엘리자베드는 한치 앞을 내다볼 수 없을 듯한 남편의 상태에 기가 막혀 입술을 깨물고는 남편을 부축하여 밖으로 나왔다. 비는 여전히 줄기차게 내리고 있었다. 합숙소 문이 뒤에서 닫혔다. 엘리자베드에게 날씨 같은 것은 문제가 아니었다. 문제는 중상을 입은 사람을 부축해서 어떻게 그 힘하고도 먼 길을 돌아가느냐 하는 것이었다. 잠시 망설이던 엘리자베드는 내심 쾌재를 불렀다. 왜 내가 진작 그 생각을 못했지…… 기와 공장 앞에 있는 다리를 건너면 적어도 1마일은 질러갈 수 있을 터였다. 1마일을 질러가면 적어도 반 시간은 빨리 집에 도착하여 남편을 쉬게 할 수 있는 것이었다. 엘리자베드는 그렇게 하기로 결심하고 남편의 팔을 잡았다. 남편을 부축한 채로 빗속으로 나서면서 엘리자베드는 강 위쪽에 있는 다리를 향하여 남편을 인도하기 시작했다.

처음에 알렉산더는 아내의 생각을 알지 못했는지 아무 말도 하지 않았다. 그러나 격류가 흐르는 소리를 들은 그는 걸음을 멈추고 아내에게 소리쳤다.

"엘리자베드, 어느 길로 갈 참인가? 기와 공장 다리로 트위드 강을 건널 수는 없네. 더구나 물살이 이렇게 센 날에……."

"잠자코 계세요, 알렉산더, 말을 자꾸 하시면 기력이 떨어져요."

엘리자베드는 부드러운 말로 달래면서 남편을 끌었다.

두 사람은 이윽고 다리 있는 곳에 이르렀다. 강폭이 가장 좁은 곳을 지나는 다리는, 손잡이는 굵은 철사, 발판은 나무로 된 조교^{弔橋}(양쪽 언덕에 줄이나 쇠사슬을 건너지르고 거기에 의지하여 매달아놓은 다리, 현수교라고도 한다_역주)였다. 기와 공장이 문을 닫은 이후로는 별로 쓰이지 않았는데도 불구하고 다리의 상태는 비교적 좋았다. 다리에 한 발을 올려놓는 순간 어둠과, 귀를 멍하게 하는 물소리가 엘리자베드의 가슴에다 불길한 예감을 지펴내었다. 엘리자베드는 걸음을 멈추었다. 다리의 발판이 비좁아 두 사람이 나란히 지날 수는 없었다. 엘리자베드는 문득 기묘한 모성 본능을 느끼고는 뒷걸음질로, 비에 젖은 남편 앞으로 다가갔다.

"손잡이 잡고 있지요?"

"응, 잘 잡고 있어."

엘리자베드의 눈에, 그의 큰 손과 그 안에 잡힌 철사가 어렴풋이 보였다. 숨이 턱 끝에 닿아 있는데다 오로지 남편을 무사히 집까지 데리고 가야 한다는 생각만 하고 있던 엘리자베드에게 이미 이성적인 사고란 불가능했다.

"제 뒤로 바싹 따라붙으세요."

엘리자베드는 이렇게 말하고는 다시 돌아서서 걷기 시작했다.

두 사람은 다리 한복판을 향하여 걸었다. 반쯤 건넜을 때 알렉산더의 발이 잔뜩 물을 먹은 발판 위에서 미끄러졌다. 밤이었어도 여느 밤이었으면 아무 문제도 되지 않았으리라. 그러나 이날 밤은 문제가 달랐다. 트위드 강물이 다리의 발판에까지 차올라 있었기 때문이었다. 차오른 물이 순식간에 알렉산더의 한쪽 장화를 채웠다. 알렉산더는 다시 일어서려고 했지만 장화가 천근같이 무거웠다. 게다가 에탈에서 싸우느라고 힘은 빠질 대로 빠져 있었다. 일어서려던 알렉산더는 다시 미끄러졌고 강물은 나머지 장화에까지 들어갔다. 장화가 납덩이같이 무거워진 것은 당연했다.

남편의 비명소리를 듣는 순간 엘리자베드는 돌아서서 남편의 팔을 잡았다. 거센 물살이 알렉산더의 손과 손잡이를 떼어 놓았다. 엘리자베드는 반사적으로 남편을 껴안았다. 그러고는 남편을 일으켜 세우려고 필사적으로 강물과 싸웠다. 그 순간 칠흑의 어둠과 순식간에 밀려온 탁류가 이 두 사람을 삼켰다.

그날 밤이 새도록 프랜시스는 어머니와 아버지를 기다렸다. 그러나 그들은 오지 않았다. 다음 날 아침 강물이 줄었을 즈음 두 사람은 모래톱 가까이에서, 꼭 부둥켜안은 두 구의 시체로 발견되었다.

2

그로부터 4년 뒤인 9월의 어느 목요일 저녁이었다. 프랜시스 치점은 대로우 조선소에서 오후 근무를 마치고는 지친 다리를 끌고 글레니 제빵소와 빵 가게 앞의 울타리 머리판 앞으로 다가오고 있었다. 프랜시스 치점은 그날 중대한 결심을 했다. 프랜시스는 제빵 공장과 빵 가게 사이의, 밀가루가 군데군데 묻은 비좁은 길을 따라와(유난히 큰 작업복 때문에 프랜시스의 작은 머리는 실제보다 더 작아 보였으나, 앞뒤가 낡은 어른용 무명 작업모 아래로 보이는 그의 표정은 진지했다) 뒷문을 통하여 가게 안으로 들어가서는 설거지대에다 빈 도시락을 내려놓았다. 중요한 결심을 했기 때문인지 그의 까만 눈동자는 쉴 새 없이 반짝거렸다.

주방에서는 맬콤 글레니가 식탁(더러운 식탁보 위에는 늘 그렇듯이 식기가 잔뜩 어질러져 있었다)에다 팔꿈치를 대고 앉아 로크의 〈부동산 양도 수속〉을 읽고 있었다. 열 일곱 살인, 머리는 멍청하고 얼굴은 창백한 맬콤 글레니는, 한 손으로는 지저분한 옷깃에 비듬이 떨어질 만큼 검고 번지르르한 머리카락을 쓰다듬으면서, 다른 한 손으로는 암스트롱 대학에서 돌아오는 아들을 위해 그의 어머니가 손수 만들어 놓은 송아지 췌장 요리를 연방 집어먹고 있었다. 프랜시스가 빵 가마에서 저녁(정오부터 거기에서 굽고 있던 2페니짜리 파이와 감자)을 꺼내 들고 자리를 잡는데, 반은 유리 반은 종이인 문(글레니 부인 가게로 온 손님을 받을 때마다 쓰는 문이다) 저쪽에서 가게 주인의 아들인 맬콤 글레니가 곱지 않은 눈꼬리를 하고 소리쳤다.

"나 공부할 때는 소리 좀 덜 낼 수 없냐? 맙소사, 손이 그게 뭐냐? 너는 손도 안 씻고 밥 먹냐?"

아무 대꾸도 없이(그에게는 최상의 방어 무기였다) 프랜시스는 불에 덴 자국과 못자국이 군데군데 남은 손으로 포크와 나이프를 들었다.

칸막이 문이 열리면서 글레니 부인이 걱정스러워 하는 얼굴을 하고 안을 들여다보면서 물었다.

"맬콤, 아직도 덜 먹었니? 조금 전에 진짜 별미 커스터드를 구웠다. 싱싱한 달걀과 우유를 듬뿍 넣어가지고……, 소화도 잘 될 게다."

맬콤이 우는 소리를 했다.

"하루 종일 트림을 했어요. 들어보세요."

맬콤은 바람을 잔뜩 들이마셨다가는 힘들여 토해내었다.

"공부를 너무 하니까 그렇지. 하지만 이걸 먹으면 힘이 솟을 거다…… 먹어 봐라. 이 어미를 위해서라도."

빵 가마 있는 곳으로 달려가면서 글레니 부인이 한 말이었다.

맬콤은 상을 찡그리고 빈 접시를 치우고 커다란 커스터드 접시를 갖다 놓은 어머니를 바라보고 있었다. 그러나 아들이 커스티드 덩이리를 입으로 가져가지 이번에는 어머니가 아들을 바라보았다. 글레니 부인은 부서진 코르셋에 칠칠치 못하게도 속치마가 비죽이 튀어나온 옷차림을 하고 있었다. 콧날이 길고 가늘어 교활해 보이는 얼굴로 딴에는 대견스러운 듯 입술을 삐죽이 내밀고는 아들을 바라보고 있는 것이었다.

그러고 있던 글레니 부인이 속삭이듯이 말했다.

"일찍 돌아오기를 잘 했다. 아버지 집회가 있는 모양이더라."

맬콤은 질렸다는 듯이 몸을 뒤로 젖히면서 소리쳤다.

"맙소사, 선교회관에서요?"

글레니 부인이 고개를 가로저었다.

"야외에서래. 잔디밭에서."

"우리도 가야 한대요?"

글레니 부인은 허영기가 배어나는 기묘한 목소리로 대답했다.

"맬콤, 아버지 덕분에 그래도 이런 대접을 받는 게 어디냐? 아버지가 설교를 잘 못하시는 분이라면 또 모르지. 그러니까 가보는 게 좋아."

맬콤의 반발은 만만치 않았다.

"어머니에게는 좋을지 모르지만 저는 질색이라고요. 거기에 서 있으면 아버지는 성경을 두드려 대지요, 아이들은 '다니엘 성자', 어쩌고 하면서 소리를 질러 대지요. 어릴 때는 그럭저럭 괜찮았지만 이젠 싫어요. 사무 변호사가 될 사람에게 그런 설교가 가당해요?"

그러나 맬콤 글레니는 말을 하다가 말고 갑자기 뚱한 얼굴을 하고는 입을 다물었다. 바깥 문이 열리면서 아버지 다니엘 글레니가 안으로 들어왔기 때문이다.

'다니엘 성자'는 식탁 앞으로 다가가 무표정한 얼굴을 하고는 치즈를 한 덩어리 자르고 우유를 한 잔 따라서 선 채로 간단히 저녁 식사를 시작했다. 그는 일할 때 입는 작업복 바지와 낡은 융단 조각으로 만든 슬리퍼를 벗고 번쩍거리는 검은색 양복을 입었는데도 여전히 꾀죄죄해 보였다. 낡아빠진 윗도리는 그에게 너무 작아 몸에 꼭 끼었고 와이셔츠는 셀룰로이드 대용품이었으며, 검은 타이는 끈처럼 가늘었다. 세탁비를 절약하느라고 그랬 겠지만 그의 대용 와이셔츠 소매도 셀룰로이드로 되어 있었다. 셀룰로이드 소매는 군데군데 금이 가 있었다. 가죽 장화도 도저히 더는 손질할 수 없는 지경에 이르러 있었다. 몸은 언제 보아도 구부정했다. 시력은 좋지 않았으나 이따금씩 아득히 무아지경에 빠져들고는 하는, 쇠테 안경 뒤에 있는 그의 눈길은 늘 생각에 잠겨 있는 것 같으면서도 다정했다. 치즈를 씹으면서도 그는 그 눈길을 조용히 프랜시스에게 던지고 있었다.

"지친 것 같구나, 프랜시스. 저녁은 먹었느냐?"

프랜시스가 고개를 끄덕였다. 이 빵 가게 주인이 들어오고 난 뒤부터는 방이 조금 밝아진 것 같았다. 프랜시스에게 머무는 외조부의 눈길은 어머니의 눈길과 너무나 흡사했다.

"저기에 할아버지가 방금 구워낸 버찌 과자가 있다. 먹고 싶으면 한 개 먹으려무나, 빵 가마 선반에 있다."

외조부의 이 턱없는 선심에 외조모인 글레니 부인은 눈살을 찌푸렸다. 이렇게 마구 신심을 쓰니 두 번이나 파산을 하지……. 부인은 이런 생각을 한 것이었다. 그러나 나온 말을 주워 담을 수는 없는 노릇. 그래서 부인도 그러라는 듯이 고개를 끄덕였다.

"몇 시에 나가시겠어요? 지금 나가야 한다면 가게 문 닫게요."

다니엘 글레니는 노란 끈이 달린 큼직한 은제 회중시계를 보고서 대답했다.

"지금 닫으시게나, 주님 사업이 먼저지……. 게다가 오늘 밤에는 손님도 더 올 것 같지 않군 그래."

그가 덧붙인 말은 애처롭게 들렸다.

그는 아내가 파리똥투성이인 진열대 위로 덧문을 내릴 동안 설교 내용을 생각하다가 소리쳤다.

"맬콤, 어서 가자. 그리고 프랜시스는 몸조심 하고. 너무 늦게까지 있지 말고 일찍 자거라."

맬콤은 아버지 귀에 들리지 않게 투덜대면서 책을 덮고는 모자를 집어들고 꿈지럭꿈지럭 아버지의 뒤를 따라나갔다. 글레니 부인은 순교라도 하러 나가는 사람 같은 얼굴을 하고 까만 장갑을 힘겹게 끼면서 프랜시스에게 억지 미소를 지어보였다.

"설거지하는 것 잊지 말아라……, 함께 갔으면 좋을 텐데 안됐구나."

외조부 일행이 나가는 순간부터 프랜시스는 그대로 식탁에 머리를 대고 잠들고 싶은 욕망과 싸워야 했다. 그러나 그날 했던 새로운 결심과 윌리 탈록에 대한 생각이 지친 그의 사지를 다시 힘으로 채워 주었다. 기름때 묻은 접시를 설거지통에 몰아넣은 프랜시스는 자기 처지를 생각하고는 이맛살을 찌푸리고 접시를 닦기 시작했다.

프랜시스가 그 꼴이 된 것은 아버지 어머니의 장례식도 채 끝나기 전에 외조부가 보여준, 딴에는 자상한 배려 때문이었다. 장례식도 채 끝나기 전에 다니엘 글레니가 폴리 바논에게 경솔하게 이런 말을 했던 것이었다.

"내 딸 엘리자베드의 아들이니 내가 맡겠소. 혈족은 우리뿐이니, 마땅히 우리가 맡아야 하는 것 아니겠소?"

그러나 단지 외조부의 이 한 마디가 프랜시스를 불행하게 만들었던 것은 아니다. 외조부의 이 말 한 마디에 힘을 얻은 글레니 부인이, 딸과 사위가 남긴 얼마 안 되는 부동산과 사위의 생명 보험금, 그리고 가재도구를 판 돈을 탐내어 법에 호소하겠다면서, 프랜시스를 맡겠다는 폴리 아주머니를 위협했던 것이다.

이 표독스러운 말 한 마디에 프랜시스와 네드 바논 일가의 인연은 끊긴 셈이었다. 네드 바논은 간접적인 책임은 자기 누이인 폴리에게도 있다고 여기고는 고통스러워하면서도 이 일에서는 손을 떼었다. 폴리 아주머니는 한동안 마음을 다잡고 글레니 부인에게 대들었으나 그만하면 자기로서도 최선을 다한 것으로 여기고는 프랜시스에 대한 기억을 지웠음이 분명했다.

외가인 빵 가게로 들어온 프랜시스에게 모든 것은 새롭고 낯설었다. 그러나 그는 등에 새 가방을 메고 대로우 학교에 다닐 수 있었다. 외삼촌 되는 맬콤 글레니는 프랜시스의 좋은 상급생이었고, 글레니 부인은 프랜시스가 등교할 때마다 옷매무새를 고쳐주기도 하고 머리를 빗겨주기도 했다. 이 둘과 외손자가 등교할 때면 글레니 부인은 빵 가게 문 앞에서, 자랑스러운 얼굴을 하고 이 둘을 눈으로 배웅하고는 했다.

그러나 누가 알았으랴! 이 박애주의적인 열기는 곧 식고 말았다. 다니엘 글레니는 성자였다. 그는 평일에는 자기가 마련한 선교전단宣敎傳單과 애써 구운 파이를 사람들에게 나누어 주었고, 매주 토요일이면 말 궁둥이에다 '네 이웃을 네 몸같이 사랑하라'는 성구가 쓰인 판대기를 매달고는 마을을 누비는, 참으로 마음

기묘한 소명 055

이 온유하고 고결한 사람이었다. 그러나 천국의 꿈속에서 사는 이 성자도 정기적으로 빚쟁이를 만나야 할 때면 가난에 찌들려 땀에 절여진 늙은이에서 더도 덜도 아니었다. 머리는 아브라함의 품속에다 두고 두 발은 밀가루 반죽 통에다 넣고 뼈 빠지게 일해야 하는 이 외조부가 한시도 빠짐없이 외손자라는 존재를 염두에 둘 수는 없는 일이었다. 문득 외손자가 불쌍하게 여겨질 때마다 다니엘 글레니는 이 나이 어린 소년의 손을 잡고 뒤뜰로 데려가 참새에게 빵 부스러기 먹이는 놀이를 함께 해주는 것이 고작이었다.

인색한 주제에 욕심이 많은 글레니 부인은 제 생각만 하면서, 영감이 계속해서 내리막길(가게의 마부나 여점원에게도 속아서 가마를 하나 둘씩 닫다가 마침내 싸구려 파이나 저질 과자나 굽게 될 지경에 이르도록)을 내닫고 있는 걸 보고 있었으니, 영감이 데려온 프랜시스가 꿈자리를 어지럽히는 작은 악마로 보였을 수밖에. 게다가 프랜시스에 묻어온 돈 70파운드도 오래 갈 수는 없는 일이었으니 프랜시스에게 정이 떨어지게 된 것도 무리는 아니었다. 이미 가세가 기울 대로 기운 이 집 안주인인 글레니 부인에게 프랜시스에게 들어가는 옷값, 식비, 학비는 견딜 수 없는 갈보리 언덕이었다.

프랜시스의 입에 들어가는 것조차도 글레니 부인에게는 아깝기 그지없을 지경이었다. 프랜시스의 바지가 낡아서 더 이상은 입지 못할 지경에 이르자 글레니 부인은 남편 다니엘의 청춘의 유물인 초록색 윗도리를 줄여 프랜시스의 바지를 만들어 준

적도 있었다. 무늬도 무늬려니와 색깔조차 기묘해서 프랜시스는 한동안 이 바지 때문에 마을에서 웃음거리가 된 일도 있었는데 이러한 일들이 어린 프랜시스를 견딜 수 없게 했다.

수업료만 해도 그랬다. 글레니 부인은 맬콤의 수업료는 말이 떨어지기가 무섭게 챙겨 주면서도 프랜시스의 몫은 잊어버리기가 일쑤여서, 프랜시스가 학교에서 수업료 연체자로 낙인찍히고 부끄러움에 하얗게 질려 학교에서 돌아와 애원해야 겨우 내놓을 지경이었다. 그나마 기분 좋게 내놓는 것도 아니었다. 프랜시스가 사정하면 금방 심장 마비로 쓰러질 사람처럼 그 앙상한 가슴을 문지르는 등 수선을 피우다가 피라도 빨러 온 사람에게 던지듯 프랜시스에게 동전을 세어 던져 주는 것이었다.

프랜시스는 이 모든 일을, 이 외로움을 프랜시스 특유의 참을성으로 이겨 나갔다. 그러나 그 나이의 프랜시스에게 이것은 너무나 견디기 어려운 외로움이었다. 문득 견딜 수 없는 슬픔을 느낄 때면 프랜시스는 혼자 끝없이 걷기도 하고, 송어 낚시를 할 만한 곳이나 없을까 하는 생각에서 냇물을 뒤지고 다니기도 했다. 어떤 때는 항구를 떠나는 배를 바라보거나 모자챙을 잘근잘근 씹으면서 끝없는 동경에 대한 갈증과 자신의 절망감을 달래기도 했다. 교파간의 치열한 다툼에 그가 설 자리는 없었다. 총기 있고 매사에 열심이던 그의 정신은 날이 갈수록 무디어져 갔고, 그의 얼굴은 하루가 다르게 빛을 잃어 갔다. 그에게 행복을 느끼는 순간이 있다면, 그것은 글레니 부인과 맬콤이 집에 없을 때 외조부 글레니 씨와 함께 부엌 난로를 사이에 두고 마주 앉는 순간이었다. 이럴 때 흡사 소년 같은 모습을 하고 말없이 성경 책장을 넘기는 이 빵 가게의 조그만 주인인 외조부는 프랜시스의 마음을 그렇게 느긋하게 만들어줄 수가 없었다.

다니엘 글레니는 조용한 사람이었지만 외손자의 종교 문제에만은 절대로 간섭하지 않겠다고 결심한 당찬 사람이기도 했다. 무조건적인 관용을 설교하는 그에게 남의 종교에 대한 간섭은 있을 수 없는 일이었다. 이 점 때문에 글레니 씨는 부인을 아주 못마땅하게 여겼다. 구원의 약속을 받은 '기독교도'인 글레니 부인에게는 가톨릭인 사위를 남편으로 떠받든 딸의 행위는 종교적인 저주를 받아 마땅한 행위, 이웃의 웃음거리가 되기 알맞은 행위였다.

프랜시스의 학교생활이 파국을 맞은 것은, 학교에 들어간 지 18개월이 되던 어느 날의 일이었다. 이 날은 프랜시스가 학교에서 열린 백일장에서 용약 맬콤을 이겨버린 날이기도 했다. 글레니 부인으로서는 더 이상 참을 수가 없는 일이었다. 몇 주일이나 계속해서 잔소리를 해대자 글레니 씨도 두 손을 들었다. 글레니 씨는 또 한번 파산의 위기에 직면해 있을 때였다. 그는 이 때문에 프랜시스의 교육은 그만하면 족하다는 아내의 말에 동의하지 않을 수 없었다. 글레니 부인은 난생 처음 상냥하게 웃으면서 프랜시스에게, 이제는 집안일을 도우면서 어엿하게 한 사람 몫을 할 때가 되었으니 웃통 벗고 일터에 나가야 하지 않겠느냐고 말했다. 프랜시스는 이렇게 해서 열두 살 나이에 주급 3실링 6펜스를 받고 대로우 조선소의 리벳 공ᄃ으로 일하게 된 것이었다.

설거지는 7시 15분경에 끝났다. 프랜시스는 긴장감을 억누르고 조그만 거울 앞에서 몸 매무새를 훑어보고는 집을 나섰다. 밖은 별로 어둡지 않았으나 초저녁 공기를 쐬자 기침이 나왔다. 프랜시스는 옷깃을 세우고 큰길로 나와 마차를 세놓는 곳과 대로우 주점을 지나 길모퉁이에 있는 병원에 이르렀다. 병원 앞에는 빨간 약병과 파란 약병이 서 있었고 사각형 동판에는 '서덜랜드 탈록 병원. 내과 및 외과 진료'라는 글씨가 새겨져 있었다. 프랜시스는 그 글씨를 읽으면서 병원 안으로 들어갔다.

병원 안은 침침했다. 침향^{沈香}, 아위^{阿魏}, 감초^{甘草} 뿌리 냄새가 진동했다. 병원 한쪽 벽에는 초록색 병이 잔뜩 진열된 선반이 있었다. 이 선반 끝에 세 단으로 된 목제 계단이 있었는데 그 계단을 오르면 의사 탈록의 진찰실이었다. 의사의 맏아들은 군데군데 촛농이 묻은 긴 대리석 계산대 뒤에서 약을 봉지에다 싸고 있었다. 열여섯 살의, 얼굴에는 주근깨가 많은 이 갈색머리 소년은 유난히 손이 크고 소리 없이 잘 웃는 것으로 유명했다.

프랜시스가 들어갔을 때도 이 소년은 웃었다. 그러나 이 두 소년은 곧 시선을 돌렸다. 서로 상대의 눈길에 어려 있는 애정을 읽기가 쑥스러웠던 것이었다.

프랜시스가 의도적으로 계산대 위에다 시선을 박은 채로 말했다.

"윌리, 늦었어."

"나도 일을 다 끝낸 것은 아닌걸 뭐……. 아버지 대신 이 약을 배달해야 해."

윌리 탈록은 암스트롱 대학의 의학부에 들어간 의학도였다. 아들이 의학부에 들어가자 의사 탈록 씨는 시치미를 뚝 떼고 아들을 자기 조수라고 부르고는 했다.

두 사람 사이에 잠시 침묵이 흘렀다. 연상인 소년이 먼저 연하의 소년에게 따뜻한 시선을 던지며 물었다.

"결심한 거냐?"

프랜시스는 여전히 그의 시선을 피하고 있었다. 시선을 돌린 채로 프랜시스는 고개를 끄덕이며 입술을 달싹거렸다.

"응."

"잘 한 거야 프랜시스. 나라도 너만큼은 참아내지 못했을 거야."

윌리 탈록은 온 몸으로 프랜시스의 결심을 반기는 것 같았다.

프랜시스가 속삭였다.

"응…… 나도 더 이상은 견딜 수가 없어…… 저…… 할아버지와 네가 없었더라면, 이나마도 견디지 못했을 거야."

뒷말을 단숨에 뱉어내는 순간 윌리의 눈에는 잘 띄지 않았으나 프랜시스의 얼굴이 귀밑까지 붉어졌다.

윌리 역시 얼굴을 붉히면서 속삭였다.

"기차 시각은 알아 두었다. 매주 토요일 여섯 시 삼십오 분에 알스테드를 경유한대……. 쉬, 아버지셔."

윌리가 말을 끊고는 입을 다물라는 신호를 보내는 순간 진찰실 문이 열리면서 의사 탈록 씨가 환자를 앞세우고 나왔다. 의사 탈록 씨는 두 소년에게 시선을 던졌다. 흰 무늬 검은 무늬가 박힌 양복을 즐겨 입는 그는, 위인이 무뚝뚝하고 살갗이 검은 데다 머리카락 숱이 많고 수염에 윤기가 흘러서 언제 보아도 정력적으로 보이는 사람이었다. 이 양반은 자유사상가에다 로버트 잉거솔(자유 사상가인 미국의 법률가_역주)이나 다윈(창조설에 반기를 든 진화론의 창시자. 따라서 당시 영국 사회에서는 종교적인 이단자들_역주) 교수의 추종자를 자처하는 터이라 마을에서는 평판이 좋을 리 없었지만 막상 대하고 보면 그렇게 매력적일 수 없는 사람인 데다, 이러한 그의 태도는 진찰실에서 환자들에게 신뢰감을 주는 데 요긴했다. 이 의사가 수척해진 프랜시스의 뺨을 바라보고는 끔찍한 농담을 던졌다.

"저런, 또 한 사람이 아깝게 죽어가는구나. 하지만 죽었다는 뜻은 아니고 장차 죽는다는 뜻이니 염려 말아라. 가족이 많으면 무얼 하느냐, 아무리 좋은 사람도 때가 되면 그 가족을 남겨 놓고 죽어야 하는 것을……."

프랜시스가 그 말에 별 반응을 보이지 않자 의사는, 자기의 불우했던 소년 시절을 생각하면서 프랜시스의 눈을 빤히 들여다보며 덧붙였다.

"힘내라, 힘내. 사람 팔자 시간문제다. 백년 지나고도 안 죽고 남아 있을 사람 있겠느냐?"

의사는 프랜시스에게는 그 말에 대답할 틈도 주지 않고 껄껄 웃으면서 모자를 쓰고 마차몰이용 장갑을 끼기 시작했다. 그는 밖으로 나가다 말고 뒤를 돌아다보면서 아들에게 소리쳤다.

"그 친구 데리고 와서 저녁 먹는 거 잊지 말아라. 아홉 시에

극미량의 따뜻한 청산^{靑酸}을 처방하는 것도 잊지 말고."

한 시간 뒤 약 배달이 끝나자 두 소년은 서로 침묵으로 우정을 확인하며 윌리 탈록의 집 쪽으로 걸었다. 윌리 탈록의 집은 공원에 면해 있는 꽤 오래된 별장식 저택이었다. 프랜시스는 윌리와 가만가만 앞일을 의논하고 우정을 다짐하면서 새로운 힘을 느낄 수 있었다. 윌리 탈록 같은 친구만 곁에 있으면 인생이 그렇게 비참한 것만은 아닐 수 있겠다는 생각을 한 것도 그때였다.

이들의 우정은 싸움을 통하여 다져진 이상한 우정이었다. 어느 날 학교가 파하자 동무 여남은 명과 함께 캐슬 가를 걸어오던 윌리가 가스 공장 옆에 있는, 볼품은 없지만 그래도 위엄은 있어 보이는 가톨릭 성당을 보면서 문득 기고만장, 이런 말을 한 적이 있었다.

"얘들아, 내게 육 펜스가 있다. 들어가서 이 돈을 바치고 우리 죄를 면죄받자."

이 말끝에 윌리가 동아리에 묻어 있던 프랜시스를 바라보았다. 프랜시스는 부끄러움을 이기지 못해 얼굴을 붉혔다. 그러나 프랜시스에게는 윌리의 농담에 시비할 생각이 없었다. 맬콤 글레니가 옆에서 꼬드겨 싸움을 시키지 않았더라면 아무 일도 없었을 터였다.

맬콤 글레니를 비롯한 악동들이 꾀는 바람에 프랜시스와 윌리는 공원을 뒹굴며 피투성이가 되도록 싸웠다. 누가 용기 있는 사람이고 누가 용기 없는 사람인가를 가릴 수 없을 정도의 대판

싸움이었다. 이 싸움은 주위가 어두워져서야 끝났다. 물론 승자도 패자도 없을 만큼 치열한 한판이었으니 그것으로 넉넉했을 터였다. 그러나 구경하던 악동들에게는 넉넉하지 않았다. 다음 날에도 학교가 파하자 이 둘은 악동들이 말하는 소위 비겁자가 되지 않으려고, 이미 터진 머리가 또 터지게 싸웠다. 패자는 없었지만 상대에게 승리를 양보할 수 없게 된 셈이었다. 이렇게 해서 이들은 근 한 주일 내내 악동들의 여흥거리가 되는 줄도 모르고 싸움닭처럼 피투성이가 되어 싸웠다. 그럴 만한 동기도 없고 명분도 없는 이 비인간적인 싸움은, 싸우는 당사자인 두 사람에게는 악몽이 될 만큼 오래 계속되었다. 그러던 어느 토요일 이 두 사람은 우연히 서로 다른 길을 걷다가 둘이서만 만났다. 잠시 어색한 순간이 흘렀다. 그러나 곧 두 사람 사이에서 땅이 열리고 하늘이 녹아내렸다. 이 둘은 서로를 부둥켜안았다. 윌리가 먼저 소리 내어 울면서 말했다.

"너와는 싸우고 싶지 않아. 나는 너를 좋아한단 말이야."

그러자 프랜시스도 퍼렇게 멍든 눈을 손등으로 훔치며 울었다.

"윌리, 대로우 학교에서 내가 가장 좋아하는 건 바로 너야."

이들은 공원 한복판에 와 있었다. 공원 한복판에는 바닥에 잔디가 곱게 깔린 야외 음악당이 있었다. 음악당 한가운데엔 악단석이 덩그렇게 마련되어 있었다. 음악당 한쪽 구석에는 녹슨 철판으로 칸을 막은 공중변소도 있었고, 등받이가 없기는 하지만 악단석 주위에는 의자도 있었다. 평일이면 낯빛이 창백한 아이들이 이곳으로 와서 뛰놀았고 불량배들은 이곳에서 담배를 피우거나 입씨름을 벌이기도 했다. 프랜시스는 문득, 외조부가 설교하는 곳을 지나가야 한다는 생각을 하고는 가볍게 긴장했다.

공중변소 저쪽에는 벌써 붉은 깃발이 꽂혀 바람에 나부끼고 있었다. 깃발에는 '선한 자들에게 땅의 평화가!'라는 글귀가 노란 글씨로 박혀 있었다. 깃발 맞은편에는 휴대용 풍금이 놓여 있었고, 풍금 앞의 의자에는 글레니 부인이 순교자 같은 얼굴을 하고 앉아 있었다. 글레니 부인 옆으로는 한 손을 찬송가 책 위에 얹고 무뚝뚝한 얼굴로 앉아 있는 맬콤도 보였다. 깃발과 풍금 사이에는 나지막한 나무 강단이 있었다. '다니엘 성자'는 30여 명의 신도들에 둘러싸인 채 그 강단 위에 서 있었다.

두 소년이 다가갔을 때는 다니엘 글레니가 개회 기도를 마치고는 모자를 벗은 머리를 뒤로 젖히고 마악 설교를 시작할 때였다. 설교하는 그의 음성은 부드럽고도 아름다웠다. 그 음성에서는, 다니엘 글레니의 구원에 대한 확신과 소박한 정신이 그대로 배어나오고 있었다. 그가 설교하는 교리의 요체는 형제애에 바탕을 둔 서로간의 사랑과 하느님에 대한 사랑이었다. 말하자면 이 사랑을 통하여 다른 사람들을 돕고 이 땅에 평화와 선의가 뿌리내리게 해야 한다는 것이었다. 다니엘 글레니 한 사람이 그런 이상론을 바탕삼아 인간의 모둠살이를 이끈다면 금방이라도 이 땅을 낙원으로 만들 수 있을 터였다. 그는 어떤 교파에도 싸움을 걸지 않았으며 어떤 교파든 가리지 않고 부드럽게 타일렀다. 그의 주장에 따르면 문제는 하느님을 섬기는 형식이 아니라

미덕과 인간애와 자비……, 그리고 관용이었다. 그는 중요한 것은 이런 것을 가르치는 것이 아니라 실천하는 것이라는 주장도 곁들였다.

프랜시스는 외조부로부터 전에도 그런 말을 들은 일이 여러 번 있었다. 이런 주장을 한다고 해서 남들은 그를 반편이로 보지만 프랜시스는 그의 소박한 주장에 공감하고 있었다. 외조부의 열렬한 설교에 감화를 받은 프랜시스의 가슴은 이해와 사랑으로 부풀어 오르는 것 같았다. 금방이라도 증오와 반감이 없는 세상이 올 것만 같았다.

설교를 듣고 있는 프랜시스의 눈에 조 므와가 보였다. 조선소 리벳 작업반의 반장인 조 므와는 집회의 회중들 사이를 비집고 들어가고 있었다. 그의 뒤로는 대로우 주점 근처를 어슬렁거리는 또래의 불량배들이 손에 손에 벽돌 조각, 썩은 과일, 보일러 공장에서 버린 기름걸레 같은 것을 들고 따르고 있었다. 조 므와는 말씨가 상스럽고 이따금씩 술에 취하면 구세군 행렬이나 옥외 종교 집회장에 뛰어들어 난동을 부려서 그렇지 시 거어 보면 그리 나쁜 인간은 아니었다. 그런 조 므와가 기름걸레를 한 뭉치 들고 소리를 질렀다.

"여보쇼, '다니엘 성자', 노래도 부르고 춤도 좀 추쇼!"

프랜시스의 눈이 창백한 얼굴에서 빛났다. 조 므와 일당은 집회를 난장판으로 만들려는 것이었다. 프랜시스는 머리를 썩은 토마토에 얻어맞은 글레니 부인과, 그 밉살스러운 얼굴을 기름걸레로 얻어맞은 맬콤 글레니의 모습을 상상해 보았다. 생각만 해도 통쾌한 장면이 아닐 수 없었다.

그러나 프랜시스의 눈에는 다니엘 글레니 외조부의 모습이 보였다. 그는 위험이 목전에 닥친 줄은 까맣게 모르는 채, 영혼의 밑바닥에서 울려나오는 말을 한 마디 한 마디 혼신의 힘을 다 기울여 청중들에게 들려주고 있었다. 정체 모를 힘이 그를 지배하고 있는 것 같았다.

프랜시스는 자기도 모르는 사이에 앞으로 나아갔다. 왜 므와를 저지해야 하는지, 어떻게 므와 패거리를 저지해야 할 것인지 아무 요량도 없이 므와에게 다가간 프랜시스는 그의 팔을 붙들고 사정했다.

"안돼, 조! 제발 그만둬 줘. 우리는 친구 사이가 아니냐?"

"젠장, 프랜시스 아니냐…… 저 양반이 네 할아버지라는 걸 깜빡 잊고 있었다."

므와는 시선을 내리깔았다. 그의 능글맞던 얼굴이 프랜시스의 눈길 앞에서 갑자기 부드러워졌다. 그는 패거리를 돌아다보면서 말했다.

"애들아, 광장으로 가자. 할렐루야는 하게 내버려두고……."

이들이 물러나자 풍금소리가 되살아났다. 한바탕 일어날 뻔했던 소동이 그대로 가라앉고 만 까닭을 아는 사람은 윌리 탈록뿐이었다.

저희 집 안으로 프랜시스를 안내하면서 윌리가 감격이 남아 떨리는 목소리로 물었다.

"프랜시스, 왜 그랬던 거지?"

프랜시스 역시 떨리는 목소리로 대답했다.

"모르겠어……. 할아버지 말씀에 뭔가 뜨끔했던 대목이 있어서 그랬을까……. 그분들에 대한 미움은 지난 사 년간의 미움으로 충분하다는 생각이 들었어……. 사람들이 우리 아버지를 미워하지 않았더라면 우리 어머니 아버지는 돌아가시지 않았을 거야……."

프랜시스는 북받쳐 오르는 감정과 부끄러움을 이기지 못해서 그랬던지 말을 잇지 못했다.

윌리는 말없이 프랜시스를 거실로 안내했다. 어두운 바깥에서 들어온 두 소년에게 거실은 너무 밝고 너무 시끄러웠다. 거실에는 갖가지 물건이 잔뜩 어질러져 있었지만 프랜시스에게는 오히려 그게 마음에 편했다. 갈색 벽지를 바른 거실은 천장이 높은 길쭉한 방이었다. 거실 바닥은 심하게 말하면 난장판이었다. 군데군데 찢긴 자국이 있는 붉은 비로드 안락의자, 다리 부러진 의자, 아교로 깨어진 곳을 붙인 꽃병, 종추(鐘錘)가 떨어져 나간 종, 조그만 약병, 상뽀 낚시, 악상자, 인형, 책, 아이들이 잉크 자국이 보이는 융단 위를 나뒹굴고 있었다. 저녁 9시가 가까웠는데도 윌리 탈록의 식구들 중에는 자는 사람이 하나도 없었다. 윌리의, 자그마치 일곱이나 되는 동생들(하도 많아서 아버지도 종종 아이들의 이름을 제대로 대지 못할 경우가 있을 정도였다) 중에는 읽는 아이, 쓰는 아이, 그리는 아이, 맞붙어 씨름하는 아이, 뜨거운 빵과 우유를 먹는 아이…… 등 가지각색이었다. 그 북새통 속에서도 머리는 아무렇게나 풀어헤치고, 젖가슴을 아예 열고 있어서 상당히 선정적으로 보이는 월리의 어머니는 난로 옆에 있는 요람에서 젖먹이를 안아 올린 뒤 김이 무럭무럭 나는 기저귀를 벗겨 내고는 알궁둥이째 안아 올려 난로 불빛에 발갛게 빛나는 젖을 태연하게 물리고 있었다.

월리의 어머니는 미소로 두 소년을 맞아들였다. 프랜시스가 왔는데도 조금도 놀라워하는 것 같지 않았다.

"어서 오너라. 진, 접시와 숟가락을 더 차려야겠다……. 리처드, 소피아를 그냥 좀 내버려두지 못하겠니? 진, 선반에서 서덜랜드에게 채울 새 기저귀 하나 내려다 주럼……. 다음에는 또 할 일이 있다. 네 아빠 토디 만들어 드릴 물 끓는지 주전자 좀 봐주려무나. 오늘 날씨 같으면 정말 살 만하더라……. 하지만 우리 의사 선생님 말씀으로는 날씨가 이렇게 좋은데도 폐렴 환자는 늘어난다는구나. 프랜시스, 좀 앉으려무나. 토마스, 아빠가 뭐라시던? 집에 손님이 오시면 멀찍이 떨어져 앉아야 한다고 하시지 않던?"

의사는 늘 집으로 병균을 묻혀 오는 모양이었다. 이 달에 한 아이가 홍역을 앓으면 다음 달에는 다른 아이가 마마를 앓고는 했다. 프랜시스가 간 날 앓고 있는 아이는 여섯 살배기 토마스였다. 기생충 때문에 머리를 빡빡 깎인 토마스에게서는 석탄산 냄새가 났다. 토마스는 제 처지도 모르고 사람만 오면 바싹 다가앉기 때문에 자주 주의를 듣는 것이었다.

프랜시스는 분홍빛 살결이나 스스럼없는 미소로 보아 어머니의 판박이 같은 열 네 살배기 소녀인 진 옆에 끼여 앉아 저녁으로 빵과 계피 넣은 우유를 먹었다. 아이들이 어찌나 많이 앉았는지 긴 의자가 다 삐걱거렸을 정도였다. 먹으면서도 프랜시스는 마음이 편하지 않았다. 그의 가슴은 응어리로 차 있었고 그의 머리는 이런저런 생각으로 복잡했다. 행복해 보이는 윌리 탈록의 집 분위기도 그를 고통스럽게 했다. 그는 자기 자신에게 물었다.

왜 이 사람들은 이렇듯이 친절하고 행복해 보이는 것일까? 어째서 나날의 삶에 만족하고 있는 것일까? 하느님의 존재를 부정한다기보다는 오히려 무시하는 듯한 현실주의자들이니 마땅히 지옥에 떨어져 지옥불의 고통을 받고 있어야 당연하지 않은가……. 그런데 왜 이렇게 행복하게 보이는가?

9시 반쯤, 자갈길에 마차 바퀴가 끌리는 소리가 났다. 곧 의사 탈록 씨가 들어왔다. 아이들은 함성을 질렀다. 의사 탈록 씨는 곧 아이들에게 둘러싸였다. 한바탕 소동이 가라앉자 그의 아내가 정성스럽게 의사 탈록 씨에게 입을 맞추었다. 의사 탈록 씨는 슬러퍼를 신고 한 손에는 토디 잔을 든 채 막내 서덜랜드를 안고 안락의자에 앉았다.

프랜시스의 눈길을 만난 의사 탈록 씨는 김이 무럭무럭 나는 술잔을 들면서 우스갯소리를 했다.

"내가 언젠가, 독약도 쓰일 데가 있다고 하지 않던? 독주$_{毒酒}$도 마셔 두면 기분이 좋아진단 말씀이다. 알았니, 프랜시스?"

아버지가 썩 기분 좋아하고 있는 것을 본 윌리는 그날 오후 공원의 집회에서 있었던 이야기를 했다. 의사 탈록 씨는 무릎을 치면서 프랜시스를 보고 웃었다.

"가톨릭에도 너 같은 아이가 있었다니 반갑구나. 죽음에 대한 너의 의견에 동의하는 것은 아니다만, 그렇게 말할 수 있는 너의 권리를 지키기 위해서라면 내 기꺼이 내 목숨을 바치겠다. 진, 그 아이를 그런 눈으로 보지 말아라. 너는 간호사가 되겠다고 하지 않았니? 그러다 이 아비가 마흔도 되기 전에 외손자 안아다 앉히겠다……. 하기야 그것도 나쁠 것 없지."

그는 한숨을 쉬면서 아내 쪽을 향해 술잔을 들어 보이고는 말을 이었다.

"……천국에는 못 가겠지만, 우리에게는 먹을 것, 마실 것이 있으니 이것도 괜찮은 일 아니겠어?"

그 집을 나올 때 윌리는 프랜시스의 손을 꼭 잡으면서 이렇게 말했다.

"행운을 빈다……. 도착하는 대로 편지해라."

다음 날 새벽 5시, 날이 채 새기도 전에 조선소 기적이 길게 구슬프게 황량한 대로우의 새벽하늘로 퍼져나갔다. 잠에서 덜 깨어난 상태로 프랜시스는 침대에서 일어나 작업복을 입고는 비틀거리며 아래층으로 내려갔다. 프랜시스가 조용히 밀려가는 조선소 인부들의 행렬에 끼어들었을 때는 여전히 안개에 묻혀 창백한 아침이 뺨을 때리는 손길처럼 얼굴에 와 닿았다. 조선소 인부들은 고개를 숙인 채 서둘러 어깨를 맞대고 조선소 정문으로 들어가고 있었다.

프랜시스는 계중대計重臺를 지나고 정문 안 수위실 창 앞을 걸어 들어갔다. 뼈대만 만들어진 선체가 프랜시스의 주위에 중긋중긋 서 있었다. 반쯤 지어진 새 철갑선 옆에서 조 므와의 작업반은 인원 점호를 받았다. 작업반원이라고 해 봐야 조 므와와 보조 갑철공^{甲鐵工}, 철판공, 그리고 두 사람의 리벳 공과 프랜시스가 전부였다.

프랜시스는 석탄불을 피우고는 화덕 아래에 있는 풀무에 다가가 풀무질을 시작했다. 조용히, 꿈속을 거닐듯이, 그러나 어쩔 수 없이 작업반은 작업에 들어갔다. 조 므와가 해머를 쳐들자 다른 작업반원들도 일제히 해머질을 시작했다. 해머 소리는 조선소 가득히 울려 퍼졌다.

프랜시스는 화덕 안에서 빨갛게 달아오른 리벳(대가리가 굵은 못)을 들고 사다리를 올라가 뼈대에 미리 파놓은 볼트 구멍에다 재빨리 찔러 넣었다. 그러면 다른 반원이 이 리벳을 해머로 대가리가 납작하게 내려쳐 구멍에 빡빡하게 처넣고 배의 동체가 되는 큰 철판을 그 위에다 붙이는 것이었다. 보통 힘든 작업이 아니었다. 화덕 옆에 있을 때는 뜨거웠고 사다리에 오르면 추웠다. 일꾼들은 일한 만큼 급료를 받았다. 일꾼들이 리벳 공들에게 리벳 공들이 소화해 낼 수 있는 양 이상의 리벳을 요구하는 것은 당연했다. 게다가 리벳은 백열 상태로 달아 있지 않으면 안 되었다. 만일에 사다리를 올라가 구멍에다 끼워 준 리벳이 식어 있을 경우 일꾼들은 이것을 다시 리벳 공들에게 던졌다. 사다리를 오르락내리락하면서, 연기 때문에 기침을 해 대면서, 땀을 뻘뻘 흘리면서 프랜시스는 하루 종일 철판공들에게 리벳을 대어 주어야 했다.

　오후가 되면 작업 속도는 더욱 빨라졌다. 일꾼들은 온 신경을 일에 다 집중시키고 정신없이 때로는 몸도 아끼지 않고 일을 했다. 퇴근 시간이 가까워 오면 눈앞이 어질어질해지고, 종업^{終業}을 알리는 기적을 기다리는 귀에 이상한 소리가 들려오는 일이 비일비재했다.

　드디어 기다리고 기다리던 종업 기적이 울렸다. 그때의 안도감이라니! 프랜시스는 일어서서 마른 입술을 빨았다. 시끄럽던 작업장이 갑자기 물을 끼얹은 듯이 조용해졌다. 땀에 젖은 채 피로에 지친 채 집으로 돌아오면서, 프랜시스는 생각했다. 내일이다……. 바로 내일이다……. 그의 눈에 그 이상한 광채가 돌아와 있었다. 그는 어깨를 으쓱해 보았다.

　그날 밤 프랜시스는 평소에는 사용하지 않는 빵 가마에 감추어 두었던 나무 상자를 꺼냈다. 그러고는 그 동안 한푼 두푼씩 모은 은전과 동전을 들고 거리로 나가 10실링짜리 금전으로 바꾸었다. 바지 주머니에 깊숙이 넣은 금전은 프랜시스를 흥분하게 하기에 족했다. 프랜시스는 상기된 표정을 감추고 글레니 부인에게 바늘과 실을 빌려 달라고 부탁했다. 글레니 부인은 처음에는 무엇에 쓸 것이냐면서 다그치다가 갑자기 억지로 꾸민 듯한 기묘한 시선을 던지면서 말했다.

　"맨 위 서랍에 실꾸리가 있다. 바늘은 바늘쌈지에 꽂혀 있고, 네가 찾아서 쓰려무나."

　글레니 부인은 방을 나가는 프랜시스의 뒷모습을 한동안 바라보았다.

빵가게 이층에 있는, 썰렁한 제 방에 이르자 프랜시스는 금전을 종이에다 싸서 윗도리 안감 속에다 넣고는 바늘로 단단하게 꿰매기 시작했다. 다 꿰맨 그는 한결 푸근해진 얼굴을 하고 이층에서 내려와 글레니 부인에게 바늘과 실을 돌려주었다.

다음 날은 토요일이었다. 조선소 작업은 정오에 끝났다. 다시는 조선소로 들어가지 않아도 좋다는 생각으로 잔뜩 들떠 있는 참이라 점심도 제대로 넘어가지 않았다. 그는 너무 들떠 있으면 글레니 부인이 까닭을 물을지 모른다고 생각하고는 그런 눈치를 보이지 않으려고 애썼다. 다행히도 글레니 부인은 아무것도 묻지 않았다. 식사가 끝나고 식탁에서 일어선 그는 집을 나왔다. 그러고는 이스트 스트리트로 나와서는 뛰기 시작했다.

마을을 벗어난 뒤부터 그는 걷기 시작했다. 가슴은 그와 함께 노래라도 부르고 있는 것처럼 기분 좋게 뛰고 있었다. 어떻게 보면 불우한 소년의 평범한 가출일 수도 있었다. 그러나 적어도 프랜시스에게 그것은 자유를 찾아가는 길이었다. 맨체스터에만 도착하면 방직 공장 같은 데 일자리를 구할 수 있을 것이라고 프랜시스는 믿고 또 믿었다. 그는 맨체스터 행 기차를 탈 수 있는 역까지의, 자그마치 15마일이나 되는 길을 4시간에 주파했다. 그가 알스테드 역으로 들어갈 때의 시각은 6시였다.

손님이 거의 없는 역 대합실의 석유 등잔 아래 앉아 프랜시스는 주머니칼로 바느질한 곳을 따고는 종이에 싸인 돈을 꺼냈다. 짐꾼이 도착하고 다른 손님들이 대합실로 몰려들자 매표구가 열렸다.

프랜시스는 매표구 쇠창살 앞에서 맨체스터 행 표를 달라고 말했다.

"구 실링 육 펜스."

초록색 차표를 날짜 찍는 기계에다 넣으며 매표원이 말했다.

프랜시스는 안도의 한숨을 내쉬었다. 차표 계산을 잘못 했던 것은 아니었기 때문이다. 프랜시스는 쇠창살 안으로 돈을 밀어 넣었다.

매표원이 잠시 어리둥절해하고 있다가 말했다.

"장난하는 건가? 구 실링 육 펜스라니까."

"십 실링 드렸잖아요?"

"그러셨나? 이봐, 젊은 친구, 그 따위 소리 또 한번 해봐. 유치장에 처넣어버릴 테니까."

매표원은 퉁명스럽게 내뱉으며 동전을 쇠창살 밖으로 퉁겨내었다.

10실링짜리 금전이 아니라 반짝반짝 빛나는 한 파딩(4분의 1페니-역주)짜리 새 동전이었다.

프랜시스는 망연자실 대합실에 선 채로, 기차가 들어왔다가 손님들을 싣고는 기적을 울리면서 어둠 속으로 사라지는 광경을 바라보고 서 있었다. 그제야 그의 머리에 문득 한 가지 생각이 떠올랐다. 주머니칼로 뜯을 때 본 바느질 자국은, 프랜시스 자신의 서툰 바느질 자국이 아니라 땀과 땀 사이가 쫀쫀한, 말하자면 능숙한 사람의 바느질 자국이었던 것이다. 프랜시스는 누가 그 돈을 바꿔치기했는지 능히 짐작할 수 있었다. 글레니 부인이었다.

9시 반, 마차를 몰고 탄광촌 샌더스톤 앞길의 안개에 젖은 어둠 속을 전속력으로 달려오는 사람이 하나 있었다. 길 한복판을 달려오는 그에게 마차의 등은 너무 어두워 보였다. 그 시각에 그런 곳에서 마차를 몰고 있는 사람이라면 인근에는 한 사람밖에 없었다. 의사 탈록 씨였다. 말을 채찍질하며 안개 속을 달려오던 그가 능숙하게 마차를 세웠다.

"아이고 우리 주님 히포크라테스, 맙소사! 너였구나. 어서 마차에 오르거라. 빨리. 이놈의 암말이 내 팔을 뽑아 놓기 전에……."

의사 탈록 씨는 꼬마 손님의 어깨를 담요로 덮어주었다. 그러나 프랜시스에게 말은 걸지 않았다. 역시 그는 침묵에도 치료 효과가 있다는 걸 아는 사람이었다.

10시 반, 프랜시스는 의사의 집 거실 난로 앞에서 따뜻한 수프를 먹고 있었다. 프랜시스에게는 아이들이 다 잠자리에 들고 없는 거실이 오히려 이상스러웠다. 고양이만 거실 양탄자 위에서 자고 있었다. 잠시 후 탈록 부인이 머리를 풀어헤친 채 잠옷 위에 가운을 걸치고 거실로 나왔다. 탈록 부인은 남편과 함께 서서 잠자코 정신이 반쯤 나간 듯한 프랜시스를 내려다보고 있었다. 프랜시스는 이 두 사람이 자기를 내려다보고 있다는 것도 모른 채 무표정한 얼굴로 앉아 있다가 두 사람을 올려다보고는 웃어보려고 했다. 그러나 그의 얼굴은 웃음을 지어내지 못했다. 의사가 다가와 주머니에서 청진기를 꺼냈다.

"네 기침이 심상찮은 기침이 아니면 내 손에 장을 지지마."

의사는 프랜시스의 셔츠 앞깃을 열고는 청진기를 들이댄 채 손가락으로 두드리면서 귀를 기울였다.

진찰을 마치고 허리를 펴는 의사 탈록 씨의 낙천적인 얼굴에 이상한 표정이 자리 잡았다. 그 농담 좋아하던 사람이 농담을 하지 않는 것도 이상했다. 그는 아내를 바라보고는 입술을 깨물며, 자고 있던 고양이를 걷어찼다. 그러고는 중얼거렸다.

"빌어먹을! 우리는 우리 아이들에게 조선소에서 전함이나 짓게 하고 있어. 탄광에서, 방직 공장에서 땀을 흘리게 하고 있어. 그러면서도 기독교 국가래. 오냐, 나는 이교도라는 게 오히려 자랑스럽다."

그러고는 프랜시스를 바라보면서 난폭할 정도로 다그쳤다.

"야 임마, 타이니캐슬에 네가 아는 사람이 있다며? 바논이라는 사람은 어떻게 된 거냐? 유니온 주점 주인이라는……. 당장 집으로 가서 푹 쉬어라, 폐렴으로 죽고 싶지 않거든."

프랜시스는 그러기 싫다는 마음을 억누르고 집으로 돌아왔다. 다음 주 내내 글레니 부인은 순교자 같은 얼굴을 했고, 맬콤은 격자무늬가 놓인 새 조끼를 샀다. 10실링이라는 정가표가 붙은 놈으로.

그 한 주일이 프랜시스에게는 참으로 견딜 수 없는 한 주일이었다. 왼쪽 옆구리가 아파 오고 있었다. 기침할 때 특히 더 아팠다. 일터로도 나갈 수가 없었다. 프랜시스는 막연하게나마, 외조부가 자기 대신 싸워줄 것으로 믿었다. 그러나 다니엘의 대리전쟁은 패배로 끝났다. 늙은 빵 가게 주인이 외손자에게 해줄 수 있는 것은 버찌 과자를 가져다주는 것뿐이었다. 그러나 프랜시스는 그것을 먹을 수 없었다.

토요일 오후가 되었는데도 프랜시스는 기력이 없어 자리에서 일어나지 못했다. 프랜시스는 침대에 누운 채로 창을 통하여 밖을 내다보고 있었다.

그러던 프랜시스가 벌떡 일어났다. 가슴이 믿어지지 않을 정도로 쿵쾅거리기 시작했다. 낯설고 험한 물길을 항해하는 기선처럼 거리를 천천히 걸어오는 것……. 그것은 추억 속의 그 모자, 특이한 그 모자, 틀림없는 그 모자였다. 그랬다, 그랬다. 단단하게 접힌 금빛 손잡이가 달린 그 양산, 단추가 촘촘히 달려 있는 짧은 물개 가죽 윗도리……. 프랜시스는 창백한 입술을 달싹거리며 힘없이 외쳤다.

"이, 폴리 이주머니디!"

아래층 가게 문이 열리는 소리가 들려 왔다. 프랜시스는 발뒤꿈치를 들고 아래층으로 내려가 부들부들 떨며 선 채로 열린 문을 통하여 가게 안을 엿보았다.

폴리 아주머니는 가게 중앙에 당당하게 서서는 입술을 쑥 내밀고, 조사라도 하는 듯이 가게 안을 찬찬히 둘러보고 있었다. 글레니 부인이 몸을 반쯤 일으키고는 폴리 아주머니를 맞았다. 맬콤은 계산대를 지고 앉아 입을 헤 벌리고 자기 어머니와 폴리 아주머니를 번갈아 바라보고 있었다.

　폴리 아주머니의 시선이 글레니 부인의 얼굴에서 멎었다.

"제 기억이 맞다면 글레니 부인이실 겁니다."

　글레니 부인의 차림새가 걸작이었다. 오전이라 잠자리에서 입었던 옷을 그대로 입고 있었으니까……. 블라우스 자락은 열려 있었고, 허리띠는 풀려 바닥에 끌리고 있었다.

"어떻게 오셨지요?"

　폴리 아주머니가 눈썹을 치켜 올리면서 대답했다.

"프랜시스 치점을 좀 만나야 되겠는데요."

"나가고 없어요."

"아, 그래요? 그럼 들어올 때까지 기다리죠."

　폴리 아주머니는 이렇게 말하면서 계산대 옆에 있는 의자에 앉았다. 하루 종일이라도 기다리겠다는 눈치였다.

　잠시 가게 안에 침묵이 흘렀다. 글레니 부인의 얼굴이 일그러졌다. 글레니 부인은 애꿎은 아들에게 짜증을 부렸다.

"맬콤, 가서 아버지 모셔 오너라."

　맬콤이 눈치 없이 대답했다.

"오 분 전에 공회당에 가셨어요. 저녁때까지는 안 돌아오실 거예요."

　폴리 아주머니는 천장을 올려다보고 있다가, 천천히 시선을 내려 맬콤을 노려보았다. 폴리 아주머니가 미소를 보내자 맬콤은 얼굴을 붉혔다. 붉어진 맬콤의 얼굴을 본 폴리 아주머니는 그만하면 됐다고 생각했는지 시선을 다른 데로 옮겼다.

글레니 부인이 거북살스러워하기 시작했다. 한동안 안절부절 못 하고 있던 글레니 부인은 대놓고 싫은 소리를 했다.

"우리는 한가한 사람들이 못 된답니다. 따라서 하루 종일 앉아서 노닥거릴 수는 없어요. 그 아이는 나갔다고 하지 않았어요? 밤늦게까지는 돌아오지 않을 거예요. 늘 친구들과 어울려 노니까……. 늘 늦게 돌아와서 속을 썩이죠. 그 애의 아주 고약한 버릇이랍니다. 그렇지, 맬콤?"

맬콤이 고개를 끄덕였다.

글레니 부인이 기운을 얻어 말을 계속했다.

"거 보세요. 그 애 이야기 미주알고주알 다 하면 당신도 놀랄 거예요. 하지만 어쩔 수 없는 일이죠, 뭐. 우리는 기독교인이고, 우리 손으로 그 애를 보살펴야 하니까. 그러니까 내 말을 믿으세요, 그 애는 아주 건강하게 잘 있답니다."

"듣던 중 반가운 소리군요. 사실은 그 애를 데리러 왔거든요."

폴리 아주머니는 능청을 떠느라고 장갑으로 입을 가리면서 하품까지 하고 나서, 아무것도 모르는 척 성중하게 말했다.

"뭐라고 하셨지요?"

글레니 부인은 기겁을 했는지 이렇게 물으면서 빛바랜 블라우스 깃을 잡았다. 낯빛이 변하고 있었다.

"여기 의사의 진단서가 있어요. 그 아이가 영양실조와 과로로 늑막염 초기 증세를 보이고 있다고 하더군요."

폴리 아주머니는 한 마디 한 마디를 음미하듯이 또박또박 말했다.

"거짓말이에요."

글레니 부인의 말에 폴리 아주머니는 주머니에서 진단서를 꺼내어 우산대가리로 툭툭 치며 물었다.

"진짜 영어인데 읽을 수 있겠어요?"

"거짓말이에요, 순 엉터리 거짓말. 그 애는 내 아들처럼 잘 먹고 살이 통통하게 쪘어요……."

그러나 글레니 부인은 말을 끝맺지 못했다. 훼방꾼이 생긴 것이었다. 프랜시스는 문 뒤에 기대어 서서 가게 안에서 벌어지는 이 기묘한 광경을 바라보고 있었는데 몸을 가누느라고 문에다 체중을 너무 실은 것이 탈이었다. 그의 체중에 문이 활짝 열리는 바람에 프랜시스는 가게 한복판으로 뛰어나온 꼴이 되어버린 것이다. 이 돌연한 사태는 가게 안에 있던 사람의 말문을 막기에 충분했다.

폴리 아주머니의 침착한 음성이 그 침묵을 깨뜨렸다.

"프랜시스, 이리 오너라. 떨 것 없다. 너 여기에 있고 싶으냐?"

"싫어요. 있고 싶지 않아요."

폴리 아주머니는 알았다는 듯이 천장을 바라보면서 말했다.

"그럼 가서 짐을 꾸려라."

"꾸릴 짐도 없어요."

폴리 아주머니가 일어서면서 장갑을 끼며 말했다.

"그럼 여기에 있을 까닭이 없지."

글레니 부인이 약이 올라 하얗게 질린 채로 폴리 아주머니의 앞을 막고 나섰다.

"여기에서 나갈 수는 없을걸. 당신을 고소하고 말겠어."

폴리 아주머니는 의사의 진단서를 주머니에 넣으면서 응수했다.

"좋으실 대로 하세요. 고소하면, 가엾은 엘리자베드의 가재도구 판 돈 중에서 저 애를 위해서 얼마를 썼고 당신 아들을 위해서 얼마를 썼는지 그것도 드러날 테니까."

또 한 차례의 섬뜩한 침묵이 흘렀다. 빵 가게 집 마누라는 풀이 죽어 한 팔로 가슴을 부둥켜안은 채 창백한 얼굴로 서 있었다.

"어머니, 가게 내버려둬요. 속 시원하게 되었잖아요."

폴리 아주머니는 양산을 옆구리에 끼면서 머리끝에서 발끝까지 맬콤을 훑어보았다.

"여보게 젊은이, 꼭 천치 같구면……"

그러고는 몸을 돌려 글레니 부인을 똑바로 바라보면서 덧붙였다.

"……당신도 똑 같고."

폴리 아주머니는 프랜시스의 어깨를 감싸 안고, 소년의 맨머리를 쓰다듬으며 의기양양하게 가게를 나갔다.

폴리 아주머니는 기차역에 이를 때까지 장갑 낀 손으로 프랜시스의 윗도리를 꼭 잡고 걸었다. 덕분에 프랜시스는 도망칠 기회를 노리는, 희귀한 짐승 꼴이 된 셈이었다. 역전에 이르자 폴리 아주머니는 아무 말 없이 프랜시스에게 아버네시 비스킷 한 봉지와 기침약과 새 모자를 하나 사 주었다. 기차 안에서 폴리 아주머니는 프랜시스의 맞은편 자리에 앉았다. 프랜시스는 금방이라도 내려와 귀를 덮을 듯한 새 모자를 쓴 채 꼿꼿하게 앉아 마른 비스킷을 먹고 있었다. 프랜시스는 폴리 아주머니의 마음 씀씀이가 고마워서 그랬겠지만 조용히 눈물을 흘리고 있었다. 자애로운 눈으로 그런 프랜시스를 바라보면서 폴리 아주머니가 이런 말을 했다.

"너희 외조모가 못된 사람이라는 걸 나는 처음부터 알고 있었다. 얼굴을 보면 알 수 있는 일이지. 프랜시스, 내가 너를 저런 사람에게 맡기지 않았더라면 이런 일은 없었을 것을……. 도착하는 대로 너의 그 긴 머리부터 깎아야겠구나.

서리가 하얗게 내린 아침에, 폴리 아주머니가 아침 식사를 갖다 줄 때까지 따뜻한 잠자리에 누워 있을 수 있다는 것은 굉장한 일이었다. 프랜시스가 따뜻한 잠자리에서 뭉개고 있다면 폴리 아주머니는 '올 굿 맥주'라는 글씨가 새겨진 철제 쟁반에다 김이 무럭무럭 나는 베이컨과 계란 부침, 홍차와 뜨거운 토스트를 담아들고 들어오고는 했다. 이따금씩 옛 버릇이 남아 일찍 잠을 깰 때도 있었다. 그러나 더 이상 조선소 기적 소리에 신경 쓸 일이 없다는 걸 알고는 안도의 한숨을 내쉬면서 다시 잠자리에 드는 것이었다. 그렇게 다시 잠자리에 드는 날이면 프랜시스는 푸근한 마음으로 노란 담요 깊숙이 몸을 파묻고는 제 침실을 둘러보았다. 완두콩 덩굴무늬가 찍힌 벽지를 바른 벽, 양털 융단이 깔린 바닥, 한쪽 벽에 걸린, 올굿 맥주 회사가 자랑하는 짐마차 말을 그린 석판화, 다른 한쪽 벽에 걸린 교황 그레고리의 초상, 창틀에 놓인 종려나무 잎이 꽂힌 성수반^{聖水盤}을……

 옆구리의 통증도 많이 가라앉아 있었고, 기침도 거의 하지 않았으며 뺨도 살로 차오르고 있었다. 프랜시스는 한가하게 누워서 지내고 보니 그 자체가 거북살스러운 데다 앞날에 대한 불안에도 마음이 쓰였다. 그러나 그는 폴리 아주머니가 베푸는 친절을 감사하는 마음으로 누렸다.

 10월 말일의 유난히 날씨가 좋은 아침에 폴리 아주머니는 프랜시스의 방으로 와서 침대에 걸터앉아 음식을 권했다.

 "그대로 누워 있어. 옆구리가 결린다는 아이가 앉아서 쓰니."

 폴리 아주머니가 들고 들어온 쟁반에는 계란 세 개와 잘 구워진 베이컨이 놓여 있었다. 프랜시스는 그렇게 맛있는 음식 맛을 오래 잊고 있었던 것이었다.

 쟁반을 조심스럽게 무릎에 올리면서 프랜시스는 폴리 아주머니의 태도가 전과는 조금 다르게 들떠 있다는 걸 알았다. 아니나 다를까, 폴리 아주머니는 의미심장하면서도 자애로운 미소를 던지고는 물었다.

"알아맞혀 보아라. 너에게 아주 좋은 소식을 가져 왔다."

"소식요, 폴리 아주머니?"

"근 한 달 동안이나 나와 네드 오라버니에게 재미없게 시달려 온 너에게는 아주 좋은 소식일 게다. 뭔지 알겠니? 네가 알아맞혀야 한다."

폴리 아주머니는 그 따뜻한 눈을 가만히 감고는, 알아맞히기 전에는 절대로 가르쳐 주지 않겠다는 듯이 말했다.

프랜시스 역시 다정한 눈길로 폴리 아주머니를 바라보았다. 폴리 아주머니 덕분에 프랜시스는 그런 눈길을 되찾을 수 있었다. 폴리 아주머니의 소박하면서도 모난 얼굴(썩 곱다고는 할 수 없는 피부, 노랑털이 난, 유난히 긴 윗입술, 뺨에 난 사마귀⋯⋯로 인하여 솔직히 말하면 아름답다고는 할 수 없는)도 이런 눈길을 할 때는 그렇게 다정해 보이고 그렇게 아름다울 수가 없었다.

"모르겠는데요, 폴리 아주머니."

폴리 아주머니는 짤막하게 웃었다. 프랜시스의 호기심을 자극하는 데 성공한 것을 만족스럽게 여기는 듯한 웃음이었다.

"그렇게 똑똑하던 아이가⋯⋯, 요새는 잠만 자더니 뭐가 어떻게 된 거 아냐?"

프랜시스는, 아무래도 폴리 아주머니의 말이 옳은 것 같아 웃었다.

그곳에 온 후로는 정양한답시고 늘 침대에서 뭉개면서 잠만 잔 것이 사실이었다. 프랜시스의 폐에 혹 이상이 있지 않을까 염려한 폴리 아주머니(폐결핵은 폴리 아주머니의 집안사람들이 대물림으로 앓아 온 병이었다)는 푹 쉬게 할 생각으로 10시까지는 침실에서 나오지도 못하게 했던 것이었다.

10시 이후에 프랜시스가 하는 일이라고 해봐야 폴리 아주머니의 장보기에 따라나서는 게 고작이었다. 폴리 아주머니와 함께 타이니캐슬 번화가 나들이를 자주 해야 하는 이유는, 네드 고모부의 식성이 까다로워 읍내 최고의 가금류家禽類 고기와 쇠고기 아니면 안 먹기 때문이었다. 이 나들이는 약간 유난스러웠다.

몇 차례 나들이를 함께 하면서 프랜시스는 폴리 아주머니가 유명한 상점에서 자기를 '알아주는 걸' 좋아한다는 사실을 알았다. 아주머니는 잘 아는 상점에 들렀다가도 단골로 시중드는 점원이 다른 일을 하고 있으면 볼일을 보지 않고 그 점원이 올 때까지 기다리고는 했다. 또 하나, 프랜시스가 알아낸 것은 폴리 아주머니가 숙녀답게 처신하는 것을 아주 소중하게 여긴다는 것이었다. '숙녀'라는 말은 폴리 아주머니의 언행의 시금석이었고 행동의 지침이었다. 입는 옷만 해도 그랬다. 폴리 아주머니는 그 까다로운 취미에 맞추어 읍내의 일류 기게에서 지은 옷만 입었는데 이게 종종 사람들의 웃음거리가 될 때도 있었다.

번화가를 거닐 때면 폴리 아주머니는 많은 사람들의 인사를 받았다. 사람들로부터 인정을 받는다는 것, 읍내 유지들(가령 측량 기사, 위생 검사관, 경찰서장 같은)의 인사를 받으면 폴리 아주머니는 그렇게 좋아할 수가 없었다. 물론 좋아한다는 걸 겉으로 드러내는 것은 아니었다. 폴리 아주머니는 그런 사람들의 인사를 받으면 모자에 꽂힌 깃털이 흔들리도록 자세를 가다듬으면서 프랜시스에게 이렇게 말하곤 했다.

"철도 회사 전무님이신 오스틴 씨야. 네드 고모부의 친구 분이시지……, 좋은 분이셔."

폴리 아주머니가 읍내 유지들로부터 인사 받는 재미는, 성 도미니크 성당의 풍채가 좋은 미남 신부인 제랄드 피츠제랄드가 덕담하면서 지나칠 때 최고조에 달했다. 성 도미니크 성당은, 폴리 아주머니와 프랜시스가 그 앞을 지날 때마다 들러 무릎을 꿇고 묵상하고 나오는 성당이기도 했다. 프랜시스는 그럴 때마다 두 손을 모으고 입술을 달싹거리면서 무엇인가 소원을 말하는 폴리 아주머니의 옆모습에 감동하고는 했다. 하루는 성당에서 나오자 폴리 아주머니는 프랜시스에게 구두 한 켤레, 책, 과자 한 봉지를 사 주었다. 어느 날에는 아주머니가 낡은 지갑 여는 것을 보고 프랜시스가 눈물을 글썽거리면서 이를 말리자 아주머니는 프랜시스의 손을 뿌리치고 고개를 가로저으면서 이런 말을 했다.

"너희 고모부는, 네가 이러는 걸 보시면 화를 내실 게다."

폴리 아주머니는 자기 오라버니 네드 바논의 누이동생인 것과, 유니온 주점에서 오라버니와 함께 사는 것을 자랑스럽게 여겼다.

유니온 주점은 캐널 가(街)와 다이크 가가 만나는 거리 모퉁이의, 수문 곁에 있었다. 주점에서 보면 가까이 있는 운하는 물론 운하를 드나드는 석탄 운반선, 새로 생긴 철도 마차의 종점까지 훤히 내려다 보여서 좋았다. 주점 건물은 갈색 칠을 한 목조 이층 건물로 아래층은 주점, 위층은 바논 남매가 사는 살림집이었다.

  매일 아침 7시 반이 되면 청소부 매기 마군 부인이 와서 주점 문을 열고는 혼자 콧노래를 부르면서 주점을 청소했다. 네드 바논은 정각 8시에 면도와 머리 손질을 말끔하게 하고는 멜빵바지 차림으로 이층에서 내려왔다. 이층에서 내려온 그가 맨 먼저 하는 일은 바 스탠드 뒤에 있는 상자에서 톱밥을 퍼내어 주점 바닥에 뿌리는 것이었다. 반드시 그럴 필요가 있어서 뿌린다기보다는 전통에 따르는 하나의 의식이었다. 그 다음으로 그가 하는 일은 아침 하늘을 한동안 올려다보고는 우유를 따라 뒤뜰로 가서 위페트(잡종 경주견)에게 아침을 먹이는 것이었다. 뒤뜰에는 개가 열세 마리나 있었다. 이 '열셋'이라는 숫자만 보아도 알 수 있듯이, 그는 미신을 좋아하지 않는 사람이었다.

  단골손님들이 들어오는 것은 이때부터였다. 맨 먼저 주점에 들어서는 사람은 역시 스캔티(팔푼이) 마군 씨였다. 그는 바닥에 가죽을 댄 목발을 짚고 절뚝거리며 들어와시는 늘 그러듯이 구석자리에 앉고는 했다. 스캔티 마군의 뒤를 이어 들어서는 사람은 부두 노동자들, 야간 근무를 교대한 철도마차 마부였다. 스캔티 마군을 제외한 이들이 자리를 차지하고 앉는 일은 드물었다. 대개의 경우 독한 술을 한 잔 마신 다음 맥주를 큰 잔으로 한 잔, 혹은 작은 잔으로 한 잔 마시고는 일어나 가버렸다. 그러나 스캔티는 한 번 앉으면 일어날 줄을 몰랐다. 그는 자리를 차지하고 앉아서 충실한 개처럼 바 스탠드 뒤에 서서 정신없이 일하는 네드를 지켜보고 있는 것이었다. 네드의 머리 위에는 정교하게 가장자리를 세공한 나무 현판이 걸려 있었는데 현판에는, '신사는 남에게 폐를 끼치지 않는다.'는 글귀가 새겨져 있었다.

쉰 살인 네드 바논은 체격이 건장한 사람이었다. 얼굴은 크고 혈색이 좋았으며 남들을 편안하게 만들어 주는 약간 튀어나온 눈은, 그가 즐겨 입는 검은 옷과 잘 어울렸다. 그는 야한 사람도, 필요 이상으로 친절한 사람도, 손님들의 비위를 잘 맞추는 사람도 아니었다. 그는 엄격하면서도 까다로우리만큼 위엄을 차리는 데가 있는 사람이었다. 그는 자기에 대한 평판과 자기 직업을 자랑으로 여겼다. 원래 모진 감자 흉년을 만나 아일랜드에서 이주해 온 이민의 아들인 그는 어린 시절에 이미 가난이 무엇인지, 굶주림이라는 게 무엇인지 잘 아는 사람 그러나 숱한 역경을 딛고 딴에는 상당한 성공을 거둔 사람이었다. 그에게는 경찰 당국과 맥주 공장으로부터 당당하게 면허와 인정을 받은 주점이 있었고 영향력 있는 친구들도 많이 있었다. 자기 일을 사랑하는 그는 실제로 술장사는 괜찮은 직업이다, 내가 그것을 증명하고 있다……는 주장을 펴곤 했다. 그는 미성년자들에게는 절대로 술을 팔지 않았고, 마흔 살이 되지 않았을 경우에는 여자에게도 술을 팔지 않았다. 유니온 주점에 '가족석'이라는 것은 없었.

그는 술집에서 벌어지는 난장판을 싫어했다. 유니온 주점에서 난장판이 생길 조짐이 보이기만 하면 그는 헌 구두(미리 준비해 두고 있는)로 소동이 가라앉을 때까지 바를 두드리고는 했다. 술 실력이 상당한 데도 취한 모습을 보이는 일도 없었다. 웃음이 헤

퍼지고 눈빛이 게슴츠레해질 때가 전혀 없는 것은 아니었다. 그러나 그런 날은 대개 특별한 날, 가령 성 패트릭 축일祝日이거나 만성절萬聖節, 섣달 그믐날 아니면 기르고 있는 개가 경주에서 우승하여 그의 목에다 메달을 걸어 준 날이었다. 이런 특별한 날이 지나고 이튿날이 되면 그는 큰 죄라도 지은 사람처럼 스캔티를 보내어 성 도미니크 성당의 보좌 신부인 클랜시를 모셔 오게 하곤 했다. 보좌 신부 앞에서 고해 성사를 끝내고 나면 무릎에 묻은 먼지를 털고 일어나 뒷방으로 20실링짜리 금화를 가져다 불우이웃 돕기에 써 달라면서 젊은 보좌 신부의 손에 쥐어 주고는 하는 것이었다. 그는 성직자들을 어렵게 알았다. 성 도미니크 성당의 피츠제랄드 주임 신부 같은 이에 대해서는 존경하는 마음이 지나쳐 두려워하고 있다고 해도 좋을 정도였다.

마음을 편하게 하는 사람이라는 평판을 얻고 있던 그는 먹기도 잘 먹고 남에게 선심도 잘 썼다. 그러나 그는 주식이라든지 배당이라든지 하는 말을 싫어해서 돈이 생기기만 하면 '벽돌로 지은 놈'에다 투자했다. 폴리 아주머니가 함께 살고 있기는 해도 아주머니에게는 큰 오라버니인 마이클 바논에게서 상속받은 아주머니 몫의 재산이 있었다. 따라서 그는 누이동생 걱정을 하지 않아도 좋았다.

그는 사람을 사귀는 데 오래 걸리는 사람이었으나 프랜시스만은, 그 자신의 말을 빌면 '마음에 드는 아이'였다. 그는 프랜시스의 잘 나서지 않는 조심성, 말을 앞세우지 않는 과묵함, 말은 하지 않지만 신세지는 것을 늘 고마워할 줄 아는 마음씨를 좋아했다. 그래서 조용히, 멍한 얼굴을 하고 앉아 있는 프랜시스를 볼 때마다 공연히 걱정스러운 얼굴을 하면서 머리를 긁는 것이었다.

 오후가 되면 프랜시스가 식곤증을 느끼고, 볕이 잘 들어 술집 같다기보다는 교회 같은 한산한 주점으로 내려와 네드 바논을 상대로 지껄이는 스캔티 마군의 잡담에 귀를 기울일 때가 있었다. 부지런하나 멋대가리 없는 주점의 청소부 매기 마군의 남편이자 원수인 스캔티 마군은 몸이 온전치 못한 사람이었다. 신경 계통의 이상에 의한 괴저로 두 다리를 잃었던 것이었다. 잡담할 때면 그 이야기를 자주 입에 올리듯이, 그는 죽은 후에 자신의 몸을 해부용으로 기증한다는 서류에 서명함으로써 '의사들에게 몸을 판' 사람이었다. 그러나 그 돈은 재빨리 마셔버리고 그에게 남은 것은 심술뿐이었다. 한 마디로 그는 눈이 짓무른, 말은 많고, 턱도 없이 교활하고, 그럼에도 불구하고 재수는 억세게도 없는 노인일 뿐이었다. 그러니 사람들이 가까이 가려 할 턱이 없었다. 술만 들어가면 그는 자기가 의사들에게 당했다면서 이런 말을 하고는 했다.

 "놈들에게 속아 제값을 받지 못했던 거야. 남의 머리 가죽을 벗기려 드는 돌팔이 같은 놈들. 놈들이 내 몸을 만지게 두나 봐라. 어림도 없지. 배타고 나가서 물에나 콱 빠져 죽어버릴까 보다."

 이따금씩 네드 바논은 스캔티에게 줄 맥주를 프랜시스 손으로 따르게 할 때가 있었다. 맥주를 주는 것은 스캔티가 불쌍해서 주는 것이고 프랜시스에게 따르게 하는 것은 프랜시스에게 따르는 재미를 누리게 하기 위해서 그러는 것이었다. 프랜시스가 맥주 통의 상아로 된 손잡이를 뒤로 밀고 맥주를 따르면, 스캔티는 냄새를 맡아 봐, 하고 고함을 치고는 했다. 아닌 게 아니라 프랜시스는 냄새가 그럴 듯해서 한 모금 마셔보고 싶다고 생각하고 네드에게 마셔보아도 좋으냐고 물은 적도 있었다. 네드는 고개를 끄덕였다. 그러나 프랜시스는 맥주를 한 모금 마셔보고는 곧 얼굴을 찡그렸고, 네드는 그런 프랜시스를 바라보며 웃었다.

"맥주란 많이 마셔보지 않고는 맛을 알 수 없는 것이지."

네드가 한 말이었다. 네드가 상투 어구처럼 잘 쓰는 말이 있었다. 가령,

"여자와 맥주는 물과 기름이지."라든가, "가장 친한 친구는 역시 현금."이라는 따위의 말이 그것이었다. 그가 이런 말을 얼마나 자주 그리고 진지하게 하는지 유니온 주점에서는 이 말이 대단한 경구로 통했다.

네드 바논이 가장 사랑하는 사람은 형 마이클 바논의 딸인 노라였다. 노라는 세 살 때는 폐결핵(켈트 족에게는 치명적인 질병이었던)으로 어머니를, 다섯 살 때는 아버지를 잃은 아이였다. 네드는 노라를 보살피는 데 온 정성을 다 기울이고 있었다. 네드는 이 질녀를 길러 열세 살 되던 해에 노덤벌랜드에서 가장 좋은 수도원 기숙 학교인 성 엘리자베드 여학교에 보냈다. 이 질녀의 학비를 대는 것을 큰 기쁨으로 여기면서 네드는 질녀가 자라는 것을 다정한 눈으로 지켜보았다. 이 질녀가 방학을 맞아 자기 집으로 오면 네드는 전혀 다른 사람이 되곤 했다. 몸놀림이 재빨라지는 것은 물론이고, 멜빵바지 차림으로는 나타나지도 않았고, 놀

이나 여흥거리를 마련하여 질녀를 기쁘게 하려고 애썼으며 질녀의 기분이 상하지 않게 주점 관리도 훨씬 엄격하게 했다.

폴리 아주머니는 아침 밥상인 철제 쟁반 위로 몸을 구부리고 잡아먹을 듯이 프랜시스를 바라보며 말했다.

"그래……. 네가 모르니까 내가 말해 주어야겠구나. 첫째, 네 고모부는 오늘 밤에 만성절 파티를 열기로 하셨다……. 꼭 만성절이어서 여는 것만은 아니야……. 파티를 열 만한, 또 한 가지 이유가 있으니까. 거위를 잡고, 사 파운드짜리 케이크도 마련하고, 스냅드레이건 놀이에 쓸 건포도……, 사과도 물론 있어야지. 고모부는 고스포드에 있는 랭 과수원에서 특별히 가져 온 사과만 잡수신단다. 아마 오늘 오후에 네가 가서 가져와야 할 거야. 바람도 쐴 겸해서."

"물론 가죠. 하지만 길을 잘 모르는걸요."

폴리 아주머니는 천천히 프랜시스가 진짜로 놀랄 만한 이야기를 시작하려고 분위기를 만들었다.

"너에게 길을 가르쳐 줄 사람이 있어. 너에게 길을 가르쳐 줄 사람이 긴긴 주말 휴가를 우리와 함께 보내려고 학교에서 오늘 올 거니까."

"아! 노라가 오는군요!"

프랜시스는 자기도 모르는 사이에 함성을 질렀다.

폴리 아주머니는 고개를 끄덕이고 나서 쟁반을 들고 일어섰다.

"그래. 너희 고모부는 노라가 주말 휴가를 보내러 온다니까 좋아서 정신을 못 차리신다. 어서 일어나서 옷을 입어라. 열 한 시에는 우리 모두 이 장난꾸러기를 맞으러 정거장에 나가야 하니까."

폴리 아주머니가 방을 나간 뒤 프랜시스는 멍한 얼굴로 앉아 있었다. 그의 마음은 착잡했다. 노라가 온다는 뜻밖의 소식은 그를 놀라게 하는 동시에 그의 가슴에다 이상한 파문을 일으킨 것이었다. 그가 노라를 좋아했던 것은 물론이었다. 그러나 다시 노라를 만난다고 생각하니 이상하게 반갑기도 하고, 피할 수 있으면 피하고 싶기도 했다. 프랜시스는 문득 자기 얼굴이 달아오르는 것을 깨닫고 화들짝 놀라고 말았다. 그는 침대에서 뛰어내려와 옷을 입기 시작했다.

프랜시스와 노라는 2시에 집을 나서서 철도마차를 타고 타이니캐슬을 벗어나 클레먼트 교외에 이르렀다. 여기서부터 고스포드까지는 바구니를 마주잡고 흔들어대면서 걸었다.

프랜시스와 노라가 만난 것은 4년 만이었다. 프랜시스는 집에서 점심을 먹는 동안 이상하게노 노라에게는 말을 길 수가 없었다. 네드 고모부는 신이 나서 떠들어대는데도 프랜시스는 고통스러울 만큼 부끄러운 생각이 들어 아무 말도 하지 못했다. 프랜시스는 노라를 어린아이로 기억하고 있었다. 그러던 노라가 열다섯 살의, 몰라보게 자란 처녀가 되어 있는 것이었다. 파랗고 긴 치마를 입은 노라는 보디스까지 하고 있었다. 노라의 손발은 유난히 작았다. 그러나 얼굴은 상당히 도발적이어서 금방이라도 도전해 올 듯이 보이다가도 갑자기 새침해지기도 했다. 나이에 비하면 키는 큰 편이었으나 키가 큰 데 비하면 뼈마디가 가늘었다. 창백한 얼굴과 대조되어 보이는 파란 눈에는 늘 장난기가 어려 있었다. 싸늘한 바람 때문인지 노라의 눈에서는 불꽃이 이는 것 같았고, 코끝은 빨갛게 되어 있었다.

바구니 손잡이 위에서 프랜시스의 손이 이따금씩 노라의 손에 닿을 때가 있었다. 그럴 때 프랜시스가 경험하는 짜릿한 느낌은 놀라운 것이었다. 그럴 때마다 프랜시스의 마음은 달콤하면서도 뭐가 뭔지 모를 이상한 상태에 빠지곤 했다. 프랜시스는 이 세상에서 노라의 손만큼 감촉이 좋은 것은 없다고 생각했다. 노라가 자기를 바라보며 웃고 있다는 걸 어렴풋이 느낄 수 있었을 뿐 말을 할 수도 노라를 바라볼 수도 없었다. 황금빛으로 물들었던 가을 단풍은 햇살을 받고 호박색으로 타오르고 있었다. 프랜시스는 그렇게 아름다운 나무, 들판, 하늘 빛깔을 본 적이 없었다. 모든 것들이 흡사 그의 귀에다 대고 노래를 부르는 것 같았다.

갑자기 노라는 웃음을 터뜨리며 달리기 시작했다. 그 바람에 노라의 머리카락이 흩날렸다. 바구니 손잡이를 함께 잡고 있어서 프랜시스도 따라 달리지 않을 수 없었다. 한참 뒤에야 노라는 숨을 가누면서 걷기 시작했다. 노라의 눈이 맑은 날 아침의 서리처럼 빛났다.

"프랜시스, 나 이상한 것 같지? 하지만 내 걱정은 하지 마. 이따금씩 이러고 싶을 때가 있어. 나도 어쩔 수 없을 정도로. 아마, 학교를 벗어났다는 해방감 때문일 거야."

"학교를 좋아하지 않니?"

노라는 듣는 사람의 얼굴이 붉어질 정도의 천진난만한 이야기를 했다.

"좋아할 때도 있고, 싫어할 때도 있어. 학교는 재미있는 곳이기도 하고, 너무 엄격해서 넌더리가 나는 곳이기도 해. 목욕할 때도 가운을 입고 하란다, 글쎄. 말해 봐, 나랑 떨어져 있으면서 내 생각 했어?"

"……으응."

"고마워……. 나도 네 생각을 했어……."

노라는 프랜시스를 바라보면서 더 말할 듯한 눈치를 보이다가는 입을 다물어 버렸다.

이윽고 두 사람은 고스포드 과수원에 이르렀다. 과수원 주인이자 네드 바논의 친구인 조디 랭 씨는 반쯤 나목裸木이 된 사과나무 사이에서 낙엽을 태우고 있었다. 그는 프랜시스와 노라의 인사를 받고는 다정하게 함께 낙엽을 모아 태우자고 말했다. 두 사람은 노란 잎, 갈색 잎을 모아 이미 그가 태우고 있는 낙엽 더미에 보탰다. 낙엽 타는 냄새가 옷에 밸 듯했다. 두 사람은 서로 서먹서먹하게 굴었다는 것도 잊고 낙엽을 모아 낙엽 더미의 크기를 겨루었다. 노라는 프랜시스가 만든 낙엽 더미를 허물어 버리고는 맑은 하늘이 울리게 웃었다. 조디 랭 씨가 웃으면서 이런 말을 했다.

"젊은 친구, 그것 보게. 여자란 그런 것일세. 남자가 쌓은 것을 허물어버리고는 웃는 것, 그게 바로 여자라네."

낙엽 태우는 일이 끝나자 랭 씨는 두 사람에게 사과 창고를 손가락질했다. 과수원 한 귀퉁이에 있는 목조 건물이었다. 그쪽으로 가는 두 사람의 등에다 대고 랭 씨가 소리쳤다.

"일을 도와주었으니 마음대로 가져가려무나. 바논 씨에게 안부 전해다오, 금주 안에 들러서 한 잔 하겠다는 말도 함께."

사과 창고는 석양빛을 은은하게 받고 있었다. 두 사람은 사다리를 타고 창고로 올라갔다. 창고 바닥에는 짚이 깔려 있었고, 짚 위에는 그 과수원의 자랑거리인 립스톤 피핀 종種 사과가 서로 닿지 않을 정도의 간격으로 나란히 열을 짓고 있었다. 프랜시스가 낮은 창고 천장에 머리를 찧지 않도록 허리를 구부리고 다니며 바구니에다 사과를 담을 동안 노라는 짚 위에 책상 다리를 하고 앉아 있다가 사과 한 알을 집어서는 엉덩이에다 쓰윽 문지르고는 먹기 시작했다.

"아이, 맛있어. 프랜시스, 너도 하나 먹어보렴."

프랜시스는 노라 앞에 앉아 노라가 건네주는 사과를 받았다. 놀라울 정도로 맛이 좋았다. 한동안 프랜시스는 노라가 사과 먹는 것을, 노라는 프랜시스가 사과 먹는 것을 바라보고 있었다. 노라의 하얀 이빨이 빨간 사과의 껍질을 뚫고 흰 속살에 박힐 때마다 과즙이 노라의 턱 끝으로 흘러내렸다. 어두컴컴한 사과 창고 안이어서 프랜시스도 더 이상 부끄러워하지 않았다. 프랜시스에게는 그 순간이 달콤하고 따사로웠다. 프랜시스는 산다는 게 왜 좋은지 실감할 수 있을 것 같았다. 그에게는, 과수원에서 노라가 주는 사과를 받아먹는 그 순간만큼 행복한 순간은 오지 않을 것 같았다. 이따금씩 시선이 마주칠 때마다 두 사람의 눈은 웃었다. 그러나 노라의 웃음은 환한 웃음이 아니라 기묘한 웃음, 무엇인가를 감추고 있는 듯한 웃음이었다. 노라는 자기 나름의 생각에 잠겨 있던 모양이었다.

문득 노라가 깔깔대면서 이상한 말을 했다.

"씨까지 먹을 수 있으면 어디 먹어 봐……. 아니야, 먹지 마, 프랜시스. 우리 학교의 마가렛 메어리 수녀님이 그러시는데, 사과 씨를 먹으면 배앓이를 한대. 그리고 새 사과나무는 사과 씨에서 태어난다는 거야. 재미있는 얘기지? 그건 그렇고……. 프랜시스, 너 폴리 아주머니와 네드 아저씨를 좋아하니?"

"그럼, 무척. 너는?"

"나도 좋아해. 하지만 폴리 아주머니는 내가 기침할 때마다 아기 다루듯 해서 질색이야. 네드 아저씨는 걸핏하면 날 자기 무릎 위에 앉히려고 하고……, 그건 정말 싫어……."

노라는 말을 하다 말고 처음으로 눈을 내리깔았다.

"하기야 그런 게 별거는 아니지만……. 마가렛 메어리 수녀님은, 내가 건방지대……. 너도 그렇게 생각하니?"

프랜시스는 되도록이면 대답을 하지 않는 게 좋을 것 같아서 눈길을 돌렸다가, 짤막하게 대답했다.

"아니."

노라는 어색하게 웃었다.

"우리는 친구 사이야. 그러니까 마가렛 메어리 수녀님이 무슨 말을 하든 너만 그렇게 생각하지 않으면 되는 거야. 그건 그렇고 너는 장차 뭘 할 생각이니?"

프랜시스는 화들짝 놀라면서 노라를 바라보았다.

"모르겠어. 왜 묻지?"

노라는 갑자기 치마 단을 잡고는 신경질적으로 조물락거렸다.

"그저……, 네가 좋아서. 전부터 너를 좋아했어. 아주 오래 전부터 네 생각을 참 많이 했어. 그래서……, 네가 떠나지 않았으면 좋겠다 싶은 거지."

"내가 떠나기는 어디로 떠나?"

"너는 아직 모르는구나. 나는 폴리 아주머니를 잘 알아……. 오늘 나는 폴리 아주머니가 하시는 말씀을 엿들었어. 너를 신부로 만들 수만 있다면 아까울 게 없겠다고 하시더구나. 신부가 되려면 모든 걸 버려야 하지 않니? 나까지도……."

프랜시스가 대답할 사이도 없이 노라는 일부러 말괄량이 몸짓을 해 보이느라고 몸을 흔들면서 자리에서 일어났다.

"우리도 참 한심하다. 하루 종일 여기 앉아 있을 셈인가? 바깥 날씨는 저렇게 좋고, 오늘 밤에는 파티가 있는데."

그 말을 듣고 프랜시스는 일어나려고 했다. 노라가 속삭였다.

"아니, 잠깐만 기다려. 눈감아봐, 근사한 선물을 줄 테니까."

프랜시스가 눈을 감을지 말지 마음을 정하기도 전에 노라가 달려들어 그의 뺨에다 살짝 입을 맞추었다. 순간의 따뜻한 접촉, 그때 뺨에 와 닿던 숨결, 자기 얼굴로 다가오던 노라의 조그만 얼굴…… 프랜시스는 정신이 아득했다. 노라는 새빨개진 얼굴을 하고 사다리를 타고 창고를 빠져나갔다. 프랜시스 역시 새빨개진 얼굴을 하고, 뺨에 생긴 촉촉한 입술 자국을 상처자리 만지듯이 어루만지면서 사다리를 내려갔다. 그의 가슴은 걷잡을 수 없이 두근거리고 있었다.

그날 밤, 만성절 파티는 7시 조금 전에 시작되었다. 네드 바논은 주인의 특권을 행사하여 주점을 평소보다 5분 일찍 닫았다. 그 시각에 가게에는 단골손님이 몇 명 있었지만 네드는 정중하게 이들에게 떠나 줄 것을 부탁했다. 파티 손님들은 이층 거실에 모였다. 거실은 이미 밀랍 모형 과일이 든 유리 상자, 파란 유리 상자 위에 놓인 파아넬(당시 아일랜드 자치당 당수_역주)의 초상, 자이언트 방죽에서 찍은 네드와 폴리의 사진 액자, 킬라니 토산품인 참나무로 만든 장난감 마차, 용설란, 초록색 댕기를 달아 벽에다 걸어둔 참나무 곤봉 같은 것들이 만성절 파티 분위기를 지어내고 있었다. 바닥에는 앉으면 먼지가 일 만큼 푹신한 의자도 마련되어 있었다. 다리가 수종水腫 걸린 여자 다리같이 통통한 마호가니 식탁에는 20명분의 음식이 차려져 있었다. 굴뚝 속으로 불꽃을 올리고 있는 난로의 석탄불은 아프리카 딤힘가도 깜짝 놀랄 만큼 뜨거웠다. 거위 요리 냄새가 진동했다. 모자를 쓰고 앞치마를 입은 매기 마군 부인은 미친 사람처럼 뛰어다니고 있었다. 손님들 중에는 젊은 클랜시 보좌 신부, 테디어스 길포일, 근처 상점주인들, 철도 회사 전무인 오스틴 씨 부부와 이들의 세 아이들이 면면이 보였다. 물론 네드 바논, 폴리 아주머니, 노라, 프랜시스도 그 자리에 있었다.

이 소란한 잔치의 와중에서 네드 바논은 6펜스짜리 궐련을 물고 희색이 만면한 얼굴로 옆에 있는 길포일에게 무슨 말인가를 열심히 하고 있었다. 나이가 서른 살인, 이 얼굴이 창백하고, 지극히 평범하고, 언제 보아도 감기 기운이 있어 보이는 태디어스 길포일은 가스 회사의 서기였으나 틈틈이 네드를 위해서 바렐 가(街)에다 세를 준 가게 세도 받아다 주고 성 도미니크 성당의 잡역을 맡아서 처리해 주기도 하는 사람이었다. 그는 궂은일을 시키면 마다하기는커녕, 네드의 말을 빌면 '궂은일을 찾아다니며' 하는 사람이었다. 그는 남의 말에 토를 다는 법도 없었고, 저 나름의 의견을 주장하는 법도 없었다. 그런데도 그는 많은 사람들로부터 신뢰를 받았고, 남들이 필요로 할 만한 자리면 부르기도 전에 와 있고는 했다. 요컨대 그는 살짝 둔한 사람, 믿을 만한 사람, 배짱이 웬만큼만 맞아도 고개를 잘 끄덕거리는 사람, 노동조합 배지를 만지작거리며 코를 잘 훌쩍거리는 사람, 눈은 툭 튀어나오고 발은 마당발인 사람, 고지식하고 조심성이 많은 사람이었다.

"오늘 밤에 한 마디 하실 거죠?"

그는 한 마디 하지 않으면 큰일이라도 날듯이 네드에게 묻고 있었다.

"글쎄, 아직은 모르겠는데."

네드가 담배 연기를 내뿜으며 딴에는 진지한 어조로 대답했다.

"하세요."

"손님들이 원하지 않는 것 같은데."

"부탁이니까 하세요."

"꼭 해야 할까?"

"해야 하고말고요……. 그리고 하고 싶으시겠죠?"

"꼭 해야 한다, 이거지?"

"그럼요. 아마 하고 말 겁니다."

기분이 좋아진 네드는 궐련을 입술 이쪽에서 저쪽으로 굴리면서 의미심장한 눈빛을 해 보였다.

"태디어스, 사실 말이지만, 발표할 게 있기도 해. 아주 중대한 발표. 자네가 자꾸 그러니까 내 몇 마디 하기로 하지."

폴리 아주머니의 주장에 따라 먼저 만성절 잔치의 서곡이라고 할 수 있는 아이들의 놀이가 시작되었다. 아이들이 맨 먼저 한 놀이는, 건포도가 든 커다란 접시에다 독한 술을 부어 놓고 거기에다 불을 지른 뒤에 건포도를 하나씩 꺼내는 스냅드레이건 놀이, 그 다음에는 포크를 입에 물고 의자 위에 올라가 이 포크를 떨어뜨려 대야에 떠 있는 사과에 꽂히게 하는 더크애플 놀이였다. 7시 정각에는 합창대가 들이닥쳤다. 마을 상점의 점원 아이들로 구성된 이 힙칭 대원들은, 만성절 풍속에 따라 이상한 옷차림에 얼굴에는 숯가루를 칠하고는 마을을 돌며 노래를 부르는 대신 푼돈을 얻어 가는 것이었다.

어떻게 하면 네드 바논의 기분이 좋아지는지 잘 알고 있는 이들은 '예쁜 샴록 아가씨', '귀여운 카틀린', '매기 머핀의 고향'을 불렀다. 돈을 주자 그 집 앞을 떠나면서 합창 대원들이 소리쳤다.

"고맙습니다, 바논 씨! 유니온 주점 만세! 바논 씨 만세!"

"잘 가거라, 너희들 모두 고맙구나."

네드는 손을 비볐다. 켈트 인들의 민요를 들은 참이라 켈트 인 특유의 감상에 젖어 그의 눈에는 이슬이 맺혔다. 그 눈물을 감추려는 듯이 그가 소리쳤다.

"……폴리, 어서 시작하자고. 손님들 위장은 저희들 목 조르는 줄 알겠어."

손님들은 모두 자리에 앉았다. 클랜시 신부가 감사 기도를 했다. 매기 마군 부인이 낑낑대며 타이니캐슬에서 가장 큰 거위 요리를 들고 들어왔다. 프랜시스는 그렇게 맛있는 거위 요리를 먹어 본 적이 없었다. 혀끝에서 살살 녹는 것만 같았다. 맑은 공기를 쐬며 오래 돌아다닌 데다 가슴 속에 간직한 이상한 경험 때문이었겠지만 그의 몸은 날아갈 듯이 가벼웠다. 이따금씩 그의 눈과 노라의 눈이 식탁 위에서 만났다. 두 눈길은 그럴 때마다 저희들만 아는 은밀한 즐거움을 오붓하게 누렸다. 프랜시스는 잠자코 앉아 있었다. 노라의 모습을 보는 것만으로도 가슴이 벅찼기 때문이다. 그에게 이 행복한 날의 기억과 그날 두 사람 사이에 있었던 은밀한 동아리 의식은 차라리 야릇한 고통의 씨앗이기도 했다.

식사가 끝나자 네드가 갈채를 받으며 천천히 일어났다. 그는 엄지손가락 하나를 겨드랑이에다 대고 연설할 자세를 취했다. 약간 긴장해 있는 것 같았다.

"신부님, 그리고 신사 숙녀 여러분, 여러분께 진심으로 감사드립니다. 저는 원래 말 주변이 없는 사람입니다……."

"없기는 왜 없어요?"

태디어스 길포일의 말이었다.

"……그러나 저는 생각하는 대로 말하고, 말하는 대로 행동하는 사람입니다……."

갈채가 나왔다. 네드는 긴장을 풀 속셈으로 약간 뜸을 들였다.

"……여러분이 좋아하시는 걸 보니 제 마음도 즐겁고 만족스럽습니다. 좋은 인간관계와 좋은 맥주는 우리 삶의 원동력이 됩니다……."

문 쪽에서 합창대에 묻어 들어왔다가 슬쩍 파티에 합류한 스캔티 마군이 북채 같은 거위 뼈를 흔들며 소리를 질렀다.

"바논 씨 만세! 당신은, 참 멋있는 분이오!"

네드 바논은, 위대한 사람에게 추종자는 있는 법이거니, 하는 생각에서 그의 말은 들은 척도 않고 연설을 계속했다.

"……한참 연설하는데 마군 부인의 서방님이 초를 치는군요……."

폭소가 터졌다.

"……흔히 있을 수 있는 일이지요. 저는 이런 일도 좋아합니다. 저는 얼마 전에 불쌍하게 죽은 제 아내 오라버니의 아들, 그러니까 죽은 제 아내의 친정 조카를 저희 집으로 데려 왔습니다. 저는 다 어머니의 아들딸들이신 여러분이 이 아이와 함께 하게 되신 것을 자랑스럽게 여겨주시고, 사랑해주시리라고 확신합니다……."

사람들은 박수를 보냈다. 폴리 아주머니의 말소리가 들렸다.

"프랜시스, 인사를 드려야지."

"……저는 지난날의 이야기를 하자는 것이 아닙니다. 과거는 묻어두는 게 좋다는 게 제 생각입니다. 그렇지만 이 말씀만은 드려야겠습니다. 저 아이가 우리 집에 올 때의 모습과 지금의 모습을 비교해 보십시오……."

갈채가 터졌다. 스캔티 마군의 음성이 또 끼어들었다.

"여보 마누라, 매기, 거위 고기 조금만 더 주라."

"……자화자찬하고 싶어서 이러는 것은 아닙니다. 저는 하느님과 인간과 짐승에게 골고루 사랑을 나누며 살아가고자 하는 사람입니다. 믿어지지 않으시는 분은 제가 기르는 개들을 보아 주십시오……."

"암요, 타이니캐슬에서는 가장 팔자가 좋은 개들이지요."

태디어스 길포일의 음성이었다.

"……."

길포일의 말이 끝났는데도 네드의 연설은 계속되지 않았다. 네드가 말머리를 놓친 것이었다.

"……어디까지 했더라."

"프랜시스 이야기를 하셨잖아요."

폴리 아주머니의 말이었다.

"……맞아, ……프랜시스가 저희 집에 오는 날 저는 생각했습니다. 고놈 똘똘하게 생겼다. 잘 길들이고 주점 일을 가르쳐 자립할 수 있게 해 주자……. 그래서 그렇게 하기로 작정했을까요? 클랜시 신부님 앞에서 맹세코, 아닙니다. 저는 폴리와 의논했습니다. 이 아이는 어리다, 이 아이는 구박을 너무 받았다. 이 아이에게는 장래가 있다. 게다가 이 아이는 죽은 내 아내의 친정 조카다……. 그러니까 대학에 보내자, 우리 둘이서 잘하면 뒤를 댈 수 있을 것이다……. 신사 숙녀 여러분, 저는, 이 아이 프랜시스가 다음 달에 홀리웰 신학교에 입학하게 되었다는 사실을 여러분께 알려 드리게 된 것을 기쁘고 자랑스럽게 생각하는 바입니다."

네드 바논은 이 으리으리한 학교 이름으로 연설의 말미를 장식하고는 땀을 흘리면서, 갈채를 받으며 자리에 앉았다.

4

느티나무 그늘은 손질이 잘 된 홀리웰 신학교의 잔디밭에 그 긴 그림자를 드리우고 있지만, 북부의 6월 석양은 성오처럼 붉았다. 어두워지는 것은 아주 늦은 시각, 그러니까 북극광이 창백한 하늘에 잠깐 나타났다가 사라지는 새벽녘뿐이었다.

프랜시스는 '철학 연구반'에 가입한 이래 로렌스 허드슨, 안셀름 밀리와 함께 쓰는 조그만 방의 열린 창가에 앉아 있었다. 그는 자신의 주의가 눈앞의 아름다운 경치에 팔려, 창틀에다 펴 놓은 노트를 떠나 자꾸만 방황하고 있음을 깨닫고는 서글퍼했다.

학교 건물이 그의 시야에 들어왔다. 1603년에 아취볼드 프레이저가 성채로 지었다가 19세기에 들어와 가톨릭 신학교에 기증한 고풍스러운 화강석 건물이었다. 그의 시야 왼쪽으로 들어오는 건물이 본관만큼이나 수수한 건물인 교회, 그리고 그 옆에는 도서관으로 통하는 회랑이 그 유명한 사각형의 잔디밭을 싸고 있었다. 이들 건물 건너편으로는 파이브즈Fives(손이나 배트로 공을 벽에 치며 하는 경기. 특히 영국 사립학교들에서 함_역주) 장과 핸드볼장, 마지막 경기가 계속되고 있는 운동장, 폴드 앵거스 종種 소 떼가 평화롭게 풀을 뜯고 있는, 스틴처 강으로 이어지는 초원, 참나무와 떡갈나무 숲, 그 숲 속에 점점이 보이는 양치기 오두막, 아득히 멀리 안개 속으로 희미한 그림자처럼 떠오른, 파란 톱날 같은 애버딘셔의 그램피언 산맥이 보였다.

  프랜시스는 자기도 모르는 사이에 한숨을 쉬었다. 그에게는 황량한 바람이 휘몰아치던 북방의 역에 시골뜨기 소년으로 내린 일이 엊그제 같았다. 미지의 세계에 대해 두근거리는 가슴을 안고 두려워하던 일, 그런 가슴을 안고 저 무시무시한 하미쉬 맥냅 학장 신부를 면담하던 일도 기억에 새로웠다. 그는 아이슬랜드의 저 유명한 '맥냅'과는 항렬行列이 같은, 고지 스코틀랜드의 신사인 '녹슨 맥'(머리카락과 눈썹이 붉어서 이런 별명이 붙음)이 격자무늬 두건을 쓰고 앉아 그 벌레같이 선명하고 붉은 눈썹 아래로 자기를 노려보면서 을러대던 일을 잊을 수 없었다.

  "그래, 자네가 할 줄 아는 게 뭔가?"

  "죄송합니다만…… 별로 없습니다."

  "없어? 하릴랜드 플링(스코틀랜드 고원 지대 사람들이 즐겨 추는 춤_역주)도 출 줄 모르나?"

"모릅니다."

"뭐야? '치점'같이 근사한 가문에서 태어난 놈이?"

"죄송합니다."

"죄송하다……. 별로 쓸모가 없는 녀석이로구먼. 아니면, 할 줄 아는 게 뭐야?"

프랜시스는 이 대목에서 부들부들 떨기 시작했다.

"별로 없습니다만……. 저, 저…… 낚시질이라면 좀 할 줄 안다고 생각합니다."

맥냅 학장은 웃었다.

"그나마 생각해? 어쨌든 그거라도 좀 할줄 안다면 나와 친구가 될 수 있겠네. 자네나 내가 태어나기 훨씬 전에, 치점 집안사람들과 맥냅 집안사람들은 낚시도 같이 많이 했고, 그러다가 싸우기도 많이 싸웠다. 그러니까 내 손에 얻어맞기 전에 이제 그만 나가거라."

이 모든 일이 엊그제 일 같은데, 한 학기만 너 하면 홀리웰 신학교와는 이별이었다. 프랜시스는 다시 한 번 분수 옆의 자갈길로 눈길을 던졌다. 신학생들이 삼삼오오 떼를 지어 몰려다니고 있었다. 신학교에서는 흔히 볼 수 있는 광경이었다. 그러나 그들과도 머지않아 이별이었다. 그들 대부분이 스페인의 산모랄레스에 있는 신학원에 진학할 것이기 때문이었다. 프랜시스와는 같은 방을 쓰는 안셀름 밀리와 로렌스 허드슨도 보였다. 애정 표현이 대담한 안셀름 밀리는 최우수 프레이저 장학생답게, 손짓을 해

가면서 자기 의견을 말하는 로렌스 허드슨의 어깨에 손을 올린 채 걷고 있었고, 이들 뒤로는 학생들에게 둘러싸인 채 타란트 신부가 걷고 있었다. 타란트 신부는 키가 크고 피부가 가무잡잡한 말라깽이 신부였다. 성격이 모질면서도 남을 야유하기 좋아하는 이 신부는 프랜시스와는 천성적으로 잘 맞지 않았다.

이 젊은 타란트 신부를 보는 순간 프랜시스의 표정은 굳어지기 시작했다. 그는 노골적으로 싫은 얼굴을 하고, 창틀에 놓인 노트를 내려다보다가는 마음을 모질게 먹고는 펜을 들고 쓰기 시작했다. 타란트 신부가 프랜시스에게 내준 숙제였다. 그가 마음을 모질게 먹기는 했지만 그렇다고 해서 그 잘생긴 뺨과 맑은 갈색 눈에 적의가 나타날 정도는 아니었다. 열여덟 살. …… 그는 헌헌장부가 되어 있었다. 게다가 마음 쓰임새가 맑아 그 매력이 돋보였다. 그러나 워낙 순진하고 선병질적인 청년인 그는 자신의 그런 점을 부끄럽게 여겼다.

1887년, 6월 14일. 오늘, 생각만 해도 오싹해지는 일이 있었다. 이를 여기에 기록하여 나 자신과 타란트 신부에 대한 복수로 삼아야겠다. 저녁 기도 시간까지 시간을 아껴야 한다. 저녁 기도가 끝나면 안셀름이 핸드볼을 하자고 조를 테니까 그 안에 써 두어야 한다. 안셀름은 자기가 그런 식으로 몰지 않으면 내가 신학교 생활을 제대로 못할 것이라고 생각하는 모양이다. 예수 승천 축일. 목요일. 쾌청. '녹슨 맥'과의 희한한 모험……. 이렇게 시작해야 하겠지만 이 이야기는 뒤로 미루자. 면도칼 같은 부학장 타란트 신부는 강의가 끝난 뒤, 내 기질(양심이라고 해도 좋다)은 인정한다면서 이런 말을 했다. 예의 그 비아냥거리는 투로.

"치첵 군, 일기를 한번 써보게. 써서 출판하라는 게 아니야……. 일기를 통하여 양심의 정체를 규명해보라는 것이지. 자네는 일종의 정신적인 고집 때문에 지독한 고민을 하고 있네. 속마음을 기록해 낼 수 있다면 그 고민은 상당한 정도까지 해소될 수 있을 것이네."

나는 성질을 이기지 못하고 바보같이 얼굴까지 붉히면서 그에게 물었다. "그냥 쓰라고 하시면 쓰지 않을 것 같아서 그런 말씀을 하십니까, 타란트 신부님?"

타란트 신부는 내 쪽으로는 눈길도 주지 않고 법의 소매에 손을 넣고는 돌아섰다. 몸은 깡마르고, 살빛은 가무잡잡하고, 코끝은 집게로 집어넣은 듯이 뾰족하고, 꾀는 지독하게 많은 신부는……. 그는 나에 대한 감정을 숨기려고 했다. 그러나 나는 알고 있다. 나에 대한 그의 가차 없는 단죄, 나에게만 적용시키는 그의 엄격한 원칙을.

"자네에게서는 영적인 반골^{叛骨} 냄새가 나거든……."

그는 이 말을 남기고는 나가 버렸다.

타란트 신부가 나를 대할 때마다 말 속에 비수를 묻는 것은, 내가 자기 손 안에 들지 않기 때문이라고 상상하면 지나칠까? 신학생들 대부분은 그의 판박이가 되는 것을 거부하지 않는다. 부임한 지 2년, 타란트 신부에게는 많은 추종자들이 있다. 이 추종자들의 우두머리가 바로 안셀름 밀리다. 타란트 신부는 '유일한 참 사도적^{使徒的} 종교'에 대한 강의가 끝난 뒤에 내가 했던 말을 잊지 못 할 것이다. 강의가 끝나기가 무섭게 내가 그에게 질문했다.

"신부님, 교파라는 것은 어쩌다보니 생긴 것 아닙니까? 따라서 하느님께서는 이 교파의 문제를 배타적인 시각으로 보시지 않을 것이라고 생각합니다."

싸늘한 침묵이 강의실에 흘렀다. 타란트 신부는 어처구니가 없다는 듯한 얼굴을 하고 서 있다가 싸늘하게 말했다.

"치점 군, 자네 이단자가 될 소질이 아주 많군 그래."

나와 타란트 신부의 의견은, 적어도 한 가지 문제에 대해서만은 일치한다. 우리는 둘 다, 프랜시스 치점은 성직자가 되기는 틀린 인간이라는 의견을 가지고 있으니까.

열여덟 살배기 풋내기로서 내가 감히 이런 글을 쓴다는 것은 주제를 모르고 하는 건방진 짓인지도 모르겠다. 어쩌면 내 나이에나 부릴 법한 허세에 지나지 않는지도 모른다. 하지만 몇 가지 문제가 나를 괴롭히고 있는 지금 나는 이런 글이나마 쓰지 않을 수가 없다.

어쩌면 기우인지도 모르지만, 타이니캐슬의 일이 걱정스럽다. 여름 귀휴^{歸休}가 4주일밖에 안 되니 타이니캐슬 문제와는 소원해질 수밖에 없는 일이기는 하다. 홀리웰의 엄격한 규칙이 연중 한 번뿐인 이 귀휴를 이렇게 짧게 줄여놓은 것이다. 신학생들의 소명감을 강화하는 데는 도움이 될지 모르나 상상력을 제한하는 폐단이 있다. 네드 고모부는 좀처럼 편지를 쓰지 않는다. 내가 3년간 이 홀리웰에 있을 동안 네드 고모부가 보내 준 우편물이 있다면 느닷없이 보내는 먹을 것이 전부이다. 첫 해 겨울 배편으로 보낸 호도 한 자루와 바나나 한 상자. 바나나는 3분의 2가 너무 익은 것이어서 점잖지 못한 설사 소동을 빚었다. 신부님들이고 신학생들이고 할 것 없이 이 때문에 큰 곤욕을 치렀던 것이다.

　네드 고모부가 침묵을 지키고 있다는 게 어쩐지 마음에 걸린다. 게다가 폴리 아주머니의 편지에도 석연치 않은 데가 있다. 이웃에서 일어난 사건을 중심으로 아기자기하게 써 보내던 분이 이상하게도 상투적인 안부 인사만 쓰고 있으니. 너무 갑작스러운 일련의 변화가 아닌가. 노라도 내게 도움이 될 만한 소식을 전하지 않고 있다. 보내 봐야 엽서가 고작이다. 바닷가에서 5분 만에 끄적거려 보내는 엽서……. 그나마 1년에 한 번씩. '스카보로 부두에서 석양을 바라보면서' 쓴 엽서를 받은 게 한 세기 전의 일 같다. 나는 편지를 두 번이나 보냈건만 노라에게서 온 것은 겨우 '화이틀리 만에서 달밤에' 쓴 엽서. 아, 노라. 저 랭 씨의 사과 창고에서 보았던, 이브 같던 너의 몸짓을 나는 잊을 수가 없구나. 내가 귀휴를 목마르게 기다리는 것은 다 너 때문이다. 그때처럼 고스포드로 함께 갈 수 있을까? 나는 숨을 죽이고 네가 자라는 것을 지켜보고 있었다. 모순 덩어리인 너의 성격이 차츰 나아지는 것도. 나는 너를 잘 안다. 수줍음이 많으면서도 내남하고, 예민하고, 쾌활하고, 아양이 조금 지나치고, 그러면서도 순진하고 재미있는 노라. 건방져 보이는 너의 조그만 얼굴, 안에다 밝은 불빛을 간직하고 있는 것 같은 네 얼굴이 내 눈에 보이는 것 같다. 폴리 아주머니의……, 혹은 내 흉내를 낸답시고 그 앙상한 손을 허리에다 대고는 그 도발적인 눈, 대담한 눈으로 우리를 노려보던 네가, 그러다가도 끝내는 심술을 부리고야 말던 네가. 너는 매사에 그런 식이었다. 하지만 얼마나 인간적이고 싱싱한가. 앵돌아지기를 잘하고, 그 가냘픈 몸으로 제 성질을 이기지 못하여 파르르 떨다가 결국은 울음을 터뜨리고 마는 너를. 나는 안다. 결점이 그렇게 많아도 결국 너는 천성이 따뜻하고 솔직한 아이라는 것을. 너는 남에게 해코지를 하고도 저도 모르는 사이에 얼굴을 붉히고는 그 자리에서 도망치고 말지. 나는 한밤중에도 잠을 이루지 못하고 너를 생각한다. 너의 눈을, 작고 둥근 너의 젖가슴과 그 위로 솟아오른 너의 그 눈물겹도록 연약한 쇄골을.

이 대목까지 쓴 프랜시스는 얼굴을 붉히고는 마지막에 쓴 줄을 지웠다. 그러고는 이어서 다시 쓰기 시작했다.

두 번째로 마음 쓰이는 것. 나는 내 장래에 대해 이기적으로 생각하고 있다. 나에게는 분에 넘치는(타란트 신부도 이 점에 동의할 것이다) 이 홀리웰 생활도 거의 끝나간다. 한 학기만 더 하면 홀리웰과는 이별이다. 유니온 주점으로 씩씩하게 돌아가? 더 이상 네드 고모부에게 폐를 끼칠 수는 없다. 폴리 아주머니에게도. 최근에 안 일이지만 아주머니, 우리 폴리 아주머니는 자기 몫으로 돌아오는 수입의 거의 대부분을 내 학비로 송금하고 있다. 내 야심 때문에 여러 사람이 녹아나는 것이다. 사랑하는 폴리 아주머니, 고마운 폴리 아주머니······. 하루 빨리 그 은혜를 갚고 싶다. 폴리 아주머니는 내가 신부가 되는 것을 보고 싶어 하신다. 졸업생의 3분의 2가 결국은 성직자가 되는 이곳에서, 줄을 서서 동아리를 따라가고 싶어 하는 게 인지상정이니까. 타란트 신부와는 달리 맥냅 학장 신부님은 내가 훌륭한 성직자가 될 수 있을 것으로 생각하시는 모양이다. 맥냅 학장 신부의 지혜로우심, 흥허물 없이 사람을 선동하는 버릇, 그리고 하느님처럼 기다릴 줄 아는 끈기에서 나는 그런 것을 읽는다. 이분은 성직에 대해 뭔가를 아시는 분인 것 같다.

천성적으로 나는 격정적이고 성미가 급하다. 복잡한 생활 환경이 나를, 나 자신과 교회를 양립해서 생각하는 궤변론자로 만들어 놓았다. 나는 성별聖別된 자인 척할 수는 없다. 우리 학교 도서관에는 이런 자들이 얼마든지 있다. 말을 배우기 시작하면서부터 기도문을 줄줄 외고, 숲에다 제단을 세우고는 함께 놀자고 찾아온 여자아이들에게, 저리 꺼져, 테레사와 아나벨리, 나는 너희들과 놀 수는 없어, 어쩌고 하면서 저만 잘난 체하는 그런 인간일 수는 없는 것이다.

하지만 문득문득 나를 찾아오는 저 이상한 순간순간들을 어떻게 해야 좋단 말인가? 후미진 골목길을 걸어 혼자 다운으로 돌아오는 순간을. 동무들은 다 교회로 가버리고 나 혼자 남아 쥐 죽은 듯이 고요한, 어두운 방 안을 서성거리는 순간을. 어떻게 할까, 기묘한 성찰의 순간, 그 직관의 순간을……. 감상적인 무아의 경지에 빠지는 그런 순간이 내게 싫지 않으니 이를 어쩌랴.

나 자신에게 던지는 질문 : 열을 올리는 사감 신부의 얼굴을 보면 마음이 평화로워지고 희망이 샘솟아야 할 텐데 구역질 나는 것은 무슨 까닭일까?

이런 것을 쓰고 있는 나 자신이 참 싫다. 나만을 위한 기록이기는 하지만, 불길에 훨훨 타오르는 것 같던 사적인 느낌도 종이에 다 써 놓고 보면 싸늘한 감정의 찌꺼기로 전락한다. 그러나 나는, 하느님께 예속되어 있다는 이 어쩔 수 없는 느낌을 기록해 두지 않으면 안 되겠다. 하느님께 예속되어 있다는 느낌은 어둠 속에 있는 나에게 하나의 확신으로 다가온다. 인간은, 계산되고, 계획되고, 따라서 거스를 수 없는 우주의 운행에 예속되어 있다는 느낌, 인간은 결코 무에서 생겨나 무로 돌아가는 존재가 아니라는 느낌이. 그런데 이상하지 않은가? 나는 남들이 미치광이로 여기던 '다니엘 성자' 다니엘 글레니 할아버지의 영향을 강하게 받고 있다는 생각을 한다. 그는 어디선가 그 따뜻한 눈으로 나를 내려다보고 있는 것 같다.

뭐가 뭔지 모르겠다! 타란트 신부의 말이 옳아. 나는 글자 그대로 이 글에다 내 온 마음을 쏟아 붓고 있다. 내가 만일에 그럴 수 있는 인간이라면 왜 이 마음의 둥지를 훌쩍 떠나 하느님을 위해 일을 하지 않는 거지? 왜 이 무관심의 덩어리, 오늘날의 세계에 만연해 있는 이 물질주의를 공격하지 않는 거지? 요컨대 성직자가 되지 않는 거지? 그렇다……. 나는 내 감정에 정직해야 한다. 내가 내 감정에 솔직하지 못한 것은 노라 때문인 것 같다. 노라에 대한 아름답고 정겨운 감정이 내 가슴을 가득 채우고 있다. 교회에서 성모님께 기도할 때도, 감미롭고 아름다운 노라의 얼굴이 내 눈앞을 어른거린다. 노라여, 내가 산모랄레스로 가는 거룩한 급행 차표를 손에 쥐지 않는 것은 너 때문이다.

프랜시스는 펜을 놓고 눈길을 먼 곳으로 던졌다. 미간에는 주름이 잡히고 있었지만 입술에는 미소가 어리고 있었다. 그는 힘들여 생각을 가다듬고 다시 쓰기 시작했다.

오늘 아침에 있었던 일, '녹슨 맥'과 나 사이에 있었던 일을 여기에다 써 두어야겠다. 써 두지 않으면 안 된다. 오늘은 공과(功課)를 완전히 쉬는 날이라서 오전을 혼자서 보낼 수 있었다. 편지를 부치러 학교 관사로 내려가는 길에, 낚싯대를 메고 스틴저 강에서 올라오는 '녹슨 맥' 학장 신부를 만났다. 고기는 한 마리도 못 잡은 모양이었다. 그는 걸음을 멈추고 그 작고 튼튼한 몸을 낚싯대에 의지했다. 불타는 듯이 붉은 그의 머리카락 아래로 보이는 얼굴은 햇빛에 그을려 말이 아니었다. 나는 '녹슨 맥' 학장 신부를 좋아한다. 모르기는 하지만 그 역시 나를 좋아하는 것 같다. 우리 둘 다 성미가 까다로운 스코틀랜드 사람인 데다 둘 다 낚시 광이기 때문일 것이다. 우리 학교에 낚시광은 우리 둘뿐이다. 프레이저 부인이 스틴처 강 근처에 있던 땅을 학교에 기부했을 때 '녹슨 맥'은 그 강을 자기의 강으로 선언했다. 교지인 《홀리웰 모니터》에다,

내 강에서만은
일간이 낚시꾼이 낚싯내를 드리우시 못하게 하리…….

이렇게 시작하는 시를 썼을 정도로 그는 낚시광이었다.

이 양반에 대한 재미있는 일화가 있다. 언젠가 이 양반이 프레이저 성(城)에서 미사를 집전한 적이 있다. 한창 미사를 집전하는데 이 양반의 낚시 친구인 장로교인 족크 질리가 창문 안으로 머리를 들이밀고는 흥분을 이기지 못한 채 이런 말을 했다.

"신부님, 로카버 강에서 모두 무지하게들 낚아내고 있습니다요."

기묘한 소명

프레이저 성에서 미사가 이 날만큼 빨리 끝난 적은 그 전에도 없었고 그 뒤로도 없을 터였다. 프레이저 부인을 비롯한 그 날의 회중들은 신부가 엄청나게 빠른 속도로 축도^{祝禱}를 하는 데 놀랐다. 이어서 이들은, 그 지방에서 믿어지던 악마의 모습과는 사뭇 다른 시커먼 물체가 제의실^{祭儀室}에서 튀어나가면서 이렇게 소리치는 걸 보았다.

"족크, 족크, 그 친구들 낚싯밥은 뭘 쓰던가?"

그런 양반이 나를 보면서 죽을상을 하고 물었다.

"물고기 구경도 못했어. 손님들이 오시는 날이라 딱 한 마리만 잡으려고 했는데."

그날 교구 주교와 이번에 은퇴하는 산모랄레스 신학원의 영국인 신학원장이 우리 홀리웰 신학교에서 학장 신부와 점심을 같이 하기로 되어 있었던 것이다.

내가 응수했다.

"학장 신부님, 글레브 쪽에 고기가 있을 텐데요."

"스틴처에는 고기가 없어. 피라미 한 마리도……. 여섯 시부터 지금까지 피라미 한 마리 구경 못 했어."

"큰놈이 있어요."

"꿈을 꿨겠지."

"어제 둑 밑에서 제가 직접 보았습니다. 일과 중이라 잡을 생각을 못 했지만요."

붉은 눈썹 밑에서 그의 눈이 웃었다.

"고지식하기는 치첨, 자네에게 시간 낭비를 좀 할 생각이 있다면 내가 자네를 파송派送하지."

그는 낚싯대를 내게 주고는 가버렸다.

글레브 쪽으로 내려갔다. 늘 그렇듯이 물소리를 듣고 보니 가슴이 뛰었다. 미끼로 준비된 것은 파리였다. 크기나 색깔이 그 강과 어울렸다. 나는 강가에서 낚시질을 시작했다. 근 한 시간쯤 헛고생을 했던가. 때가 때라서 연어는 얼씬도 하지 않았다. 한참 맥을 놓고 있는데 건너 둑 그늘 밑에서 검은 지느러미가 움직인 것 같았다. 그쪽으로 낚싯대를 던져 보았으나 허사였다. 점잖은 기침 소리가 들려왔다. 돌아다보았다. 잔뜩 성장하고 의례용 모자에다 장갑까지 낀 '녹슨 맥' 학장 신부가 뒤에 와 있었다. 다운 역으로 손님을 맞으러 가는 길에 나를 위로하러 온 모양이었다.

"그래 그 큰놈은 잡았나, 치점? 그게 그렇게 쉬운 일이 아니야."

음산하게 꾸며 웃으면서 그가 일부러 비아냥거렸다.

그의 말이 끝나자마자 나는 강 건너 쪽으로 30미터쯤 되는 곳으로 낚시를 던져 넣었다. 파리 미끼는 정확하게 둑 그늘로 들어갔다. 그 순간에 낚싯대에 묵직한 느낌이 왔다. 물린 것이다.

"물었어!"

'녹슨 맥'이 소리쳤다. 연어가 공중으로 1미터 가량 뛰었다. 하마터면 낚싯대를 놓칠 뻔한 순간이었다. '녹슨 맥'의 반응이 가관이었다. 그의 몸은 뻣뻣하게 굳어지는 것 같았다.

스틴처 강에서 나는 그렇게 큰 연어를 본 적이 없다. 아니, 트위드 사이드의 아버지 어장에서도 본 적이 없다.

"오 주여, 도와주소서. 대가리를 위로, 위로! 힘을 빼!"

나는 최선을 다했다. 그러나 연어는 제정신을 차리고 용을 쓰기 시작했다. 혼신의 힘을 다하여 미친 듯이 강 하류 쪽으로 도망치기 시작한 것이다. 나는 따라갔다. '녹슨 맥'은 내 뒤를 따라왔다.

홀리웰 근방을 흐를 때의 스틴처 강은 트위드사이드 어장이 아니다. 스틴처 강은 갈색 물보라와 함께 굉장한 물살을 일으키며 소나무 골짜기 사이를 흐른다. 미끄러운 바위와 험한 암초 위를 흐를 때는 물살이 공중제비를 넘는다. 약 10분 동안 나와 '녹슨 맥'은 처음 있던 곳에서 근 1마일이나 달려온 셈이었다. 둘 다 숨이 턱끝에 닿아 있었다.

얼마나 소리를 질러 댔던지 '녹슨 맥'의 목은 그때 이미 다 쉬어 있었다.

"잡아채, 잡아채라니까! 이런 바보, 이런 바보가 어디 있어? 깊은 데로 들어가게 하면 안 돼. 안 된다니까."

그때 이미 이 괴물은 깊은 곳으로 들어간 뒤였다. 낚싯줄은 바위에 걸려 꼼짝도 하지 않았다.

"줄을 늦춰 줘. 늦춰 주란 말이야. 내가 돌을 던져서 이놈을 물 밖으로 나오게 할 테니까, 줄을 늦춰 줘."

'녹슨 맥'은 낚싯줄을 피하면서 돌을 던지기 시작했다. 시간이 얼마나 흘렀는지 모르겠다. 촤르르! 낚싯줄이 팽팽해지는 것과 거의 동시에 연어가 모습을 나타내었다. '녹슨 맥'과 나는 또 낚싯줄을 풀면서 연어 뒤를 좇았다.

그로부터 약 한 시간 뒤, 우리는 다운 읍 건너편에 와 있었다. 연어는 드디어 패색을 보이기 시작했다. 수많은 위기를 넘긴 참이라

완전히 지쳐버린 '녹슨 맥'이 헐떡거리면서 마지막 명령을 하달했다.

"지금이다, 지금, 이 모래 위로 끌어 올려! 에이, 작살을 가져오는 건데. 여기에서 놓치면 영영 가버릴 거다."

입 안이 말라 단내가 났다. 나는 안달을 부리며 연어를 끌어 보았다. 연어는 가만히 다가오다가 마지막으로 한 번 몸부림쳤다. '녹슨 맥'이 또 소리를 질렀다.

"살살……, 살살…… 놓치면 자네는 퇴교退校야, 퇴교!"

물가로 끌어내 놓고 보니 정말 믿어지지 않을 만큼 컸다. 낚싯줄은 뒤엉켜 엉망이었다. 놓치면……, 등골이 오싹했다. 연어를 물가 모래 위로 살며시 끌었다. 가만히 기다리던 '녹슨 맥'이 허리를 구부리고는 달려들어 이 괴물 같은 연어의 아가미에다 손가락을 넣고는 냅다 풀밭으로 굴려버렸다. 무려 20킬로그램은 되어 보이는 물고기를 풀밭에다 굴려 놓고 보니 가관이었다. 연어의 휘어진 등 위로 물벌레가 구물구물 기어다니고 있었다.

"기록이야, 기록! 이십 킬로그램은 실히 되겠어……. 교사校史에다 써 두자……. 야, 이 사람 굉장한 꾼이구먼, 굉장한 꾼!"

'녹슨 맥'이 함성을 질렀다. 정말 기뻤다. 우리는 껴안고 춤까지 추었다. 그때였다. 강 건너 쪽에 있는 단선 철로에서 기적소리가 들려왔다. '녹슨 맥'은 그제야 정신이 든 듯이 철로 쪽으로 고개를 돌렸다. 연기가 오르고 있었다. 다운 역에도 이미 장난감 같은 적색과 백색 신호기가 올라 있었다. 시계를 본 그는 어느 새 홀리웰 신학교의 학장 신부로 돌아와 있었다.

"아뿔싸! 치점, 큰일 났네. 주교님이 타신 기차야."

기묘한 소명 119

이러지도 저러지도 못했다. 손님을 맞으려면 5분 이내에 다운 역까지 가야 했다. 스틴처 강 건너편으로 빤히 보이는 역이었지만, 실제로 가자면 5마일을 돌아가야 하는 것이었다.

무엇인가를 결심하는 것 같은 눈치를 보이던 그가 말했다.

"치점, 이 고기 자네가 가지고 가서 점심 식사 때에 맞춰 요리하라고 하게. 빨리 가야 하네. 자네, 롯과 소금기둥(롯의 아내는 소돔 땅을 벗어나면서 뒤를 돌아다보지 말라던 천사의 말을 따르지 않았다가 소금 기둥이 되었다.《구약성서》〈창세기〉 13:1 이하 참조)을 생각하게. 무슨 일이 있어도 뒤를 돌아다보아서는 안 되네, 알겠지?"

돌아다보지 않을 수가 있나. 나는 강이 구부러지는 곳에 이르자 덤불 뒤로 몸을 감추고는, 소금 기둥이 될 각오를 하고 뒤를 돌아다보았다. 맥냅 신부는 옷을 깡그리 벗어 둘둘 말고 있었다. 보고 있으려니까 근엄한 맥냅 신부는 모자만을 쓴 채 둘둘 만 법의 뭉치를 주교장主敎杖처럼 머리 위로 쳐들었다. 그러고는 발가벗은 채 물 속으로 들어갔다. 물이 목까지 차오르자 헤엄을 쳐서 강 저쪽에 이른 신부는 황급히 옷을 주워 입고 기차를 향해 달리기 시작했다.

나는 풀밭 위를 데굴데굴 구르면서 정신없이 웃었다. 내가 본 것은 환상이 아니었다. 나는 이 광경을 죽을 때까지 잊지 못하리라. 알몸에다 의례용 모자를 쓴 신부의 모습을 잊지 못하는 게 아니라 이 기발한 작전 뒤에 숨어 있는 어마어마한 배짱을 잊지 못할 터였다. 그래서 생각했다. 저런 양반이면, 인간의 육체만 보면 기겁을 하는 약골 성직자, 여자의 육체라면 듣도 보도 않고 눈부터 가리려 드는, 저 삼엄한 성직자들을 꼴 보기 싫어할 것이라고……

밖에서 인기척이 나고 문이 열리자 프랜시스는 펜을 멈추었다. 로렌스 허드슨과 안셀름 밀리가 방 안으로 들어왔다. 늘 조용한 편인 허드슨은 자리에 앉아 신발을 갈아 신기 시작했다. 안셀름 밀리는 편지를 들고 있었다.

"프랜시스, 편지가 왔네."

안셀름 밀리는 살빛이 곱고 씩씩한 청년으로 자라 있었다. 부드럽고 매끄러운 뺨은 그가 얼마나 건강한 청년인가를 말해주고 있었다. 부드럽고 맑은 눈에는 언제 보아도 웃음기가 있었다. 그는 매사에 열심이어서 늘 바빴으나 바쁜 데도 항상 웃었다. 그가 학교에서 가장 인기 있는 신학생이라는 데 토를 달 사람은 없었다. 성적이 크게 뛰어난 것은 아닌데도 교수들은 거의 대부분 그를 좋아했다. 그래서 안셀름 밀리라는 이름은 늘 우등생 이름에 들었다. 파이브즈, 정구 같은 격한 운동 경기에도 고루 능했다. 게다가 그에게는 사람을 모으는 특별한 재능이 있었다. 그래서 그를 중심으로 운영되는 특별 활동 부서는 '우표 연구회'에서 '철학 연구회'에 이르기까지 대여섯 부서가 족히 되었다. 그는 '회원 정족수', '의사록', '의장' 같은 말의 개념을 정확하게 알았으며 이런 말을 필요할 때 제대로 구사할 줄도 알았다. 새로운 특별 활동 부서를 만들 때마다 당사자들은 꼭 안셀름 밀리에게 이 문제를 상의했다. 그러니 안셀름 밀리가 그 부서의 회장이 되는 것은 당연했다. 성직에 대한 그의 외경 또한 대단했다. 역설적이게도, 학장인 맥냅 신부와, 외로움을 타는 몇몇 학생들만 그를 좋아하지 않을 뿐이었다. 그러나 그밖의 학생들에게 그는 영웅과 같은 존재였다. 그를 영웅으로 떠받드는 학생들은 그의 성공을 믿어 의심치 않았다. 그런 안셀름 밀리가 프랜시스에게 웃으면서 편지를 건네주었다.

"좋은 소식일 테지, 분명히?"

프랜시스는 편지를 열었다. 물품 송장(送狀)에다 연필로 쓴 편지는 이렇게 시작되고 있었다.

타이니캐슬.
다이크 가(街)와 캐널 가의 모퉁이
유니온 주점주(酒店主)
네드 바논

내 손을 떠난 이 편지가 무사히 네 손에 닿게 되기를 바란다. 연필로 쓴 것을 용서해라. 우리 모두 온전한 정신이 아니다. 좋지 못한 소식을 전한다. 이번 휴가에는 너는 아무래도 집에 올 수 없을 것 같다. 지난여름에 너를 만난 뒤로 아직도 너를 만나지 못하고 있는데, 섭섭하기로 치자면 나보다 더 섭섭할 사람이 어디에 있겠느냐만, 내 말을 믿어라, 이번에는 만나기 어렵게 생겼으니 모든 것은 하느님 뜻에 맡기고 기다리자. 자세한 설명을 요구하리라는 것은 잘 안다만 이번만은 내 말을 인증하실 성모님을 믿고 그냥 내 말만 따르기 바란다. 너도 짐작은 할 것이다만, 집안에 모종의 문제가 생겼다는 것을 숨길 생각은 없다. 그러나 이 문제는 네가 해결할 수 있는 것도 아니고 해결하는 것을 도울 수 있는 것도 아니다. 그러나 돈 문제나 건강 문제는 아니니 염려 말아라. 하느님께서 보우하사 세월이 흐르면 저절로 해결되고 또 잊힐 것이다. 휴가를 학교에서 보내는 데는 큰 어려움이 없으리라고 믿는다. 경비는 고모부께서 따로 보내주실 것이니 책을 읽거나 그곳 자연을 벗하면서 지내기 바란다. 성탄절에 다시 만날 수 있을 것이니, 너무 섭섭하게 생각하지 말아라. 고모부는 개를 모두 팔았다만, 돈 때문에 그런 것은 아니다. 길포일 씨는 여전히 우리에게 잘 해 주고 있다. 이곳 기후야 그리울 게 뭐 있겠느냐, 연일 비가 내렸다. 다시 한 번 말하거니와, 프랜시스, 집에 손님이 많아서 네가 묵을 방도 없으니 <u>올 생각을 하지 말아라</u>. 하느님께서 우리 도련님을 잘 보살펴주실 게다. 급히 쓴 것을 용서해라.

너를 사랑하는
폴리 바논

'올 생각을 하지 말아라'는 말에는 밑줄까지 그어져 있었다. 프랜시스는 창가에 서서 편지를 여러 번 읽었다. 의도는 분명하지만 그 까닭은 도무지 알 수가 없었다. 그는 굳어진 얼굴로 편지를 접어 주머니에 넣었다.

줄곧 프랜시스의 눈치를 살피고 있던 안셀름 밀리가 물었다.
"나쁜 소식은 아닌 거지?"
프랜시스는 뭐라고 해야 좋을지 몰라 잠자코 있었다. 안셀름 밀리는 프랜시스 옆으로 다가와 다정하게 어깨 위에다 손을 올려놓았다.

"공연한 걸 묻고 있나? 무슨 일이 있으면 내게도 알려 주게……. 오늘 핸드볼은 못 하겠네?"

"안 하는 게 좋을 것 같군."

프랜시스가 힘없이 대답했다. 저녁 기도 시각을 알리는 종소리가 들려 왔다. 안셀름 밀리가 말했다.

"좋아, 프랜시스. 핸드볼 같은 것은 아무래도 좋아. 문제가 생긴 모양인데, 이따 기도할 때 자네를 위해서 기도하지."

저녁 기도 시간에도 프랜시스는, 요령부득인 폴리 아주머니의 편지에 대해서 생각했다. 기도회가 끝났을 때 프랜시스는 문득 '녹슨 맥' 학장 신부와 이 문제를 상의하고 싶다는 충동을 느끼고는 학장실로 통하는 계단을 오르기 시작했다.

프랜시스는 학장실에 들어서고 나서야, 학장이 혼자 있지 않다는 걸 알았다. 서류 더미 위에 타란트 신부가 앉아 있었던 것이다. 프랜시스는 자기가 들어서는 순간에 두 사람의 대화가 끊겼다는 느낌을 받았다. 그는 두 사람이 어쩌면 자기 이야기를 하고 있었을지도 모른다는 느낌을 지울 수 없었다. 프랜시스는 학장 신부를 바라보며 더듬더듬 말했다.

"죄송합니다. 선약先約이 있으신 줄을 몰랐습니다."

"괜찮으니까 앉게, 치점 군."

학장 신부의 온화한 음성에 프랜시스는 용기를 얻어 학장 신부 옆에 있는 낡은 의자에 앉았다. 학장 신부는 떨리는 손으로 천천히 파이프에다 담배를 채워 넣으면서 물었다.

"뭘 도와주었으면 좋겠나, 치점 군?"

프랜시스는 얼굴을 붉힌 채 얼버무렸다.

"저는, 신부님께서 혼자 계시는 줄 알고……."

무슨 이유 때문인지 학장 신부는, 프랜시스의 시선을 피하면서 대답했다.

"타란트 신부야 계신들 어떤가? 그래, 문제가 뭔가?"

더 이상 피할 수도 그럴 필요도 없었다. 사실 프랜시스는 학장 신부에게 노라 이야기를 할 생각이었다. 그러나 타란트 신부 앞에서는 그런 이야기를 하고 싶지 않았다. 자존심이 허락하지 않았다.

"집에서 온……, 편지를 받았습니다. 이유는 모르겠지만, 귀휴에도 집에 오지 않았으면, 하는 내용입니다."

"그래? 그것 참 섭섭하게 여길 만한 일이군."

프랜시스가 잘못 보았던 것일까? 학장 신부와 타란트 신부 사이에서 또 한번 눈짓이 오간 것 같았다.

"그렇습니다. 섭섭하기도 하고 걱정스럽기도 합니다. 그래서 신부님과 상의 드리고 싶어서……, 이렇게 온 것입니다."

침묵이 흘렀다. 맥냅 신부는 여전히 파이프를 만지작거리며 낡은 망토를 여몄다. 그는 많은 신학생들을 속속들이 알고 있었다. 그러나 그가 알고 있는 한, 프랜시스만큼 마음에 드는 학생, 영혼이 맑아서 아름다운 학생, 완고하리만큼 정직한 학생은 없었다. 늘 부드럽던 그의 목소리가 이날따라 슬프게 들렸다.

"프랜시스, 섭섭한 일은 누구에게나 있는 법일세. 나와 타란트 신부에게도 오늘은 견디기 어려운 날이었다네. 우리 둘 다 스페인에 있는 신학원으로 전근 명령을 받은 것이네……. 나는 그곳 신학원 원장, 타란트 신부는 부원장으로 임명된 것일세."

프랜시스에게는 뭐라고 할 말이 없었다. 산모랄레스로 전근한 다면, 그 자리가 주교직으로 통하는 자리니만큼 영전이었다. 그러나 타란트 신부는 어떻게 생각하는지 몰라도(프랜시스는 타란트 신부의 무표정한 옆얼굴에다 잠깐 시선을 던졌다) 맥냅 신부는 이것을 대수롭지 않게 여기는 것 같았다. 온 마음으로 홀리웰의 초원과 강물을 사랑하던 사람에게 메마른 아라곤 지방의 평원지대는 참으로 멋대가리 없는 곳일 수 있었다. 그러나 '녹슨 맥' 학장 신부는 웃었다.

"나는 언제까지나 이곳에 있고 싶었지만 할 수 없어서 가야 하는 사람이고, 자네는 가고 싶어 하는데도 오라는 사람이 없어서 갈 수 없게 된 사람인 셈이군. 어쩌겠나, 모든 것을 하느님 뜻에 맡겨야 하지 않겠나?"

프랜시스는 적당한 말을 생각했으나 얼른 생각나지 않았.

"그저……, 걱정스러울 뿐입니다……, 무슨 일인지 확실히 알기만 한다면 힘닿는 데까지 도울 수도 있을 텐데요."

"글쎄, 시원한 대답을 들려 줄 수 있으면 얼마나 좋겠나? 타란트 신부께서는 어떻게 생각하시오?"

불빛의 그늘에서 타란트 신부가 몸을 움직였다.

"경험으로 터득한 것입니다만, 어려움이라는 것을 외부의 도움을 빌지 않고 스스로 해결하는 것이 상책이라고 생각합니다."

더 할 말은 없을 것 같았다. '녹슨 맥' 학장 신부가 어두운 학장실 서재를 밝히고 있던 희미한 등 쪽으로 돌아앉았다. 면담이 끝났다는 뜻이었다. 프랜시스는 일어섰다. 일어선 그는 두 사람을 내려다보면서도, '녹슨 맥' 학장 신부에게만 말했다.

"스페인으로 떠나시게 되었다니 정말 얼마나 섭섭한지 모르겠습니다. 신부님과……, 학교……, 보고 싶어질 것입니다."

"아마 산모랄레스 신학원에서 만나게 될 걸."

그의 말투에는 조용한 애정과 희망이 담겨 있었다.

프랜시스는 대꾸하지 않았다. 그는 무슨 말을 해야 좋을지 몰라 가만히 서서 두 사람 사이의 책상을 내려다보고 있는데 문득 무슨 편지인지 자세히 알 수는 없었지만 봉투가 여느 편지와는 조금 달랐다. 봉투의 발신인 주소가 인쇄되어 있었기 때문이다. 프랜시스는, 애써 편지 위에 인쇄된 발신인의 이름을 읽고는 재빨리 시선을 돌렸다. '타이니캐슬, 성 도미니크 성당'이었다.

프랜시스는 전율했다. 그는 이로써 집에 무슨 일이 생긴 것으로 확신할 수 있었다. 그러나 그는 편지의 발신인 주소를 읽은 눈치를 보이지 않았다. 두 신부도, 프랜시스가 발신인 주소를 읽은 것을 눈치 채지 못한 것 같았다. 문 쪽으로 다가가면서 프랜시스는, 폴리 아주머니가 뭐라고 하건 궁금증을 풀 방법은 한 가지, 직접 가보는 것뿐이라는 생각을 했다.

기묘한 소명

5

 무더운 6월의 오후 2시, 기차는 타이니캐슬에 도착했다. 프랜시스는 가방을 들고 빠른 걸음으로 역 구내를 빠져나갔다. 낯익은 골목길로 걸어 들어가는 프랜시스의 가슴은 걷잡을 수 없이 뛰고 있었다.

 주점 밖은 이상하게도 고요했다. 폴리 아주머니가 반갑게 맞아 줄 것이라고 생각하면서 프랜시스는 집 옆 계단을 통해서 이층으로 먼저 올라갔다. 밖에서 들어간 프랜시스에게 이층은 너무 어두웠다. 이층 역시 이상하게도 조용했다. 현관에도 부엌에도, 폴리 아주머니는 없었다. 시계소리만 적막한 집 안을 울리고 있을 뿐이었다. 프랜시스는 거실로 들어가 보았다.

 네드 고모부는 탁자 앞에 앉아 팔꿈치를 둘 다 탁자에다 댄 채 맞은편의 벽을 노려보고 있었다. 모습도 그랬지만 그 분위기도 프랜시스를 놀라게 할 만큼 이상했다. 체중이 20킬로그램은 족히 준 것 같았다. 그래서 그런지 입고 있는 옷이 그렇게 커 보일 수 없었다. 그 둥글고 환하던 얼굴도 딱해 보일 만큼 초췌해져 있었다.

 프랜시스가 손을 내밀면서 소리쳤다.

 "네드 고모부!"

 잠깐 동안 네드는 꼼짝도 않고 앉아 있다가 천천히 돌아앉았다. 그러고는 프랜시스를 알아보고 희미하게 웃었다.

"프랜시스로구나. 네가 오리라고는 상상도 못 했다."

프랜시스는, 걱정스러워하면서도 처음에는 웃어 보였다.

"저도 처음에는 올 생각이 아니었어요. 하지만 막상 휴가가 시작되고 나니 견딜 수가 있어야죠. 폴리 아주머니는 어디 가셨어요?"

"어디 좀 갔지……. 화이틀리 만에 간 지 이틀이 되었다."

"언제 돌아오시죠?"

"내일이면……, 돌아올 거다."

"노라는 어디에 있어요?"

네드의 목소리에는 힘이 없었다.

"노라도 폴리와 함께 갔다."

프랜시스는 그제야 안도의 한숨을 내쉬었다.

"그랬군요, 그래서 전보를 쳤는데도 역으로 나오지 않았던 거군요. 그것은 그렇고……, 고모부님……, 괜찮으신 거죠?"

"나? 괜찮다, 프랜시스. 날씨가 이 모양이라서 맥을 못 추고 있기는 하다만, 대단치는 않다. 곧 좋아질 테지."

갑자기 네드의 가슴이 보기 싫을 정도로 심하게 오르내리기 시작했다. 눈물이 계란꼴이던 얼굴로 흘러내리는 것을 보고 프랜시스는 놀라고 말았다.

"…… 저쪽으로 가서 뭘 좀 먹도록 해라. 찬장에는 먹을 것이 얼마든지 있을 게다. 네가 좋아할 만한 것도 많아. 태디어스가 아래층 홀에 있을 게다. 태디어스가 우리를 여러 모로 많이 도와주고 있다."

네드의 시선은 한동안 허공을 헤매다가 앞에 있는 벽에 가서 멎었다.

까닭모를 불안에 사로잡힌 채 프랜시스는 가방을 들고 제 방으로 갔다. 복도를 지나다 보니 노라의 방 문이 열려 있었다. 프랜시스는, 말끔하게 정돈되어 있을 터인 노라 방 안의 사생활이 자기 눈길과 호기심을 끄는데 당황했다. 그래서 빠른 걸음으로 그 앞을 지났다.

홀에는 손님이 없었다. 스캔티 마군의 자리가 비어 있는 게 프랜시스의 눈에는 생소하게 보였다. 비어 있는 스캔티 마군의 의자는, 견고한 벽에 뚫린 구멍 같았다. 바 스탠드 뒤에는 태디어스 길포일이 셔츠 바람으로 서서 술잔을 닦고 있었다.

프랜시스가 걸어 들어가자 길포일은 손길을 멈추고는 휘파람을 불었다. 길포일은 어지간히 놀랐던 모양이었다. 그가 프랜시스에게 물기가 남아 축축한 손을 내밀었다.

"어서 오게, 참으로 귀한 손님이 아닌가."

주인이나 된 듯이 거드름을 피우는 길포일이 프랜시스의 눈에는 밉살스럽게 보였다. 그러나 프랜시스는 가슴 속에서 치밀어오르는 이상한 느낌을 삭이고 태연하게 응수했다.

"길포일, 여기에서 뵙게 되다니요? 가스 공장은 어떻게 하고요?"

"그만뒀어."

"왜요?"

"여기에서 일하려고. 여기에서 일하기로 했어. 앞으로도……. 네드와 폴리 아주머니가 날 부르는데, 모르는 체할 수가 있어야지."

길포일은 술잔을 하나 들어 아주 능숙하게 입김을 불고는 닦기 시작했다. 프랜시스는 온 신경이 곤두서는 것 같아 견딜 수가 없었다.

"길포일, 대체 어떻게 된 일들인가요?"

길포일은 프랜시스를 나무랐다.

"'길포일'이라고 부르지 말고 '길포일 씨'라고 부르게. 네드 바논 씨가 와서 부탁하는 데 딱해서 안 들어 줄 수가 있어야지. 프랜시스, 바논 씨는 옛날의 바논 씨가 아니야. 나을 가망도 안 보이고."

"고모부가 어떻게 되었다는 거예요? 당신 말을 들으면 고모부가 미치기라도 한 것 같은데."

그의 눈이 반짝거렸다. 그는 프랜시스의 말투가 사나워지자 달래듯이 말했다.

"프랜시스, 그런 증상을 보였네. 지금은 정신이 돌아왔지만, 눈물 나게 됐지. 그리고, 자네도 날 그런 식으로 보지 않았으면 해. 나도 있는 힘을 다해 도와주려 하고 있으니까. 내 말이 믿어지지 않거든 피츠제럴드 신부님께 가서 물어 봐. 자네가 날 별로 좋아하지 않는다는 건 전부터 알고 있었네. 어릴 때는 안 그러더니 나이를 먹으니까 귀휴 때 집에 올 때마다 자네가 날 가지고 노는 데 내가 모를 리 있나. 하지만 나는 자네를 좋게 보려고 노력하고 있네. 우리는 힘을 합해야 해. 특히 지금 같이 어려울 때는······."

"왜 지금이 특히 어려운 거죠?"

기묘한 소명

길포일은, 보기 싫게 웃으면서 대답했다.

"아, 참, 그렇지. 자네는 모르지. 교회에서 처음으로 공표한 게 겨우 지난 주였으니까. 프랜시스, 나와 노라는 결혼하기로 되어 있다네."

폴리 아주머니와 노라는 그 다음 날 오후에 돌아왔다. 프랜시스는 그 구역질나는 소식을 듣고는, 구렁이 같은 길포일의 속을 꿰뚫어볼 수도 없고 해서 폴리 아주머니를 목 빠지게 기다리고 있던 참이었다. 그는 폴리 아주머니가 집으로 돌아오자마자 아주머니에게 매달려 캐물으려고 했다. 그러나 폴리 아주머니는, 프랜시스가 돌아온 것을 반가워하면서 한 바탕 수선을 떤 뒤부터는 어쩐 일인지 말대답을 제대로 해 주지 않았다. 프랜시스가 앞을 막고 다잡아 물었을 때도 아주머니는 노라를 데리고 이층으로 올라가면서 상투적인 대답만 했다.

"프랜시스, 오지 말라고 했더니……, 오고 말았구나. 노라가 성치 못하단다……. 몸이 아파요. 자, 어서 비켜다오. 노라를 간호해 주어야 하니까."

따돌림을 받고 있다는 기분으로 프랜시스는 자기 방으로 올라갔다. 무슨 일인지 알 수 없기는 하나 집안의 이상한 분위기가 그를 전율케 했다. 노라는, 프랜시스에게 잠시 눈길을 던지고는 제 방으로 들어가 버렸다. 그로부터 약 한 시간 동안, 식판食板과 뜨거운 물병을 들고 들락거리는 폴리 아주머니의 발걸음 소리를 들었다. 노라를 꾸짖는 폴리 아주머니의, 때로는 나지막하고,

때로는 흥분한 듯한 목소리도 들려 왔다. 노라는 지팡이처럼 말라 있는데다 낯색이 몹시 창백해서 흡사 병자 같았다. 폴리 아주머니의 모습도 말이 아니었다. 차림새도 몹시 초라한 것으로 보아 옷 같은 데 신경을 쓰지 못하는 것 같았다. 이따금씩 이마에다 손을 얹는 것도, 전에는 보지 못하던 폴리 아주머니의 새 버릇이었다. 밤 늦은 시각이면 프랜시스의 귀에, 바로 옆방에서 기도하는 아주머니의 음성이 들리고는 했다. 이런 밤이면 프랜시스는 이 이상한 변화의 정체를 알아내지 못하는 자신의 무능을 탓하며 입술을 깨물고 뒤척거리느라고 잠을 설치고는 했다.

아침이 밝자 프랜시스는 일찍 일어나 미사에 참례하러 갔다. 미사에서 돌아오면서 프랜시스는 뒤뜰 계단에 앉아 해바라기하는 노라를 발견했다. 노라의 발아래엔 병아리 몇 마리가 모이를 쪼아먹고 있었다. 프랜시스가 다가가는데도 노라는 길을 비켜주지 않았다. 프랜시스가 내려다보고 있자 노라가 천천히 고개를 들며 내뱉었다.

"성자님이시구나……. 벌써 영혼을 구하고 오시나!"

프랜시스는 뜻밖의 냉소적인 반응에 얼굴을 붉혔다. 노라가 말을 이었다.

"피츠제럴드 신부님께서 집전하셨던가?"

"아니, 보좌 신부님께서 집전하시더군."

"그 마구간의 소같이 둔한 양반? 하기야 남에게 해는 끼칠 줄 모르는 양반이긴 하지."

노라는 이 말끝에 다시 고개를 숙이고, 앙상한 손목에다 턱을 괴고는 병아리들을 내려다보았다. 노라는 원래가 날씬한 처녀이긴 했다. 그러나 아이같이 연약한 몸매는, 성인 티가 완연한 눈과는 전혀 조화를 이루지 못하고 있었다. 게다가 노라는 새로 산 것인 듯한 회색 옷을 입고 있었는데 이 옷이 꽤 호화스럽고 따라서 값이 비쌀 것 같았다. 프랜시스는 가슴이 아파 견딜 수 없었다. 그의 가슴은 하얀 불길, 치유할 길 없는 고통으로 타오르는 것 같았다. 노라의 마음은 프랜시스의 영혼에 와 닿지 못하고 있었다. 프랜시스는 망설이다가 고개를 돌리고는, 나지막한 목소리로 말했다.

"아침은 먹었니?"

노라가 고개를 끄덕였다.

"폴리 아주머니가 쑤셔 넣었어. 날 좀 내버려두면 얼마나 좋을까만."

"오늘 특별히 할 일이 있어?"

"없어."

프랜시스는 잠시 뜸을 들였다가, 노라에 대한 자신의 감정을 근심어린 눈길로 드러내면서 말했다.

"노라, 나랑 바람이나 쐬러 가지 않을래? 옛날처럼. 오늘은 날씨도 좋구나."

노라는 꼼짝도 하지 않았다. 움푹 꺼져, 그늘이 진 노라의 뺨에 잠깐 화색이 도는 것 같았다. 노라가 무거운 음성으로 대답했다.

"귀찮게 하지 말아 줘. 나 몹시 피곤하니까."

"가자, 노라, 제발 나랑 함께 가자."

"……좋아, 가자."

노라가, 한동안 입을 다물고 있다가 말했다. 프랜시스의 가슴이 다시 아파왔다. 프랜시스는 서둘러 부엌으로 들어가서는 보자기에다 샌드위치와 빵 같은 것을 주섬주섬 쌌다. 폴리 아주머니가 부엌에 없는 것이 다행이었다. 프랜시스는 아주머니의 눈에 띄고 싶지 않았다. 그로부터 10분 후, 두 사람은 빨간 전차를 타고 도심을 빠져나가고 있었다. 한 시간 뒤에는, 서로 말없이 손에 손을 잡고 고스포드 언덕을 올랐다.

어째서 두 사람의 추억이 어린 곳을 택하게 되었는지, 프랜시스는 그 까닭을 자신도 알지 못했다. 녹음이 시작되는 산야는 아름다웠다. 하지만 아름답다는 것 자체가 그에게는 오히려 부담스러웠다. 사과 꽃이 활짝 피어 나무가 모두 거품을 뒤집어쓴 것 같은 랭 씨의 과수원 앞을 지나다 말고 프랜시스는 걸음을 멈추고 두 사람 사이를 흐르던 침묵을 깨뜨렸다.

"노라, 봐, 굉장하지? 잠깐 들러 랭 씨에게 인사라도 하고 가자."

노라는 사과나무가 바둑판의 눈금같이 일정한 간격에 맞추어 서 있는 과수원으로 흘깃 시선을 돌렸다가는 내뱉듯이 말했다.

"그러고 싶지 않아. 저 과수원이 싫어."

프랜시스는 아무 말도 할 수 없었다. 노라가 자기 때문에 그러는 게 아닐 것이라는 생각이 얼핏 들었을 뿐이다.

오후 1시경에 두 사람은 고스포드 언덕 정상의 신호소에 이르렀다. 노라는 지친 기색을 보이지 않았다. 프랜시스는 노라에게는 상의도 하지 않고 커다란 너도밤나무 밑에 앉아 점심 먹을 준비를 했다. 하늘은 맑았고 날씨는 무덥지 않아서 좋았다. 발아래로는 금빛으로 반짝거리는 시가지가 보였다. 돔도 있고, 나선형 첨탑도 있는 시가지는 아름다웠다.

노라는 프랜시스가 푼 보자기 안의 샌드위치에는 손도 대지 않았다. 프랜시스는, 폴리 아주머니가 음식을 강권한다는 노라의 말이 생각나서 일부러 권하지 않았다. 그늘은 시원해서 좋았다. 머리 위의, 새로 돋아난 너도밤나무 잎은, 두 사람 주위에 지천으로 떨어져 있는 도토리와 파랗게 자란 이끼 위로 조용히 무늬를 그리며 살랑거리고 있었다. 꽃내음도 향기로웠다. 머리 위의 높은 가지에서 티티새 한 마리가 노래하고 있었다.

한동안 나무에 기댄 채 나무 둥치에 머리를 대고 있던 노라가 눈을 감았다. 노라의 편안한 모습은 노라가 프랜시스에게 줄 수 있는 가장 큰 선물이었다. 프랜시스는 다정한 눈길로 노라를 바라보았다. 노라의 가냘픈 목을 바라보면서 프랜시스는 가슴을 저미는 듯한 연민의 정을 느끼고는 눈시울을 붉혔다. 프랜시스는 문득 노라를 보호하고 싶다는 생각을 했다. 그러나 노라의 머리가 나무 둥치 밖으로 미끄러지고 있었을 때 그는 손을 내밀지 못했다. 한동안 바라보고 있던 그는 노라가 잠든 것에 용기를 내어 머리를 바로 잡아주려고 손을 내밀었다. 순간 노라가 잠에서 깨어나 주먹으로 그의 얼굴과 가슴을, 숨 돌릴 사이도 없이 때렸다. 제정신이 아닌 것 같았다.

"왜 날 내버려두지 못해? 이런 나쁜 놈들, 이런 짐승 같은 것들!"
"노라 노라, 왜 이래?"

노라는 가쁜 숨을 몰아쉬면서 한 걸음 뒤로 물러났다. 노라의 얼굴은 뒤틀린 채 파르르 떨리고 있었다.

"날 그런 식으로 어떻게 할 수 있다고 생각하지 마. 남자란 모두 똑같아. 남자는 어느 놈이나 똑같아."

"노라……, 제발 부탁이야……, 왜 이러는지 말해 봐!"

프랜시스는 필사적으로 노라에게 애원했다.

"왜 이러느냐고?"

"그래, 모든 걸 털어놓아 봐……. 왜 이러는지. 왜 길포일과 결혼하게 되었는지."

"왜 길포일과 결혼하면 안 되는 거지?"

노라는 반사적으로 몸을 사리면서 프랜시스에게 반문했다.

프랜시스는 입술이 말라 말을 제대로 할 수 없었다.

"노라, 그 사는 길이 좋지 못해……. 너와 어울리는 사람이 아니야."

"남자는 누구나 마찬가지야. 조금 전에도 말하지 않았어? 더도 덜도 아니야."

프랜시스는, 어안이 벙벙해진 얼굴로 노라를 노려보았다. 프랜시스가 믿어지지 않는다는 듯이 험한 눈길로 노려보고 있는데도 불구하고 노라는 그에게 그보다 심한 말을 내뱉고 있었다. 입술은 심하게 뒤틀리고 있었다.

"너는 내가 너와 결혼해야 한다고 생각하는 모양인데……. 어림없어, 이 눈만 말똥말똥한 꼬마 신부, 계집 꽁무니나 쫓는 고리삭은 성직자 같으니라고……. 말이 나온 김에 다 하지. 너는 웃기는 사람이야. 너는 신심이 있는 체하지만 내가 보기에 너는 웃기는 작자야. 가서 그 축복받은 눈으로 하늘이나 올려다보시지. 이 주기도문 가운데 토막 같은 자야, 너는 네가 얼마나 웃기는 자인지 그걸 모르고 있어. 이 세상에 남자가 너 하나뿐이라고 해도 너와는……."

노라는 숨이 막히는지 말을 잇지 못했다. 말을 이으려고 필사적으로 노력했으나 어쩌지 못했다. 노라는 손등으로 눈물을 훔치고는 가슴에다 얼굴을 파묻고 흐느꼈다.

"아, 프랜시스, 사랑하는 프랜시스, 날 용서해 줘! 내가 너를 사랑해 온 것은 너도 알지. 날 죽이고 싶지? 그럼 죽여줘. 나는 상관없으니, 날 죽여 줘."

프랜시스는, 어색한 손길로 눈물을 닦아주며 노라를 달래 보려고 했다. 프랜시스는 노라만큼이나 떨고 있었다. 노라의 흐느끼는 소리는 시간이 갈수록 조용해졌다. 노라는 프랜시스의 품에 안긴, 상처 입은 새 같았다. 한동안 노라는 프랜시스의 가슴에 얼굴을 묻은 채 가만히 있다가 살며시 고개를 들었다. 고개를 든 노라는 손수건으로, 눈물에 얼룩진 얼굴을 닦고는 모자를 쓰고 일어나 여느 때의 목소리로 말했다.

"이제 그만 돌아가는 게 좋겠어."

"날 봐, 노라."

그러나 노라는 프랜시스 쪽으로 고개를 돌리는 대신 이상하게 차분한 목소리로 말했다.

"하고 싶은 말이 있거든 하렴."

젊음이 그의 가슴에다 불을 지르고 있었다.

"그럼 말하지. 나는 일이 이렇게 되어가는 걸 보고 있을 수가 없어. 이 일의 배후에는 뭔가가 있어. 나는 이 흑막을 밝히고 말겠어. 너를, 저 바보 같은 길포일과 결혼하게 할 수는 없어. 노라, 나는 너를 사랑해. 나는 너를 지켜 줄 수 있어."

처절한 침묵의 순간순간이 흘렀다. 한참 뒤에야 노라가, 음산하게 웃으면서 말했다.

"프랜시스, 너와 함께 있으니까 너무 오래 살았다는 생각이 들어."

노라는 이 말끝에 프랜시스의 뺨에다 입을 맞추었다. 오래 전에 했던 것과 똑같은 입맞춤이었다. 두 사람이 내려올 때쯤, 너도밤나무 가지에 앉아 있던 티티새는 날아가고 없었다.

그날 밤, 프랜시스는 마음먹은 바가 있어서 수문 근처에 있는 마군 부부의 집을 찾아갔다. 매기 마군 부인은 일터에서 돌아오지 않았는지 스캔티 마군이 혼자서, 퇴락할 대로 퇴락한 방에 하나밖에 없는 난로 곁 쇠기름 등 아래서 깔개 짜는 틀의 북[紡錘]을 놀리고 있었다. 손님이 누구인지 알아보았을 때, 유니온 주점에서 추방당한 노인의 얼굴에는 홍조가 피어올랐다. 이 홍조는, 프랜시스가, 주점에서 슬쩍 넣어 온 술병을 내려놓았을 때 가장 볼만했다. 스캔티는 재빨리 이가 빠진 싸구려 술잔을 꺼내와 한 잔을 따르고는, 이 생명의 은인과 다를 바 없는 프랜시스의 장래를 위해 건배했다. 스캔티 마군은 너덜너덜한 소매로 입술을 닦으면서 투덜댔다.

"카, 거 맛좋다. 저 구두쇠 같은 길포일 놈이 주점을 차지하고부터는 한 방울도 못 마셔 봤단 말씀이야."

프랜시스는 등받이도 없는 나무 의자를 앞으로 끌면서 용건을 말하기 시작했다. 그의 눈 밑에는 짙은 그림자가 드리워져 있었다.

"스캔티 아저씨, 유니온 주점에 무슨 일이 생긴 것입니까? 노라에게, 폴리 아주머니에게, 네드 아저씨에게 무슨 일이 생긴 것입니까? 저는 이곳에 온 지 사흘이나 되었습니다만, 아무것도 알아낸 게 없습니다. 아저씨가 저에게 말씀해 주실 수 있겠지요?"

스캔티의 얼굴에 경계하는 빛이 떠올랐다. 그는 프랜시스와 술병, 술병과 프랜시스를 번갈아 바라보았다.

"내가 뭐 아는 게 있어야지."

"아저씨는 아십니다. 아저씨 얼굴에 그렇게 씌어 있습니다."

"네드가 아무 말 않던가?"

"네드 고모부님요? 요즘은 벙어리와 다를 것이 없습니다."

스캔티 마군은 한숨을 쉬면서 위스키를 한 잔 따라 들었다.

"불쌍한 네드. 사람 팔자 시간문제라더니. 네드가 그렇게 될 줄 누가 알았겠는가? 그렇게 좋을 수가 없는 사람이었는데……. 하지만 프랜시스, 내게는 할 말이 없다. 생각하기도 창피한 일이고. 해서 좋을 것도 없어."

"스캔티 아저씨, 도움이 됩니다. 제가 알면, 어떻게든 손을 쓸 수 있을 겁니다."

목을 세우고 한동안 생각하던 스캔티는 천천히 고개를 끄덕였다. 스캔티는 힘을 얻으려는 듯이 위스키를 한 모금 더 마셨다. 긴장하고 있는지 얼굴이 굳어지고 있었다. 목소리는 나직했다.

"길포일 이야기를 하고 있는 모양인데, 프랜시스, 네가 비밀을 지키겠다고 맹세하면 내 이야기를 들려주지. 하느님, 저를 불쌍히 여기소서……. 사실은 말이지……. 노라가 아기를 낳았어."

침묵. 스캔티가 술을 한 잔 더 마실 동안 계속되었을 만큼 긴 침묵이었다. 이윽고 프랜시스가 입을 열었다.

"언제 일이죠?" "여섯 주일 전에. 노라는 화이틀리 만으로 가서 거기에서 아기를 낳았어……. 딸을. 노라는 아기를 보는 것만으로도 견딜 수가 없었던 모양이지?"

프랜시스는 침착하게, 내부에서 일고 있는 격정과 필사적으로 씨웠다.

"그럼 아기의 아버지는 길포일입니까?"

스캔티는 경계심을 풀고 적의를 드러내었다.

"그 병신이? 아니야, 아니야. 이 친구의 말을 빌면, 좋은 일 한 번 한답시고 팔을 걷고 나서 가지고는, 이 아기를 제 아기로 입적시키고 대신 유니온 주점을 차지하겠다는 심산이지. 프랜시스, 이 자 뒤에는 피츠제럴드 신부가 있어. 교회가 하는 일이 늘 그렇듯이 각본이 좍 짜여져 있어. 아무도 모르는 사이에 우당탕 결혼식을 해치우고, 이들을 아주 오랫동안, 그리고 멀리 보냈다가 딸을 데리고 돌아오게 하는 것이지. 내가 만일에 이 돼지 같은 자들의 속을 모르고 이런다면 하느님께서는 내 대가리를 깨뜨려 죽일 것이야."

프랜시스는 주먹만 한 덩어리가 가슴 속에서 숨통을 막고 있는 기분이었다. 프랜시스는 끝이 갈라지려 하는 목소리를 애써 가누었다.

"저는 모르고 있었습니다만, 그렇다면 노라에게 애인이 있었다는 이야기가 아닙니까? 스캔티 아저씨……. 노라의 애인이 누구인지 아십니까? 그러니까……. 아기의 아버지가 누군지 아십니까?"

목발을 짚고 방 안을 왔다 갔다 하던 스캔티의 이마로 피가 몰렸다. 그는 세차게 고개를 가로저었다.

"하느님께 맹세코 나는 모른다. 결코 몰라. 나 같은, 인간쓰레기가 어떻게 알겠나? 네드도 모를 거야, 알면 내 손에 장을 지지지. 네드는, 이 정직하고 너그러운 친구는 정말 내게 잘해주었어. 폴리가 집에 없는 날 이따금씩 술에 취했을 때만 빼면……. 프랜시스, 포기하게, 자네가 아무리 그래 봐야 아기 아버지는 찾아낼 수 없을 거야."

또 다시 침묵, 싸늘하게 얼어붙은 침묵. 프랜시스의 눈앞이 캄캄해졌다. 구역질이 났다. 한동안 바위처럼 앉아 있던 프랜시스가 힘들여 자리에서 일어났다.

"스캔티 아저씨, 말씀해주셔서 고맙습니다."

그는 방을 나와 난간도 없는 계단을 내려왔다. 그의 미간과 손바닥은 싸늘한 땅에 젖어 축축했다. 환영幻影이 그를 괴롭혔다. 온통 하얗게, 깨끗하게 정리된 노라의 단정한 침실의 환영이. 그의 가슴 속에서 이는 것은 증오가 아니라 연민이었다. 걷잡을 수 없는 마음의 갈등이었다. 지저분한 거리로 나선 그는 갑자기 힘이 빠지는 것 같아 가로등 기둥에 기대었다가, 구역질을 참을 수 없어서 개천에다 속을 비워내었다.

한기가 느껴졌으나 결심은 조금도 흔들리지 않았다. 그는 성 도미니크 성당 쪽으로 발길을 돌리고는 힘 있게 걸었다.

성 도미니크 성당 사제관에서 일하는 부인이, 성당 업무 종사자 특유의 조용한 태도로 프랜시스를 맞아주었다. 프랜시스를 어두컴컴한 방으로 안내한 부인은, 한동안 방을 나갔다가 돌아와 처음으로 프랜시스에게 미소를 보내면서 전했다.

"운이 좋군요, 프랜시스. 신부님께서 학생을 만나시겠답니다."

프랜시스가 들어가자 피츠제랄드 신부는 담뱃갑을 들고 일어섰다. 신부의 잘생긴 외양은, 부드러우면서도 남의 마음을 꿰뚫어보는 듯한 눈매, 프랑스풍의 가구, 고풍스러운 기도대, 벽에 걸린 이탈리아 복제 명화가 보증하는 그의 감식안, 은은하게 향기를 풍기고 있는 책상 위의 백합 화병과 잘 어울리고 있었다. 그는 프랜시스가 매고 있는 홀리웰 신학교 넥타이를 바라보면서 말했다.

"어서 오게. 나는 아직도 자네가 북방의 고지에 있는 줄로만 알고 있었네. 앉게. 홀리웰의 내 친구들은 잘 있던가? 자네도 알겠지만 나 역시 홀리웰 신학교 출신이라네. 거기에서 공부하고 성도^{聖都} 로마로 갔던 것이네. 정말 신사가 있을 만한 곳이지. 맥냅 학장은 잘 있는가? 타란트 신부는? 타란트 신부는, 로마에 있는 로마 신학원 동창이네. 아주 좋은 사람이지. 그건 그렇고, 프랜시스, 뭘 도와줄까?"

피츠제랄드 신부의 부드러운 눈빛은 곧 바늘 끝같이 날카로워졌다.

기가 죽어 있던 프랜시스는 가쁜 숨을 몰아쉬고는 눈을 내리깔고 대답했다.

"노라 일로…… 여쭤보고 싶은 것이 있어서 찾아뵈었습니다."

프랜시스가 더듬거리며 한 말이, 그때까지만 해도 따뜻하던 방의 분위기를 싸늘하게 만들었다.

"그래, 노라에 대해서 뭘 물어 보고 싶은가?"

"길포일과 혼배 성사에 대해서……. 노라는 이 혼인을 바라지 않습니다……. 노라가 불쌍합니다……. 이 혼인은 엉터리 혼인입니다. 적법한 혼인이 아닙니다. 있을 수 없는 일이고, 있어서도 안 되는 끔찍한 결혼입니다."

"이 '끔찍한 결혼'에 대해 자네는 무엇을 알고 있나?"

"저는……, 다 알고 있습니다……. 노라에게는 아무 잘못이 없습니다."

침묵. 피츠제랄드 신부의 미간에 주름이 잡혔다. 짜증스러워하고 있다는 증거였다. 그러나 피츠제랄드 신부는 분명히 앞에 앉은 청년을 연민의 눈길로 바라보고 있었다.

"젊은이, 나는 자네가 머지않아 성직의 길로 들어서리라고 믿네만, 성직으로 들어서서, 불행히도 내가 겪었던 일의 반만이라도 겪어 본다면, 갖가지 사회의 부조화에는 거기에 맞는 특별한 처방이 필요하다는 것도 알게 될 것이네. 자네는 이 끔찍한 결혼 때문에 몹시 당혹해하는 것 같네만, 나는 그렇지 않아."

피츠젤라드 신부는, 프랜시스가 말한 이 '끔찍한 결혼'이라는 말을 의도적으로 되풀이하고 있었다.

"……나는 당혹해하기는커녕 이런 일을 기다리기까지 했네. 나는 우리 교구의 주점이, 우리 교구 얼간이 신도들의 정신에 영향을 미치는 위스키를 거래한다는 것도 알고 있고, 이를 별로 좋게 안 여기네. 자네와 나라면 신사답게 여기에 앉아 조용히 라크리마 크리스티(고급 이탈리아 포도주 이름으로 '그리스도의 눈물'이라는 뜻_역주)를 즐길 수 있네만, 네드 바논은 그럴 수가 없어. 이 말 한 마디면 넉넉하지? 나는 누구를 비난하자는 게 아닐세. 내가 말하고 싶은 것은, 따분한 고해실에서 긴 시간을 보내는 우리들에게는 불행하게도 별로 대수로울 것이 없는 문제가 생겼다는 것뿐일세……. 우리는 어떻게 해야 할까? 내가 일러주지. 먼저 해야 할 일은, 이 일을 적법하게 수습하고 태어난 아기에게는 영세를 주어야 하는 것일세. 다음에는 아기의 어머니를, 가능하면 그럴 듯한 사람과 짝을 지어 주어야 하는 것일세. 우리는 이런 일을 수습해주지 않으면 안 되는 것이니. 혼란을 수습하여 훌륭한 가톨릭 가정으로 빚어내어야 하는 것이네. 헝클어진 실마리를 가다듬어 사회라고 하는 튼튼한 베를 짜야 하는 것일세. 내 말을 믿게. 길포일을 지아비로 맞을 수 있게 된 노라 바논은 운이 좋은 처녀일세. 길포일은, 똑똑한 사람은 못 되지만 대신 끈기 있는 사람이네. 한두 해 뒤에는 틀림없이 남편과 행복한 가정을 이루고는…… 아주 행복한 모습으로 미사에 나오는 노라 바논의 모습을 볼 수 있을 것이네……."

프랜시스는 입을 다물고 있다가 피츠제랄드 신부의 말허리를 잘랐다.

"아닙니다. 그렇게는 되지 않습니다. 노라는 행복을 얻지 못합니다. 노라에게는 파멸이 있을 뿐입니다. 비참한 파국만이 있을 뿐입니다."

피츠제랄드 신부는 고개를 꼿꼿하게 세웠다.

"이승의 삶에서 우리가 궁극적으로 겨냥해야 하는 것이 세속적인 행복뿐인 것일까?"

"노라는, 만일에 이 혼배 성사가 이루어지면 무슨 짓이든 할 겁니다. 신부님께서는 노라에게 혼인을 강요하실 수 없습니다. 저는, 신부님보다는 노라를 잘 압니다."

피츠제랄드 신부는 웃었다. 이미 다정한 웃음은 아니었다.

"아주 잘 안다는 말투로군. 숙녀에 대한 육체적인 관심은 갖지 않는 것이 좋을 텐데."

프랜시스의 뺨이 빨갛게 물들었다. 목소리는 낮았으나 그 목소리에는 필사적인 데가 있었다.

"저는 노라를 아주 좋아합니다. 하지만 제가 노라를 사랑했다고 하더라도 그것은 신부님의 고해 성사를 따분하게 할 그런 사랑은 아닙니다. 저는 신부님께 애원합니다. 억지로 혼배 성사를 시키지는 말아 주십시오. 노라는 여느 여자와는 다릅니다. 노라는 맑고도 다정다감한 영혼의 소유잡니다. 신부님께서 노라의 가슴에다 아기를 안기고, 노라의 품에다 지아비를 안길 수는 없는 일입니다. 노라는 순수하고 아무 죄도 없는 여자여서 그렇습니다."

피츠제랄드 신부가 잎담배 통으로 책상을 때렸다.

"설교라면 그만두게!"

"죄송합니다. 신부님께서도 아시다시피, 저는 지금 무슨 말을 하고 있는지도 모르는 채 떠들어대고 있습니다. 저는 신부님께, 힘을 써 주십사고 부탁드리고 있는 것입니다. 부탁입니다……. 노라에게 시간을 좀 주십시오."

프랜시스는 마지막으로 있는 힘을 다해 호소했다.

"그만 해두게, 프랜시스!"

성미를 가누고, 몸가짐을 바로 하는 것이라면 자기 자신은 물론이고 남까지 좌지우지할 수 있는 이 교구 주임 신부는 그만 성미를 누르지 못하고 자리에서 벌떡 일어나, 납작한 금시계를 보면서 말했다.

"여덟 시에 형제들과 모임이 있네. 양해해 주게."

프랜시스는 자리에서 일어났다. 신부는, 정말 때리려고 마음먹은 사람처럼 프랜시스의 등을 철썩 때렸다.

"이것 보게, 자네는 허우대만 컸지 아직은 어른이 되어 있지 않아. 내가 말을 심하게 하고 있는지도 모르지. 하지만 자네에게는 거룩한 교회와 거룩한 성모님이 계시니 하느님께 감사드릴 일이네. 프랜시스, 머리로 교회 벽을 받지 말게. 자네보다 머리가

기묘한 소명

더 단단한 자들이 무수히 받아 왔지만, 교회는 여러 세기를 버티어 왔네. 자네가 선한 젊은이라는 것은 내가 아네. 혼인 성사가 끝나거든 다시 한 번 놀러 오게. 홀리웰 이야기를 좀 하게 말일세. 그리고 다시 만날 때까지, 나에게 대든 죄를 참회할 겸 나를 위해 살베 레기나(성모를 찬미하는 노래)나 독송해 주게."

프랜시스는 그 순간에는 잠자코 있었다. 헛일이었다. 다 헛일이었다.

"그러겠습니다, 신부님."

"그럼 잘 가게. 하느님의 축복이 있으시기를 빌겠네."

밤공기는 싸늘했다. 프랜시스는, 패배자가 된 심정으로, 무능한 젊음을 탓하면서 사제관을 나섰다. 그의 발걸음 소리가 포장길 위에서 둔탁하게 울렸다. 그가 성당 계단을 내려서자 성당지기가 뒤에서 문을 닫았다. 희미하게나마 앞을 비추던 빛줄기가 사라지자 프랜시스는 모자도 쓰지 않은 채 어둠 속에 가만히 서서 사제관의 망령의 눈동자 같은 창을 올려다보았다. 그는 절망한 나머지 나직하게 부르짖었다.

"아, 하느님, 저희를 주관하시니 뜻대로 하소서."

혼인 성사 날이 가까워짐에 따라 프랜시스는 불면의 밤을 열병으로 밝히느라고 하루가 다르게 수척해져 갔다. 주점의 분위기는 안정을 되찾아가는 것 같았다. 노라는 아무 말도 하지 않았지만 폴리 아주머니는 다소 들떠 있었다. 네드는 여전히 혼자 멍하게 앉아 있었지만 눈길에 나타나 있던 공포의 그림자는 어느 정도 엷어진 것 같았다. 혼인 성사는 물론 은밀하고 간단하게 치르기로 되어 있었다. 그러나 혼수나 지참금 문제까지 그렇게 쉬쉬하면서 의논하는 분위기는 아니었다. 킬라니로 신혼여행 간다는 계획까지 마련되어 있었다. 호화로운 옷과 귀금속이 집안을 드나들었다. 폴리 아주머니는 예의 그 다정한 눈길을 하고는, 입에다 핀을 잔뜩 물고 혼수를 가봉하면서 이웃 저웃을 노라에게 입혀 보고는 했다.

길포일은 비싼 담배를 꼬나물고 집안을 기웃거리면서, 이따금씩 네드와 주점의 재정에 관한 의논을 하고는 했다. 그가 주로 한 것은 네드가 이미 서명한 동업 건과, 신혼살림을 차릴 집에 관한 이야기였다. 길포일의 가난뱅이 친척들이 벌써 집안을 드나들면서 길포일에게 아양을 떨어대는 모습도 심심치 않게 눈에 띄었다. 출가한 그의 누이인 네일리 부인과 샤알로트가 특히 자주 드나들었다.

노라는 할 말이 없는지 입을 봉한 채 지냈다. 어느 날 복도에서 프랜시스를 만난 노라가 걸음을 멈추고는 물었다.

"다 알고 있지? 다 알고 있는 거지?"

프랜시스의 가슴은 찢어지는 것 같았다. 노라의 시선이 두려워 고개를 숙이고 그가 대답했다.

"그래, 다 안다."

숨이 막힐 듯한 침묵이 뒤따랐다. 프랜시스는 더 이상 괴로워하고 있을 수 없었다. 그는 얼굴을 눈물로 적시며 부르짖었다.

"노라……, 보고만 있을 수는 없다. 네가 내 마음을 안다면 이럴 수는 없다. 내가 너를 보살펴주마. 너를 위해 일하마. 노라, 너

기묘한 소명

를 데리고 멀리 떠나고 싶다. 그렇게 해 다오."

노라는, 이상하다는 듯이, 그러나 애정과 연민이 담긴 눈길로 프랜시스를 바라보면서 물었다.

"어디로 간다는 거지?"

"어디든."

프랜시스가 아무렇게나 대답했다. 눈물에 젖은 그의 뺨은 빛나고 있었다. 노라는 대답하지 않았다. 아무 말 없이 프랜시스의 손을 꼭 잡고는 새 옷을 가봉해야 한다면서 그 자리를 피해 버렸다.

결혼 전날이 되자 노라의 태도에도 변화가 생긴 것 같았다. 대리석같이 차갑던 얼굴에 이따금씩 웃음기가 번지기도 했다. 폴리 아주머니가 준 차를 마시고 있던 노라가 문득 이런 말을 했다.

"오늘은 화이틀리 만에 갔으면 해요."

폴리 아주머니는 깜짝 놀란 얼굴을 했다.

"화이틀리 만에? 꼭 가야겠다면 내가 함께 가겠다."

"그럴 필요는 없지만……, 꼭 가시고 싶다면 같이 가서도 좋아요."

노라는 차를 저으면서 대수롭지 않다는 듯이 말했다.

"물론 가고 싶지."

이따금씩 잊힌 노래처럼 옛날의 심술이 되살아나는 바람에 신경이 쓰이기는 했지만 노라의 분위기가 전 같지 않다는 것을 안 폴리 아주머니는 별로 반대하지 않고 화이틀리 행에 동의했다. 폴리 아주머니는 사실, 노라의 태도가 달라진 것을 기뻐는 하면서도 한편으로는 내심 당황하고 있던 참이었다. 폴리 아주머니는 차를 마시면서, 어릴 적에 가 보았던 아름다운 킬라니 호수 이야기를 했다. 뱃사람이 그렇게 재미있더라는 이야기를 곁들여.

폴리 아주머니와 노라는, 난생 처음으로 나들이하는 사람들처럼 차려 입고 점심때쯤 역으로 떠났다. 거리 모퉁이를 돌면서 노라는, 프랜시스가 서 있는 창가를 올려다보았다. 노라는 떠나기 싫은 듯 잠시 그 자리를 맴돌다가는 활짝 웃으며 손을 흔들었다. 그러고는 그곳을 떠났다.

사고 소식은 폴리 아주머니보다 먼저 마을에 전해졌다. 폴리 아주머니는 소식이 전해진 다음에야 마차에 실려 왔던 것이다. 이 비참한 소식에 온 마을이 술렁거렸다. 사람들이 이 사건을 화젯거리로 삼은 것은, 플랫폼과 달려오는 기차 사이에서 어정거리다가 변을 당했다는 이 젊은 여자의 무신경이 예삿일로 보이지 않았기 때문이었다. 게다가 이 젊은 여자가 사고를 당한 날이 바로 결혼 전날이어서 더욱 그랬다. 수문 근처에 사는 여자들은 문 앞에 모여 무리를 짓고 팔짱을 낀 채로 이 불쌍한 여자 이야기를 했다. 이들은 결국, 이 젊은 여자가 변을 당한 것은 새로 산 구두 때문이었다는 결론에 이르렀다. 사람들은 태디어스 길포일과, 결혼을 앞두고 있는 처녀들, 특히 결혼식이 끝나면 기차 여행을 해야 하는 처녀들을 동정했다. 마을 악대까지 동원해서 마을 장#으로 해야 한다는 의견도 있었다.

그날 밤 늦은 시각에, 프랜시스는 성 도미니크 성당으로 갔다. 가야 한다고 생각했던 것은 아니었다. 프랜시스는 자기가 성당까지 온 경위를 기억할 수 없었다. 성당에는 아무도 없었다. 제단의 희미한 불빛이 깜박거리며 처참하게 일그러진 그의 얼굴을 비추었다. 창백한 얼굴, 뻣뻣하게 굳은 몸으로 제단 앞에 무릎을 꿇은 그는 자기를 껴안고 있는 듯한, 운명의 무자비한 손길을 의식했다. 그에게는 그렇게 철저하게 버려졌다는 느낌을 경험한 적이 없었다. 울 수도 없었다. 딱딱하게 굳어버린, 차가운 입술은 기도문도 외지 못했다. 그러나 그는 고통으로 갈가리 찢긴 마음을 다잡아 생각했다. 처음에는 부모님이 떠나더니 노라마저 떠난 것이다……. 그는 더 이상 이 같은 하늘의 약속을 외면할 수 없었다. 떠날 참이었다. 아니, 떠나야 했다……. 산모랄레스로……. 맥냅 신부가 있는 곳으로……. 그는 자신을 영원히 하느님께 바치기로 결심했다.

6

사제가 되기로 결심한 것이다.

1892년 부활절 주일에 일어난 한 사건으로 산모랄레스에 있는 영국의 신학원은 벌집을 쑤셔놓은 듯 들끓었다. 차부제(次副祭) 과정의 신학원생 하나가 나흘간이나 종적을 감추었던 것이다.

물론 이 신학원이 50년 전 스페인의 아라곤 고원에 설립된 이래 이 같은 사건이 처음으로 터진 것은 아니다. 신학원생들이 신학원 밖에 있는 여관에 모여 담배와 토주^{土酒}인 아구아르디엔테로 양심과 위장을 학대하면서 근 한 시간이나 집단 농성한 일 하며……, 읍내 아모로사 가^{街}의 음습한 술집에서 곤죽이 되도록 마신 신학원생이 귀를 잡혀 끌려온 일도 두어 번 있기는 했다. 그러나 이번의 경우는 특이했다. 한 신학원생이 벌건 대낮에 열린 문을 통해 나가서는 나흘 뒤에, 면도도 못한 얼굴에 먼지를 잔뜩 뒤집어쓴 더할 나위 없이 기진맥진한 모습으로, 떠날 때와 비슷한 시각에 바로 그 문을 통해 들어와서는 한 마디 변명은커녕 좀 걸었을 뿐이라면서 제 방으로 들어가 하루 종일 잠을 잤다……. 이것은 한 마디로 믿음을 버린 배교자의 행위가 아닐 수 없었다.

쉬는 시간이 되자 신학원생들은 이 이야기를 화제로 삼았다. 파란 녹반^{綠礬}을 뿌린 포도원과 흰 신학원 건물 사이의 햇볕이 내리쬐는 사면에서는 검은 옷을 입은 신학원생들이 붉은 흙 위를 삼삼오오 무리지어 다니면서 이 이야기를 나직하게 했다.

신학원생들은, 프랜시스 치점이 신학원에서 쫓겨날 것임을 믿어 의심치 않았다.

즉시 사문위원회^{査問委員會}가 소집되었다. 원규^{院規} 위반 사례를 다룬 선례에 따라 사문위원회는 원장 신부, 부원장 신부, 사감 신부, 그리고 원생장으로 구성되었다. 한동안의 예비 토론이 있은 다음, 사문위원회는 프랜시스가 돌아온 다음 날 신학원 사문회실에서 열렸다.

밖에서는 메마른 동풍이 불고 있었다. 새까맣게 익은 올리브는 나무에서 떨어져 태양의 열기에 터지고 있었다. 신학원 위쪽 숲에서는 오렌지 꽃향기가 바람에 실려 왔다. 대지는 태양의 열기를 견디지 못해 턱턱 갈라지고 있었다. 프랜시스는 천장이 높고 벽면이 흰 그 방으로 들어가 의자에 앉았다. 의자는 싸늘했다. 그는 아무 말도 하지 않았다. 검은 알파카 법의를 입어서 그런지 그의 몸은 실제 이상으로 깡말라 보였다. 머리카락을 짧게 자르고 정수리 부분을 면도질한 그의 머리 모양과 강렬한 눈빛과 침묵이, 광대뼈가 튀어나온 그의 얼굴을 고집스럽게 보이게 했다. 그의 주위로는 기묘한 고요가 흐르고 있었다.

프랜시스 앞, 사문회 주역이 앉을 단상에는 이미 네 사람, 즉 원장인 맥냅 신부, 부원장인 타란트 신부, 사감인 고메즈 신부, 원생장인 안셀름 밀리 차부제가 네 개의 의자를 차지하고 앉아 있었다. 네 사람의 별로 곱지 못한 시선과 관심이 자기에게 쏠리고 있다는 것을 의식한 프랜시스는 고개를 숙이고 가만히 있었다. 사감인 고메즈 신부가 빠른 말투로 피사문被査問 당사자인 프랜시스 치점을 기소했다.

한동안 침묵이 흐른 뒤에 타란트 신부가 말했다.

"설명할 수 있겠는가?"

잠자코 앉아 있던 프랜시스가 얼굴을 붉혔다. 그는 가만히 고개를 숙이고 있다가 입을 열었다. 그의 말이 공허하게 울렸다.

"저는 걷고 싶어서 나갔을 뿐입니다."

"그랬을 테지. 의도야 좋든 나쁘든 우리가 무슨 일을 하려면 반드시 걷기부터 해야 하니까. 허락을 받지 않고 신학원을 떠난 죄는 별도로 하고 묻겠다. 악의를 품고 그런 짓을 했는가?"

"아닙니다."

"나가 있는 동안 술을 마셨는가?"

"아닙니다."

"투우장에 갔었는가? 시장이나 노름판을 기웃거렸는가?"

"아닙니다."

"질이 좋지 못한 여자와 어울렸는가?"

"아닙니다."

"그럼 무엇을 했나?"

또 다시 침묵이 흘렀다. 한참 후에야 프랜시스는 중얼거리듯이 대답했다.

"이미 말씀드렸는데도 이해하려 하시지 않는군요……. 저는 걷고 싶어서 나갔을 뿐입니다."

타란트 신부는 희미하게 웃었다.

"나흘 내내 시골길을 걸었다는 말을 우리더러 믿으라는 말인가?"

"실제로……, 그랬습니다."

"걸어서 도착한 곳이 어디였나?"

"저는……, 코사까지 갔습니다."

"코사라고! 코사는 여기에서 이백 리나 떨어져 있는데?"

"그쯤 될 거라고 생각합니다."

기묘한 소명　155

"특별한 목적이 있어서 간 것인가?"

"아닙니다."

타란트 신부는 얇은 입술을 깨물었다. 더 이상의 의사 방해를 그냥 둘 수는 없는 일이었다. 문득 그는 채찍이나, 쇠구두나, 형차^{刑車} 같은 고문 기구를 쓰던 시절이 몹시 그리웠다. 중세 사람들이 그런 고문 기구를 썼다는 사실이 그에게는 자연스럽게 보이는 순간이었다. 그는, 그런 고문 기구가 요긴하게 쓰이는 경우가 있을 수 있음을 실감한 것이었다.

"치점, 내가 보기에 자네는 거짓말을 하는 것 같은데?"

"제가 왜 거짓말을 하겠습니까?……, 신부님께"

안셀름 밀리 차부제가 가만히 있지 못하고 입을 열었다. 그 자리에 원생장인 부제가 배석하는 것은 순전히 형식적인 일이었다. 말하자면 그는 하나의 상징, 원생들의 입장을 대신한다는 허수아비 감독자로 거기에 와 있는데 불과했다. 그런데도 그는, 프랜시스 치점이 딱해서 견딜 수 없었던지 입을 연 것이었다.

"부탁이다, 프랜시스! 우리 신학원생 전부를 위해서, 자네를 사랑하는 우리 모두를 위해서……, 숨김없이 고백하기를 바라네, 부탁이네."

프랜시스는 대답하지 않았다. 기숙사 사감인 스페인 인 젊은 신부 고메즈가 타란트 신부의 귀에다 입술을 대고 속삭였다.

"증거는 없습니다. 코사에서 이 원생을 본 사람이 있어야 합니다만 염려 마십시오. 코사에 있는 신부에게 편지를 내보면 되는 일입니다."

타란트 신부는 이 스페인 인 신부의 얼굴을 흘깃 바라보고는 고개를 끄덕였다.

"좋습니다. 그것도 한 방법일 수 있겠군요."

원장인 맥냅 신부가 직권으로 발언권을 넘겨받았다. 맥냅 신부는, 홀리웰에 있을 때보다 훨씬 늙어 보이는 데다 동작도 굼떴다. 그가 프랜시스를 내려다보면서 천천히 다정하게 말했다.

"프랜시스, 아주 일반적인 설명이 통하지 않을 경우도 있다는 걸 알아야 하네. 무단이탈은, 우리 신학원 규율 위반에 그치지 않는, 하느님 말씀에 대한 불순종이니까 예사 문제가 아니야. 하지만 내가 중요하게 생각하는 것은, 사건 자체가 아니라 그런 일을 하게 한 동기라네. 자, 내게 말해 주게, 이 신학원에서는 행복을 느낄 수 없던가?"

"아닙니다. 저는 행복합니다."

"그래! 그렇다면 자네가 약속한 성직에 회의를 느낄 까닭은 없지 않은가?"

"회의를 느끼고 있지 않습니다. 저는 이 세상에서 무엇인가 선한 일을 해야겠다고 생각하고 있고, 또 그렇게 노력하고 있습니다."

"듣기 좋구나. 이 신학원을 그만두기를 바라는 것은 아니지?"

"아닙니다."

"그럼 우리들에게 말해주게. 어째서 그런 일을 하게 되었는지."

이 조용한 격려의 말에 프랜시스는 고개를 들었다. 그는, 시선을 먼 곳에다 던지고 얼굴을 일그러뜨렸다. 답변을 정확하게 하려고 애를 쓰고 있는 것이었다.

"저는……, 저는 교회로 갔습니다. 그러나 기도를 드릴 수가 없었습니다. 마음도 안정되지 않았습니다. 무슨 까닭인지 도무지 정신을 집중시킬 수가 없었습니다. 밖에서는 메마른 동풍이 불어오고 있었는데, 이 바람 때문에 저는 더 마음을 잡을 수 없었습니다. 문득 이곳 생활이 너무 초라하고 귀찮게 여겨졌습니다. 그때 제 눈에 신학원 문 밖이 보였습니다. 먼지가 자욱하게 앉아, 하얗고 부드러운 바깥세상이 보였습니다. 저는 제 자신을 주체할 수 없었습니다. 그래서 저는 걸어 나갔던 것입니다. 저는 밤새도록 걷고 또 걸었습니다. 그 다음 날……"

"다음 날도 걸었단 말이지? 그 다음 날도 걷고?"

타란트 신부가 말허리를 자르고 들어왔다.

"그렇습니다."

"나는 이 날 이때까지 이런 엉터리 수작은 들은 적도 없고 본 적도 없다. 자네는 이 사문회를 모독하고 있어!"

타란트 신부의 말이 끝나자 원장이 갑자기 자리에서 일어나면서 입을 열었다. 타란트 신부와 고메즈 신부가 놀란 얼굴로 그를 바라보았지만 그의 말투는 단호했다.

"잠깐 휴회할 것을 제의합니다. 그리고 프랜시스 치점, 자네는 돌아가게. 필요하면 다시 부르기로 하겠네."

프랜시스는 아무 말도 하지 않고 자기 방으로 돌아갔다.

사문회실에서는 맥냅 신부가 차가운 목소리로 다른 두 신부에게 말했다.

"다그친다고 되는 게 아닙니다. 조심스럽게 다룰 필요가 있겠어요. 이 원생에게는 겉으로 드러나는 것 이상의 무엇인가가 있는 것 같으니까요."

원장 신부의 말에 화가 난 타란트 신부는 사문회실을 서성거리며 볼멘소리를 했다.

"원장 신부님, 이 원생은 버르장머리 없는 원생의 표본입니다."

"천만에, 그렇지 않아요. 이 원생은 매사에 열심을 보였고 끈질긴 데도 있었어요. 고메즈 신부, 이 원생의 생활 기록에 흠이 있나요, 없나요?"

고메즈 신부가 책상 위에 놓인 생활기록부를 넘기면서 대답했다.

"별로 없습니다만 장난을 좀 한 것으로 기록되어 있습니다. 지난겨울 휴게실에서 데스파르드 신부가 읽고 있던 영자 신문에다 불을 질렀습니다. 신부가 불을 붙인 까닭을 묻자 웃으면서, 악마가 게으른 자에게 일거리를 만들어 주었다……, 이렇게 대답한 것으로 되어 있습니다."

"그거라면 별것 아니오. 데스파르드 신부가, 신학원으로 오는 신문을 독점하는 것은 우리도 다 아는 일 아니오?"

"또 있습니다. 식당에서《알칸타라의 성베드로 전》을 낭독하기로 되어 있었는데, 이 책 대신에 몰래 숨겨 가지고 들어온《이브가 설탕을 훔쳐 먹을 때》를 낭독하여 식당을 온통 웃음바다로 만들어 제지당한 적이 있습니다."

"악의 없는 장난이지."

"또 있습니다. 원생들이 칠성사(가톨릭 교회의 일곱 가지 성사, 즉 영세 성사, 견진 성사, 성체 성사, 고해 성사, 종부 성사, 서품 성사, 혼배 성사를 말함_역주) 가장 행렬을 할 때의 일입니다. 원장 신부님께서도 기억하실 것입니다. 영세 성사를 나타낸다고 아기로 분장한 원생도 있고, 혼배 성사를 나타낸다고 신랑 신부로 분장한 원생도 나오는 행렬 말씀입니다. 물론 이런 행렬 자체는 신학원에서 허가한 것이니 문제가 없습니다만……"

고메즈 신부는 타란트 신부에게 겁먹은 듯한 시선, 미안해하는 듯한 시선을 던지고는 말을 이었다.

"……종부 성사를 나타내는 행렬에서 시신 역을 맡은 원생의 등에는, '타란트 신부, 여기에 잠들다. 사망 증명은 본인이 했도다. 만일 이분이……', 이런 쪽지가 붙어 있었습니다. 물론 프랜시스 치점이 붙인 것입니다."

"그만하세요. 우리는 그까짓 우스꽝스러운 장난에 관심을 기울이고자 하는 것이 아니오. 우리는 지금 중요한 이야기를 하고 있어요."

타란트 신부가 퉁명스럽게 말했다. 맥냅 원장 신부는 고개를 끄덕거렸다.

"암요, 우스꽝스러운 장난이지요. 하지만 악의는 없군요. 나는 인생살이를 하면서 이따금씩은 농담도 할 줄 아는 젊은이가 좋습니다. 우리는 프랜시스 치점의 성격이 특이하다는 걸 부인하면 안 됩니다. 대단한 괴짜지요. 인생을 보는 그의 시각에는 깊이도 있고, 그의 가슴에는 불길도 있어요. 게다가 감수성이 예민한 청년이어서 우울증에 기우는 경향도 있어요. 하지만 이 청년은 이 모든 것을 고귀한 정신의 이면에다 감추어 두고 있어요. 아시게 되겠지만 이 청년은 투사예요. 절대로 항복하지 않을 겁니다. 뭐라고 할까요, 어린아이 같은 소박함과 논리적인 강단이 기묘하게 한데 어우러져 있다고 할까. 게다가 철저한 개체주의자랍니다."

"신학자에게 개체주의적 성향은 위험한 것입니다. 종교 개혁은 개체주의에서 생겨난 것이니까요."

타란트 신부가 퉁명스럽게 참견했다. 맥냅 신부는 천장을 올려다보면서 부드러운 어조로 말했다.

"그 종교 개혁이 우리 가톨릭 교회를 가톨릭 교회답게 만들었지요. 하지만 본론으로 돌아갑시다. 나는 이 원생이 원규를 위반했다는 걸 부정하지 않습니다. 그 건에 대해서는 처벌을 해야지요. 그러나 처벌을 위한 처벌이어서는 안 됩니다. 나는 진상도 철저하게 규명하지 않은 채 치점 같은 원생을 우리 신학원에서 몰아낼 수는 없습니다. 그러니까 며칠 기다려 봅시다. 두 분도 내 의견에 동의해 주시리라 믿습니다."

맥냅 신부는, 조금도 꾸밈없이 이렇게 말하고는 자리에서 일어섰다. 세 신부는 강단을 함께 내려왔다. 타란트 신부와 고메즈 신부는 같은 방향으로 갔다.

그로부터 이틀 동안 프랜시스는 언제 떨어질지 모르는 신학원 당국의 명령을 기다리면서 불안 가운데서 지냈다. 금족령이 내려진 것도 아니었고, 청강이 금지된 것도 아니었다. 그러나 어디든(가령 도서관, 식당, 휴게실 할 것 없이) 프랜시스만 나타나면 대화가 끊기고, 일상을 가장한, 기묘하게 과장된 평온이 프랜시스를 어색하게 만들고는 했다. 프랜시스는 자기가 관심의 초점이 되어 있다는 사실을 알고부터는 죄의식을 느꼈다. 홀리웰 신학교 동창생인 차부제 로렌스 허드슨은 애정 어린 관심과 근심어린 얼굴로 프랜시스를 위로하면서 늘 뒤를 따라다녔다. 안셀름 밀리는, 프랜시스의 행위에 분개한 무리들의 우두머리 노릇을 하고 있었다. 쉬는 시간에 프랜시스의 행위를 놓고 토론을 벌이다 말고 이들은 외로운 프랜시스에게 몰려 왔다. 안셀름 밀리가 대변인 노릇을 맡았다.

"프랜시스, 우리는 엎어진 자네의 뒤꼭지를 누르려고 이러는 것은 아니네. 하지만 이 일은 우리 모두에게 영향을 미치고 있네. 우리 전체 원생의 명예와 관계가 있는 일이라는 것일세. 마음을 가다듬고 고백하는 편이 훨씬 남자답고 떳떳한 일이 아니겠나."

"뭘 고백해?" 안셀름 밀리는 어깨를 으쓱해 보였다. 한동안 침묵이 흘렀다. 어쩌라는 말인가……. 프랜시스는 이렇게 묻고 있었다. 안셀름 밀리는 함께 왔던 무리와 함께 그 자리를 떠나면서 이런 말을 남겼다.

"우리는 자네를 위해 노베나(9일간의 근행 기도_역주)를 드리기로 했네. 친구들도 그렇지만 나는 특히 견딜 수가 없네. 자네가 여전히 가장 친한 내 친구이기를 바라네."

프랜시스는 아무 일도 없었던 것처럼 지내기가 점점 어려워지고 있음을 알았다. 그는 이따금씩 신학원 운동장을 걷다가도 갑자기 발길을 멈추고는, 걷는 행위가 자기를 파멸시키고 있다는 생각을 하는가 하면, 타란트 신부를 비롯한 교수들이 자기가 거기에 있다는 사실 자체를 부인하고 있을 것이라고 생각하고는 다시 발길을 내딛고는 했다. 강의실에 들어가기는 하는데도 강의는 귀에 들어오지 않았다. 원장 신부의 호출을 은근히 기다리고 있는데도 그 호출마저 없었다.

그의 내적인 긴장은 날이 갈수록 심해져 갔다. 자기 자신을 이해할 수 없을 때도 자주 있었다. 그는 자기 자신을, 아무 목적도 없이 어슬렁거리는 수수께끼 같은 존재라고 생각했다. 그는, 프랜시스 치점은 결코 성직자가 될 수 없을 것이라고 하던 누군가의 예언을 두고 여러 모로 생각해 보았다. 성직자가 아닌 조수사助修士가 되어 위험한 곳, 멀리 떨어진 곳으로 가고 싶다는 생각도 했다. 교회 출입이 잦아진 것은 그즈음부터였다. 그러나 그는 교회 출입도 은밀하게 했다. 교회에서만은, 그도 얼굴을 들고 자기 자신의 작은 세계를 만날 수 있어서 좋았다.

고메즈 신부가 답장을 받은 것은 편지를 보낸 지 사흘째 되는 수요일 아침이었다. 고메즈 신부는 편지를 받고 놀랐지만, 오히려 그 편을 다행으로 여겼다. 이로써 확신을 가질 수 있게 되었기 때문이다. 그는 편지를 들고 부학장실로 달려갔다. 그러고는 부학장 타란트 신부가 편지를 읽을 동안 그 옆에 서서 기다렸다. 주인이 던져줄지도 모르는 칭찬이나 뼈다귀를 기다리는 충직한 개처럼. 편지의 내용은 이러했다.

신부님

  황송하게도 성령 강림절에 보내주신 편지에 대해 이런 답서를 보내 드리게 된 것을 유감으로 생각하면서 몇 자 글월 올립니다. 용모와 키와 피부색이 신부님께서 쓰신 바와 똑같은 귀 신학원의 원생이 4월 14일 코사에 나타났다는 보고가 있었습니다. 그 원생은 그날 저녁 늦게 로사 오야르자발이라는 여자의 집으로 들어갔다가 다음 날 아침 일찍 떠났다고 합니다. 문제의 여인은 혼자 사는 여자로 인근에서는 품행이 방정하지 못한 것으로 소문이 자자한데, 지난 7년간 성당에는 온 적도 없습니다.

  신부님과 함께 예수 그리스도께 몸 바치는 영광을 입은
  코사 본당 신부
  살바도르 볼라스

  고메즈 신부가 속삭였다.
  "이렇게 하길 잘 했죠?"
  "잘 되었소, 아주 잘 되었소."
  눈썹이 꿈틀거렸을 만큼 험악한 얼굴을 하고 타란트 신부는, 앞을 가로막는 이 스페인 신부를 밀쳐내었다. 타란트 신부는 외설스러운 문서라도 되는 양 그 편지를 들고, 복도 끝에 있는 원장 신부의 방으로 갔다. 그러나 원장 신부는 미사를 집전하러 간 뒤여서 원장실에 없었다. 반 시간은 기다려야 할 터였다.

타란트 신부는 기다릴 수가 없었다. 그는 돌개바람처럼 운동장을 가로질러가서는 노크도 없이 프랜시스의 방문을 열었다. 그 방도 비어 있었다.

프랜시스가 미사에 참례하고 있을 것이라고 생각한 타란트 신부는 성난 말처럼 씩씩거리면서 분을 참으려고 애썼다. 그는 프랜시스가 올 때까지 기다리기로 하고는 의자에 앉았다. 까무잡잡하고 깡마른 그의 몸은 약이 오를 대로 올라 있었다.

방은, 다른 원생들의 방보다 더 소박했다. 가구라고는 침대와 궤짝 하나, 책상과 신부 자신이 앉아 있는 의자가 전부였다. 궤짝 위에는 빛바랜 사진이 한 장 놓여 있었다. 조그만 소녀의 손을 잡고 서 있는, 엄청나게 큰 모자를 쓴 여자의 사진이었다. 사진에는 '폴리 아주머니와 노라가 사랑하는 마음과 함께 보내다.' 이런 글씨가 씌어 있었다.

타란트 신부는 쓴웃음을 참았다. 그러나 하얀 벽에 걸린 사진을 보고는 더 참을 수 없어 입술이 일그러지게 웃었다. 시스틴 성당에 있는 성모 마리아 그림의 복제 〈동정녀〉였다.

문득 책상 위에 펼쳐져 있는 노트가 그의 눈에 들어왔다. 일기장이었다. 그는 다시 한 번 성난 말같이 콧구멍을 벌름거렸다. 그의 눈에서는 불똥이 튀었다. 한동안 그는 의자에 앉은 채로 일기장을 보고 싶다는 마음과 싸웠다. 그러다 벌떡 일어서서 일기장 쪽으로 다가갔다. 그는 신사였다. 남의 사생활을 엿보는, 천한 하녀같이 굴기는 싫었다. 그러나 보아야 하는 것은 그의 의무였다. 일기장에 다음 사문회에서 참고가 될 만한 것이 있을지도

기묘한 소명

모르는 일이 아닌가? 그는 엄숙한 얼굴을 하고 일기장을 들었다.

……자신이 '무분별하고, 완고하고, 괴팍한 사람'이었다고 고백한 분은 성 안토니오던가? 절대 절명의 위기에 빠진 나는 이 말 한 마디를 위안으로 삼아야겠다. 신학원에서 나를 쫓아내면 내 인생은 그것으로 끝장이다.

나는 비참할 정도로 비뚤어져 있다. 남들처럼 제대로 생각할 수도 없다. 남들과 보조를 맞추어 나 자신을 닦을 수도 없다. 하지만 마음을 다하여 하느님을 위해 일할 수 있으면 얼마나 좋으랴. 내 아버지 하느님의 집에는 방이 많다. 그 방을 차지하는 사람은 십인십색^{十人十色}이라서, 잔다르크 같은 여자가 있는가 하면 이가 자기 몸을 파먹는 것도 용서했다는 성 베네딕트 라브레 같은 이도 있다. 거기에는 틀림없이 내 방도 있을 것이다.

사문회에서는 나에게 설명을 요구한다. 아무것도 아닌 일을, 아니, 오욕을 뒤집어쓸 것임에 분명한 이 일을 어떻게 설명한다는 말인가? 프랜시스 드 사알은 말했다. 계율을 어기느니 연자매에서 가루가 되겠다……고. 그러나 신학원 문을 나서면서도 나는 원규를 생각하지 않았다. 위반한다는 생각도 하지 않았다. 충동이란 무의식적인 것이다.

이렇게 쓰고 있으니 마음이 좀 홀가분해진다. 이렇게 쓰는 행위를 통하여 내가 지은 죄를 설명할 수 있게 될지도 모르겠다.

몇 주일째 잠을 설쳤다. 뜨거운 밤의 열기에 치받쳐 뒤척거리기만 했다. 나는 동료 원생들보다 훨씬 더 이곳을 견디기 어려워하고 있다. 무수한 책에는, 사제가 되는 길은, 마음고생이 없는, 걷기에 즐거운 길로 그려져 있다. 우리가 이렇게 싸우고 있음을, 속인들이여 알아주시라.

가장 견디기 어려운 것은, 갇혀 있다는 느낌, 육체적인 무력감이다. 외부에서 내 내부로 메아리쳐 오는 무수한 잡음 때문에 나는 그런 느낌과 무력감에 시달리는 것이다. 내가 무슨 은자가 되려고 이러고 있는가? 문득 내 나이 스물 셋, 한 사람도 도와주지 못한 채, 불면과 싸우고 있다는 자각을 얻는다.

윌리 탈록의 편지는, 고메즈 신부의 말을 빌면, 유독한 흥분제 구실을 한다. 윌리 탈록은 의사 면허를 얻었고, 누이동생 진은 간호사가 되었단다. 이 둘은 타이니캐슬 빈민 구호 병원에서 일하면서 저희 몫을 한단다. 목숨을 건 사투私鬪는 아니라고 하더라도…… . 아, 나도 어서 나가서 저들처럼 싸워야 한다.

물론 내게도 언젠가는 기회가 올 것이다. 참고 기다려야 한다. 하지만 네드 고모부와 폴리 아주머니 소식이 내 마음을 몹시 불안하게 한다. 두 분이 아기 주디를 데리고 주점 이층을 나와, 폴리 아주머니가 교외인 클레멘트에 마련해 놓은 집으로 이사한다는 소식을 들었을 때만 해도 마음이 놓였는데……. 네드 고모부는 와병 중, 주디는 말썽꾸러기, 유니온 주점의 경영을 맡았다는 길포일은, 동업자로서는 낙제감인 모양이다. 고모부가 완전히 기진해서 밖으로 나가는 것도 마다하고 사람들을 만나지 않으려 한다니 걱정이다. 맹목적인 충동에 의한 저 참으로 어처구니없는 사건이 그를 망쳐 놓은 것이다. 심성이 천한 사람이었다면 얼마든지 이겨낼 수 있었을 것을.

기묘한 소명

본이 되는 삶을 살기 위해서는 엄청난 신앙이 필요한 법이다. 가엾은 노라! 저 연약한 노라의 범용한 삶의 뒤안길에는 얼마나 복잡한 느낌과 생각의 미로가 있었을 것인가! 타란트 신부는 '아젠도 콘트라'(유혹과의 싸움)라는 제목의 강론에서 실용적인 말을 했다. 정곡을 찌른 것이다……. 우리가 맞서 싸우기 버거운 유혹도 있다, 그런 유혹과 대적했을 때는 마음 문을 닫고 도망치는 도리밖에는 없다……. 나의 코사 나들이도 그런 종류의 도망이었는지도 모른다.

 걸음을 빨리 한 것은 사실이지만 신학원 문을 나설 때 그렇게 멀리까지 갈 생각이었던 것은 아니다. 그러나 안도감, 격렬한 육체적 운동이 내게 베풀어 준, 나 자신으로부터의 해방감이 내 발길을 재촉했다. 나는 고맙게도, 들에서 일하는 농부처럼 땀을 흘렸다. 입으로 흘러들어가는 짭짤한 땀방울은 인간의 때를 씻어주는 것 같았다. 마음이 가벼웠다. 내 가슴은 노래하고 있었다. 나는, 쓰러질 때까지 걷고 싶었다.

 먹지도 마시지도 않고 하루 종일 걸었다. 꽤 멀리 갔던 모양이다. 해질녘에는 바다 냄새가 났으니까. 이윽고 창백한 하늘에 별들이 나타날 즈음, 나는 산을 넘어 코사가 발 아래로 보이는 곳에 이르렀다. 산이 끝기고 마악 바다가 시작되는 항구 마을, 외줄기 길 양쪽으로 아카시아가 활짝 피어 있는 마을은 참으로 이승의 풍경으로는 믿어지지 않을 만큼 아름다웠다. 피곤해서 쓰러질 지경이었다. 발에는 물집이 무수히 잡혀 있었다. 그러나 나는 산을 내려갔다. 마을의, 고요한 삶의 맥박은 나를 반갑게 맞아주는 것 같았다.

 마을의 그리 넓지 않은 광장에서 사람들은 아카시아 꽃 향내가 섞인 시원한 바람을 즐기고 있었다. 조그만 여관에서 흘러나온 불빛이 마을 광장과, 열린 여관 문 앞에 놓인 소나무 의자 두 개를 희미하게 밝히고 있었다. 의자 앞에서는 노인들이 부드러운 땅바닥에다 나무공 굴리기 놀이를 하고 있었다. 산에서는 안개가 묻어 내려오기 시작했다. 아이들은 까르르 웃으면서 달려가고 있었다. 참으로 소박하고도 아름다운 정경이었다. 그러나, 나는 그제야 주머니에는 돈이 한 푼도 없다는 걸 깨달았다. 그래서 여관 앞의 긴 의자에 앉았다. 쉬니까 날아갈 듯한 기분이었다. 너무 지친 나머지 몽롱한 상태에 있었던 것이다. 문득 나무 그늘 밑 어둠 속에서 까딸루니아 피리 소리가 들려왔다. 큰 소리가 아니었다. 밤에 어울리게 나지막한 소리였다. 이런 피리 소리, 그 지방 특유의 아름다운 곡조를 들어 본 사람이 아니면 그 순간이 얼마나 고마운 순간이었는지 짐작도 하지 못할 것이다. 황홀했다. 스코틀랜드 인인 내 피 속에는 피리의 음률이 흐르고 있었던 모양이다. 그 가락에 취해, 어둠에 취해, 밤의 아름다움에 취해, 너무 지쳐 거기에 앉아 있었다.

바닷가로 내려가 잘 생각이었다. 그래서 바닷가로 내려가려는데 바다 쪽에서 지독한 안개가 밀려왔다. 안개는 마을 위로 신비의 너울처럼 내렸다. 안개가 밀려온 지 5분이 못 되어 광장에서는 지척의 분간이 어려웠다. 나뭇잎에서도 물방울이 듣기 시작했다. 사람들은 모두 집으로 돌아갔다. 마음이 썩 내키지는 않았지만 그 마을 성직자를 찾아가 사실을 말하고 하룻밤 쉬어 가게 해 달라고 부탁하기로 작정한 참인데 옆 의자에 앉아 있던 한 여자가 말을 걸어왔다. 나는, 그 여자가 연민과 경멸이 반반인 시선으로 나를 바라보고 있다는 걸 알고 있었다. 기독교 국가에서는 많은 사람들이 성직자를 그런 눈으로 보는 법이거니……, 이렇게 여기고 있는데, 여자가 내 마음을 읽은 것처럼 이런 말을 했다.

"이 마을 사람들은 인색해서, 잠자리 안 줄걸요."

검은 옷을 입은 서른 안팎의 여인은 얼굴이 창백하고, 살비듬이 좋았다. 여자는 검은 눈을 굴리며 말을 이었다.

"생각이 있다면 오세요, 우리 집에 여분의 침대가 있으니까요."

"내게는 숙박비를 지불할 돈이 없습니다."

여자는 기가 막힌다는 듯이 웃었다.

"기도로 숙박비를 대신하세요."

비가 오고 있었다. 여관은 문을 닫은 뒤였다. 우리는 둘 다, 마을 사람들이 모두 떠난 광장의 물이 뚝뚝 듣는 아카시아 나무 밑, 젖은 긴 의자에 앉아 있었다. 그렇게 앉아 있다는 게 여자에게는 우스꽝스럽게 여겨졌던 모양이었다. 여자가 일어섰다.

"나는 집으로 가요. 바보가 아니라면 내 호의를 거절하지 않을 텐데요."

내 얇은 법의는 형편없이 젖어 있었다. 떨렸다. 신학원으로 돌아와서 돈을 보내주면 될 것이라는 생각을 했다. 그래서 일어나서 그 여자를 따라 비좁은 길로 내려섰다.

여자의 집은 마을 한가운데 있었다. 계단을 두 개 내려가니 부엌이었다. 여자는 등불을 켜고 검은 숄을 벗고는 코코아 주전자를 불 위에 올린 다음 빵 가마에서 빵을 꺼냈다. 그런 다음에는 식탁에다 격자무늬 상보를 깔았다. 깨끗하게 정돈된 조그만 방 가득히 퍼지는 끓는 코코아와 뜨거운 빵 냄새는 참 좋았다.

여자는 얇은 잔에다 코코아를 따르면서 식탁 건너편에 앉아 있는 내 얼굴을 바라보았다.

"감사 기도를 드리세요. 그러면 음식이 훨씬 맛이 좋아질 거예요."

여자는 분명히 비아냥거리고 있었지만, 시키는 대로 식전食前의 감사 기도를 했다. 그러고는 먹기 시작했다. 음식 맛이 훨씬 좋아지게 하는 데 필요한 기도였다면, 하지 않았어도 좋았으리라. 그 만큼 맛있었다.

여자는 나를 관찰했다. 한창 때는 아름다웠을 얼굴이었다. 하지만 그 아름다움의 흔적이 검은 눈의 올리브 꼴 얼굴을 오히려 딱딱하게 보이게 했다. 여자의 조그만 귀에는 묵직한 금귀고리가 매달려 있었다. 손은 루벤스의 마돈나 손처럼 소담스러웠다.

"꼬마 신부님, 내 집엘 다 오시다니 운이 좋았던 거예요. 나는 성직자들을 좋아하지 않는답니다. 바르셀로나에 살 때는 성직자들을 지나칠 때마다 웃어주었을 정도였으니까요."

나는 웃지 않을 수 없었다. 그래서 웃으면서 응수했다.

"그러셨다고 해도 저는 놀라지 않아요. 우리가 맨 먼저 배우는 게 바로 비웃음을 견디는 것이랍니다. 제가 이 세상에서 가장 좋아하던 분은 길거리에서 설교하곤 했지요. 온 마을 사람들은 모두 이분을 비웃었어요. '다니엘 성자'라는 별명까지 지어 부르면서 놀렸으니까요. 지금 세상에서 말이죠, 하느님을 믿는 사람은 위선자 아니면 바보랍니다."

여자는 천천히 코코아를 마시면서 잔 너머로 나를 바라보고 있었다.

"그럼 꼬마 신부님은 바보로군요. 말해보세요, 내가 마음에 드나요?"

"매력적이고 친절한 분이라고 생각합니다."

"나는 원래 친절한 여자랍니다. 그런데도 팔자는 눈물 마를 날 없는 팔자지요. 아버지는 카스틸리아 귀족이었어요. 마드리드 정부군 손에 재산을 몰수당하고 말았지만⋯⋯. 남편은 해군의 아주 큰 군함 함장이었어요. 결국 바다에서 죽었지만요. 나도 한때는 배우였지만 지금은 아버지의 재산을 환수할 날을 기다리며 이렇게 조용히 살고 있답니다. 내 말이 모두 새빨간 거짓말이라는 것도 알고 있겠죠?"

"알고말고요."

나는 농담으로 한 말인데 여자는 농담으로 받아들이지 않고 얼굴을 붉히고는 나를 조롱했다.

"너무 똑똑해서 탈이군요. 하지만 나는 꼬마 신부님이 왜 이곳에 와 있는지 알아요. 도망 나온 거지요? 남자는 똑같다니까. 꼬마 신부님은 이브가 그리워서 마리아를 버린 거지요?"

무슨 뜻인지 모를 때는 어안이 벙벙하더니 말뜻을 알고 나니 참담했다. 하도 터무니없는 말이라서 웃음이 다 나왔다. 그러나 한편으로는 화가 나기도 했다. 그 집을 나올 수밖에 없었다. 빵 접시와 코코아 잔은 빈 지 오래였다. 나는 일어나 모자를 집으면서 인사를 했다.

"저녁을 먹게 해주셔서 고맙습니다. 정말 맛있는 저녁이었습니다."

여인의 표정이 변했다. 놀랐는지, 그 장난기와 심술기가 얼굴에서 말끔히 사라졌다.

"그럼 당신은 바보가 아니라 위선자로군요."

여자는 입술을 깨물었다. 내가 문 쪽으로 걷기 시작하자 여자가 내뱉듯이 말했다.

"가지 말아요!"

침묵. 여자의 말투가 험악했다.

"나를 그런 눈으로 보지 마세요. 나는 내 식으로 사는 여자, 내 식으로 즐기면서 사는 여자니까요. 토요일 밤에 바르셀로나의 카바에 오면 거기에 앉아 있는 나를 만날 수 있을 거예요. 까짓 땡중 생활보다는 그쪽 재미가 나을 테니까 천천히 생각해 보시고……, 이층으로 올라가서 주무세요."

또 침묵. 그제야 여자는 이성을 되찾은 것 같았다. 내 귀에는 밖에서 내리는 빗소리가 들렸다. 망설이다가 비좁은 계단 쪽으로 걸음을 옮겼다. 발은 온통 물집투성이였다. 걸음을 옮겨 놓으면서 몹시 비틀거렸던 모양이다. 여자는 갑자기 비명을 지르고는 싸늘하게 말했다.

"그 귀한 발이 어떻게 된 거군요."

"대수롭지 않아요……. 조금 부르텄을 뿐입니다."

여자는 깊이를 알 수 없는 이상한 눈으로 나를 바라보면서 말했다.

기묘한 소명 173

"씻겨 드리겠어요."

온 힘을 다해 사양했는데도 불구하고 여자는 나를 앉게 했다. 그러고는 대야 하나 가득 따뜻한 물을 가져와서는 내 앞에 무릎을 꿇고 내 장화를 벗겼다. 양말에 짓무른 살이 달라붙어 있었다. 여자는 양말을 물에 불려 벗겨주었다. 여자의 친절에 나는 당황하고 말았다. 여자는 내 양쪽 발을 씻겨주고는, 고약까지 발라준 다음에야 일어섰다.

"됐어요, 이제 별로 안 아플 거예요. 양말은 내일 아침에 신을 수 있도록 말려 놓겠어요."

"어떻게 감사드려야 할지……."

여자는 뜻밖에도 퉁명스러운 어조로 말했다.

"나 같은 게 이런 거나 하지, 그럼 뭘 해요?"

내가 또 무슨 말을 하려 하자 여자는 주전자를 둘러메며 눈을 부라렸다.

"설교 같은 건 그만두세요. 그만두지 않으면 머리에다 이 물을 끼얹어버리겠어요. 침대는 이층에 있으니까 안녕히 주무세요."

여자는 돌아서서 화덕 쪽으로 가버렸다. 이층으로 올라갔다. 지붕 창 아래 작은 방이 있었다. 얼떨떨한 상태에서도 달게 잘 수 있었다.

아침에 잠을 깨어 내려와 보니 여자가 부엌을 오가면서 커피를 끓이고 있었다. 아침까지 차려주었다. 그 집을 떠나면서 고맙다는 말을 하려고 했지만 여자는 또 내 말을 막았다. 여자는 기묘하게 그늘진 미소를 지어 보이면서 내게 이런 말을 했다.

"신부님은 훌륭한 성직자가 되기에는 너무 순진해요. 좋은 신부 되기는 글렀어요. 크게 실패할 테니까."

나는 산모랄레스를 바라보며 그 집을 나왔다. 절룩거리며 걸었다. 돌아가면 어떻게 될 것인지 그것도 걱정스러웠다. 두려웠다. 그래서 될 수 있는 대로 천천히 걸었다.

일기를 다 읽고 난 타란트 신부는 창가에 한동안 꼼짝도 않고 서 있다가 가만히 일기장을 원래 있던 곳에다 놓아두고는, 프랜시스에게 일기를 쓰라고 한 것은 바로 자기였다는 사실을 떠올렸다. 그러고는 스페인 인 신부가 준 편지를 꺼내어 잘게 잘게 찢었다. 그의 표정은, 조금 전의 그가 짓고 있던 표정이 아니었다. 우수의 그림자가 전혀 없는 얼굴, 가차 없는 자기 고행으로 늘 엄격하고 냉혹해 보이던 그런 얼굴이 아니었다. 젊은 신부의 얼굴로 되돌아 온 것이었다. 너그럽고 사려 깊은 얼굴을 되찾은 것이다. 살세 찢은 편지를 거머쥔 손으로 그는 자기 가슴을 세 번 아플 정도로 쳤다. 그러고는 돌아서서 그 방을 나갔다.

계단을 내려가던 그는 나선형 계단을 올라오는 안셀름 밀리를 보았다. 타란트 신부를 본 신학원의 모범생은 걸음을 멈추었다. 그는 계단 옆으로 물러서서 부원장 신부가 가까이 오기를 기다렸다. 타란트 신부의 눈에 띄어 사사로운 대화의 상대가 될 수 있다는 것은 안셀름 밀리도 쉽게는 누릴 수 없는 영광이었다. 그래서 조심스럽게 말을 건넸다.

"안녕하십니까, 부원장 신부님. 모두 걱정하고 있습니다. 다른 소식이 있으신지 궁금합니다……. 프랜시스 치점에 관한 소식 말씀입니다."

"무슨 소식?"

"가령 프랜시스 치점이 퇴학당한다든가 하는……."

타란트 신부는 벌레 씹은 얼굴을 하고는 안셀름 밀리를 바라보다가 내뱉듯이 말했다.

"프랜시스 치점은 퇴학당하지 않아. 이런 멍청이 같으니."

그날 밤 프랜시스가, 용서받았다는 기적 같은 사실이 믿어지지 않기도 하고, 내심 기쁘기도 하고 해서 방에서 서성거리고 있는데 교무직원이 조용히 문을 두드리고는 조그만 꾸러미 하나를 주고 갔다. 꾸러미 안에는, 15세기 스페인 명장^{名匠}의 걸작품인, 흑단으로 조각한 몬트세라트의 성모상이 들어 있었다. 이처럼 엄청난 물건이 왔는데도 주는 이의 편지 한 줄 없었다. 한 마디 설명도 없었다. 프랜시스는 그 흑단 걸작품을 보낸 사람이 누구일까 생각하다가, 문득 타란트 신부의 방 기도대 위에서 보았던 것을 기억해내고는 눈물을 글썽거렸다.

주말경에 원장 신부는 프랜시스를 만나자, 사면한 것이 억울하다는 듯이 이런 말을 했다.

"여보게 젊은 친구. 놀랐네, 놀랐어. 그 무서운 종교 재판의 그물망을 살짝 아주 용케 빠져나갔더군. 우리 신학생 시절에는, 그런 무단결석을 '땡땡이'라고 했는데 말씀이야, 걸리면 가차 없이 퇴학이었다네."

학장 신부는 웃음기가 가득한 눈을 찡긋해 보이면서 이렇게 덧붙였다.

"참회하는 뜻에서 이천 단어짜리 논문을 한 편 써오게. '산보의 효능'이라는 제목으로…… 알겠는가?"

신학원이라는 좁은 세계는 참으로 기묘한 곳이어서 벽에도 귀가 있고, 열쇠 구멍에도 악마의 눈이 있다. 프랜시스의 무단 탈주 이야기는 토막토막 재구성되어 이 입 저 입으로 옮겨 다녔다. 이 이야기는 다시 입과 귀를 번갈아 옮겨 다니면서 살이 붙었다. 마감질이 잘 된 다면체 보석처럼 프랜시스에 대한 이 이야기도 신학원 에피소드의 고전으로 역사에 길이 남을 게 확실해 보였다. 일이 일단 마무리 되자 고메즈 신부는 이 이야기를 코사 성당의 본당 신부에게 자세하게 써 보냈다. 볼라스 신부는 이 이야기에 감동을 받았던 모양이다. 그는 고메즈 신부에게 장장 5장이나 되는 답장을 써 보냈는데, 그 가운데에서 마지막 몇 줄을 여기에 인용하면 다음과 같다.

이 사건은, 로사 오야르자발이라는 여자가 회심(悔心)하는 대목에서 절정을 이루면서 끝나야 마땅하지 않겠습니까. 젊은 사도의 인도로 이 여자가 내게 와서 무릎을 꿇고 참회하면서 눈물을 흘렸다면 얼마나 아름다운 일이겠습니까? 하지만, 이 일을 어쩌면 좋습니까? 여자는 다른 여자와 동업으로 바르셀로나에다 유곽을 내었답니다. 유감스럽게도 이 유곽이 날로 번창한다는 소식 전하면서 펜을 놓겠습니다.

제3부

못난이 보좌 신부

1

  1월의 어느 토요일 초저녁, 프랜시스는 타이니캐슬에서 40마일쯤 떨어진 지선역支線驛 쉐일즐리 역에 내렸다. 줄기차게 비가 내리고 있었지만, 그의 열망, 불타는 그의 정신을 그 비가 적실 수는 없었다. 그를 태우고 온 기차가 안개 속으로 사라진 뒤에도 그는 행여나 하고 휑 뚫린 플랫폼, 아무도 없는 역 광장을 둘러보았다. 마중 나온 사람은 없었다. 실망할 일은 아니었다. 프랜시스는 가방을 들고 먼저 탄광촌 한가운데로 걸어 들어갔다. 구세주 성당은 어렵지 않게 찾을 수 있을 터였기 때문이다.

쉐일즐리는 프랜시스 치점 보좌 신부의 첫 부임지였다. 보좌 신부로 임지에 와 있다는 사실이 그에게는 꿈 같았다. 가슴은 걷잡을 수 없이 뛰고 있었다. 드디어……, 드디어 임지로 나와 인간의 영혼을 대적하여 싸울 기회를 잡은 것이다!

예비지식이 없지 않았는데도 프랜시스는 막상 마을을 보고는 놀라고 말았다. 난생 처음 보는, 더할 나위 없이 누추한 마을이었다. 쉐일즐리 마을은 잿빛 가옥과 싸구려 물건이나 팔 것 같은 상점 사이사이로 보이는 버려진 공터와 쓰레기 더미로 이루어져 있었다. 비를 맞으면서도 연기를 피워 올리는 쓰레기 더미도 있었다. 고물상, 술집, 교회도 시커멓게 솟아 있는 렌쇼 탄광의 반출탑搬出塔을 중심으로 군데군데 서 있었다. 마을을 둘러보면서 프랜시스는, 자기의 관심은 마을이라는 곳에 있는 것이 아니고 마을 사람들이라는 인간에 있다는 생각으로 섭섭한 마음을 달랬다.

가톨릭 교회는 마을 동쪽 사면 탄광 가까이에, 근처의 풍경과 어울리게 자리 잡고 있었다. 교회는 고딕식의 파란 유리창이 있는, 빨간 벽돌 건물이었다. 지붕의 양철판과, 꼭대기가 떨어져 나간 종각 역시 빨갛게 녹슬어 있었다. 학교는 교회 맞은편에 있었다. 잡초와 부서진 울타리에 갇힌 사제관은 교회 위쪽에 있었다.

프랜시스는 숨을 깊이 들이마시고는 초라한 사제관 앞으로 걸어가 초인종 줄을 당겼다. 대답이 없었다. 기다리다가 한 번 더 당기려는데 문이 열리면서 줄무늬 앞치마를 입은 여자가 모습을 드러내었다. 여자는 프랜시스의 아래 위를 훑어보고는 고개를 끄덕였다.

"아, 신부님이셨군요. 본당 신부님께서는 안에서 기다리고 계십니다. 안으로 드시지요."

여자는 점잖고도 상냥하게 거실 문을 가리키며 덧붙였다.

"날씨가 말이 아니지요? 저는 들어가서 연어 요리를 마저 하겠습니다."

프랜시스는 거실로 들어갔다. 거실에는 이미 하얀 상보가 깔린 상이 차려져 있었다. 50줄에 든 듯한, 덩지가 우람한 신부가 나이프로 식탁을 두들기고 있다가 손길을 멈추고는 이 신임 보좌 신부를 맞았다.

"드디어 오셨군. 자, 이리 와서 앉으시지요."

"키저 신부님이시죠?" 프랜시스가 손을 내밀었다.

"그렇소. 그럼 누군 줄 알았소? 오렌지 왕가의 윌리엄 왕이라도 와 있는 줄 아셨소? 마침 저녁 식사 시간에 맞춰 오셨군요. 내 이럴 줄 알았지……. 이봐요, 미스 캐퍼티, 밤을 밝힐 참이오, 서둘러요, 서둘러……. 치점 신부, 앉으시오, 앉아. 그렇게 길 잃은 양 같은 얼굴을 하고 서 있지 말고. 크리베이지 카드 할 줄 아시오? 나는 밤마다 크리베이지 카드를 낙으로 삼고 사는 사람이오."

프랜시스는 자리를 잡고 앉았다. 곧 미스 캐퍼티가 연어 요리와 수란水卵이 담긴 엄청나게 큰 쟁반을 들고 들어왔다. 키저 신부가 수란 두 개와 연어 한 쪽을 자기 접시에 담자 미스 캐퍼티는 쟁반을 프랜시스 앞에 내밀었다. 키저 신부가 어느새, 입에는 음식을 가득 넣은 채 빈 접시를 미스 캐퍼티 앞으로 내밀었다.

"불룩불룩 먹어 두시오. 사양하지 말고. 여기 일은 예사 중노동이 아니니까 우선 잘 먹어 두어야 하오."

키저 신부는 잘도 먹었다. 그는 튼튼한 턱과, 시커먼 털이 숭숭 돋아난 손을 잠시도 놀리지 않았다. 머리카락을 짧게 자른 신부는 입술이 두껍고 몸집이 좋은 사람이었다. 펑퍼짐한 코에서는 검은 털이 비죽이 나와 있었다. 한눈에, 뚝심이 좋고 권위를 중하게 여기는 사람이라는 인상을 주는 그는, 무의식중에 내보이는 하나하나의 동작도 시원시원하게 보였다. 그는 계란을 뚝 잘라 반을 한 입에 넣고는 그 조그만 눈으로 프랜시스를 관찰했다. 푸줏간 주인이, 잡을 소의 무게를 눈대중으로 가늠하는 듯이.

"강골強骨 같지는 않은데……. 체중이 한 칠십 킬로그램은 나가요? 요즘의 보좌 신부들은 옛날의 보좌 신부들 같지 않아요. 전임 보좌 신부는 약골이었답니다. 리 신부가 아니라 플리flea(벼룩처럼 약했다는 의미_역주) 신부였으니까. 빌빌하다가 갔어요. 대륙의 암사내 바람이 불어오는 바람에 요즘 젊은이들이 그 모양일 게요. 우리 시절……, 그러니까 우리 메이노스 신학교 동창들……, 한 마디로 사내들 중의 사내들이었지."

"겪어 보시면, 그렇게 약골이 아니라는 걸 아시게 될 겁니다."

"그럴 테지요. 식사 끝나거든 나가서 고해실에나 들러 보시오. 나도 나중에 나가겠지만, 오늘은 신자들이 많지 않을 거요……. 비가 이렇게 오고 있으니. 비만 오면 얼씨구나, 하고 비 핑계를 대기 일쑤거든요. 내 교구 신자들이라는 것들, 말짱 게으름뱅이들이오."

프랜시스는 이층에 있는 자기 방으로 올라가 보았다. 벽은 얇은데도 방 안에는 육중한 침대와 빅토리아 왕조 풍의 커다란 옷장이 놓여 있었다. 프랜시스는 때묻은 세면대로 다가가 우선 손과 얼굴을 씻고는 교회로 내려갔다. 키저 신부가 그에게 보여 준 첫인상은 별로 좋은 것이 아니었다. 그는 더 두고 보아야겠다고 생각했다. 성급한 판단은 종종 오판의 씨앗이 되니까……. 프랜시스는 한동안, 전임자인 '리 신부'의 명패가 붙은 고해실에 앉아 있었다. 양철 지붕을 두드리는 빗소리가 들려 왔다. 한동안 앉아 있던 그는 고해실을 나와 텅 빈 교회 앞뜰을 둘러보았다. 맥 빠지게 하는 풍경이었다. 황량했다. 그렇다고 깨끗한 것도 아니었다. 누구의 취미로 대리석 위에다 퍼런 페인트를 칠하게 되었는지는 모르지만 조잡해서 차마 눈길을 두기가 민망했다. 부서진 성 요셉 상의 한 팔을 허술하게 수리한 것도 눈에 걸렸다. 성로^{聖路} 14처^{處}(십자가를 멘 그리스도의 수난 경로를 14장의 그림으로 그린 성화) 그림도 조잡해서 보고 있기가 심란했다. 녹슨 구리 화병에 꽂힌 조잡한 조화는 프랜시스를 면전에서 모욕하는 것 같았다. 그러나 이렇게 마음에 들지 않는 것들이 오히려 프랜시스의 용기를 복돋아 주고 있었다. 프랜시스에게 오히려 이를 개선할 기회를 제공하는 것들이기 때문이었다. 감실^{龕室}이 이 그림 옆에 있었다. 프랜시스는 감실 앞에 무릎을 꿇고는, 이 새로운 삶에 자신을 바치겠노라고 뛰는 가슴으로 다짐했다.

런던과 마드리드와 로마를 제 집 드나들 듯이 하는, 신분이 고귀하거나 지위가 높은 신학자들이나 성직자들의 요람인 산모랄레스의 문화적인 분위기에 젖어 있던 프랜시스에게 그로부터 며칠간은 참으로 견디기 어려운 나날들이었다. 키저 신부는 보좌 신부의 마음을 편하게 하는 그런 사람이 아니었다. 천성적으로 무뚝뚝하면서도 까다로운 사람인데다 경험과 나이는 많으나 신자들의 존경을 받는 데 실패한 이 성직자는, 프랜시스가 부임했을 당시 이미 몸과 마음이 굳은살처럼 딱딱해져 있었다.

키저 신부도 한때는 이스트클리프 해변 휴양 도시의 노른자위 교구를 담당했던 적이 있었다. 그러나 그는 그곳의 점잖은 유지들의 호감을 사는 데 실패, 이들이 주교에게 탄원하는 바람에 전임 당했던 것이다. 당시에는 몹시 분개했던 그가, 세월이 지남에 따라 전임 당했다는 것은 잊고 자기의 희생정신으로 그 교구를 양보한 것이라고 믿게 되었다. 그래서 틈날 때마다 이렇게 허세를 부리는 것이었다.

"나는 스스로 왕좌에서 돗자리로 내려앉은 사람이야……. 아, 그때가 좋았지."

요리사와 가정부를 겸하는 미스 캐퍼티만은 신부를 믿고 따랐다. 키저 신부와는 여러 해를 힘께 지낸 미스 캐퍼티는 그를 이해하고 그의 속마음을 미루어 헤아릴 줄 알았으며, 그가 소리를 지르면 맞받아 소리를 지를 수 있는 사람이었다. 요컨대 두 사람은 서로를 존중했다. 키저 신부는, 자신이 6주일간의 연차 휴가를 보내러 해로게이트로 떠날 때면 미스 캐퍼티에게도 6주일간의 귀휴를 주기도 했다.

키저 신부에게서 세련된 구석은 찾아보기 어려웠다. 그는 침실에서도 쿵쾅거리며 걸어 다녔고 하나뿐인 욕실 문을 여닫을 때도 돌쩌귀가 떨어져 나갈 정도로 거칠게 여닫았다. 허름한 사제관은 그의 이런 버릇 때문에 조용할 날이 없었다.

그는 종교도 하나의 공식으로 환원시켜버리는 사람이었다. 그에게 종교의 내면적 의미, 정신적 의미 같은 개념은 아무것도 아니었다. 융통성이라는 것도 그에게는 통하지 않았다. 그의 가슴 속에 자리 잡고 있는 종교의 모양은, 이렇게 하라, 하지 않으면 지옥에 간다……, 이것뿐이었다. 성당에는, 말로 치르는 의식, 물로 치르는 의식, 기름으로 치르는 의식, 소금으로 치르는 의식이 있었다. 키저 신부가 아는 한, 이대로 하지 않으면 아가리를 벌리고 있는 뜨거운 화염지옥에 떨어지지 않을 도리가 없는 것이었다. 지독한 편견에 사로 잡혀 있는 그는, 마을의 다른 교파를 공공연하게 비난하고는 했다. 이러니 친구가 있을 까닭이 없었다.

그는, 심지어는 자기 교회의 신도들과도 사이가 평화롭지 못했다. 교회는 워낙 가난한데다 빚이 많았다. 그래서 허리띠를 조르고 운영하는데도 늘 수입과 지출의 아귀가 맞지 않았다. 그러나 성격이 그 모양인 그는 해결하는 방법을 제대로 알지 못했다. 말하자면, 강단에 두 다리로 턱 버티고 서서 두 눈을 부라리며, 그렇게 무심할 수 있느냐고 수가 많지도 않은 신도들을 질책하는 것이었다.

"집세는 어떻게 내고, 세금은 어떻게 물고, 보험료는 어떻게 지불하라는 겁니까? 지붕만 머리 위에 있다고 교회 행세를 할 수 있는 것입니까? 나에게 달라는 것이 아닙니다. 전능하신 하느님께 바치라는 것입니다. 남녀 신도 여러분, 내 말을 잘 들어 주십시오. 내가 구경하고 싶은 것은 누런 동전이 아니라 반짝거리는 은전입니다. 여러분의 대부분은 조지 랜쇼 경 덕분에 일자리를 가지고 있는 분들입니다. 그러므로 돈이 없다는 변명은 당치 않습니다. 가난한 교회를 위해서 쓰는 것을 절약하고 헌금 액수를 늘린다면 이것도 다 복 받을 일인 것입니다."

그는 이렇게 소리를 지르고는 금방이라도 잡아먹으려는 듯한 얼굴로 신도석을 돌며 접시를 코앞에 들이밀어 손수 헌금을 모으고는 했다.

그의 무지막지한 요구는 신부인 자기 자신과 신도 사이에 생긴 반목의 골을 더 깊게 할 뿐이었다. 그가 설치면 설칠수록 연보 액수는 그 만큼 줄어들었다. 격분한 그는 견디다 못해 한 가지 방법을 고안했다. 갈색 종이봉투를 하나씩 신도석에다 돌린 것이었다. 그러나 미사가 파한 신도석에는 구겨진 빈 봉투만 어지럽게 남아 있었을 뿐이다. 이 구겨진 봉투를 주우면서 그가 중얼거렸다.

"이것들이, 전능하신 하느님 대집을 이렇게 해?" 이런 재정적인 암운을 뚫고 비치는 한 줄기 햇빛도 있었다.

쉐일즐리 광산을 비롯, 자그마치 15개의 광산을 가지고 있는 조지 랜쇼 경은 굉장한 재산가에다 가톨릭 신자인데다 유명한 자선 사업가이기도 했다. 그의 저택인 랜쇼 홀은 쉐일즐리에서 70마일이나 떨어진 곳에 있었지만 구세주 성당은 용케도 그의 기부 대상 단체 명단에 올라 있었다. 그래서 매년 성탄절만 되면 어김없이 구세주 성당 본당 신부 앞으로 1백 기니짜리 수표가 오고는 했다. 수표가 올 때마다 키저 신부는 공치사를 적지 않게 했다.

"기니란 말이야. 쩨쩨하게 파운드 단위로 노는 게 아니라구. 신사적인 것이란 바로 이런 것을 두고 말하는 게 아니겠어!"

키저 신부는 오래 전에 타이니캐슬에서 있었던 모임에서 조지 랜쇼 경을 딱 두번 만났을 뿐이었다. 그런데도 그는 조지 경의 이름을 올릴 때마다 그지없이 황송해하는 것이었다. 그는 자기의 의지와는 상관없이 행여나 일이 잘못되어 그 부호가 기부를 중단할까 봐 두려워하는 것이었다.

쉐일즐리에서 한 달쯤 지냈을 때부터 키저 신부와의 관계가 프랜시스를 고통스럽게 하기 시작했다. 키저 신부는 시도 때도 없이 화를 내었다. 프랜시스가 보기에는 전임자인 리 신부가 신경 쇠약에 걸린 것도 무리가 아니었을 성싶었다. 프랜시스 자신의 영적인 생활도 점점 무디어져 가고 가치관도 어지러워져 가는 것 같았다. 그는 키저 신부의 적의가 나날이 그 도를 더해 간다는 느낌을 갖기 시작했다. 프랜시스는 그런 느낌이 자신을 괴롭힐 때마다 괴로움을 안으로 다독거리면서 그에게 복종하고 그의 앞에서 겸손을 보이려고 애썼다.

프랜시스에게 맡겨진 교회 일은 견디기 어려운 격무였다. 특히 겨울철에는 그러했다. 그는 1주일에 세 번씩 자전거를 타고 벽촌인 브로우톤과 글렌번으로 가서 미사를 집전하고 고해를 듣고 마을 공회당에서 교리 문답을 주관하지 않으면 안 되었다. 격무 자체는 참을 수 있다고 하더라도 신자들의 무관심은 그를 견딜 수 없게 했다. 아이들마저 노는 데 정신을 빼앗겨 그의 열의에 반응해 주기는커녕 골탕을 먹이려 들기가 일쑤였다. 문제는 가난이었다. 절대 가난에 시달리고 있는 대부분의 신자들은 신앙의 길에서 저만큼 벗어나 그저 무덤덤하게 생활이 이끄는 대로 살아가고 있었다. 프랜시스는 그들의 일상에 굴복하지 않겠노라고 굳게 다짐했다. 자신의 무력감과 무능을 절감하면서도 프랜시스는 이들의 마음 가까이 다가가 이들의 잠든 의식을 깨우고 싶다는 열망을 버리지 않았다. 그는, 그것이 자기에게 주어진 기회라 여기고, 열심을 다하여 불씨를 만들고, 재가 된 생명의 불꽃을 다시 피우기로 마음먹었다.

그러나 프랜시스에게 이보다 더 견딜 수 없는 것은, 어디 마음먹는 대로 되는지 보자는 심사에서 늘 프랜시스의 행동을 예의 주시하는 본당 신부가 이 보좌 신부의 어려움을 알면서도 수수방관하고 있는 점이었다. 즉 키저 신부는 이상주의자인 프랜시스가 이 일에 실패하고 지극히 상식적이면서도 실제적인 자기의 방법론에 항복하기를 바라고 있었다. 어느 날 프랜시스가 10마일이나 떨어진 브로우톤에 병자를 보살피러 갔다가 비를 잔뜩 맞고 지친 몸으로 돌아오자 키저 신부는 모멸에 찬 눈길로 프랜시스를 바라보면서 이런 말을 했다.

"어때요, 성자가 되는 게 생각만큼은 쉽지 않지요? 그것들 아무짝에도 쓸데없는 건달들이오."

프랜시스가 발끈하면서 응수했다.

"그리스도께서는 그런 자들을 위해서 돌아가셨습니다."

크게 기가 꺾인 프랜시스는 고행을 시작했다. 우선 음식부터 줄였다. 홍차 한 잔과 빵 몇 조각으로 하루를 견디는 날이 많았다. 늘 양심의 가책에 시달리다 못한 그는 한밤중에 살며시 일어나 교회로 내려가고는 했다. 달빛에 씻긴, 고요한 교회 안은 낮에 볼 때처럼 추하지 않아서 좋았다. 그는 무릎을 꿇고 시련과 맞설 용기를 간절히 구했다. 그렇게 기도하다가 십자가에 매달린, 고통에 시달리고 있으면서도 끝없이 참고 끝없이 자비로운 분의 모습을 보면 마음이 평화로워지는 것이었다.

어느 날 자정을 조금 넘긴 시각에 교회에서 이런 식으로 기도하고는 발소리를 죽이며 자기 방으로 올라가던 프랜시스는 계단에서 기다리는 키저 신부를 발견했다. 잠옷 위에 외투를 걸친 차림에, 손에는 양초를 든 본당 신부는 털북숭이 맨발로 선 채 프랜시스를 노려보면서 앞을 가로막았다.

"지금 뭘 하고 있다고 생각하시오?"

"제 방으로 올라가고 있는 중입니다."

"어디에 있었느냐는 말이오."

"교회에 있었습니다."

"뭐라고? 이 시각에 말이오?"

"왜 안 됩니까? 주님을 깨울까 봐서요?"

프랜시스는 억지로 웃었다. 키저 신부는 화를 벌컥 내면서 소리쳤다.

"주님을 깨웠는지 안 깨웠는지는 모르지만 나를 깨운 것만은 분명하오. 나는 당신의 이런 짓을 용납할 수 없소. 이런 터무니없는 짓을 하는 사람은 보다가 처음이오. 이곳은 성당이지 수도원이 아니오. 기도하고 싶으면 낮에 얼마든지 하시오. 그리고 내

밑에 있을 동안은, 밤에는 잠을 자도록 하시오."

 프랜시스는 한 마디 쏘아주고 싶었지만 꾹 참고는 조용히 자기 방으로 들어갔다. 교회에서, 자기에게 맡겨진 임무를 완수하려면 감정을 억제하고 상급자와 사이좋게 지내야 한다고 생각했기 때문이었다. 그는 키저 신부의 좋은 점을 찾아보려고 애썼다. 그의 솔직한 태도, 용기, 고지식, 정조에 대한 결백…… 같은 미덕을.

 며칠 뒤 프랜시스는 키저 신부의 기분이 좋을 때를 골라, 나름의 사교 수완까지 발휘하면서 이 늙은 신부에게 접근해서 다정하게 말을 걸었다.

 "신부님, 오래 생각해 왔던 일입니다만……, 교구의 마을은 모두 상당한 거리를 두고 각기 뿔뿔이 흩어져 있기 때문에 신자들이 한 자리에 모일 곳이 마땅치 않습니다……. 젊은이들을 위한 회관 같은 게 하나 있었으면 어떨까 생각합니다만……."

 "아하, 그러니까 인기 작전을 좀 써 보자는 말씀이시군."

 키저 신부는, 기분이 좋던 참이라 이렇게 말하고는 웃었다. 프랜시스는 그 기회를 놓치고 싶지 않아서 열심히 설명하기 시작했다.

 "그런 것은 아니고요. 주제넘게 나서고 싶어서 이러는 것은 아닙니다만 회관 같은 게 하나 있으면 젊은이들이 거리를 방황하지 않을 것입니다. 나이 든 사람들도 술집에 덜 가게 될 것이고. 회관을 하나 만들고 사람들에게 이 회관을 이용하게 해서 육체적으로나 사교적으로 이들을 계발하는 겁니다……. 교회에 나올 수 있도록 유도할 수도 있는 일이지요."

못난이 보좌 신부

프랜시스는, 마지막 한 마디를 하고는 웃었다. 키저 신부도 너털웃음을 웃었다.

"허허, 역시 당신은 젊군요. 당신은 리 신부보다 더한 사람이야. 좋아요, 하고 싶거든 한번 해 봐요. 하지만 이 근처를 어슬렁거리는 건달들로부터 고맙다는 말을 들으려 한다면 그건 어림도 없는 일이니까 유념하시오."

"고맙습니다. 저는 허락을 얻고 싶었습니다."

프랜시스는 온몸을 던져 이 계획을 실천에 옮겼다. 랜쇼 탄광의 감독인 도널드 카일은 프랜시스와 같은 스코틀랜드 인이자 교회 일에도 상당한 열의를 보이는 신자였다. 아내를 보내어 이따금씩 사제관 일을 돕게 하는 중량 검사 계원 모리슨, 발파 계장(發破係長)인 크리딘 역시 구세주 성당 운영위원회의 간부였다. 프랜시스는, 탄광 감독 도널드 카일을 통해 탄광의 구급실을 일주일에 세 차례, 밤에만 써도 좋다는 허락을 받아내었다. 그는 또 검사 계원과 발파 계장을 동원하여 광부들에게, 새로 열리는 회관에 대한 관심을 환기시키게 했다. 교회 돈은 한 푼도 축내지 않기로 한 그는 다 해 봐야 2파운드도 안 되는 돈이지만, 그 동안 푼푼이 모아온 돈까지 헐었다. 대충 준비를 끝낸 프랜시스는, 직업상 타이니캐슬 레크리에이션 센터와 밀접한 관계를 맺고 있는 윌리 탈록에게 편지를 내어, 폐품이 된 운동 기구를 보내 달라고 부탁했다.

문제는 개장 행사였다. 개장 행사 문제를 곰곰 궁리하던 프랜시스는, 젊은이들의 관심을 끄는 데는 춤 이상 가는 것이 없다는 결론을 내리고 무도회를 열기로 마음먹었다. 마침 구급실 휴게소에는 피아노가 있는데다 발파 계장인 크리딘이 솜씨 좋은 바이올리니스트여서 음악은 걱정하지 않아도 좋았다. 그는 적십자 구급실 문에다 개막을 알리는 포스터까지 게시하고는, 개막 당일인 목요일이 되자 주머니를 턴 돈으로 케이크와 과일과 레모네이드 같은 먹을 것을 마련했다.

처음에는 분위기가 서먹서먹했으나, 막판에 거둔 성공은 프랜시스의 기대를 훨씬 뛰어넘었다. 뜻밖에도 카드리유(네 사람이 한 조가 되어 추는 춤)를 출 수 있는 팀이 여덟 팀이나 모여든 것이다. 단화가 없었던 대부분의 젊은이들은 갱내에서 신는 장화를 그대로 신은 채로 춤을 추었다. 막간마다 청년들은 잔뜩 상기된 얼굴로 긴 의자에 앉아 이야기를 나누었고 처녀들은 청년들을 위해 먹을 것을 날라다 주었다. 왈츠를 출 때는 곡의 후렴 부분을 따라 부르면서 추기도 했다. 근무를 교대하러 들어가는 젊은 광부들은 입구에 서서 구경했다. 가스등 불빛에, 심각한 얼굴과는 좋은 대조를 이루는 이들의 하얀 이빨이 기분 좋게 반짝거렸다. 끝날 무렵에는 모두 한 목소리로 노래를 부르기도 했다. 익살스러운 젊은이 두엇은 노래를 하다 말고 나와 노래에 맞춰 춤을 추기도 했다. 유쾌한 밤이었다.

문틀에 기대고 서서, 젊은이들이 저희들끼리 밤 인사 나누는 소리를 들으며 프랜시스는 감격을 이기지 못하고 가볍게 떨면서 중얼거렸다.

"이제 저들이 살아나기 시작했다. 아, 하느님, 이제 시작되었습니다."

다음 날, 아침을 먹으러 들어온 키저 신부는 새빨갛게 화가 나 있었다.

"괴상한 소문이 들리던데? 그게 대체 무슨 꼴이오? 그래 놓고, 뭐, 모범을 보여요? 부끄럽지 않소?"

프랜시스는 영문을 모르고 신부를 올려다보았다.

"아니, 대체 무슨 말씀을 하시는 겁니까?"

"아실 텐데? 지난밤에 당신이 저지른 미친 짓거리 말이오."

"허락하셨잖습니까? 허락하신 지 한 주일밖에 되지 않았는데 다른 말씀을 하시다니요?"

"나는 내 교회 문전에다 사내와 계집이 어울려 시시덕거리는 그 괴상한 춤판은 허락한 일이 없소. 나는 우리 성당 처녀들에게 순결을 지키라고 목이 쉬도록 외치고 있는데 당신은 점잖지 못하게도 이들이 사내를 껴안고 돌게 했소!"

"어젯밤의 모임은 순수한 모임이었습니다."

키저 신부는 화가 머리끝까지 올라 얼굴이 시뻘겋게 되어 있었다.

"순수라고? 하느님께서 내려다보시고 있소. 이렇게 순진한 양반 같으니……. 젊은이들을 어떻게 충동질하면 서로 손을 잡고 서로를 껴안고 몸을 맞대고 다리를 맞대는지 모르고 하는 소리요? 젊은 것들 마음속에다 나쁜 생각 한 가닥만 넣어주면 그렇게 된다는 말이오. 이렇게 만들어 놓으면 색정을 일으키고, 음탕한 마음을 먹고, 결국은 육욕에 빠지게 되는 것이오."

프랜시스의 낯색이 창백해졌다. 그의 눈에서는 분노의 불길이 일고 있었다.

"신부님께서는, 육욕과 성을 혼동하고 계신 것이 아닙니까?"

"아이고, 성 요셉 맙소사. 그게 뭐가 다르다는 것이오?"

"질병과 건강이 다른 것만큼이나 천양지차가 있는 것입니다."

키저 신부는 포기했다는 듯이 두 손을 내저었다.

"대체 무슨 악마의 이름을 빌어 이따위 소리를 하는 것이오?"

지난 두 달 동안 참고만 있었던 분노가 일시에 폭발했다. 프랜시스는 자신의 감정을 분노의 파도에다 고스란히 실어 보냈다.

"신부님께서도 자연의 이치를 막을 수는 없습니다. 만약에 끝내 막기를 고집하신다면, 그 자연의 이치로부터 역습을 당하고 말 것입니다. 젊은 남녀가 서로 어울리고 한데 모여 춤추는 것은 자연스러운 일일 뿐만 아니라 바람직스럽기도 한 일입니다. 이게 바로 연애와 결혼의 자연스러운 서곡인 것입니다. 성은 냄새나는 시체가 아닙니다. 그러니까 신부님께서도 더러운 홑이불로 이것을 덮으려 하지 마십시오. 자꾸 덮으니까 수상한 웃음이 오가고, 음탕한 짓거리가 자행되는 것입니다. 성이라는 것은 뱀이 아닙니다. 따라서 목을 졸라 죽일 것이 아니라 제대로 교육시켜 제대로 인식할 수 있게 해 주어야 하는 것입니다. 신부님께서 계속해서 성이라는 것을 질식시키려고 하시는데, 이래서는 될 일이 아닙니다. 이렇게 하다 보면 아름답고 깨끗한 성이 추한 것으로 보이게 되고 맙니다."

무시무시한 침묵이 흘렀다. 키저 신부의 목에는 퍼런 핏대가 서 있었다.

"이런 독신자瀆神者 같으니! 당신의 무도회장에서 내 젊은이들이 놀아나는 것은 용서하지 않겠어!"

"그렇게 하시면 젊은이들은 어두운 골목길에서, 밀밭에서, 신부님 말씀 말마따나, '놀아날' 것입니다."

"거짓말! 내 교회 처녀들의 순결은 어떤 놈들도 건드릴 수 없어. 내가 어떻게 하는지 두고 보시오."

"그러실 테지요만, 이 교구에서 사생아 숫자라면 쉐일즐리가 으뜸이라는 통계도 있으니까 유념하십시오."

키저 신부는 금방이라도 보좌 신부를 갈길 것 같은 자세로 앉아 식식거리다가는, 생각이 바뀌어 목이라도 조르고 싶어졌는지 주먹을 쥐었다 폈다 했다. 그렇게 앉아 있던 그가 가볍게 발로 바닥을 구르면서 손가락으로 프랜시스를 가리키면서 말했다.

"통계라면 그것뿐인 것은 아니지. 내가 선 이 자리에서 반경 오 마일 내에는 회관이 들어설 수 없다는 것도 새로운 통계 자료로 등장할 테니까……. 당신의 그 잘난 계획은 이로써 끝난 것이오. 실패로 끝난 것이오. 이건 선언이자 명령이오. 이 일에 관한 한, 이 말은 최후통첩이오."

그는 우당탕 소리가 나게 의자에 앉아 며칠 굶은 사람처럼 아침을 먹기 시작했다.

프랜시스는 재빨리 접시를 비우고는 이층 제 방으로 올라갔다. 그는 창백한 얼굴을 하고 부들부들 떨고 있었다. 먼지가 뽀얗게 앉은 창 너머로 탄광 구급실과 구급실 마당에 쌓인 권투 장갑, 곤봉 등의 운동 기구가 든 상자가 보였다. 윌리 탈록이 전날 보내 준 것이지만, 신부의 금령이 내린 뒤라 무용지물이었다. 프랜시스는 적막해서 견딜 수 없었다. 그는 생각했다.

복종만 하고 있을 수는 없다. 하느님께서도 그런 굴종만을 요구하시지는 않을 것이다. 싸워야 한다. 키저 신부의 고집과 싸워야 한다. 나를 위해서가 아니라 가엾은 우리 교회의 신자들, 교회의 신도석을 반도 채우지 못하는 신자들을 위해서 싸워야 한다…….

문득 그는 신자들에 대해 샘물처럼 솟아오르는 듯한 사랑을 느꼈다. 어떻게 하든지, 하느님으로부터 받은 첫 임지의 가엾은 사람들을 도와주고 싶다는 충동을 느꼈다.

그로부터 며칠 동안 프랜시스는 교회의 일상 업무를 계속하면서 회관에 내려진 신부의 금령을 철회시킬 방법을 필사적으로 강구했다. 회관은 교회와 신자들을 잇는 교량의 상징 같은 것이었다. 그러나 금령을 철회시킬 방법을 강구하면 할수록 키저 신부의 금령이 그만큼 견고해 보이는 것은 어쩔 수 없었다.

프랜시스가 전처럼 일에 열중하는 것을 본 키저 신부는, 이 젊은 보좌 신부가 마침내 자기에게 굴복해 버리고 말았거니 여기고는 은밀하게 즐거워했다. 그는 자기야말로, 젊은 것들을 길들여 고만고만한 인간으로 만드는 데 재간이 있는 사람이라고 여기기까지 했다. 보내는 족족 얌전한 성직자로 만들어 버리는 내 솜씨, 주교가 좀 안 알아주나……. 그는 이런 생각을 하면서 푸짐하게 웃었다.

문득 프랜시스의 머리에 한 가지 생각이 섬광처럼 떠올랐다.

엉뚱한 방법일 수도 있고, 성공할 가능성이 적지 않은 방법이기도 했다. 창백하던 그의 얼굴에 화색이 돌았다. 그는 소리라도 지르고 싶은 심정이었다. 그러나 그는 애써 자제했다.

그래 해 보자, 아니 해 봐야 한다……. 폴리 아주머니가 다녀간 뒤에…….

그가 폴리 아주머니와 주디에게, 쉬일즐리로 와서 6월 마지막 주말을 보내자고 제안한 것은 그전의 일이었다. 쉬일즐리가 휴양도시가 못 되는 것은 분명했다. 그러나 마을이 높은 곳에 위치해 있는 데다가 공기가 좋았다. 이미 성성한 봄의 녹음이 살풍경하던 쉬일즐리를 아름답게 꾸미고 있었다. 그래서 프랜시스는 폴리 아주머니야말로 어느 누구보다도 휴식이 필요한 사람이라고 생각하고 편지를 냈던 것이다.

전 해의 겨울은 폴리 아주머니에게, 육체적으로나 재정적으로 견디기 힘든 계절이었다. 아주머니의 표현을 빌면 태디어스 길포일은 유니온 주점을 '들어먹고' 있었다. 파는 데 마음을 쓰는 대신 마시는 데 마음을 썼고, 장부도 보여주는 일이 없었으며, 거의 다 들어먹고 남은 것까지 제 수중에 넣으려고 한다는 것이었다. 네드 고모부의 고질병은 최악의 상태에 이르러 있었다. 그로부터 1년 전에 이미 다리가 마비된 그가 장사에서 손을 뗀 지는 이미 오래였다. 늘 바퀴 의자를 타고 다니는 그는 그즈음에 정신 이상 증세까지 보이고 있었다. 그는, 앞에서 알랑거리는 길포일에게, 자기에게는 증기선이 있으니, 더블린에 가면 자기 소유의 양조장이 있느니 하는 등의 헛소리를 하기가 일쑤였다. 폴리 아주머니의 눈을 피해 스캔티 마군과 함께(참으로 볼 만한 광경이었으리라) 클레먼트 시장으로 가서는 모자를 스무 개나 사 온 적도 있었다. 프랜시스의 부탁을 받고 네드를 찾아갔던 윌리 탈록은 프랜시스에게 보낸 편지에다, 네드의 병은 중풍이 아니라 뇌종양으로 인한 것이라고 쓴 적도 있었다. 그런 네드에게 남자 간호사를 붙여 준 것도 탈록이었다. 그 덕분에 폴리 아주머니가 쉐일즐리로 올 수 있었다.

프랜시스는 폴리 아주머니와 주디를 사제관의 객실에 묵게 하고 싶었다. 그러나 키저 신부와 관계가 좋지 않은 상황에서 그에게 그런 부탁을 할 수는 없는 일이었다. 그의 소원 중 하나는 하루 빨리 자기 성당에 부임하여 폴리 아주머니에게 사제관 일을 맡기고 주디에게도 일거리를 주는 것이었다. 프랜시스 모리슨 부인 댁에다 아주머니와 주디의 숙소를 마련했다.

폴리 아주머니와 주디는 6월 21일에 쉐일즐리에 도착했다.

기차역에서 이들을 맞은 프랜시스의 가슴은, 이들에 대한 연민 때문에 미어지는 것 같았다. 아직은 튼튼해 보이는 폴리 아주머니는 노라의 손을 잡던 그 손으로 살빛이 검고 머리카락이 유난히 반짝거리는 조그만 계집아이의 손을 잡고 열차에서 내렸다. 프랜시스는 중얼거리듯이 말했다.

"폴리 아주머니, 아, 폴리 아주머니……."

폴리 아주머니는 별로 변한 것 같지 않았다. 그러나 전에 비해 약간 초라해 보이고, 그 통통하던 뺨이 조금 야윈 것 같았다. 옷이나 장갑이나 모자도 옛날의 그 옷, 그 장갑, 그 모자였다. 폴리 아주머니는 늘 남을 위해 쓰느라고 자신을 위해서는 돈을 쓰지 못하고 있다는 증거였다. 아주머니는 노라와 프랜시스를 돌보던 정성으로 네드 고모부와 주디를 돌보고 있었던 것이다. 프랜시스의 가슴을 미어지게 한 것도 바로 헌신밖에 모르는 아주머니의 그런 모습이었다. 프랜시스는 달려가 아주머니를 껴안았다.

"폴리 아주머니, 만나게 돼서 반가워요……. 조금도…… 조금도 달라지신 것 같지 않군요."

폴리 아주머니는 손수건을 찾느라고 손가방에다 손을 넣으면서 대꾸했다.

"그래…… 웬 바람이 이렇게 분담……. 눈에 티가 들어갔나 봐."

프랜시스는 폴리 아주머니와 주디의 손을 잡고 숙소로 안내했다.

폴리 아주머니 일행이 머물 동안 프랜시스는 이들을 즐겁게 하는 데 최선을 다했다. 밤이면 날이 새는 줄도 모르고 폴리 아주머니와 긴긴 이야기를 나누었다. 폴리 아주머니는 프랜시스가 신부가 된 것을 자랑스럽게 여겼고, 프랜시스는 그런 폴리 아주머니에게 또 한번 고마움을 느꼈다. 폴리 아주머니에게, 자기의 근심 걱정 같은 것은 아무것도 아닌 것 같았다.

그러나 그런 폴리 아주머니에게도 골칫덩어리가 하나 있었다. 주디가 자주 문제를 일으킨다는 것이었다.

열 살이 되어 클레먼트의 초등학교에 다니는 주디는 성격이 복잡하기 짝이 없는 아이였다. 주디는, 여느 때는 솔직하고 상냥한 아이다가도 어떤 때는 남을 의심하고, 아무것도 아닌 것을 숨기기를 좋아하는 아이였다. 주디는 아무 짝에도 쓸데없는 것들을 방에다 잔뜩 진열해 놓고는 누가 이걸 흐트러뜨릴라치면 터무니없이 화를 내기도 했다. 무엇에 몹시 열중하다가도 언제 보았느냐는 듯이 잊어버리는 일도 자주 있었고, 똑똑하게 굴다가도 언제 그랬더냐는 듯이 어리숙하고 흐리멍텅하게 굴 때도 있었다. 주디는 자기 잘못을 인정하기를 몹시 싫어했다. 그래서 잘못한 일은 절대로 밖으로 드러나지 않도록 철저하게 감추기도 했다. 거짓말을 태연하게 하면서도 들통이 날 경우에는 목을 놓고 울기도 했다.

이런 것을 사전에 알았던 프랜시스는 주디와 가깝게 지내려고 무진 애를 썼다. 프랜시스는 주디를 종종 사제관으로 데려가기도 했다. 사제관으로 데려 가면 주디는 스스럼없이 키저 신부의 방에도 들어가 안락의자에 올라가거나 그의 파이프나 문진 같은 것을 만지기도 했다. 프랜시스는 처음에는 몹시 당황했으나 키저 신부가 별로 귀찮게 생각하지 않는 것 같아 아이가 하는 대로 내버려두고 있었다.

휴가 마지막 날이었다. 폴리 아주머니는 마지막으로 쉐일즐리를 산보하겠다면서 마을로 내려갔다. 주디는 프랜시스와 함께 사제관으로 와서 그림책을 보면서 놀고 있었다. 그런데 누군가가 프랜시스의 방을 노크했다. 미스 캐퍼티였다.

"신부님께서 뵙고자 하십니다, 지금."

프랜시스는 이 뜻밖의 호출에 몹시 당황했다. 미스 캐퍼티의 말투가 심상치 않았던 것이다. 프랜시스는 천천히 일어났다.

키저 신부는 자기 방에서 선 채로 기다리고 있었다. 그는 몇 주일 만에 처음으로 프랜시스의 얼굴을 똑바로 노려보면서 말했다.

"그 아이가 도둑질을 했소."

프랜시스는 아무 말도 할 수 없었다. 갑자기 위장이 뒤틀리는 듯하면서 구역질이 났다. 키저 신부는 노기 찬 음성으로 말을 이었다.

"나는 그 아이를 믿었소. 그래서 내 방에서 노는 것도 내버려 두었던 것이오. 나는 그 아이가, 그저 예쁘고 참한 아이인 줄 알았던 것이오……."

"그 애가 뭘 가져갔습니까?"

프랜시스가 물었다. 그의 입술은 딱딱하게 굳어지고 있었다.

"도둑이 뭘 가져가겠소?"

키저 신부는 이렇게 말하면서 벽난로 쪽으로 돌아섰다. 벽난로 위에는 작은 기둥 같은 물건이 몇 개 있었다. 사실은 기둥이 아니라 동전을 12개씩, 키저 신부가 손수 하얀 종이로 싸서 세워 둔 것이었다. 신부는 그 중의 하나를 들고 말을 이었다.

"이 중에서 몇 개를 훔쳐 간 것이오. 이건 도둑보다도 더한 거요. 하느님께 바쳐진 연보를 훔쳤으니 독성죄^{瀆聖罪}에 해당하는 것이지요. 동전 세 개가 없어졌소."

"주디가 훔쳐 갔다는 것은 어찌 아셨습니까?"

"나는 바보가 아니오. 한 주일 내내 동전이 없어지기에 동전 뒤에 다 표를 해 두었소."

프랜시스는 아무 대꾸도 하지 않고 자기 방으로 돌아왔다. 신부가 그 뒤를 따라왔다. 프랜시스가 주디를 다그쳤다.

"주디, 네 지갑을 보여 다오."

주디는 당황하는 기색을 감추지 못했다. 그러나 재빨리 빠져 나갈 구멍을 생각해내고는 태연한 얼굴로 대답했다.

"여기 없어요. 모리슨 부인 댁에 두고 왔는걸요."

"아니야, 지갑은 여기에 있어."

프랜시스는 주디에게 달려들어 겉옷 주머니에 든 지갑을 찾아 내었다. 폴리 아주머니가 휴가 떠나오기 전에 사 준 조그만 가죽 지갑이었다. 프랜시스는 지갑을 열어 보고는 절망하고 말았다. 지갑에는 동전 세 개가 들어 있었다. 동전의 뒷면에는 열십자 표시가 되어 있었다.

키저 신부의 무뚝뚝한 얼굴이 밝아졌다. 그는 화를 내고 있는 동시에 의기양양해 하고 있는 것이었다.

"거 보시오, 내가 뭐라고 했소? 이런 나쁜 것 같으니……. 하느님 돈을 훔치다니! 응분의 벌을 받게 해야 하오. 내가 보호하는 아이였다면 이 길로 데리고 내려가 경찰에 넘겼을 것이오."

주디는 울음을 터뜨렸다.

"아니에요, 아니에요 갖다 놓으려고 했단 말이에요. 정말이라고요."

프랜시스의 안색은 몹시 창백했다. 어떻게 해볼 수 없는 최악의 상황이었다. 그는 두 손에 힘을 모으고는 조용히 말했다.

"좋습니다. 이 아이를 경찰서로 데리고 가서 해밀튼 경사에게 넘기겠습니다."

주디는 울면서 발악하기 시작했다. 키저 신부는 당혹감을 감추지 못하고 있으면서도 겉으로는 비아냥거렸다.

"좋도록 하시오."

프랜시스는 모자를 집어 쓰고는 주디의 손을 잡았다.

"주디, 가자. 이럴 때 용감할 수 있어야 한다. 해밀튼 경사를 찾아가, 삼 페니를 훔친 혐의로 키저 신부가 너를 고발했다고 말하는 거다."

프랜시스가 주디를 데리고 문 쪽으로 가는 것을 보고 나서야 키저 신부는 그의 말뜻을 알았다. 신부는 그제야 자기가 말을 잘못했음을 깨달았다. 오렌지맨(신교와 왕권을 광적으로 옹호하던 비밀 결사 당원)인 해밀튼 경사와 키저 신부는 사이좋게 지내는 처지가 아니었다. 사이가 좋기는커녕 과거에 몇 번 입씨름을 벌인 적이 있을 정도였다. 그런 사이인데……, 까짓 사소한 일로 아이를 고발한다면……. 키저 신부는 인근에서 웃음거리가 될 게 뻔했다. 그래서 키저 신부는 프랜시스를 불러 세웠다.

"갈 필요가 없을 것 같소."

프랜시스는 못 들은 척했다. 키저 신부는 제 성미를 이기지 못하고 고함을 질렀다.

"……멈추시오! 이 일은 이것으로 잊기로 합시다. 아이는 당신이 잘 타이르기로 하고."

그러고는 얼굴을 붉힌 채 그 방을 나가 버렸다.

폴리 아주머니와 주디가 타이니캐슬로 돌아간 뒤 프랜시스는 한동안 외로움을 몹시 탔다. 주디의 도벽에 대해서 키저 신부에게 진심으로 사과하고, 그 아이의 출생 배경을 그에게 설명하고 싶었다. 그러나 키저 신부는 그런 기회를 베풀어 주지 않았다. 주디 사건으로 보좌 신부에게 당했다는 생각이 이 노인의 자존심을 몹시 상하게 했던 것이다. 게다가 키저 신부는 휴가를 앞두고 있었다. 그는 휴가를 떠나기 전에 이 보좌 신부를 완전히 고립시켜 놓고 싶어 했다.

그래서 접근하지도, 접근을 용납하지도 않음으로써 프랜시스를 철저히 무시하고 있는 것이었다. 그는 미스 캐퍼티에게 특별히 주문, 음식도 보좌 신부가 오기 전에 혼자 먹었다. 휴가를 떠나기 전날인 주일에 교회에서 했던 그의 강론은 격렬했다. 그는 프랜시스를 겨냥했는지, 제7계명인 '도둑질하지 말라'에 대해서는 특히 서슬이 시퍼렇게 설교했다.

이 강론을 들은 프랜시스는 무엇인가를 굳게 결심했다. 미사가 끝나는 즉시 그는 도날드 카일의 집으로 달려가 그를 불러내어 심각한 표정을 지으며 뭔가를 진지하게 의논했다. 그러나 얼굴이 밝아지는 것도 잠깐, 도날드 카일은 반신반의하면서 말했다.

"그렇게 되기만 하면 굉장하게요? 하지만 해 봅시다. 나는 어디까지나 신부님 편이니까요."

두 사람은 악수하고는 헤어졌다.

프랜시스는, 월요일 아침 키저 신부가 6주간의 휴가를 예정으로 해로게이트로 떠나자 계획을 실행에 옮기기 시작했다. 그날 오후에는 미스 캐퍼티가 로슬레어에 있는 친척 집으로 떠났다.

화요일 아침 일찍 프랜시스는 미리 약속했던 대로 기차역에서 도널드 카일을 만났다. 카일은 노팅엄에 있는, 랜쇼 탄광과는 경쟁 관계에 있는 탄광이 최근에 작성한 건축 관계 서류와 그 밖의 참고 자료가 든 가방을 들고 있었다. 그의 옷차림은 성장이었다. 프랜시스만은 못했지만, 그의 얼굴 표정 역시 비장했다. 두 사람은 11시 기차로 쉐일즐리를 떠났다.

밤늦게 쉐일즐리로 돌아오기까지 프랜시스에게는 긴긴 하루였다. 두 사람은 말없이 사제관으로 통하는 길을 올라왔다. 지쳤을 터인데도 두 사람의 자세는 꼿꼿했다. 프랜시스의 얼굴에는 표정이 없었다. 탄광의 감독은 의미심장하게 웃으면서 손을 내밀었다.

"안녕히 주무십시오."

그로부터 나흘이 아무 일 없이 지나갔다. 닷새째 되는 날부터 이상한 움직임이 보이기 시작했다.

이 이상한 움직임이 일어난 곳은 광업소 사무실 근처였다. 광업소 사무실이 그 지역의 중심이었으니만큼 어떻게 보면 당연했다. 프랜시스는 교회 일이 끝나는 대로 현장으로 와서 도널드 카일과 함께 건물의 설계도를 보면서 상의하기도 하고 작업 중인 기술자들을 만나는 등 바쁜 나날을 보냈다. 새 건물이 들어서는 속도는 참으로 놀라웠다. 시작된 지 나흘 뒤에는 구급실 옆에 새 건물의 뼈대가 서더니 한 달 만에 건물의 외장까지 끝나버렸을 정도였다. 외장이 끝나자 목수들과 페인트 공들이 들어갔다. 프랜시스의 귀에는 목수들의 망치소리도 아름답게 들렸다. 그는 일을 하다 말고 이따금씩 손길을 멈추고는 갓 톱질한 나무에서 나는 향긋한 냄새를 맡았다. 소매를 걷고 뛰어들어 인부들과 함께 일할 때도 있었다. 인부들은 프랜시스를 좋아했다. 프랜시스는 아버지를 닮아, 손수 일하는 것을 좋아했다.

휴가를 보내는 미스 캐퍼티 대신 임시로 와서 시중을 들어주는 모리슨 부인이 가 버리면, 프랜시스는 혼자, 키저 신부가 없어서 호젓한 사제관을 지키면서 일했다. 그는 열의도 대단했고, 정력도 대단했다. 마을 사람들의 태도도 훨씬 따뜻해진 것 같았다. 그는 자신이, 교회에 대한 마을 사람들의 반감을 풀어주고 그들의 무감각한 삶 안으로 들어가, 그 흐리멍텅한 눈에다 빛줄기를 던져주고 있음을 실감할 수 있었다. 가난과 비참한 삶에 시달리는 그들을 싸안고, 사랑과 연민 가운데 보이지 않는 하느님 앞으로 다가가고 있다는 느낌은 사실 굉장한 것이었다. 그것은 프랜시스 자신이 지향하는 삶의 목표이기도 했고, 실제로 성취시켜가고 있는 것이기도 했다.

기저 신부가 돌아오기 닷새 전에 프랜시스는 책상 앞에 앉아 다음과 같은 편지를 쓰기 시작했다.

1897년, 9월 15일.
쉐일즐리

존경하는 조지 경께 삼가 올립니다.
경께서 너그럽게 쉐일즐리 마을에 기증해 주신 체육 및 오락 회관이 드디어 완성되었습니다. 광산 근로자와 그 가족들은 물론이고, 이곳 공업 지대에 산재해 있는 노동자들을 위해 신분이나 종교를 초월해서 이런 은혜를 내리신 경께 심심한 감사 말씀을 올립니다. 전 교파를 망라한 실행위원회가 구성되고 이 회관이 감당할 프로그램에 대한 토론도 끝난 상태임을 알려 드립니다. 동봉하는 서류의 사본을 보시면 저희들의 동계 프로그램을 아실 수 있으리라 믿습니다. 동계 프로그램으로는, 권투와 검술 교육, 체력 단련, 응급 처치 교육 및 매주 목요일의 주간 무도회를 편성했습니다.

카일 씨와 제가 외람되게도 아무 연락도 없이 찾아뵙고 무리한 청을 드렸을 때 일을 생각하면 송구스러워 몸 둘 바를 모르겠습니다. 그럼에도 불구하고 쾌히 승낙해 주신 경의 아량에 무어라고 감사의 말씀을 올려야 좋을지 모르겠습니다. 모르기는 하나, 경께서 베풀어주신 이 시설로 쉐일즐리 마을 주민들의 행복한 삶을 돕는 길만이 경의 친절에 대한 보답이 되지 않을까 생각합니다. 쉐일즐리 마을 주민들은 틀림없이 이 기회를 통하여 더욱 단단하게 결속될 것임을 믿어 의심치 않습니다.

9월 21일 밤에 이 회관의 개관식을 성대하게 갖고자 합니다. 함께 자리하시는 데 응낙하셔서 저희에게 은혜에 감사드릴 수 있는 기회를 주시면 이에 더한 영광이 없겠습니다.

　구세주 성당 보좌 신부
　프랜시스 치점 올림

프랜시스는 가볍게 긴장한 채 편지를 부쳤다. 그가 편지에 쓴 말은 진정이었다. 그의 어투 또한 마음과 같이 진지했다. 그런데도 그의 다리는 떨리고 있었다.

19일 정오, 미스 캐퍼티가 돌아온 그 이튿날 키저 신부가 돌아왔다. 염성약수^{監性藥水}를 마시고 전보다 더욱 튼튼해진 모습으로 돌아온 키저 신부의 몸과 마음에서는 정력과 활력이 넘치고 있었다. 그 자신의 말을 빌면, 힘을 어디다 쓸지 몰라 근질근질한 상태였다. 그는 그 큰 털북숭이 몸으로 사제관을 들어서서 엄청나게 큰소리로 미스 캐퍼티와 인사를 나누고는, 먹을 것을 청해 놓은 뒤 밀린 우편물을 점검했다. 편지를 대충 훑어본 그는 손을 비비면서 식탁에 앉았다. 식탁 위에는 편지가 놓인 쟁반이 하나 있었다. 그는 봉투를 찢어 인쇄된 카드를 꺼내고는 프랜시스에게 물었다.

"이게 뭐요?" 프랜시스는 마른 입술을 축이고는 용기를 내어 대답했다.

"신축한 쉐일즐리 체육 및 오락 회관 개관식 초대장인 모양입니다. 저도 한 장 받았습니다."

"오락 회관이라……, 그게 우리와 무슨 상관이 있소? 대체 오락 회관이라는 게 뭐지요?"

그는 초대장을 집어 들고는, 벌개진 얼굴을 하고 그 초대장을 노려보았다.

"새로 지은 회관입니다. 창가에 가시면 보일 것입니다……. 조지 랜쇼 경께서 기증하신 것입니다."

"조지 경이라……"

키저 신부는 말을 잇는 대신 창가로 걸어갔다. 그러고는 새로 선 아름다운 건물을 오래오래 바라보았다. 한동안 창가에 서 있던 신부는 다시 식탁으로 돌아와 앉아 천천히 점심을 들기 시작했다. 정력적인 얼굴로 휴가에서 돌아온 사람답지 않게 그는 식욕이 동하지 않는 모양이었다. 그는 이따금씩 그 조그만 눈으로 프랜시스를 노려보고는 했다. 그의 침묵이 그 방을 싸늘하게 얼어붙게 했다.

한참 뒤에야 프랜시스는, 접시를 내려다보면서 조심스럽게, 그러나 태연하게 말했다.

"신부님, 태도를 분명하게 해 주셔야겠습니다. 신부님께서는 춤을 비롯, 그 밖의 오락까지 금지하셨습니다. 그러나 이제 형편이 달라졌습니다. 만일에 우리 마을 사람들이 이 회관에서 어울려 사이좋게 지내지 못하거나, 누군가가 이 회관을 홀대한다면, 이번에는 조지 경이 모욕을 느낄 것입니다……. 조지 경은, 목요일 밤의 개관식에 몸소 오시게 되어 있습니다."

키저 신부는 식사를 계속하지 못했다. 갑자기, 그 두껍고 기름지던 비프스테이크가 젖은 행주 같아 보였던 모양이었다. 그는 일어서서 우악스럽게 초대장을 구기면서 이렇게 말하고는 방을 나가 버렸다.

"우리는, 악마들이 연출하는 개관식에 나가지 못하오. 내 말 듣고 있소? 처음이자 마지막으로 내가 하는 말이니 유념하도록 하시오."

그러나 목요일 밤이 되자 키저 신부는 면도를 말끔히 하는 것은 물론 정장까지 하고는 개관 식장으로 나왔다. 프랜시스가 그 뒤를 따르고 있었다. 신부는, 기뻐하고 있는지 슬퍼하고 있는지 가늠하기 어려운 표정을 짓고 있었다.

흥분의 도가니가 된 신축 회관은 따뜻하고도 밝았다. 그 지역의 근로자들은 다 모인 것 같았다. 단상에는, 도널드 카일 부부, 탄광 전임 의사, 초등학교 교장, 다른 교파의 목사들 같은 그 지방 유지들이 자리하고 있었다. 프랜시스와 키저 신부가 들어서서 단상에 자리하자 갈채가 일었다. 야유하는 사람도 있었고 웃는 사람도 있었다. 키저 신부는 목에다 턱을 붙이고 엄숙한 얼굴로 앉아 있었다.

밖에서 마차가 멎는 소리에 회관 안에 있는 사람들은 침을 삼켰다. 잠시 후 열광적인 박수 소리가 들리면서 조지 경이 단상으로 올라왔다. 조지 경은 예순 안팎의, 중키에다 대머리인 노신사였다. 남은 머리카락은 이미 백발이었다. 수염도 은빛이었으나 뺨만은 불그레했다. 머리가 금발인 사람도 나이가 들면 당연히 그렇게 될 듯한, 지극히 평범한 용모였다. 옷차림도 수수하고 태도도 조용조용한 사람이 어떻게 저렇게 막강한 힘을 행사할까……, 사람들이 이렇게 생각했을 정도였다.

그는 개관식이 진행되고 있는 모습을 조용히 지켜보고 있다가 도널드 카일이 환영 인사를 하고 나서 인사말을 부탁하자 역시 조용히 나서서 몇 마디 하고 나서 이런 결론으로 인사말을 끝냈다.

"……이 뜻있는 사업 계획은, 미래를 보는 안목이 탁월하고 다정다감하신 한 신부님께서 입안하신 것으로, 그 신부님이 바로 프랜시스 치점 신부님임을 이 자리에서 밝히는 바입니다."

장내가 떠나갈 듯한 갈채가 터져 나왔다. 프랜시스는 얼굴을 붉히면서, 몹시 송구스러워하는 표정을 짓고는 키저 신부를 향해 고개를 숙였다.

키저 신부는 손을 들어 한두 번 박수를 치고는 모래 씹은 얼굴을 했다. 이어서 즉흥 댄스가 시작되자 키저 신부는, 젊은 낸시 카일과 함께 춤을 추는 조지 경을 바라보고 있다가 밖으로 나가 버렸다. 바이올린 소리가 그의 뒤를 쫓고 있는 것 같았다.

그날 밤 프랜시스는 늦게야 사제관으로 돌아왔다. 키저 신부는 불도 지펴져 있지 않은 거실에, 두 손을 무릎에 올린 채로 앉아 있었다.

신부는 이날따라 활기가 하나도 없어 보였다. 투지를 잃은 사람 같았다. 흘러간 10년간, 헨리 8세가 바꿔친 아내 수보다도 많은 보좌 신부들을 쫓아낸 키저 신부가 이번에는 프랜시스 보좌 신부에게 완패한 것이었다. 그는 빛깔 없는 목소리로 말했다.

"당신이 한 일을 주교님께 보고해야 할 것 같소."

프랜시스는, 가슴 속에서 심장이 뒤집히고 있는 기분이었다. 그러나 그는 물러서지 않았다. 자기야 어떻게 되든, 키저 신부의 되지 못한 권위주의는 이미 무너지고 만 것이었다. 키저 신부가 음울한 목소리로 말을 이었다.

"자리를 옮기는 것은 당신에게도 좋을 거요. 하기야 결정은 주교님께서 하시겠지만……. 타이니캐슬에 있는 피츠제럴드 주임 신부가 보좌 신부를 하나 더 필요로 하는 모양이오. 당신의 친구인 안셀름 밀리 신부도 거기에 있지요, 아마?"

프랜시스는 아무 말도 하지 않았다. 겨우 잠을 깨운 교회를 두고 떠나고 싶지는 않았다. 그러나 자신은 전임당하더라도 후임자는 훨씬 쉽게 일할 수 있을 것이라고 생각하니 다소나마 마음이 편했다. 회관은 프랜시스가 없어도 그런대로 굴러갈 터였다. 겨우 시작된 것에 불과하니까……. 변화는 차차 일어날 터였다. 프랜시스가 전임을 반갑게 여긴 것도 아니었다. 기대감, 어쩌면 허망한 것일지도 모르는 기대감……. 프랜시스에게 있는 것은 이것뿐이었다. 그는 조용히 키저 신부에게 말했다.

"신부님, 심려를 끼쳐 드렸다면 죄송합니다. 하지만 저를 믿어 주십시오. 저는 도우려고 했을 뿐입니다. 아무 짝에도 쓸모없는 건달들을……."

두 성직자의 눈이 만났다. 키저 신부가 먼저 눈길을 거두어들였다.

2

사순절도 막바지에 이른 어느 금요일, 성 도미니크 성당 사제관 식당에서 프랜시스가 슬루카스 신부와 함께 앉아 빅토리아 왕조 풍의 은쟁반과 우스터 도자기에 차려진 구운 건어와 버터 바르지 않은 빵으로 간단히 점심 식사를 하려는데, 아침 일찍 병자를 위문 나갔던 안셀름 밀리가 돌아왔다. 프랜시스는, 안셀름 밀리의 몸가짐이 유난히 조심스럽고 식사도 하는 둥 마는 둥 하는 걸 보고는 그가 뭔가 딴 생각을 하고 있음을 짐작했다.

주임 신부인 피츠제랄드 신부는 사순절 동안 이층에서 혼자 지냈다. 따라서 아래층 식당에는 젊은 보좌 신부들 셋밖에 없었다. 안셀름 밀리는 창백한 얼굴을 하고는 식사가 끝날 때까지 아무 말 없이 건성으로 먹고 있었다. 이윽고 리투아니아 인인 슬루카스 신부가 식사를 끝낸 뒤, 수염에 묻은 빵가루를 털고, 고개를 숙여 보이고는 자리를 떠났다. 그제야 안셀름 밀리의 얼굴에 화색이 돌았다. 그가 길게 한숨을 쉬고는 말했다.

"프랜시스, 오늘 오후에 나랑 어딜 좀 갔으면 하는데……. 약속 없지?"

"없네, 네 시까지는."

"그럼 나와 좀 가 줘야겠네. 내 친구이자 같은 길을 걷는 사제인 자네에게 이걸 먼저……."

그는 말을 잇지 않았다. 그는 자기 마음속에 있는 그 엄청난 수수께끼에 대해 더 이상은 말하려 하지 않았다.

프랜시스는 2년 전부터 성 도미니크 성당의 제2 보좌 신부로와 있었다. 주임 신부는 피츠제랄드 신부, 안셀름 밀리는 수석 보좌 신부였다. 여기에는 주임 신부가 혹으로 여기는 루마니아인 슬루카스 신부도 있었다. 타이니캐슬로 밀려드는 폴란드 이민을 위한 주교구의 배려였다.

쉐일즐리 같은 벽지에서 성 도미니크 성당으로의 전임은 대단한 영전이었다. 톱니바퀴처럼 아귀가 맞게 돌아가는 성 도미니크 성당의 성사^{聖事}와 완벽에 가까운 교회 운영은 벽지에서 온 프랜시스를 몹시 당황하게 했을 정도였다. 프랜시스에게는, 폴리 아주머니 가까이 있을 수 있고, 네드 고모부와 주디를 보살필 수 있는 데다 의사 윌리 탈록과 간호사 진 탈록을 한 주일에 두어 번씩 만날 수 있게 되었다는 것은 대단한 행운이었다. 산모랄레스 신학원에 있던 맥냅 신부가 타이니캐슬 주교구의 주교로 영전해 왔다는 사실 역시 프랜시스에게는 여간 다행한 일이 아니다. 맥냅 신부가 가까이 있다는 사실 자체가 프랜시스에게는 마음의 힘이 되어 있었다. 그러나 타이니캐슬에서의 성직 생활이 반드시 프랜시스에게 쉬웠던 것만은 아니었다. 어른 티가 완연한데도 불구하고 그의 눈가에 진 그늘, 나이에 어울리지 않게 가냘픈 몸매가 그것을 말해 주고 있었다.

몸가짐이 고상하고 태도가 깔끔한데다 스스로 신사임을 자처하는 피츠제랄드 주임 신부는 키저 신부와는 극과 극을 이루는 사람이었다. 피츠제랄드 신부 자신은 공명 정대하게 처신한다고 생각하는지 모르지만 그 역시 편견에 사로잡혀 있지 않은 사람은 아니었다. 그는 안셀름 밀리 신부의 말이라면 무조건 신임하고 따르는 반면에 슬루카스 신부의 말은 의식적으로 무시했다. 피츠제랄드 신부는 그의 엉망진창인 영어, 식사 때마다 냅킨을 턱수염 아래로 찔러 넣는 괴상한 식탁 버릇, 법의를 입고도 중산

모를 쓰는 이상한 습관을 몹시 싫어했다. 그는 또 하나의 보좌 신부인 프랜시스에 대해서도 경계의 눈초리를 풀지 않았다. 부임한 지 오래지 않아 프랜시스는, 자신의 비천한 신분, 유니온 주점과의 관계, 바논 일가의 비극과의 관련……, 이런 것들이 뛰어넘기가 쉽지 않은 자기의 불리한 조건이라는 사실을 깨달았다.

게다가 시작도 좋지 않았던 터였다. 프랜시스는 부임한 지 오래지 않아, 낡아빠진 일상적인 강론과, 주일마다 되풀이되는 앵무새의 노래 같은 강론에 식상한 나머지, 차례가 오자, 인간의 존엄성이라는 주제에 대한 자기의 생각을 정리하여 자기 식으로 싱싱하고 독창적인 강론을 해 버린 것이었다. 그런데 해 놓고 보니 결과가 엉뚱했다. 안셀름 밀리 수석 보좌 신부가 주임 신부의 명으로 그의 강론에, 해독제를 뿌리는 임무를 띠고 강단에 올랐다. '바다의 별'이라는 주제로 행한 강론의 결론이 걸작이었다. 이 결론 부분에서 수사슴이 물을 찾는 비유와 돛배가 험한 바다를 무사히 건너는 비유로 절정을 연출해 낸 안셀름 밀리는 극적으로 두 팔을 벌리고 '사랑'의 필요성을 역설하면서 외쳤다.

"내게로 오라!"

신도석의 여자들은 모두 눈물을 흘렸다. 나중에 아침 식사로 양고기 요리를 먹고 있는 안셀름 밀리에게 주임 신부는 훌륭한 강론이었다면서 이렇게 말했다.

"밀리 신부, 대단했네. 이십년 전 이 주교구 주교님도 똑같은 강론을 하셨다네."

어쩌면 이 서로 다른 강론이, 이 두 사람이 각각 서로 다른 길을 걸고 있음을 상징하는 것인지도 모른다. 세월이 흐름에 따라 프랜시스는 자신의 평범한 일상과 안셀름 밀리의 눈부신 성공을 비교해 보지 않을 수 없었다. 안셀름 밀리 신부는 성 도미니크 성당에서도 유명한 존재였다. 그는 늘 쾌활했고, 잘 웃었으며, 어려움에 처한 사람이 있으면 언제나 다가가 등을 토닥거려 주는 것을 잊지 않았다. 그는 부지런히 일했고, 열심히 일했다. 그의 주머니에 든 수첩에는 약속한 사람들의 이름과 약속 시간이 빼곡히 적혀 있었다. 강연이나 연설 초청도 거절하는 법이 없었다. 그는 새 소식과 재미있는 토막 기사가 실리는 《성 도미니크 가제트》의 편집자이기도 했다. 부지런히 나다니면서 명문대가의 초대에 응했지만 그를 속물이라고 하는 사람은 별로 없었다. 유명한 성직자가 타이니캐슬에 와서 연설이나 강론을 할 때면 안셀름 밀리는 빠짐없이 그런 사람을 만나고 그 발치에서 그런 사람을 우러러보고는 했다. 행사가 끝나면 그런 사람에게 명문의 편지를 보내어 그의 방문으로 누릴 수 있었던 영적인 은혜를 찬양하는 것도 잊지 않았다. 그래서 그에게는 그 도시에서 영향력 있는 친구들이 많았다.

이렇듯이 바쁘게 뛰어다니는 사람이니 일하는 능력에 한계를 보이는 것은 당연했다. 그는 타이니캐슬에 새로 설립된 해외 선교 본부(맥냅 주교의 입안에 따라 설립된)의 비서직을 맡아 주교의 눈에 들게 일하려고 애를 쓰다 보니 샨드 가의 노동 소년회의 일은 본의 아니게 프랜시스에게로 넘기지 않을 수 없었다.

샨드 가街는 타이니캐슬에서 가장 조건이 나쁜 지역이었다. 프랜시스의 구역으로 넘어온 이 지역은, 싸구려 셋방과 하숙집뿐인 지독한 빈민굴이었다. 프랜시스는 그래도, 아무리 해 봐야 결과는 뻔한 터이고 하는 일에 비해 의미도 별로 없는 이 지역을 좋아했다. 할 일이 많았기 때문이다. 그는 자기의 두 눈으로 샨드 가의 빈곤을 있는 그대로 보는 훈련을 쌓아야 했고, 가난한 삶의 설움과 오욕과, 되풀이 되는 가난의 실체를 직면할 수 있도록 자신을 단련하지 않으면 안 되었다. 그가 원하는 것은 성자와의 친교가 아니라 죄인과의 친교였다. 죄인과의 친교는 그의 눈을 연민의 눈물로 젖게 하고는 했다.

"이 사람, 조는 것은 아니지?"

안셀름 밀리의 음성이 들려 왔다. 프랜시스는 퍼뜩 정신을 차리고는 앞을 바라보았다. 모자를 쓰고 지팡이까지 든 밀리가 식탁 옆에 와서 서 있었다. 프랜시스는 대답 대신 조용히 웃으면서 자리에서 일어났다.

오후의 바깥 세상의 하늘은 맑았고 햇살은 포근했다. 산들바람도 불어오고 있었다. 안셀름 밀리는 만나는 신자들에게 인사를 던지면서 보기 좋게, 그리고 씩씩하게 걸었다. 성 도미니크 성당에서 그가 누리는 인기는 과연 대단했다. 찬양하는 사람들이 가장 좋아하는 그의 장점은 자신이 이루어 놓은 것에 대해 지나친 겸손을 떨지 않는다는 것이었다.

프랜시스가 가만히 보니 안셀름 밀리가 데려가고 있는 곳은 최근에 교구에 편입된 교외의 신개발 지역이었다. 시계^{市界} 저쪽의 공원 부지에는 주택 단지가 들어서고 있었다. 질통을 진 인부와 손수레를 끄는 인부들이 자주 옆을 지나다녔다. 무심코 둘러보던 프랜시스는 '홀리스 가*의 사유지. 변호사 맬콤 글레니에게 문의하시압'이라고 쓰인 흰 간판을 보았다. 그러나 안셀름 밀리는 계속해서 걸어 언덕을 넘고 풀밭을 지나서는 왼쪽으로 꼬부라져 숲길로 들어섰다. 굴뚝이 우뚝우뚝 솟은 공장 지대에 인접한, 상쾌한 전원으로 통하는 길이었다.

문득 안셀름 밀리가 걸음을 멈추고는, 사냥감을 본 사냥개 같은 얼굴을 하고는 물었다.

"프랜시스, 우리가 어디쯤 와 있는지 알겠지? 이 근방에 관한 이야기 들은 적 있어?"

"물론 있지."

프랜시스가 자주 지나다니던 길이었다. 길에서 그리 멀지 않은 곳에는 바닥이 노란 고사리로 덮인 바위 동굴이 있었다. 타원형 너도밤나무 숲에 둘러싸인 동굴의 바위에는 이끼가 잔뜩 끼어 있었다. 인근 수마일 내에서는 가장 경치가 아름다운 곳이 바로 그 동굴 근방이었다. 프랜시스는 어린 시절에, 그 동굴을 '샘', 혹은 '마리아 샘'이라고 부르는 까닭을 궁금하게 여겼던 적이 있었다. 동굴의 물은 50년 전에 마른 것으로 전해지고 있었다.

"들어가서 보세."

안셀름 밀리는 프랜시스의 손을 잡고 안으로 들어갔다. 놀랍게도 마른 바위 사이에서 맑은 물이 샘솟고 있었다. 동굴 안은 괴괴했다. 안셀름 밀리는 손바닥을 그릇이 되게 오므리고는 수정같이 맑은 물을 퍼서 마셨다.

"프랜시스, 자네도 맛 좀 보게. 우리는, 이 물을 처음으로 맛보는 사람에 속하게 된 특권을 감사드려야 하네."

프랜시스도 물을 떠 마셨다. 물은 참으로 시원하고 맛있었다.

"정말 좋군 그래."

안셀름 밀리는 엄숙한 얼굴을 하고 프랜시스를 바라보았다. 생색을 내는 듯한 데가 없지 않았다.

"이 사람아, 나 같으면 좋다고 하지 않고 은혜롭다고 하겠네."

"오래 전부터 물이 나왔나?"

"어제 오후 해질녘부터 나왔지."

프랜시스는 웃었다.

"안셀름, 자네 오늘 델포이 신탁처럼 요령부득인 말만 하는군 그래. 뭔가 있는 모양인데, 어디 이야기나 좀 해 보게. 여기에서 물이 나온다는 말은 누가 자네한테 하던가?"

"아직은……, 말할 수 없네."

안셀름 밀리는 고개를 저었다.

"이 사람아, 호기심만 잔뜩 부추기는군. 영문을 모르겠네."

안셀름 밀리는 잠시 웃음 띤 얼굴을 하다가 다시 심각한 얼굴로 표정을 바꾸었다.

"아직은 말할 때가 아니네, 프랜시스. 나는 이 길로 피츠제랄드 신부님께 가야 하네. 이 일을 처리하실 수 있는 분은 그분뿐이니까. 물론 자네를 믿네만, 당분간은 이 일을 비밀에 붙여 주었으면 하네."

프랜시스는 비밀에 붙여야 하는 까닭을 물으려다가 그만두었다. 안셀름이라는 인간을 잘 알기 때문에, 따라서 물어봐야 헛일이라는 것도 잘 알기 때문이었다.

타이니캐슬로 돌아오는 길에 프랜시스는 안셀름 밀리 신부와 헤어졌다. 프랜시스는 병자를 위문할 일이 있어서 글랜빌 가(街)로 갔다. 청소년회의 회원 중 하나인 오웬 워렌이라는 소년이 몇 주일 전 축구하다가 다리를 다쳐 병상에 누워 있었기 때문이다. 몹시 가난했던 소년의 집에서는 평소에 잘 먹지도 못하는 이 소년의 부상을 대수롭지 않은 것으로 여기고 그대로 방치했던 모양이다. 빈민 구호 병원의 의사 윌리 탈록이 왔을 때 이 소년의 무릎에는 이미 심한 궤양이 생겨 있었다.

프랜시스는 이 일로 몹시 상심했다. 탈록 같은 의사가 예후(豫後)를 비관하고 있어서 더욱 그랬다. 그래서 잠깐 들러 오웬 워렌 소년과 몹시 걱정스러워 하는 오웬의 어머니를 위로할 참이었다. 오웬 워렌의 집에 당도했을 때 프랜시스는 이미, 그날 오후 안셀름 밀리와 함께 했던 괴상한 산보에 대해서는 깡그리 잊고 있었다.

그러나 다음 날 아침, 피츠제랄드 신부의 방에서 들려 오는 고함 소리가 문득 그 일을 다시 생각나게 했다.

주임 신부에게 사순절 기간은 참으로 견디기 어려운 기간이었다. 그는 교리를 곧이곧대로 따르는 사람이라 금식을 하기는 했다. 그러나 기름진 먹을 것과 맛있는 마실 것에 길든 그의 우아한 몸에 금식은 어울리지 않았다. 건강과 성미의 시험을 당하고 있는 셈이 된 그는 혼자서, 자꾸 감기는 바람에 사물의 식별이 쉽지 않은 눈으로 사방을 둘러보며 사제관 안을 서성거리고는 했다. 그러다가 밤이 되면 또 하루의 고행이 끝났다는 기분으로 달력의 날짜에다 십자가를 하나 더 긋는 것이었다.

밀리 신부가 피츠제랄드 신부의 머리 꼭대기에 올라앉았다고는 하나 그럴 때 피츠제랄드 신부에게 접근하기란 여간 어려운 일이 아니었다. 프랜시스는, 주임 신부의 고함소리 사이사이로 잠깐씩 들리는 밀리 신부의 음성이 몹시 낮다는 것을 알았다. 밀리 신부가 주임 신부를 설득하거나 주임 신부에게 애원하고 있는 것이 분명했다. 프랜시스는 결국 안셀름 밀리 신부가 그 낮고 부드러운 목소리로 승리를 거두고 나오는 광경을 분명히 보았다. 프랜시스는, 화강암을 뚫고야 마는 부드러운 물방울의 끈기를 생각했다.

그로부터 한 시간 뒤 주임 신부가 핼쑥한 얼굴을 하고 밖으로 나왔다. 안셀름 밀리 신부는 그때 이미 현관에서 그를 기다리고 있었다. 주임 신부와 수석 보좌 신부는 마차를 타고 시가지 쪽으로 갔다. 이들이 돌아온 것은 세 시간 뒤였다. 마침 점심시간이었다. 무슨 일이 있었는지 주임 신부는 이날 처음으로, 평소에는 않던 짓을 했다. 점심시간에 보좌 신부들과 같이 합석한 것이다. 음식을 먹을 수 없는 그는 커피를 큰 잔으로 한 잔 가져오게 했다. 커피는, 자기 부정과 극기의 황량한 황무지에서 그가 즐기는 유일한 음식물이었다. 다리를 꼬고 의자에 엇비슷하게 그 우아한 몸을 앉힌 채 그 검고 향기로운 마실 것을 들면서 그는 보좌 신부들을 스스럼없는 친구 대하듯 했다. 그는 굉장히 기분 좋은 일이 있어서 평소의 자신을 잠깐 잊어버린 것 같았다. 프랜시스와 리투아니아 인 신부(그가 슬루카스 신부에까지 다정한 시선을 던진다는 것은 참으로 놀라운 일이었다)를 향해 그는 이런 말을 했다.

"밀리 신부의 끈기는 알아줘야 해. 그것도 화를 내면서 안 듣겠다는 내 앞에서 기어이 자기 말을 듣게 하는 끈기는……. 신부의 그 끈기에 감사해야 할 것이네. 그것은 그렇고……, 어떤……, 특정한 현상에 대해 일단 의심부터 하고 보는 게 내 의무가 아니겠나. 하지만 나는 보았네. 내 교구에 이런 일이 생기리라고는 생각도 못 하던 놀라운 것을, 거룩한 것이 드러난 것을 보았네."

그는 여기에서 말을 중단하고 커피를 한 모금 마시고는 우아한 몸짓으로 수석 보좌를 바라보면서 말을 이었다.

"……밀리 신부, 이 이야기를 이들에게 하는 특권은 자네 것이네."

밀리 신부의 뺨에 홍조가 어렸다. 흥분하고 있다는 증거였다. 그는 마른기침으로 목청을 가다듬고 나서, 이 사건이 그 성격상 공식적인 웅변조의 보고 방식을 요구한다는 듯이 천천히 그리고 조리 있게 이야기했다.

"오랫동안 병을 앓던, 우리 교구의 신자인 한 소녀가 금주 목요일 산책을 나갔습니다. 정확을 기할 필요가 있는 만큼 분명하게 말씀드리지요. 날짜는 삼월 십 일, 시각은 오후 세 시 반이었습니다. 산책을 나간 데도 이유가 있습니다. 이 소녀는 원래 믿음이 깊고 열렬한 신자라서 나돌아 다니는 것을 좋아하지 않았습니다만, 이 날만은 의사의 권고에 따라 산책을 나갔습니다. 의사가, 맑은 공기를 좀 쐴 필요가 있겠다고 했던 것이지요. 이 의사는 보일 크리센트 사십이 번지에 개업하고 있는 윌리엄 브라인이라는 사람입니다. 용한 의사, 신뢰받는 의사로 여기는 사람이지요."

안셀름 밀리는 물을 한 모금 마시고 나서 말을 계속했다.

"산책을 갔다가, 기도문을 읊조리며 돌아오는 길에 이 소녀는 우리가 '마리아 샘'으로 알고 있는 곳을 지났습니다. 석양 무렵이었지요. 마지막 햇살이 아름다운 풍경을 어루만지고 있었습니다. 이 소녀는 걸음을 멈추고 그 아름다운 햇살을 바라보았습니다. 그런데 참으로 놀랍게도 이 소녀 앞에 한 여인이 나타났습니다. 소녀는 자기 눈을 의심했습니다. 하얀 옷을 입고 파란 망토를 두른 이 여인은 별이 박힌 관을 쓰고 있었습니다. 우리의 신심 깊은 가톨릭 소녀는 무심결에 예사 여인이 아니라는 것을 알고는 그녀 앞에 무릎을 꿇었습니다. 여인은 더할 나위 없이 다정한 미소를 지으면서 이 소녀에게 말했습니다.

'아이야, 지금은 비록 병든 몸이다마는 너는 선택된 사람이다.'

여인은 몸을 돌리면서 이 소녀를 향해 말을 이었습니다. 소녀는 두려움에 사로잡혀 있었다고 합니다만 그 여인의 말을 똑똑히 들을 수는 있었던 모양입니다.

'내 이름으로 불리는 이 샘이 말랐다니 슬픈 일이 아니냐? 기억하라. 너를 위하여, 너와 같이 신심 있는 자들을 위하여 내가 이렇게 하는 것이니.'

여인은 아름다운 미소를 던지고는 사라졌습니다. 바로 그 순간부터, 말라 있던 그 바위 사이에서 물이 콸콸 쏟아져 나온 것입니다."

 안셀름 밀리 신부의 말이 끝났다. 두 보좌 신부는 감히 입을 열지 못하고 가만히 있었다. 주임 신부가 안셀름 밀리의 말끝을 이었다.

 "조금 전에도 말했다시피, 우리는 일단 의심하는 마음으로 이 문제에 접근해야 하네. 우리는 산딸기나무 사이에서 기적의 샘이 콸콸 솟아나는 것을 기대하는 것은 아니네. 게다가 소녀들이란 원래 지나칠 정도로 감상적이지 않던가. 따라서 샘물이 솟았다는 것은 우연일 수도 있는 것이네. 하지만……, 나는 조금 전에 밀리 신부, 의사 브라인과 같이 가서 이 소녀에게 이것저것 꽤 자세하게 물어보았네. 자네들도 짐작하다시피 이 엄청난 경험으로 소녀는 굉장한 충격을 받았던 모양이더군. 소녀는 집으로 돌아오자마자 자리에 드러누웠는데, 내가 갔을 때도 일어나지 못했네."

 주임 신부의 말투가 느려졌다. 그는 한 마디 한 마디에 상당한 의미를 부여하면서 말하고 있었다.

 "닷새 동안 먹지도 마시지도 않았다는데 소녀는 지극히 건강했고, 지극히 정상적이었으며 마음 또한 편안하다고 했네……. 더욱이, 더욱이 말일세……. 소녀의 몸에 성흔^{聖痕}(예수 그리스도의 상처 자국과 같은 모양의 흔적)까지 나타나 있었네. 나는 분명히 그 성흔을 보았네, 놀라운 일이 아닌가……. 아직은 뭐라고 말할 수 없는 단계일세. 현상을 조사하고 증거가 되는 자취를 모아 봐야 할 테니까. 하지만 나는 확신이라고 해도 좋을 만큼 강력한 예감을 갖게 되었네. 우리 교구가, 우리의 거룩한 종교에 새로운 활기를 불어넣었던 저 딕비 동굴의 기적이라든가, 이보다는 더 역사가 깊은 루르드 성지에 견주어질 수 있을 만한, 전능하신 하느님의 기적에 동참하는 특권을 누리게 될 것임을 예감했다는 것이네."

그의 말을 듣고도 흥분하지 않고 배기기는 불가능해 보였다. 프랜시스가 물었다.

"그 소녀가 대체 누굽니까?"

"샤알로트 닐리라네."

프랜시스는 주임 신부의 얼굴을 바라보았다. 프랜시스는 무슨 말을 하려다가 곧 그만두었다. 주임 신부와 보좌 신부들 사이에 깊은 침묵이 흘렀다.

이로부터 며칠간 사제관은 걷잡을 수 없는 흥분의 도가니로 변했다. 이런 위기를 피츠제랄드 신부 이상으로 관리해 낼 사람은 없었다. 그는 신심도 깊은 사람이었고, 세속적인 처세술에도 능한 사람이었다. 게다가 그는 오랫동안 타이니캐슬 시의 학무(學務)와 평의회 업무에 관여해 온 경험까지 갖춘 사람이었다. 그는 이 일에 대해 우선 세속적인 접근부터 시도했다. 그는 일단 이 사건에 대한 함구령부터 내렸다. 성당 안에서도, 심지어 보좌 신부들 간에서도 이 사건에 대한 이야기를 하지 못하게 했다. 그는 이 사건에 대한 조사를 손수했다. 모든 것이 준비된 다음에 그 손을 쳐들어 만사를 백일하에 드러낼 계획인 것이었다.

참으로 뜻밖에 일어난 이 사건, 기적이라고밖에는 달리 말할 수 없는 이 사건이 그에게는 새로운 삶에 대한 약속이었다. 수년 간 그는 이처럼 신나는 일과 만난 적이 없었다. 확실히 그것은 정신적으로나 물질적으로나 신나는 일이었다. 그는 신앙심과 야망을 동시에 가진 묘한 인물이었다. 몸과 마음을 교회에 다 바치고 사는 사람이니 만큼 교회 내에서의 지위도 상당해야 했다. 거룩한 교회가 이 세상에서 드높아지는 것을 열망하는 만큼 자기의 위치도 드높아지기를 열망하는 사람이었다. 현대 교회 사가이기도 한 그는 은근히 자기 자신을 뉴먼(영국 가톨릭 교회 추기경이었던 옥스퍼드 운동의 지도자_역주)에다 견주기도 했다. 그는 자기에게 그럴 만한 자격이 있다고 생각했다. 그러나 그는 성 도미니크 성당에 몸을 담고 가만히 때를 기다렸다. 20년간의 봉직에 대한 보답이 겨우 성 도미니크 성당의 주임 신부 자리였다. 그의 공식 직함인 성 도미니크 성당 참사 회장직은 가톨릭 교회에서는 흔치 않은 직함이었다. 그래서 그 도시를 벗어나 멀리 여행이라도 할라치면 종종 그를 성공회 신부로 오인하는 사람이 있어서 그의 기분을 몹시 언짢게 했다.

그는 자기가 존경을 받을지언정 사랑은 받지 못한다는 걸 알고 있었다. 그는 교회의 일상 업무에 몰입하고 있다가도 이따금씩은 절망에 사로잡혔다. 그럴 때마다 그는 체념하려고 애썼다. 그러나 고개를 숙이고 주여, 주님 뜻대로 하소서…… 하다가도 마음 한 구석에서는 이제 그만 모제타(고위 성직자가 사용하는 두건 달린 어깨걸이)를 주실 때가 되지 않았습니까……. 이런 생각이 언뜻언뜻 드는 것을 어쩔 수 없었다.

그런데 이 모든 상황을 역전시킬 수 있는 기회가 온 것이다. 성 도미니크 성당에 코를 박고 있으라면 있을 참이었다. 성 도미니크를 성지로 만들면 되는 것이었다. 루르드가 그 좋은 예가 아니던가? 그 보다는 지리적으로나 시간적으로나 타이니캐슬에서 가까운 중부 지방 딕비의 예가 있지 않은가? 기적의 동굴에서 많은 사람들이 신유^{神癒}(신앙요법의 하나. 신의 힘으로 병이 낫는 것을 이른다)의 기적을 체험한 뒤로 이름 없는 마을이던 이 딕비가 하루아침에 도시로 번성했고, 이 딕비 교구의 이름 없는 사제는 하루아침에 거국적인 명사가 되지 않았던가.

피츠제랄드 주임 신부는 화려한 새 도시의 영상을 머릿속으로 그려 보았다. 그 도시에 웅장하게 선 대성당, 장엄한 3일 기도회, 날아갈 듯 법의를 입고 단상에 오른 자신의 모습을……. 그러던 그는 다시 현실 세계로 되돌아와 실제적인 문제를 하나하나 짚어 나가기 시작했다. 안셀름 밀리 신부의 말을 듣고 그가 맨 먼저 한 일은 믿을 만한 도미니크 회 수녀인 테레사를 샤알로트 닐리네 집으로 보낸 것이었다. 그는 테레사 수녀의 보고서를 기초로 이 문제를 다루어 나갈 생각이었다.

'마리아 샘'과 그 인근의 땅이, 돈 많은 갑부 홀리스의 사유지인 것은 여간 다행스러운 일이 아니었다. 가톨릭 신자는 아니었지만 조지 랜쇼 경의 매제^{妹弟}인 홀리스는 사근사근하고 너그러운 사람이었다. 바로 이 홀리스와 그의 고문 변호사인 맬콤 글레니는, 주임 신부와도 익히 아는 사이, 비스킷을 안주로 셰리 주를 마시면서 꽤 오래 밀담까지 나누어 온 사이였다. 이 밀담의 결과로 맺어진 계약도 주임 신부에게는 만족스러운 것이었다. 주임 신부는 개인적으로 돈에 아무 관심도 없는 사람이었다. 더 정확하게 말하면 그는 돈을 쓰레기 보듯 하는 사람이었다. 그러나 이 돈이 가진 구매력은 그에게도 중요한 것이었다. 따라서 주임 신부의 찬란한 계획을 성사시키는 데 돈은 없어서는 안 될, 중요한 구매 수단인 것이었다. 피츠제랄드 주임 신부는, '마리아 샘'이 성지가 되면 땅값이 하늘 높은 줄 모르고 뛰게 될 것임을 모를 만큼 어리숙한 사람은 아니었다.

주임 신부가 땅을 두고 홀리스 가※와 마지막 흥정을 벌이는 날 프랜시스는 우연히 사제관 복도에서 맬콤 글레니를 만났다. 프랜시스는 맬콤 글레니 같은 위인이 갑부 홀리스의 고문 변호사라는 사실에 적지 않게 놀랐다. 맬콤 글레니는 변호사 사무실에 고용되어 있다가 사무실이 재정난으로 휘청거릴 때를 틈타 처가의 재산으로 그 사무실을 인수하고 일급 변호사로 이름을 날리고 있는 참이었다.

프랜시스는 손을 내밀었다. 맬콤 글레니의 손은 축축했다.

"맬콤 외삼촌 아니오. 다시 만나게 되니 반갑군요……. 놀랐어요, 붉은 탕녀(《요한 묵시록》에 나오는 탕녀. 신교에서는 이 탕녀가 교황 치하의 로마 가톨릭을 상징하는 것으로 보고, 가톨릭을 욕할 때 이 말을 자주 씀)의 집에서 외삼촌을 만나다니……."

맬콤 글레니 변호사는 희미하게 웃으면서 말을 얼버무렸다.

"프랜시스, 나는 이제 신교도가 아니라 자유주의자라네……. 돈을 좇아다녀야 하는 사람이 못 가는 데가 어디 있겠나……."

대화가 끊겼다. 프랜시스는, 글레니 가와의 관계를 회복해야겠다는 생각을 한두 번 한 것이 아니었다. 그러나 다니엘 외조부가 세상을 떠났다는 소식을 듣고는 기가 꺾여버린 데다 타이니캐슬 거리에서 우연히 외조모 글레니 부인을 만난 뒤로는 더더욱 정이 떨어져 버렸다. 글레니 부인은 프랜시스가 인사하려고 길을 건너자 악마라도 보는 양 프랜시스를 곁눈질하고는 걸음을 멈추지도 않고 가 버렸던 것이다.

"외조부님 돌아가셨다는 소식 듣고 몹시 섭섭하더군요."
"우리도 섭섭했지. 하지만 영감님은 패자였어."
"천국에 들어가시는 데는 실패하지 않으셨을 거예요."
"거기에 가셨으면 좋으련만."

맬콤 글레니는 회중시계를 만지작거렸다. 중년에 접어든 모습이었다. 살갗은 탄력을 잃어가고 있었고 어깨와 배에는 살이 오르고 있었다. 그는 숱이 보잘것없는 머리카락을 단정하게 빗어 넘기고 다녔다. 그러나 상대의 눈길을 슬슬 피하고 있는 듯한 그의 눈만은 날카로웠다. 계단 쪽으로 가면서 그가 마음에 없는 소리를 했다.

"시간 있으면 한 번 들르렴. 알고 있겠지만 나 결혼했어. 아이도 둘씩이나 낳고. 어머니도 우리와 함께 사셔."

맬콤 글레니는, 샤알로트 닐리가 성모님을 보았다는 사실에 비상한 관심을 기울이고 있었다. 어릴 적부터 재산을 모을 기회를 눈 빠지게 노리고 있던 맬콤 글레니였다. 게다가 그는 어머니로부터 탐욕과 눈치를 물려받은 사람이었다. 그가 이 가톨릭 교회가 꾸미고 있는 일에서 돈 냄새를 맡은 것은 따라서 그리 놀라운 일이 아니었다. 그는 성공의 가능성을 믿어 의심치 않았다. 드디어 기회를 잡았다고 생각했다. 잘 익은 과일이 눈앞에 달려 있는 것이었다. 그런 기회는 다시 오지 않을 터였다. 적어도 그의 생전에는……

맬콤 글레니는 고객인 주임 신부의 일을 맡아 하면서 다른 사람들이 미처 생각하지 못하는 것을 한 가지 더 생각해 내었다. 그는 은밀하게 상당한 경비를 들여 그 주위의 땅을 탐사했다. 그 결과 그는 한 가지 사실을 알아내었다. 그 지역의 수원水源이, 거기에서는 위쪽으로 꽤 멀리 떨어진 히드 관목 지대라는 사실을 확인한 것이다.

맬콤 글레니는 부자가 아니었다. 적어도 당시까지는 그랬다. 그러나 저축한 돈을 모두 찾아내고, 집과 사업체를 저당잡혀 돈을 마련한 그는 그 히드 관목 지대 땅값의 선금을 치렀다. 3개월 뒤에 이제 그 땅은 맬콤 글레니의 땅이 되는 것이었다. 그는 아르트와 식 시굴공이 '마리아 샘'에 어떤 영향을 미칠 것인가를 알고 있었다. 그러나 그런 식으로 시굴할 생각은 없었다. 후일 자기가 그 땅의 주인이 된 뒤에, 시굴공을 두고 '마리아 샘' 근처의 땅 주인을 위협한다면 꽤 흥미로운 거래를 할 수 있을 것이기 때문이었다. 그렇게 되는 날에는 맬콤 글레니는 대지주에다 신사로 행세할 수 있는 것이었다.

'마리아 샘'에서는 여전히 맑고 단 물이 콸콸 쏟아져 나오고 있었다. 샤알로트 닐리는 여전히 아무것도 입에 대지 않고 버티어 나갔다. 도취 상태에 빠져 있는 것도 여전했고 몸에 나타난 성흔도 여전했다. 그런데도 프랜시스는 기도했다. 믿음을 갖게 해 달라고 간구했다.

아, 안셀름 밀리처럼 믿을 수 있으면 얼마나 좋을까. 몸부림치지 않아도, 고통스러워하지 않아도 안셀름 밀리처럼 그저 믿어지기만 한다면 얼마나 좋을까……. 아담의 갈비뼈 이야기에서부터 요나가 고래 뱃속에서 지냈다는 이야기까지…….

프랜시스도 믿으려고 애썼다. 무진 애를 썼다. 그저 그렇게 믿는 것이 아니고 철저하게, 그리고 확실하게 믿으려고 애썼다……. 사랑을 성취시키는 노력을 통하여, 빈민굴의 연자매에 코를 집어넣은 채 믿으려고 애썼다. 들어갔다가 나와 옷을 털면 목욕통 속으로 이가 떨어질 지경인 그 빈민굴을 나다니며……. 그러나 쉽게 되지 않았다. 믿어지지가 않았다. 특히 병든 자들, 불구가 된 자들, 얼굴이 창백한 사람들과 한자리에 앉아 있을 때는……. 이 비참한 현실의 시련은, 그 불공평한 환경은 그를 견딜 수 없게 했다. 이러한 모습들이, 그의 기도 시간을 매우 우울하게 하는 것이었다.

샤알로트 닐리라는 소녀 자체가 그를 몹시 괴롭혔다. 어쩌면 프랜시스 자신이 편견에 사로잡혀 있는 것인지도 몰랐다. 그러나 그는 이 샤알로트 닐리라는 소녀의 어머니가 태디어스 길포일의 누이라는 사실을 그냥 보아 넘길 수 없었다. 게다가 샤알로트의 아버지는, 신심이 깊으면서도 몹시 게으른, 도시 종잡을 수 없는 인물, 근무하는 잡화 상점에서 제 사업 잘 되기를 기도하는 그런 위인이었다. 샤알로트는, 이 아버지를 닮아서 그런지 교회에는 열심이었다. 그러나 프랜시스는 저간의 사정으로 보아, 이 샤알로트가 제대의 향내나 양초 기름 냄새, 그리고 어두컴컴한 고해실의 분위기가 좋아서 교회에 열심히 나오는 신자일지도 모른다는 의심을 떨칠 수가 없었다. 그렇다고 해서 프랜시스가 이 소녀의 선한 마음씨와 미사에 빠지지 않는 그 성실성까지 부정하는 것은 아니었다. 그러나 프랜시스가 아는 한 샤알로트는 몸도 제대로 씻지 않아 늘 냄새를 풍기고 다니는 그런 소녀였다.

다음 주 토요일 오후 프랜시스는 기가 잔뜩 죽은 채로 글랜빌 가를 걸어 내려오다가 탈록을 보았다. 탈록은 글랜빌 가 143번지에 있는 오웬 워렌의 집에서 나오는 길이었다. 프랜시스가 부르자 탈록이 걸음을 멈추고 뒤를 돌아보고는 프랜시스 옆으로 다가왔다.

윌리는 나이를 먹어감에 따라 몸이 옆으로 조금씩 퍼지고 있었으나 다른 부분은 어릴 때와 별로 다르지 않았다. 그는 동작이 느리고 둔감하면서도, 끈질긴 데가 있었으며, 여전히 친구들에 대해서는 의리가 있고 적에 대해서는 가차 없었다. 나이를 먹은 윌리 탈록은 그의 아버지를 닮아 소박하면서도 솔직했으나 외모는 아버지 탈록 씨에 비해 어림도 없었다. 평퍼짐한 코가 유난히 드러나 보이는 얼굴은 약간 멍청해 보였고 머리카락은 언제 보아도 부수수했다. 어딘지 모르게 퇴폐적인 분위기가 엿보이는 외모였다. 의사로서 그가 이룩한 업적도 화려한 것과는 거리가 멀었다. 그러나 그는 의사로서 즐겁게 그리고 부지런히 일했다. 그는 이른바 세속적인 야심 같은 것을 우습게 여겼다. 세상을 구경하러 머나먼 낭만의 땅으로 떠나고 싶다는 말은 자주 했지만 그가 앉아 있는 곳은 늘 빈민 구호 병원이었다. 그는 빈민 구호 병원에 있는 덕분에 환자의 침대 머리맡에서 거짓말할 필요가 없어서 좋고, 마음에 있는 말을 그대로 할 수 있어서 좋다고 떠들어대고는 했다. 그는 여기에다 지극히 평범한 삶의 닻을 내리고 단조롭기 짝이 없는 하루하루를 살아가는 것이었다. 게다가 그는 돈을 저축할 줄을 몰랐다. 월급이 많지 않았지만 그는 그나마 그 월급의 대부분을 술값으로 썼다.

외모에 신경을 쓸 줄 모르는 사람이라서 보고 놀랄 일은 아니지만, 이 날도 윌리 탈록은 면도도 안 한 얼굴로 나돌아 다니고 있었다. 이날따라 그의 눈빛이 유난히 심상치 않았다. 표정도 험악했다. 세상 사는 일에 싫증이 난 사람의 얼굴이었다. 프랜시스는 그의 표정을 보면서 오웬 워렌의 병세가 심상치 않은 모양이라고 생각했다. 그는 병리 검사를 위해 환부의 조직을 떼어 가는 길이었다.

두 사람은 두 사람 특유의 침묵을 지키면서 한동안 나란히 걸었다. 불쑥, 프랜시스가 샤알로트 닐리 이야기를 했다.

윌리 탈록의 표정은 변하지 않았다. 그는 옷깃을 올리고 고개를 숙인 채 주머니에 손을 넣고 말없이 걸었다. 한동안 그렇게 걷던 그가 말했다.

"나도 들었어, 바람결에."

"어떻게 생각하나?"

"왜 묻나?"

"적어도 자네는 솔직한 사람이니까."

탈록은 이상한 사람 다 본다는 듯이 프랜시스를 바라보았다. 겸손하고, 자기 지식의 한계를 분명히 인식하는 사람인데도 하느님의 신비에 관한 이야기가 나오면 이상하게도 열을 내는 사람이 바로 탈록이었다.

"종교는 내 분야가 아니야. 나는 우리 아버지로부터 아주 만족스러운 무신론을 유산으로 물려받은 사람이니까……. 나는 이걸 수술실에서 늘 확인해. 우리 아버지 말씀 말마따나 자네가 까놓고 말하라니까 말하는 건데, 내게는 미심쩍어. 아니, 가만 있자. 들어가서 직접 보면 되지 않나? 그 애의 집은 여기에서 멀지도 않아. 같이 가세."

"자네의 동업자 브라인 박사와 자네 사이에 문제가 생기지 않을까?"

"브라인에게는 내일 양해를 구하면 돼. 먼저 저질러 놓고 다음에 사과한다……, 이게 내가 이 바닥에서 터득한 처세의 비법이야……. 가보세, 자네가 천군天軍을 두려워하지 않는다면 말일세."

프랜시스는 얼굴을 붉히면서 대답을 자제하고 있다가 한참 뒤에야 중얼거렸다.

"두렵지만, 가볼까."

생각했던 것과는 달리 그 집에 들어가는 일은 별로 어렵지 않았다. 밤새도록 딸의 시중을 들던 어머니 닐리 부인은 그때까지도 자고 있었고, 닐리 씨는 일터에 나가고 없었다. 키가 작은 테레사 수녀가 문을 따 주었다. 테레사 수녀는 말수가 적은데도 붙임성이 있는 사람이었다. 타이니캐슬의 벽지 교구에서 온 수녀라, 테레사는 탈록이 누구인지 알지 못했다. 그러나 프랜시스 치점 신부가 누군지 모를 정도는 아니었다. 테레사는 두 사람을, 흰 벽지를 발라 단정하게 꾸민 방으로 안내했다. 샤알로트는 하얀 잠옷을 입고 역시 하얀 베개를 베고 누워 있었다. 침대 머리맡의 놋쇠 가름대는 윤이 나게 닦여 있었다. 테레사 수녀는 방을 깨끗이 단정한 자기의 솜씨를 은근히 뽐내는 눈치를 보이면서 샤알로트의 귀에다 대고 속삭였다.

"샤알로트, 치점 신부님께서 당신을 만나 뵈러 오셨어요. 브라인 박사의 가까운 친구 분이시라는 의사 선생님하고요."

샤알로트 닐리는 웃었다. 힘없는, 그러나 의식적인 웃음이었다. 도취 상태에서 깨어나지 못한 사람이 웃음직한 웃음이라고 생각할 수도 있었다. 샤알로트가 웃자 베개 위에서 꼼짝도 하지 않고 있던 그 창백하던 얼굴이 조금 밝아졌다. 꽤 인상적인 얼굴이었다. 프랜시스는 양심의 가책을 느끼기 시작했다. 그는 더 이상, 이 조용하고 깨끗한 방에서, 일상적인 세계에서 경험할 수 없는 일이 일어나고 있다는 사실을 의심할 수 없었다.

"샤알로트, 내가 조금 진찰해 보아도 괜찮겠어?"

탈록의 말에 샤알로트는 다시 웃는 얼굴이 되었다. 샤알로트는 움직이지 않았다. 샤알로트에게는 관찰 당하는 사람이, 관찰 당한다는 사실 자체를 인정하고 누리는 어떤 평화로운 분위기 같은 것이 있었다. 그런 사람은 관찰 당한다는 사실을 싫어하지도 좋아하지도 않는 법이다. 관찰 당하는 사람은 이로써 신비에 대한 관찰자들의 의식을 환기시키고, 몽롱한 상태에서 자신을 한층 더 우러러보고 두려워하게 만드는, 묘한 분위기를 지어내는 것이다. 샤알로트의 창백한 눈꺼풀이 파르르 떨렸다. 샤알로트의 목소리는 태연했다. 멀리서 들리는 것 같은 소리였다.

"의사 선생님, 괜찮고말고요. 제 마음은 한없이 기쁘답니다. 하느님께서는 저같이 천한 것을 하느님 머무시는 곳으로 선택하셨어요……. 이렇게 선택되는 은혜를 입었으니 기쁜 마음으로 하느님의 뜻을 따를 밖에요."

"샤알로트, 아무것도 먹지 않나?"

"네, 선생님."

"먹고 싶은 마음도 없나?"

"먹을 것 생각은 해본 적이 없어요. 하느님의 은총이 제 몸을 다스리고 있는 것 같아요."

테레사 수녀가 조용히 말을 덧붙였다.

"제가 여기에 온 이래로 아무것도 잡수시지 않았다는 것은 제가 보증할 수 있습니다."

그 하얀 방에 고요가 감돌았다. 탈록은 허리를 펴면서 흘러내려와 있던 머리카락을 쓸어올렸다.

"고마워, 샤알로트. 고맙습니다, 테레사 수녀님. 두 분께서 친절하게 대해 주셔서 빚을 진 기분입니다."

탈록은 이 말을 남기고는 문 쪽으로 걸음을 옮겼다. 프랜시스가 탈록 쪽으로 걸음을 옮겨 놓을 때쯤 샤알로트의 얼굴이 잠

못난이 보좌 신부

깐 어두워졌다. 그런 얼굴로 샤알로트가 프랜시스를 불렀다.

"신부님, 제 손은 보고 싶지 않으세요? 보세요……, 제 손을! 발에는 아무 이상도 없어요."

샤알로트는 선심이라도 쓰듯이 두 손을 내밀었다. 하얀 손바닥에는 분명히 빨간 못 자국이 선명하게 나 있었다.

밖으로 나온 탈록은 이렇다 저렇다는 말을 통 하지 않았다. 입을 굳게 다물고 있던 탈록이 두 사람이 각각 제 갈 길로 헤어져야 하는 곳에 이르러서야 빠른 어조로 말했다.

"자네는 내 의견을 듣고 싶을 테지? 내 의견은 이래. 경계선적 케이스라고 하는 것일세. 모르지, 어쩌면 경계선을 넘고 말았는지. 극도의 우월감과 광적인 조울증이 겹친 상태라네. 혈흔도, 히스테리성 내출혈이야. 정신병원에 들어가지 않는 데 성공하면 성녀로 떠받들어질 수도 있겠지."

그는 여느 때의, 침착하던 그가 아니었다. 불그레하던 얼굴은 잔뜩 굳어져 있었다. 그가 내뱉었다.

"이런 빌어먹을! 그 계집아이는 밀가루 부대를 뒤집어쓴 빈혈 천사처럼 고귀하고 거룩한 모습으로 거기에 누워 있고, 우리 꼬마 오웬 워렌은 자네들의 소위 화염지옥보다 무서운, 썩어가는 다리를 안고, 더러운 다락방에 누워 종양이 온 몸으로 번질 날을 기다리고 있으니! 터뜨려도 좋다면 그 종양을 터뜨리고 싶더구나. 자네도 기도할 때 이 일을 좀 생각해 보게나, 자네는 틀림없이 가서 기도할 테니까. 나는 집으로 돌아가 술이나 마시겠네."

윌리 탈록은 프랜시스의 대답도 듣지 않고 빠른 걸음으로 가

버렸다.

그날 밤 프랜시스가 테니브리(부활절 전주의 성 목요일, 성 금요일, 성 토요일 사흘 동안 드리는 찬미가_역주)를 끝내고 돌아왔을 때 사제관의 현관에 걸린 게시판에는 프랜시스를 호출하는 주임 신부의 메시지가 씌어 있었다. 프랜시스는 불길한 예감에 사로잡힌 채 주임 신부의 서재로 올라갔다. 주임 신부는 잔뜩 화가 난 채 융단 위를 서성거리고 있었다. 곧 불호령이 떨어졌다.

"치점 신부! 나는 처음에는 놀랐지만 지금은 화가 잔뜩 나 있네. 나는 자네가 이렇게까지 할 줄은 몰랐어. 이보다는 나으리라고 여겼네. 꼭 거리에서 무신론자인 의사를 데려 가야 했나? 그것도 내가 싫어하는 의사를?"

"죄송합니다. 저…… 그 의사가 마침 제 친구여서 그만……."

"그런 사람을 친구로 생각하는 것 자체가 틀렸어. 내 보좌 신부가 탈록 같은 의사와 가까이 지내고 있다는 것부터가 대단히 부적절한 일이야."

"저희들은……, 어린 시절부터 친구였습니다."

"그건 핑계가 되지 않아. 내 기분은 아주 좋지 않네. 실망했어. 나는 지금 화가 머리끝까지 나 있고, 자네는 내 화를 돋울 만한 짓을 했네. 처음부터 이 사건에 대한 자네의 태도는 차가웠고, 비협조적이었어. 굳이 말하자면, 자네는 이 일을 맨 처음 발견한 수석 보좌 신부를 질투한 게 분명해. 아니면 이 일을 냉소하는 보다 깊은 동기가 있든지……."

프랜시스는 비참해지는 기분이었다. 그는 주임 신부의 말이 옳다고 생각했다. 그래서 더듬거리면서 말했다.

"정말 죄송합니다. 그러나 제가 불충을 저지른 것은 아닙니다. 불충이라는 것은, 제가 죽음보다 더 두려워하는 것입니다. 제가 이 일에 미온적이었다는 것은 인정하겠습니다. 그것은 사태의 결과가 염려스러웠기 때문입니다. 그래서 오늘 탈룩을 데리고 가 보았던 것입니다. 미심쩍은 대목이 있어서 그만……."

"미심쩍다니! 그럼 자네는 루르드의 기적도 미심쩍게 생각하나?"

"아닙니다, 아닙니다. 그것은 의심할 여지가 없습니다. 모든 교파에 속하는 전문가들이 인증하지 않았습니까?"

주임 신부의 미간이 어두워졌다.

"하면, 여기 우리들 가운데 믿음의 기념비가 설 수 있는 이 기회를 자네는 왜 부인하는가? 자네가 영적인 것을 부정한다면 나타난 물리적인 현상은 인정해야 하지 않겠는가? 자네는, 나이 어린 소녀가 먹지도 마시지도 않고 아흐레 동안이나 견디는 경우를 상상할 수 있겠는가? 그것도 아주 건강한 상태, 조금도 허기져 보이지 않은 상태로 견디는 경우를? 다른 양식으로 살지 않고서야 어떻게 이럴 수가 있겠는가?"

"다른 양식이라뇨?"

"영적인 양식 말이야! 시에나의 카테리나 성녀는 지상의 어떤 양식보다 나은 영적인 신비의 물만으로 살지 않았던가? 자네는 지나치게 의심이 많아. 그런데도 내가 화를 안 내게 생겼나?"

프랜시스는 정면으로 치고 들어갔다.

"성 도마도 의심했습니다. 그것도 사도들 앞에서 의심했습니다. 그는 주님의 옆구리를 손가락으로 찔러 보기까지 했습니다. 그래도 화를 내는 사도는 없었습니다."

무시무시한 침묵이 흘렀다. 낯색을 잃은 주임 신부는 책상 앞으로 걸어가 프랜시스 쪽으로는 눈도 돌리지 않고 책상 위에 놓여 있던 종이에다 뭔가를 끄적거리고 나서 착 가라앉은 목소리로 말했다.

"자네가 우리 성사를 방해한 것은 이번이 처음은 아니야. 자네는 우리 교구에서 수상한 냄새를 피우기 시작한 지 오래야. 이제 가도 좋아."

프랜시스는 견딜 수없이 비참한 심정으로 그 방을 나왔다. 문득 맥냅 주교에게 달려가 하소연하고 싶다는 생각이 들었다. 그러나 그는 그런 자신을 타일렀다. '녹슨 맥'은 쉽사리 접근하기에는 너무 높은 직위에 올라 있었기 때문이다. 높은 직위에 어울리는 업무에 바쁜 그에게, 열등감에 사로잡힌 힌 보좌 신부이 푸념을 들어 줄 시간이 있을 것 같지 않았다.

다음 주일 오전 11시의 장엄 미사에서 피츠제랄드 주임 신부는 더할 나위 없이 감동적인 강론에서 문제의 사건에 대한 진상을 터뜨렸다.

그 즉시 나타난 반응은 엄청났다. 미사가 끝난 다음에도 신자들은 집으로 돌아갈 생각도 않고 성당 문 앞에 모여 웅성거리면서 그 이야기를 했다. 곧 성지 방문단이 구성되었다. 방문단은 안셀름 밀리의 안내를 받으며 '마리아 샘'으로 향했다. 오후에는,

이들은 샤알로트 닐리의 집으로 몰려갔다. 샤알로트가 속해 있던 믿음의 모임 회원들은 그 집 앞에서 무릎을 꿇고 로사리오 기도를 바쳤다.

그날 저녁 피츠제랄드 주임 신부는 호기심을 이기지 못해 오후부터 안달을 부리던 신문 기자들과의 인터뷰에 동의했다. 그는 품위를 잃지 않는 선에서 조심스럽게 인터뷰에 응했다. 진작부터 언론용 성직자로 정평이 나 있던 그는 신문 기자들에게 인상적인 인터뷰를 선사했다.

다음 날 도하 신문들은 이 기사에 지면을 아낌없이 할애했다. 《트리뷴》지는 그의 말을 맨 앞면에다 다루었고, 《글로브》지는 두 면에 걸치는 기사로 이 기적을 대서특필했다. 《노덤벌랜드 헤럴드》는 '또 하나의 딕비'라는 제목으로 이를 보도했고, 《요크셔 메아리》는, '기적의 동굴, 수많은 사람들에게 희망을'이란 제목으로 뽑았다. 신교 쪽 대변지인 《주간 성공회》는, '다른 증적을 기대한다'는 제목으로 양다리를 걸치고 있었다. 그러나 《런던 타임즈》는 아이단의 샘과 성 에텔불프에 이르기까지 거슬러 올라가면서, 기적에 대한 신학자 기고가의 학술적인 글을 게재하는 여유를 보였다. 주임 신부는 대단히 만족스러워했다. 안셀름 밀리 신부는 감격한 나머지 아침을 제대로 먹지 못했고, 맬콤 글레니는 너무 기뻐서 정신이 이상한 사람처럼 설치고 다녔다.

그로부터 여드레 뒤 프랜시스는 밤 시간을 이용하여 타이니캐슬 북쪽 변두리 클레먼트에 있는 폴리 아주머니의 초라한 집을 찾아갔다. 프랜시스는 그날 하루 종일 담당 구역의 빈민굴을 누빈 참이라 거의 녹초가 되어 있었다. 게다가 탈록이 보낸 쪽지까지 받은 뒤였다. 그 쪽지는 오웬 워렌의 부고와 같은 것이었다. 종양이 악성 종양으로 판명되었다는 것이다. 그렇다면 이 소년에게는 희망이 없었다. 한 달을 채 남겨 두지 못하고 그는 죽어가고 있는 것이었다.

폴리 아주머니는 여전해 보였으나 네드의 병세는 무척 악화된 것 같았다. 바퀴 의자에 웅크리고 앉아 무릎에다 담요를 덮은 채 그는 앞뒤 없는 말을 쉴 새 없이 했다. 유니온 주점의 지분持分 문제를 두고 마침내 길포일로부터 언질을 얻어 낸 모양이었다. 얼마 안 되는 금액이었다. 그러나 네드는 그게 한 재산이라도 되는 듯이 말했다. 말을 너무 많이 해서 그렇게 되었는지 발음마저 불분명했다.

프랜시스가 도착했을 때 주디는 벌써 자고 있었다. 폴리 아주머니는 아무 말도 하지 않았으나 분위기로 보아 주디가 또 못된 짓을 하고는 호되게 수중을 듣고 침실로 쫓겨 들어갔던 모양이었다. 그런 주디에 대한 생각마저 프랜시스를 몹시 슬프게 했다.

프랜시스가 폴리 아주머니의 집을 나선 것은 시계가 11시를 칠 무렵이었다. 타이니캐슬 시내로 들어가는 철도마차는 끊긴 뒤였다. 이런 일까지 겹치고 보니 어깨의 힘이 빠지지 않을 수 없었다. 그는 터벅터벅 걸어 글랜빌 가로 들어섰다. 샤알로트 닐리의 집 맞은편을 지나던 그의 눈에 그 집 아래층의 불빛이 보였다. 샤알로트의 방이라서 그때까지도 불이 있는 것이었다. 노란 블라인드 뒤로 사람의 그림자가 어른거린 것 같았다.

못난이 보좌 신부　241

문득 양심의 가책이 느껴졌다. 자기가 지나치게 고집을 부린 게 미안하게 생각된 것이었다. 그는 닐리 가의 사람을 만나 사과하고 싶었다. 잘못된 것은 늦기 전에 바로잡아야겠다는 생각으로 그는 길을 건너 계단을 올랐다. 손을 들어 초인종 줄을 당기려던 그는 마음을 고쳐먹고 문에 달린 구식 손잡이를 돌려 보았다. 환자의 집에 들어가는 성직자나 의사는 주인의 허락을 받지 않아도 된다는 편리한 관례가 그 시각에는 요긴해 보였기 때문이다.

 비좁은 복도에 딸린 침실 문은 열려 있었다. 열린 문으로 가스등 불빛이 밖으로 새어 나오고 있었다. 그는 문지방을 넘어 방 안으로 들어갔다. 그러고는 그만 그 자리에 얼어붙고 말았다.

 침대에서 반쯤 몸을 일으킨 채 샤알로트가 무릎 위에다 닭의 가슴살과 커스터드가 차려진 타원형 쟁반을 올려놓고 정신없이 먹고 있었던 것이다. 닐리 부인은 시퍼런 잠옷 바람으로 그 옆에서 조심스럽게 잔에다 흑맥주를 따라주고 있었다.

 프랜시스를 먼저 본 것은 어머니였다. 닐리 부인은 기겁을 하고 비명을 질렀다. 부인이 놀라 두 손으로 자기의 가슴을 여미는 바람에 잔이 손에서 떨어지고 흑맥주가 침대에 엎질러졌다.

 샤알로트도 쟁반에서 얼굴을 들었다. 샤알로트의 파란 눈이 파르르 떨렸다. 소녀는 입을 벌린 채로 어머니를 보고는 흐느끼기 시작했다. 흐느끼다가는 침대 위로 쓰러지면서 두 손으로 얼굴을 가렸다. 쟁반이 바닥으로 떨어졌다. 감히 입을 여는 사람이 없었다. 닐리 부인의 입술이 경련을 일으키기 시작했다. 닐리 부인은 가엾게도 흑맥주 병을 잠옷 안으로 감추려 하고 있었다. 그러다 겨우 입을 열고 더듬거리며 말했다.

"어떻게든 기운을 좀 돋우어 주려고……, 아무것도 먹지 못해서……, 환자용 흑맥주라도……."

그러나 닐리 부인의 표정이 모든 것을 말해주고 있었다. 프랜시스는 구역질이 났다. 심하게 모욕을 당한 기분이었다. 프랜시스는 적당한 말을 생각하는 데 어려움을 느꼈다.

"그러니까 매일 밤 이렇게 먹을 것을 주었던 것이군요……. 샤알로트가 잠든 줄 알고 수녀가 자러 간 뒤에?"

"아닙니다, 신부님. 하느님께서 내려다보고 계십니다!"

닐리 부인은 필사적으로 프랜시스의 말을 부인하려고 했다. 그러나 부인하면서 생각해도 억울했던지, 정신 나간 사람처럼 푸념을 늘어놓기 시작했다.

"주었으면 어쩔 테에요? 불쌍한 자식이 굶고 있는 걸 보고만 있을 수 있답니까? 이 애가 누구를 위하여 굶어야 합니까? 오, 성 요셉이시여……, 이렇게 야단스러워질 줄 알았더라면 이 애에게 그런 짓을 시키지 않았을 거예요……. 군중들이 몰려오고……, 신문이 난리를 피워대고……. 이제 끝났으니 홀가분해요. 그러니까, 신부님, 우리를 너무 야단치지 마세요."

"닐리 부인, 나는 두 분을 심판하려는 게 아닙니다."

닐리 부인은 울었다.

프랜시스는 창가에 놓인 의자에 앉아 두 손으로 쥔 모자를 내려다보며 닐리 부인이 울음을 그칠 때까지 끈기 있게 기다렸다.

닐리 부인이 저지른 어리석은 짓들, 인간 세상 도처에서 벌어지는 희극⋯⋯. 프랜시스는 문득 무서워졌다. 닐리 모녀가 울음을 그치자 프랜시스가 두 사람에게 가만히 물었다.

"자, 이제 어떻게 되었는지 말해 보세요."

이야기가 시작되었다. 대부분의 이야기는 샤알로트가 했다.

샤알로트는 언젠가 성당 도서관에서 빌려온, 베르나르데트 성녀에 관한 책을 읽은 적이 있었다. 그런 샤알로트가 어느 날 가장 좋아하는 산책길을 따라 '마리아 샘' 옆을 지나다가 여기에서 물이 솟아나는 걸 보았다. 샤알로트는 재미있는 생각을 했다. 문득 자기 자신과 샘과 베르나르데트의 관계가 샤알로트를 놀라게 한 것이었다. 우연치고는 기이한 우연의 일치에 놀란 것이었다. 이렇게 놀라는 순간 정말 샤알로트의 눈에는 성모님의 환영이 보인 것 같았다. 집에 돌아온 샤알로트는 정말 성모님의 모습을 본 것으로 믿음을 굳혀 나갔다. 이렇게 믿음을 굳혀 나가면서부터 샤알로트는 완전히 다른 소녀가 되었다. 딸이 하얗게 질려 바들바들 떨고 있는 것을 본 닐리 부인은 사람을 보내어 안셀름 밀리 신부를 모셔 오게 했다. 안셀름 밀리 신부가 오자, 샤알로트는 의식이 몽롱한 상태에서 자기가 겪었던 이야기를 모두 했다.

그날 밤 내내 샤알로트는 도취 상태를 헤맸다. 소녀의 몸은 나무 막대기처럼 뻣뻣하게 굳었다. 다음 날 도취 상태에서 깨어났을 때 손에는 성흔이 나 있었다. 샤알로트는 멍이 잘 드는 체질이었으나 이때 나타난 것은 멍이 아니었다.

이로써 샤알로트는 자기가 성모를 본 것으로 확신했다. 닐리 부인이 음식을 날라왔으나 샤알로트는 그 음식을 거절했다. 너무 기분이 황홀해서, 너무 흥분한 상태라서 먹을 수가 없었던 것이다. 샤알로트는 성자들은 먹지 않았다는 것을 알고 있었다. 그래서 자기도 먹지 않으려 했다. 안셀름 밀리 신부와 피츠제랄드 주임 신부에게 자기는 하느님의 은총으로 살아간다고 했을 때 (사실 그 당시에는 그랬다)의 느낌은 굉장한 것이었다. 훌륭한 사람들의 관심을 끌고 나니 마치 신부^{新婦}가 된 기분이었다. 그러나 당연한 일이지만 하루를 채 지내지 못하고는 허기를 느끼기 시작했다. 그러나 안셀름 밀리 신부와 주임 신부, 그 중에서도 특히 안셀름 밀리 신부를 실망시킬 수는 없었다. 안셀름 밀리 신부가 보내던 경탄의 눈길을 거절할 수 없었다. 그래서 샤알로트는 어머니에게 사실을 고백했다. 일이 이렇게 된 이상 어쩔 수 없다고 판단한 닐리 부인은 딸을 도와주기로 했다. 그래서 한밤중에 한두 차례씩 잘 차려다 먹였던 것이다.

그런데 일이 커져 그 지경에 이르렀던 것이다.

"신부님, 말씀드렸듯이, 처음에는 기분이 굉장히 좋았어요. 특히 믿음의 모임 회원들이 문 밖에서 저에게 기도를 했을 때는요."

그러나 신문이 들고 일어나면서부터 소녀는 겁을 집어먹었다. 일이 그렇게까지 커질 줄은 몰랐던 것이다. 테레사 수녀를 속이는 일도 날이 갈수록 어려워져 갔다. 도취 상태와 흥분 상태가 가라앉자 손바닥의 흔적도 자꾸만 희미해져 갔다. 이때부터 소녀는 우울증 증세를 보이기 시작했다. 이야기(벽면에 아무렇게나 그려진 그림처럼 추악하기 짝이 없는)가 끝나자 모녀는 또다시 울기 시작했다. 프랜시스는 인간의 치부를 그대로 드러내는 이 비극적인 이야기의 의미를 생각했다. 닐리 부인이 말했다.

"신부님, 피츠제럴드 주임 신부님께 이르지 않으실 거죠?"

프랜시스는 더 이상 화를 내고 있지 않았다. 슬퍼하고 있었다. 모녀에게 까닭모를 연민을 느끼고 있었다. 일이 이렇게 커지지 않았으면 좀 좋았으랴……. 프랜시스는 이렇게 생각하며 한숨을 쉬었다.

"닐리 부인, 나는 말하지 않겠습니다. 나는 한 마디도 않겠습니다……. 대신, 대단히 미안하지만, 부인께서 하셔야 합니다."

"안 됩니다, 안 됩니다, 신부님……. 그렇게는 죽어도 할 수 없습니다."

닐리 부인의 눈에는 공포의 그림자가 어려 있었다.

프랜시스는 차분하게 왜 닐리 부인이 주임 신부에게 고백해야 하는지 설명해 주었다. 그는, 주임 신부에게 거짓말, 그것도 곧 드러날 거짓말을 믿고 큰 계획을 세우게 할 수 없는 까닭을 설명하고 나서 아흐레 동안의 기적은 세월이 조금만 흘러도 곧 잊혀진다는 말로 이들을 위로했다.

프랜시스는 시키는 대로 하겠다는 모녀의 말을 듣고는 약 한 시간 뒤에 다소 가벼워진 마음으로 그 집을 나올 수 있었다. 그러나 구둣발소리로 텅 빈 거리를 울리며 성 도미니크 성당으로 돌아올 즈음부터 그의 마음은 다시 어두워지기 시작했다. 피츠제럴드 주임 신부 생각을 했기 때문이었다.

이튿날은 아무 일도 없이 지나갔다. 프랜시스는 하루 종일 나가 있었기 때문에 피츠제럴드 주임 신부와는 얼굴을 맞댈 시간이 없었다. 그러나 사제관에서는 이상한 적막, 낌새가 예사롭지 않은 일종의 괴괴한 정적이 감돌았다. 프랜시스는 분위기에 민감했다. 그는 이런 분위기를 분명히 느낄 수 있었다.

다음 날 오전 11시경에 맬콤 글레니가 느닷없이 그의 방으로 찾아와 이렇게 말했다.

"프랜시스, 자네가 날 좀 도와주어야겠네. 주임 신부님은 그 일에서 손을 뗄 모양이야. 이건 보통 일이 아니니까, 자네가 들어가서 말 좀 해 주게."

맬콤 글레니의 얼굴은 사색이 되어 있었다. 안색은 파리했고 입술은 제대로 움직여지지 않는 것 같았지만 눈에서는 살기가 돌았다. 그는 더듬거리며 말을 이었다.

"왜 저러는지 나는 모르겠어……. 어찌 보면 정신이 나가 버린 사람 같기도 하고……. 정말 멋진 계획이었는데. 성공한다면 굉장할 거야……."

"내게는 그분의 마음을 움직일 힘이 없소."

"왜 못 움직여? 저 양반은 자네를 철석같이 믿고 있어. 게다가 자네는 사제가 아닌가? 주임 신부는 보좌 신부들 때문에 있는 거고, 가톨릭을 위해서도 이 일은 성사되어야 하네."

"외삼촌, 가톨릭 일에는 관심이 없을 텐데요?"

"관심이 왜 없어? 나는 자유사상 신봉자야. 하지만 나는 가톨릭을 아주 높이 평가해. 가톨릭을 아름다운 종교라고 생각해. 그래서 프랜시스, 나는 이따금씩……, 이런 제기랄, 내가 왜 이따위 소리를 하는 건지……. 프랜시스. 서둘러주게. 너무 늦기 전에."

"외삼촌, 미안해요. 우리 모두 그 일에 대해서는 실망하고 있어요."

프랜시스는 이 말끝에 창가로 다가갔다. 더 이상 자제할 수 없었던지 맬콤 글레니는 프랜시스의 어깨에다 손을 얹었다. 프랜시스는 그의 손을 털어내었다.

"프랜시스, 날 버리지 말아 줘. 오늘의 자네가 있는 것도 다 우리들이 있었기 때문이 아닌가? 나는 있는 돈을 다 털어 조그만 땅뙈기를 샀어. 만일에 이 계획이 수포로 돌아간다면 내 땅 역시 아무 쓸모가 없게 되고 말아. 우리 집이 망하는 꼴 보고 싶지 않지? 늙으신 우리 어머니께서 길바닥에 나앉는 걸 바라진 않지? 프랜시스. 우리 어머니가 자네를 어떻게 먹여 살렸는지, 그걸 잊으면 안 돼. 그러니까 제발, 주임 신부를 좀 설득해 줘. 그러면 자네가 하라는 대로 뭐든지 다 할게. 자네를 위해서라면 가톨릭 신자가 되어도 좋아."

프랜시스는 창가에 선 채로 커튼을 틀어쥐고 잿빛 돌이 깔린 교회 마당을 내려다보았다. 불쾌감을 삭이고 있었다. 인간에게 돈이라는 게 뭘까? 돈이면 만사가 다 해결되는 것일까? 그렇지, 그래서 불사의 영혼까지 팔고자 하는 거지…….

맬콤 글레니는 그러다 지친 모양이었다. 프랜시스로부터는 아무것도 얻어 낼 수 없다고 판단한 그는 허물어져 버린 체면을 수습하려고 안간힘을 썼다. 그의 태도가 표변한 것도 바로 그 때문이었다.

"좋아, 날 도와 줄 수 없다 이거지? 지금은 이렇게 간다만, 너에게 받은 대접 잊지 않겠어. 언젠가는 오늘의 이 수모 갚아주지, 갚아주는 수밖에 없을 경우에는."

맬콤 글레니는 잠시 말을 멈추었다. 얼굴은 심술로 일그러지고 있었다.

"먹이를 주던 개에게 손을 물릴 수 있다는 걸 알았어야 하는 건데…… 하기야 천해 빠진 땡중들에게 기대를 건 내가 잘못이지……"

맬콤 글레니는 밖으로 나가면서 우악스럽게 문을 닫았다.

여전히 적막에 싸여 있는 사제관은 기묘한 진공 상태에 든 것 같았다. 드나드는 사람들의 윤곽이 흐려져 비물질적인 존재, 혹은 꿈속의 물상物像으로 보이는 기묘한 상태에 든 것 같았다. 성당지기들은 사제관에 초상이라도 난 양 발뒤꿈치를 들고 조용조용 다녔다. 리투아니아 인 사제의 표정은 늘 그렇듯이 뚱했다. 안셀름 밀리도 눈을 내리깔고 나다녔다. 안셀름 밀리는 치명상을 입은 것 같았다. 그런데도 그는 침묵을 지켰다. 그 침묵이 그렇지 않아도 우아한 그의 모습을 돋보이게 하고 있었다. 물론 입을 열 때가 없는 것은 아니었다. 그러나 '마리아 샘'에 관한 한 그는 철저하게 침묵했다. 철저하게 침묵하면서 외방전교회外邦傳教會 일에만 전념하는 것이었다.

글레니가 포악을 부리고 간 뒤에도 프랜시스는 근 1주일 간이나 피츠제럴드 주임 신부와 얼굴을 맞대지 않고 지냈다. 그러던 어느 날 성물 보관실에 들어갔던 프랜시스는, 거기에서 제의를 벗고 있는 피츠제랄드 주임 신부와 만났다. 복사^{服事}하던 소년들이 나가 버린 다음이어서 자연 두 사람만 대면할 수밖에 없었다.

 개인적인 창피는 차치하고라도, 이 봄날 하룻밤 꿈 같은 일을 처리하는 주임 신부의 솜씨는 과연 놀라웠다. 실제로 그의 손안에서는, 그 일은 이미 춘사가 아니었다. 홀리스는 계약의 파기에 선선히 동의한 다음이었고, 주임 신부의 주선으로 일자리를 얻은 닐리 씨는 이미 그곳에서 먼 도시로 떠난 뒤였다. 닐리 씨에게 일자리를 주선해 준 것은 물론 샤알로트 닐리네 가족을 그 교구 사람들로부터 떼어내는 점잖은 조처의 일환이었다. 처음에는 요란하게 비난하던 언론도 주임 신부가 손을 쓰자 곧 침묵했다. 그즈음 주일을 맞아 다시 강단에 선 주임 신부는 숨을 죽이고 기다리는 신도에게, '믿음이 약한 자들아'라는 제목으로 강론을 시작했다. 조용히 그러나 힘 있게 그는 자기의 강론의 초점을 부각시켜 나갔다.

 "……교회에 이 이상 어떤 기적이 필요하단 말입니까? 교회는 이미 수많은 기적을 통하여 그 존재의 정당성을 넉넉하게 증명하지 않았습니까? 교회는 이미 그리스도의 기적 위에 깊이 그 뿌리를 내렸습니다. '마리아 샘'에서 있었던 기적의 발현은 참으로 보기에 좋았고 또 흥분할 만한 것이었습니다. 나 자신을 비롯하여, 우리 모두가 지나치게 열중했던 것도 사실입니다. 그러나 곰곰 생각해 보면, 하늘나라의 꽃이 우리 교회에, 우리 눈앞에 만발해 있는데 왜 한 송이 꽃을 두고 그렇게 소란을 떨었는지 참으로 부끄러운 일입니다. 우리의 믿음이 지금 다시 물질적인 증거를 요구할 만큼 약한 것입니까……. '보이지 않아도 믿는 자는 행복하다' 하신 이 지엄하신 말씀을 잊었습니까……?"

참으로 들을 만한 말의 성찬이었다. 그의 강론은, '마리아 샘'의 기적을 선포한 그 전 주일 강론 이상의 감동을 신자들에게 베풀었다. 그러나 그런 강론을 하기 위해서 얼마나 엄청난 대가를 지불했는지 아는 사람은 여전히 주임 신부직에 앉아 있는 피츠제랄드뿐일 터였다.

처음 성물 보관실에서 만났을 때의 주임 신부는 말을 하지 않을 눈치를 보였다. 그러나 검은 외투를 어깨에 걸치고 나가면서 그는 갑자기 뒤를 돌아다보았다. 환한 성물 보관실의 불빛 아래서 본 주임 신부의 그 잘생긴 얼굴에는 주름살이 깊었다. 잿빛 눈에도 우수의 그림자가 깃들어 있었다.

"치점 신부, 한 사람이 거짓말을 한 게 아니었어. 모두가 무리 지어 거짓말을 한 것이지. 그래, 사필귀정이지……. 치점 신부, 자네는 참으로 좋은 사람일세. 자네와 내가 양립할 수 없다는 게 유감이지만."

부활절이 끝나갈 즈음에는 이 사건도 사람들의 뇌리에서 거의 사라져 가고 있었다. 기적에 열을 올렸던 주임 신부가 '마리아 샘' 가에다 세운 하얀 울타리만은 여전히 남아 있었다. 그러나 '마리아 샘'으로 들어가는 문은 열린 채 봄바람에 흔들리고 있었다. 숫자는 얼마 안 되지만 그래도 믿음이 깊은 사람들은 그 '마리아 샘'을 찾아와 기도를 올리고는 그 물로 스스로를 축복하고는 했다.

프랜시스는 교회 일로 분주한 나날을 보내면서 그 일을 잊을 수 있게 된 것을 다행으로 여겼다. 불쾌한 경험의 흔적도 차차 그의 기억에서 떨어져 나갔다. 남은 것은 그의 기억 한쪽에 달라붙어 있는 추악한 그림자였으나 이것마저도 그는 애써 억눌러 기억의 한 모서리에다 깊이깊이 파묻었다. 교구의 청소년들을 위해 운동장을 만들어 주자는 그의 계획은 차츰 그 모습을 갖추어 갔다. 시의회로부터 공원의 자투리땅을 운동장으로 사용해도 좋다는 허락도 얻어놓은 데다 피츠제랄드 주임 신부의 허락도 얻어놓은 참이었다. 프랜시스는 이러저러한 일로 갖가지 안내서에 파묻혀 지내다시피 했다.

예수 승천일 전날 밤, 프랜시스는 빨리 오웬 워렌의 집으로 오라는 전갈을 받았다. 프랜시스의 얼굴은 어두워졌다. 서둘러 자리에서 일어선 그의 무릎에서 크리켓 안내서 뭉치가 바닥으로 떨어졌다. 오래 전부터 그런 연락이 올 것임을 짐작하고 있었는데도 불구하고 그의 마음은 어두웠다. 그는 급히 교회로 내려가 임종 성찬을 마련해 들고는 번잡한 거리를 지나 글랜빌 가로 갔다.

오웬 워렌의 집 앞을 불안한 걸음걸이로 서성거리고 있던 의사 탈록을 보는 순간 프랜시스의 눈에는 금방이라도 눈물이 흐를 것 같았다. 오웬 워렌을 귀엽게 여겨 왔던 탈록 역시 어두운 얼굴을 하고, 다가오는 프랜시스를 바라보았다. 프랜시스가 먼저 입을 열었다.

"결국 올 것이 오고야 말았군."

"암, 왔지……. 어제는 대동맥에 혈전^{血栓}(혈관 안에서 피가 굳는 증세)이 있었네……. 절단해도 소용없을 지경까지 왔던 것이지."

"내가 너무 늦었나?"

프랜시스의 물음에 탈록은 격정을 누르려고 애를 쓰는 것 같았다. 그러면서 그는 어깨로 프랜시스의 어깨를 거칠게 밀면서 말했다.

"자네가 이렇게 어슬렁어슬렁 오고 있을 동안 나는 세 차례나 들락거렸네. 어쨌든 들어가세……. 들어가려고 온 것 아닌가?"

프랜시스는 탈록을 따라 계단을 올라갔다. 워렌 부인이 문을 열어주었다. 워렌 부인은 쉰 줄의 깡마른 여인이었다. 회색 옷차림인 부인은 몇 주일간 아들 일을 걱정하면서 간호했기 때문인지 보기에도 애처로울 지경으로 얼굴이 수척했다. 프랜시스는 한눈에 부인의 눈이 젖어 있다는 걸 알 수 있었다. 그래서 프랜시스는 부인의 손을 잡은 손에 힘을 주었다.

"워렌 부인, 면목이 없습니다."

그러나 부인은 웃었다. 힘없이, 그러나 밝게.

"안으로 드시지요, 신부님."

프랜시스는 부인의 웃는 얼굴을 보면서 충격을 받고 말았다. 아들의 죽음으로 인한 슬픔이 부인을 그 지경으로 만들었을 것이라고 생각했기 때문이다. 그는 부인의 뒤를 따라 방 안으로 들어갔다.

오웬 워렌은 침대 덮개 위에 누워 있었다. 붕대는 벗겼는지 맨다리였다. 다리는 이상하게도 가늘어 보였고, 아픈 다리 같지 않았다.

프랜시스는 자기 눈을 의심하면서 소년의 오른쪽 다리를 들어올리는 탈록의 손길을 응시했다. 탈록은 건강한 사람의 다리를 만지듯이 오웬의 다리를 만지고 있었다. 하루 전만해도 잔뜩 부어올라 있던 다리가 아니었던가? 탈록은 그러면서 프랜시스에게 도전적인 시선을 던졌다. 프랜시스는 그 시선을 만나기가 민망해서 워렌 부인 쪽으로 눈길을 돌렸다. 그러고 나서야 부인의 눈물이 슬픔의 눈물이 아니라 기쁨의 눈물이라는 걸 알았다. 부인은 눈물을 흘리면서 조용히 고개를 끄덕였다.

"오늘 새벽, 아무도 일어나지 않을 시각에 저는 이 아이의 몸을 따뜻하게 감싸고는 옛날에 쓰던 유모차에 태웠습니다. 저희들, 그러니까 저와 오웬은 단념할 수가 없었습니다. 오웬은 늘……, '마리아 샘'까지 가기만 하면 나을 거라고 믿었습니다……. 그래서 저희들은 기도를 드리고……, 오웬의 다리를 그 물에다 담갔습니다……. 그러고는 돌아왔는데……, 오웬이 제 손으로 붕대를 푸는 것이 아니겠습니까?"

무서운 침묵이 방 안을 감돌았다. 오웬이 침묵을 깨고 말했다.

"신부님, 새로 생기는 크리켓 팀에 저를 끼워 주시는 거 잊지 마세요."

바깥에 나오자 윌리 탈록이 친구를 뚫어지게 바라보면서 입을 열었다.

"현대 지식을 뛰어넘는 현상이네. 이 현상에 대한 과학적인 설명이 반드시 있어야겠어. 병을 이겨야겠다는 강렬한 욕망 때문이었을까? 말하자면 그런 심리적인 욕망이 세포를 재생시킨 것일까?"

그는 잠시 침묵했다가 떨리는 손으로 프랜시스의 팔을 잡으면서 말을 이었다.

"……오, 하느님……, 있기는 있는지 모르겠지만……, 이 일을 보고 들은 우리 입을 다물게 하소서."

그날 밤 프랜시스는 잠을 이룰 수가 없었다. 그는 잠이 달아나 버린 눈으로 머리 위의 어둠을 응시했다. 믿음이 빚어낸 기적! 그렇다. 믿음 그 자체가 기적을 일으킨 것이다! 요단 강의 물, 루르드의 물, '마리아 샘'의 물……. 중요한 것은 물이 아니다. 하느님의 얼굴이 비치기만 하면 진흙탕에서도 기적은 일어날 수가 있는 것이다.

그의 마음속에 있는 지진계가 하느님의 불가지성不可知性에 대한 그의 희미한 인식, 그 충격을 기록해 나갔다. 그는 미친 사람처럼 기도했다. 오, 전능하신 하느님, 저희들은 이 세상의 시작조차 알지 못합니다. 저희는 수백만 겹의 이불에 덮여 있는, 바닥없는 심연에서 하늘을 올려다보려는 개미와 같습니다. 하느님, 저의 하느님, 겸손하게 하소서, 믿음을 갖게 하소서……, 하고.

3

주교로부터 호출이 온 것은 그로부터 3개월 뒤의 일이었다. 한 번은 부를 것으로 생각해 왔던 프랜시스였지만 막상 호출을 받자 몹시 당황했다. 프랜시스가 주교관이 있는 언덕을 올라갈 즈음 소나기가 내리기 시작했다. 소나기에 흠뻑 젖지 않으려면 전속력으로 달리는 수밖에 없었다. 비에 젖은 데다가 온 몸이 진흙투성이가 된 채로 숨을 헉헉거리면서, 프랜시스는 그런 꼴을 한 자신의 모습이 주교에 대한 무례가 될 것 같다는 생각으로 불안해했다. 그러나 이 정도의 불안은, 한기를 어쩌지 못해 부들부들 떨면서 주교관의 공식 접견실에 서서 붉은 융단과는 도무지 어울리지 않는 진흙투성이의 구두를 내려다보았을 때의 불안과는 비교도 되지 않았다.

이런 꼴을 하고 서 있는데 주교의 비서가 나타나 그를 안내했다. 비서는 프랜시스를 안내하여 대리석 계단을 올라가서는 손가락으로 검은 마호가니 문을 가리켰다. 프랜시스는 방문을 노크하고는 안으로 들어갔다.

주교는 책상 앞에 앉아 있었다. 일을 하는 것은 아니고, 팔꿈치를 가죽의자의 팔걸이에 댄 채로 손으로 턱을 괴고는 쉬고 있었다. 커다란 창의 벨벳 커튼을 지나 엇비슷하게 들어온 희미한 빛살이 그가 입은 보라색 비레타 모(帽)의 색깔을 더욱 풍부하게 연출해 내고 있었다. 그러나 그의 얼굴은 그림자에 가려 있었다.

프랜시스는 상대방의 유유자적하는 모습에 기가 꺾여 무심결에 걸음을 멈추고, 이분이 과연 홀리웰과 산모랄레스에서 그렇게 가깝게 느끼던 분일까, 하고 자신에게 물어 보았다. 벽난로 위에 놓인 상감(象嵌) 시계의 초침 소리만 들렸을 뿐 방 안은 조용했다. 얼떨결에 걸음을 멈춘 프랜시스에게 무시무시한 목소리가 말했다.

"어서 오시오, 신부님. 오늘 밤에는 또 무슨 기적이 일어났다고 보고하실 참이시오? 그것은 그렇고, 잊어버리기 전에 여쭤 놓아야겠소. 그래 댄스홀 일은 잘 되고 있소?"

프랜시스는 목구멍이 무엇으로 틀어 막힌 기분이었다. 긴장이 풀어지면서 마음이 탁 놓이는 순간이었다. 주교는 계속해서 넓은 융단 위에 얼어붙은 듯이 우뚝 선 프랜시스를 조롱했다.

"솔직히 말해서 이 늙은 눈으로 그대같이 꾀죄죄한 성직자를 보는 것도 기분 나쁜 일은 아니오. 대개의 성직자들은 벼락출세한 사업가 같이 차려입고 날 찾아오거든. 옷 꼴이 그게 뭐요? 어이구, 저 구두하며……."

그는 이 말끝에야 자리에서 일어나 프랜시스 앞으로 다가와 어깨 위에 손을 올려놓으며 말을 이었다.

"어서 와, 만나게 되어서 기분이 좋아. 어쩌다가 이렇게 말랐나? 아이고, 불쌍하게도 흠뻑 젖기까지 했군."

"오다가 비를 만났습니다, 주교님."

"뭐야? 우산도 없이 나다녀? 불가로 와. 따뜻한 걸 마시게 해줘야겠군."

주교는 프랜시스를 그 자리에 세워 놓은 채 책상 앞으로 다가가 술병과 유리잔 두 개를 들고 왔다.

"나는 아직 이 으리으리한 자리 맛을 잘 몰라. 법답게 하자면 우리가 책에서 읽은 것처럼, 초인종을 누르고 비서가 나타나면 주교들의 전용인 고급 포도주를 가져오게 해야겠지. 이건 우리 글렌리벳 위스키에 불과하나 우리 같은 스코틀랜드 치들에게는 이게 더 잘 어울려."

주교는 프랜시스에게 한 잔 가득 따라 주고는 다 마실 때까지 지켜보고 있다가 자기 몫을 마시고는 불가에 자리를 잡았다.

"내 자리가 높은 것은 사실이지만 내게 겁먹을 것은 없어. 무시무시하게 차려입고 있는 것 역시 사실이지만 이 옷 아래에 있는 것은 자네도 보았다시피 발가벗고 스틴처 강을 건너던 말라깽이 영감에서 더도 덜도 아니니까."

"알겠습니다, 주교님."

프랜시스는 낯을 붉히면서 대답했다.

"산모랄레스를 떠난 이래로 무지하게 당하면서 살아 왔을 것 같은데?"

"못난이 짓을 많이 했습니다."

"그래?"

"그렇습니다. 저는 징계의 말씀이 계시리라……, 생각하고 있었습니다. 근자에 와서 피츠제랄드 주임 신부님을 기쁘게 해 드리고 있지 못하다는 것도 잘 알고 있습니다."

"전능하신 하느님만 기쁘게 해 드리면 되는 일 아닌가?"

"아, 아닙니다. 저는 저 자신을 부끄럽게 여기고 있습니다. 저 자신에게 불만이 많습니다. 어쩔 수 없는 반골이라서 그럴 것이라 여기고 있습니다……."

"……자네가 징계에 회부된 것은, 우리의 새 성전 기부금으로 물경 오백 파운드를 쾌척한 알더만 샨드의 은공을 기리는 연회에 참석하지 않았기 때문인 것 같은데……. 이것은 자네가 알더

만이라는 사람을 별로 좋아하지 않기 때문인가? 하기야 내가 듣기로는 샨드 가의 빈민들을 구제할 때는 훌륭한 신자 같지 않다고 하더네만⋯⋯."

"그, 그것은 저도 잘 모르겠습니다. 가지 않았던 것은 제 잘못이었습니다. 반드시 참석해야 한다는 피츠제랄드 주임 신부님의 각별한 말씀도 계셨습니다만⋯⋯. 주임 신부님께서는 그 일을 퍽 중요하게 여기시는 것 같았습니다. 하지만 뜻밖의 일이 생기는 바람에⋯⋯."

"무슨 일이던가?"

"그날 오후에 다른 사람을 방문하게 되어 있었습니다⋯⋯, 말씀드리기가 참으로 송구스럽습니다만⋯⋯, 네드 바논이라고⋯⋯, 혹 기억하시는지요⋯⋯. 지금은 너무 오래 앓아서 수족이 마비되어 버리는 바람에 사람이 아주 못쓰게 되고 말았습니다. 만나고는 돌아설 시각이 되었는데 이분이 저를 붙잡고, 제발 가지 말아 달라고 애원했습니다. 저도 어쩔 수가 없었습니다⋯⋯. 몹씬 사나운 모양을 하고 죽어가는 이분이 불쌍해서 견딜 수가 없었고요⋯⋯. 이분은 이러다가 제 손을 잡은 채로 면도도 못한 턱이 젖도록 침을 흘리면서, 성부 요한, 성자 요한, 성신 요한⋯⋯, 이런 말을 하면서 잠이 들었습니다. 이분과 함께 있느라고⋯⋯."

주교는 뜸을 길게 들이다가 중얼거렸다.

"자네가 성자보다 죄인을 더 좋아하는데 주임 신부의 기분이 좋을 리가 있나."

"저는 저 자신에게 기분이 상했습니다. 잘 하려고 늘 노력은 하고 있습니다만……, 참으로 이상합니다. 저는 어릴 때는, 성직에 계시는 분들은 모두 완벽한 인간들이라는 확신을 가지고 있었는데…….”

"그런데 이제 와서 보니까 우리 성직자들 역시 참으로 인간적이더라, 이건가? 그래, 자네의 그 반골 정신이 내 마음에 드는 것은 적잖이 불경스러운 일임에 분명하네만, 지극히 단조로운 일상에 시달리는 나 같은 성직자에게는 좋은 해독제가 되는 거야 어쩔 수 없지. 프랜시스, 자네는 길 잃은 고양이야. 남들이 지루한 강론을 견디다 못해 머리를 떨어뜨리고 졸고 있을 때 살그머니 복도로 들어오는, 길 잃은 고양이 말이야. 말해 놓고 보니 나쁜 비유는 아니군. 왜냐고? 우리의 규칙에 순종하는 자들과 보조가 잘 맞지 않는데도 불구하고 자네는 교회 안에 있는, 교회 사람이니까. 자네에게 아첨하려는 것은 아니네만, 나는 우리 주교구 내에서 자네를 이해하는 유일한 성직자일 것이야. 자네는 운이 좋아. 마침 내가 자네 주교구의 주교니까."

"그것은 저도 알고 있습니다, 주교님."

"내가 보는 한, 자네는 실패한 성직자가 아니라 대단한 성공을 거두고 있는 성직자야. 그러니까 조금 더 기를 펴고 다녀도 좋을 것이야. 그래서 나는 위험을 무릅쓰고 자네 기를 좀 돋우어 주려고 해. 자네는 철저한 데가 있는 데다 다정다감한 사람이야. 사고와 의혹이 어떻게 다른지도 아는 사람이고. 자네는, 신자들이 받아 들고 다니기 좋도록 모든 것을 조그만 꾸러미로 포장해 주는 이른바 교회의 잡화상은 아니야. 자네의 장점은 이것이야……. 신앙에서 나온 확신도 아닌, 교회의 교리에다 등을 대고 교만이나 떠는 그런 사람이 아니라는 것이야."

침묵이 흘렀다. 프랜시스는 노인 앞에서 자기 마음이 녹아내리고 있다는 느낌을 받았다. 그래서 고개를 숙이고 가만히 있었다. 노인의 말은 계속되었다.

"물론 우리가 손을 쓰지 않으면 자네는 다칠 것이야. 그렇다고 해서 우리가 곤봉을 들고 설치게 된다면 자네를 비롯해서 다른 많은 사람들이 다치겠지. 그래, 나는 아네. 자네가 그런 것을 두려워하지 않는다는 걸. 하지만 나는 두려워. 사자 무리에게 던져주기에는 자네가 너무 아까워. 내가 자네에게 한 가지 제안을 하려 하는 까닭이 여기에 있어."

프랜시스는 재빨리 고개를 들고, 주교의 인자하면서도 지혜로워 보이는 시선을 만났다. 주교는 웃었다.

"나는 자네에게, 나를 위하여 일 하나를 해 달라고 부탁할 참이야. 이런 부탁을 안 할 참이었다면, 나는 자네를 하늘이 내게 내린 친구라고는 생각하지 않았을 거야."

"무슨 일이든지……."

침묵이 오래 흘렀다. 주교의 표정이 굳어졌다. 정으로 다듬은 얼굴 같았다.

"부탁하기에는 너무 어마어마한 일이야……, 자네에게는 참으로 엄청난 변화를 요구하는 일이니까……. 지나치다 싶으면……, 반드시 내게 그렇다고 말해주어야 하네. 그러나 나는 이게 자네에게 잘 어울리는 생활이라고 생각해……."

또 긴 침묵이 흘렀다.

"우리 외방전교회는 마침내 중국에다 교구를 하나 만들고 교구 신부를 한 사람 파송하기로 결정을 보았네. 수속이 모두 끝나고, 자네 쪽의 마음이 정해진다면 우리 주교구 최초의 선교사로 거기에 갈 생각이 있나? 물론 엄청난 모험은 각오해야 할 것이야."

프랜시스는 놀라도 이만저만 놀란 것이 아니어서 한동안 아무 말도 못하고 멍한 얼굴을 하고 앉아 있었다. 사방의 벽이 다 쏟아져 내리는 것 같았다. 하도 뜻밖의 주문이고 하도 놀라운 제안이어서 그는 숨도 제대로 못 쉴 지경이었다. 정든 집을 버리고, 친구들을 버리고 미지의 땅으로 간다……. 프랜시스는 그런 경우를 생각할 수 없었다. 그러나 그는 천천히 자신의 온 존재에 차오르는 이상한 힘을 느낄 수 있었다. 그래서 그는 주저하면서 대답했다.

"네……, 가겠습니다."

'녹슨 맥'은 몸을 기울이고 손을 내밀어 프랜시스의 손을 잡았다. 그는 눈물에 젖은, 그러나 결의에 찬 눈으로 프랜시스를 쏘아보면서 말했다.

"가겠다고 할 줄 알았다. 내가 사람을 잘못 보았을 리 없지……. 하지만 한 가지 경고해 두겠다. 거기에 가면 연어 낚시 같은 것은 할 수 없을 테니까 명심하도록."

제4부

중국에서

1

1902년 초, 한쪽으로 기우뚱하게 기운 한 척의 정크 선船이 톈진天津에서 내륙으로 4천여 리 떨어진 체코우 지역, 황하黃河의 누런 물길을 거슬러 올라오고 있었다. 이 배에는 발에는 천으로 만든 덧신을 신고 머리에는 다 찌그러진 토우피 모자를 쓴, 겉모습이 이상한 중키의 가톨릭 신부가 한 사람 타고 있었다. 이름이 프랜시스 치점인 이 신부는 두 발로 고물 난간을 버티고 앉은 채, 읽고 있던 중국어 성무 일과서를 잠시 덮었다. 반음계 악보만큼이나 높낮이가 다양한 중국어 음절 음절에 그의 후두는 지칠 대로 지쳐 있었다. 프랜시스 치점 신부는 눈을 들어 갈색과 황토색뿐인 풍경을 둘러보았다. 너비가 1미터도 채 안 되는, 토굴 같은 중갑판 선실에서 열흘간이나 시달릴 대로 시달린 그는 시원한 바람이나 좀 쐴까 해서 동료 선객들의 짐짝이 너절하게 널려 있는 갑판으로 나왔던 터였다. 갑판에는 농장의 노동자들, 센샹潘陽에서 오는 바구니 장수와 갓쟁이들, 마적들, 어부들, 파이탄柏塘에서 오는 군인들과 상인들이 이리저리 얼려 있었다. 담배를 피우는 사람, 잡담을 나누는 사람도 있었고, 오리 상자와 돼지 새끼 바구니, 염소 망태기 사이에서 먹을 것을 끓이는 사람도 있었다. 염소 망태기 안에는 염소 새끼가 한 마리뿐이었는데도 이 염소 새끼 한 마리가 여간 시끄럽게 구는 게 아니었다.

까탈스럽게 굴지 않겠다고 몇 번이고 다짐했는데도 불구하고, 이 기나긴 여로 막판의, 그러나 도저히 끝날 것 같지 않은 뱃길의 지겨운 풍경과 냄새와 소리가 프랜시스를 정말 견딜 수 없게 했다. 프랜시스는 그래도 그날 저녁에는, 별 연착 않고 마침내 파이탄에 도착할 것이라는 사실을 두고 하느님과 성 안드레(스코틀랜드의 수호 성인인 그리스도 12사도 중 한 분)께 감사를 드렸다.

그는 자신이 조국과 그토록 멀리 떨어진 새로운 환상의 땅에 와 있다는 게 도무지 믿어지지 않았다. 그는, 자기가 알아 왔던 땅, 알려고 했던 땅에서 그토록 멀고 아득한 땅으로 오게 되리라고는 꿈에도 생각해 본 적이 없던 터였다. 그는 자신의 인생이 갑자기 흉측하게 일그러져 그 원래의 모양을 잃고 말았다는 느낌에 시달렸다. 한숨이 나오는 것을 어쩔 수 없었다. 다른 사람들이 아무 일도 없는 것처럼 평온무사하게 살고 있을 동안 자신은 현실에 적응하지 못하는, 작고 비뚤어진 인간이 되어 버렸다는 기분은 그리 좋은 것은 못 되었다.

집안사람들과 작별하는 일이 그에게는 참으로 어려운 일 중의 하나였다. 다행히도 프랜시스가 떠나올 즈음은, 네드 바논이 세상을 떠난 지 석 달째 될 때였다. 네드 바논의 죽음은 그 말년이 특히 비참했던 것에 견주면 불행 중 다행이라고 할만 했다. 하지만 폴리 아주머니와의 작별은……, 프랜시스는 폴리 아주머니와 다시 만날 수 있게 되기를 기도했다. 또 하나 그나마 다행이었던 것은, 프랜시스가 떠나기에 앞서 주디가 타이니캐슬 시의회의 속기사로 취직한 것이었다. 잘만 하면 경제적인 안정과 진급을 보장받을 수 있는 좋은 직장이어서 프랜시스는 주디에 관한 한 마음을 쓰지 않아도 좋았다.

마음을 다져 먹으려는 뜻에서 프랜시스는 안주머니에서 이번 선임을 준비하면서 마지막으로 빛있던 편지를 꺼냈다. 당시는 성 도미니크의 성직을 그만두고 외방전교회 일만 맡아보고 있던 안셀름 밀리 신부에게서 왔던 편지였다.

당시 프랜시스는 12개월 간 중국어 연수원에 있었기 때문에 주소지가 리버풀 대학교로 되어 있는 이 편지의 내용은 다음과 같았다.

내 친구 프랜시스
좋은 소식을 전하게 되어서 정말 반갑네. 외방전교회 본부는 지난 12월, 체코우 지역 교구에 속하는 파이탄(자네도 곧 알게 될 것이네만)에 선교사를 파송하겠다고 제의한 바 있네만, 우리는 방금 교황청 포교성성^{布敎聖省}으로부터 우리의 파송 제의를 정식으로 수락한다는 통보를 받았네. 오늘 밤 타이니캐슬에서 열린 우리 외방전교회 회의는 자네를 더 이상 지체시킬 아무런 이유도 없다는 결론을 내렸네. 마침내, 마침내 말이네, 나는 자네의 이 영광스러운 동방 전교의 성공을 위하여 기도할 수가 있게 된 것이네.

내가 아는 한 파이탄은 내륙에 위치해 있기는 하지만 물이 좋은 강변의, 대바구니 가공으로 유명한 도시이자, 곡류, 육류, 가금류 그리고 열대 과일의 집산지이기도 하다네. 그러나 가장 중요하고 가장 은혜로운 것은, 이곳이 비교적 벽지인데다 지난 12개월 간은 불행히도 사제가 없었음에도 불구하고 선교 사업이 매우 활발하게 진행되고 있는 곳이라는 점일세. 사진이 없어 자네에게 보낼 수 없는 게 유감이네만, 교회 환경, 말하자면 교회, 사제관 및 경내가 만족할 만한 수준에 있다는 것만은 확언할 수 있네(이 '경내'라는 말을 하고 보니 어린 시절이 문득 그리워지네. 우리 어릴 때 성당 경내에서 인디언 놀이 하면서 뛰놀던 생각나나? 사적인 것을 피력한 것을 용서하게).

하지만 '라 끄렘 들 라 끄렘'(꽃 중의 꽃)은 역시 우리의 통계 자료가 입증하고 있는 바와 같네. 이 문제에 관한 한, 1년 전에 샌프란시스코로 돌아간 자네의 전임자 로울러 신부의 연례 보고서를 동봉하니 참고하기 바라네. 자네가 이를 검토하면 바로 알 것 같아서 내 쪽에서 분석하는 것은 삼가기로 하겠네. 하지만 이 수치만은 강조해 두고 싶네. 파이탄 선교관은 설립된 지 불과 3년밖에 안 되는데도 성체 배령자는 4백, 영세 받은 사람 수는 1천을 넘으며 이 가운데 신심이 별로 없는 신자는 3분의 1밖에 안 된다고 하니, 프랜시스, 감사한 일이 아닌가? 이거야말로 이교 신전의 종소리가 들리는 이 이교도들의 땅 가운데서, 하느님의 은혜가 믿지 않는 자들에게 고루 미치고 있음을 실증하는 좋은 본보기가 아니고 무엇이겠는가?

친구여, 나는 이렇듯 은혜로운 선교관이 그대 차지가 된 것을 함께 기뻐하는 바일세. 나는 자네의 수고에 힘입어 하느님 곳간에 들어갈 수확이 한층 늘어날 것임을 믿어 의심치 않네. 하여튼 자네의 제1보^{報}가 기다려지네. 나는 자네가 마침내 자네를 필요로 하는 땅에 이르렀다고 생각하는 동시에, 과거 자네의 짐이 되었던 다소 기발한 언행과 성벽이 더 이상 자네 일상의 삶에 장애가 되지 않을 것으로 확신하네. 프랜시스, 겸손은 하느님을 따르는 성인들의 살아 있는 피라네. 자네를 위하여 밤마다 기도하네.

나중에 또 씀세. 참, 차림을 조심하게. 좋은 옷감으로 만든 아주 튼튼한 법의를 준비하게, 속바지는 짧은 것으로 준비하되 허리띠도 몇 개 마련하라고 충고하고 싶네. 도착하는 대로 한슨 부자^{父子}를 찾게. 성당 오르간 연주자와는 사촌간인데, 참 믿음이 좋은 사람들이네.

자네가 상상하는 것보다 훨씬 빨리 자네를 만나게 될 것 같네. 내가 맡은 새 직책은 나를 지구 한 바퀴쯤 돌릴 모양이네. 파이탄 선교관 경내의 시원한 그늘에서 우리가 만난다면 근사하지 않겠는가?

예수 그리스도께 몸 바친 형제로서 다시 한 번 내 충심과 소원을 얹어 축하를 보내네.

타이니캐슬 주교구

외방전교회 총무

안셀름 밀리

해질녘이 되자 배 안이 몹시 소란스러워졌다. 프랜시스는 이로써 배가 곧 항구에 들어갈 것임을 짐작했다. 배가 커다란 원을 그리며 삼판선^{三板船}이 몰려 들어와 있는 항만의 지저분한 물길을 거슬러 올라갈 즈음 프랜시스는 눈을 들어 산 아래로 나지막하게 자리 잡은 마을을 둘러보았다. 거기에서 들려오는 소리나, 거기에서 새어 나오는 노란 불빛을 보아 흡사 벌집 같았다. 마을 앞은 뗏목 같은 잡동사니 유목^{流木}이 떠 있는 갈대 우거진 뻘밭이었고, 뒤는 흐릿하게 보이는 주홍빛 산이었다.

프랜시스는 선교관에서 작은 배라도 한 척 마중 나와 있으리라고 생각했다. 그러나 개인 소유의 거룻배는 챠 씨의 거룻배뿐이었다. 파이탄 굴지의 상인이자 부호인 챠 씨가 처음으로 거룻배 안에서 비단 옷차림을 한 그 차분한 모습을 드러내었다.

챠 씨는 서른다섯 안팎인 사내인데도 점잔을 빼고 있어서 그런지 실제 이상으로 나이가 들어 보였다. 그의 피부는 황금빛이었고 머리카락은 어찌나 검은지 물에 젖어 있는 것 같았다. 주위에서 뱃사람들이 뭐라고 떠들어 대고 있는데도 그는 오불관언^{吾不關焉} 느긋한 자세로 서 있었다. 이 챠 씨는 프랜시스 쪽으로 눈 한번 돌리지 않았는데도 불구하고 프랜시스는 자신의 일거수일투족이 관찰당하고 있음을 확신했다.

배 안의 사무장의 하선 수속이 시원치 않아 이 새 선교사는 항만에 닿고도 한참 뒤에야 그 큰 양철 트렁크를 들고 배에서 내릴 수 있었다. 프랜시스는 비단을 대어 만든 커다란 우산을 짚으며 삼판으로 내려섰다. 비단 우산은, 맥냅 주교가 작별 선물로 프랜시스에게 떠맡기듯이 준 물건이었다.

삼판에 탄 채 강둑을 접근해 가던 프랜시스 치점 신부는 강둑 계단 위에 서 있는 수많은 사람들을 보고는 적잖게 흥분했다. 아, 저렇게 많은 신자들이 마중 나와 주었구나! 그렇다면 이 기나긴 여행의 마무리가 아닌 게 아니라 괜찮지 않은가! 프랜시스의 가슴은 힘차게 뛰기 시작했다. 그러나 삼판에서 내리고 나서야 그는 자기가 잘못 알았음을 깨달았다. 그를 마중 나온 사람은 아무도 없었다. 그는 호기심이 가득 담긴 눈으로 자기를 노려보는 수많은 사람들 사이를 지나가지 않으면 안 되었다.

그러나 계단 앞에 이르러 그는 걸음을 멈추었다. 환하게 웃으면서 밝은 색채로 그려진 '성가족^{聖家族}' 그림을 신표인 양 들고 앞을 가로막는 사람이 있었기 때문이다. 파란 비단 옷을 입은 중국인 사내와 여자였다. 프랜시스가 걸음을 멈추자 이 두 사람은 더욱 다정하게 웃으면서 다가와 절을 하고는 열심을 다하여 성호를 그었다.

서로간의 자기소개가 시작되었다. 자기를 소개하는 중국말은 프랜시스가 생각했던 것만큼은 어렵지 않았다. 먼저 프랜시스가 다정하게 물었다.

"누구시지요?"

"신부님, 저희들은 왕^F 호산나와 왕 필로메나라고 합니다. 신부님을 도와드릴 전교회장^{傳敎會長}들입니다."

"선교관에서 나오셨습니까?"

"그렇습니다, 신부님. 로울러 신부님께서는 아름다운 선교관을 세우셨습니다."

"나를 선교관으로 안내해 주겠소?"

"그럼요. 어서 가시지요. 하지만 먼저 초라한 저희 처소에서 쉬어가 주신다면 영광이겠습니다."

"고맙소. 하지만 나는 먼저 선교관에 가고 싶소."

"지당하신 말씀이십니다. 선교관으로 안내하겠습니다. 저희들이 신부님을 모셔갈 가마와 가마꾼들을 준비해 두었습니다."

"친절은 고맙소만, 나는 걸어가겠소."

웃음기가 다소 엷어지기는 했어도 호산나는 여전히 웃으면서 필로메나 쪽으로 고개를 돌려 빠른 중국말로 이야기를 나누었다. 입씨름을 벌이는 것 같았다. 호산나는 그런 뒤에야 대기시켜 두었던 가마와 가마꾼들을 돌려보냈다. 남은 것은 쿨리^{苦力}(하급 노동자) 둘뿐이었다. 이들 중 하나는 트렁크를 둘러메었고 다른 하나는 신부의 우산을 받았다. 일행은 선교관 쪽으로 걷기 시작했다.

거리는 지저분하기 짝이 없었으나, 정크에서 오래 다리를 오그리고 있던 프랜시스에게는 그래도 그런 거리를 걷는 편이 훨씬 좋았다. 문득 뜨거운 것이 그의 혈관 속을 흐르는 기분이었다. 낯선 사람들 사이를 지나면서 인간애의 충동을 진하게 느낀 것이었다. 그는 마침내, 얻어야 할 인심과 구원해야 할 영혼의 소유자들 속으로 들어왔음을 절감했다. 그가 이런 생각을 하며 걷고 있는데 왕 호산나가 다시 말을 걸었다.

"그물시장 거리에는 신부님께서 묵으실 만한 데가 있습니다……. 한 달에 오 테일(중국의 구식 은화를 서구인이 이르던 호칭)이면 됩니다만……. 오늘 밤이라도 거기에서 묵으시는 것이……."

프랜시스는 가볍게 놀란 얼굴을 하고는 고개를 가로저었다.

"안 돼요, 호산나. 선교관으로 곧장 가요."

왕 부부는 아무 말도 하지 않았다. 필로메나가 마른기침을 했다. 프랜시스는 그제야 왕 호산나와 왕 필로메나가 그 자리에 서서 꼼짝도 하지 않고 있다는 걸 알았다. 호산나가 웃으면서 정중하게 말했다.

"신부님, 여기가 바로 선교관입니다."

프랜시스는 처음에는 그 말이 무슨 뜻인지 알아듣지 못했다.

프랜시스의 눈잎에 보이는 깅둑에는 비에 씻기고 햇빛에 갈라 터진 땅뙈기가 있었다. 주위에는 고령토 벽돌이 아무렇게나 흩어져 있었다. 그 땅뙈기 한쪽에, 담이 더러는 무너져 버리고 없고, 더러는 허물어져 가고 있는 교회의 잔해가 서 있었다. 지붕은 날아가 버리고 없었다. 이 교회의 잔해 옆에는 한때는 집이었음직한, 벽돌 무더기가 있었다. 주위는 온통 털이 부얼부얼한 잡초 밭이었다. 이런 폐허 가운데 그나마 지붕 같은 게 남은 초라한 움막 같은 게 하나 있었다. 외양간이었다.

한동안 망연자실 서 있던 프랜시스는 천천히 고개를 돌려 왕 부부를 바라보았다. 왕 부부는 샴쌍둥이 같은 모양을 하고 딱 붙어선 채 꼼짝도 하지 않고 프랜시스를 바라보고 있었다. 프랜시스가 물었다.

"왜 이 지경이 되었소?"

"신부님, 전에는 아름다운 선교관이었습니다. 돈도 많이 들었습니다. 이 건물을 짓느라고 저희들은 있는 돈 없는 돈 다 끌어다 대었습니다. 하지만 로울러 신부님께서 이 건물을 너무 강가에 바싹 붙여 지으셨던 것입니다. 사악한 악마는 나쁜 비를 너무 내리게 했고요……"

"신자들은 어디로 갔나요?"

"하늘나라의 주님을 믿지 않는 아주 나쁜 놈들이랍니다."

왕 호산나는 왕 필로메나의 도움을 받아가며, 손짓발짓해가면서 빠른 말투로 지껄이기 시작했다.

"신부님께서는 이 교구에서 전교회의 역할이 얼마나 큰 것인가를 이해하셔야 합니다. 아! 로울러 신부님께서 떠나신 뒤로 저희들은 한 달에 십 오 테일씩의 수당도 아직 지급받지 못했습니다. 그래서 이곳의 사악한 신자들을 붙잡아 둘 수 없었습니다."

프랜시스 치점 신부는 충격과 절망을 이기지 못해 그만 이들에게서 시선을 돌리고 말았다. 이것이 그의 선교관이었다. 신자는 왕 부부 둘뿐이었다. 주머니에 들어 있는 안셀름 밀리의 편지를 생각하면서 치점 신부는 끓어오르는 격정을 가눌 수 없었다. 그는 생각에 잠긴 채로 우뚝 서서 주먹을 쥐었다.

왕 부부는 여전히 떠들어대면서 치점 신부에게 읍내로 돌아가야 한다고 우겨대고 있었다. 치점 신부는 성가신 이들을 쫓아 보냈다. 혼자 있는 편이 그래도 나을 것 같아서였다. 실제로도 그랬다.

마음을 다잡아먹은 그는 짐을 외양간 안으로 옮겼다. 그리스도께서도 한때는 외양간에 계시지 않았던가! 그는 외양간 안을 둘러보았다. 흙바닥에는 그래도 짚이 좀 깔려 있었다. 먹을 것, 마실 것은 없어도 이로써 잠자리 마련은 된 셈이었다. 그는 짐꾸러미 속에서 담요를 꺼내어 잠자리를 만들었다. 그때 문득 바라 소리 비슷한 소리가 들려왔다. 그는 외양간 밖으로 나가 보았다. 다 무너진 담장 밖, 선교관 터가 끝나고 언덕의 사면이 시작되는 지점에, 누런 장삼 차림에 다리에는 긴 각반을 찬 늙은 중 하나가 저녁노을을 등지고 서서 닳고 닳은 솜씨로 금속 소패小牌를 치고 있었다. 두 성직자(한 사람은 부처를, 또 한 사람은 그리스도를 섬기는)는 한동안 아무 말 없이 서로를 바라보며 서 있었다. 그러다 늙은 중 쪽이 먼저 무표정한 얼굴을 돌리고는 재빠른 걸음으로 그곳에서 사라졌다.

어둠은 순식간에 찾아왔다. 프랜시스 치점 신부는 폐허가 된 선교관 터의 움 속에 무릎을 꿇고 별이 무수히 박힌 하늘을 올려다보았다. 올려다보면서 생각했다. 아, 하느님, 하느님께서는 저에게, 아무것도 없는 곳에서 시작하라고 하십니다. 하느님께서는 허영심이 많은 저에게, 오만한 저에게 이런 벌을 내리셨습니다……. 좋습니다. 일하겠습니다, 하느님을 위해서 싸우겠습니다. 포기하지 않겠습니다……. 절대로……, 절대로 포기하지 않겠습니다.

외양간 안으로 들어와 지친 몸을 쉬고 있는데 모기와 날벌레

나는 소리가 어둠을 갈랐다. 프랜시스는 어둠 속에서 빙그레 웃었다. 문득 자기 자신은 잘난 사람이 아니라 참으로 바보 같은 사람이라는 생각이 들었기 때문이다. 테레사 성녀는 인생을 호텔에서의 하룻밤에 견주었다지만, 외방전교회가 프랜시스 치점 신부를 보낸 곳은 호텔이 아니었다.

아침이 밝았다. 자리에서 일어난 프랜시스 치점 신부는 상자에서 성찬배(聖餐杯)를 꺼내고 트렁크를 제단삼아 외양간 바닥에 무릎을 꿇고 미사를 드렸다. 다시 힘이 솟는 것 같았다. 왕 호산나가 다시 찾아왔다. 프랜시스는 그런 기분으로 호산나를 맞을 수 있었다.

"신부님, 저를 부르셔서 미사 시중을 들게 하라고 하시지 그러셨습니까? 저희 수당에는 그런 시중 삯도 포함되어 있는데요. 이제 어떻습니까? 그물시장 거리에 나가 방을 알아보는 것이?"

프랜시스는 잠깐 생각해 보았다. 상황이 호전될 때까지 외양간에 머물기로 굳게 결심한 바 있지만, 직무를 수행하기 위해서는 사람을 접할 곳을 물색해야 하지 않겠느냐는 의견에도 일리는 있어 보였다. 그래서 호산나에게 그러자고 했다.

거리에는 이미 사람들로 북적거리고 있었다. 개들은 사람들의 가랑이 사이를 지나다녔고 돼지 새끼들은 텃밭의 배추 뿌리를 뒤지고 있었다. 아이들이 뭐라고 떠들어대면서 프랜시스 일행의 뒤를 졸졸 따라다녔다. 거지들은 더러운 손을 벌리고 빽빽 소리를 질러대고 있었다. 초롱 시장 거리로 들어서자 초롱을 진열하던 노인이 이 서양귀신의 발밑에다 침을 탁 뱉었다. 아문(衙門) 앞에는 떠돌이 이발사가 긴 가위를 절겅거리고 있었다. 도처에 거렁뱅이, 절름발이가 있었다. 긴 대지팡이로 땅을 두드리고, 호각을 불면서 지나가는 곰보 장님도 있었다.

왕이 얻어 준 방은 이층 방이었다. 칸막이 구실을 하는 것이라고는 대나무를 얼기설기 얽고 그 위에 종이를 바른 벽이 전부였지만 프랜시스가 마음에 두고 있는 일을 하기에는 별로 부족할 것이 없는 방이었다. 프랜시스는 얼마 안 되는 돈을 헐어 주인 홍洪 씨에게 한 달 방세를 지불하고는 상자 속에서 십자가와 제대보를 꺼냈다. 제의도 없고 제구도 변변치 못한 게 마음에 걸렸다. '번창 일로에 있는 선교관'만 믿고 제구 준비를 해 오지 않은 게 불찰이었다. 그러나 이로써도, 초라하나마 구색은 갖춘 셈이라고 그는 생각했다.

왕 호산나는 프랜시스에 앞서 아래층으로 내려갔다. 뒤따라 내려가던 프랜시스는 주인 홍 씨가 허리를 굽신거리며 왕 호산나의 손에 은진 두 닢을 얹어주는 것을 보았다. 도울러 신부가 이들에게 더러운 버릇을 들여놓았다는 사실을 모를 리 없는 프랜시스도 이 꼴을 보고는 얼굴을 붉혔다. 밖으로 나온 프랜시스는 조용히 왕 호산나에게 말했다.

"호산나, 미안하지만 나는 당신에게 한 달에 십 오 테일의 수당을 지불할 수 없겠어요."

"로울러 신부님께서는 주셨습니다. 그런데 왜 신부님께서는 주실 수 없다는 것이지요?"

"호산나, 나는 가난하니까. 나는 우리 주님만큼이나 가난하답니다."

"그럼 신부님께서는 얼마나 주시겠습니까?"

"호산나, 한 푼도 줄 수 없어요. 나 역시 한 푼도 못 받는걸요. 우리에게 급료를 지불하시는 분은 하늘에 계신 주님이시랍니다."

왕 호산나의 웃음은 더 이상 부드럽지 않았다.

"신부님, 그렇다면 호산나와 필로메나는 저희 부부를 대접해 주는 곳으로 가야겠군요. 센샹의 메더디스트(감리교) 교회에서는 전도사를 대접해서 한 달에 십 육 테일이나 준답니다. 하지만 신부님께서는 곧 마음을 달리 잡수실 것입니다. 파이탄 사람들은 여간 배타심이 강한 사람들이 아니니까요. 이곳 사람들은 선교사들이 침입해 들어와 이곳의 미풍양속을 해치고 있다고 여긴답니다."

그는 프랜시스의 대답을 기다리고 있었지만 프랜시스는 아무 말도 하지 않았다. 한동안 침묵이 두 사람 사이를 감돌았다. 대답을 기다리던 왕은 정중하게 고개를 숙여 보이고는 그 자리를 떠나 버렸다.

사라지는 왕의 뒷모습을 바라보면서 프랜시스는 오한을 느꼈다. 싹싹하게 굴던 친구인 왕마저 돌아서게 한 것이, 잘한 일일까? 그러나 해답은 간단했다. 왕은 그의 친구가 아니었다. 그는 기독교도들의 돈 때문에 기독교를 믿는 기회주의자에 지나지 않았다. 이로써 그 지역 사회와의 마지막 연줄도 끊긴 셈이었다……. 문득, 혼자 남게 되었다는, 새삼스러운 소외감이 그를 견딜 수 없게 했다.

날이 감에 따라 프랜시스는 소외감과 외로움에 시달리면서 깊은 무력감의 수렁으로 빠져 들어갔다. 전임자인 로울러 신부는 모래 위에다 누각을 세워 놓았던 것이다. 무능하고 순진한 로울러 신부는 막대한 자금력을 동원하여 동분서주, 사람들에게 돈을 주고는 영세를 받게 하고, 이렇게 해서 얻은 '돈에 팔린 기독교도들' 이름을 긴긴 보고서에다 올림으로써 이들에게 사기당하는 줄도 모르고 순진하게도 엉터리 승리감에 취해 있었던 것이다. 로울러 신부는 이로써, 땅거죽도 긁어보지 못한 채로, 가을걷이라도 한 양 의기양양하게 돌아간 것이었다. 그의 선교 사업 때문에, 파이탄 사람들(특히 읍내의 유식한 사람들)은 바보 같은 외국인 선교사들을 마음 놓고 조롱할 수 있게 되었을 뿐이었다.

프랜시스에게는 얼마 안 되는 생활비와 떠나올 때 폴리 아주머니가 억지로 찔러 넣어 준 5파운드짜리 지폐 한 장이 있을 뿐, 여분의 돈이 전혀 없었다. 조직된 지 얼마 안 되는 외방전교회에 지인을 요청해 봐야 아무 소용이 없다는 것도 그는 떠나올 때부터 알고 있었다. 그러나 로울러 신부의 방식에 구역질을 느끼고 있는 그에게 가난은 오히려 고마울 지경이었다. 그는 어떤 일이 있어도 물질로 신자를 모으지는 않겠노라고 굳게 결심했다. 그는 하느님의 도우심과 자기의 두 손으로 모든 것을 이루어 내겠다고 굳게 결심했다.

그러나 며칠이 지났는데도 그가 이루어 놓은 것은 아무것도 없었다. 임시변통으로 얻은 셋방 성당 앞에다 성당이라는 현판을 걸어도 달라지는 것은 아무것도 없었다. 그의 미사에는 개미

새끼 한 마리 얼씬하지 않았다. 왕 호산나는 그즈음 이미 프랜시스 치점 신부는 빈털터리, 말장난밖에는 아무것도 가진 것이 없는 자라는 소문을 퍼뜨리고 다녔다.

그는 아문 앞에다 옥외 집회를 시도해 보았다. 그러나 사람들로부터 조소만 당했을 뿐이었다. 사람들은 그를 조소하는 데 만족하지 않고 무시하기까지 했다. 중국인 세탁부가 리버풀 거리에서 엉터리 영어로 공자의 도를 설교했어도 그의 옥외 집회보다는 구경꾼이 많았을 터였다. 그는 자기 내부의 악마와도 싸워야 했고, 자신의 무능을 탓하는 내부로부터의 속삭임과도 싸워야 했다.

그는 기도했다. 필사적으로 기도에 매달렸다. 그는 기도의 효능을 믿었다.

"하느님, 하느님께서는 지난날에 저를 도와주시었습니다. 그러니 지금 이 순간에도 간절히 기도하오니, 저를 도와주시옵소서."

때로는 걷잡을 수 없는 분노로 몸을 떠는 경우도 있었다. 그는 번지르르한 말로 자신을 절망의 구렁텅이로 내몬 외방전교회 사람들을 원망했다. 파이탄 선교 사업은 하느님 자신에게도 불가능한 일로 비쳤다. 그는 그런 일에 뛰어든 자신의 무지와 만용을 자탄했다. 그는 일체의 교통이 두절된 오지에서 파이탄 사람들과 싸우지 않으면 안 되었다. 가장 가깝다는 티보도 신부의 센샹 교구만 해도 1천 5백 리나 떨어져 있는 파이탄에서……. 1천 5백 리는 쉽게 오갈 수 있는 거리가 아니었다.

게다가 왕 부부가 선동까지 해대는 통에 프랜시스에 대한 주민들의 적의는 날이 갈수록 깊어만 갔다. 아이들의 놀림감이 되는 것은 차라리 약과였다. 프랜시스가 거리로 나가는 날이면 때가 꼬질꼬질 묻은 아이들이 그의 뒤를 따라다니며 욕지거리를 하고는 했다. 어쩌다 걸음을 멈출라치면 거리의 불량배들이 그의 발치에다 오줌을 누는 일도 있었다. 어느 날 밤 외양간으로 돌아오는 길에 어둠 속에서 날아온 돌에 이마를 맞은 일도 있었다. 그러나 그러면 그럴수록 프랜시스의 투지는 그만큼 뜨겁게 달아올랐다. 터진 이마를 붕대로 감으면서 그는 문득 한 가지 새로운 생각을 했다. 그렇다, 사람들에게 다가가야 한다……. 다가가야 한다……. 지나치게 소박한 방법일는지도 모르지만 이 방법이 어쩌면 도움이 될지도 모른다…….

다음 날 아침 프랜시스는 얼마 남지 않은 돈으로 홍 씨의 여관 아래층 방을 하나 더 얻어 무료 진료소를 열었다. 의학에 관한 한 그는 전문가가 아니었다. 그러나 그에게는 세인트 존 병원에서 응급치료에 관한 교육을 받은 적이 있었고, 의사 탈록과 오래 교우한 터이라 그 방면에는 상당한 상식이 있었다. 그는 이 상식을 믿기로 했다.

처음에는 아무도 가까이 오려 하지 않았다. 진땀나는 하루하루가 계속되었다. 그러나 오래지 않아 사람들은 호기심에 이끌려 하나 둘씩 찾아들기 시작했다. 읍내에는 늘 병자가 들끓었으나 한의의 가료 수준은 원시적이었다. 무료 진료소를 거친 환자가 완쾌되는 사례가 하나 둘씩 생기기 시작했다. 그는 돈도 받지 않았고 믿음을 강요하지도 않았다. 그런데도 환자 수는 서서히 늘어갔다. 그는 의사 탈록에게 의약품과 치료 기구와 붕대 같은 것을 보내 달라는 편지를 쓰고는 폴리 아주머니로부터 받은 5파운드를 동봉해서 보냈다. 교회는 텅텅 비어 있는데도 진료소는 날이 갈수록 사람들로 붐볐다. 밤이면 그는 미친 사람처럼 선교관의 폐허를 거닐면서 생각에 잠기고는 했다. 선교관을 그 폐허에다 다시 세울 수는 없는 일이었다. 입지 조건이 그만큼 나쁜 땅이었기 때문이다. 이따금씩 그는 탐욕스러운 눈길로 삼나무 숲 옆에 위치한 완만한 사면으로 이루어진 '녹옥緣玉의 언덕'을 바라보고는 했다. 하느님께 바치는 하느님의 집을 짓기에는 참으로 이상적인 곳이었다. 땅의 임자는 파오寶라고 하는 그 지역 유지, 호상豪商과 관리와 통혼通婚으로 이루어진, 그 지역 일을 좌지우지하는 명문거족 중의 한 사람이었다. 그는 지역 사회에 얼굴을 내미는 일이 드물었다. 매일 오후가 되면 파오 씨의 재산을 관리하는 그의 종제從弟가 나와 삼나무 숲에 있는 점토 채취장 인부들의 일을 감독하거나 임금을 주고 갈 뿐이었다. 파오 씨의 종제는 키가 큰 40대의 점잖은 관리였다.

 몇 주일 동안 고독과 온갖 박해에 시달릴 대로 시달린 뒤라 프랜시스는 제정신이 아니었던 모양이다. 그럴 수밖에 없었다. 그는, 자기에게는 아무것도 없으며 따라서 자기는 아무것도 아닌 인간이라는 생각에 사로잡혀 있던 참이었다. 이런 심경으로 하루하루를 보내던 어느 날 프랜시스는 아무 생각도 없이 불쑥 가마를 타려고 길을 건너오는 파오 씨의 종제를, 그 점잖은 관리를 불러 세웠다. 프랜시스는 이런 식으로 접근하는 것이 당사자에게 얼마나 무례한 일인가를 알지 못했다. 아니, 그는 도대체 자기가 무슨 짓을 저지르고 있는지 알지 못했다는 편이 옳다. 그는 오랫동안 변변히 먹지도 못하고 지내왔을 뿐만 아니라, 그날은 고열에 시달리기까지 하고 있었다. 그는 파오 씨의 종제에게 말을 걸었다.

"저는 선생께서 관리하시는 이 아름다운 땅에 늘 감탄하고 있답니다."

이 뜻밖의 말에 몹시 당황한 파오 씨의 종제는, 이마는 붕대로 동인 채 이글이글 타는 눈으로 자기를 바라보고 있는 이 작달막한 이방인을 찬찬히 뜯어보았다. 그러고는 이 이방인 신부의 형편없는 중국말에 애써 점잖게 응대하고는, 자기 자신이나, 자기 가족, 별로 많지도 못한 자기 재산에 관한 화제는 피하고 날씨라든지, 작황作況이라든지, 전 해에 마적 두목 와이츄外朱의 손에 도시를 유린당했던 쓰라린 경험에 관한 이야기 같은 것을 차례 없이 하고는, 그만 실례하겠다는 눈치를 보이면서 가마 문을 열었다. 그러나 프랜시스는 제정신을 가누지 못하면서도 화제를 '녹옥의 언덕'으로 되돌리려고 애썼다. 그러자 파오 씨의 종제는 싸늘하게 웃으면서 응수했다.

"'녹옥의 언덕'을 말씀하시는 모양인데, 그건 값을 매길 수 없는 진주와 같은 땅이랍니다. 넓이만 해도 육십 무畝가(1무는 약 30평 곧 99.174m²에 해당한다_역주)가 넘고요……. 그늘 좋지요, 물 있지요, 초장草場 좋지요……. 게다가 기와나 도기나 벽돌의 원료가 되는 점토 자원이 얼마든지 있습니다. 물론 파오 씨는 이 땅을 팔 생각이 없습니다. 누군가가 은화로 일만 오천 달러를 주겠다고 하는데도 거절한 적이 있는 양반이니까요."

 엄청난 땅값에 프랜시스의 다리가 떨리기 시작했다. 어림잡아 헤아려 본 값의 열 갑절을 넘는 거액이었던 것이다. 프랜시스는 현기증을 느꼈다. 신열에 시달리던 몸이 싸늘하게 식어버린 것 같았다. 그는 헛된 꿈을 꾸고 있던 자신이 부끄러워 견딜 수 없었다. 그래서 심한 두통을 느끼면서 파오 씨의 종제에게, 친절하게 가르쳐 주어서 고맙다고 한 다음 공연한 질문을 한 것을 용서하라고 횡설수설 사죄했다.

 잔뜩 실망한 프랜시스 치점 신부의 슬픔으로 그늘진 얼굴을 보면서 깡마른 중년의 중국인 신사는 궁지에서 빠져나가고 싶었던지 모멸에 찬 시선을 던지며 말했다.

 "왜 신부님들은 우리 중국으로 오신다지요? 귀국貴國에는 이제 신부님들이 회개시킬 사악한 인간이 없어진 것인가요? 우리 중국에는 사악한 인간이 없는데, 이상한 일이 아닌가요? 우리에게는 우리의 종교가 있습니다. 우리에게는 당신네들보다 훨씬 오래 전부터 신들이 있었습니다. 지난번에 여기에 계셨던 신부님은 조그만 병에 든 물을 죽은 사람에게 뿌리면서, 어쩌고저쩌고 노래를 불러서 사람들을 기독교인으로 만듭디다. 맨살 가릴 옷감을 주고 배만 채워주면 무슨 노래라도 부를 사람들에게 입을 것을 주고 먹을 것을 주어서 기독교인으로 만듭디다. 신부님께서도 이러실 건가요?"

 프랜시스는 말없이 파오 씨의 종제를 바라보았다. 프랜시스의 야윈 얼굴은 창백했고 눈 밑이 검게 그늘져 있었다. 프랜시스가 조용히 반문했다.

"나도 그럴 거라고 생각하시는 모양이지요?"

이상한 정적이 두 사람 사이를 흘렀다. 시선을 맞추고 있다가 파오 씨의 종제가 먼저 눈길을 내리깔고는 나지막한 소리로 말했다.

"용서하십시오……. 내가 신부님을 오해했습니다. 신부님은 좋은 분이신 것 같습니다."

파오 씨의 종제는 잠시 말을 끊었다가 조금 전보다는 한결 다정한 어조로 말을 이었다.

"제 종형의 땅을 사실 수 있으면 좋을 것을, 일이 이렇게 되어 민망합니다. 내가 다른 방법으로 도와드릴 수 있었으면 합니다."

파오 씨의 종제는 사과라도 한 연후에 가고 싶다는 듯이 잠시 그 자리를 떠나지 않고 망설였다. 프랜시스는 잠깐 생각에 잠겨 있다가 무거운 목소리로 물었다.

"둘 다 솔직한 사람들인 것 같아 한 말씀 여쭙겠습니다……. 여기에 참 기독교도는 없습니까?"

"아마 없을 것입니다. 어쩌면 파이탄에서 참 기독교도를 찾는다는 것은 무리인지도 모르지요……. 그러나 광산關山 속에 있다는 한 마을 이야기를 들은 적이 있긴 합니다만……."

그는 멀리 보이는 산봉우리를 가리키면서 말을 이었다.

"……오래 전부터 기독교도들의 마을이 있다고요……. 그러나 여기에서는 아주 멉니다. 멀고 멉니다."

프랜시스는 어두운 마음속으로 한 줄기 빛이 비쳐드는 것 같은 느낌을 받았다.

"참으로 흥미 있는 말씀이군요. 그 마을에 대해, 저에게 더 가르쳐 주실 수는 없으신지요?"

"고원에 있는 아주 작은 마을이라고 들었습니다. 세상에 거의 알려져 있지 않은 마을이지요. 내 종형이 양피 거래하는 사람으로부터 들었다고 합니다만."

"종형 되시는 분께 여쭤보아 주실 수 없을는지요? 길이라도 좀 가르쳐 주시면……. 약도가 있다면 더욱 좋겠지요."

파오 씨의 종제는 잠시 생각해보고는 고개를 끄덕였다.

"그거야 가능하겠지요. 파오 씨에게 여쭤 보겠습니다. 그리고 신부님이 참 점잖으신 분이더라는 이야기도 제 종형께 조심스럽게 전하겠습니다."

파오 씨의 종제는 고개를 숙여 보이고는 가마에 올라 그곳을 떠났다.

프랜시스는 뜻밖의 말을 듣고는 희망에 벅찬 가슴을 안고 선교관 터로 돌아왔다. 선교관 터는, 프랜시스가 얼마 전에 읍내에서 담요, 물을 넣는 가죽 부대, 몇 점의 취사도구를 사다 놓은 이래로 원시적이기는 하지만 그의 거처 구실을 톡톡히 하고 있었다. 쌀로 간단한 음식을 준비하던 그의 손이 걷잡을 수 없이 떨리기 시작했다. 기독교도들의 마을이 있다니! 프랜시스는 어떻게 하든 그 마을을 찾아내겠다고 마음먹었다. 기독교도들의 마을에 관한 소식은 절망과 고난의 몇 달간 그가 처음으로 경험한 하느님의 인도, 하느님의 계시였다.

석양 무렵 홀로 앉아 생각에 잠겨 있던 그는 까마귀 떼의 울음소리를 들었다. 물가에서 썩은 고기라도 찾아낸 모양이었다. 까마귀 떼는 서로 다투고 있는 것 같았다. 프랜시스는 까마귀 떼를 쫓으려고 그쪽으로 갔다. 추악한 까마귀들은 무리지어 날아올라 그에게 대들었다. 그는 그제야 까마귀 떼가 우짖으며 다투던 것이 갓난 계집아이의 시체라는 것을 알았다.

프랜시스는 몸서리를 치면서 물가에서 다 찢긴 시체를 수습했다. 부모가 갓 낳은 자식의 목을 졸라 질식시킨 다음 물에다 던진 모양이었다. 프랜시스는 수습한 것을 비단 보자기에 싸서 선교관 터 한 구석에다 묻었다. 그런 다음에 그는 기도하면서 생각했다. 그렇다, 나는 하느님을 의심했지만 이 이상한 땅은 나를 필요로 한다……. 내게는 여기서 할 일이 있다…….

2

그로부터 2주일 뒤, 초여름의 신록이 산야를 물들일 즈음 프랜시스 치점 신부는 길 떠날 준비를 끝냈다. 그물시장 거리에 있는 거처에 '당분간 폐쇄' 한다는 팻말을 내걸고는 담요와 식량을 챙긴 배낭을 지고 우산을 지팡이 삼아 앞세우고 도보로 길을 나섰다.

파오 씨의 종제가 준 지도에는 기독교도들 마을로 가는 길이 잘 나타나 있었다. 지도의 네 귀퉁이에는 트림하는 용이 그려져 있었고 산이 아닌 경우에는 지명을 명기해야 할 터이나 그 지도에는 지명 대신 크고 작은 동물 그림이 그려져 있었다. 그러나 프랜시스 치점 신부는 파오 씨의 종제로부터 이야기를 들은 가늠도 있고, 방향 감각도 있고 해서 어렵지 않게 방향을 잡을 수 있었다. 그는 쾅산 골짜기를 향해 앞으로 나아갔다.

이틀 동안 그가 걸은 길은 유쾌한 시골길이었다. 길은 대개 파란 논길 아니면 가문비나무 숲을 지나게 되어 있었다. 가문비나무의 낙엽이 깔린 숲 속 길은 걸을 때 발이 편해서 좋았다. 쾅산 기슭의 가문비나무 숲을 지나자 만병초萬病草가 흐드러지게 핀 계곡이었다. 만병초 계곡을 지나던 날 오후에는 살구꽃이 만발한, 꿈길 같은 곳을 지나기도 했다. 살구꽃 냄새는 그의 코에 익어가는 포도주 냄새로 와 닿았다. 여기서부터는 가파른 계곡 길이었다.

비좁은 돌밭 길을 한 걸음 한 걸음 올라감에 따라 기온도 내려갔다. 밤이면 바위 밑에 웅크리고 휘파람소리 같은 바람소리와 눈 녹은 물소리를 들으며 잠을 잤다. 낮에는, 산봉우리의 매운바람이 그의 눈을 아리게 했다. 얼음같이 차가운 공기가 그의 폐에는 부담스러웠다.

닷새째 되는 날, 그는 빙하와 바위뿐인 산봉우리를 넘어 산의 반대편 사면으로 내려가는 길로 들어섰다. 산길은 눈 덮인 산봉우리 아래로 펼쳐진 넓은 고원으로 통했다. 파란 풀밭 군데군데에 쌓인 눈은 아래로 녹아내리고 있었다. 그 땅이 바로 파오 씨의 종제가 말하던 초원이었다.

거기까지는 험한 산길이기는 하나 그래도 길이 있어서 엉뚱한 곳으로는 가지 않을 수 있었다. 그러나 거기서부터는 길이 없었다. 오직 하느님의 섭리와 스코틀랜드 인 특유의 방향 감각만으로 길을 찾아야 했다. 그는 서쪽으로 방향을 잡았다. 주위의 풍물은 고향 스코틀랜드 고지와 흡사했다. 그가 다가가자 산 속에서 한가하게 풀을 뜯고 있던 산양 떼와 모습이 꼭 은자 같은 산염소 떼가 화들짝 놀라 달아났다. 그는 이들이 꼭 가젤 영양羚羊 같다고 생각했다. 넓은 늪지의 갈색 덤불 속에 둥우리를 짓고 있던 수천 마리의 들오리 떼가 날아올라 하늘을 가렸다. 식량이 떨어져 가는 참이라 프랜시스 치점 신부는 따뜻한 오리 알을 되는 대로 주워 배낭에 넣었다.

길은 없었다. 나무 한 그루 없는 평원이 계속될 뿐이었다. 그는 도저히 마을을 찾을 수 없을 것 같아 초조해하기 시작했다. 아흐레째 뇌는 날이었다. 마을 잦는 일을 포기하고 온 길을 되짚어 가야겠다고 마음먹는 참인데 그의 눈앞에 양치기의 움막 하나가 나타났다. 남쪽 사면으로 내려서고는 처음 보는 사람의 집이었다. 그는 그쪽으로 걸음을 재촉했다. 문은 진흙으로 봉해져 있었다. 사람은 물론 없었다. 절망에 사로잡힌 채 사방을 둘러보던 그의 눈에 문득 양 떼를 앞세우고 언덕을 넘어오는 소년의 모습이 보였다.

열일고여덟 살쯤 되어 보이는 양치기 소년은 몸집이 작고 제가 몰고 오는 양처럼 깡말라 있었다. 그러나 얼굴만은 밝고 힘이 있어 보였다. 소년은 어리둥절해하면서도 프랜시스 치점 신부를 보고 웃었다. 짧은 양가죽 바지를 입고 양털로 짠 망토를 걸친 소년의 목에는 원^{元}나라 시대에 만들어진 것인 듯한 조그만 청동 십자가가 걸려 있었다. 비둘기 모양이 허술하게 새겨진 이 십자가는 어찌나 오래 되었던지 종잇장처럼 얇게 닳아 있었다. 치점 신부는 말없이 소년의 얼굴과 십자가를 바라보고 있다가, 은근한 목소리로 류^劉 씨 마을이 어디쯤 있는지 아느냐고 물어 보았다. 소년이 웃으면서 대답했다.

"제가 바로 그 기독교도들 마을 사람입니다. 제 이름은 류따$^劉大$라고 합니다. 제 아버님은 마을의 사제시지요. 정확하게 말씀드리면, 여러 사제님들 중 한 분이십니다."

침묵이 흘렀다. 프랜시스 치점 신부는 소년에게 무슨 질문을 더 할까 한참을 궁리하다가 이렇게 말했다.

"나는 멀리서 온 사람, 나 역시 사제라네. 나를 자네 마을까지 안내해주면 고맙겠네."

마을은 서쪽으로 5리쯤 떨어진 곳, 고지의 봉우리들을 조금 벗어난 곳에 있었다. 30여 호 되어 보이는 마을 주위에는 돌로 쌓은 울타리에 둘러싸인 밭이 많았다. 마을 한가운데 있는 주위보다 약간 높은 둔덕 위, 은행나무 그늘 아래 있는 아담한 석조 건물이 교회인 모양이었다. 교회 옆에는 조그만 돌무덤이 하나 있었다.

치점 신부가 마을로 들어서자 온 마을 사람들이 다 나와 그를 에워쌌다. 남자, 여자, 아이들, 개들 할 것 없이 호기심에 가득한 눈초리를 하고는 그를 둘러싼 것이었다. 환영 분위기였다. 사람들 중에는 치점 신부의 소매를 끄는 사람도 있었고, 구두에 손을 대어 보는 사람, 우산을 만져 보면서 감탄하는 사람도 있었다. 류따 소년은, 그 마을 사투리로 정황을 설명했다. 말이 어찌나 빠른지 치점 신부로서는 알아들을 수가 없었다. 모인 사람은 약 60여명 되었다. 하나같이 소박하고 건강해 보였다. 치점 신부는 호감을 보이는 듯한 이 순진한 사람들의 모습을 보면서, 이들이 마을에서 한 가족처럼 지내고 있는 모양이라고 생각했다. 류따가 곧 아버지 류치劉基 씨를 모셔 왔다. 류치 씨는 키가 작고 통통한 쉰 안팎의 점잖은 사람이었다. 숱이 많지 않은 그의 수염은 이미 반백이었다.

치점 신부가 알아듣기 좋게 류치 씨는 천천히 말했다.

"신부님, 저희 마을에 오신 것을 진심으로 환영합니다. 저희 집으로 가셔서 좀 쉬시다가 미사에 참례하시지요."

류치 씨는 세련된 몸짓으로 앞장서서 교회 바로 옆의 돌 축대 위에 지은 집으로 가서는 마을에서 가장 큰 그 집의, 천장이 낮고 시원한 방으로 치점 신부를 안내했다. 방 한 구석에는 마호가니 스피네트(피아노의 전신으로 소형 하프시코드와 비슷한 악기_역주)와 포르투갈제 구형 바퀴 시계가 놓여 있었다. 내심 몹시 놀란 치점 신부는 시계를 자세히 살펴보았다. 시계의 청동 문자판에는 '1632년, 리스본'이라는 글씨가 새겨져 있었다.

더 자세히 들여다보고 있을 수가 없었다. 류치 씨가 그에게 물었다.

"신부님, 미사를 집전하시겠습니까? 아니면 제가 하오리까?"

"……네, 집전하시지요."

치점 신부는 꿈꾸는 사람의 얼굴을 하고 있다가 고개를 끄덕이며 대답했다. 치점 신부가 대답했다기보다는 치점 신부 안에 있는 또 하나의 치점 신부가 대답했다는 편이 옳다. 그는 뭐가 뭔지 알 수 없는 일종의 혼란에 빠져 있었다. 그는 입을 열어 그 신비스러운 혼란 상태를 깨뜨리는 대신 끈기 있게 두 눈으로 그 혼란의 본질을 꿰뚫어 보고 싶었다.

반 시간 뒤에는 모두 교회 안에 모였다. 교회는 작지만 르네상스 양식에다 무어 취향을 가미한 아담한 건물이었다. 안에는 아름다운 무늬를 새긴 소박한 아치 열^{列}도 셋이나 되었고 출입문과 창틀도 벽기둥 위에 올려져 있었다. 벽면에는 미완성이기는 하나 모자이크 장식이 있었다.

치점 신부는 신도석 앞 열에 앉았다. 신자들이 교회 안으로 들어서기 전에 손을 씻는 의식이 이색적이었다. 대다수가 남자들이고 여자들은 얼마 되지 않았다. 신자들은 모두 너울을 쓰고 있었다. 문득, 종추^{鐘錘} 없는 종이 울리는 소리가 들리면서 빛바랜 노란 제의를 입은 류치 씨가 두 소년의 복사^{服事}를 받으며 제단으로 들어섰다. 그는 고개를 돌려 치점 신부와 신도에게 목례를 보냈다. 곧 미사가 시작되었다.

치점 신부는 무릎을 꿇은 채 꼿꼿하게 앉아 미사를 집전하는 류치 씨를 바라보았다. 꿈을 꾸고 있는 기분이었다. 의식은 구식인데도 불구하고 참으로 감동적이었다. 기도를 중국어로 하는 것으로 보아 류치 씨는 라틴 어를 모르는 모양이었다. 통회 기도에 이어 사도 신경 음송이 있었다. 류치 씨가 강단으로 올라가 나무 받침대 위에 놓인 양피지 미사 경본(經本)을 펼쳤다. 치점 신부는 중국어로 엄숙하게 봉독되는 성경 말씀을 듣고는 감동했다. 원전을 중국어로 번역한 것이었다. 프랜시스 치점 신부는 긴장한 나머지 침을 삼켰다.

영성체가 나누어질 때는 신자들이 일제히 앞으로 나갔다. 심지어는 젖먹이도 어머니 품에 안겨 제단 앞으로 나갔다. 류치 씨는 쌀로 빚은 술이 든 성찬배를 들고 제단에서 내려와 손가락에다 술을 찍어 신자들 입술에다 발라 주었다.

교회를 떠나기 전에 신자들은 일제히 구세주상 앞으로 나아가, 그 발치에 놓인 커다란 촛대 앞에다 불을 붙인 향을 놓았다. 그런 다음에야 공손하게 세 번 절하고는 교회를 나가는 것이었다.

치점 신부는 나가지 않고 끝까지 남아 있었다. 그의 눈은 눈물로 젖어 있었고, 가슴은 뛰고 있었다. 어린아이들의 미사같이 소박하고 감동적인 미사였다. 그는 스페인의 농촌에서도 그런 미사를 본 적이 있었다. 물론 완전한 의식은 아니었다(그는 타란트 신부가 이 미사를 보았으면 얼마나 기절초풍할까, 이런 생각을 하고는 혼자 웃었다). 그러나 적어도 하느님을 기쁘게 해드릴 수 있는 미사인 것은 분명했다.

류치 씨는 치점 신부를 안내하기 위해 밖에서 기다리고 있었다. 집 안에는 식사가 준비되어 있었다. 몹시 시장했던 치점 신부는 산양 요리(배추를 넣고 끓인)와 쌀로 만든 이상한 음식과 야생

꿀을 하나도 남김없이 맛있게 먹었다. 그는 그때까지 그렇게 맛있는 음식은 먹어본 적이 없었다.

식사가 끝나자 치점 신부는 겨를을 보아 기독교 마을의 내력에 대해 물어보았다. 그는 상대방을 불쾌하게 만들고 싶은 생각은 추호도 없었기 때문에 아주 조심스럽게 물었다. 점잖은 류치 씨는 선선히 대답해 주었다. 치점 신부는 그 마을의 종교는 유치한 수준의 기독교에다 도교^{道敎}를 교묘하게 섞어 놓은 것 같다는 인상을 받았다. 그는 내심 웃으면서 어쩐지 네스토리아니즘(그리스도가 신성과 인성을 두루 갖추었다고 주장하다 이단으로 선고를 받은 네스토리우스의 사상. 당시 중국에는 경교^{景敎}라는 이름으로 들어와 있었다.―역주) 냄새가 난다고 생각했다.

류치 씨는 자기네들의 신앙이 조상 대대로 전해져 온 것이라고 설명했다. 류치 씨의 설명에 따르면, 기독교 마을이 생긴 내력은 이러했다. 그 마을은 무슨 극적인 사연이 있어서 세상과 고립된 것이 아니었다. 사람들이 모여 사는 곳에서 워낙 떨어져 있는데다 그 마을 자체가 하나의 씨족 사회여서 외부 사람들을 받아들일 여유도 없고 또한 집적거리는 사람도 없어 자연 그렇게 고립되었던 것이다. 모두 한 문중에 속하는 이 마을 사람들은 주로 목축에 의지해서 자급자족의 삶을 꾸렸다. 외지가 흉년을 겪을 때도 이 마을에서는 늘 곡식과 고기가 남아돌았다. 이들에게는 양의 곱창에다 넣어 만든 치즈가 있었고, 버터도 붉은 것, 검은 것 이렇게 두 종류나 있었다. 이 마을 사람들은 이 버터를 '치앙^{牆}'이라고 불렀다.

옷감은 주로 양털로 짠 천이었다. 추울 때는 이 양털 천으로 만들어 입은 옷 위에 양피 옷을 덧입는다고 했다. 이들은 또 베이징^(北京)으로 가지고 나가면 비싼 값에 팔리는 고급 양피지도 만들었다. 고원에는 야생마도 많았다. 필요할 때면 마을에서 뽑힌 사람이 이 야생마에다 피지^(皮紙)를 싣고 나가 팔고는 했다.

이 작은 마을에 신부가 셋이나 있었는데, 모두 어릴 때 후보자로 뽑혀 수업을 쌓은 사람들이라고 했다. 마을 사람들은 쌀을 걷어 성직에 종사하는 이들의 생활을 보살펴 주게 되어 있었다. 류치 씨는 마을 사람들이 '삼보^(三寶)'를 섬긴다고 했다. '삼보'는 말하자면 이상하게 변형된 '삼위 일체'였다. 이들이 본, 정식으로 서품을 받은 사제는 프랜시스 치점 신부뿐이었다.

한 마디도 놓치지 않고 이 이야기를 듣고 있던 치점 신부는 오랫동안 궁금해 하던 것을 물어 보았다.

"이 믿음의 유래에 대해서는 들으신 바가 없습니까?"

류치 씨는 그런 걸 물을 줄 알았다는 듯한 얼굴을 하고는 치점 신부를 바라보다가 빙그레 웃으면서 옆방으로 건너갔다. 얼마 후 그가 양피지로 표지가 된 책 한 권을 들고 들어왔다. 그는 이 책을 치점 신부에게 건네주고, 치점 신부가 그 책의 기록을 읽는 것을 확인하고는 가만히 물러갔다.

그 기록은 리비에로 신부가 포르투갈 어로 쓴 일기였다. 양피지는 갈색으로 변색되어 있는데다 군데군데 얼룩과 닳은 데가 있었으나 읽는 데 지장이 있을 정도는 아니었다. 치점 신부는 스페인 어를 아는 사람이라 천천히 그 포르투갈 어를 해독할 수 있었다. 물론 쉬운 일은 아니었으나 그 기록의 내용에 비하면 읽는 수고 같은 것은 아무것도 아니었다. 기록은 치점 신부를 양피지 안으로 끌어들이는 것 같았다. 간간이 그 무거운 페이지를 넘기느라고 손을 움직일 뿐, 그는 꼼짝도 하지 않고 그 기록을 읽었다. 세월이 3백 년을 되짚어가 거기에서부터 흐르는 것 같았다. 멎어 있던 시계가 다시 똑딱거리며 시간을 세는 것 같았다.

마누엘 리비에로 신부는, 1625년 리스본에서 베이징으로 파송된 선교사였다. 치점 신부는 리비에로 신부의 모습을 선연하게 보고 있는 기분이었다. 깡마른 몸매, 가무잡잡한 살빛, 다소 거칠지만 그래도 순진한 데가 있는 성격……. 그러나 눈빛이 형형한 스물아홉 젊은 신부의 모습을……. 이 젊은 선교사는 베이징에서 아담 샬 신부와 친분을 맺게 되었다. 아담 샬 신부는 독일 제수이트 파의 위대한 선교자이자 천문학자요, 순치 황제의 근신이자 법률 기초자이기도 했다. 한동안 리비에로 신부는 이 아담 샬의 휘하에서 그 영광을 나누어 누렸다. 아담 샬은 당시 조정의 어지러운 세력 다툼의 와중에서도 많은 사람들, 심지어는 황제의 후궁들에게까지 복음을 전했고, 갖은 박해에도 굴하지 않고 혜성의 출현과 일식을 정확하게 예고하고 태양력을 편찬함으로써 황제의 수많은 근신들을 친구로 사귀고 자신과 온 기독교도들을 영광스럽게 한 사람이었다.

당시 이 포르투갈 선교사는 타타르 지방의 왕실 선교사로 가고 싶어 하고 있었다. 아담 샬은 이 일을 성사시켜 주었다. 아담 샬의 주도 아래 원정대가 조직되었다. 무장 병력까지 갖춘 막강한 원정대였다. 이 원정대가 베이징을 출발한 것은 1629년의 예수 승천 축일이었다.

그러나 이 원정대는 타타르의 왕실에 이르지 못했다. 쾅산 북쪽 사면에 진치고 있던 마적 떼를 만났던 것이다. 원정대를 호위하던 병력은 마적의 기세에 눌려 무기를 버리고 도망쳐 버렸다. 중요한 원정대의 장비는 모조리 마적 떼의 손으로 들어갔다. 리비에로 신부는 화살에 치명상을 입은 채로 개인 소지품과 약간의 제구祭具만을 챙겨들고 마적 떼의 손아귀에서 벗어났다. 그는 피를 흘리면서 눈 속에서 하룻밤을 지냈다. 그는 자기의 최후가 가까워 온 것으로 여기고 모든 것을 체념했다. 그러나 그는 죽지 않았다. 추위가 상처를 얼려버린 덕분에 고통에 시달리기는 했지만 목숨을 잃지는 않았던 것이다. 다음 날 아침 그는 심하게 다친 몸을 이끌고 양피지의 움막을 찾아 들어갔다. 그러고는 여기에서 생사를 넘나들면서 6개월을 버티었다. 그 동안 원정대가 마적 떼의 습격을 받았다는 소식은 베이징에까지 전해졌다. 베이징에서는 리비에로 신부가 마적 떼의 손에 죽은 것으로 알았다. 그래서 수색대도 파견하지 않았다.

이 포르투갈 인 신부는 소생할 가능성이 보이자 아담 샬 신부 곁으로 돌아갈 계획을 세웠다. 그러나 이 계획이 유야무야되면서 그는 그 곳에 눌러 앉았다. 그 넓은 고원의 초원에다 새 삶의 터전을 닦고 새로운 명상의 생활을 시작한 것이다. 거기에서 베이징까지는 3천리, 가고 싶다고 해서 갈 수 있는 거리도 아니었다. 조용히 거기에 머물 결심을 한 그는 얼마 안 되는 양치기들을 모아 새 마을을 꾸몄다. 교회도 지었다. 이로써 그는 타타르 왕의 친구 겸 목자가 아니라, 얼마 안 되는 양치기들의 친구 겸 목자가 된 것이다.

치점 신부는 한숨을 쉬면서 리비에로 신부의 일기장을 놓았다. 그는 석양을 바라보면서 오래오래 생각에 잠겨 있었다. 이윽고 자리에서 일어난 그는 교회 옆의 조그만 돌무덤으로 나가 그 앞에 무릎을 꿇고 리비에로 신부를 위해 기도했다.

그는 류씨 마을에 1주일을 머물렀다. 그 동안 그들의 자존심을 다치지 않도록 각별히 조심하면서 영세와 혼배 성사를 권했다. 미사도 집전했다. 이따금씩은 이곳저곳을 건드려 교회의 의식을 법답게 고치기도 했다. 그는 그들의 의식을 정통적인 가톨릭 의식 절차에 걸맞게 고치려면 오랜 세월이 걸리리라는 것을 잘 알았다. 몇 달, 몇 년이 걸릴지도 모르는 일이었다. 그러나 그는 고치는 것에 큰 의미를 두지 않았다. 고칠 수 있으면 천천히 고치면 되는 일이었다. 가톨릭 의식과는 상관없이 조그만 부락인 류씨 마을은 잘 익은 사과처럼 정결하고 싱싱했다.

그 동안 치점 신부는 마을 사람들에게 많은 이야기를 들려주었다. 밤이면 마을 사람들은 류치 씨 집 앞에다 모닥불을 피우고는 둘러앉았다. 그러면 치점 신부가 문지방 같은 데 앉아 이야기를 들려주는 것이었다. 그들이 듣고 가장 좋아했던 이야기는 바깥세상에도 그들과 믿음이 같은 사람들이 얼마든지 있다는 이야기였다. 그들은 치점 신부가 유럽의 교회 이야기를 들려주면 그렇게 좋아할 수 없었다. 치점 신부는 그들에게 자주 유럽의 대성당, 성 베드로 광장에 모여드는 수많은 신자들, 유럽의 왕과 왕자들, 정치가들과 귀족들 이야기를 들려주고는, 이들이 모두 그 마을 사람들이 섬기는 바로 그 하느님을 섬기는 사람들이며, 그 사람들의 친구이자 주인인 하느님과 마을 사람들의 친구이자 주인인 하느님이 같은 분이라는 사실을 강조했다. 이런 이야기를 들은 마을 사람들은 새로운 일체감을 느끼고는 어린아이들처럼 좋아했다.

어둠 속 모닥불 가에서 기쁨과 경탄이 어린 눈으로 자기를 올려다보는 수많은 얼굴들을 보면서 치점 신부는 자기 옆에서 영원히 잠들어 있는 리비에로 신부가 빙그레 웃고 있을 것이라는 느낌에 사로잡히고는 했다. 그럴 때면, 파이탄 일일랑 잊어버리고 소박한 류씨 마을 사람들에게 헌신하고 싶다는 생각이 슬며시 고개를 내밀고는 했다. 아, 황야에서 뜻밖에 얻은 이 보석을 갈고 닦으면 보석은 얼마나 빛날 것이며, 내 삶은 또 얼마나 복될 것인가? 그러나 그는 마음을 고쳐먹었다. 그럴 수는 없었다. 그런 마을을 선교 본부로 삼을 수는 없었다. 그는 과감하게 이 유혹을 물리쳤다.

소년 류따는 늘 치점 신부 뒤를 졸졸 따라다녔다. 치점 신부가 1주일을 머물렀을 즈음 류따는 이미 '류따'가 아니었다. 치점 신부가 정식으로 영세를 베풀면서 본명을 '요셉'이라고 지어주었기 때문이다. 새 이름과 함께 새로이 믿음의 힘을 얻은 요셉은 치점 신부에게 미사의 복사를 맡게 해 달라고 졸랐다. 치점 신부는 요셉이 라틴 어를 알지 못하는데도 불구하고 그 정성이 갸륵해서 그

직분을 맡겨 주었다. 떠나기 전날 치점 신부가 그 집 문턱에 앉아 있는데 요셉이 다가왔다. 평소에 늘 명랑하던 요셉의 표정이 왠지 이 날만은 잔뜩 굳어져 있었다. 그는 밤이 지나면 떠나게 되는 치점 신부의 마지막 이야기를 들으려고 온 것이었다. 소년의 얼굴을 바라보면서 치점 신부는 아쉬움을 느꼈다. 그러나 아쉬움은 잠깐이었다. 문득 한 가지 생각이 떠올랐기 때문이었다.

"요셉, 너 나를 따라가면 어떻겠느냐? 아버지께서 허락하신다면 말이다. 아무래도 너의 도움을 받아야 할 일이 많을 것 같구나."

요셉은 그 말이 그렇게 좋았던지 한 바탕 소리를 지르고는 무릎을 꿇고 치점 신부의 손에다 입을 맞추었다.

"신부님, 그 말씀을 오래 전부터 기다렸습니다. 아버지께서는 기꺼이 응낙하실 것입니다. 온 마음을 다하여 신부님을 모시겠습니다."

"요셉, 우리 갈 길은 험하고도 험하다."

"신부님, 그 험한 길을 신부님과 함께 걷고 싶습니다."

치점 신부는 소년의 손을 잡아 일으켰다. 기분이 좋았다. 그는 자신의 현명한 결심을 만족스럽게 여겼다.

다음 날 아침 치점 신부는 출발 준비를 했다. 약간 우쭐해진 요셉은 웃으면서 짐 보퉁이를 들고, 새벽에 끌어내어 놓은 두 마리의 야생마 앞에 서 있었다. 요셉의 친구 몇 명이 옆에 서 있었다. 요셉은 벌써 바깥세상 이야기로 친구들의 기를 죽이고 있었다. 치점 신부는 교회에 들어가 감사 기도를 드렸다. 기도를 마치고 일어나자 류치 씨가 동굴 같은 곳으로 그를 안내하고는 삼나무 상자에서 금실로 자수한 제의 한 벌을 꺼내 주었다. 비단이 낡아서 군데군데 종잇장처럼 얇은 데가 있기는 했으나 참으로 아름답게 지은 제의였다. 류치 씨는 치점 신부를 보고 웃으면서 말했다.

"이 보잘것없는 것이 마음에 드시는지요?"

"참 아름답습니다."

"가지십시오, 신부님 것입니다."

사양했으나 류치 씨는 그 귀한 선물을 떠맡기다시피 했다. 류치 씨는 제의를 잘 접어 깨끗한 아마포로 싸서 요셉의 짐 속에 넣어 주었다.

이윽고 작별 인사를 나누어야 할 때가 왔다. 프랜시스 치점 신부는 마을 사람들을 축복하고는 거듭거듭 6개월 뒤에는 다시 오겠노라고 말했다. 돌아오는 길은 쉬울 터였다. 야생마가 있는데다 요셉이 길라잡이 노릇을 잘 해 낼 것이기 때문이었다. 두 사람은 마을 사람들과 헤어졌다. 야생마 두 마리는 고개를 주억거리며 산 사면 길을 오르기 시작했다. 마을 사람들의 눈들이 보이지 않을 때까지 두 사람을 좇고 있었다.

옆에 요셉이 있어서 치점 신부는 마음이 든든했다. 그는 자신의 믿음이 류씨 마을에서 강화된 것 같아 기분이 좋았다. 희망이 그의 가슴을 부풀리고 있었다.

3

 파이탄으로 돌아오고 나서 얼마 되지 않아 여름이 갔다. 여름이 가기가 무섭게 추위가 왔다. 치점 신부는 요셉의 도움을 받아 흙으로 갈라진 벽의 틈을 막는 등 외양간을 수리하여 겨울을 날 차비를 했다. 두 사람은 벽이 쓰러지지 않도록 버팀목도 대고 흙바닥에다 쇠로 만든 넓적한 화로도 묻어 난로 대용으로 쓸 준비를 했다. 먹성 좋은 요셉은 부지런히 부엌세간을 사들였다. 요셉은 촌티를 벗자마자 사람들을 잘 사귀었다. 그는 예사 수다쟁이가 아닌데다 남들에게 칭찬받는 것을 좋아했다. 그러나 이따금씩은 고집도 부릴 줄 알았고, 순진한 척하면서 남의 과수원에서 잘 익은 참외를 가만히 따오는 재주를 부리기도 했다.

 프랜시스 치점 신부는 방향이 잡히고 결심이 설 때까지 그 초라한 외양간을 떠나지 않겠다고 마음먹었다. 때로 그물시장 거리의 임시 교회를 기웃거리는 사람이 생겨나고는 했다. 맨 먼저 도둑질이라도 하는 듯이 쭈뼛거리며 온 사람은 어떤 노파였다. 노파는 외투삼아 걸치고 있던 쌀부대 밑에서 묵주를 꺼내었다. 말을 건네기만 해도 도망쳐 버릴 것만 같은 불안한 모습이었다. 치점 신부는 말을 건네고 싶었지만 애써 못 본 체했다. 다음 날이 되자 노파는 딸을 데리고 왔다.

 신자 수는 손가락으로 꼽을 정도였지만 그 정도로 기가 죽을 프랜시스 치점 신부는 아니었다. 수단을 부려서 신자를 확보하거나 돈으로 신자를 사들이는 짓은 하지 않겠다는 프랜시스의 결심은 철석같았다.

진료소는 하루가 다르게 번창해 나갔다. 읍내 사람들이, 치점 신부가 류씨 마을로 가느라고 진료소를 며칠 비운 것을 유감스럽게 생각했을 정도였고, 그가 파이탄으로 돌아왔을 때는 진료를 받고 싶어 하는 수많은 사람들이 홍 씨의 여관 앞에서 기다리고 있을 지경이었다. 진찰 기술, 치료 기술도 날이 갈수록 나아져 갔다. 읍내 사람들은 별별 환자를 다 데리고 진료소로 왔다. 피부병 환자, 복통과 해수咳嗽(기침) 환자, 장염腸炎 환자도 있었고, 눈과 귀가 화농된 환자도 있었다. 질병의 원인은 대개 불결한 생활환경과 비좁은 주거 환경에 있었다. 따라서 환부를 깨끗이 하고 주위를 소독해 주는 것만으로도 놀라운 효과가 있었다. 그래서 과망간산칼륨 같은 살균제는 같은 무게의 금덩어리만큼이나 요긴하게 쓰였다.

의약품이 바닥날 즈음에 이르자 의사 탈록에게 부탁한 의약품이 도착했다. 커다란 목면 궤짝에다 넣은, 탈지면과 거즈, 옥시풀과 방부제, 피마자기름과 클로로다인 같은 의약품이었다. 궤짝 바닥에는 처방지에다 아무렇게나 휘갈겨 쓴 의사 탈록의 메모가 있었다. 메모의 내용은 이러했다.

'교황 성하! 오지로 진료하러 가는 것은 소생인 줄 알았더니 성하께서 애를 쓰시는구려. 의사 자격증은 어디에서 받으셨는지요? 하지만 걱정 마시오. 치료할 수 있는 사람은 치료하고

치료할 수 없는 사람은 죽이시구려. 성하의 사기 행각에 필요할 것 같아 보따리를 따로 하나 보냅니다.'

따로 보낸다는 보따리는 수술용 메스와 가위와 지혈겸자止血鉗子 같은 긴급 의료 장비 일습이 든 조그만 상자였다. 이 상자 안에도 메시지가 있었다.

'주의하시압. 영국 의사 협회와 교황청과 쭝룽쓰中龍司에 밀고 할 것임.'

프랜시스는 탈록의 여전한 익살에 혼자 웃음을 지었다. 탈록의 우정이 가슴을 조여 오는 것 같았다. 요셉이 옆에서 도와주고 있는 데다, 멀리서나마 탈록은 이렇게 노력하는 프랜시스를 격려하고 있는 것이었다. 프랜시스는 새로운 힘을 느꼈다. 그에게는 이즈음만큼 열심히 일한 적도 또 밤이면 열심히 일한 덕분에 이렇게 단잠을 이룰 수 있었던 적도 없었다.

그러나 11월의 어느 날 밤에는 그렇게 잘 자던 프랜시스도 선잠이 들었다가 한밤중에 깨어나서는 도저히 잠을 이룰 수 없었다. 바깥은 몹시 추웠다. 잠을 이루지 못하고 어둠 속에서 멀뚱거리고 있는 그에게 요셉의 평화롭고 규칙적인 숨소리는 유난히 크게 들려 왔다. 그는 누운 채로 한참이나 자기가 잠을 이루지 못하는 까닭을 생각해 보았다. 그는 그럴 만한 이유를 생각해낼 수 없었다. 그는 자리에서 일어나, 요셉의 잠을 방해하지 않으려고 외양간에서 밖으로 나갔다. 얼어붙은 밤공기는 살을 에는 듯했다. 바람은 면도날 같았다. 숨을 쉬기가 괴로울 지경이었다. 하늘에는 별도 없었다. 눈에 보이는 것은 이상하게 빛나는, 얼어붙은 눈뿐이었다. 반경 수백리가 죽음 같은 침묵에 잠긴 것 같았다. 무시무시한 적막이었다.

그 적막 속에서 프랜시스는 문득 희미한 울음소리 비슷한 소리를 들은 것 같았다. 잘못 들은 것이거니 여기면서 그는 다시 귀를 기울였다. 역시 아무 소리도 들려오지 않았다. 그러나 돌아서서 외양간 안으로 들어가려는 순간 그 소리가 다시 들려 왔다. 죽어가는 새가 힘없이 우는 소리 같았다. 그는 잠시 그 자리에 서 있다가 소리가 들려 왔던 곳으로 믿어지는 쪽으로 눈을 밟으며 다가가 보았다.

선교관 터를 50보쯤 걷던 그는 검은 그림자를 보고는 흠칫 놀라 걸음을 멈추었다. 눈에다 얼굴을 처박고 얼어 죽은 여자의 시체였다. 여자는 빳빳하게 얼어 있는 것으로 미루어 죽은 지 오래였다. 그러나 그는 이 여자의 시체 밑에서 살아서 고물거리는 아기를 보았다. 아기는 여자의 가슴 가까이 있었다.

그는 시체에 다가가 가녀린 아기를 안아 올렸다. 물고기처럼 차가운데도 아기의 몸은 말랑말랑했다. 그의 가슴은 쿵쾅거리기 시작했다. 그는 아기를 안은 채 엎어지고 자빠지고 하면서 외양간으로 들어가 큰 소리로 요셉을 깨웠다.

화로에 지핀 불이 빛으로 외양간 안을 밝히고 온기로 외양간 안의 냉기를 몰아내었다. 신부와 소년은 아기를 내려다보았다.

태어난 지 1년이 채 안 되어 보이는 아기였다. 아기는 그 검고 초롱초롱한 눈으로 불길을 바라보다가 칭얼대기 시작했다.

"배가 고파서 그러는 거예요."

요셉이 아는 소리를 했다.

두 사람은 우유를 데워 성수병^{聖水甁}에 부었다. 프랜시스 치점 신부는 천을 찢어 띠를 만들고 이 띠를 우유에 적셔 호롱 심지처럼 만든 다음에 한 쪽 끝은 성수병 속에 담근 채로 한 쪽 끝을 아기에게 물려주었다. 아기는 띠의 한 쪽 끝을 열심히 빨았다. 5분이 채 못 되어 성수병은 비었고 아기는 잠이 들었다. 치점 신부는 아기를 담요로 싸서 자기 자리에 뉘었다.

그의 마음은 걷잡을 수 없이 설레고 있었다. 이상한 예감, 얼어붙은 벌판에서 외양간으로 들어온 아기의 존재는 하느님으로부터 온 소식인 것 같았다. 아기 어머니에게서 이들의 내력을 알 수 있을 만한 단서는 하나도 찾을 수 없었다. 가난과 고생에 찌들 대로 찌든 어머니의 얼굴로 미루어 타타르 족이라는 것을 짐작할 수 있을 뿐이었다. 전날 한 무리의 타타르 유목민들이 그곳을 지난 일이 있었다. 여자는 추위를 이기지 못하고 그 무리에서 낙오되어 동사했던 모양이다. 프랜시스 치점 신부는 아기의 이름을 뭐라고 할까 궁리하다가, 그 날이 마침 안나 성녀의 축일이라 아기 이름을 '안나'라고 부르기로 했다.

"요셉, 내일은 말이다, 하늘이 내려주신 이 아기를 돌보아 줄 만한 사람을 찾아보아야겠구나."

치점 신부의 말에 요셉은 어깨를 들썩이며 응수했다.

"신부님, 계집아이는 줘도 안 받아요."

"이놈아, 누가 준다고 했느냐?"

그의 마음은 이미 분명하게 정해져 있었다. 하느님께서 보내신 그 아기는 그의 마음 가운데 있는 계획의 주춧돌(고아원의 주춧돌)이 될 터였다. 치점 신부는 파이탄에 도착하는 순간부터 고아원을 세우기로 결심했었다. 물론 외부의 도움 없이는 이루어질 수 없는 일이었다. 그러나 먼 장래의 일이기는 하지만, 그는 언젠가는 수녀들이 그곳으로 올 것임을 믿어 의심치 않았다. 흙바닥에 앉아 빨갛게 타오르는 화롯불 옆에서, 아무것도 모르고 잠들어 있는 아기를 보면서 그는 이 아기야말로 고아원 설립 계획의 성공을 보증하는 하늘의 약속이라고 생각했다.

챠賈 씨의 아들이 몹시 아프다는 소식을 치점 신부에게 전해준 것은, 읍내 일이라면 모르는 것이 없는 요셉이었다. 겨울이 쉬 물러갈 기세를 보이지 않아 쾅산에는 여전히 눈이 두껍게 쌓여 있는 어느 날 아침의 일이었다. 미사가 끝나고 치점 신부의 제의 벗는 것을 돕던 요셉이 곱은 손가락을 호호 불면서 입을 놀려 대었던 것이었다.

"젠장, 이러다가 내 손도 꼬마 챠유賈佑의 손가락처럼 못쓰게 되는 거나 아닌가."

챠유는, 무엇에 긁혔는지 엄지손가락이 곪았던 모양이었다. 그러나 이 상처는 낫기는커녕 시간이 지나면서 다섯 손가락으로 번지고 급기야는 병세가 악화, 팔을 타고 온몸으로 퍼지는 바람에 아이가 고열에 시달리면서 사경을 헤매고 있다는 것이었다.

들리는 소식에 따르면 읍내에서 한다 하는 의사가 세 사람이나 달려와 병상을 지키면서 좋다는 약은 다 쓰고 있다고 했다. 심부름꾼이 센샹으로 영약靈藥을 구하러 갔다는 소식도 들려 왔다. 이 영약이라는 것은 개구리의 눈알에서 추출한, 값이 어마어마한 고약이라는 것인데, 그나마 용龍의 달(목성을 말함)이 하늘에 떠 있을 때 구한 것이어야 효험이 있다고 했다.

요셉은 흰 이빨을 드러내고 웃으면서 이런 말을 했다.

"챠유는 나을 것입니다. 하오카오는 만병통치약이니까요. 챠유는 외아들이니까 챠 씨는 어떻게든 이 약을 구하고야 말 것입니다."

나흘 뒤, 두 대의 가마가 그물시장 거리에 있는 치점 신부의 임시 교회 앞에 멎었다. 가마가 멎자 무명 덧저고리를 입은 챠 씨의 종제가 나와 치점 신부 앞에 섰다. 그는 불시에 찾아온 것을 용서해 달라면서 양해를 구하고 함께 챠 씨의 집으로 가 주었으면 좋겠다고 말했다.

이 뜻밖의 초청에 어리둥절해진 치점 신부는 갈 것인지 말 것인지 망설였다. 챠 씨 집안과 파오 씨 집안은 혈연으로도 가깝고 사업상으로도 가까운 집안인데다 그 지역에서는 두 집안 다 영향력이 막강했다. 그런데도 치점 신부는 류씨 마을에서 돌아온 이후로 그 지역에서는 말마디나 하는 사람으로 통하는, 키가 크고 몸이 깡마른 파오 씨의 종제를 자주 만나지 못했던 터였다. 파오 씨의 종제는 챠 씨의 종제이기도 했다. 막강한 두 집안에 양다리를 걸치고 있어서 그렇겠지만 이 파오 씨의 종제는 영향력도 있고 품위도 있는 사람이었다. 그러나 갑자기 방문하여 같이 가 달라고 말하는 파오 씨 종제의 태도는 평소에 그가 취하는 점잖은 태도와는 사뭇 달랐다. 외투와 모자를 가지러 안으로 들어가면서 프랜시스 치점 신부는 까닭모를 공포를 느꼈다.

챠 씨의 집안은 조용했다. 높은 담에 둘러싸인 후원에도 사람의 그림자가 보이지 않았다. 물고기가 놀던 연못은 얼어 있었다. 치점 신부와 파오 씨 종제의 발걸음소리는 부드러웠다. 그러나 부드러웠는데도 불구하고 적막에 잠긴 그 집에서는 그 울림이 예사롭지 않았다. 천으로 둥치를 싸놓은 두 그루의 재스민 나무는, 붉은색과 누런색을 칠한 중문中門 옆에 거인들처럼 서 있었다. 테라스 건너편에 있는 내실에서는 여자들의 울음소리가 들려오고 있었다.

병실은 어두웠다. 챠유는 따뜻한 캉 위에 누워 있었다. 옆에는 수염을 기르고, 장포長袍를 입은 세 의사가 푹신한 골풀 방석에 앉아 가만히 차유를 내려다보고 있었다. 의사 중 한 사람은 이따금씩 꼭 상자같이 생긴 캉 밑에다 숯 덩어리를 넣고 있었다. 방 한 구석에는 퍼런 도포를 입은 도가道家의 도사가, 대발 뒤에서 들려오는 피리 소리에 맞추어 중얼중얼 잡귀를 쫓는 주문을 외고 있었다.

살빛이 유난히 불그스레하고, 까만 눈이 귀여운 챠유는 겨우 여섯 살이었다. 여섯 살배기인데도 차유는, 엄격한 전통에 따라 가문의 사랑과 기대를 독차지하는 터라 아이답지 않게 점잖았다. 그렇게 귀엽던 아이가 계속되는 고열과 고통에 시달릴 대로 시달려 안쓰러울 정도로 야위어 있었다. 반듯이 누워 있는 아이의 몸에서는 군데군데 뼈가 불거져 나와 있었다. 아이는 바짝 마른데다 심하게 뒤틀려 있는 입술을 빨며 천장을 올려다보고 있었다. 아이의 시선은 미동도 하지 않았다. 도저히 팔이라고는 믿기지 않을 정도로 부어올라 있는 아이의 오른 팔에는 지저분한 고약이 덕지덕지 붙어 있고, 그 위에는 글씨가 잔뜩 쓰인 종이가 덮여 있었다.

파오 씨의 종제와 치점 신부가 들어갔을 때 방 안은 조용했다. 주문을 외던 도사는 잠시 멈추었다가 주문을 다시 외었고, 세 사람의 한의사는 캉 옆에 부동의 자세로 앉아 있었다.

의식이 없는 듯한 아이 옆에 앉아 불같이 뜨거운 이마를 짚어 보던 치점 신부는, 도사와 세 한의사가 적극적으로 손을 쓰지 않는 까닭을 알고 있었다. 치점 신부 역시 난처했다. 일이 잘못되면 공연히 끼어들어 허물을 뒤집어쓰고 온갖 박해를 받게 될 터였다. 그러나 아이의 절망적인 상황과 세 의사의 무지한 치료법은 그의 피를 끓어오르게 했다. 그는 재빨리 그러나 가만히 환자의 환부에서, 진료소에서 자주 보아 왔던 지저분한 고약인 하오카오를 뜯어내었다.

팔이 고약 덩어리에서 풀려나자 그는 따뜻한 물로 환부를 씻었다. 아이의 푸르뎅뎅한 팔은 따뜻한 물속에 넣자 썩은 생선의 부레처럼 물 위로 떠올랐다. 몹시 뛰는 가슴을 진정시키고 치점 신부는 주머니에서 의사 탈록이 보내 준 가죽 주머니를 꺼내고 이 가죽 주머니에서 수술용 메스를 뽑아내었다. 그는 자기에게 수술의 경험이 없다는 것을 잘 알고 있었다. 자기가 손을 쓰지 않는다면 이미 죽어가는 그 아이가 분명히 죽고 말 것이라는 사실도 잘 알고 있었다. 뒤에 꼼짝도 않고 서서 의심스러운 눈초리로 자기를 내려다보고 있는 파오 씨 종제의 시선도 느낄 수 있었다. 그는 성 안드레에게 기도를 드렸다. 그러고는 깊이 칼을 찔러 넣어 서슴없이 길게 내리그었다.

찢긴 상처를 통해 고름 덩어리가 쏟아져 나와 밑에다 받쳐 놓은 오지그릇에 괴었다. 냄새가 지독했다. 그러나 치점 신부에게는 그 고약한 냄새를 풍기는 고름 덩어리가 그렇게 고마울 수가 없었다. 그는 상처 양 쪽에다 손을 대고 지그시 눌렀다. 고름이 계속 쏟아져 나오는 데 힘을 얻은 그는 부어 있던 팔의 굵기가 반으로 줄어들 때까지 눌렀다. 빠질 것이 다 빠지자 치점 신부가 안도의 한숨을 내쉬었다. 온몸의 힘이 송두리째 빠져나가는 기분이었다.

상처를 깨끗하게 소독된 붕대로 싸매고 일어서면서 그는 자기도 모르는 사이에 영어로 이렇게 중얼거렸다.

"이제 됐어. 재수만 좋으면."

탈록이 자주 쓰던 말이었다. 바보스럽게 그런 자리에서 영어로 그런 말을 중얼거렸을 만큼 그는 긴장하고 있었던 것이다. 그는 일부러 쾌활한 얼굴을 하고 그 방을 나와 묵묵히 가마 있는 곳까지 따라 나온 파오 씨의 종제에게 말했다.

"의식을 찾거든 죽을 먹여 원기를 돋우어 주시오. 하오카오를 붙여서는 절대로 안 됩니다. 내일 다시 오지요."

다음 날, 차유는 놀라울 만큼 좋아져 있었다. 열은 없었다. 잠도 정상으로 잤고, 자고 나서는 닭죽을 두 공기나 먹었다고 파오 씨의 종제가 말했다. 수술용 메스의 기적이 아니었더라면 죽고 말았을 터인 아이가 살아난 것이었다.

이 날도 치점 신부는 그 방을 나와 파오 씨 종제에게 웃으면서 말했다.

"원기를 계속해서 복돋워 주시오. 내일 다시 올 테니까."

그러자 파오 씨의 종제가 마른기침을 하고는 응수했다.

"고맙습니다만, 이제 더 오실 필요가 없습니다."

둘 사이의 어색한 침묵이 감돌았다. 파오 씨의 종제가 말을 이었다.

"정말로 고맙습니다. 챠 씨는 아이의 병세가 악화되자 화병으로 몸져누웠습니다. 이제 아들이 나았으니 챠 씨도 일어날 것입니다. 일어나면 곧 바깥나들이도 할 수 있을 것입니다."

파오 씨의 종제는 이 말을 남기고는 두 손을 소매에 넣고 안으로 들어가 버렸다.

치점 신부는 걸어서 내려오면서(화가 났던 나머지 가마를 거절하고 걸어서 내려오고 있었다), 노여움을 삭이느라고 무진 애를 썼다. 이게 고맙다는 사람들이 할 짓인가? 온갖 위험을 무릅쓰고, 심지어는 자신의 목숨까지 걸고 아이를 살렸는데 따뜻한 말 한 마디 없이 사람을 내쫓아? 치점 신부는 챠 씨를 본 적이 없었다. 파이탄에 도착하는 날 정크 선船 위에 서 있는 그를 먼빛으로 본 적은 있으나 챠 씨가 치점 신부에게 눈길을 던졌던 것은 아니었다. 치점 신부는 주먹을 불끈 쥐고, 자기 마음속의 낯익은 악마와 싸웠다.

"주님, 제 마음을 가라앉히소서. 이 노여워하는 죄악이 다시 저를 다스리는 일이 없게 하소서. 다정한 인간이게 하소서. 저 아이를 살리신 것은 하느님의 자비, 하느님 섭리의 손길이지 제가 아닙니다. 주님, 주님 원하시는 바에 따라 저를 부리소서. 보시는 바와 같이 저는 주님께 온몸을 맡겼습니다. 하지만……, 주님!"

이 대목까지는 마음을 잘 다스리던 치점 신부는 그만 화를 참지 못하고 소리를 지르고 말았다.

"……저것들이 배은망덕한 것들이라는 것은 주님께서도 인정하셔야 합니다!"

그로부터 며칠 동안 치점 신부는 나들이할 때도 그 부자 장사치 집 근처에는 얼씬도 하지 않았다. 자존심을 단단히 상했기 때문이었다. 그는 요셉이 챠유의 병세가 엄청나게 좋아졌다고 수다를 떨 때도 기민히 듣기만 했다. 요셉의 말에 따르면, 쟈 씨는 세 의사에게 거액의 사례비를 지불했고, 아들의 몸에서 악령을 몰아낸 공을 셈하여 도교관道教館에도 상당한 액수를 기부했다는 것이었다.

"신부님, 정말 굉장하잖아요? 그 귀하신 양반이 한 번 자선을 베푸니까 이렇게 많은 사람들이 은혜를 입는 걸 보면."

"그렇기도 하겠다."

치점 신부는 마음이 언짢아 무덤덤하게 대꾸했다.

그로부터 한 주일 뒤, 환자가 없어 지루했던 하루를 보내고 진료소 문을 닫을 생각을 하면서 과망간산칼륨을 배합하고 있는데, 플라스크에 챠 씨의 점잖은 모습이 비쳐 보였다.

치점 신부는 화가 벌컥 났지만 내색은 하지 않았다. 부자 장사치 챠 씨는 까만 공단 옷 위에 노란 겉옷을 입고, 발에는 의식용 부채 모양이 수놓인 벨벳 장화를 신고 있었다. 머리에는 납작한 공단 모자를 쓴 그의 표정은 점잖아 보이기도 하려니와 위엄도 있어 보였다. 그는 길게 기른 손톱 위에 황금 손톱 덮개까지 끼고 있었다. 그는 품위와 학식을 고루 갖춘 사람이었고 완벽한 양반 행세에 빠지지 않을 만큼 품위도 지킬 줄 아는 사람으로 알려져 있었다. 그의 미간에서는, 부드러운 인상과 우수에 젖은 듯한 분위기가 고루 배어 나왔다. 치점 신부 앞으로 다가온 그가 입을 열었다.

"제가 왔습니다."

"그러셨군요!"

치점 신부는 대수롭지 않다는 듯이 응수했을 뿐 과망간산칼륨을 배합하던 손길을 멈추지 않았다.

"손을 써야 할 일이 많은 데다 사업상 처리해야 할 일도 많아서……."

그는 공손히 절을 하고는 말을 이었다.

"……이제야……, 찾아뵙게 되었습니다."

"무슨 일로 오셨는지요?"

표정으로 보아 챠 씨는 분명히 당황하고 있었다.

"물론……, 기독교도가 되려고 왔습니다."

무서운 침묵의 순간이었다. 쉽게 말하자면 그 순간은, 몇 달간의 수고 끝에 선교 사업의 첫 열매를 따게 되는 절정의 순간이었다. 선교사의 눈앞에서 이교도의 우두머리가 고개를 숙이고 영세를 청하고 있는 것이었다. 그러나 치점 신부의 얼굴에는 기뻐하는 기색이 조금도 보이지 않았다. 치점 신부는 입술을 빨고는 천천히 물었다.

"믿음이 있습니까?"

"없습니다."

챠 씨의 슬픈 대답이었다.

"교리 공부하실 준비는 되어 있습니까?"

"교리 공부할 시간은 없습니다······. 저는 단지 기독교도가 되기를 열망하고 있을 따름입니다."

"열망? 되기를 원한다는 뜻인가요?"

"그것은 잘 모르겠습니다. 신부님과 같은 믿음을 갖고 싶다고 말하면 대답이 되겠는지요?"

"대답이 되지 못하겠는데요. 선생에게는 나와 같은 믿음을 갖고 싶다는 마음이 없습니다. 왜 이러시는 거지요?"

치점 신부의 말꼬리가 올라갔다.

"신부님의 은혜를 갚고 싶어서요. 신부님께서는 저를 위해 참으로 큰일을 해 주셨습니다. 저도 신부님을 위해 큰일을 하고 싶습니다."

치점 신부는 진료소 안을 서성거리기 시작했다. 유혹이 너무나 강했기 때문이다. 마음은 항복을 권하고 있는데도 성미는 이

것을 가로막고 있었기 때문이다.

"그것은 옳지 못합니다. 그러시면 안 됩니다. 선생에게는 믿을 의향도 없고 또 믿음도 없습니다. 내가 선생을 용납한다면 이는 하느님을 속이는 짓입니다. 선생은 나에게 아무것도 빚진 것이 없습니다. 그러니 가 주십시오."

챠 씨는 자기 귀를 의심하는 것 같았다.

"저를 거부하시는 것입니까?"

"정중하게 그렇게 하는 것입니다."

부자 장사치의 태도 변화는 참으로 볼만했다. 그의 눈은 그 말을 듣는 순간부터 빛나기 시작했다. 미간에 감돌던 어두운 기운이 말끔히 사라지는 것 같았다. 그는 그런 변화를 내색하지 않으려고 애썼다. 그는 금방이라도 공중으로 껑충 뛰어오를 듯이 흥분해 있었다. 그러나 그는 이러한 흥분을 용케 자제하고는 정식으로 세 번 고개를 숙여 절을 했다. 그러고는 음성을 가다듬어 말했다.

"저를 받아들이지 않으신다니 유감입니다. 저는 그런 대접을 받아 마땅한 인간입니다. 그러나 다른 방법으로 약소하게나마……"

그는 말을 하려다 말고 또 세 번 절하고는 뒷걸음질로 진료소를 나가 사라져 버렸다.

그날 밤 치점 신부는 잔뜩 삼엄한 얼굴을 하고 화로 곁에 앉아 있었다. 쌀에다 갯조개를 넣어 밥을 짓고 있던 요셉이 치점 신부의 그런 표정 때문에 주눅이 들어 어쩔 줄 모르고 있는 판인데 밖에서 폭죽 터지는 소리가 들려왔다. 챠 씨의 하인 여섯이 기념할 일이 있어서 바깥에서 터뜨린 폭죽 소리였다. 폭죽 소리가 난 것과 때를 같이해서 파오 씨의 종제가 안으로 들어와 공손하게 치점 신부에게 절하고는 빨간 종이에 싼 양피지를 내밀었다.

"챠 씨께서는, 변변치 않은 선물이지만 받아주시면 큰 영광이 되겠다고 하셨습니다. 수리권水利權과 점토 채취권이 포함된 '녹옥의 언덕'의 토지 문서입니다. 챠 씨께서는, 혹시 신부님께서 여기에다 건물을 지으시게 되면 이 건물이 완공될 때까지 인부 이십 명을 상주시켜 일을 보아드릴 수 있게 해 달라고 하셨습니다."

어찌나 놀랐던지 치점 신부는 한동안 말을 하지 못했다. 그는 사라지는 파오 씨의 종제이자 챠 씨의 종제를 멍한 얼굴로 바라보고 있을 뿐이었다. 그런 다음에야 그는 토지 문서의 표제를 읽고는 기쁨을 이기지 못해 소리를 질렀다.

"요셉, 요셉!"

요셉이 무슨 불호령이 떨어지는 줄만 알고 잔뜩 기가 죽은 모습으로 달려왔다. 그러나 그는 신부의 표정을 보고는 마음을 놓았다. 두 사람은 '녹옥의 언덕'으로 올라가 달빛을 받고 있는 키 큰 삼나무 밑에 서서 〈성모 마리아 송가〉를 힘차게 불렀다.

치점 신부는 모자도 쓰지 않은 채 그곳에서 그 땅에 설 하느님의 처소를 그려보고 있었다. 그는 믿음으로 기도했고, 마침내 그 기도의 응답이 내린 것이었다.

요셉은 찬바람에 시달리고 시장기에 시달리면서도 불평 한 마디 하지 않고 그 옆에서 기다렸다. 신부님의 환한 얼굴은, 요셉 자신의 꿈도 이루어지고 있다는 증거였다. 그는 신부님의 부름을 받고 달려오면서도 선견지명이 있어서 불에서 밥솥을 내려놓기를 백 번 잘한 일이라고 생각했다.

4

그로부터 1년 반이라는 세월이 흘렀다. 5월이었다. 체코우 지역의 5월은 겨울의 눈과 여름 무더위 사이에 든, 짧아서 아쉬우나 더없이 좋은 달이었다. 치점 신부는 새로 세운 성 안드레 선교관의, 돌을 깐 마당을 지나고 있었다.

그에게는 이때만큼 자신의 삶이 만족스러웠을 때가 없었을 성싶었다. 흰 비둘기 무리가 구름처럼 몰려다니는, 수정같이 맑은 대기는 향긋한 냄새를 피우고 있었다. 그는 뜻한 바가 있어서 심은 커다란 반얀 나무 곁으로 다가갔다. 과연 나무는 선교관 앞마당에다 그림자를 드리우고 있었다. 그는 새로 선 선교관을 어깨 너머로 바라보았다. 새로 선 선교관을 바라볼 때마다 그는 그 건물을 자랑스러워하면서도 마음 한구석으로 가벼운 불안을 느끼기도 했다. 새 선교관이 신기루처럼 하룻밤 사이에 사라져 버리는 것이나 아닌가 하는 불안을······.

　그러나 선교관은 거기에 있었다. 찬란히 빛나는 모습을 하고 거기에 웅장하게 서 있었다. 성당은 삼나무 사이에 날씬한 파수병처럼 우뚝 서 있었다. 진홍색 창살을 달아 산뜻한 느낌을 주는 사제관, 사제관에 면한 교실, 출입구가 바깥 담장으로 나 있는 아담한 진료소, 새로 꾸민 정원에다 심은 포포오 나무와 개오동나무를 등지고 선 그 밖의 부속 건물들······. 그는 웃으면서 나직하게 안도의 한숨을 내쉬고는 건축 자재를 공급해 준 점토 채취장을 축복했다. 치점 신부는 거기에서 파낸 점토로 벽돌을 여러 차례 시험 제작해보고 여러 차례 구워보고 나서야 장밋빛 벽돌을 구워내는 데 성공했다. 그 벽돌 덕분에 선교관을 장밋빛 빛의 교향악으로 연출해 낼 수 있었다. 그는 이어서 수많은 기적을 빚어낸 사람들과 자연을 축복했다. 참으로 너그럽고 인심 좋은 챠 씨, 끈기 있고 재주가 있는 챠 씨의 일꾼들, 완벽에 가깝게 일을 지휘했던, 역시 챠 씨가 보내준 공사 감독, 그리고 더할 나위 없이 맑은 날씨를 베풀어 준 자연을 축복했다. 그 날씨 덕분에 선교관은, 챠 씨 일가와 파오 씨 일가를 한자리에 모은 가운데 한 주일 전에 성대한 봉헌식을 치를 수 있었던 것이다.

　치점 신부는 빈 교실을 한 번 보려고 그 큰 건물을 꽤 멀리 돌아갔다. 그는 장난꾸러기 학동처럼 목을 쑥 뽑아 창을 통하여 안을 들여다보았다. 흰 벽에 건 새 그림, 칠판과 함께 그가 손수 만든 의자가 보였다. 자기 손으로 손수 만든 물건이 그 교실의 공간을 따뜻하게 채우고 있다는 생각이 그의 가슴을 뛰게 했다.

아직 해야 할 일이 남아 있음을 상기한 그는 정원 한쪽 구석으로 갔다. 정원 가, 그의 전용 목공소 옆에는 벽돌 굽는 조그만 가마가 있었다.

치점 신부는 낡은 법의를 훌훌 벗어버리고 지저분한 멜빵바지를 입고는 나무 삽으로 점토를 이기기 시작했다.

다음 날에는 수녀 셋이 오게 되어 있었다. 수녀들이 기거할 방은 준비되어 있었다. 방을 시원하게 꾸미고 커튼 다는 일까지 끝마친 참이었다. 새로 꾸민 수녀들 방에서는 밀랍 냄새가 났다. 그러나 그의 일은 끝난 것이 아니었다. 수녀들이 모여 쉬고 명상할, 외부 세계와는 차단된 휴게실이 완공되지 않았다. 이 휴게실을 완공하기 위해 그는 자신이 고안한 특수한 가마로 벽돌을 좀더 구워내야 했다.

수녀들이 온다는 소식만큼 신나는 소식이 있을 수 없었다. 외방전교회가 결정한 수녀 파송은 순전히 그의 노력과 기도가 거둔 결실이었다. 그는 선교관 건물이 서서히 올라가는 것을 보면서 안셀름 밀리 신부에게, 심지어는 맥냅 주교에게까지 수녀의 파송을 바라는 편지를 내었던 것이다. 그는 성인 중국인을 개종시키는 일은, 대천사들이 아니고서는 어려운 일이라는 결론을 내렸다. 중국인들의 강한 인종 의식, 무지, 옛 믿음에 대한 고집……, 이런 것들은 새 믿음의 앞을 가로막는 금성 철벽이었다. 그렇다고 해서 개개인을 적시하면서 누구누구의 마음을 주장해주십사고 하느님께 기도를 드릴 수도 없는 노릇이었다. 이런 상황에서 세워진 새 교회는 그의 체면을 세워주는 데 크게 기여했고, 덕분에 처음에는 머뭇거리다가 미사에 얼굴을 내미는 사람들이 늘어가고 있는 형편이었다. 미사 회중은 60명 정도였다. 많은 것은 아니나 그래도 치점 신부의 귀에는 이 60명이 드리는 '키리에(자비를 비는 기도)'가 웅장한 합창으로 들렸다. 그러나 그는 어린이들에게 기대를 걸고 있었다. 어린이에게 거는 그의 기대와 희망은 크고 밝았다.

중국에서 아이들의 값은 글자 그대로 헐값이었다. 기근과 혹심한 가난과 유교의 남존 여비 사상에 젖은 중국인들은 아이들, 특히 여자 아이들을 심하게 천시하여 저자 거리에 내다 버리는 것도 마다하지 않았다. 그러나 조금만 있으면 그의 선교관 교실은 아이들로 가득 찰 터였다. 그는 아이들을 수녀들 손에 맡겨 먹여 주고 돌보아 주게 할 참이었다. 그러면 아이들은 선교관에서 줄넘기도 하고, 함박꽃 웃음을 터뜨리며 놀이도 하고, 글씨 공부도 하고, 교리 문답도 하게 될 것이다. 그는 미래가 아이들에게 달렸다는 것을 의심하지 않았다. 그리고 그 아이들, 자기 손에 자라난 그 아이들이 장차……, 하느님의 자녀가 될 것이라는 사실도 믿어 의심치 않았다.

그는 거푸집에 넣어 찍어낸 벽돌을 가마에다 넣으면서 이런저런 생각을 하고는 혼자 웃었다. 그는 여자들을 잘 다루어 낼 수 있는 그런 사람은 못 된다는 것을 자인했다. 그러나 이민족 틈에서 오래 고초를 겪다 보니 같은 언어로 말하는 사람들과의 만남이 기다려지는 것은 어쩔 수 없었다. 그가 아는 한, 다음 날 오게 되어 있는 원장 수녀 마리아 베로니카는, 태생은 바바리아 태생이어도 런던에 있는 본세쿠어스(복음구제회)에서 5년간이나 시무한 수녀였다. 마리아 베로니카 수녀와 함께 오는 프랑스 인 클로틸드 수녀와 벨기에 인 마르타 수녀 역시 리버풀에서 비슷한 연한을 시무한 수녀들이었다. 영국에서 바로 중국으로 들어온다니까 이 수녀들이 적어도 산뜻한 고향 소식을 전해 줄 터였다.

걱정스러워 하는 마음으로(그에게는 수녀들을 영접하는 일이 여간한 걱정거리가 아니었다) 그는 다음 날의 준비 상황을 점검해 보았다. 제대로 된 중국식 폭죽을 몇 발, 그들이 도착하는 강가에서 터뜨릴 참이었다. 물론 여자들이 너무 놀라지 않을 수준으로 준비해야 했다. 강가에는 파이탄의 최고급 가마도 세 대 대기시킬 참이었다. 그리고 이들이 선교관에 도착하는 대로 대접한다는 계획도 세워져 있었다. 이들과 함께 감사 기도를 올리고(그는 성당 제대에 놓아둔 꽃을 수녀들이 좋아해주기를 바랐다)는 한동안 쉬게 한 다음에 저녁을 대접하는 순서였다.

치점 신부는 저녁 식탁에 오를 음식을 생각하고는 혼자 쿡 웃음을 터뜨렸다. 수녀들이 딱딱한 빵을 보고 질겁할 생각을 하니 웃음이 터졌던 것이다. 치점 신부 자신이 먹는 음식은 초라하기 짝이 없는 것이었다. 선교관 공사가 계속되고 있을 동안 그는 그나마 제대로 찾아 먹지도 않았다. 공사장의 발판 위에서나 챠 씨가 보낸 감독과 설계도를 보면서 밥과 장으로 때웠으니까……. 그러나 수녀들에게 그런 것을 차려낼 수는 없었다. 그래서 그는 요셉을 읍내 시장에 보내어 망고 참외, 차우차우, 진미 중의 진미라는 북부 산시山西 지방 명물인 들오리 고기를 사 오게 했다.

치점 신부가 이런 생각을 하고 있는데 발소리가 들려 왔다. 그는 고개를 돌렸다. 그의 눈앞에서 문이 활짝 열렸다. 강가에서 일하는 초라한 쿨리를 길잡이로 앞세우고 세 수녀가 들어왔다. 셋다 오랜 여행에 지쳐 있었다. 그들의 시선에는 불안이 서려 있었다. 앞서 들어오는, 마흔 안팎의 수녀는 아름다우면서도 위엄이 있어 보였다. 얼굴의 윤곽으로 보아 아무래도 뼈대 있는 가문의 자손인 것 같았다. 눈이 유난히 크고 눈빛이 시원한 이 수녀는 오랜 여행에 지치고 말았는지 얼굴은 창백했다. 약간 화가 나 있는 것 같았지만 그 화를 내색하지는 않았다. 수녀는 치점 신부 쪽으로는 눈도 제대로 돌리지 않고 유창한 중국어로 말했다.

"이 선교관의 신부님께 안내해 주셨으면 합니다."

세 수녀의 갑작스러운 출현에 어리둥절해 있던 치점 신부는 자기도 모르는 사이에 같은 중국어로 대답했다.

"오늘 오시기로 돼 있는 게 아닐 텐데요?"

앞장 선 수녀는 품위로 노여움을 누르면서 응수했다.

"그러면, 저 끔찍한 배로 되돌아가라는 말씀인가요……. 빨리 신부님께 안내하세요."

그제야 치점 신부는 영어로 천천히 말했다.

"내가 바로 프랜시스 치점 신붑니다."

흙일하는 치점 신부와 말을 주고받으면서도 눈으로는 선교관 건물을 둘러보고 있던 수녀는 그제야 시선을 돌려 반팔 셔츠 위에 멜빵바지를 입은 이 신부를, 믿어지지 않는다는 눈으로 바라보았다. 수녀가, 작업복 차림에 흙투성이가 된 구두를 신고, 손과 뺨에 흙을 잔뜩 묻히고 선 신부를 보고 놀라는 것은 당연했다. 치점 신부는 더듬거리며 사죄했다.

"미안합니다……. 마중 나간 사람이 없어서 퍽 난처하셨지요?"

잠깐 동안 수녀는 노여움을 노골적으로 드러내면서 응수했다.

"겨우 이만 오천 리 저쪽에서 온 사람이 환영 인사를 기대했다는 것 자체가 무리였는지도 모르지요."

"하지만 곧 아시겠지만, 편지의 내용으로는……."

수녀는 단호한 몸짓으로 치점 신부의 말을 가로막았다.

"저희를 수녀원으로 안내해 주셨으면 합니다만……."

수녀는 자기는 아무렇지도 않다는 듯한 몸짓을 하면서 말을 이었다.

"……동료들이 지칠 대로 지쳐 있습니다."

치점 신부는 상황을 설명하려고 했다. 그러나 겁에 질린 표정을 하고 신부를 바라보고 있는 다른 두 수녀의 눈길이 그의 기를 꺾었다. 그는 입을 다물고 있기가 고통스러웠지만 아무 말 없이 세 수녀를 수녀원 앞으로 안내하고는 그 앞에서 걸음을 멈추었다.

"편히 쉬시기를 바랍니다. 사람을 보내어 짐을 가져오게 하겠습니다. 저……, 저녁 식사는 함께 하실 수 있겠지요?"

"고맙습니다만, 그건 불가능합니다……. 우유와 과일이 있으시면 좀 남겨 주셨으면 합니다. 내일부터는 일을 해야 할 테니까요."

앞장서서 들어오던 수녀가 차갑게 대답했다. 눈물을 참고 있는 듯한 그녀의 눈이 다시 한 번 초라한 치점 신부의 차림새를 더듬고 지나갔다.

무시당한 데다 모욕까지 당했다는 느낌을 삭이며 치점 신부는 사제관으로 돌아와 몸을 씻고 옷을 갈아입었다. 그는 서류 더미 속에서 톈진天津에서 온 편지를 꺼내어 다시 읽어 보았다. 날짜는 분명히 5월 19일로 되어 있었다. 5월 19일이라면 바로 그다음 날이었다. 그는 편지를 갈기갈기 찢어 버리고는 요셉을 보내어 사오게 한 들오리 고기를 생각했다. 그러고는 얼굴을 붉혔다. 아래층으로 내려가 밖으로 나가려던 그는 시장 본 물건을 잔뜩 챙겨들고 기세 좋게 들어서는 요셉과 마주쳤다.

"요셉! 사 온 과일은 수녀원에 갖다 드리고 다른 것은 모두 가난한 사람들에게 나누어 주어라."

"아니, 신부님……."

뭐라고 말을 하려다가 치점 신부의 음성에 노기가 서려 있는 데다 안색까지 좋지 않다는 것을 확인한 요셉은 침을 꿀꺽 삼켰다. 그는 기를 푹 꺾으면서 고개를 숙였다.

"네……, 말씀대로 하겠습니다, 신부님."

치점 신부는 뜻밖의 상처를 감추려는 듯이 입을 꼭 다물고 교회로 갔다.

다음 날 아침에는 세 수녀가 미사에 참례했다. 치점 신부는 자기도 모르는 사이에 감사 기도를 서둘러 마치고 마리아 베로니카 원장 수녀가 밖에서 기다리겠거니 여기고 교회 밖으로 나가

보았다. 그러나 마리아 베로니카 원장 수녀는 거기에 없었다. 선교관 현황을 들어야 할 터인데도 사제관으로도 오지 않았다. 그로부터 한 시간 뒤 치점 신부는 교실에서 편지를 쓰고 있는 마리아 베로니카 원장 수녀를 발견했다. 그가 들어서자 수녀가 조용히 자리에서 일어났다.

"앉아 계십시오, 수녀님."

"고맙습니다……. 아이들을 기다리고 있었습니다."

원장 수녀는 상냥하게 대답했다. 그런데도 그녀는 앉지 않았다. 손에는 펜을 들고 있었다. 책상 위에는 공책이 놓여 있었다.

치점 신부는 부드럽게 호의적으로 말하려고 애쓰면서 음성을 가다듬었다.

"오후에 한 스무 명쯤 올 것입니다. 많지 않다고 여기시겠지만 그나마 몇 주일을 긁어 모은 아이들이랍니다. 아주 똑똑한 애들이지요."

"저희들이 최선을 다해 보겠습니다."

"저쪽에는 진료소가 있습니다. 진료가 있을 때 저를 도와 주셨으면 합니다. 저 역시 아는 게 없습니다만……, 여기에서는 짧은 밑천도 요긴하게 쓰이지요."

"진료 시간을 일러주시면 진료소에 가 있겠습니다."

대화가 또 끊어졌다. 원장 수녀는 조용하고 정중하게 말하고 있었으나 치점 신부는 그녀의 말 속에서 어쩐지 자기를 피하는 듯한 분위기를 읽어 내었다. 눈을 내리깔고 어정쩡한 자세로 서 있던 그의 눈에 문득 책상 위에 놓인 조그만 액자 속의 사진이 보였다. 치점 신부는 두 사람 사이의 어색한 침묵을 깨뜨리고 싶어 필요도 없는 말을 했다.

"참 아름다운 곳이군요."

"네, 참 아름다운 곳이죠."

마리아 베로니카 원장 수녀의 시선이 치점 신부의 시선을 따라 사진으로 옮겨졌다. 울울창창한 산의 소나무 숲을 배경으로 서 있는, 하얀 고성古城 같은 저택 사진이었다. 저택의 테라스와 정원은 아름다운 호수에 면해 있었다.

"……쉴로스 안하임(안하임 성城)이랍니다."

"이름은 전에 언제 들은 적이 있습니다. 역사적으로 유명한 명소라고들 하지요, 아마? 고향 댁이 가까이 있는 모양이지요?"

"아주 가깝습니다."

마리아 베로니카 원장 수녀는 이렇게 대답하면서 처음으로 신부의 얼굴을 응시했다. 그녀의 얼굴에는 이상하게도 아무 표정도 없었다.

원장 수녀의 차가운 어조 때문에 대화가 끊기고 말았다. 원장 수녀는 치점 신부의 말을 기다리는 것 같았다. 그러나 치점 신부가 입을 다문 채로 가만히 있자 원장 수녀가 빠른 어조로 말했다.

"수녀들과 저는……, 저희들은 이 선교관의 성공을 위해 최선을 다해 일할 각오를 하고 있습니다. 신부님께서 말씀만 하시면 저희들이 달려가서 그 일을 해내겠습니다. 제가 신부님께 드리고 싶은 말씀은……, 저희들에게 행동의 자유를 주셨으면 합니다."

"무슨 뜻이지요?"

치점 신부가 이상한 말을 다 듣겠다는 얼굴을 하고 원장 수녀를 바라보았다.

"신부님께서도 아시다시피 저희들은 명상 가운데서 삽니다. 그래서 되도록이면 사생활을 보호받으면서 살고 싶은 것입니다……. 식사는 저희들끼리 하고……, 독립된 단위로 살림을 꾸렸으면 합니다."

"그런 것은 말씀하시지 않아도 압니다. 수녀님들이 그렇게 지내시라고 수녀원을 마련해 드린 것입니다."

"그렇다면, 저희 수녀원 일은 제가 맡아서 해도 된다는 말씀이시군요."

치점 신부는 원장 수녀가 무슨 말을 하려는지 잘 알고 있었다. 무거운 납덩이가 그의 가슴을 짓누르는 기분이었다. 그러나 그는 웃었다. 쓰디쓰게.

"그렇게 하셔도 좋습니다. 단, 금전 문제에 대해서는 신중을 기해주셔야 합니다. 우리는 매우 가난하니까요."

"저희들이 쓰는 돈은 저희 수녀회 본부에서 대고 있습니다."

그러나 이 말에 대해서만은 치점 신부도 가만히 있을 수 없었다.

"수녀회 본부에서도 청빈을 장려하고 있겠지요?"

"청빈은 장려하지만 구차하게 사는 것은 장려하지 않습니다."

대화는 제대로 오고가지 못했다. 두 사람은 한동안 아무 말 없이 나란히 서 있었다. 마리아 베로니카 원장 수녀는 한동안 그렇게 서 있다가 도저히 견딜 수 없었던지 헛기침을 하고는 손에 펜을 쥔 채로 돌아서 버렸다. 치점 신부는 얼굴에 모닥불이 끼얹혀진 기분이었다. 상대방의 모습을 보기 싫었던 그는 고개를 돌린 채로 말했다.

"진료소 진료 시간표와……, 교회 행사 계획표……, 요셉 편에 보내지요. 하시던 일 계속 하십시오……, 그럼."

신부가 나가버린 뒤에야 원장 수녀는 시선은 천장에다 둔 채 천천히 책상 앞에 앉았다. 자존심이 몹시 강해 보이는 얼굴에는 아무 표정도 없었다. 기이하게도 마이라 베로니카 원장 수녀의 눈에서는 눈물이 한 방울 괴었다가 뺨을 타고 흘러내렸다. 예상이 적중한 것이었다. 원장 수녀는 신경질적으로 펜을 잉크병에 담갔다가는 꺼내어 쓰던 편지를 계속해서 쓰기 시작했다.

……존경하는 오라버니, 두려워하던 일이 이미 벌어지고 말았어요. 저는 이미 무서운 죄를 짓고 말았습니다……. 제 피를 흐르는 뿌리 깊은 호헨로헤 가문의 자존심이 죄를 짓게 한 것이죠. 저만을 탓하시겠어요? 신부님은 조금 전까지 이곳에 있다가 갔어요. 흙 묻은 손과 얼굴을 씻은 다음 면도까지 하고(그 분의 턱에 난, 싸구려 면도칼에 벤 자국을 저는 보았어요), 어쭙잖은 권위주의로 무장한 모습으로 여기에 있다가 간 것이랍니다. 저는 어제, 벌써 천골賤骨의 전형을 보았어요. 오늘 아침에는 드디어 천골의 본색을 여지없이 드러내더군요. 에른스트 오라버니, 안하임이 역사적인 명소라는 것은 백작이신 오라버니도 모르셨지요? 저는 사진을 들여다보는 그의 눈을 보고는 웃음을 애써 참아야 했어요. 오라버니, 어머니와 함께 호

수에서 뱃놀이 하던 날 제가 계류장(繫留場)에서 찍었던 사진 기억나시죠? 그 사진을 저는 보물처럼 간직하고 있답니다. 어디에 가든지 꼭 가지고 다니지요. 실제로 신부님은 저에게, '이곳에 가실 때 어느 여행사를 이용하셨습니까', 이렇게 묻더군요. '여기에서 태어났답니다', 하고 말하고 싶었지만 꾹 참았어요. 자존심이 허락지 않았기 때문일 것입니다. 만일에 제가 그런 말을 했더라면 신부님은, 제대로 닦지 못해 흙이 묻어 있는 자기의 구두를 내려다보며 아마, '아 그래요? 하지만 우리 주님은 외양간에서 태어나셨답니다', 이렇게 응수해 왔을지도 모르죠.

신부님의 얼굴을 보고 있으면 생각나는 사람이 있어요. 우리의 첫 가정교사 스피너 씨 기억나시죠? 우리가 못 살게 굴면, 원망스러워하는 눈빛, 억지로 참는 것 같은 눈빛으로 우리를 바라보고는 했죠? 신부님의 눈이 그런 눈이랍니다. 어쩌면 신부님의 아버지는, 스피너 씨의 아버지가 그랬듯이 나무꾼이었는지도 모르죠. 그래서 신부님 역시 스피너 씨처럼 모멸감을 느끼면서 험한 세상을 살아왔는지도 모르죠. 하지만, 에른스트 오라버니, 정작 걱정스러운 것은 앞일입니다. 상황이 나날이 나빠져가는 듯한 이 이국의 벽촌에 갇히고 보니 앞으로의 일이 어떻게 될지 지극히 걱정스러워요. 견딜 수 없는 것은 지금까지 살아왔던 환경과는 전혀 다른 환경에 적응해야 한다는 것, 본능적으로 싫은 사람과 영적으로 교류하며 살아야 한다는 것입니다. 아, 치점 신부의, 친숙한 척하는 태도, 억지로 싱글벙글하는 얼굴이라니……. 마르타 수녀와 클로틸드 수녀에게도 경고해 두어야겠어요. 마르타와 클로틸드는 리버풀에서 이곳까지 오느라고 병든 송아지 꼴이 되어 있답니다. 저는 기쁜 마음으로 있는 힘을 다해 일하기로 마음을 굳혔어요. 하지만 역시 초연한 태도와 굳센 의지만이 이 어려운······.

마리아 베로니카 원장 수녀는 쓰던 손길을 멈추고, 멍한 시선을 창 밖으로 던졌다.

치점 신부는 오래지 않아 마리아 베로니카 원장 수녀뿐만 아니라 나머지 두 수녀도 자기를 피하려 한다는 걸 알았다.

클로틸드는 서른 안쪽의, 입술에 핏기가 없고 가슴이 밋밋한 수녀로 늘 신경질적인 미소를 띠고 다녔다. 믿음에 여간 열심이 아닌 이 수녀는 기도할 때면 고개를 한쪽으로 기울이고 그 파란 눈으로 눈물을 줄줄 흘리고는 했다. 마르타는 마흔을 넘긴 수녀로 클로틸드 수녀와는 사뭇 달랐다. 덩지가 좋은 농부 아낙네 같은 마르타는 살빛이 거무튀튀하고, 눈가에는 이미 주름이 잡힌 중년이었다. 성질도 급하고 매사에 털털한 마르타는 언제 보아도 여염집 부엌이나 논밭에서 금방 뛰어나온 아낙네 같았다.

치점 신부는 우연히 정원에서 이들을 만난 적이 있었다. 신부가 다가가자 벨기에 인인 마르타는 소곤거리다 말고 입을 다물었고, 클로틸드는 얼굴을 붉히면서 웃었다. 치점 신부는 이들이 자기를 두고 소곤거리고 있었다는 것을 잘 알았다. 그는 이들을 붙잡고 이렇게 말하고 싶은 충동을 느꼈다.

'나를 두려워하지 말아요. 처음 만날 때는 모양이 좋지 않았소만, 나는 보기보다는 좋은 사람이랍니다.'

그러나 그는 그렇게 하지 않았다. 그에게는 수녀들에게 잔소리를 해야 할 이유가 없었다. 수녀들이 맡은 일은 빈틈없이, 완벽하게 처리되고 있었다.

제대는 언제 보아도 바느질이 꼼꼼하게 된 깨끗한 제대보로 덮여 있었고, 만들려면 며칠씩이나 걸리는, 수를 복잡하게 놓아야 하는 제복祭服도 넉넉하게 만들어져 있었다. 진료소 약장에는 잘 손질한 붕대와 쓰기 좋게 마련된 의약품이 가득 들어 있었다.

아이들은 수녀원의 넓은 아래층에서 좋은 대접을 받았다. 교실은 늘 웅성거렸다. 이따금씩은 연습이 잘 된 노랫소리가 들리기도 했다. 치점 신부는 교실 앞을 지나가다가 기도서를 든 채로 정원의 관목 사이에 몸을 숨기고 한참 동안이나 서서 듣고는 했다. 규모는 작아도 치점 신부에게는 참으로 중요한 의미를 지니는 곳이었다. 그 교실의 문이 열리는 날을 오래도록 가슴 두근거리며 기다려 왔던 치점 신부였다. 교실에 들어가는 일은 거의 없었다. 방해가 될까 염려스러웠기 때문이다. 그는 미묘한 현실을 있는 그대로 인정하고 자기편에서 몸을 사리기로 한 것이었다. 그것은 어려운 일이 아니었다. 마리아 베로니카 원장 수녀는 좋은 사람이었다. 다소 결벽증이 있기는 했지만 일에는 열심이었다. 원장 수녀가 처음부터 자기에게 혐오감을 느끼게 되었다는 것은 치점 신부도 어쩔 수 없는 노릇이었다. 치점 신부는 노력했지만 그것만은 마음대로 되어 주지 않았다. 그는 이로써, 자신이 남에게 자연스럽게 호감을 주는 유형은 못 된다는 사실을 확인했다. 스스로 여자와는 별 인연이 없는 사람이라고 생각해온 그의 판단은 옳았던 것이다. 그러나 이러한 확인이 그에게 기분 좋은 것은 물론 아니었다.

치점 신부와 마리아 베로니카 원장 수녀는 진료소 일로 일주일에 세 번씩 오후에 자리를 함께 했다. 자리를 함께 할 때마다 원장 수녀는 치점 신부 옆에서 네 시간씩 일했다. 원장 수녀에게는 자기가 하는 일에 몰두하는 버릇이 있었다. 때로는 치점 신부에 대한 혐오감조차도 잊고 일에 몰두하는 것 같았다. 서로 말을 주고받는 일은 드물었지만 그런 원장 수녀를 볼 때마다 치점 신부는 묘한 동아리 의식을 느끼고는 했다.

원장 수녀가 선교관에 온 지도 한 달이 지난 어느 날, 치점 신부가 생인손 수술을 마치고 손을 닦고 나오자 원장 수녀가 뜻밖에도 탄복했다는 얼굴을 하고 말했다.

"의사가 되실 것을 그랬습니다."

"나는 손으로 뭘 만지는 걸 참 좋아했지요."

치점 신부는 얼굴까지 붉히면서 대답했다.

"그래서 솜씨가 그렇게 좋으신 거군요."

이 말이 치점 신부의 귀에는 그렇게 기분 좋게 들릴 수가 없었다. 원장 수녀의 태도는 나날이 호의적인 쪽으로 기우는 것 같았다. 치점 신부가 진료를 끝내고 얼마 안 되는 의료 기구를 챙기고 있을 때였다. 원장 수녀가 그런 그를 바라보고 있다가 말을 걸었다.

"말씀드리려고 꽤 벼렀습니다만……, 최근 들어 클로틸드 수녀가 일이 많아 고된 모양입니다. 자기 몫의 일 말고도 마르타를 거들어 부엌에서 아이들 음식 장만까지 하고 있으니까요. 클로틸드 수녀는 건강이 좋은 편이 못 됩니다. 그래서 일이 힘에 벅차지나 않을까 늘 걱정스럽습니다. 신부님께서 반대하지 않으시면 도와 줄 사람을 구했으면 합니다만."

치점 신부는 그 말을 들으면서 기분이 좋았다. 자기의 허락을 구하는 것 같았기 때문이었다.

"아, 물론 그러셔야지요. 내가 한 번 물색해 볼까요?"

"고맙습니다만……, 벌써 의중에 둔 부부가 있습니다."

다음 날 오전 선교관 마당을 지나면서 수녀원 발코니를 바라보던 치점 신부는 깜짝 놀랐다. 발코니에서 침대 깔개를 털어 너는 사람들이 틀림없이 왕 호산나와 왕 필로메나 부부였기 때문이다. 걸음을 멈추고 잠깐 생각하던 치점 신부는, 어두운 표정을 하고는 바로 수녀원으로 들어갔다.

마리아 베로니카 원장 수녀는 세탁실에서 침대 홑이불을 손질하고 있었다. 치점 신부는 단도직입적으로 말했다.

"방해를 해 드려서 미안하군요. 하지만……, 새로 들인 그 부부 이야기인데……, 좋은 사람들을 구하지 못한 것 같군요."

원장 수녀는 천천히 돌아섰다. 불쾌하게 생각한 것이 분명했다.

"저는 잘 고른 것으로 압니다만."

"간섭한다는 인상은 주고 싶지 않습니다. 그러나 나로서는, 저 사람들이 믿을 만한 사람들이 아니라는 말은 해야겠습니다."

"기독교의 자비라는 게 그런 것입니까, 신부님?"

치점 신부는 낯색을 잃었다. 원장 수녀는 신부를 궁지로 몬 것이었다. 그러나 치점 신부는 거기에서 물러설 수가 없었다.

"나로서는 일을 현실적으로 처리하지 않을 수 없습니다. 나는 이 선교관 전체를 걱정해야 합니다, 원장 수녀님까지."

이 말을 듣고 있는 원장 수녀는 차갑게 웃었다.

"제 걱정은 하지 마십시오. 제 일은 제 손으로 처리할 수 있으니까요."

"이 왕씨 부부는 질이 좋지 못한 사람들입니다."

"왕씨 부부에게 어려운 시절이 있었다는 것은 저도 압니다. 저에게 말해 주더군요."

원장 수녀의 말에는 뼈가 있었다. 치점 신부는 그만 흥분하고 말았다.

"충고합니다, 그 자들을 내쫓으세요."

"저는 내쫓지 않겠습니다."

원장 수녀의 음성은 강철처럼 차가웠다. 늘 치점 신부의 인격을 의심하던 원장 수녀는 자기 짐작이 들어맞았다고 판단한 듯한 얼굴을 했다. 원장 수녀는 전날 진료소에서 잠깐 적의를 풀고 호의를 보였더니 금방 어쭙잖은 권위를 휘두르려 하고, 되잖은 핑계를 달아 간섭하려 하는구나……, 안 돼, 이렇게 약하게 보일 수는 없어……. 원장 수녀는 이렇게 마음으로 다짐했던 모양이었다.

"신부님께서는 이 수녀원 일에 대한 책임까지 지지 않으셔도 됩니다. 신부님께서도 동의하지 않으셨습니까? 약속을 지키시라는 말씀을 드리지 않을 수 없습니다."

치점 신부는 입을 다물었다. 더 이상 할 말이 없었다. 신부는 원장 수녀를 도와주려고 했을 뿐이었다. 그러나 도와주려고 한 게 불찰이었다. 수녀원에서 돌아서면서 치점 신부는 좋아져 가던 두 사람의 관계가 이전 이상으로 나빠졌다는 생각으로 마음이 무거웠다.

이 일이 두고두고 그를 괴롭혔다. 왕씨 부부가 하루에도 몇 번씩 의기양양한 얼굴을 하고 앞을 지나다닐 때는 태연한 표정을 하고 있기가 참으로 어려웠다. 7월 말의 어느 날 아침, 아침 식사로 과일과 홍차를 가져 온 요셉의 손을 자세히 보니 손이 퉁퉁 부어 있었다. 표정도 심상치 않았다. 어찌 보면 의기양양해 하는 것 같기도 하고 어찌 보면 기가 죽은 것 같기도 한 기묘한 표정이었다. 결국 요셉이 고백했다.

"신부님, 죄송합니다. 악질 왕가 놈을……, 패주지 않을 수가 없었습니다."

치점 신부는 자리에서 벌떡 일어났다. 눈길이 예사롭지 않았다.

"요셉, 왜 그랬느냐?"

"신부님과 저에 대해서 고약한 말을 옮기고 다녀서요. 원장 수녀님은 고귀한 분이시고 신부님은 먼지 같다고 했습니다."

"요셉, 우리 인간은 모두 먼지와 같은 존재가 아니겠느냐?"

치점 신부의 미소에는 힘이 없었다.

"그보다 더 심한 말도 하고 다녔습니다."

"우리는 그런 말도 참아낼 수 있는 사람들이 아니더냐?"

"신부님, 말만 퍼뜨리고 다녔으면 패주지 않았을 겁니다. 요즘 그 자는 분수를 모르고 날뛰고 있습니다. 기회만 생기면 수녀원

살림살이에서 돈을 짜내고 있고요."

 그것은 사실이었다. 원장 수녀는 치점 신부에 대한 분풀이로 이 왕씨 부부에게는 특별한 애정을 쏟고 있었다. 왕 호산나는 아예 원장 수녀 살림을 도맡는 집사 노릇을 했고, 왕 필로메나는 수녀원 안주인이라도 되는 듯이 날이면 날마다 장바구니를 들고 살랑살랑 시장 나들이를 다녔다. 월말이 되어 마르타 수녀가, 원장 수녀가 청구서를 보고 내준 돈을 전해주면 이들은 나들이옷을 날아갈 듯이 차려 입고 나가, 대금을 받는 상인들로부터 구전을 뜯어내는 것이었다. 스코틀랜드 인인 치점 신부의 눈으로 볼 때 이들은 강도나 다를 바 없었다.

 치점 신부는 요셉의 눈치를 살피면서 엄하게 꾸짖었다.

 "왕씨가 심하게 다친 것은 아닐 테지?"

 "신부님, 아주 요절이 났으면 좋겠습니다."

 "이놈, 아주 고약한 놈일세. 왕씨를 때린 벌로, 내일 하루 쉬게 하겠다. 전부터 사 달라고 졸라 대던 그 옷도 사 주고 말겠다."

 그날 오후 진료소에서 마리아 베로니카 원장 수녀는 묵언계默言戒를 깨뜨렸다. 환자가 들어오기 전에 그녀가 치점 신부에게 이런 말을 했다.

 "신부님께서는 가엾은 왕씨를 또 한 번 괴롭히셨더군요."

 "천만에요, 왕이 원장을 괴롭힌 거지요."

 "신부님을 이해할 수가 없습니다."

 "그 자는 원장의 재물을 도둑질하고 있는 거요. 원장께서는 지금 타고난 도둑을 비호하고 있는 것이오."

원장 수녀는 입술을 깨물었다.

"신부님 말씀을 믿지 못하겠습니다. 저는 제가 부리는 사람을 믿는 버릇이 몸에 밴 사람입니다."

"좋으실 대로 하세요. 두고 보면 아실 테니까."

치점 신부는 조용히 이 말다툼을 마무리지었다.

그로부터 몇 주일간 치점 신부는 불편한 심기를 감추지 못했다. 자기를 미워하고 경멸하는 사람과 한 울타리에서 산다는 것은 참으로 끔찍한 일이었다. 게다가 치점 신부는 자기를 미워하는 사람의 영적인 평화를 책임지고 있는 사람이라서 더욱 그랬다. 알맹이가 하나도 없는 마리아 베로니카 원장 수녀의 고해는 치점 신부에게 차라리 고문이었다. 신부는 원장 수녀 역시 괴로워하고 있으리라고 생각했다. 미사 때 신부가 입술 사이에 얇은 성병聖餠을 넣어줄 때면 원장 수녀는 그 가늘고 긴 손가락으로, 주일마다 갈아 덮는 바람에 늘 새 것인 제대보를 잡고는 창백한 얼굴을 들고는 했다. 그럴 때마다 치점 신부는 파르르 떨리는, 정맥이 파랗게 내비치는 원장 수녀의 눈꺼풀을 보면서, 자기를 경멸하고 있거니 여겼다. 이런 마음고생 때문에 그는 밤에도 잠을 잘 이루지 못하고 선교원 뜰을 걷는 날이 많았다. 그러나 원장 수녀와의 문제는, 원장 수녀 자신의 직권 범위에 있는 일이 그 원인이 되고 있는지라 치점 신부도 어쩔 수가 없었다. 그는 침묵으로 일관하며 자신의 의지를 관철할 수 있는 날만을 기다렸다.

가을로 접어들자 기회가 왔다. 발단이 된 것은 경험이 부족한 원장 수녀가 저지른, 대수롭지 않은 실수로 빚어진 일이었다. 그러나 치점 신부로서는 이 문제를 짚고 넘어가지 않을 수 없었다. 수녀원으로 들어가면서 그는 한숨을 쉬었다.

치점 신부는 떨리고 있는 자기의 손을 내려다보며 자기 자신에게 화를 내었다. 그는 원장 수녀 앞에 서서, 말썽 많은 구두를 내려다보면서 말했다.

"원장……, 원장께서는 지난 며칠 동안, 오후에 클로틸드 수녀와 함께 시내에 나가셨지요?"

"그렇습니다."

원장 수녀는 뜻밖의 질문에 놀란 것 같았다. 치점 신부는 이렇게 물어 놓고도 말을 잇지 못했다. 원장 수녀는 신부를 먼저 공격하느라고 비아냥거리는 어조로 물었다.

"뭐하러 나갔는지 궁금하신 모양이군요."

치점 신부는 되도록이면 부드러운 어조로 말하려고 애썼다.

"벌써 다 압니다. 시내의 가난하고 병든 사람들을 찾아보러 나가셨지요. 만츄교(滿洲橋)까지 가신 것으로 압니다. 가난하고 병든 사람을 찾아 나가신 것은 장려할 만한 일입니다. 그러나 오늘부터는 그만두셔야 합니다."

"이유를 여쭤 봐도 될까요, 신부님?"

원장 수녀는 치점 신부처럼 태연한 어조로 말하려고 애쓰고 있었으나 불행히도 성공을 거두지 못하고 있었다.

"이유는 말씀드리지 않는 게 좋겠군요."

원장 수녀의 잘생긴 코가 벌름거렸다.

"자선 행위를 금지시키시려면……, 이유를 말씀해 주셔야 하지 않겠습니까?

"요셉의 말에 따르면, 시내에 이따금씩 마적이 들어온다고 합니다. 와이츄의 군대가 움직이기 시작했다는 것입니다. 대단히 포악한 자들입니다."

원장 수녀는 웃었다. 자존심이 강한 사람 특유의, 남을 내려보는 듯한 웃음이었다.

"저는 두렵지 않습니다. 저희 집안 남자들은 모두 용사들이었습니다."

"그것 참 재미있는 말씀이군요. 하지만 원장은 남자가 아닙니다. 클로틸드 수녀도 남자가 아닙니다. 그리고 와이츄의 졸개들은 바바리아의 귀족 가문에서나 볼 수 있는, 염소가죽 장갑을 낀 점잖은 기사님들도 아니올시다."

치점 신부가 원장 수녀에게 이런 식으로 말한 것은 이때가 처음이었다. 원장 수녀의 얼굴은 빨갛게 달아올랐다가는 곧 핼쑥해졌다. 모습으로 보아 자신의 성미를 누르고 있는 것 같았다.

"정말 상식적이고도 비겁한 눈으로 세상을 보시는군요. 신부님께서는 제가 하느님께 몸바친 수녀라는 것을 잊고 계십니다. 저는 모든 준비, 몸져누울 준비, 몸을 다칠 준비, 횡액을 당할 준비, 심지어는 죽을 준비까지 하고 이곳으로 왔습니다. 감각적인 싸구려 설교를 들으려고 온 것이 아닙니다."

치점 신부는 금방이라도 태워버릴 듯이 불같은 눈길로 원장 수녀를 노려보았다. 노려보면서 못 박는 어조로 말했다.

"그렇다면 감각적인 이야기는 그만둡시다. 원장의 말대로, 만일에 원장이 포로가 되거나 납치된다는 것은 사소한 일일 테니까요. 그러나 내가 원장의 그 자선 심방을 말리는 데엔 그보다 더 심각한 이유가 있습니다. 이 중국 땅에서 여성의 지위는, 원장이 누리기에 버릇 든 지위와는 현격한 차이가 있습니다. 이곳에서 여자들은 수세기 동안 철저하게 무시당해 왔습니다. 원장이 거리를 활보하는 것 자체는 아무것도 아닙니다. 그러나 많은 사람들에게 이것은 심각한 도전이 될 수 있습니다. 종교 문제라는 대국적인 입장에서 보면 이것은 우리 선교 사업에 대단히 불리한 요인으로 작용할 수 있습니다. 그런 이유에서 나는 원장이 내 허락 없이, 호위 없이 파이탄에 나가는 것을 절대로 용납할 수 없는 것입니다."

원장 수녀는 치점 신부에게 따귀라도 맞은 듯이 낯을 붉혔다. 무시무시한 침묵이 흘렀다. 원장 수녀에게는 할 말이 없었다.

치점 신부가 나가려는데 복도에서 다급한 발소리가 들리더니 마르타 수녀가 뛰어 들어왔다. 마르타 수녀는 워낙 흥분한 참이라 문 뒤에 치점 신부가 있다는 것도 몰랐다. 그러니 두 사람 사이를 흐르던 침묵과 긴장을 헤아렸을 리 만무했다. 흘러내리는 머리카락을 잡은 채 마르타 수녀는, 두 손을 비틀어 짜며 소리쳤다.

"도망쳤어요……, 몽땅 털어 가지고…… 어제 원장님께서 빚갚을 돈으로 주신 구십 달러 하고…… 은그릇 하고…… 클로틸드 수녀의 상아 십자가까지 챙겨서…… 도망쳤어요, 사라졌어요……."

"누가 도망쳤다는 거죠?"

마리아 베로니카 원장의 굳어진 입술이 힘겹게 그 말을 뱉어 내었다.

"누구기는 누구겠어요? 왕씨 내외죠……. 더럽고 치사한 도둑들. 그것들이 얼마나 치사한 것들이고 더러운 위선자들인지 처음부터 알았다고요."

치점 신부는 원장 수녀의 얼굴을 대하기가 민망스러웠다. 원장 수녀는 꼼짝도 않고 서 있었다. 치점 신부는 원장 수녀에게 까닭 모를 연민을 느꼈다.

그는 어정쩡하게 서 있다가 사제관으로 발길을 돌렸다.

5

치점 신부는 잔뜩 긴장한 채 사제관으로 돌아왔다. 사제관 앞 연못가에는 챠 씨와 그의 아들 차유가 연못의 잉어를 바라보며 기다리고 있었다. 챠 씨 부자는 추운 날씨에 걸맞게 두꺼운 옷을 입고 있었다(그때 이미 날씨는 상당히 추웠다). 챠 씨는 아들의 손을 꼭 잡고 있었다. 반얀나무 그늘을 빠져나온 석양이 챠 씨 부자를 감싸면서 볼 만한 그림을 지어내고 있었다.

선교관에 자주 출입하는 사람들이라 챠 씨 부자는 그 분위기에 허물없이 어울렸다. 치점 신부가 들어가자 두 사람은 예의 바르게 정식으로 인사했다. 그러나 챠 씨는 안으로 들어가자는 치점 신부의 청을 점잖게 사양했다.

"들어가려고 온 것이 아니라 오늘은 저희들이 모시려고 왔습니다. 네, 오늘 밤 저희들은 산장으로 떠납니다. 신부님께서 함께 가 주신다면 그렇게 다행한 일이 없겠습니다만."

치점 신부는 놀란 얼굴을 하고 서 있다가 대꾸했다.

"산장에요? 곧 겨울이 올 텐데요?"

"저와 보잘것없는 저희 가족은 이따금씩 피서 요량으로 콴산 속에 있는 은거지로 들어갑니다. 하지만 이번에는 겨울 산장을 찾아가는 재미를 누려 볼까 합니다. 그것도 재미있을 것 같아서요. 거기에 꽤 많은 양식과 땔감을 준비해 두었습니다. 신부님, 눈 덮인 산 속에서 명상에 잠겨 보시는 것도 유익한 일이 아닐는지요?"

미간에 주름을 잡은 채 이 완곡한 말의 수수께끼를 풀어보려고 애쓰다 치점 신부는 이 부자 상인에게 단도직입적으로 물어보았다.

"와이츄가 마을을 약탈하러 오기라도 합니까?"

챠 씨는 어깻짓으로 이 단도직입적인 질문의 화살을 피했다. 그러나 그의 표정은, 재앙이 다가오고 있는 낌새 때문이라는 것을 굳이 숨기려 하지 않았다.

"전혀 상관이 없습니다. 와이츄에게는 제가 상당한 액수의 돈과 살 곳을 마련해 주었습니다. 따라서 그 사람, 이 파이탄에서는 꽤 오랫동안 가만히 있을 것입니다."

치점 신부는 대꾸하지 않았다. 그는 뭐가 뭔지 모르겠다는 듯한 얼굴을 했다. 챠 씨가 말을 이었다.

"신부님, 현자賢者를 조용히 살고 싶게 하는 것이 어찌 마적뿐이겠습니까? 함께 가셨으면 합니다만……"

그러나 치점 신부는 천천히 고개를 가로저었다.

"미안합니다, 챠 선생. 나는 선교관 일로 너무 바쁜 사람입니다. 내가 어떻게 선생께서 베풀어주신 이 거룩한 땅을 떠나겠습니까?"

챠 씨는 빙그레 웃었다.

"지금의 이곳은 괜찮습니다. 하지만 마음이 변하시거든 망설이지 마시고 연락주시기 바랍니다. 애야…… 가자. 일꾼들이 짐을 다 실었겠다. 신부님께 영국식으로 손을 내밀고 인사를 청하려무나."

치점 신부는 두꺼운 옷으로 몸을 감싼 소년의 고사리 같은 손을 잡았다.

그러고는 두 사람을 축복했다. 함께 가지 못하는 걸 몹시 섭섭하게 여기는 챠 씨의 태도가 마음에 걸렸다. 선교관을 나가는 두 사람을 바라보는 치점 신부의 마음은 이상하게 무거웠다.

긴장된 분위기 속에서 이틀이 갔다. 수녀들은 거의 치점 신부의 눈에 띄지 않았다. 날씨는 갈수록 나빠져 가고 있었다. 철새가 무리지어 남쪽으로 내려가는 광경이 이따금씩 신부의 눈에 보였다. 어두운 하늘은 납덩이처럼 살아 있는 것들을 내리눌렀다. 하늘이 그 모양인데도 몇 차례 돌개바람이 불었을 뿐 눈은 오지 않았다. 늘 쾌활하던 요셉도 이상하게 풀이 죽은 모습으로 나다니다가 하루는 신부 앞에 나타나 고향에 다녀오고 싶다는 뜻을 밝혔다.

"부모님 뵌 지가 오래 되었습니다. 한 번 다녀왔으면 합니다."

치점 신부가 까닭을 묻자 요셉은 손을 내저으며, 북쪽, 동쪽, 서쪽에서 악령이 몰려온다는 소식이 파이탄에 파다하다고 대답했다.

"그렇다면 악령이 올 때까지 기다려라. 온 다음에 도망쳐도 늦지 않다."

치점 신부는 요셉의 마음을 달래주려고 했다. 자기 마음까지도…….

다음 날 오전 미사가 끝나자 치점 신부는 소문의 진상을 알아보러 시내로 나갔다. 거리가 전에 비해 좀 부산해진 것 같았다. 오가는 사람들의 표정에는 별로 변화의 조짐이 보이지 않았다. 그러나 주민들이 밀집해 있는 지역은 이상하리만큼 조용했다. 자세히 보니 문을 닫은 상가도 많았다. 그물시장 거리에서 그는 홍 씨를 만났다. 그는 서둘러 가게 문을 닫고 있었.

홍 씨는 겁먹은 눈길로 신부를 훑어보면서 조심스럽게 말했다.

"신부님, 이번에는 의심할 여지가 없습니다……. 돌림병입니다. 걸리는 사람은 심하게 기침을 하는데, 흔히들 이 병을 흑사병이라고 한답니다. 벌써 여섯 개 성(省)에 이 병이 돌았다고 합니다. 사람들은 돌림병을 피해 도망치고 있습니다. 어젯밤에는 이 파이탄에서도 환자가 나타났습니다. 만츄 교에서 여자가 하나 쓰러져 죽었다는 것입니다. 현명한 사람들은 여자가 왜 죽었는지 잘 압니다. 아, 기근이 들면 보따리 싸고, 전쟁이 나면 보따리 싸는 우리 신세……. 신들이 노하면 사람들이 고달파진답니다."

치점 신부는 어두운 얼굴을 하고 선교관 길을 올랐다. 이미 대기 속에서 죽음의 냄새를 맡은 것이었다.

길을 오르던 치점 신부는 화들짝 놀라 걸음을 멈추었다. 선교관 벽 앞, 길바닥에서 죽은 쥐 세 마리를 발견한 것이다. 표정으로 미루어 보아, 치점 신부는 이 '셋'이라는 숫자에서 불길한 징조를 읽었던 모양이다. 그는 선교관 교실에 있는 아이들을 생각하고는 몸을 떨었다. 선교관 안으로 들어간 그는 손수 석유를 퍼다 죽은 쥐 위에 끼얹고는 불을 질렀다. 그러고는 쥐가 불에 타는 모양을 내려다보다가, 다 타자 구덩이를 파고 파묻었다.

치점 신부는 생각에 잠긴 채 한동안 그 자리에 서 있었다. 파이탄에서 가장 가까운 전신국까지만 해도 2천 리. 말을 이용하거나 거룻배를 이용해서 센샹까지 사람을 보낸다고 해도 엿새는 족히 걸릴 터였다. 그러나 그는 어떻게 하든지 바깥세상으로 사람을 보내지 않으면 안 되었다.

그의 표정이 갑자기 밝아졌다. 그는 요셉을 만나자 팔을 잡아 방으로 데리고 들어와서, 진지한 얼굴을 하고는 말했다.

"요셉, 너에게 아주 중요한 임무를 맡기겠다. 챠 씨의 새 배를 타고 가거라. 뱃사람에게는 챠 씨와 나의 허락이 있었다고 말해라. 필요하면 훔쳐 가도 좋다. 내 말 알아듣겠느냐?"

"알겠습니다, 신부님. 이럴 때 훔치는 것은 죄가 되지 않을 것입니다."

"좋다. 배를 타거든 전속력으로 센샹으로 가서 티보도 신부의 선교관을 찾아가거라. 티보도 신부가 없거든 미국 석유 회사로 가거라. 가서 높은 분을 만나라. 만나거든 우리 지역이 역질疫疾이 만연해 있으니까 빨리 의약품과 보급품과 의사들을 보내라고 하여라. 그런 다음에는 전신국으로 가서 내가 써 주는 전문電文을 보내어라. 알겠지……. 전문을 써 줄 테니까……, 먼저 베이징 교구로 보내고 다음으로는 난징南京에 있는 유니온 종합 병원으로 보내는 거다. 여기에 돈이 있다. 요셉, 나를 실망시키지 않도록. 이제 가거라. 하느님께서 너와 함께 하실 것이다."

요셉은 파란 짐 보따리를 등에 지고 그 총명한 얼굴에다 비장한 각오를 새기고 언덕을 내려갔다. 치점 신부는 강가에서 배가 떠나는 것을 보려고 종루로 올라갔다. 그러나 종루의 벽에 등을 기대고 아래를 내려다보는 순간 치점 신부는 눈앞이 캄캄해지는 기분이었다. 눈 아래로 펼쳐진 들에 두 줄기의 행렬이 보였던 것이다. 가축과 비틀거리는 사람들이 개미처럼 그 행렬을 따라 고물거리고 있었다. 한 줄은 파이탄 시내로 들어오는 대열, 또 한 줄은 시내를 빠져나가는 대열이었다.

그 종루에 있을 수가 없었다. 종루에서 내려온 그는 선교관 학교로 들어갔다. 복도에서 마르타 수녀가 무릎을 꿇고 앉아 바닥을 닦고 있었다.

"원장 수녀는 어디에 계십니까?"

마르타 수녀는 윗몸을 일으키고는 머릿수건을 고쳐 썼다.

"교실에 계십니다. 요즘은 기분이 좋지 못하신 모양입니다."

치점 신부는 교실로 들어갔다. 교실의 아이들은 그가 들어가자 조용해졌다. 아이들의 밝은 얼굴들이 그의 가슴을 짓누르는 것 같았다. 그는 재빨리 자신에게 엄습한 까닭모를 공포를 털어내었다.

마리아 베로니카 원장 수녀는 창백한 얼굴을 돌리고 신부를 바라보았다. 여전히 읽을 수 없는 표정이었다. 치점 신부는 원장 수녀에게 다가가 조용히 말했다.

"전염병이 만연할 조짐이 보이고 있습니다. 독한 역질이 아니었으면 합니다만, 걱정입니다. 따라서 우리는 여기에 맞설 준비를 해야 합니다……. 어떤 대가를 치르더라도 우리는 아이들에게 이 병이 전염되지 않게 해야 하는 것입니다. 무슨 말씀이냐 하면, 교실과 수녀원을 격리시켜야 한다는 뜻입니다. 나는 선교관 앞에 장벽을 쌓는 계획을 세우고 있습니다. 아이들과 세 분 수녀님들은 이 장벽 안에 있어야 하는 것이지요. 이렇게 한 다음에 수녀님들이 한 분씩 교대로 입구를 감시해 주셨으면 하는 겁니다……. 그럴 듯한 계획이라고 생각하는데 어떻게 보시는지요?"

"좋은 계획이라고 생각합니다."

원장 수녀는 차가운 얼굴로 신부를 바라보며 대답했다.

"의논하고 싶은 것은 없습니까?"

"신부님 덕분에 저희 수녀들은 격리당하는 데 길이 들어 있습니다."

"전염병이 얼마나 무서운 것인지는 아시지요?"

"잘 압니다."

대화가 여기에서 끊어졌다. 치점 신부는 화해의 제안이 거부당했다고 생각하면서 문 쪽으로 갔다. 문고리를 잡으면서 그가 말했다.

"하느님께서 이 역질을 보내신 것이라면 우리는 어떻게 하든지 이 시련을 이겨 내어야 합니다. 사적인 감정은 잊고 함께 노력합시다."

"벌써 까맣게 잊었습니다."

원장 수녀가 냉담한 어조로 말했다. 그러나 그 말투에는 귀한 집안 자손 특유의 강한 자존심이 배어 나왔다.

치점 신부는 교실에서 나왔다. 그는 원장 수녀의 담력에 혀를 내둘렀다. 다른 여자들 같으면 그 소식을 듣고 기겁을 했을 터였다. 다른 수녀들도 그런 정신으로 이 난국을 수습해 주었으면……, 신부는 이런 생각을 하면서 사제관으로 돌아왔다.

서둘러야겠다고 생각한 그는 다시 선교관을 한 바퀴 둘러본 뒤 정원사를 보내어, 선교관을 지을 때 일을 맡아주었던, 챠 씨 수하手下의 공사 감독과 인부 여섯을 불러오게 했다. 이들이 도착하자 그는 이들에게, 미리 표시해 둔 선교관 둘레에다 점토로 울타리를 쌓아 올리게 했다. 마른 옥수수 대가 훌륭한 바리케이드 감이 되어 주었다. 학교와 수녀원을 둘러싸는 울타리가 완성될 때까지 꼼꼼하게 이를 감독하며 지시하던 치점 신부는 울타리가 완성되자 이번에는 울타리 밖에다 긴 도랑을 파게 했다. 만일의 경우 그는 도랑에다 소독약을 흘려보낼 작정이었다.

 이 일에는 하루가 좋이 걸렸다. 작업이 끝난 것은 한밤중이었다. 공사 감독과 인부들이 돌아간 뒤에도 그는 잠을 이루지 못했다. 공포와 불안이 끊임없이 밀려왔기 때문이다. 자리에서 일어난 그는 창고에 있던 물건을 모두 울타리 안의 건물 안으로 옮겨 놓았다. 감자 자루와 밀가루 부대, 버터, 농축 분유, 베이컨, 통조림 같은 것들을 그는 몸소 등짐으로 져 날랐다. 얼마 남지 않은 의약품도 같은 방법으로 운반했다. 이 일을 끝낸 뒤에야 그는 안도하면서 시계를 보았다. 새벽 3시였다. 잠자리에 들기에는 너무 늦은 시각이었다. 그는 교회로 들어가 날이 샐 때까지 기도했다.

 날이 밝자 그는 수녀들이 잠을 깨기 전에 아문^{衙門}으로 지사^{知事}를 찾아갔다. 만츄 교를 통하여 이미 전염병에 오염된 지역의 피난민들이 꾸역꾸역 파이탄 시로 몰려들고 있었다. 성벽 밑에는 수많은 난민들이 노숙하고 있었다. 치점 신부는 이불 대신 거적을 뒤집어쓰고 차가운 바람을 그대로 맞고 있는, 말없는 난민들 사이를 지나갔다. 곳곳에서 기침소리가 들렸다. 가난과 전염병에 그대로 노출된, 초라한 난민들의 모습을 보는 순간부터 치점 신부의 가슴은 미어지는 것 같았다. 난민들 중에는 이미 감염된 사람들이 많았다. 감염된 사람들은 절망 상태에서 죽어가고 있었다. 그들을 도와야 한다는 생각이 치점 신부의 가슴을 착잡하게 했다. 난민들 중에는 이미 숨이 끊어진 노인도 있었다. 노인의 옷은 이미 깡그리 벗겨져 나간 채 시체가 되어, 쪼글쪼글한 얼굴로 하늘을 바라보며 반듯이 누워 있었다.

치점 신부는 착잡한 마음으로 아문으로 들어갔다. 그러나 그를 기다리는 것은 절망뿐이었다. 파오 씨의 종제도 벌써 떠나고 없었다. 파오 씨의 종제뿐만 아니라 파오 씨 가문에서는 그 누구도 남은 사람이 없었다. 파오 씨 저택의 잠긴 문은 치점 신부를 바라보는 장님의 눈 같았다.

그는 절망으로 고통스러운 가슴을 안고 발길을 돌려 아문의 사무실로 들어가 보았다. 역시 복도는 사람의 발길이 끊긴 지 오래였고, 사무실은 썰렁했다. 하급 사무원 몇 명이 서둘러 보따리를 싸고 있을 뿐이었다. 그는 하급 사무원 한 사람을 붙잡고 지사가 어디로 갔느냐고 물어 보았다. 그 사무원은 지사가 파이탄에서 8백 리 떨어진 먼 일가친척 장례식에 갔다고 대답했다. 아문의 행정 업무는 마비된 지 오래였다.

치점 신부의 미간에 잡힌 주름이 깊어 갔다. 이제 그에게 남은 길은 오직 하나뿐이었다. 그는 그 방법이 별로 현명한 방법이 못 된다는 것을 알고 있었다. 그런 줄 알면서도 그는 둔영소^{屯營所}로 달려갔다.

마적 두목 와이츄가 그 지역을 장악하고 유지들로부터 공물을 거두어들이기 시작한 지 오래라 정규군의 지위는 이름뿐이었다. 마적 떼가 정기적으로 파이탄을 약탈하기 시작하면서 정규군들이 도망쳐 버리거나 마적 떼에 투항해 버렸기 때문이다. 신부가 둔영소에 이르러서 보니, 지저분한 회색 무명 군복을 입은 여남은 명의 병사들이 총도 없이 어슬렁거리고 있었다.

치점 신부가 들어서자 정문 입초^{立硝}가 앞을 가로막았다. 그러나 가슴에 불을 묻은 치점 신부의 앞길을 입초가 막을 수는 없었다. 치점 신부는 입초를 밀치고 안으로 들어갔다. 행정반에는 제복을 말쑥하게 차려 입은 젊은 장교가 종이를 바른 창가에서 버드나무 가지로 하얀 이빨을 쑤시고 있었다. 그 젊은 장교가 바로 쑨 중위였다.

쑨 중위와 치점 신부는 한동안 서로를 노려보고 서 있었다. 젊은 멋쟁이 장교는 정중하면서도 경계를 풀지 않은 자세를 하고 치점 신부를 노려보았고 치점 신부는 이판사판 치고 들어가겠다는 얼굴을 하고 쑨 중위를 노려보았다.

치점 신부가 먼저 입을 열었다. 그는 흥분을 가라앉히려고 애썼다.

"이 도시는 지금 무서운 역질의 위협을 받고 있습니다. 이 위협에 맞서 싸울 용기 있고 힘 있는 분이 필요합니다."

쑨 중위는 심드렁한 얼굴을 하고 치점 신부를 바라보면서 비아냥거렸다.

"힘이라면 와이츄 장군에게 얼마든지 있지요. 하지만 그 자는 내일 투엔라이^{杜恩來}로 떠난다고 합디다."

"그렇다면 남은 사람들에게는 일이 좀 수월하겠군요. 부탁입니다. 도와주십시오."

"고통 받는 사람들을 위해서 아무 대가도 바라지 않고 애쓰시는 신부님을 도와 함께 일할 수 있다면 얼마나 보람 있는 일이겠습니까? 하지만 내 수하에 남은 병력은 오십 명도 채 안 됩니다. 보급도 끊긴 지 오래고요."

"내가 셴샹으로 사람을 보냈습니다. 보급품은 곧 올 것입니다. 그 동안 시급히 해야 할 일이 있습니다. 난민들을 수용할 곳을 준비하고 전염병이 이 도시로 들어오는 것을 막아야 합니다."

"전염병은 벌써 들어왔습니다. 바구니 시장 거리에만 해도 벌써 환자 수가 육십 명을 넘었습니다. 대다수는 죽었고 죽지 않은 환자들은 죽을 날만 기다리고 있습니다."

치점 신부는 다급했다. 싸울 결심은 한 지 오래였다. 전염병 앞에서 패배할 수는 없는 노릇이었다. 그는 숀 중위 쪽으로 한 발 다가서면서 말했다.

"나는 나가서 이들을 돕겠습니다. 나를 도와주시지 않겠다면 혼자 하겠습니다. 하지만 나는 당신이 나를 도와 줄 것으로 확신하고 있습니다."

숀 중위가 처음으로 불쾌한 표정을 지었다. 숀 중위는 멋 부리기를 좋아하기는 했지만 용기도 있고, 보다 나은 삶을 살아야 한다는 의식도 있고, 자신의 인격에 높은 값을 매길 줄도 아는 사람이었다. 투항하면 호의호식하게 해주겠다는 와이츄의 제의를 거절한 것도 숀 중위가 이런 사람이었기 때문이다. 그러나 파이탄 시민들의 안위까지 걱정했던 것은 아니었다. 치점 신부가 들어왔을 때, 그는 '잃어버린 세월' 거리에 주둔해 있는 잔류 병력과 합류하는 문제를 두고 명분을 찾으려 하고 있던 참이었다. 숀 중위는 치점 신부의 말을 듣고는 당황했다. 인정하고 싶지는 않지만 신부의 말에 감명을 받은 것도 사실이었다. 그는 마지못해 움직이는 사람처럼 버드나무 가지를 버리고 권총 혁대를 차기 시작했다.

"쏴 봐야 제대로 나가지도 않는 물건입니다만 부하들을 다룰 때 권위의 상징으로 써먹으면 아주 요긴하답니다."

두 사람은 우중충한 거리로 나왔다.

별명이 '잃어버린 세월'인 거리에서 30명 가까이 병력을 모은 쑨 중위와 치점 신부는 강가에 있는, 집들이 다다닥 붙어 있는 마을로 들어갔다. 바구니 만드는 사람들이 모여 사는 마을이었다. 역질은 이미 똥파리처럼 그곳에 들어와 있었다. 강 위에는 허름한 판자로 지은 수상^{水上} 가옥이 흙으로 된 강둑을 등지고 빼곡히 들어차 있었다. 오물과 독충과 질병에 시달리는 대표적인 지역이었다. 치점 신부는 빨리 손을 써서 조처하지 않으면 전염병이 불길처럼 번질 것임을 믿어 의심치 않았다. 허리를 구부린 채로 판잣집을 나오면서 치점 신부가 쑨 중위에게 말했다.

"환자를 수용할 곳이 필요합니다."

쑨 중위는 미간에 손가락을 대고 그럴 만한 곳을 생각해 보았다. 그는 처음에 보이던 태도와는 달리 그 일에 열을 내고 있었다. 외국인 신부는 전염병에 걸려 죽어가는 사람들 옆에서도 눈 하나 깜빡거리지 않음으로써 중국인인 쑨 중위 자신의 체면을 몹시 위태롭게 만들고 있었다. 쑨 중위는 체면을 대단히 중하게 여기는 사람이었다.

쑨 중위는 자기 몫의 염세^{鹽稅}를 횡령했던 관리들을 생각해 내고는 이렇게 대답했다.

"황실이 파견한 기록관들의 관청인 유쉬아문^{耛史衙門}을 접수합시다. 도망친 놈들의 소굴인 이 관청이 병원 건물로는 아주 그만입니다."

이들은 곧 그 관청을 접수했다. 파이탄 시 중심에 위치해 있는 이 아문 건물은 안이 넓기도 하려니와 좋은 집기가 넉넉하게 있어서 좋았다. 숀 중위는 문을 부수고 안으로 들어갔다. 치점 신부가 여남은 명의 병사들과 밖에서 환자 받을 준비를 하고 있을 동안 숀 중위는 나머지 병사들을 인솔하여 그곳을 떠났다. 오래지 않아 환자들이 들어왔다. 치점 신부는 병사들을 지휘하여 환자들을 가지런히 뉘었다.

그날 밤 지친 몸을 이끌고 선교관 언덕을 오르던 치점 신부는 음울한 장송곡 소리와 그 소리를 지워버릴 듯한 사람들의 비명소리와 간헐적으로 나는 총소리를 들었다. 치점 신부의 등 뒤에서 와이츄의 비정규군이 덧문이 걸린 상점을 터느라고 소동을 벌이고 있는 것이었다. 그러나 그런 소동은 가라앉고 도시는 다시 적막에 휩싸였다. 달이 떠 있어서, 훔친 조랑말을 내몰아 동문東門에서 나와 평원 쪽으로 퇴각하는 와이츄 마적 떼가 보였다. 치점 신부는 마적 떼가 퇴각하고 있어서 불행 중 다행이라고 생각했다.

치점 신부가 선교관 언덕 바로 아래까지 왔을 때 구름이 달을 가렸다. 곧 눈이 쏟아지기 시작했다. 점토 울타리 앞까지 온 그는 안도의 한숨을 내쉬었다. 시내에 비해 공기가 맑고 깨끗하여 숨쉬기가 한결 부드러웠다. 하늘에서는 함박눈이 소용돌이 모양을 그리며 내려 그의 눈과 눈썹 위에 쌓이고 입 안으로도 들어갔다. 입 안으로 들어간 눈송이는 흡사 성병聖餠 같았다. 어찌나 많이 내리는지 주위는 순식간에 하얗게 변했다. 추위에 떨며 문 밖에서 기척을 내자 마리아 베로니카 원장 수녀가 등을 들고 나왔다. 눈 위에 비치는 등불 빛은 유난히 밝았다.

치점 신부는 원장 수녀에게 말을 걸기가 어려웠다. 그러나 걸지 않을 수도 없는 노릇이었다.

"별일 없었나요?"

"네, 없었습니다."

치점 신부의 가슴은 이로써 한결 가벼워지는 것 같았다. 그는 심한 피로를 느꼈다. 하루 종일 아무것도 먹지 않았던 것이다.

"원장, 시내에다 병원을 하나 세워 놓고 왔어요. 규모는 크지 않으나 최선을 다해 볼 발판은 마련된 셈이지요……."

그는 이렇게 말하고는 기다렸다. 원장 수녀가 무슨 말을 할 것 같은데다가 입장이 묘하게 되는 바람에 말을 꺼내기가 어려웠기 때문이다. 그러나 그는 정중하게 자기 입장을 밝히지 않을 수 없었다.

"……수녀님들이 바쁘신 줄은 잘 알지만……, 혹시 그럴 여유가 있으면 한 분을 파견하셔서서……, 간호를 도와주게 하면……, 고맙겠습니다."

원장 수녀는 바로 대답하지 않았다. 치점 신부는 원장 수녀의 입술이 굳어지는 것을 볼 수 있었다. 원장 수녀는 한참 뒤에야 차갑게 말했다.

"신부님께서는 저희들에게 금족령을 내리셨습니다. 시내에는 절대로 들어가서는 안 된다고 하셨죠……."

함박눈 송이 사이로 보이는 신부의 지치고 허기진 얼굴이 원장 수녀의 마음을 움직였던 모양이었다. 원장 수녀가 말끝에다 덧붙였다.

"······하지만 제가 가겠습니다."

치점 신부는 큰 짐이 하나 벗겨져 나간 것 같은 기분이었다. 치점 신부 자신에게 적의를 품고 있기는 하지만 원장 수녀라면 마르타 수녀나 클로틸드 수녀보다도 훨씬 능률적으로 일해 줄 것 같았기 때문이다.

"병원 일을 도와주신다는 것은 아주 숙소를 아문으로 옮겨야 한다는 뜻입니다. 짐을 꾸려 주세요. 필요한 것은 다 챙기셔야 합니다."

그로부터 10분 뒤 마리아 베로니카 원장 수녀가 가방을 들고 나왔다. 두 사람은 말없이 시내의 아문으로 갔다. 두 줄로 눈 위에 난 두 사람의 발자국 줄은 서로 멀찍이 떨어져 있었다.

다음 날 아침, 아문에 들어온 환자 중 16명이 사망했다. 그러나 이 날 아침에 들어온 환자 수는 사망한 환자 수의 세 배가 넘었다. 환자들 모두가 폐렴 증세를 보이는 무서운 병이었다. 병균이 어찌나 지독한지 독한 소독약으로 끊임없이 소독하는데도 끄덕도 하지 않았다. 사람들은 몽둥이에 얻어맞은 것처럼 쓰러졌다가는 하루가 채 되기도 전에 죽어나가고는 했다. 병균은 혈액을 응고시키고 폐를 썩게 하는 것 같았다. 이렇게 발병한 환자들은 병균이 들끓는 가래를 토해내었다. 웃고 떠들어 대던 사람이 한 시간도 못 되어 웃음기가 채 가시지 않은 얼굴을 데드마스크로 남기고 죽기도 했다.

파이탄의 세 한의사도 그 잘난 침술로는 이 전염병을 잡지 못했다. 이들은 병원으로 와서 이틀을 넘기지 못하고, 환자들의 팔다리를 찌르던 침을 거두어 들고는 이보다 만만한 환자들을 찾아 떠나 버렸다.

그 주일의 주말이 되자 전염병은 파이탄 시 전역을 휩쓸었다. 공포의 물결은 온 파이탄 시내를 넘실거리고 있었다. 이 도시의 남문南門 거리는, 수레, 가마, 짐을 잔뜩 실은 노새, 겁에 질린 사람들로 발 디딜 틈도 없었다. 기온은 급강하했다. 고사병枯死病이 온 땅에 만연한 것 같았다. 극도의 과로에 시달린 데다 잠조차 못 잔 치점 신부는 전염병이 파이탄 전역을 휩쓸고 있다는 것을 어렴풋이 알았다. 그러나 파이탄은 극히 작은 일부 지역에 지나지 않았다. 그는 바깥세상의 소식에 어두울 수밖에 없었다. 그는 그 역질이 얼마나 광대한 지역에 만연해 있는지 알지 못했다. 그 즈음 이 역질은 반경 수만리에 달하는 국토의 전 지역을 강타, 50만 명에 가까운 희생자를 내고 있었지만 치점 신부가 이를 알 리 없었다. 유럽의 국가들이 중국의 이런 상황을 안타깝게 여기고 있다는 사실, 미국과 영국에서 긴급 조직된 의료 원정대가 이미 중국 땅에 들어와 이 전염병과 싸우고 있다는 사실은 더더욱 알 리 없었다.

날이 갈수록 근심은 깊어만 갔다. 요셉으로부터도 소식이 없었다. 그는 센샹에서 보급품이 오지 않을까 봐 걱정스러워 견딜 수가 없었다. 그래서 그는 하루에도 몇 차례씩 부둣가로 눈길을 던지고는 파이탄으로 들어오는 배들을 바라보고는 했다.

그런데 둘째 주 초에 요셉이 나타났다. 몹시 고생스러웠던지

꿀은 말이 아니었으나 얼굴에는 큰일을 해낸 사람 특유의 미소가 감돌고 있었다. 그의 말에 따르면, 여행은 고난의 연속이었다. 그가 가는 곳치고 이 역질이 감염되지 않은 지역은 없었다. 센샹은 초토화되기 직전이었다. 센샹의 선교관도 이 역질의 난타를 피할 수 없었다. 그러나 요셉은 용감했다. 그는 치점 신부가 시키는 대로 전보를 치고는, 배를 숨겨두고 기다렸던 것이다. 요셉은 편지 한 장을 내밀었다. 치점 신부는 떨리는 손으로 편지를 받았다. 요셉은 옆에서, 신부님의 친구 분, 아주 오랜 친구 분이 보급선 편으로 온다고 말했다.

치점 신부는 이상한 예감을 느끼면서 잔뜩 흥분한 채 편지를 뜯었다.

체코우 성^亯
레이턴 경^卿 의료 원정대

사랑하는 프랜시스
레이턴 경이 인솔하는 의료 원정대에 참가하여 중국에 온 지 다섯 주일이 되었네. 내가 먼 바다로 나가는 화물선의 갑판과 먼 이국의 밀림을 얼마나 동경하였던가? 자네가 그런 나의 모습을 기억한다면 중국에 왔다고 하더라도 별로 놀라지 않을 것이네. 사실 말이지, 나는 그런 것들을 깡그리 잊은 줄 알았네. 그러나 고향에서 이 의료 원정대가 지원자를 모집한다는 소식을 들었을 때, 나 자신도 놀라고 말았네. 하나도 잊지 않고 있다가 덜컥 지원해 버렸거든. 그러나 거국적인 영웅 같은 것이 되고 싶다는 충동이 이런 마음을 내게 한 것은 아니니 염려 말게. 모르기는 하지만 타이니캐슬의 단조로운 생활에 대한 반작용이 아닐까 싶어. 자네를 다시 만나고 싶다는 생각에서 지원했는지도 모르겠고.

어쨌든 중국 땅에 도착한 즉시, 나는 거룩한 자네에게 달려갈 구멍을 엿보며 줄곧 벽지로만 다니고 있네. 자네가 난징으로 보낸 전보가 우연히 우리 의료 원정대 본부로 들어왔는데, 나는 하이창海蒼에 있다가 전보가 접수된 다음 날 그게 자네 전보인 줄 알았네. 나는 즉시 레이턴 경에게 자네 있는 곳으로 보내 달라고 요청했네. 레이턴 경, 작위가 마음에 안 들기는 하지만 괜찮은 친구일세. 레이턴 경은 선선히 허락하면서 몇 대 안 되는 동력선까지 한 대 내어주기로 했네. 나는 조금 전에 센샹으로 돌아와 구호물자를 모으는 중일세. 동력선으로 달리면 자네가 보낸 청년보다 24시간쯤 늦게 도착할 것 같아. 그때까지라도 몸조심하게. 자세한 이야기는 만나서 하세. 난필亂筆을 양해하게.

자네의 친구 윌리 탈록

치점 신부는 천천히, 빙그레 웃었다. 여러 날 만에 처음으로 웃은 웃음이었다. 치점 신부는 가슴 깊은 곳이 따뜻해지는 기분이었다. 그리 놀랄 만한 일은 아니었다. 의사 탈록은 원래 그런 짓을 불쑥불쑥 잘하는 사람이었기 때문이다. 치점 신부는 친구가 온다는 뜻밖의 소식으로 힘이 솟는 것 같았다. 한시바삐 탈록을 만나고 싶어 안달이 났을 지경이었다.

다음 날 강 위에 구호선이 모습을 나타내자 치점 신부는 허둥지둥 부둣가로 달려갔다. 탈록은 구호선이 채 땅에 닿기도 전에 배에서 뛰어내리고 있었다. 나이를 먹어 몸이 펑퍼짐하게 퍼져 있기는 했어도 탈록은 별로 변한 것 같지 않았다. 거기에 서서 치점 신부를 바라보고 웃는 탈록은 스코틀랜드 황소처럼 고집이 세고, 입은 옷처럼 털털하고, 홈스펀 천만큼이나 소박하고 정직하고 조용해 보였다.

치점 신부의 눈시울이 뜨거워지며 앞이 보이지 않았다.

"프랜시스, 틀림없이 자네지?"

윌리 탈록은 긴 말을 못 했다. 그는 북국인北國人의 피가 그 이상의 감정 표현을 허용하지 않는지 친구의 손을 잡고 흔들어대기만 했다. 그러다가 아무래도 말을 계속하는 편이 나으리라고 생각한 듯이 중얼거렸다.

"대로우 학교에 함께 다닐 때, 우리가 이런 데서 만나게 되리라고 누가 상상이나 했겠어?"

그는 웃어 보려고 무진 애를 썼다. 그러나 그의 표정은 웃는 것과는 거리가 멀었다. 그가 말을 이었다.

"자네 외투와 고무장화는 어디에 있나? 이런 신발을 신고 페스트 균 사이를 돌아다닐 수는 없네. 내 아무래도 자네에게서 눈을 떼지 말아야겠어."

"우리 병원에서도 눈을 떼지 말아 주었으면 좋겠네."

"뭐야? 병원이라는 게 있다는 말인가? 어서 구경하고 싶군."

"자네만 준비가 된다면."

뱃사람에게 보급품을 운반하라고 손짓한 뒤 의사 탈록은 치점 신부와 함께 걷기 시작했다. 탈록의 배는 앞으로 불쑥 나와 있었으나 두 눈은 벌겋게 상기된 건강한 얼굴에서 번쩍번쩍 빛나고 있었다. 치점 신부로부터 그간의 사정을 듣고 알았다는 듯이 고개를 끄덕이는 탈록의 불그스름한 이마 위에서는 머리카락이 출렁거렸다.

이윽고 아문에 이르자 탈록은 비아냥거리는 어조로 말했다.

"더 형편없는 곳인 줄 알았어. 이게 자네들 본부인가?"

그는 이렇게 물으면서 뱃사람들에게는 눈짓으로 짐을 풀게 지시했다.

병원 안으로 들어서자 그는 좌우 사방을 둘러보았다. 합류한 마리아 베로니카 원장 수녀에게는 특히 호기심에 가득 찬 시선을 던졌다. 이윽고 숀 중위가 들어서자 그는 중위와 굳은 악수를 나누었다. 네 사람이 제1병동이라고 할 수 있는 길쭉한 방 한가운데서 만나게 되자 탈록이 조용히 말했다.

"내가 보기에 여러분은 기적을 연출해 놓은 것 같소. 하지만 내게 멜로드라마 같은 기적은 기대하지 마시기 바랍니다. 선입견을 버리고 현실을 있는 그대로 받아들여야 합니다. 나는 움직이는 실험실을 거느리고 다니는 모양 좋은 의사가 아닙니다. 나는 여러분과 똑같은, 말하자면 한 사람의 일꾼으로서 일하기 위해 여기에 와 있는 것입니다. 내 가방에 왁찐 같은 것은 한 방울도 없습니다. 그 이유는 이렇습니다. 첫째는 이 왁찐이라는 것이 소설 속이라면 몰라도 실제로는 전혀 쓸모가 없기 때문이고, 둘째는 우리가 중국으로 가져 온 왁찐은 한 주일이 채 못 가 바닥나고 말았기 때문입니다. 그리고 왁찐으로 이 전염병을 잡을 수 없다는 것을 명심하셔야 합니다. 페스트는 치명적인 전염병이라서 한 번 걸리면 끝장입니다. 이런 상황 속에서는, 우리 선친先親의 말씀마따나 한 온스의 예방이 한 톤의 치료보다 낫습니다. 이런 말씀을 드려도 좋을지 모르겠습니다만, 바로 이런 이유 때문에 우리는 산 자들이 아니라 죽은 자들에게 주의를 기울여야 하는 것입니다."

모인 사람들은 그가 한 말의 의미를 마음에 새기느라고 입을 열지 못했다. 쑌 중위가 웃으면서 응수했다.

"시체가 으슥한 골목 같은 곳에 무더기로 쌓이는 통에 난처한 문제가 생깁니다. 캄캄할 때 시체의 팔다리 같은 데 걸려 넘어져 보면 기가 탁 꺾입니다."

치점 신부는 재빨리 마리아 베로니카의 눈치를 살폈다. 여전히 무표정했다. 치점 신부는 젊은 중위는 이따금씩 입이 가벼워서 탈이란 말이야, 하고 생각했다. 의사 탈록은 가까이 있는 짐짝 앞으로 다가가 짐짝의 뚜껑을 열었다. 그러고는 상자에서 고무장화를 꺼내면서 말했다.

"먼저 차림부터 정비하기로 합시다. 아, 여기에 계신 두 분은 하느님을 믿으시는군요. 그리고 쑌 중위는 공자님을 믿으시고······. 그러나 나는 예방이라는 것을 믿는답니다."

그는 계속해서 상자에서 하얀 가운과 보호 안경을 꺼내어 놓으면서 안전 관리에 무지한 그들을 질타했다. 그런 다음에 그는 태연한 얼굴을 하고는 말을 덧붙였다.

"이렇게 순진한 양반들……, 환자가 기침할 때 튄 침 한 방울이라도 눈에 들어가면……, 병균은 각막을 통해 침입하고……, 그러면 끝나는 것이랍니다. 14세기 때의 사람들도 이걸 염려해서 부레풀로 만든 안경을 쓸 줄 알았지요. 이 병은 꼬마 원숭이를 잡으러 시베리아로 갔던 사냥꾼들에게 묻어 온 것이랍니다. 자, 그러면, 수녀님, 조금 있다가 다시 올 테니까 그때까지 환자들을 관찰해 주십시오. 저는 슌 중위와 신부님과 함께 병원을 한 바퀴 돌아보고 올 테니까요."

치점 신부는 경황이 없던 참이라서, 전염병으로 죽은 사람의 시체를 쥐에 뜯기기 전에 처리해야 한다는 중요한 사실을 잊고 있었음을 깨달았다. 한 사람씩 묻는다는 것은 불가능했다. 땅이 꽁꽁 얼어 있는데다 시내의 관이라는 관은 깡그리 동나버린 지가 오래였기 때문이었다. 화장하는 것도 생각해 보지 않은 것은 아니었다. 그러나 중국 땅의 석유를 다 모아도 희생자들을 화장하기에는 부족할 지경이었다. 게다가 슌 중위의 말을 빌면, 이 세상에서 가장 태우기 어려운 것이 꽁꽁 언 사람의 주검이었다. 실용적인 방법이 한 가지 있기는 했다. 성문 밖에다 커다란 구덩이를 파고 그 안에 생석회를 뿌린 다음에 시체를 실어와 수레째 묻어 버리는 것이었다. 슌 중위의 부하들이 시내에서 시체를 수레로 하나 가득씩 싣고 와서는 이 공동묘지 안으로 수레를 밀어 넣었다.

사흘 뒤, 슌 중위는 병사들이 시내의 시체라는 시체는 다 매장하고, 벌판에 버려져 들개에 뜯기다 만 시체까지 깡그리 모아다 매장하게 한 다음에 엄격한 규제 조치를 취했다. 사람들이 조상의 주검을 홀대함으로써 그 영혼을 욕되게 하는 것을 두렵게 여겨 가까운 사람들의 시체를 마루 밑이나 점토 지붕 같은 데 숨기는 사례가 많았다.

의사 탈록의 제안으로 쑨 중위는 시체를 은닉하는 자는 총살형에 처한다는 무서운 포고문을 발표했다. 쑨 중위의 부하들은 수레를 몰고 시내로 들어가서는 거리에서 고함을 질렀다.

"시체를 내놓아라. 내놓지 않으면 너희들이 시체가 될 것이다."

다른 한 무리 병사들은, 의사 탈록이 전염병균의 온상이라고 지목하는 것들을 무자비하게 때려 부수었다. 풍부한 경험과 사태의 긴박함이 탈록을 무자비하리만큼 실제적인 인간으로 만든 것이었다. 탈록의 지시에 따라 병사들은 집 안을 뒤지고 대나무 벽이 있으면 도끼로 허물고는 불을 질러 그 안에 사는 쥐까지 통째로 태워버렸다.

맨 먼저 불바다가 된 곳은 바구니 시장 거리였다. 검게 그을린 얼굴로, 여전히 기름통을 손에 들고 돌아오면서 탈록은 적막한 거리를 비틀거리며 걷는 치점 신부를 바라보았다.

"프랜시스, 이건 자네 본업이 아니잖은가? 게다가 자네는 금방이라도 쓰러질 사람처럼 지쳐 있어. 선교관으로 돌아가 며칠 쉬다가 오게. 꿈에도 못 잊는 아이들에게 돌아가서 좀 쉬다가 오라는 말일세."

"그것 참 볼 만한 구경거리가 되겠군. 도시는 불바다가 되어 있고, 하느님께 몸 바친 사람은 한가하게 쉬고 있고……."

"누가 이 지옥 같은 곳에다 눈을 대고 구경하고 있다는 말인가?"

"우리가 그 눈길을 피할 수는 없네."

의사 탈록은 이 문제에 대해서는 더 이상 말을 하지 않았다. 아문 밖에 이르자 탈록은, 낮게 내려앉은 채, 도시의 불길에 벌겋게 함께 타오르는 구름을 올려다보면서 짜증스러운 듯이 중얼거렸다.

"런던의 화재(1666년의 화재를 말함. 그 전해까지 영국에는 페스트가 창궐했었다_역주)도 그래서 필요했던 것일세. 프랜시스, 이런 고집통, 죽고 싶으면 죽어. 하지만 그 책임은 자네가 져야 하네."

고생은 날이 갈수록 심해져 갔다. 열흘 동안이나 갈아입지 못한 치점 신부의 옷은 땀에 절었다가는 그대로 얼어버려 늘 뻣뻣했다. 그는 탈록의 충고를 받아들여 이따금씩은 고무장화를 벗고는 동상에 걸리지 않도록 발가락을 채유^{菜油}로 문질렀다. 그러나 그렇게 하는데도 불구하고 오른발 엄지발가락의 동상은 심했다. 그는 과로로 금방이라도 쓰러질 것 같았지만 할 일은 갈수록 태산이었다.

눈을 녹인 것이 있을 뿐 물다운 물도 없었다. 샘은 꽁꽁 얼어버린 지 오래였다. 요리도 거의 불가능했다. 그러나 탈록은 점심만은 모두 한자리에 어울려 먹어야 한다고 주장했다. 함께 점심을 먹으면서 이야기를 나눔으로써 결속을 강화하고 그 악몽 같은 전염병에 대한 정보를 교환하자는 취지에서였다. 이렇게 한자리에 모일 때면 탈록은 곧잘 우스갯소리로 좌중을 웃기고는 했다. 때로는 영국에서 가져 온 축음기로 에디슨 벨의 명곡을 들려주기도 했다. 북국의 전설에서부터 타이니캐슬의 시시껄렁한 이야기에 이르기까지 그에게는 아는 이야기가 무궁무진했다. 그는 적절할 때 적당한 이야기를 그런 자리에서 들려주는 재능을 자유자재로 구사했다. 때로는 마리아 베로니카의 창백한 입술이 미소를 띠게 만들기도 했다. 숀 중위는 탈록이 하는 농담을 이해하지 못했다. 그러나 탈록이나 치점 신부가 설명하면 열심히 귀를 기울이고는 했다. 숀 중위는 그런 자리에 늦게 나타날 때가 많았다. 탈록을 비롯한 세 사람은, 숀 중위가 그때까지도 살아 있는 예쁜 여자를 하나 감추어 두고 이따금씩 보고 다니는 모양이라면서 웃어넘겼지만, 숀 중위의 빈 의자를 둔 연상 작용은 이들의 신경을 적잖게 괴롭혔다.

3주일째 되면서 마리아 베로니카 원장 수녀는 극심한 과로 증세를 보이기 시작했다. 하루는 탈록이 아문이 좁은 것을 한탄하자 마리아 베로니카가 이런 말을 했다.

"그물시장 거리에서 파는 그물 침대를 걷어 와서 매달면 어떨까요? 그물 침대를 이중으로 매달면 환자들을 갑절은 수용할 수 있을 텐데요. 환자들에게도 그물 침대가 편할 게 아니겠어요?"

"내가 왜 그런 생각을 못했던고. 정말 기가 막히는 생각입니다."

탈록이 반색을 하면서 마리아 베로니카를 바라보았.

탈록의 칭찬을 듣는 순간 마리아 베로니카 원장 수녀는 얼굴을 붉히면서 눈을 내리깔고 포크로 밥을 뜨려 했다. 그러나 원장 수녀는 밥을 떠올리지 못했다. 손이 걷잡을 수 없이 떨리기 시작했다. 포크에서 밥알이 떨어져 내렸다. 원장 수녀는 힘겹게 떠올린 밥을 한 알도 입에 넣지 못했다. 얼굴에 이어 목까지 붉어지기 시작했다. 원장 수녀는 몇 차례나 밥을 떠올리려 했지만 손이 말을 듣지 않자 가만히 고개를 숙이고 부끄러워하다가는 말 한마디 없이 자리에서 일어나 식탁을 떠나 버렸다.

그 직후에 치점 신부는 여자들 병동에서 일하고 있는 마리아 베로니카 원장 수녀를 발견했다. 치점 신부는 그렇게 조용히, 무자비하게 자신을 희생시키는 사람은 본 적이 없었다. 마리아 베로니카 원장 수녀는 중국인 청소부들도 꺼리는, 가장 힘이 드는 환자들 뒤치다꺼리도 도맡아 했다. 치점 신부는 이런 마리아 베로니카와 눈을 맞출 수가 없었다. 두 사람의 관계는 그때까지도 그 지경 그대로였던 것이다. 치점 신부는 며칠 만에 처음으로 마리아 베로니카 원장 수녀에게 말을 걸었다.

"원장, 의사 탈록 씨의 말도 있었지만……, 우리 모두 원장이 무리하고 있다고 생각하고 있어요. 마르타 수녀와 교대해서……, 좀 쉬는 게 어떻겠어요?"

원장 수녀는 어느새 냉정하고, 치점 신부의 눈길을 피하는 평소의 원장 수녀로 되돌아가 있었다. 치점 신부의 제안이 그녀의 자존심을 건드렸던 것이다.

"제가 제 몫을 다하지 못하고 있다고 생각하시는군요."
"천만에요. 원장은 무리할 정도로 최선을 다하고 있습니다."

"그렇다면 왜 저를 멀리하시려는 것입니까?"

원장의 입술이 떨리고 있었다.

"원장을 생각하는 마음에서 해 본 이야기입니다."

그의 어조가 또 한 번 원장 수녀의 자존심을 건드렸던 모양이다. 원장 수녀는 눈물을 흘리지 않으려고 애쓰는 눈치를 보이면서 대답했다.

"제 생각은 해 주지 않으셔도 됩니다. 일감을 많이 주시면 많이 주실수록 제 마음은 편해집니다. 저에게 연민을 느끼지 않으셔야 제 마음이 편해집니다."

치점 신부는 더 할 말이 없었다. 신부가 눈을 들어 원장 수녀의 얼굴을 바라보았다. 그러나 원장 수녀는 고개를 돌려버렸다. 신부는 어두운 눈길을 하고 발길을 돌렸다.

한 주일 동안 그쳐 있던 눈이 다시 내리기 시작했다. 눈은 줄기차게 내리고 또 내렸다. 치점 신부는 그렇게 큰 눈송이, 그렇게 부드러운 눈송이를 본 적이 없었다. 집들이 하얀 고요 속으로 묻혀 가고 있었다. 눈 때문에 길이 막히는 바람에 구호 사업은 제대로 되지 않았다. 교통이 두절되다시피 하고 보니 전염병만 기승을 부렸다. 치점 신부의 마음은 날이 갈수록 어두워져 갔다. 그런 날이 계속됨에 따라 시간 감각이나 방향 감각은 물론, 전염병에 대한 공포의 감각까지 무디어져 가고 있었다. 그는 연민의 눈으로 죽어가는 사람들을 내려다보면서, 무거운 마음으로 이런 생각을 두서없이 하고는 했다.

'⋯⋯그래, 그리스도께서는 우리에게 고통을 약속하신 것이거니……, 우리에게 주어진 이 삶은 다른 삶에 대한 준비에 지나지 않는 것이거니……. 그래, 하느님께서 우리의 눈에서 슬픔의 그림자를 닦으시는 날, 우리의 눈물 많은 삶도 끝나는 것이거니…….'

탈록 의사를 비롯한 구호대는, 시내로 들어오는 유목민들을 성 밖에서 제지시키고, 예방 조치를 완벽하게 한 후에야 시내로 들여보냈다. 성 밖의 검역소에서 지친 몸으로 돌아오면서 의사 탈록은 신경이 예민해질 대로 예민해진 탓인지, 대상도 없이 화를 내고 있었다.

"지옥이 이보다 더할까?"

피로한 나머지 정신이 몽롱한 상태에서 초라한 모습으로 끄덕끄덕 앞으로 걷고 있던 치점 신부가 응수했다.

"지옥이라는 것은 말일세, 희망을 버린 상태를 말하는 것일세."

그들이 모르는 사이에 무섭게 기승을 부리던 전염병의 기세는 수그러들고 있었다. 그들은 정신없이 일했다. 물론 보람을 얻으리라고는 예상해 본 적도 없었다. 그렇게 일하던 그들은 어느 날 거리에 사망자가 없는 날이 있었다는 사실을 알았다. 전염병의 온상으로 여겨지던 빈민가는 잿더미처럼 눈에 파묻혀 있었다. 북쪽에서 밀려들던 난민들의 수는 날이 갈수록 줄어만 갔다. 파이탄의 하늘을 뒤덮고 있던 검은 구름이 마침내 천천히 남쪽으로 옮겨 가버린 것 같았다. 의사 탈록은 몹시 지친 얼굴을 하고 자기 심경을 치점 신부에게 힘겹게 말했다.

"프랜시스, 우리가 얼마나 처참한 싸움을 해야 했는지는 자네들의 하느님만이 아시겠지……. 입원 환자가 줄어들기 시작했네. 우리도 좀 쉬어야 하지 않겠는가. 쉬지 않으면 미치고 말 걸세."

아닌 게 아니라 그가 쓰러질 것 같아 보인 것은 이때가 처음이었다.

그날 밤 두 사람은 처음으로 병원을 빠져나와 선교관에 있는 사제관에서 휴식을 취할 겸 함께 지내기로 했다. 이들이 선교관 언덕을 오르고 있었을 때 시각은 10시를 조금 지나 있었다. 캄캄한 하늘에 듬성듬성 별이 보였다.

의사 탈록은 힘겹게 오르다 말고 눈 덮인 언덕의 사면에서 걸음을 멈추고는, 하얀 눈 속에 서 있는 선교관 건물의 윤곽을 바라보면서 조용히 말했다.

"프랜시스, 자네 정말 굉장한 걸 이루어 놓았네그려. 이래서, 이곳 꼬마들을 지키려고 그렇게 기를 쓰고 싸웠던 것이구만. 그래, 프랜시스, 자네의 싸움에 내가 조금이라도 보탬이 되었다면 그런 영광이 없겠네."

여기까지 말하고 난 의사 탈록은 입술을 비죽이 내밀고 비아냥거리는 어조로 말을 이었다.

"마리아 베로니카같이 아름다운 분과 함께 지내는 것도 대단한 행운에 속하는 일이고."

신부는 친구인 탈록을 너무나 잘 아는 처지라서 그의 말에 다른 토를 달지는 않았다. 한동안 말을 참고 있던 그는 쓰디쓰게 웃으면서 대답했다.

"글쎄, 그쪽에서도 그렇게 생각할까?"

"왜 아니겠나?"

"자네도 눈치 챘을 텐데? 마리아 베로니카 수녀가 날 싫어한다는 걸?"

탈록은 바로 대답하지 않았다. 아무 말 없이 치점 신부에게 눈길을 던지고 있던 탈록이 이런 말을 했다.

"이것 보게, 자네는 자만심이라는 게 없어서 그렇게 성인 시늉을 할 수 있는지 몰라도 보는 사람은 고통스럽다네. 들어가서 토디나 한잔 하세. 시궁창에서 겨우 벗어났다는 이 느낌, 굉장한 것일세. 겨우 그 끝이 보이기 시작했으니 한 잔 해야 하지 않겠는가? 짐승 노릇은 겨우 면했다는 기분이 드네. 하지만 이 일을 기화로 나에게 신의 존재를 증명해 보이는 허튼 짓일랑 하지 말게."

치점 신부의 방에 마주 앉은 두 사람은 피로 끝의 휴식을 즐기며 밤늦도록 고향 이야기의 꽃을 피웠다. 탈록은 냉소적인 어조로 자기가 살았던 삶을 이야기했다. 그는 술이 늘었을 뿐, 해놓은 일이 없다고 말했다. 그러다 보니 어느새 나이는 돌아볼 것이 많은 중년, 세상이 비어 보이고 자기의 한계가 보이는 것 같아 도리 없이 고향 대로우로 돌아가면 결혼이라는 모험에 뛰어들게 될 것 같다는 말도 했다. 그는 부끄럽다는 듯이 시종 웃으면서 이런 말도 했다.

"우리 아버지는 내가 개업이라도 했으면 하네. 개업하고 생활을 꾸려 나가면서 새끼들 키우는 걸 보고 싶어 하시는 것일세. 그런데 말일세, 프랜시스, 영감은 요즘도 자네 이야기를 하셔. 자네를 '교황청의 볼테르'라고 부르시면서 말일세."

탈록은 결혼하여 타이니캐슬에서 잘 살고 있다면서 누이동생 진 이야기도 각별하게 했다. 진 이야기를 하면서 탈록은 치점 신부에게서 시선을 돌린 채로 이런 말을 보탰다.

"진에게는 말일세, 성직자는 결혼하지 않는다는 걸 이해하는 게 상당히 어려웠던 모양이야. 오래 걸리는 것으로 봐서."

탈록은 주디에 대해서만은 이상하게도 언급을 피함으로써 묘한 여운을 남겼다. 그러나 폴리 아주머니 이야기가 나오자 그는 다시 열을 내었다. 여전히 정정한 모습을, 6개월 전에 타이니캐슬에서 보았다는 것이다.

"언제 보아도 씩씩하셔. 내 말을 믿게. 언젠가는 자네를 깜짝 놀라게 하실 걸세. 폴리 아주머니는 옛날에도 대단한 분이셨고, 지금도 그렇고 앞으로도 그럴 걸세."

두 사람은 의자에 앉은 채로 잠을 잤다.

주말을 전후해서 전염병은 완연히 한 풀 꺾인 기세를 보였다. 거리로 시신을 실은 수레가 들어오는 일도 없었고, 지평선 위를 날던 독수리 떼도 더 이상은 보이지 않았다. 눈도 내리지 않았다.

토요일, 치점 신부는 다시 선교관으로 돌아와 싸늘한 공기를 마시며 사제관 발코니에 서 있었다. 그는 진심으로 하느님께 감사를 드리는 마음으로 거기에 서 있었다. 점토 울타리 뒤에서 아무것도 모르는 채 뛰어노는 아이들이 보였다. 그는 길고 무서운 꿈을 꾸다가 해맞이 하는 사람이 된 기분이었다.

문득 그의 눈에 눈 덮인 언덕을 배경으로, 선교관을 향하여 빠른 걸음으로 올라오고 있는 사람의 모습이 들어왔다. 그는 처음에는 숀 중위의 부하이거니 했다. 그러나 놀랍게도 그 사람은 숀 중위였다.

그 젊은 장교가 선교관으로 온 것은 그때가 처음이었다. 돌아서서 숀 중위를 맞으러 내려가는 신부의 가슴 속을 불길한 예감이 스쳐 지나갔다.

문간에서 숀 중위를 만난 신부는 환영 인사를 하려다 말고 입을 다물었다. 숀 중위의 표정이 워낙 예사롭지 않았기 때문이다. 숀 중위의 입술은 창백했고 표정은 돌같이 굳어 있었다. 차림새나 행동이 늘 자로 잰 듯이 반듯하던 숀 중위의 이마에는 땀방울이 맺혀 있었고 군복 단추도 반은 끌러져 있었다. 이성을 잃고 있다는 증거였다.

숀 중위는 인사말을 생략하고 바로 본론으로 들어갔다.

"즉시 아문으로 가십시다. 친구 분인 의사 선생께서 발병하셨습니다."

치점 신부는 한 줄기 차가운 바람에 뺨을 얻어맞은 기분이었다. 그는 몸을 부르르 떨었다. 한동안 숀 중위를 바라보고 있던 그가 중얼거렸다.

"너무 지나치게 일을 했단 말이야. 아마 과로로 쓰러졌을 테죠."
"그렇습니다. 쓰러졌습니다."

숀 중위의 검은 눈이 치점 신부의 시선을 피했다.

말이 끊겼다. 치점 신부는 최악의 순간이 온 것임을 예감했다. 하얗게 질린 채로 그는 숀 중위와 함께 시내로 들어갔다.

두 사람은 꽤 오래 서로 아무 말 없이 걸었다. 그런 연후에야 숀 중위가 사적인 감정 이입을 배제한, 군인들 특유의 반듯한 어조로 아문에서 있었던 일을 이야기했다. 의사 탈록은 피로한 기색으로 들어와 술을 한 잔 마시려고 했다. 그러나 술을 따라 든 그는 가슴 속을 폭발시키듯이 기침을 하기 시작하면서 대나무 탁자에 기댔다. 그때 이미 그의 얼굴은 잿빛으로 변해 있었고, 그의 입술에는 벌건 침이 괴어 있었다. 마리아 베로니카가 달려가자 탈록은 힘없이 웃어 보이면서 이렇게 말했다.

"이제 사제를 부르러 사람을 보낼 때가 되었네요."

치점 신부와 숀 중위가 아문에 이르렀을 때 지친 구름 같은 잿빛 안개가 눈 덮인 지붕을 내리덮고 있었다. 두 사람은 안으로 들어갔다. 탈록은 보라색 비단 누비이불을 덮은 채 조그만 자기 방의 야전 침대에 누워 있었다. 색채가 강렬한 보라색 이불이 창백한 그의 얼굴에다 섬뜩한 그늘을 지어내고 있었다. 치점 신부에게, 순식간에 열병에 걸린 그의 모습을 보는 일은 참으로 고통스러운 것이었다. 탈록은 전혀 딴 사람이 되어 있었다. 몇 주일 간의 중노동으로 홀쭉하게 말라 있던 그의 몸은 믿어지지 않을 만큼 부어올라 있었다. 입술과 혀도 부어오르고 눈알에는 핏발이 서 있었다.

마리아 베로니카 원장 수녀는 침대 옆에 무릎을 꿇고 앉아 환자의 이마를 눈으로 식혀주고 있었다. 긴장한 듯이 몸을 꼿꼿이 세우고 있는데도 마리아 베로니카의 얼굴에는 표정이 없었다. 치점 신부와 숀 중위가 들어가자 마리아 베로니카가 일어섰다. 그러나 말은 하지 않았다.

신부는 침대 옆으로 다가갔다. 두려웠다. 죽음은 참으로 친숙한 모습을 하고 몇 주일 전부터 그들의 주위를 맴돌고 있다가 친구에게 그 그림자를 드리운 것이었다. 신부는 고통스러워 견딜 수가 없었다.

탈록이 의식까지 잃은 것은 아니었다. 그는 치점 신부를 알아보고는 웃으려고 애썼다.

"나는 모험하러 여기 왔네……. 어떤가, 내 소원이 이루어진 것 같지 않은가."

잠시 후 그는 눈을 감으면서 자신을 비아냥거리는 어조로 덧붙였다.

"그런데 나라는 인간은 고양이 새끼 같은 약골이었나 봐."

치점 신부는 침대 옆에 놓인 작은 의자에 앉았다. 마리아 베로니카와 숀 중위는 방 한구석으로 물러났다. 치점 신부에게 그 고요가, 고통스럽게 무엇인가를 기다리고 있다는 게 참으로 견디기 어려웠다. 이 어려움은, 미지의, 지극히 사적인 것을 기다리는 두려움으로 바뀌어 갔다.

"기분은 어떤가?"

"나빠. 일본 술 한 잔 주게. 마시면 기분이 나아질 것 같아. 이렇게 죽다니 너무 통속적이지 않은가……. 소설 속에나 있을 법한 통속적인 것은 질색인데 말이야."

치점 신부가 술을 한 모금 마시게 해 주자 그는 눈을 감았다. 잠이 든 것 같았다. 그러나 그는 혼수상태에서 중얼거리기 시작했다.

"어이, 한잔 더 주게. 맛이 아주 기가 막혀. 무지하게 마셨어.

타이니캐슬의 적선지대에서. 조금만 있으면 그리운 내 고향 대로 우로 돌아간다. 알란 강둑에서 꽃다운 봄날이 가면……. 프랜시스, 그 노래 기억나나……. 참 아름다운 노래였다. 진, 그 노래를 불러 줘. 크게, 크게, 더 크게……. 어두워서 들리지가 않아."

치점 신부는 격정을 참느라고 어금니를 악물었다.

"알았어, 신부. 조용히 하겠네……. 그래야 체력을 이길 수 있을 테지. 묘한 일이야……. 누구든 한 번은 출발점에 서야 한다는 것은."

그는 이렇게 중얼거리며 의식을 잃었다.

치점 신부는 침대 옆에 무릎을 꿇고 앉아 기도했다. 그는 하느님의 도우심을, 힘을 빌었다. 그러나 그의 의식 역시 마비되어 버린 것 같아 기도가 제대로 되지 않았다. 바깥의 도시는 무시무시한 적막에 잠겨 있었다. 어둠이 내렸다. 마리아 베로니카는 일어서서 등불을 켜고는 다시 불빛이 미치지 않는 방 한구석 자리로 물러나 가만히 서 있었다. 마리아 베로니카의 입술은 꼼짝도 하지 않았으나 그녀의 손은 겉옷 속에서 쉴 새 없이 묵주 알을 세고 있었다.

탈록의 병세는 시간이 지날수록 악화되어 갔다. 혀는 까맣게 변한 지 이미 오래였다. 목도 잔뜩 부어 있었다. 그런데도 끊임없이 무엇인가를 토해내는 그의 모습은 차마 눈뜨고 볼 수 없었다.

그러다 문득 의식을 되찾은 그는 힘없이 눈을 뜨고, 목쉰 소리로 물었다.

"몇 신가……, 다섯 시쯤 되었나? 집에 있었으면 차를 마실 시각인데……. 프랜시스, 우리 집의 식사 시간 어떤지 알지? 떼거리로 식탁을 둘러싸고……, 아버지께 편지를 써주게. 아들이 잘 싸우다 모양 좋게 죽었다는 소식을 전해주게……. 이상하지, 아직도 신이 믿어지지 않아."

"그게 무슨 상관인가?"

그게 무슨 상관이냐니? 치점 신부는 자기가 무슨 말을 하고 있는지 알지 못했다. 그는 무력한 자기 자신을 탓하며 울었다. 일종의 정신적인 혼란 상태에서 그는 불쑥 이런 말을 하고 말았다.

"그게 무슨 상관인가? 하느님께서 자네를 믿을 텐데."

"이 사람아 무리하지 말게……. 나는 회개하지 않아."

"인간의 괴로움, 그게 다 회개하는 행위라네."

탈록은 대꾸하지 않았다. 치점 신부도 더 이상은 아무 말도 하지 않았다. 탈록은 힘없이 손을 내밀었다가는 그 손을 신부의 어깨에다 올려놓았다.

"친구…… 자네를 지금처럼 좋아해 보기는 처음이네. 고마워, 천국으로 보내려고 나를 들볶지 않아 줘서. 그런데…… 그런데 말이야…… 머리가 아파……."

그는 말을 잇지 못했다. 그는 번듯이 누워 있었다. 숨결이 급격히 가빠지고 있었다. 그의 시선은, 꿰뚫기라도 할 듯이 천장을 응시했다. 목구멍이 완전히 닫혀 버렸는지 기침도 하지 못했다.

임종의 순간이 가까워진 모양이었다. 마리아 베로니카는 등을 돌린 채 창가에 꿇어앉아 창밖의 어둠을 응시하고 있었다. 숀 중위는 침대 옆에 서 있었다. 그의 얼굴은 바위 같았다.

갑자기 윌리 탈록이 눈을 떴다. 눈은 여전히 이글거리고 있었다. 그는 무슨 말인가를 하고 싶어 하는 것 같았다. 치점 신부는 침대 옆에서 무릎을 꿇고 두 손으로 탈록의 목을 감싸 안으면서 그의 입술에다 귀를 갖다 대었다. 처음에는 아무 소리도 들리지 않았다. 그러나 잠시 뒤에 탈록은 이렇게 중얼거리고 있었다.

"프랜시스, 우리는 싸웠지……. 내가 육 펜스로 면죄 받으려고 했을 때……."

탈록의 눈동자에 그늘이 지고 있었다. 죽음에 항복하고 있는 것 같았다. 치점 신부의 귀에는 그의 마지막 한숨 소리가 들렸던 것 같았다. 방 안은 물속처럼 고요했다. 어머니가 자식을 안듯이 탈록을 껴안은 치점 신부는 나지막한 소리로 '데 프로푼디스'(깊은 구렁 속에서……로 시작하는 〈시편〉 130의 성구)를 노래하기 시작했다.

"야훼여, 깊은 구렁 속에서 당신을 부르오니, 주여, 이 부르는 소리를 들어 주소서……, 인자하심이 야훼께 있고, 풍요로운 속량이 그에게 있으니……."

치점 신부는 일어나 그의 눈을 감겨주고 그의 손을 가슴 위에다 모아 주었다. 신부는 방을 나가면서 그때까지도 창가에서 무릎을 꿇고 있는 마리아 베로니카에게 눈길을 던졌다. 꿈을 꾸고 있는 듯한 시선으로 숀 중위의 모습도 보았다. 놀랍게도 숀 중위의 어깨는 심하게 출렁이고 있었다.

6

 역질은 지나갔지만 눈에 덮인 대지는 무정했다. 논은 얼어 있는 호수와 다를 바가 없었다. 얼마 되지 않는, 살아남은 농부들도 무정하게 얼어붙은 땅에 보습 댈 생각을 하지 않았다. 생명의 조짐은 어디에도 보이지 않았다. 역질을 견디고 살아남은 사람들은 동면에서 깨어난 짐승들처럼 꿈지럭거리며 일상의 삶을 다시 시작할 준비를 했다. 상인들과 관리들은 돌아와 있지 않았다. 도시 외곽의 길이 막혀 있다는 소문이 돌았다. 도로란 도로는 모조리 막혀 버렸고, 멀리 쾅 산맥에서는 하얀 연기 같은 것이 솟구치면서 엄청난 눈사태가 났다는 소문도 들려 왔다. 강의 상류는 여전히 꽁꽁 얼어붙어 있었고 강 좌우의 황무지는, 바람에 흩날리는 눈가루 때문에 더할 나위 없이 황량해 보였다. 강의 하류에는 물이 흐르고 있었다. 그 물 위로 커다란 얼음 덩어리들이 뜬 채 서로 부딪쳐 깨어지면서 만츄 교 아래로 흘러가고 있었다. 어렵게 살지 않는 집이 없었다. 게다가 기근은 코앞에 닥쳐 와 있었다.

 배가 한 척 이 험한 물길을 거슬러 센상에서 파이탄으로 올라왔다. 식량과 의약품과 오래 밀려 있던 우편물을 싣고 온 레이턴 구호 원정대의 배였다. 이 배는 파이탄에 잠깐 정박했다가는 탈록을 따라 파이탄에 와 있던 원정 대원들을 싣고 난징으로 떠났다.

 이 배가 싣고 온 우편물 중에는 참으로 중요한 편지 한 장이 들어 있었다. 치점 신부는 선교관 뜰의, 의사 탈록의 무덤 앞에 세워진 조그만 나무 십자가 앞을 지나 선교관으로 올라갔다. 그의 마음은 외방전교회에서 손님이 온다는 그 편지 소식으로 착잡했다. 그는 자기가 세운 선교관이 그 외방전교회 손님 눈에 만족스럽게 보이기를 바랐다. 아닌 게 아니라 선교관은 손님 눈에 만족스럽게 보이기에 넉넉하다고 그는 생각했다. 문제는 날씨였으나 두어 주일 지나면 날씨도 좋아질 터였다.

치점 신부가 교회에 이르렀을 때였다. 교회 위쪽에서 마리아 베로니카 원장 수녀가 교회로 내려오고 있었다. 그는 원장 수녀에게 그 소식을 전해야겠다고 생각했다. 그러나 내심 그는 이렇게 자연스럽게 이야기를 나눌 기회가 온 것을 두려워했다. 병원 업무가 끝난 이래로 두 사람 사이의 대화는 한동안 끊어져 있는 터였다.

"원장 수녀님……, 우리 외방전교회의 이 지역 담당인 안셀름 밀리 참사^{參事}께서 중국의 선교 상황을 시찰하러 오신답니다. 오 주일 전에 본국을 출발하셨다니까 한 달 안에는 도착하실 것입니다……. 그분에게 제안할 것이 혹 없을지, 한 번 생각해 두셨으면 합니다."

추웠던지 목도리를 두른 원장 수녀는 하얀 입김 뒤에서 치점 신부를 바라보았다. 참사회의 참사가 온다는 소식에는 원장 수녀도 조금 놀랐던 모양이었다. 원장 수녀 쪽에서 보면 참으로 오래간 만에 만난 치점 신부였다. 원장 수녀는 몇 주일 사이에 엄청나게 변해버린 치점 신부의 모습에 적지 않게 놀랐다. 그는 몰라 볼 정도로 여위어 있었다. 광대뼈가 튀어나오고 뺨이 쑥 들어가 있어서 눈은 유난히 커 보이고 눈빛은 형형해 보였다. 원장 수녀는 기이한 충동을 느꼈다. 원장 수녀는 불쑥 나오는 대로 말했다. 누군가가 온다는 소식을 듣고 순간 가슴 속에 다독거리고 있던 생각이 불쑥 말로 튀어나와 버린 것이었다.

"제안할 것이 있습니다. 저를 다른 선교관으로 전임시켜 달라고 제안하겠습니다."

치점 신부는 꽤 오랜 시간이 지나도록 말대꾸를 하지 못했다. 크게 놀랄 일도 아니었다. 그러나 그는 오한을 느꼈다. 낭패감이 그를 괴롭혔다. 그는 한숨을 쉬면서 가까스로 물었다.

"이곳 생활이 마음에 들지 않습니까?"

"마음에 들고 안 들고가 문제가 아닙니다. 언제 한 번 말씀드린 적이 있다시피 저는 수도의 생활로 들어서면서 무슨 일이든 견디어 볼 결심을 단단히 했습니다."

"싫어하는 사람과의 역겨운 관계도 말이지요?"

원장 수녀는 모욕을 느꼈던 모양인지 얼굴을 붉혔다. 그러나 원장 수녀는 내친걸음을 망설이지 않았다.

"신부님께서는 저를 오해하고 계십니다. 제가 고민하는 문제는 그 보다 훨씬 깊은 것…… 훨씬 영적인 것에 닿아 있는 문제입니다."

"영적이라고 하셨습니까? 어렵겠지만 말씀해 보시지요, 구체적으로 어떤 모습을 하고 있는 문제인지."

원장 수녀는 침을 삼키고 나서 대답했다.

"저는……, 신부님께서 저를 몹시 괴롭히고 계시다고 생각합니다. 저의 내적인 삶의 모습을……, 저의 영적인 믿음을……."

치점 신부는 편지 든 손을 내려 보다가 두 손으로 그 편지를 비틀었다.

"그것 참 심각한 문제로군요. 원장께서도 괴롭겠지만 이렇게 듣고 있는 나도 괴롭습니다. 하지만 원장의 오해가 아닐는지요? 구체적으로 나의 어떤 면이 원장을 괴롭히고 있습니까?"

자제하고 있는데도 불구하고 원장 수녀는 흥분을 감추어 내지 못했다.

"일일이 말씀드릴 필요가 없겠지만……, 신부님의 태도가 저를 괴롭힙니다……. 가령 탈록 선생님을 종신(終身)하시면서 신부님께서 하신 말씀, 그분이 돌아가시고 나서 하신 말씀이 저를 괴롭힙니다."

"계속하시지요."

"그분은 무신론자였습니다. 그런데도 영원한 보상을 받을 수 있다는 약속이나 다름없는 말씀을 하셨습니다. 믿지도 않는 사람에게 그런 말씀을 하셨습니다."

"하느님께서 우리를 심판하시되, 믿음만으로 심판하시는 것이 아니고 우리가 한 일로도 심판하십니다."

"그분은 가톨릭이 아닙니다……. 가톨릭이기는커녕 기독교인도 아닙니다."

"원장께서는 기독교인을 어떻게 정의하시지요? 이레 중 하루는 교회에 나가고 엿새는 거짓말하고, 빼앗고, 친구를 속이는 사람이 기독교인인가요? 탈록은 그렇게 살지 않았습니다. 그는 기독교인이나 된 것처럼 남을 돕다가 죽었습니다."

"그분은 자유사상을 신봉하는 분이었습니다."

"원장, 우리 주님의 당대 사람들은 우리 주님을 자유사상의 신봉자라고 했습니다. 그래서 우리 주님을 죽였던 것입니다."

"우리 주님을 그 사람과 비교하시다니……, 이러실 수가 있습니까?"

"글쎄요, 그리스도께서는 관대하시고도 겸허하신 분이셨습니다."

원장 수녀의 뺨이 붉게 물들었다.

"그리스도께서는 규범을 만드셨습니다. 그러나 신부님의 친구분이신 탈록 씨는 이 규범을 지키지 않았습니다. 이것은 신부님께서도 잘 알고 계십니다. 그렇다면, 신부님, 그분이 임종을 앞두고 혼수상태에 빠졌을 때 신부님께서는 왜 종부 성사를 드려주지 않으셨습니까?"

"그러고 보니 그랬군요. 성사를 드렸어야 했는데."

치점 신부는 기가 죽은 듯한 얼굴을 하고 가만히 서 있다가 힘을 내어 말을 이었다.

"그러나 선하신 하느님께서는 그를 용서하실 것입니다. 원장도 그 친구를 좋아하지 않았습니까?"

"……네, 그것은 사실입니다. 누가 그분을 미워할 수 있겠습니까?"

"그러면 그 친구에 대한 추억을 우리의 말싸움거리로 삼지 맙시다. 우리 모두가 잊기 쉬운 것이 하나 있습니다. 그리스도께서는 가르치셨는데 말입니다. 요즘의 교회에서도 가르치고 있습니다. 하기야 요즘의 신자들이 하는 말을 들으면 그걸 배운 것 같지는 않습니다만. 믿음이 돈독한 자는 지옥에 떨어지지 않습니다. 믿음이 굳은 사람이 지옥에 가는 일은 결단코 없습니다. 불교도들, 회교도들, 도교의 신봉자들……, 심지어는 선교사들을 잡아먹는 식인종들까지도……, 나름의 종교를 실실하게 받아들이고 이를 참마음으로 믿으면 구원을 받을 수 있습니다. 그래서 하느님은 자비로우신 것입니다. 그러니까 하느님께서는 심판의 보좌에 앉으셔서 반짝이는 눈으로, 점잖은 불가지론자^{不可知論者}를 보고는 웃으면서 이렇게 말씀하실 것입니다.

'봐라, 내가 여기 있다. 너는 한사코 믿으려 하지 않았지만 나는 이렇게 여기에 있다. 옛다, 네가 그렇게 없다고 주장하던 천국에 들어가거라.'

그는 억지로 웃으면서 원장 수녀의 눈치를 보고 나서 한숨을 쉬면서 고개를 가로저었다. 그러고는 말을 이었다.

"원장 수녀가 그렇게 생각한다니 유감입니다. 내가 지나친 생각을 하고 있다는 것, 내 믿음이 좀 괴상하다는 것은 나도 압니다. 하지만 원장 수녀는 여기에서 정말 일을 잘 해주셨습니다……. 아이들도 원장을 좋아하고 있고요……. 특히 역질이 창궐해 있을 동안은……. 우리 사이가 좋지 못했다는 것은 나도 압니다. 그러나 원장이 떠나시면 우리 선교관은 엄청난 어려움을 겪어야 할 것입니다."

그는 겸허한 마음으로 원장 수녀를 바라보았다. 대답을 기다렸지만 원장 수녀가 아무 말도 하지 않자 그는 천천히 발길을 돌려 그곳을 떠났다.

원장 수녀는 주방으로 가서 아이들의 저녁 짓는 일을 열심히 거들었다. 그런 다음에는 가재도구 하나 변변치 못한 자기 방으로 돌아와, 이상하게 흥분한 얼굴을 하고는 서성거렸다. 그러다가는 갑자기 절망에 사로잡힌 표정을 하고는 자리에 앉아, 쓰다 만 긴긴 편지를 계속해서 쓰기 시작했다. 편지는 원장 수녀가 자신의 감정을 쏟아내는 유일한 분출구였고, 편지를 쓰는 순간은 속죄하는 순간이자 스스로를 달래는 순간이기도 했다. 원장은 매일매일의 일을 이런 식으로 오라버니에게 써 보내는 것이었다.

펜을 들고 나서부터 원장 수녀는 침착을 되찾는 것 같았다. 쓰는 행위가 안정제 구실을 하는 것이었다.

……조금 전에 신부님께 전임을 요청해야겠다는 말을 했습니다. 그런 표현은 삼가야겠다는 생각으로 늘 억누르고 지내왔는데 부지불식간에 불쑥 그런 말이 튀어나와 버린 것입니다. 내 입에서 튀어나온 말에 나 자신도 놀랐습니다. 그러나 상황이 상황이라서 나는 그 말을 참을 수가 없었습니다. 그분을 놀라게 해주고 싶었던 것입니다. 그분을 괴롭혀주고 싶었던 것입니다. 하지만 에른스트 오라버니, 내 마음은 편하지 않습니다. 그의 얼굴이 어두워지는 걸 보는 짧은 승리의 순간에 더욱 견딜 수 없었던 사람은 아마 그분이 아니라 나 자신이었을 것입니다. 나는 지금 잿빛 황무지인 겨울 벌판을 내다보면서 참담한 기분으로 이 글을 쓰고 있습니다. 겨울 벌판이라

고는 하지만 공기가 맑고, 썰매의 방울소리가 들리고, 산장의 지붕들이 켜켜이 보이는 그런 아름다운 겨울 풍경이 아닙니다. 울고 싶습니다……. 가슴이 미어지는 것 같습니다.

나를 견딜 수 없게 하는 것은 그분의 침묵입니다. 한 마디 말도 입 밖에 내지 않는 분의 무서운 인내와 투지가 나를 견딜 수 없게 합니다. 역질이 창궐하던 지난날의 그분 모습은 이미 오라버니에게 전한 바와 같습니다. 그분은 더러운 환자들과 갑자기 숨을 거둔 사람들 사이를, 그분의 고향 스코틀랜드 거리를 걷는 것처럼 아무 스스럼없이 걸어 다녔습니다. 용기만 가지고는 되는 일이 아닙니다. 무언중에 실천하는, 무서운 힘이 없다면 그런 일은 불가능할 것입니다. 그분의 친구인 의사가 세상을 떠났을 때만 해도 그렇습니다. 그분은 감염되는 것이 두렵지 않았던지 마지막 숨을 몰아쉬는 의사를 껴안더군요. 의사는 마지막 기침과 함께 핏덩어리를 그분의 뺨에다 토해내었지만 그분은 눈 하나 깜빡하지 않았습니다. 그분의 표정……, 연민과 애정이 가득한 그분의 표정은 내 가슴을 에는 것 같았습니다. 내가 그 광경을 보고 울지 않았던 것은 아마 내 자존심이 남달리 강했기 때문일 것입니다. 울지는 않았습니다만, 화가 나더군요. 나 자신에게 화가 났던 것입니다. 언젠가 오라버니께 쓴 편지에 그분을 하찮은 인간이라고 표현했던 일이 생각났기 때문입니다. 에른스트 오라버니, 고집 센 누이로부터 이런 말을 들을 줄은 모르셨겠지요? 하지만 내가 잘못 생각했던 것입니다. 나는 더 이상 그분을 경멸할 수 없습니다. 나는 나를 경멸해야 합니다. 그러나 여전히 그분을 사랑할 수는 없습니다. 나는 절대로 그분에게 굴복하지 않을 것입니다. 그 민망하리만큼 겸손한 그분의 태도를 좇지는 않겠습니다.

두 수녀는 완전히 그분 앞에 항복하고 말았습니다. 두 수녀는 그분을 사랑합니다만 이 일 또한 나를 견딜 수 없게 합니다. 일은 잘하지만 머리가 좀 모자라는 튼튼한 농부 아낙네 같은 마르타 수녀는 그분 일이라면 무슨 일이든지 할 정도로 그분에게 경도되어 있습니다. 그러면서도 다정하고 민감한 클로틸드 수녀는 그분이 죽으라고 하면 죽는 시늉까지 할 것입니다. 전염병으로 인해 수녀원에 격리당해 있을 동안 이 클로틸드 수녀는 그분을 위하여 부드럽고 따뜻하고, 게다가 참 아름다운 침대보를 한 장 누볐습니다. 클로틸드 수녀는 이 침대보를 그분의 하인인 요셉에게 주면서 신부님 침대에 깔아 드리라고 했습니다. 클로틸드 수녀는 조심성이 있는 수녀니까 그분 앞에서였다면 '침대'라는 말을 입에 올리지 않았을 것입니다. 그런데 요셉이 웃으면서,

"수녀님, 죄송합니다만 신부님 방에는 침대가 없습니다."

이러는 것이 아니겠습니까? 그러고 보니 그분은 바닥에 아무것도 깔지 않고, 다 낡은 초록색 외투를 덮고 주무시는 모양입니다. 그분은 이 외투를 여간 아끼는 것이 아닙니다. 이따금 그 낡은 외투 소매를 쓰다듬으면서,

"홀리웰 신학교 다닐 때부터 입던 것이랍니다."

하면서 자랑하고는 했습니다.

마르타 수녀와 클로틸드 수녀는, 그분이 무엇을 어떻게 잡수시고 다니는지 궁금했던 나머지 그분의 주방을 들여다보았던 모양입니

다. 주방 이야기를 하는 이들이 하도 어이없어 하기에 내가 웃었더니, 이들은 그분이 검은 빵과 찐 감자와 된장만 드시고 지내더라면서 안타까워했습니다. 하지만 나는 그걸 전부터 알고 있었습니다. 클로틸드 수녀가 이러더군요.

"신부님께서는 요셉에게, 감자를 한 솥 쪄서 바구니에 넣어두라고 하셨답니다. 신부님께서는 시장하시면 이 싸늘하게 식은 감자를 하나씩 된장에 찍어 잡수신다는 겁니다. 어떨 때는 바구니에 남은 감자에 곰팡이가 슬 때도 있다고 합니다."

"어머나 그래요? 하지만 사람들 중에는 음식 맛을 전혀 느끼지 못하는 사람도 있대요. 그런 사람이, 좋은 음식이 없어도 아쉬운 줄 모르는 거야 당연한 일이죠."

내 말에, 클로틸드 수녀는,

"원장 수녀님 말씀에도 일리가 있군요."

이 말을 남기고는 그 자리를 떠 버렸습니다.

클로틸드 수녀는 한 주일에 한 번씩이나마 그분이 뜨거운 요리를 드시는 걸 볼 수 있다면 어떤 고행도 달게 받겠다는 눈치를 보이는 것 같았습니다. 아, 에른스트 오라버니, 제가, 신부님 앞에 서면 두 눈의 흰자위를 드러내고 천당에 이르기나 한 듯이 호들갑을 떨고 앙큼을 떠는 수녀들을 얼마나 역겨워하는지는 오라버니도 잘 아시지요? 절대로, 절대로, 나는 그렇게 천박스럽게 타락할 수는 없습니다. 나는 코블렌츠에서 수녀 서원誓願을 할 때도 그렇게는 하지 않겠다고 맹세했고 리버풀에서도 맹세했습니다……. 여기 이 파이탄에서도 나는 그렇게 할 것입니다. 된장 이야기가 나왔으니 말입니다만, 오라버니는 이 된장이라는 게 얼마나 지독한 것인지 상상도 못 하실 것입니다. 된장이라는 것은, 썩은 물 냄새, 썩은 나무 냄새가 나는 불그스름한 밀가루 죽같이 생긴 것입니다…….

여기까지 쓰던 원장 수녀는 뜻밖의 소리를 듣고는 천장을 올려다 보다가 다시 이렇게 붙여 썼다.

……에른스트 오라버니, 놀랍게도……, 놀랍게도 비가 오고 있어요.

마리아 베로니카 수녀는 도저히 더는 쓸 수가 없었던지 천천히 펜을 내려놓았다. 그러고는 믿어지지 않는다는 듯이 그 검은 눈을 들고는, 창틀을 타고 굵은 눈물처럼 떨어지고 있는 빗물을 바라보았다.

두 주일이 지났는데도 비는 계속해서 쏟아졌다. 쇠기름 덩어리같이 칙칙한 하늘에 구멍이 뚫리고 그 구멍을 통하여 물줄기가 쏟아져 내려오는 것 같았다. 굵은 빗방울은 누런 눈 덩어리를 녹였다. 눈 덩어리는 끝없이 쏟아지는 빗줄기에 녹아내려갔다. 교회 지붕 위에 얼어붙어 있던 거대한 눈 덩어리가 무서운 속도로 미끄러져 내려와 추녀 아래 눈이 섞인 흙탕물 위로 떨어졌다. 빗물이 지어낸 실개천은 황토색 흙바닥을 지나 물길을 이루고 흐르면서 개천 둑을 깎아내었다. 이런 식으로 개천은 천천히 아래쪽으로 흘러내려갔다. 이 바람에 선교관은 진흙 수렁으로 변해가고 있었다.

이윽고 갈색 흙바닥이 아라랏 산(아르메니아와 이란 국경 근처에 있는 사화산으로 노아의 홍수 때 방주가 이르렀다고 전해지는 산)의 꼭대기처럼 드러나기 시작했다. 이어서 밭뙈기가 드러나고 수많은 밭뙈기들이 한 덩어리가 되었다가는 색 바랜 검불과 황량한 모래 바닥이 홍수의 물길 안에서 하나로 어우러져 흘러내려 갔다. 그런데도 비는 그치지 않았다. 오래지 않아 선교관 지붕이 갈라지면서 비가 새기 시작했다. 처마 밑으로 떨어지는 물줄기는 차라리 폭포에 가까웠다. 아이들은 추위에 파랗게 질린 비참한 모습을 하고 교실에 서 있었다. 마르타 수녀는 천장에서 떨어지는 굵은 물줄기 아래에 물그릇을 대느라고 정신없이 뛰어다니고 있었다. 지독한 감기를 앓고 있던 클로틸드 수녀는 원장 수녀의 우산을 쓰고 앉아, 이미 기가 죽을 대로 죽은 아이들을 데리고 수업을 계속하느라고 진땀을 빼고 있었다.

선교관 땅의 가벼운 흙은 그 빗줄기와 눈 녹은 물에 견디지 못했다. 가벼운 흙은 누런 개천에서 섞여 언덕 아래로 흘러내려 갔다. 뿌리 뽑힌 겨자과^{芥子科} 식물과 유도화^{油桃花} 나무는 그 흙탕물에 떠내려갔다. 연못의 잉어도 흙탕물에 놀랐는지 허옇게 물 위로 떠올랐다. 나무도 한 그루 두 그루씩 뽑혀 나갔다. 여지枝와 개오동나무도 연약한 촉수 같은 뿌리를 드러낸 채 버티더니 기어이 흙탕물에 쓸려 내려가고 말았다. 그 다음으로 쓸려 내려간 나무는 가지가 휜 연한 뽕나무, 이어서 꽃을 피우고 있던 오얏나무까지 무너진 담장과 함께 쓸려 내려갔다. 뿌리가 튼튼한 삼나무와 거대한 반얀나무만 진흙 사태가 할퀴고 간 자리에 의

연히 서 있었을 뿐이었다.

안셀름 밀리 참사가 도착하기 전날 치점 신부는 어린이들을 위한 미사를 집전하러 가는 길에 참담한 꼴이 된 선교관 뜰을 둘러보았다. 그러고는 옆에 와서 서 있는 정원사 푸 씨에게 말을 걸었다.

"나는 세상이 눈과 얼음 투성이어서 비라도 내렸으면 했어요. 그랬더니 하느님께서는 정말 비를 이렇게 내리셔서 교만한 우리를 벌하신 거예요."

정원사들이 다 그렇듯이 푸 씨도 만사를 좋게만 보는 사람은 아니었다.

"바다를 건너서 먼 길을 오시는 신부님께서 우리 선교관 사람들이 게으르다고 생각하실까 봐 두렵습니다. 아, 그 신부님께 지난 해 여기에 피었던 백합만이라도 보여 드릴 수 있었으면 얼마나 좋겠습니까!"

"푸 씨, 힘을 냅시다. 우리가 수습할 수 없을 정도는 아니니까."

"나무가 몽땅 떠내려가 버렸는데도요? 처음부터 새로 시작해야 하게 생겼습니다요."

"인생이라는 게 그런 겁니다……. 폐허 위에서 새로 시작하는 것, 그게 인생이랍니다."

푸 씨에게는 허세를 부려 보았는데도 불구하고 교회로 들어서는 치점 신부는 착잡한 마음을 가눌 길이 없었다. 촛불이 켜진 제대 앞에서 무릎을 꿇고 앉아 있는데도 빗줄기가 지붕을 때리는 소리가 계속해서 들려 왔다. 그는 아이들이 부르는 탄툼 에르고(성체 찬가-역주)를 들으면서도 마음의 귀는 마음 안에서 울리는 소리를 듣고 있는 것 같았다. 그러나 육신의 귀에는 교회에 들어서면서부터 지붕을 때리는 빗소리가 들리고 있었다. 그의 마음은, 다음 날 내방하기로 되어 있는 손님에게, 폐허가 다 된 선교관이 어떻게 보일까, 라는 생각에 사로잡혀 있었다. 그는 무겁게 마음을 짓누르는 이러한 생각을 털어내려고 애썼다.

미사가 끝나자 요셉이 제대의 촛불을 끄고 천천히 제의실에서 복도로 나갔다. 깨끗한 신도석에 우중충한 분위기가 감돌았다. 그러나 축축한 마룻바닥에는 원장 수녀와 클로틸드 수녀가 앉아 기도하고 있었다. 치점 신부는 아무 말 없이 이들 옆을 지나다가는 갑자기 걸음을 멈추었다. 감기로 두통을 앓아 온 참이라 클로틸드 수녀의 모습은 말이 아니었다. 마리아 베로니카 원장 수녀의 입술은 추위에 파랗게 질려 있었다. 그는 문득 두 사람을 그 싸늘한 교회 안에다 남겨 두고 나갈 수 없다는 생각을 했다. 그래서 두 사람에게 다가가서 말했다.

"미안하지만 지금 교회 문을 닫아야겠습니다."

두 사람은 아무 말도 하지 않았다. 치점 신부는 그답지 않게 두 사람의 기도를 방해한 것이었다. 두 사람은 어리둥절한 표정을 지었다. 그러나 그들은 신부의 말에 따라 아무 말 없이 자리에서 일어나서는 신부의 뒤를 따라 밖으로 나왔다. 치점 신부는 문을 걸어 잠그고는 두 사람을 따라 진흙 구덩이가 된 뜰로 나왔다.

바로 그 순간 굉음이 들려 왔다. 지하에서 들려오는 천둥소리

같은, 나지막하면서도 무시무시한 소리였다. 클로틸드 수녀가 비명을 지르는 순간 치점 신부는 고개를 돌려 교회 건물을 바라보았다. 건물은 움직이고 있었다. 비에 젖은 채 저물어가는 햇빛에 번쩍거리면서 교회 건물은 한쪽으로 쏠리더니 곧 힘이 다한 아낙네처럼 기울었다. 치점 신부는 심장이 멎는 기분이었다. 이어서 지축을 울리는 소리와 함께 기초가 무너져 내렸다. 한쪽이 무너져 내리자 이어서 지붕의 용마루가 기울었다. 나무 부러지는 소리와 유리 부서지는 소리가 고막을 찢는 듯했다. 곧 그의 교회, 그가 그토록 사랑하던 교회는 그의 발밑으로 무너져 내렸다.

그는 한순간 멍한 얼굴로 그 자리에 뿌리 박힌 듯이 서 있다가 건물이 무너져 내린 곳으로 달려갔다. 제대는 산산 조각이 나 있었고 감실은 들보에 깔려 박살이 나 있었다. 성물^{聖物} 역시 쓸 만한 것은 하나도 남아 있지 않았다. 리비에로 신부가 남긴 그 귀한 제의도 누더기가 되어 있었다. 모자도 없이 비를 맞으면서 거기에 서 있던 치점 신부의 귀에 마르타 수녀의 울음소리가 들렸다. 정신을 차린 그는 그제야 자신이 세 수녀들에게 둘러싸여 있음을 알았다. 마르타는 두 손을 비틀어 짜며 울부짖었다.

"왜…… 왜…… 저희에게 이런 일이 생긴 것이지요? 하느님! 저희들에게 이렇게 하실 수가 있습니까?"

치점 신부는 꼼짝도 않고 선 채 중얼거렸다. 절망에 빠진 채, 마르타 수녀의 부족한 믿음보다는 자신의 부족한 믿음을 꾸짖는 어조였다.

"이 일이 조금만 일찍 일어났더라면…… 우리 중 그 누구도 살아 남지 못했을 것이오."

 손을 쓸 일은 없었다. 치점 신부와 세 수녀는 무너진 교회를 비 내리는 어둠 속에 남겨 둔 채 그 자리를 떠났다.

 다음 날 오후 3시에 안셀름 밀리 참사는 정확하게 시간을 맞추어 도착했다. 홍수로 강물이 불어 그가 탄 배는 파이탄에서 강 하류 쪽으로 5리쯤 떨어진 곳에 닻을 내렸다고 했다. 거기에는 가마꾼들도 없었다. 쟁기처럼 손잡이가 길고 바퀴가 나무로 된 수레가 있었을 뿐이었다. 전염병이 지나간 이래로 이 수레는 얼마 안 되는 사람들을 실어나르는 교통수단 노릇을 하고 있었다. 그러나 다른 방법이 없었다. 참사는 바지를 걷어붙이고 진흙투성이가 된 채로 이 수레를 타고 선교관에 이르렀다.

 클로틸드 수녀가 아이들에게 예행연습까지 시켰던 환영 행사(아이들에게 깃발을 흔들면서 노래를 부르게 하는)는 취소되었다. 치점 신부는 발코니에서 아래를 내려다보고 있다가 안셀름 밀리 참사가 도착하는 것을 보고는 서둘러 아래로 내려갔다.

 안셀름 밀리 참사는 점잔을 빼면서 치점 신부의 두 손을 움켜잡고 소리쳤다.

 "내 친구 프랜시스. 자네와 다시 만나게 되다니, 이렇게 기뻐 보기도 여러 달 만에 처음일세. 거 보게, 내 그러지 않던가? 동양을 한 바퀴 돌게 될 거라고. 세계의 이목이 이 고통스러운 중국 땅에 쏠려 있는 판이라 내가 이렇게 나서지 않을 수 없었네……, 그런데……."

 그는 잠시 말을 끊고는 두 눈이 휘둥그러진 채 어깨 너머로 참담하게 부서진 교회를 보고는 말을 이었다.

"……이해가 안 가네. 교회는 어디에 있는가?"

"저기에 남아 있는 게 전부라네."

"이것은……, 벽돌 더미가 아닌가? 자네는 훌륭한 교회를 세웠다고 보고하지 않았나?"

"뒷걸음질을 좀 친 모양이네."

"그게 대체 무슨 말인가? 이러면 이야기가 달라지는데."

프랜시스는 다정하게 웃으면서 응수했다.

"들어가서 목욕하고 옷이나 갈아입게. 내 천천히 설명해 줄 테니까."

그로부터 한 시간 뒤 욕실에서 나와 새 옷으로 갈아입은 안셀름 밀리 참사는 혈색 좋은 얼굴을 하고 식탁 앞에 앉아 수프를 젓고 있었다. 그의 혈색은 좋아도 표정은 곱지 않았다.

"내 고백하거니와, 이렇게 실망해 보기는 난생 처음일세. 이 먼 변경까지 와서……."

그는 숟가락 하나 가득 수프를 떠서 입술이 두꺼운 입 안에 넣었다. 그의 몸은 눈에 띄게 불어나 있었다. 어깨는 넓고도 튼튼했고, 피부는 부드러웠으며 눈빛이 맑은데다 손까지 두툼해서 어디로 보나 고위직 성직자에 어울리는 모습을 하고 있었다. 그는 수프를 우물거리면서 덧붙였다.

"프랜시스, 나는 자네의 교회에서 장엄 미사를 올린다는 희망에 가슴 부풀어 있었네. 건물의 기초가 부실했던 게 분명해."

"이게 이 모양으로 내려앉을 줄 누가 알았겠는가?"

"그게 무슨 말인가? 준비할 시간은 얼마든지 있지 않았는가? 그러나저러나 본부에 돌아가서는 뭐라고 한다지? 떠나오면서 런던에 있는 우리 외방전교회 본부에다 '성 안드레 성당, 혹은 중국의 오지에 계시는 하느님'이라는 제목의 강연 약속까지 해 두었는데……. 환등용 슬라이드 만들려고 짜이스 사진 건판도 준비해 왔는데 이거 낭패가 아닌가? 나만 낭패를 보는 게 아니고……, 우리 모두가 낭패를 보는 셈이네."

무거운 침묵이 흘렀다. 안셀름 밀리 참사는 짜증을 부리려는 것도 아니고 치점 신부를 위로하려는 것도 아닌, 어정쩡한 어조로 말을 이었다.

"……자네에게도 어려움이 있었다는 것은 나도 알고 있네. 하지만 어려움이 없는 사람이 어디 있겠나? 우리도 고생 많이 했네. 특히 두 교구를 통합시킨 뒤로는……, 맥냅 주교가 돌아가신 뒤에……."

치점 신부의 표정이 굳어졌다. 아니, 고통으로 일그러졌다는 편이 옳다.

"그분이 돌아가셨나?"

"응, 워낙 연세가 많았으니까. 폐렴이었네. 금년 삼월에 부르심을 받았네. 기력이 쇠하시니까 노망기를 보이시고, 그래서 모두 모시기가 난처했네만 다행히 평화롭게 임종하셔서 우리들 모두 여간 다행으로 여기지 않았다네. 보좌역에 계시던 타란트 신부께서 뒤를 이으셔서 주교위主教位에 오르셨지. 주교직 승계가 여간 잘 된 게 아니라는 중평일세."

다시 침묵이 흘렀다. 치점 신부는 두 손으로 얼굴을 가렸다. 아, '녹슨 맥'이 가셨구나······. 맥냅 주교에 대한 추억이 걷잡을 수 없이 밀려와 치점 신부를 괴롭혔다. 스틴처 강가에서······, 그 크고 멋진 연어를 잡던 일하며, 홀리웰 신학교 시절의 그 형형한 현자의 눈길과 다정한 꾸짖음······. 치점 신부는 중국으로 떠나오기 직전 타이니캐슬 주교청 서재에서 만났을 때 맥냅 주교가 하던 이 말을 특히 잊을 수 없었다.

'프랜시스, 싸우게, 용감하게 싸우는 거야. 하느님을 위해서, 그리고 이 늙은 스코틀랜드 인을 위해서.'

안셀름 밀리 참사는 다정한 눈길로 친구를 바라보면서 말을 이었다.

"그것은 그렇고, 우리 일이나 의논하세. 먼저 사태를 있는 그대로 정확하게 바라볼 필요가 있네. 여기에 와 있는 이상, 나는 자네를 돕는 일에 최선을 다해 보겠네. 이래봬도 조직 문제라면 내게 경험이 좀 있으니까. 내가 이 외방전교회의 걸음마를 시킨 경험을 이야기할 테니까 들어 두게. 자네에게도 장차 도움이 될지도 모르니까. 나는 런던, 리버풀, 타이니캐슬을 돌면서 자금 협조를 개인적으로 호소, 삼만 파운드를 모아들였네. 하지만 그것은 시작에 지나지 않았어······. 이 사람, 그렇게 기죽을 것 없네. 자네에게도 그렇게 하라고 요구하지는 않을 테니까. 우리가 먼저 할 일은 말일세, 원장 수녀를 점심 식사에 초대하는 일일세. 아주 유능해 보이는 분이더군. 초대한 연후에 진짜 원탁 사목회의(司牧會議)를 여는 것일세."

치점 신부는 맥냅 주교와의 추억에 잠겨 있다가 현실 문제로 돌아서기가 고통스러웠다.

"원장 수녀는 수녀원 밖에서는 식사를 하지 않는다네."

"제대로 초대해 본 적이 있기는 한가? 가엾은 프랜시스! 미안하지만 나는 한 번도 자네를, 여자를 이해하는 사람이라고 생각한 적이 없네. 원장 수녀는 내 초대에 응하지 않고는 못 배길 걸세. 내게 맡겨 두게."

마리아 베로니카 원장 수녀는 아닌 게 아니라 점심 초대에 응했다. 하룻밤을 잘 쉬고 오전 내내 선교관을 돌아보고 온 안셀름 밀리 참사는 펄펄 날아갈 듯한 모습을 하고 식탁에 나타났다. 교실에 들러 마리아 베로니카 원장 수녀를 만나고 온 게 5분 밖에 되지 않았는데도 안셀름 밀리 참사는 위엄을 차려 정식으로 원장 수녀에게 인사를 건넸다.

"원장 수녀님, 이렇게 초대에 응해 주시다니 정말 영광스럽습니다. 셰리 주 한 잔 하시겠습니까? 안 하시겠다고요? 좋은 술이라고 자신 있게 말씀드릴 수 있습니다. 하얀 아몬틸라도……, 제가 본부를 떠나올 때 가져 온 것이니까 아주 먼 길을 돌아온 술이지요. 스페인에서 맛을 들인 이래 그 맛을 잊지 못해서 이렇게 가지고 다니면서 즐긴답니다."

세 사람은 식탁 앞에 앉았다.

안셀름 밀리 참사는 삶은 닭을 뜯으며 농을 걸었다.

"프랜시스, 우리에게 뭘 대접할 텐가? 설마 끔찍한 중국 요리로 기를 죽이는 것은 아닐 테지? 새 둥우리 수프나 젓가락으로 먹어야 하는 국물 요리는 질색이니까 고려해주게, 하하. 고백하거니와, 내 체질은 동양 요리에 잘 어울리는 모양이네. 배를 타고 이곳으로 오면서 폭풍을 만났는데 말일세, 나흘 동안 식당에서 사람 구경을 못 했네. 나만 뻔질나게 드나들었던 것이지. 배 안에서 차우멘炒麵(볶은국수)이라는 아주 맛있는 중국 요리를 먹었는데 말이지……."

식탁보를 내려다보고 있던 마리아 베로니카가 얼굴을 들었다.

"차우멘이 중국 요리던가요? 저는 자투리 음식으로 만드는 미국식 중국 요리인 줄 알았습니다."

안셀름 밀리 참사는 약간 놀랐다는 얼굴로 원장 수녀를 바라보았다.

"원장 수녀님, 차우멘이라는 것은 말이지요…… 뭐라고 해야 하나."

그는 도움을 청하는 듯이 치점 신부를 바라보았으나 치점 신부가 도와 줄 눈치를 보이지 않자 하릴없이 웃으면서 말을 이었다.

"어쨌든 말이지요, 아이 추드 마인(저는 제 몫을 먹었습니다_역주), 하하하."

요셉이 샐러드 접시를 들고 들어왔다. 안셀름 밀리 참사는 요셉이 샐러드를 덜어 놓을 수 있도록 몸을 비켜주면서 말을 계속했다.

"사실 말이지만, 음식만 먹을 만하다면 동양은 대단히 매력적인 곳이지요. 우리 서양 사람들에게는 중국인들을 열등한 민족이라고 생각하는 경향이 있어요. 하지만 나는 어떤 중국인과도 악수할 수 있어요. 단, 하느님을 믿는 중국인…… 그리고 세숫비누를 쓰는 중국인이라면 말이지요."

치점 신부는 이 말을 듣는 순간 요셉의 눈치를 살폈다. 요셉의 얼굴은 여전히 무표정했지만 콧구멍이 약간 실룩거리는 것 같았다.

안셀름 밀리 참사는 잠시 입을 다물고 있다가 고위 성직자 특유의 위엄을 가누고 말했다.

"그것은 그렇고, 지금부터는 중요한 문제를 함께 의논합시다. 원장 수녀님, 제 친구인 이 선교관의 치점 신부는 어릴 때부터 날 궁지에 몰아넣는 걸 아주 좋아했답니다. 하지만 현재의 내 임무는 이 친구를 궁지에서 구해내는 것이랍니다."

이 모임은 아무 수확도 얻지 못하고 끝났다. 치점 신부와 원장 수녀가 안셀름 밀리 참사로부터 본구에서의 활약상을 귀가 아프게 들었을 뿐이었다.

사목 활동에서 풀려난 뒤로 안셀름 밀리는 외방전교 일에 전심전력을 기울였다. 그는 교황이 믿음을 해외에 전하는 일에 열심이라는 사실은 물론, 교황 자신이 관심을 기울이는 이 일에 종사하는 성직자들을 열심히 지원하고 있다는 사실도 잘 알고 있었다.

안셀름 밀리는 오래지 않아 이 일에 두각을 나타내었다. 그는 전국 방방곡곡을 누비기 시작했다. 영국의 주요 도시를 순회하면서 강론하고 웅변하는 생활이 시작된 것이었다. 그는 친구를 사귀는 탁월한 재능을 유감없이 발휘했다. 그는 어떤 인간관계도 소홀하게 하는 법이 없었다. 맨체스터나 버밍엄에서 돌아오면 그는 책상 앞에 앉아 멋진 식사 초대에 감사하는 인사 편지를 그 특유의 명문으로 쓰고는 말미에다 외방전교회 기금을 기부해 줄 것을 간곡히 부탁하는 것이었다. 어찌나 많은 편지를 쓰고 받았던지 오래지 않아 이 업무를 담당할 비서까지 두어야 했을 정도였다.

안셀름 밀리는 오래지 않아 런던 사교계의 저명인사로 행세했다. 그의 웨스트민스터 데뷔는 그지없이 화려했다. 그는 데뷔와 거의 동시에 여성들의 우상으로 군림했다. 성직자와 고양이를 수집하는 취미가 있는 하이드 파크 남쪽 저택가의 돈 많은 독신녀 신자들의 사랑을 받는 것도 그에게는 별로 어려운 일이 아니었다. 그의 태도에 빈곳이라고는 없었다. 이 일에 뛰어든 바로 그 해에 아티니엄(학자와 문인들이 많은 런던의 사교 모임_역주)의 회원이 되었을 정도였다. 외방전교회 본부의 돈 자루 노릇을 하는 안셀름 밀리에게 로마의 교황은 몸소 감사의 인사를 전함으로써 그 노고를 치하한 일도 있었다.

안셀름 밀리가 북부 관구의 최연소 참사가 되었을 때, 그의 이러한 성공을 부당한 것으로 받아들이는 사람은 별로 없었다. 그의 벼락출세와, 지나치게 발달한 갑상선과 무관하지 않다고 비아냥거리던 사람들도 이 방면에서 보이는 그의 사업 수완은 톡톡히 인정했을 정도였다. 그렇게 엄청난 일을 꾸려 가는데도 그는 매사에 빈틈을 보이지 않았다. 그에게는 수리^{數理} 능력도 있었고 돈을 관리하는 능력도 있었다. 그는 5년이 채 못 되어 일본에 선교관 2개소를 더 일으키고 난징에 중국인을 위한 신학교를 건립하는 수완을 보였다. 타이니캐슬의 새 외방전교회 지부도 그의 손아귀에 들어가고 나서는 오래지 않아 빚 한 푼 없는, 아주 능률적인 지부 몫을 단단히 하고 있었다.

요컨대 안셀름 밀리는 당시에 이미 자기 몫의, 필생의 사업이라는 것을 거의 완수해 놓은 셈이었다. 게다가 그에게는 타란트 주교라는 확실한 배경이 있었다. 타란트 주교의 지원을 받으며 그가 지휘하는 타이니캐슬 외방전교회는 날로 번창하고 있었다.

치점 신부, 마리아 베로니카 원장 수녀와 안셀름 밀리 참사가 공식 회합을 갖고 나서 이틀째 되는 날 비가 갰다. 구름에 가려 있던 태양이 다시 나타나 잊고 있던 대지를 비추기 시작한 것이다. 기분이 좋아진 안셀름 밀리 참사는 치점 신부에게 이런 농담을 했다.

"내가 이런 날씨를 몰고 온 것일세. 태양의 꽁무니만 좇는 사람이 있는가 하면 나같이 태양을 몰고 다니는 사람도 있는 것이지."

그는 카메라를 메고 다니며 틈날 때마다 사진을 찍었다. 그의 정력은 대단했다. 아침에 일어나기가 무섭게 큰 소리로 요셉을 불러 목욕물을 대령하게 하고, 목욕한 뒤에는 교실에서 미사를 올렸다. 미사가 끝나면 왕성한 식욕을 자랑하면서 아침을 먹고, 식사가 끝나면 머리에는 토우피 모자를 쓰고 손에는 지팡이를 들고는, 엉덩이에 닿게 카메라를 메고 시내를 둘러보러 나가는 것이었다.

그는, 기념이 될 만한 것이 있기만 하면 어디든 갔다. 그는, 그런 것을 찾는 일이면 전염병의 상처가 채 아물지 않은 파이탄 시내를 뒤지는 것도 마다하지 않는 사람이었다. 폐허가 되다시피 한 도시 거리를 바라보면서 그는 이렇게 중얼거리고는 했다.

"다 하느님의 뜻이거니."

그러다가 성문 같은 데 이르면 치점 신부를 배경 앞에 세우고 더할 나위 없이 극적인 포즈를 요구하고는, 이러면서 사진을 찍는 것이었다.

"잠깐만! 이건 꼭 찍어야겠네. 광선 좋고……."

주일, 느긋한 얼굴을 하고 점심 식사를 하러 식당에 나타난 그는 이런 말을 했다.

"방금 생각한 건데 말일세, 본국에 돌아가 강연할 일이 걱정이라던 내 생각이 바뀌었네. 강연거리가 생긴 것이네. '선교 대상 지역의 위험과 어려움'이라는 각도에서 다루어 보면 되지 않겠나? 역질과 홍수 속에서의 선교 활동이라는 각도도 괜찮고. 오늘 아침에 나는 무너진 교회에 눈을 대고 살펴보았네. 멋진 환등 슬라이드가 될 걸세. 제목은 '하느님께서는 먼저 사랑하시는 것을 치신다', 근사하지 않은가!"

그러나 떠나기 전날 밤이 되자 안셀름 밀리 참사의 태도는 표변했다. 저녁을 먹고 사제관 발코니에서 치점 신부와 마주앉은 안셀름 밀리의 태도는 거만하기 짝이 없었고 말투에는 거드름이 들어가 있었다.

"프랜시스, 나 같은 떠돌이를 이렇게 응대해 준 자네에게 뭐라고 인사를 해야 할지 모르겠네. 그러나 내 기분이 좋은 것만은 아니네. 이 교회를 재건할 방도가 있는가? 우리 외방전교회가 자네에게 돈을 줄 수는 없네."

"달라고 한 적도 없네."

두 주일 간의 긴장이 치점 신부를 견딜 수 없게 하고 있는 참이었다. 그의 자제력도 한계에 이르러 있었다. 안셀름 밀리 참사는 친구에게 바늘 끝 같은 시선을 던지면서 이런 말을 했다.

"상류 계급에 속하는 사람들, 돈 많은 상인들의 호감을 얻었더라면 선교가 쉬웠을 것이 아니겠나? 챠 씨 같은 사람이라도 신자로 만들어 놓았어야지."

"그렇게는 안 되네……. 그 양반은 벌써 많이 베풀었네……. 이제는 한 푼도 더 달라고 할 수가 없네."

치점 신부는 의례적으로 말을 토막토막 끊어서 하고 있었다

"물론 자네 일이니까 자네가 알아서 할 테지. 하지만 이 말만은 하고 넘어가야겠네. 솔직하게 말해서 나는 자네에게 실망했어. 자네가 이런 식으로 하니까 선교관이 이 꼴 아닌가? 이 선교관이 개종시킨 신자 수는 한심하다네. 다른 선교관의 신자 수와는 비교도 되지 않아. 우리 외방전교회 본부에는 통계 숫자가 도표에 그대로 기록되는데, 최하위가 바로 자네 선교관일세."

치점 신부는 시선을 허공에다 박은 채로 입을 굳게 다물었다. 한동안 그러고 있다가 그답지 않게 빈정대는 어조로 대답했다.

"선교사의 능력도 능력 나름이 아니겠나."

상대의 비아냥거리는 어조에 민감한 안셀름 밀리가 언성을 높였다.

"노력도 노력 나름이겠지. 왜 전교회장을 고용하지 않고 고집을 부리는가? 다른 본당에서는 다 하는 걸 자네는 왜 하지 않아? 한 달에 사십 테일만 써서, 유능한 사람으로 셋만 썼어 봐. 결과는 지금과 훨씬 달라졌을 테지. 일천 명을 신자로 만드는데 일천오백 달러도 안 든다는 계산이 나오지 않나?"

치점 신부는 대꾸하지 않았다. 그는 화를 내지 않게 해 달라고 기도했다. 모욕을 당해도 싸다는 생각을 하는데도 모욕을 참기는 쉽지 않았다.

"자네는 제대로 일을 하고 있는 것 같지 않아. 자네의 생활도 그렇지. 꼴이 이게 뭔가? 사람들에게 위엄을 보일 필요가 있네. 가마도 하나 장만하고 하인도 몇 들이고 살면 안 되는가? 겉치레를 하라는 것은 아니네만."

"자네가 뭘 오해하고 있네. 중국인들은 허례를 싫어해. 중국 사람들은 허례를 '티에멘'(체면)이라고 하는데……, 이런 걸 좋아하는 성직자를 아주 깔본다네."

"자네는 천박하기 짝이 없는 이교 성직자를 아주 좋아하는 것 같은데?"

"좋아하면 안 되나? 이교 성직자들 중에도 선하고 귀한 사람들이 얼마든지 있다네."

안셀름 밀리 참사는 한동안 대답을 못 하고 있다가 몹시 화가 났던지 최후통첩이라도 하는 듯이 바닥에다 외투를 벗어 던졌다. 그리고 나서는 이 말을 남기고 자기 방으로 들어가 버렸다.

"그럼 더 이상 할 말이 없게 되어 버렸군. 자네 태도가 나를 지극히 고통스럽게 만들고 있다는 말만은 반드시 해야겠네. 원장 수녀도 자네의 태도에 몹시 당혹해하고 있네. 나는 이곳에 온 날부터 내 눈으로 그걸 확인할 수 있었네."

안셀름 밀리 참사는 다음 날 선교관을 떠났다. 난징으로 돌아가 주교청에서 한 주일을 머문 다음에 일본의 6개 선교관을 시찰하러 나가사키로 가게 되어 있었다. 짐이 꾸려지고, 정크까지 그를 태우고 갈 가마가 도착하자 그는 수녀들과 아이들에게 작별 인사를 했다. 색안경을 끼고 초록색 테를 두른 토피 모자를 쓰는 등 여행 차비를 마친 그가 치점 신부에게 작별 인사를 했다. 그는 화해를 청한다기보다는 치점 신부를 용서한다는 몸짓을 해 보이며 손을 내밀었다.

"프랜시스, 기분 좋게 작별하기로 하세. 성직자라고 해서 말 잘하는 재주를 다 타고난 것은 아닌 모양이네. 자네도 바탕이 좋은 사람이라는 건 나도 인정하고 있네······. 이상한 일이야. 한 곳에 머물면 몸이 근질근질하거든. 천생 떠돌이인 모양이야. 잘 있게, 오 르브와('안녕'에 해당하는 프랑스 어), 아우프 비더젠('안녕'에 해당하는 독일어). 늦었네만 진심으로, 하느님께서 자네를 축복하시기를 빌겠네."

그는 가마 안으로 들어가서는 모기장을 내렸다. 가마꾼들은 어깨를 내렸다가는 힘겹게 그를 메고 일어섰다. 초라한 선교관 문을 나서면서 그는 가마 밖으로 고개를 내밀고 하얀 손수건을 흔들었다.

여느 때처럼 오후 산보를 나서서 석양을 훔쳐보고 석양의 적막을 응시하다가 선교관으로 돌아온 치점 신부는 폐허가 된 교회 터에 서서 묵상하고 있었다. 그는 돌무더기 위에 앉은 채 옛 신학교의 학장이었던 '녹슨 맥' 주교를 생각했다. 학장 생각만 하면 그는 신학생 시절로 되돌아간 듯한 느낌과 함께 새롭게 용기를 얻고는 했다. 그에게는 용기가 필요했다. 안셀름 밀리를 견디느라고 두 주일 전부터 그는 녹초가 되어 있었다. 안셀름 밀리의 말이 옳았을 수도 있다. 안셀름 밀리의 말대로 치점 신부 자신은 하느님의 눈이나 인간의 눈에 공히 실패자로 비쳤을 수도 있다. 그가 해 놓은 일은 정말 보잘 것이 없었다. 그렇게 애를 썼는데도 해 놓은 일이 하나도 없었다. 앞으로는 어쩌지? 심한 피곤과 절망감이 그를 견딜 수 없게 했다.

고개를 숙이고 생각에 잠겨 있던 그의 귀에는 뒤로 다가서는 사람의 발소리도 들리지 않았다. 마리아 베로니카 원장 수녀는 마른기침으로 기척을 했다.

"방해가 되었습니까?"

치점 신부는 고개를 들고는, 적지 않게 놀란 얼굴을 했다가는 억지로 웃어 보였다.

"아니오······, 전혀. 보시다시피······, 나는 아무 짓도 하지 않고 있어요."

고요가 한동안 두 사람 사이를 감돌았다. 석양 무렵이라 서로의 얼굴이 잘 보이지는 않았지만 원장 수녀의 얼굴은 창백했다.

치점 신부는 원장 수녀의 표정을 볼 수 없어 애가 탔다. 그러나 치점 신부는 원장 수녀가 어딘지 모르게 굳어 있다는 것만은 알 수 있었다. 원장 수녀의 음성에는 색깔이 없었다.

"신부님께 드릴 말씀이 있습니다. 저는……."

"무엇인지 말씀하시지요."

"이런 말씀을 드린다는 것은 곧 신부님께 부담을 드리는 일이라는 것도 잘 알고 있습니다. 그러나 저는 드리지 않을 수가 없습니다. 죄송합니다. 정말 죄송합니다."

원장 수녀의 목소리는 끝이 갈라지고 있었다. 잠시 머뭇거리던 원장 수녀는 곧 가닥을 잡고 말을 이었다.

"……지금까지 제가 신부님께 한 행동을 뼈아프게 후회하고 있습니다. 정말 죄송하게 생각하고 있습니다. 처음 뵈었을 때부터 제가 했던 행동을 저는 정말 부끄럽게 생각하고 있습니다. 저는 신부님께 죄를 너무 많이 시었습니다. 제 마음속에는 오만이라는 마귀가 들어앉아 있습니다. 이 마귀는 어릴 때부터 제 속에 들어앉아 있었습니다. 유모의 얼굴에 물건을 던질 때부터 들어앉아 있었습니다. 저는 최근에 와서 신부님을 뵙고 이 말씀을 드려야 한다는 것을 알았습니다. ……그러나 제 오만이, 제 심술궂은 마음이 저를 오늘까지 붙잡아 두었습니다. 지난 열흘 동안……, 저는 신부님을 위해 마음속으로 많이 울었습니다. 신부님의 신발끈도 끄를 자격이 없는 천하고 속된 사제로부터 신부님께서는 온갖 수모와 경멸을 다 받고도 견디셨습니다. 신부님, 저는 저 자신이 싫습니다. 저를 용서해 주십시오. 저를 용서해

주십시오……."

원장 수녀는 그 자리에 무릎을 꿇고 두 손으로 얼굴을 가리고는 흐느끼기 시작했다.

하늘은 빛을 잃은 시각이었다. 산봉우리 뒤로 푸르스름한 잔광殘光이 보일 뿐이었다. 이 잔광마저 사라지면서 곧 어둠이 원장 수녀를 감싸기 시작했다. 원장 수녀의 두 눈에서는 눈물이 흘러내렸다.

"그럼 우리 선교관을 떠나지 않겠군요."

"떠나지 않겠습니다. 떠나지 않겠습니다. 용서해주신다면 이곳에 있겠습니다. 저는 신부님 같으신 분을 뵌 적이 없습니다. 저는 신부님 같은, 고결한 영혼의 소유자, 아름다운 영혼의 소유자는 뵌 적이 없습니다."

"그만 하세요. 나는 하찮은 인간, 천박한 인간입니다. 원장께서 아시다시피……, 나는 아무것도 아닌 인간이랍니다."

"신부님, 저를 불쌍히 여기소서."

원장 수녀의 흐느낌은 통곡으로 변했다.

"원장은 참으로 대단하신 분입니다. 그러나 하느님 보시기에는 나나 원장이나 다 어린아이에 지나지 않습니다. 함께 일할 수 있다면……, 서로 도와 가면서 함께 일할 수 있다면, 내게는 더 바랄 것이 없습니다."

"있는 힘을 다해 신부님을 돕겠습니다. 제가 할 수 있는, 한 가지 일만은 이루고 말겠습니다. 제 오라버니께 편지를 쓰겠습니다. 오라버니는 교회를 재건할 수 있게 해주실 것입니다. 선교관을 복구할 수 있게 해주실 것입니다. 오라버니에게는 재산이 많으니까 기꺼이 도와주실 것입니다. 신부님, 도와주십시오. 이 오만한 마음을 다스릴 수 있도록 저를 도와주십시오."

이어서 두 사람 사이에 오랜 침묵이 흘렀다. 원장은 그칠 생각을 않고 흐느꼈다. 치점 신부는 뜨거운 것이 가슴을 채우는, 귀한 느낌을 경험했다. 신부는 원장 수녀의 팔을 잡고 일으켜 세우려고 했다. 그러나 원장 수녀는 일어나지 않았다. 이렇게 되자 치점 신부는 자기도 그 옆에 꿇어앉았다. 기도하는 마음까지 버린 텅 빈 마음으로 평화로운 어둠, 순수한 어둠을 응시했다. 어둠 저쪽, 선교관 뜰의 나무 그늘에서는 아득한 옛날부터 그렇게 꿇어앉아 있던 가난하고 평범한 한 사람이 여전히 무릎을 꿇은 채로 두 사람을 응시하고 있었다.

7

1912년의 어느 햇살 고운 날 오전, 치점 신부는 한 해 수확한 꿀을 밀랍에서 분리하고 있었다. 주방 앞뜰 한쪽 끝에 바바리아식으로 지어진 그의 작업실에서는 눅진눅진한 꿀 냄새가 진동했다. 마리아 베로니카가 열쇠를 넘겨 준 순간부터 치점 신부에게는 큰 자랑거리가 된 이 작업실에는 발디딤식 녹로轆轤(오지 그릇 따위를 만들 때 발로 돌리며 모양과 균형 등을 잡는 데 쓰는 물레)와 다른 연장들이 깔끔하게, 그리고 쓰기 좋게 정돈되어 있었다. 냄새가 채 가시지 않은 톱밥이 깔린 바닥에는 노란 꿀이 가득 든 항아리가 놓여 있었다. 긴 의자 위의 구리 냄비에는 밀랍이 가득 담겨 있었다. 치점 신부는 다음날 그 밀랍으로 양초를 만들 참이었다. 이렇게 치점 신부가 손수 만든 양초는 타기도 잘 탔고 냄새도 좋았다. 성 베드로 성당에서도 그런 양초는 쓰지 못할 터였다.

만족스러운 얼굴로 그는 이마의 땀을 씻었다. 그의 짧은 손가락에는 밀랍이 묻어 있었다. 그는 꿀 항아리를 어깨에 메고는 선교관 뜰을 가로질러 갔다. 그의 마음은 느긋했다. 처마 끝에서는 찌르레기가 날아와 울고 있었다. 찌르레기 울음소리를 들으며, 여전히 이슬이 듣는 시원한 풀밭 위를 걷는다는 것은 즐거운 일이었다. 이렇게 일하면서(머리로는 조금, 손으로는 많이, 가슴으로는 아주 많이) 아주 소박하게 살 수만 있다면 얼마나 행복하랴, 그는 이런 생각을 했다. 대지에 발을 붙이고 일하면서 사는 하루하루는, 그에게 천국의 삶과 그리 멀지 않을 것 같았다.

파이탄은 번영을 거듭하고 있었다. 주민들에게 홍수와 역병과 기근은 잊힌 지 오래였다. 5년 전에 에른스트 폰 호헨로헤 백작의 기부금으로 재건된 이래 선교관은 전혀 새로운 모습으로 거기에 서 있었다. 교회는 처음 그 터에 세워졌던 교회에 견주어 훨씬 크고 튼튼했다. 치점 신부는 몇 세기 전 마가레트 여왕이 스코틀랜드에 도입했던 수도원 건축 양식에 따라, 석회나 치장 벽토는 일체 쓰지 않고 견고성만을 앞세워 아주 튼튼하게 지었다. 소박한 종탑과 무지개꼴 아치 복도가 딸린 이 고전적이고 평범한 교회가 치점 신부에게는 그렇게 마음 든든하게 보일 수가 없었다. 교회는, 이로써 무너질 염려를 하지 않아도 좋은 교회가 된 것이다.

 학교도 증축했다. 학교가 수용하는 아이들도 전에 비해 훨씬 늘어나 있었다. 선교관 가까이 있는, 기름진 밭 두 때기를 새로 사들인데다 돼지 축사도 있고, 외양간도 있고, 마당에는 닭도 뛰어다니고 해서 선교관은 유복한 농가를 방불케 했다. 이 가축을 기르는 사람은 마르타 수녀였다. 마르타 수녀는 나막신을 신고 수녀복 치마허리를 질끈 동이고는 모이를 뿌리면서 플랑드르 말로 닭을 어르고는 했다.

 신자 수도 2백 명으로 늘어나 있었다. 그러니 억지로 나오는 신자는 하나도 없었다. 고아원 규모는 갑절로 늘어나 있었다. 규모만 늘어난 것이 아니었다. 고아원에 대한 치점 신부의 애착이 보람 있는 결실을 보았을 때가 그즈음이기도 했다. 고아원에서 자란 처녀들 중에는 수녀들을 도와 어린 것들을 보살피는 처녀도 있었고, 수련 수녀가 된 처녀도 있었으며, 세상으로 나갈 준비를 하는 처녀들도 있었다. 아, 그러고 보니 전 해 크리스마스에 열아홉 살 나이로 류씨 마을의 청년에게 시집간 아이도 있었다. 치점 신부는 혼사가 척척 진행되던 그때 일을 생각하고는 빙그레 웃었다. 얼마 전에 치점 신부가 류씨 마을에 갔을 때(신부는 류씨 마을에 갔다가 볼일을 무사히 마치고 한 주일 전에 선교관으로 돌아온 참이었다) 농사꾼의 마누라가 된 그 아이는 고개를 푹 숙이고, 영세 주실 일이 곧 생길 터인데 그때 신부님께서 다시 와주셔야 하지 않겠느냐는 말까지 했던 것이었다.

치점 신부는 꿀 항아리를 이쪽 어깨에서 저쪽 어깨로 옮겼다. 마흔 세 살밖에 되지 않았는데도 그는 머리가 벗겨진, 조그만 늙은이가 되어 있었다. 벌써 관절염 때문에 고생하기 시작한 지 오래였다. 선교관 뜰의 재스민 가지가 그의 이마를 긁고 지나갔다. 뜰은 정말 잘 가꾸어져 있었다. 마리아 베로니카 원장 수녀의 솜씨였다. 치점 신부는 손으로 하는 일이면 무엇이든 잘 하는데도 불구하고 식물 가꾸는 일에는 도무지 젬병이었다. 마리아 베로니카의 원예 기술은 놀라웠다. 식물의 씨앗이나 묘목은 수시로 독일에서 보내 왔다. 식물에 대해 이것저것을 묻는 원장 수녀의 편지는, 치점 신부의 전서구傳書鳩 만큼이나 뻔질나고 정확하게 광뚱廣東이나 베이징北京의 이름 있는 원예장을 오고 갔다. 치점 신부를 둘러싸고 있는 아름다운 뜰, 벌 떼가 잉잉거리는 성역은 마리아 베로니카 원장 수녀의 솜씨가 이루어낸 걸작품이었다.

두 사람의 우정도 뜰에 못지않게 아름다웠다. 석양 무렵에 산보 나설 때마다 치점 신부는 싸구려 장갑을 끼고 뜰에서 일하는 마리아 베로니카 원장 수녀를 만나고는 했다. 원장 수녀는 멋대로 자라는 하얀 작약 가지를 잘라 줄 때도 있었고, 덩굴풀의 덩굴을 손질하고 있거나, 붉은빛 꽃이 피는 진달래에 물을 줄 때도 있었다. 이렇게 뜰에서 만난 이들은 그 날 있었던 일에 대해 짤막하게 이야기를 나누었다. 물론 아무 말도 서로 하지 않을 때도 있었다. 뜰의 관목 사이로 개똥벌레가 날기 시작하면 두 사람은 각각 제 갈 길로 가고는 했다.

선교관 뒷문 쪽으로 가던 그는 두 줄을 지어 선교관을 가로질러 가는 아이들을 발견했다. 점심 식사를 하러 가는 길이었다. 그는 빙그레 웃고는 걸음을 빨리했다. 그가 기숙사 옆에 붙여 지은 식당 안으로 들어갔을 때 아이들은 벌써 검푸른 머리와 누런 얼굴로 두 줄을 이루고 앉아 있었다. 마르타 수녀는 중국인 수련 수녀들의 도움을 받으며 아이들의 퍼런 그릇에다 쌀죽을 퍼주고 있었다. 치점 신부가 눈 속에서 주워다 기른 안나는 어엿한 처녀가 되어, 예의 그 음침하고 화가 난 듯한 얼굴을 하고는 아이들에게 죽그릇을 돌리고 있었다.

치점 신부가 들어가자 아이들의 소동이 잠잠해졌다. 그는 개구쟁이 아이 같은 얼굴을 하고 원장 수녀의 눈치를 슬금슬금 살피면서 안으로 들어가, 자랑스러운 듯이 항아리를 식탁 위에다 놓았다.

"얘들아, 오늘 갓 따낸 꿀이다. 그런데 안됐구나. 이 꿀을 먹고 싶어 하는 아이가 없어서 말이다."

아이들은 먹고 싶어요, 하고 소리치면서 원숭이들처럼 들고 일어났다. 신부는 나오는 웃음을 꾹 참고 섭섭해 하는 듯한 얼굴을 하고는 나이가 가장 어린 아이를 바라보았다. 세 살배기 꼬마는 숟가락을 빨고 있다가 일어서지도 못하고, 앉아 있지도 못하고 쩔쩔매고 있었다. 심포리엔이라는 아이였다. 새 신자들은 개종할 때마다 아이들에게 성인들의 멋진 본명을 붙여주고 싶어

했다. 치점 신부는 그런 것을 별로 좋아하지 않았지만 그 꼬마의 이름은 어쨌든 '심포리엔'이었다.

"착한 아이들이 자기를 속이다니, 신부님은 믿을 수가 없어. 자, 심포리엔, 솔직하게 말해. 너는 꿀보다는 교리 공부를 더 좋아하지?"

"꿀이 더 좋아요."

심포리엔이 대답했다. 치점 신부는 짐짓 엄한 얼굴을 하고는 심포리엔을 노려보았다. 아이는 놀랐던 나머지 그만 울음을 터뜨리고는 식탁에 얼굴을 묻고 말았다. 치점 신부는 그제야 웃으면서 아이를 안아 일으켰다.

"됐다, 됐어. 심포리엔. 너는 착한 아이다. 하느님께서는 너를 사랑하신다. 너는 솔직하게 말했으니까 두 사람 몫을 주마."

그는 마리아 베로니카 원장 수녀의 덜 좋아하는 듯한 낯색을 의식하고 있었다. 원장 수녀는 신부가 그런 장난을 할 때마다 문간까지 따라와서는,

"신부님, 그렇게 다루시면 아이들 버릇이 나빠집니다."

하고 말하고는 했다. 그러나 이 날만은 달랐다. 치점 신부는 옛날과는 달라서, 아이들의 웃음소리가 들리는 식당 바깥을, 참담한 심정으로 서성거리지 않아도 좋았다. 전에는, 아이들이 무서워할까봐, 혹은 마리아 베로니카가 싫어할까봐 차마 들어가지 못하고 서성거렸던 것이었다. 그러나 이제는 달랐다. 아이들과 그런 장난을 해도 아무도 말리지 않았다. 아이들에 대한 치점 신부의 그런 태도는 사실 그렇게 바람직한 것은 아니었다. 그러나

신부는 그런 태도를 일컬어 가부장적 특권이라고 주장했다.

치점 신부가 식당을 나서자 예상했던 대로 원장 수녀가 따라 나왔다. 그러나 표정이 조금 어둡기는 해도 원장 수녀는 치점 신부의 태도를 불평하려고 나온 것이 아닌 것 같았다. 원장 수녀는 잠시 망설인 끝에 이런 말을 했다.

"오늘 아침에 요셉이 이상한 이야기를 하던데요, 신부님."

"그래요, 그 녀석이 장가들고 싶은 모양이오. 하기야 들 때도 되었지. 하지만 이 녀석은 선교관 정문에다 수위실을 지어야 한다고, 귀가 따갑게 우기고 있어요. 수위실이 있으면 보기에도 좋을 것이고, 또 얼마나 편리할 것이냐면서⋯⋯. 물론 저 자신이나 미래의 제 아내를 위한 것이 아니라, 어디까지나 선교관을 위한 것이라고 우겨 가면서 말이지요."

원장 수녀는 웃는 대신 입술을 깨물었다.

"수위실 이야기가 아닙니다. 초롱시장 거리에 새 건물이 들어서고 있다는 것입니다. 초롱시장 거리가 얼마나 붐비는 곳인지는 신부님도 아시지요? 공사 규모도 엄청나더라고 합니다. 우리 선교관과는 비교도 안 될 정도로요. 센상에서 기술자들도 도착했고, 하얀 대리석재도 배로 여러 척 왔다고 합니다. 없는 게 없다고 하던데요. 미국의 억만 장자가 아니면 누가 그렇게 엄청난 자금을 대겠습니까? 조금만 있으면 파이탄 최고의 기관이 들어설 것입니다. 남녀 공학 학교도 있고, 운동장도 있고, 무료 급식소도 있고, 무료 진료소도 있고, 의사가 상주하는 병원도 있고⋯⋯."

중국에서 415

마리아 베로니카는 눈물이 글썽이는 눈으로 신부를 바라보고 있었다.

"무슨 기관이래요?"

치점 신부는 원장 수녀의 반응에 적지 않게 놀라고 있었다.

"선교관이라고 합니다. 개신교의 선교관. 미국의 메더디스트 교파에서 짓는다는 것입니다."

치점 신부는 아무 말도 할 수 없었다. 그는 바깥 사정에 어두웠다. 그는 그런 방해자가 나타날 것임을 예상하지 못하고 있었다. 클로틸드 수녀가 나와 마리아 베로니카를 안으로 데려 갔다. 치점 신부는 한동안 이 고통스러운 침묵과 싸우면서 거기에 남아 있었다.

그는 천천히 사제관 쪽으로 갔다. 아름답던 날이 갑자기 어두워져 버린 기분이었다. 그렇게 엄청나게 큰 선교관이 들어선다면 이 중세기의 요새 같은 우리 선교관은 어쩌라는 말인가? 그는 어린 시절에 딸기 따던 일을 생각했다. 딸기가 많은 곳을 보아 놓았다가 어느 날 가만히 가 보았는데……, 뜻밖에도 많은 아이들이 몰려와 그 숲자리의 딸기를 따고 있었던 것이다. 그의 기분이 꼭 그때의 기분이었다. 그는 두 선교관 사이의 경쟁 관계가 증오와 질시의 관계로 발전할 수 있다는 것을 잘 알고 있었다. 대개의 경우 교리 문제를 두고 치고받고 하다 보면 너그러운 중국인들 눈에 기독교의 믿음이, 저마다, 여기를 보라, 여기에 있는 것이 참믿음이다, 참믿음이 여기에 있다, 이렇게 주장하는, 지옥 같은 바벨탑 꼴이 될 것임은 불을 보듯 뻔한 일이었다. 그렇게 되면 중국인들의 귀에 들리는 것은 혼란과 소음과 상대방에 대한 야유뿐일 터였다.

요셉은 먼지떨이를 들고 청소하는 척하면서 그를 기다리고 있었다. 사실은 시내 소식을 두고 수다를 떨고 싶어서 기다리는 것이었다.

"가짜 하느님을 섬기는 미국인들이 시내로 들어온다는 소식, 신부님께서도 들으셨습니까?"

"닥쳐라, 요셉. 가짜 하느님을 섬기는 사람들이 아니라 우리와 똑같은 하느님을 섬기는 사람들이다. 너 그런 소리 또 입 밖에 내면 수위실 짓는 일은 틀린 줄 알아라."

요셉은 머쓱해져서 쑥 들어가 버렸다.

그날 오후에 치점 신부는 파이탄으로 나가 초롱시장 거리로 들어갔다. 자기 눈으로 소문의 진상을 확인하고 싶어서였다. 새 선교관 공사가 시작된 것은 사실이었다. 수많은 석수장이와 목수와 쿨리들 손에 선교관이 올라가고 있었다. 일꾼들이 많기도 했다. 마루 판자를 운반하는 일꾼들도 있었고, 좋기로 이름난 수친 유리를 운반하는 일꾼들도 있었다. 규모로 보아 흡사 왕궁을 짓는 것 같았다.

이런저런 생각을 하면서 공사장 근방을 서성거리던 치점 신부는 문득 팔짱을 끼고 서 있는 챠 씨를 발견했다. 그는 다가가 조용히 인사했다. 챠 씨와 날씨 이야기에서부터 장사 이야기에 이르기까지 갖가지 이야기를 나누면서 신부는 챠 씨의 태도에 온후한 상인의 분위기 이상의 어떤 분위기가 있다는 걸 알았다.

일상적인 이야기가 끝나자 챠 씨는 터놓고 이런 말을 했다.

"많은 사람들이 지나치다고 우려하고 있기는 합니다만, 저는 이런 선교 기관이 늘어나는 것을 좋게 생각합니다. 다른 선교관 뜰을 기웃거려 보는 것도 저에게는 기분 좋은 일이니까요. 하지만 신부님께서는 이곳에 오시자마자 정말 심한 대접을 받으셨지요?"

그는 부드러운, 그러나 의미심장한 미소를 지어 보이고는 말을 이었다.

"저같이 하찮고 천한 사람이 생각하기에도 새로 들어오는 선교사 역시 도착하자마자 그런 냉대를 받을 것이고, 필경은 짐을 싸들고 이곳을 떠나는 사태가 발생할 것으로 보입니다만……"

무서운 유혹이었다. 치점 신부는 등골이 오싹해지는 기분이었다. 이 호상(豪商)이 완곡한 어법으로 말 속에다 묻은 언외언(言外言)은, 새 선교사에게는 무서운 위협이 될 수 있을 만큼 의미심장한 것이었다. 챠 씨는 실로 교묘하고 은밀한 방법으로 그 지역에서 세력을 휘두르는 사람이었다. 치점 신부가 그의 유혹을 받아들인다면 허공에다 시선을 대고 이렇게만 말하면 되는 일이었다.

"새 선교관이 그런 재난을 당한다면 그거야 참으로 유감스러운 일이겠으나……, 하늘의 뜻이라면 어쩌겠습니까?"

신부는 이 말 한 마디로 자기의 구역을 침범한 그 개신교 선교관을 간단하게 쫓아버릴 수 있는 것이었다. 그러나, 그는, 그렇게는 하고 싶지 않았다. 그는 이마에 식은땀이 배는 것을 의식하면서 애써 담담하게 대답했다.

"천국으로 들어가는 문은 여러 개 있습니다. 우리가 만일 이 문으로 들어간다면 새로 오시는 선교사는 다른 문으로 들어갑니다. 그런데 우리가 어떻게, 나름의 방법으로 선행을 베풀고 믿음을 전하는 그들의 권리를 부정할 수 있겠습니까? 그들도 와서 선행을 베풀고 믿음을 전하고 싶어 한다면, 마땅히 그렇게 할 수 있도록 해 주어야 할 것입니다."

치점 신부는 모르고 있었으나 문득 한 줄기 빛이 챠 씨의 무표정한 얼굴을 가르고 지나가는 것 같았다. 사실이었다. 챠 씨는 치점 신부의 그런 말에 경탄하고 있었던 것이다. 치점 신부는 착잡한 마음으로 챠 씨와 작별하고 선교관으로 통하는 길을 따라 언덕을 올랐다. 피로에 지친 몸을 이끌고 교회 안으로 들어간 그는 제단의 십자가 앞에 앉았다. 가시관을 쓴 그리스도의 얼굴을 올려다보면서 그는 기도했다. 인내와 지혜와 관용이 자신과 함께하기를 빌었다.

메더디스트 선교관은 6월 말에 완공되었다. 치점 신부는 인내하고 관용하겠다고 단단히 결심했는데도 불구하고 보기 좋게 그 자리에 선 웅장한 건물만은 보고 싶지 않았다. 그래서 되도록이면 그 선교관 건물이 있는 초롱시장 거리는 피해 다녔다. 이윽고 파이탄의 소식통인 요셉이, 두 외국인 악마가 파이탄에 도착했다는 소식을 물고 들어왔다. 치점 신부는 한숨을 쉬고는 가장 좋은 옷으로 정장한 뒤 격자무늬 우산을 지팡이 삼아 짚고 시내로 나갔다. 이들을 방문할 생각에서였다.

치점 신부가 초인종 줄을 당겼을 때 초인종 소리는 도료 냄새와 석회 냄새가 가시지 않은 건물을 공허하게 울렸다. 파란 잔디로 덮인 뒷마당에서 1분쯤 기다리고 있는데 안에서 발소리가 들리면서 문이 열리고 회색 알파카 치마에 목이 높은 블라우스를 입은 조그만 중년 부인이 나타났다.

"안녕하십니까? 저는 치점 신부입니다. 파이탄에 오신 것을 환영하는 인사를 드리러 실례를 무릅쓰고 찾아뵈었습니다."

중년 부인은 일순 불안을 감추지 못하는 눈치를 보이더니, 신부에게 적의가 없다는 것을 알았는지 긴장을 풀었다.

"아, 네, 그러세요? 안으로 들어오십시오. 저는 피스크 부인이라고 합니다. 월버 피스크……. 제 남편 되는 피스크 박사는 이층에 계십니다. 식구가 둘뿐이고 아직은 집안 정리가 안 된 참이라서……."

치점 신부가 형편을 알고 낭패스러운 표정을 짓자 부인이 재빨리 말을 이었다.

"아닙니다, 아닙니다, 그런 뜻이 아닙니다. 안으로 들어오십시오."

부인은 신부를 천장이 높은 이층 방으로 안내했다. 방 안에는 마흔 안팎의, 콧수염만 제외하고는 수염을 깨끗이 깎은 사내가 교묘하게 사다리에 올라선 채로 책장 위에다 책을 정리하고 있었다. 사내의 체구 역시 부인만큼이나 작았다. 사내는 두꺼운 안경을 끼고 있었다. 눈빛으로 보아 지적이면서도 수줍음을 잘 타는 사람 같아 보였다. 헐렁한 사냥용 바지를 입고 있어서 그런지 까닭모를 우수를 느끼게 하는 그런 사람이기도 했다. 사다리에서 내려오던 그는 발을 헛딛고는 심하게 비틀거렸다.

"윌버, 조심하세요!"

부인이 손을 내저었다. 그가 내려오자 부인은 두 사람을 소개했다. 웃으려고 노력하는 모양이었으나 부인의 웃는 얼굴은 도무지 웃는 얼굴 같지 않았다.

"……앉으시지요, 자리가 변변치 않습니다만……. 가구가 없어서 모양이 이렇습니다. 하지만 없어도 견뎌야 하는 곳이 중국이라서요."

치점 신부는 자리에 앉아 다정한 어조로 말을 걸었다.

"참 좋은 건물을 지으셨군요."

"네, 운이 좋았습니다. 석유왕이신 챈들러 씨께서 거금을 희사해 주셨습니다."

피스크 박사가 설명했다.

이야기가 잘 되지 않았다. 치점 신부로서는, 목사 부부가 기대했던 것과는 너무 달라서 맥이 빠지지 않을 수 없었다. 신부 역시 몸집이 크다고는 할 수 없는데도 불구하고 피스크 부부의 왜소한 몸집을 보면서 그는, 침입…… 운운하던 세간의 말에 불안을 느꼈던 자신이 부끄러웠다. 몸집이 작은 피스크 박사는 온순해 보이는데다 약간은 책벌레 같은 인상을 풍기고 있었다. 겁이 많고 내성적인 사람 같아 보였다. 그의 입가에는 늘 웃음기가 감돌고 있어서 끊임없이 뭔가를 미안해하는 것 같았다. 치점 신부는 방이 밝아 조금 전보다 부인을 좀더 정확하게 관찰할 수 있었다. 부인은 부드러우면서도 당찬 데가 있어 보였다. 파란 눈에서는 금방이라도 눈물이 흘러내릴 것 같았다. 부인은 연방 손으로 목걸이에 달려 있는 황금빛 금합과, 망사를 씌운 갈색 머리카락을 번갈아 만지작거리고 있었다. 치점 신부는 잠깐 바라보고도 부인의 머리카락이 가발이라는 걸 알았다.

피스크 박사가 마른기침을 하고는 단도직입적으로 물었다.

"저희들이 들어와서 기분이 언짢으셨지요?"

"천만에요…… 전혀 그렇지 않았습니다."

치점 신부가 어색해해야 하는 순간이었다.

"저희들도 같은 경험을 한 적이 있습니다. 저희들은 북부 란히성에 있었습니다. 참 좋은 곳이었지요. 저희들이 기른 배나무 과수원이 일품이었습니다. 구년간이나 정성을 기울였으니까요. 그런데 다른 선교관이 들어선 것입니다. 물론, 가톨릭 선교관은 아니었습니다. 하지만…… 아그네스. 그때 참 견디기 어려웠지?"

남편의 말에 아그네스 피스크 부인이 고개를 끄덕이며 대답했다.

"말도 마세요. 하지만 신부님, 곧 익숙해지게 되더군요. 저희들은 중국이라면 아주 고참들이랍니다."

"중국에 오신 지는 얼마나 되셨지요?"

대답하는 피스크 부인의 눈에 눈물이 그렁거렸다가는 해맑은 미소에 닦여 나갔다.

"이십 년이 넘었습니다. 결혼하자마자 미친 사람들처럼 중국으로 왔습니다. 청춘을 중국에다 바친 셈이죠. 월버, 치점 신부님께

존의 사진을 보여 드리고 싶어요."

부인은 벽난로 앞으로 다가가 텅 빈 벽난로 위에 놓여 있던, 은빛 사진틀을 내려왔다.

"……아들입니다. 로드즈 장학금을 받아 옥스퍼드로 떠나기 직전 하버드에서 찍은 사진입니다. 옥스퍼드로 떠난 이후로 줄곧 영국에 있습니다. 지금은 저희가 세운 타이니캐슬의 구빈원에서 일하고 있지요."

'타이니캐슬'이라는 말에 치점 신부는 체면 없이 놀랐다.

"타이니캐슬이라고 하셨습니까? 제 고향이 거긴데요?"

부인은 사진을 꼭 껴안은 채로 놀랍다는 듯이 신부를 보고 웃었다.

"놀랍군요, 세상은 참 넓으면서도 좁다더니……."

부인은 사진틀을 벽난로 위에다 얹어놓고 돌아와 말을 이었다.

"커피와 제가 집에서 만든 도너츠를 좀 차려 오겠습니다……. 아, 사양하실 것은 없습니다. 저는 늘 이 시각이 되면 윌버에게 간식을 마련해 준답니다. 윌버는 십이지장 궤양이 있어서요. 그래서 제가 특별히 간식 마련에 신경을 쓰고 있답니다."

치점 신부는 5분 정도 머물면서 인사나 나누고 나오려 했는데, 결과적으로는 근 한 시간 동안이나 그 집에 있게 되고 말았다.

피스크 부부는 원래는 미국 메인 주의 비드포드 토박이로 뉴잉글랜드에서 만나 서로 독실한 신앙으로 맺어져 결혼하기에 이르렀던 사람들이다.

치점 신부는 이 부부로부터 젊은 시절 이야기를 들으면서 이들의 감동적인 이야기에 끌려 자신의 젊은 시절을 생각했다. 춥고 황량한 시골 풍경, 은빛 여울에서 안개 자욱한 바다로 이어지는, 소금물이 들어오는 강, 겨울이면 벨벳 색깔이 되는 붉나무와 포도주 색깔이 되는 단풍나무 사이의 하얀 목조 가옥들, 마을 위로 보이는 가늘고 하얀 종탑, 종소리를 들으면서 운명의 길을 따라 숲길을 묵묵히 걸어가던 검은 그림자들을……

그러나 피스크 부부가 택한 길은 험하디 험한 길이었다. 두 사람은 끊임없는 고통에 시달려야 했다. 콜레라에 걸려 죽을 뻔한 적도 있었다. 의화단의 난이 터졌을 때는 수많은 동료 선교사들이 무지막지하게 학살당하는 것을 보아야 했고, 이들 자신도 반 년 동안이나 처형의 위협에 시달리면서 더러운 감옥에서 견뎌야 했다. 서로간의 사랑과, 이들이 아들에게 기울이는 노력은 눈물겨워 보였다. 부인은 겉보기에는 약질 같아 보였으나 남편과 아들의 문제 앞에서는 무서운 모성을 발휘하는 강한 여성의 기질을 숨기고 있는 것 같았다.

그 어려운 시절을 살아 왔는데도 아그네스 피스크 부인은 감상적인 사람이었다. 부인이 감상적인 사람이라는 것은, 그 동안 모아 둔, 기념되는 수많은 수집품이 증명하고 있었다. 부인은 치점 신부에게, 4반세기 전에 친정어머니로부터 받은, 도너츠 만드는 비법이 실린 편지, 금합에다 넣은 아들 존의 곱슬곱슬한 머리카락 같은 것을 보여주었다. 이층에 있는 그녀의 서랍에는 이와 비슷한 기념품이 얼마든지 더 있었다. 노랗게 색이 바랜 옛날의 편지 묶음, 어릴 때 뽑았던 아들의 앞니, 결혼할 때 들었던 다 마른 꽃다발, 비드포드 교회가 주최한 파티에 처음으로 나갈 때 그녀가 매었던 댕기 같은 것들…….

부인은 건강이 좋지 못한 모양이었다. 부인의 말에 따르면, 선교관 이사가 끝나는 대로 부인은 6개월의 휴가를 얻어 영국으로 가서 아들과 함께 지낸다는 것이었다. 부인은 그러면서, 치점 신부에게 고향에 가는 인편에 부탁하고 싶은 것이 있으면 뭐든 말하라고 조르다시피 했다.

그 집을 나왔을 때 부인은, 피스크 박사를 남겨두고 문간까지 따라나와 눈물이 그렁그렁한 눈으로 치점 신부를 올려다보며 이런 말을 했다.

"신부님께서 이렇게 친절하게 저희들을 방문해주셔서 얼마나 반갑고 마음이 놓이는지 모르겠습니다. 이제 윌버를 혼자 두고 제가 영국으로 떠나도 마음을 놓을 수 있을 것 같습니다. 이번에 떠나온 선교관에서 남편은 정말 무서운 일을 당했습니다……. 선교관과 선교관 사이의 갈등이 결국 무서운 증오로 변하고 말았던 것입니다. 그러던 어느 날 남편은 환자를 문병하고 돌아오는 길에 머리를 얻어맞고는 의식을 잃었는데……, 나중에 알고 보니 뒤에서 남편을 친 젊은이는, 평소에 늘 남편더러 인간의 영혼을 도둑질한다고 주장하던 그 선교관의 선교사였습니다……. 신부님, 서로 도와가면서 살아가기로 했으면 합니다. 남편은 상당히 솜씨가 좋은 의사입니다. 필요할 때면 언제든지 남편을 불러주셨으면 합니다."

부인은 치점 신부가 내민 손을 힘 있게 잡았다 놓고는 돌아서서 안으로 들어갔다.
 치점 신부는 이상한 흥분에 사로잡힌 채 선교관으로 돌아왔다. 그로부터 며칠간 그는 피스크 부부에 대한 소식을 통 듣지 못한 채로 보냈다. 그랬는데 주일날에, 한 바구니의 정성을 들여 만든 쿠키가 성 안드레 성당으로 배달되어 왔다. 치점 신부가 아이들의 식당에서 하얀 종이에 싸인, 그때까지도 따뜻한 쿠키 바구니를 열자 이것을 바라보고 있던 마르타 수녀가 덜 좋은 소리를 했다.
 "새로 왔다는 이 여자는……, 우리는 쿠키도 구울 줄 모르는 줄 아는 모양인가……."
 치점 신부는 그렇게 중얼거리는 마르타 수녀를 나무랐다.
 "마르타 수녀, 목사 부인은 성의를 보이려고 노력하는 거예요. 우리도 성의를 보이려고 노력해야 해요."
 클로틸드 수녀는 당시 몇 달 전에 발병한 가려움증으로 고생하고 있었다. 칼라민에서부터 석탄산에 이르기까지 써보지 않은 약이 없었지만 효험을 본 약도 없었다. 가려움증으로 오래 고생하던 클로틸드 수녀는 당시 기도로 치료해 본답시고 9일 기도를 시작한 참이었다. 치점 신부는 가려움을 이기지 못하고 긁어서 벌겋게 부어오른 클로틸드 수녀의 손을 보고는 한동안 생각하다가, 딱히 그럴 마음이 내키지 않는데도 불구하고 피스크 박사에게 사람을 보냈다.
 반 시간도 못 되어 달려온 피스크 박사는 원장 수녀의 입회 아래 클로틸드 수녀의 병세를 찬찬히 진찰해보고는, 그동안 써 왔던 치료법에 대해 소박하게 칭찬하는 말을 한 다음 약을 지어 주면서 세 시간마다 한 봉지씩 먹으라고 말하고는 시내로 돌아갔다. 그로부터 열흘이 채 못 되어 가려움증은 물론이고 긁어서 만든 부스럼까지 말끔하게 낫는 바람에 클로틸드 수녀는 새 사람이 된 것처럼 나돌아다녔다. 한동안 밝은 얼굴을 하고 나다니던 클로틸드 수녀는, 치점 신부에게 고해할 때는 미적거리면서 이런 말을 했다.

"신부님……, 저는 하느님께 간절하게 빌었습니다……. 그런데……."

"개신교 선교사가 낫게 해 주었다는 말인가요?"

"네, 신부님."

"클로틸드 수녀, 그걸로 믿음을 의심할 것은 없어요. 하느님께서 클로틸드 수녀의 기도를 들어주셨던 겁니다. 우리는 말이지요, 모두 하느님께서 쓰시는 도구에 지나지 않아요……. 라오쯔老子라는 분은, 종교는 많지만 진리는 하나다, 우리는 모두 형제다……. 이런 말씀을 하셨답니다."

그날 밤 치점 신부가 뜰을 산책하고 있는데 마리아 베로니카 원장 수녀가 다가와 머뭇거리면서 말했다.

"신부님, 미국인 의사……, 좋은 의사더군요."

"그래요, 좋은 사람이기도 하지요."

두 선교관은 어떤 마찰도 일으키지 않고 각자의 길을 걸었다. 파이탄에서 두 선교관이 나란히 발전할 여지는 넉넉했다. 그래서 두 선교관은 서로 상대에게 적의를 갖지 않으려고 애썼다. 자기 교회 안에 돈에 팔린 신도를 용납하지 않겠다고 결심한 바

있는 지혜로운 치점 신부의 고집은 그 결실을 보고 있는 셈이었다. 치점 신부의 선교관 신자 중에 초롱시장 거리의 메더디스트 선교관으로 간 신자가 딱 한 사람 있었다. 그러나 이 신자는 이런 쪽지를 들고 다시 치점 신부 앞으로 쫓겨 왔다.

'치점 신부님, 이 쪽지를 가지고 가는 자는 악질 가톨릭 신자입니다만, 저희 선교관에 두면 더 지독한 악질 메더디스트가 될 것 같아 돌려보냅니다. 나란히 하느님을 섬기는 친구 윌버 피스크.

추신 : 입원 치료를 원하는 환자가 있으면 보내 주십시오. 가톨릭을 욕하는 법은 가르치지 않고 병만 고쳐서 돌려보내 드리겠습니다.'

이 쪽지를 읽은 치점 신부는 가슴이 뭉클했다. 친절과 관용……, 아, 이 두 가지만 있으면 세상이 이렇게 멋져 보이는 것을……. 그는 이런 생각을 했다.

피스크 박사는 의술에만 능한 것이 아니었다. 시간이 지남에 따라 알고 보니 그는 훌륭한 고고학자일 뿐만 아니라 일류에 속하는 중국학자였다. 그는 미국에 있는 중국학 연구 기관이 발행하는 사료집^{史料集}에 어려운 논문도 기고하고 있었다. 취미는 건륭제^{乾隆帝} 시대의 도자기를 수집하는 것으로, 그가 알게 모르게 수집한 18세기의 흑유자기^{黑釉磁器} 대부분은 진품인 것으로 알려져 있었다. 내주장^{內主張}이 강한 집안의 발언권이 별로 강하지 못한 가장이 대개 그렇듯이 그 역시 토론하기를 좋아했다. 피스크 박사와 치점 신부는 만난 지 오래지 않아 서로 미묘한 문제는 피해 가면서 토론을 벌일 만큼 친숙한 사이로 발전했다. 그러다가 두 사람은 자기주장을 내세우는 게 지나쳐 그만 양보하는 것을 잊고 열을 낼 때가 가끔 있었다. 물론, 상대방의 견해를 반박하다가 얼굴을 붉히고 돌아설 때도 있었다. 토론이 격해질 경우 화를 먼저 내는 쪽은 다분히 현학적인 데가 있는 피스크 박사 쪽이었다. 그러나 두 사람은 돌아서면 곧 잊었다.

한 번은 이런 식으로 얼굴을 붉히고 헤어지고 나서 며칠 뒤, 길에서 치점 신부를 만난 피스크 박사는 걸음을 멈추고 이런 말을 했다.

"치점 신부, 요즘 나는 우리 메더디스트 파의 위대한 신학자인 에들러 커밍스 박사라는 분의 설교를 생각하고 있습니다. 이 설교에서 이분은, '오늘날 우리가 가장 먼저 타기해야 할 죄악은 바로 음험하고 악마적인 사제들의 음모로 발전하는 로마 가톨릭이다', 이런 말을 합니다. 치점 신부, 나는, 당신을 사귀는 영광을 누린 이래로 커밍스 목사가 실언을 했다고 생각하게 된 바, 오늘 이 사실을 당신에게 알려 드리는 바입니다."

치점 신부는 피스크 목사의 이 일격에 웃고 돌아서서 선교관에 도착하는 대로 신학 서적을 펴고 연구를 거듭, 열흘 뒤 피스크 목사를 만나자 정중하게 반격을 했다.

"피스크 목사, 요즘 나는 쿠에스타 추기경의 교리서를 읽고 있습니다. 이 교리서를 보면 이런 구절이 분명하게 박혀 있습니다. '프로테스탄티즘은 하느님을 모독하고, 인간을 타락시키고, 사회를 위태롭게 하는 부도덕한 교파다'……. 피스크 목사, 나는 당신을 사귀는 영광을 누리기 이전부터 쿠에스타 추기경이 개소리를 한 것으로 생각했던 바, 오늘 이 사실을 당신에게 알려드리는 바입니다."

치점 신부는 이 말끝에 모자를 살짝 들어 보이고는 유유히 그 자리에서 사라졌다. 그 주위에 있던 중국인들은, 그 자리에서 배를 잡고 웃는 서양의 '메더디스트 귀신'을 보고, 완전히 돈 사람이라고 여겼을 터였다.

그 해 10월, 바람이 몹시 부는 날, 치점 신부는 시내에 나왔다가 만츄 교에서 박사의 아름다운 부인을 만났다. 피스크 부인은 한 손으로는 시장 가방을 들고 다른 한 손으로는 머리에 쓴 모자를 누른 채로, 시장에서 돌아오고 있었다. 치점 신부를 보자 부인이 상냥하게 말을 걸었다.

"굉장한 강풍이죠, 신부님? 머리카락이 먼지투성이가 되었으니……, 덕분에 오늘 밤에 또 머리를 감아야 하게 생겼어요."

치점 신부는 웃지 않았다. 그는 이미 부인의 이런 순진한 거짓말에는 익숙해져 있었다. 매사에 그렇게 솔직한 부인도 이 머리카락에 대해서만은 집요했다. 말하자면 첫눈에 알아 볼 수 있을 정도로 확연한 데도 그는 가발이라는 것을 숨기기 위해 틈날 때마다 진짜 머리카락이라는 암시를 상대방에게 주는 것이었다. 치점 신부는, 부인의 죄 없는, 그리고 하찮은 거짓말에 연민을 느꼈다.

"두 분께서는 별고 없이 잘 계시겠지요?"

부인은 웃으면서 모자가 흘러내리지 않게 조심조심 고개를 숙여 보였다.

"저는 늘 튼튼하답니다. 하지만 윌버는 약간 기가 죽어 있어요. 제가 내일 떠나거든요. 외로움을 탈거예요. 신부님께서는 늘 혼자 계시는데, 월버의 외로움을 신부님 외로움에 견줄 수는 없겠죠……. 영국에 가서, 신부님께 도움이 될 만한 일을 하고 싶습니다. 기탄없이 말씀해 주세요. 저는 영국에 가서 월버의 새 겨울 내의를 장만해 올 참입니다. 양털 내의는 역시 영국제가 최고거든요. 신부님을 위해서 같은 것을 준비해 와도 좋을는지요?"

치점 신부는 웃으면서 고개를 가로저었다. 부인으로부터 '내의'라는 말을 듣고 보니 문득 이상한 느낌이 들었기 때문이다.

"타이니캐슬에는 제 아주머니가 한 분 계십니다. 한 번 찾아보아 주시면 정말 감사하겠습니다. 이름은 폴리 바논……. 잠깐만 기다리시면 제가 주소를 적어 드리겠습니다."

치점 신부는 부인의 시장바구니에서 비죽이 튀어나온 포장지 한 모서리를 찢어 몽당연필로 주소를 적어 주었다. 부인은 포장지 소각을 장갑 속에다 넣었다.

"특별히 전하실 말씀이라도?"

"제가 아주 잘 있더라는 말씀 전해 주시고……, 이곳이 정말 좋은 곳이라는 말씀도 전해 주십시오. 그리고 제가 이 중국에서는, 부인의 남편 다음으로 말입니다, 가장 중요한 인물이라는 말씀도 제 아주머니께 좀 들려주십시오."

부인은 따뜻한 눈길을 하고 웃었다.

"아마 신부님께서 바라시는 것보다 더 많은 것을 전하게 될 것입니다. 여자들은, 서로 만나면 말이 많아지거든요. 안녕히 가십시오. 이따금씩 월버를 찾아 주셨으면 합니다. 신부님 건강도 잘 돌보시고요."

 안으로 강철 같은 의지를 지닌, 그러나 겉보기에는 연약하기 짝이 없는 피스크 부인은 손을 흔들어 보였다.

 치첨 신부는 자기 자신에게 피스크 박사를 찾아가 보기로 굳게 약속했다. 그러나 몇 주일을 그냥 보내고 보니 도무지 틈이 나지 않았다. 요셉이 살 집을 마련해 주어야 했기 때문이다. 치첨 신부는 요셉이 그토록 바라던 수위실 겸 살 집을 마련해 주고는 요셉이 섭섭하게 여기지 않도록 들러리로 아이들을 여섯이나 써서 성대한 혼배 성사도 치러주었다. 요셉 부부가 새 집에 보금자리를 틀자 치첨 신부는 요셉의 아버지와 형제들을 따라 류씨 마을로 갔다. 그에게는 오래 전부터 류씨 마을에 조그만 선교관 지부를 꾸민다는 꿈이 있었다. 마침 쾅 산맥을 가로지르는 교역로가 생긴다는 소문이 돌고 있을 즈음이었다. 선교관 지부를 만들면 가까운 장래에 보좌 신부를 하나 물색하여 산중 선교관 지부 일을 맡길 수 있을 터였다. 그는 이 충동을 이기지 못해, 우선 류씨에게 사업 계획을 밝히고 마을의 밭을 부지로 확보한 다음에 고지의 땅을 60무^畝 정도 개간할 뜻을 밝혔다.

 이러한 일들이 핑계로는 충분하기는 했어도, 그로부터 5개월 뒤 길에서 우연히 피스크 박사를 만났을 때는 양심의 가책을 느꼈다. 그러나 박사는 5개월을 혼자 살았으니 기가 죽어 있을 법한데도 기분이 매우 좋아 보였다. 그는 농담이 하고 싶었던지 히죽히죽 웃다가 가까스로 점잔을 빼면서 자기가 기분이 좋은 까닭을 설명했다.

"기분이 좋아 보이는 데는 다 이유가 있지요. 그렇습니다. 피스크 부인께서 다음 달 초에 소생과 합류하게 된답니다."

"그것 참 반가운 소식이군요. 부인께서도 혼자 여행하시기에 무척 지루하실 거예요."

"다행히도 마음이 맞는 동행을 한 분 만났답니다."

"부인께서는 역시 사람을 잘 사귀시는 아주 다정다감하신 분이시오."

피스크 박사는 터지는 웃음을 가누는 듯한 얼굴을 하고 대답했다.

"교묘하게 일을 꾸미는 재주도 있답니다. 아내가 도착하면 꼭 오셔서 저녁을 함께 하십시다."

치점 신부는 원래 외식을 잘 하지 않았다. 그의 생활양식에 그런 호사의 여지가 없었기 때문이다. 그러나 피스크 박사에게 양심의 가책을 느끼고 있던 참이라 그는 신신히 그리마고 약속했다.

3주일 뒤 그는, 이 약속을 상기시키는 쪽지를 받았다. 약속 자체를 심드렁하게 여기고 있던 판인데 초롱시장 거리의 선교관으로부터 쪽지가 온 것이었다.

'오늘 밤 7시 30분. 명심하시기 바람.'

7시에 저녁 기도회가 있어서 형편이 고약했다. 그러나 그는 저녁 기도회를 반 시간 당겨서 치르고 요셉을 보내어 가마를 불러오게 했다. 가마가 도착하자 그는 정식 나들이 모양을 갖추어 선교관을 나섰다.

메더디스트 선교관에는 불이 휘황찬란하게 밝혀져 있어서 큰 잔치라도 열리는 연회장 같았다. 뜰 안으로 들어가면서 그는 너무 큰 연회나, 시간이 너무 오래 걸리는 연회가 아니기를 바랐다. 그는 비사교적인 인물은 아니었다. 그러나 오랫동안 바깥 세상에 관심을 기울일 틈이 없었던 데다 아버지로부터 물려받은 폐쇄적인 스코틀랜드 기질이 타인을 경계하게 했던 것이다.

그러나 그는 걱정하지 않아도 좋았다. 꽃과 색종이로 잔치 분위기를 지어낸 선교관 목사관 양탄자 위에는 주인 내외밖에는 없었기 때문이다. 피스크 부인은 파티에 처음 나오는 소녀처럼 들떠 있었다. 피스크 박사가 그 두꺼운 안경 너머로 치점 신부에게 다정한 눈길을 보냈다. 피스크 부인이 재빨리 앞으로 나서서 치점 신부의 손을 잡았다.

"다시 뵙게 되어 반갑습니다. 길 잃은 신부님, 가엾은 신부님."

피스크 부인의 이 환영 인사에는 잘못된 곳이 없었다. 그러나 부인은 들뜬 나머지 제정신이 아닌 듯했다.

"다시 오시니 얼마나 기쁘십니까? 여행은 즐거우셨으리라 믿습니다."

"네, 정말 멋진 여행이었습니다. 아들은 잘 지내고 있었고요. 오늘 같은 날 아들도 이 자리에 있다면 얼마나 좋겠습니까……."

피스크 부인은 눈을 빛내면서 소녀처럼 수다를 떨었다.

"……하지만 이런 인사는 의례적인 것이고요, 진짜 인사는……, 진짜 인사는 제가 모시고 온 손님과 나누시지요."

치점 신부는 부인이 하는 뜻 모를 말을 들으면서 궁금증을 가눌 수 없었다. 부인이 여전히 뜻 모를 말을 계속했다.

"그렇습니다. 오늘 밤에는 네 사람이 잔치를 벌이는 겁니다. 여기에 부인 한 분이 와 계십니다……. 우리 부부와는 종교적인 견해가 조금 다르기는 해도…… 저와는 절친한 사이랍니다. 그분께서 우리 집에 손님으로 와 계십니다."

부인은 치점 신부가 당혹해하는 것을 보고는 잠깐 말을 끊었다가 재빨리 말을 이었다.

"신부님, 손님을 모셔 왔다고 저를 꾸짖으시는 건 아니겠지요?"

그러고는 문 쪽으로 돌아서서는 미리 약속이라도 된 듯이 손뼉을 쳤다. 그러자 문이 열리면서 폴리 아주머니가 방 안으로 들어섰다!

1914년 9월의 어느 날, 언덕 아래쪽에서 몇 발의 귀에 익은 총성이 들려 왔다. 수녀원 부엌에 있던 폴리 아주머니와 마르타 수녀는 그 총성을 귓전으로 흘렸다. 마르타 수녀는 깨끗이 닦은 구리 냄비를 불 위에 올리고 저녁 준비를 하고 있었고 폴리 아주머니는 창가에 서서 수녀용 베일을 다림질하고 있었다. 석 달 남짓 사귀었는데도 두 사람은 농가 마당의 두 마리 닭처럼 서로 떼려야 뗄 수 없는 관계가 되어 있었다. 마르타 수녀는 폴리 아주머니의 뜨개질 솜씨를 놓고 그렇게 뜨개질을 잘 하는 사람은 본 적이 없다고 했고, 폴리 아주머니는 마르타 수녀의 바느질 솜씨를 두고 난생 처음으로 열등감을 느낀다고 말하는 처지였다. 두 사람 사이에는 끊임없이 나눌 수 있는 이야깃거리도 있었다.

폴리 아주머니는 베일에다 물을 뿜고는 다리미를 뺨 가까이 대고 다리미의 열기를 가늠하면서 불평했다.

"신부의 얼굴이 아주 못쓰게 되었어요."

마르타 수녀는 한 손으로는 냄비 속의 수프를 젓고 다른 한 손으로는 스토브에 장작을 더 넣으면서 응수했다.

"좋으실 리가 있겠어요? 아무것도 잡수시지를 않는데."

"소싯적에는 식욕이 여간 좋은 게 아니었답니다."

벨기에 인 수녀 마르타는 어깨를 추슬러 보이면서 말했다.

"저렇게 뭘 안 잡수시는 신부님은 처음 뵈어요. 정말 잘 잡수시던 분이 생각나네요. 메티에 수녀원에 있을 때의 일인데 그곳 원장 수녀님은 사순절에도 생선 요리를 한꺼번에 여섯 가지나 드셨어요. 제가 보니까 그렇더라고요. 조금씩 먹으면 위가 작아져요. 작아지고 나면 아무리 많이 먹으려고 해도 안 되는 거죠."

폴리 아주머니는 그렇지 않다는 듯이 고개를 가로저었다.

"어제 갓 구운 빵을 갖다 주었더니 한동안 빵을 바라보고 나서는, '이 방에서 보아도 수많은 사람들이 굶고 있는 게 보이는데 어떻게 먹습니까' 이러는 것이 아니겠어요?"

"참, 중국인들은 맨날 굶어요. 이 나라 사람들은 풀을 먹는 데 이골이 났나 봐요."

"하지만 신부 말로는, 저 아래서 벌어진 싸움 때문에 기근이 심해졌다는데요?"

마르타는 그녀의 장기로 유명한 포토퓌 수프를 맛보고는 만족스러운 얼굴을 했다. 그러나 곧 다시 얼굴을 찡그리고는 폴리 아주머니를 바라보았다.

"맨날 싸워요. 맨날 굶는 것처럼. 파이탄에는 비적이 우리 식탁의 커피만큼이나 흔하답니다. 조금 전처럼 총소리 몇 발 들리면 도시의 부자들이 돈을 주어서 보내지요. 그것은 그렇고, 신부님께서는 제가 만든 빵도 안 잡수셨어요?"

"한 개는 먹더군요. 맛이 아주 좋다고 했어요. 그러고는 나더러 그러데요. 원장 수녀에게 갖다 주면 가난한 사람들에게 나누어 줄 거라고."

마르타 수녀는 부엌문만 나가면 나긋나긋한 여자구실을 했지만 부엌에만 들어서면 극성이 여간 아니었다.

"신부님 때문에 머리가 이상해지는 것 같아요. 주어라, 주어라, 또 주어라! 핏줄이 보일 때까지 껍질까지 벗어 주라고 하시지 않을까 몰라. 작년 겨울에 어떻게 되었는지 아세요? 눈 오는 날에는, 시내에서 외투를 벗어 가난한 사람에게 주시고 말았어요. 우리 수녀들이 외국제 모직 천으로 정성스럽게 지어 선물로 드린 외투를요. 싫은 소리가 입 밖으로 나오는 걸 꾹 참고 있었더니 원장 수녀님이 신부님의 잘못을 지적하시데요. 신부님은 마음 바닥까지 꿰뚫는 듯한 눈으로 원장 수녀님을 바라보시더니 이런 말씀을 하시는 것이었어요. '왜 주어서는 안 된다는 것이지요? 우리가 기독교인답게 살지 못한다면 기독교를 백날 가르치면 뭘 해요? 그리스도께서 그 자리에 계셨다면 분명히 외투를 벗어 주셨겠지요? 그런데 나는 왜 벗어 주면 안 된다는 것입니까?' 원장 수녀님이 그 외투는 수녀들이 선사한 것이 아니냐고 하시니까, 신부님께서는 몸을 떠시면서 이렇게 말씀하시는 거예요. '그러면 수녀님들은 좋은 기독교인인데 나만 아니군요.' 믿어지셔요? 저같이 뭐든지 아껴야 한다고만 배운 사람이라면 믿지 못할 거예요. 할 수 없죠. 앉으셔요. 우리라도 우리 몫의 수프를 먹어야죠. 가만히 있다가 먹성 좋은 아이들에게 다 빼앗기면 허기져서 쓰러지고 말 테니까요."

시내에서 선교관으로 돌아와 커튼이 쳐져 있지 않은 창가를 지나던 치점 신부는, 폴리 아주머니와 마르타 수녀가 이른 점심을 먹고 있는 걸 보았다. 침울하던 그의 표정이 밝아졌다. 그는 희미하게나마 웃기까지 했다.

치점 신부가 처음에는 선교관 생활에 어떻게 적응할까 하는 생각에서 조금은 걱정했던 모양이나 폴리 아주머니의 선교관 방문은 대성공이었다. 아주머니는 선교관 생활에 놀라우리만큼 완벽하게 적응했고, 흡사 블랙푸울 같은 곳으로 주말여행이라도 나온 듯이 선교관의 소박한 삶을 즐기기까지 했다. 기후나 계절이 고향과는 달라서 몹시 당혹스러웠을 텐데도 아주머니는 선교관의 채소밭 한가운데 자리를 잡고 앉아 입술을 비죽이 내밀고, 눈으로는 먼 곳을 바라보며 몇 시간이고 뜨개질을 했다. 이따금씩은 선교관 고양이가 아주머니의 치맛자락을 건드리고는 했다. 정원사인 푸 씨와도 사이가 좋았다. 푸 씨는 원래 무뚝뚝한 사람이었지만 아주머니에게만은 아주 밝은 얼굴을 하고는, 자기가 기른 채소를 자랑하기도 하고 갖가지 징조로 날씨를 점쳐 보이기도 했다.

아주머니는 수녀들을 상대할 때도 그들이 하는 일에 끼어들거나 손님 행세를 하는 일도 없었다. 원래 말수가 적고 오래 소박한 삶을 꾸려 온 사람이라 수녀들과 어울리는 태도에는 꾸밈이 없어 늘 아름다워 보였다. 아주머니에게는 선교관 생활만큼 행복한 삶을 꾸렸던 기억이 없었다. 선교 사업에 몸 바친 프랜시스 치점을 가까이서 바라보고, 하느님의 사제인 그를 미력으로나마 돕고 싶다던 오랜 소원(한 번도 입 밖에 내어본 적이 없었던 소원이기는 하지만)이 이루어지고 있었기 때문이다. 이런저런 이유로 처음에는 두어 달 머물기로 했던 중국 체재가 1월까지 연장되고 있었다.

언젠가는 머뭇거리면서 아주머니는 좀더 일찍 오지 못한 것이 한스럽다고 말한 적이 있었다. 아주머니는 네드 아저씨의 손과 발이 되어 시중을 들었지만, 네드의 사후에도 훌훌 털어 버리고 집을 떠날 수는 없었다. 주디가 남아 있었기 때문이다. 주디는 불평과 불만으로 날을 지새는 데다가 겨냥하는 바도 없이 마음 가는 대로 변덕을 부리는 골칫덩어리였다. 주디는 타이니캐슬 시의회의 비서직에 몸을 담은 이래 이미 여러 번 비슷한 비서직을 옮겨 다닌 경력이 있었다. 처음에는 마음에 쏙 드는 직장이라고 했다가도 오래지 않아 싫증을 내고는 그만두고는 했다. 비서직에 염증을 느끼자 이번에는 아이들을 가르치고 싶다면서 사범학교에 들어가는가 하면 곧 사범학교를 뛰쳐나와 수녀원을 기웃거리기도 했다. 그러나 나이가 스물일곱 살이나 되자 이번에는 자기의 천직은 역시 간호사라면서 노덤벌랜드 종합 병원의 견습생으로 들어갔다. 폴리 아주머니가 짬을 낼 수 있었던 것도 주디가 병원에서 간호사 수업을 받고 있었기 때문이다. 그러나 모처럼 얻은 폴리 아주머니의 자유도 그리 오래 갈 조짐이 아니었다. 병원에 들어간 지 겨우 넉 달이 되었는데 주디는 벌써 힘든 간호 견습생 생활에 싫증을 내고 있었다. 폴리 아주머니에게, 어서 귀국하여 기댈 곳 없는 불쌍한 주디를 보살펴 달라는, 불평과 불만 섞인 편지가 뻔질나게 중국으로 날아오는 형편이었다.

치점 신부는 고향에서 폴리 아주머니가 꾸려 왔던 삶의 모양을 대충 그려 보고는(아주머니는 말수가 적은 사람이라 그 내용을 다 들어낼 수는 없었다) 아주머니야말로 성녀라고 생각했다. 그러나 성녀라는 표현이 아주머니에게 딱히 어울리는 것은 아니었다. 약점이 많은 데다가 엉뚱한 일을 곧잘 저지르는 버릇은 여전했기 때문이다. 한 번은 프랜시스 치점 신부의 선교 사업을 돕는답시고 자진해서 시내로 나가서는 방황하는 두 사람의 영혼을 구제하고 돌아와 의기양양해 한 일이 있었다. 그러나 이들은 개 종한 것이 아니라 아주머니의 후한 인심과 두꺼운 돈지갑을 노 리고 접근한 것에 지나지 않았다. 덕분에 치점 신부는, 이름이 왕 호산나와 왕 필로메나인 이 두 사람을 아주머니에게서 떼어 내느라고 곤욕을 치러야 했다.

나날의 대화를 통해 치점 신부에게 위안을 주는 것만으로도 폴리 아주머니는 참으로 대단한 사람이었다. 무서운 시련과 맞 서 싸워야 하는 치점 신부에게 정말 필요한 것은 그런 아주머니 의 상식이었다.

사제관으로 들어가던 치점 신부는 현관 앞에 서 있는 클로틸 드 수녀와 안나를 발견했다. 신부는 한숨을 쉬었다. 두 사람의 분위기로 보아, 조금 전에 들은 무서운 소식을 천천히 생각해 볼 여유를 얻기는 틀린 것이라고 생각한 것이었다.

클로틸드 수녀의 갸름한 얼굴은 빨갛게 싱기되어 있었다. 수녀 는 죄인이나 다루는 것처럼, 안나에게 붙어 서서 갓 붕대를 감은 듯한 손으로 안나의 옷깃을 붙잡고 있었다. 안나는 표독스러운 얼굴을 하고 있었다. 몸에서는 향수 냄새가 났다.

치점 신부가 무슨 일이냐고 묻는 듯한 시선을 던지자 클로틸 드 수녀가 숨 가쁘게 대답했다.

"원장 수녀님께 여쭤서 안나를 맡아 주시라고 부탁드릴 참입 니다. 지금까지는 제가 데리고 있으면서 바구니 만드는 일을 시 키고 있었습니다."

"왜요?"

치점 신부로서는 이렇게 물어보지 않을 수 없었다. 수녀는 분을 참느라고 파르르 떨고 있었다.

"많이 참아 왔습니다, 신부님. 그러나 이 아이의 교만과 반항과 게으름은 이제 지쳤습니다. 다른 아이들에게 물들까 두렵습니다. 이제는 훔치기까지 합니다. 조금 전에는 폴리 바논 여사의 오드콜로뉴 향수를 훔쳐 발랐습니다. 게다가……."

"그래서요, 클로틸드 수녀?"

클로틸드 수녀의 얼굴이 조금 전보다 더 붉어졌다. 부끄러움을 모르는 안나를 견디기보다 그런 말을 하기가 수녀에게는 더 어려웠던 모양이었다.

"밤에는 몰래 선교관을 빠져나가기까지 했습니다. 신부님께서도 아시다시피 시내에는 비적들이 들끓고 있습니다. 안나는 제 잠자리에서는 자지 않고 밤새 와이츄의 부하 하나와 지내고 들어왔습니다. 오늘 아침에 불러서 따졌더니 반항하면서 제 손을 이렇게 깨물어 놓은 것입니다."

치점 신부는 안나를 바라보았다. 그 추운 겨울밤에, 하늘의 선물로 그의 품에 안겼던 안나가 이제는 불량한 처녀가 되어 자기 앞을 가로막고 있다는 사실이 치점 신부에게는 믿어지지 않았다. 안나는 나이에 비해 조숙해 보였다. 가슴은 이미 부풀대로 부풀어 있었고 입술은 붉게 익어 있었다. 안나는 여느 아이들과 달랐다. 늘 제멋대로 행동했고, 대담했으며, 반항을 일삼아 왔다. 성녀의 이름을 따서 이름을 '안나'라고 했는데, 결국 안나는 천사가 되지 못 하는구나……, 그는 이런 생각을 했다. 그는 마음이 무거워지는 것을 느끼면서 부드러운 목소리로 물었다.

"안나, 너에게는 할 말이 없니?"

"없습니다."

"신부님, 저 말버릇 좀 보십시오."

클로틸드가 끼어들었다. 안나는 수녀에게 송곳 끝 같은 시선을 던졌다.

"안나, 우리는 너에게 최선을 다했는데 네가 이렇게 갚다니 정말 섭섭하다. 이곳 생활이 싫으냐?"

"싫습니다."

"왜 싫으냐?"

"저는 수녀원으로 보내 달라고 하지 않았습니다. 신부님께서는 저를 사 오신 게 아니고 공짜로 얻으셨습니다. 저는 기도하는데 지쳤습니다."

"늘 기도만 하는 것은 아니잖느냐? 너에게는 일이 있는데 뭘 그러느냐?"

"바구니 만드는 일 같은 것은 하고 싶지 않습니다."

"그럼 우리가 다른 일거리를 구해 주마."

"무슨 일거리요? 바느질요? 평생 바느질이나 하고 있으라는 건가요?"

치점 신부는 억지로 웃었다.

"물론 아니지. 이런 걸 모두 배우면 우리 교회의 젊은이들이 너를 색시 삼으려고 할 거다."

안나는 코웃음쳤다. 이렇게 말하고 싶었던 모양이었다.

'교회의 젊은이들요? 내게는 그보다 훨씬 화끈한 남자가 필요해요.'

치점 신부는 잠시 가만히 있다가 노기 띤 음성으로 안나를 나무랐다. 문득 은혜를 모르는 안나의 태도에 화가 났던 것이다.

"싫다는데 너를 억지로 여기에 잡아 둘 사람은 없다. 그러나 시내의 분위기가 가라앉을 때까지는 싫어도 여기에 있어야 한다. 시내에 어쩌면 변란이 있을지도 모른다. 어쩌면 시내뿐만 아니라 온 세계가 한바탕 몸살을 앓아야 할지도 모른다. 여기에 있을 동안만이라도 너는 이곳의 규칙을 지켜야 한다. 자, 이제 수녀님을 따라가 수녀님께서 시키시는 대로 하여라. 고분고분하게 굴지 않으면 내가 혼찌검을 내어 주리라."

이 말과 함께 그는 클로틸드 수녀와 안나를 돌려 세웠다. 돌아서 가는 클로틸드 수녀에게 그가 말했다.

"클로틸드 수녀, 원장 수녀에게 날 좀 만나고 가라고 전하세요."

그는 두 사람이 선교관 뜰을 가로질러 가는 것을 보고 나서야 발길을 돌려 방 안으로 들어갔다. 마음의 짐을 덜기는커녕 더 무거운 짐을 떠맡은 것 같은 몸짓으로.

5분 뒤 마리아 베로니카 원장 수녀가 들어왔을 때 신부는 창가에 서서 창밖의 시가지를 내려다보고 있었다. 그는 원장 수녀에게 자리를 권하고 나서도 한동안 입을 다물고 있다가 한숨과 함께 이런 말을 내어놓았다.

"나쁜 소식을 두 가지나 듣고 왔어요. 하나는, 오래지 않아 전쟁이 터질 것이라는 소식입니다. 어쩌면 올해 안에⋯⋯."

원장 수녀는 아무 말도 하지 않고 신부의 다음 말을 기다렸다.

"챠 씨를 만나고 오는 길입니다. 전쟁은 불가피한 모양입니다. 오랫동안 이 지역에서는 와이츄가 세력을 떨치고 있었지요. 원장도 아시다시피 와이츄는 이 지역 평화를 지켜준다는 명목으로 농민들로부터 많은 혈세血稅를 받아내었고 주민들의 고혈을 짜내었습니다. 주민들이 응하지 않으면 와이츄는 주민들을 학살하여 지역을 피바다로 만들었습니다. 그러나 와이츄가 불한당인 줄 알면서도 이 파이탄의 상인들은 돈으로 그를 무마해 왔습니다. ⋯⋯ 그런데 또 하나의 군벌이 이 지역을 겨냥해서 북상중입니다. 양쯔 강揚子江 하류에서 세력을 기른 나이안乃顔의 군사가 바로 그것입니다. 소문에 따르면 나이안은 와이츄만큼은 흉포하지 않다고 합니다. 실제로 우리들의 오랜 친구인 숀 중위는 벌써 이 나이안 편에 가담했다고 합니다. 하지만 나이안이 바라는 셋 역시 와이츄가 장악하고 있는 지역입니다. 결국 지역 주민들을 쥐어짜는 특권을 와이츄로부터 빼앗고자 하는 것이 그의 목적입니다. 나이안은 파이탄으로 진격해 올 것입니다. 파이탄의 상인들에게도 두 군벌을 동시에 매수한다는 것은 불가능합니다. 한바탕 싸움이 벌어지는 것을 보고 있다가 이긴 쪽에 붙게 되겠지요. 따라서 파이탄 지역의 이권을 겨냥한 한바탕 전투가 불가피한 것이지요."

"저는 전부터 알고 있었습니다. 그런데 신부님께서는 오늘따라 왜 그렇게 두려워하시는지요?"

"전운이 감돌고 있으니까요. 아주 치열한 전투가 될 것입니다."

"저는 전투가 두렵지 않습니다. 신부님도 마찬가지가 아닙니까?"

"나는, 시내에 그대로 노출된 파이탄 시민을 걱정하는 것입니다. 와이츄가 파이탄을 칠 경우 우리는 전장의 한가운데 그대로 드러나는 셈이 됩니다. 내가 걱정하는 것은, 시민들, 그 가운데서도 가난한 시민, 기댈 곳 없는 시민, 굶주리는 시민들입니다. 나는 온 마음으로 이런 사람들을 사랑하러 이 먼 곳에 와 있습니다. 이들은 평화롭게 살고 싶어 합니다. 땅을 일구면서 소박한 삶을 꾸리고 싶어 합니다. 가족과 함께 조용히 살고 싶어 합니다. 이들은 오랫동안 폭군의 압제를 받아 왔습니다. 그런데 이제 또 하나의 폭군이 밀고 들어오면 이들은 서로 총부리를 겨누어야 합니다. 우리 교회의 신자들도 총을 잡아야 할 것입니다. 총을 잡고, 깃발을 흔들고, 외칠 것입니다. 자유와 평화를 외칠 것입니다. 시내에는 벌써 증오를 부추기는 선동가들이 날뛰고 있습니다. 조금 있으면 두 폭군의 희망에 따라 이 가난한 사람들이 서로를 죽이게 됩니다. 왜 죽고 죽이는지 그 까닭을 모르면서요. 살육이 끝나고, 초연硝煙과 총성이 가라앉으면 더 많은 세금을 바쳐야 하고, 더 무서운 압제에 시달려야 하고, 더 튼튼한 멍에를 져야 합니다. 형편이 이런데 어떻게 두려워하지 않을 수 있습니까?"

"신부님은 아무래도 전쟁을 오해하고 계신 것 같습니다. 전쟁 중에는 정의롭고 명예로운 전쟁도 있는 법입니다. 이는 역사가 증명하고 있습니다. 저의 조상들은 그런 정의롭고 명예로운 전쟁터에서 싸웠습니다."

치점 신부는 아무 말도 않고 앉아 있었다. 그러다가 유난히 지쳐 보이는 눈으로 원장 수녀를 바라보면서 다시 입을 열었다.

"이 비상시에 원장 수녀가 그런 말을 하다니, 듣기에 민망스럽군요……. 여기에서 벌어지는 싸움은 크디큰 싸움의 메아리에 지나지 않을 것입니다. 힘이 듭니다. 말하자니 힘이 듭니다. 그러나 하지요. 챠 씨가 센샹의 거래선에서 입수한 믿을 만한 정보에 따르면, 독일이 벨기에를 침공했다는 것입니다. 따라서 독일은 지금 프랑스와 영국을 상대로 교전 상태에 돌입한 것입니다."

원장 수녀는 아무 말도 않고, 머리를 꼿꼿이 세운 채 가만히 있었다.

"다른 수녀들도 곧 알게 될 것입니다. 그러나 어느 나라가 어느 나라와 싸우든, 우리 선교관에서는 달라지는 게 아무것도 없어야 합니다."

"없어야 하고말고요."

원장 수녀는 아득히 먼 곳으로 시선을 던진 채 건성으로 대답했다.

그러나 아무것도 달라지는 것이 없어야 하는 선교관에 분열의 징후가 나타난 것은 불과 며칠 뒤였다. 벨기에 인인 마르타 수녀가, 네모난 비단천에다 색실로 벨기에 국기를 수놓아 침실 창가에다 게양한 것이다. 같은 날 마르타 수녀는 진료소에 있다가 굉장한 일이나 생긴 것처럼 소리를 지르며 수녀원으로 뛰어 들어갔다. 이제나저제나 하고 기다리던 것, 즉 신문이 온 것이다. 상하이에서 일간으로 발행되는 미국 신문《인텔리전스》였다. 이 신문은 한 달에 한 번씩 배편으로 와서 선교관으로 들어왔다. 마르타 수녀는 창가에서 기대와 흥분으로 걷잡을 수 없이 떨리는 손으로 포장을 풀었다. 그러고는, 똑같이 흥분한 얼굴로 수녀원으로 뛰어 들어와 옆에 서 있는 클로틸드 수녀에게는 눈길 한 번 주지 않은 채, 페이지를 넘기며 읽다가 외쳤다.

"이런 야만인들! 세상에 이럴 수가! 수녀님, 이것 보세요, 루뱅이 그 자들에게 짓밟혀 산산 조각이 났대요. 대성당이 내려앉았대요. 우리 집에서 삼십 리도 채 안 되는 메트리유도 잿더미가 되었대요. 오, 하느님, 그렇게 아름답던 도시가……."

두 수녀는 똑같은 신문을 내려다보면서, 똑같은 정도의 전율을 느끼면서 치를 떨었다. 마르타 수녀는 두 손을 비비면서 소리쳤다.

"성당까지 돌더미가 되었다니, 세상에 이런 변이 있을 수 있어요? 아, 메트리유, 일곱 살 때 아버지와 함께 마차를 타고 가서……, 살이 통통하게 찐 거위를 열두 마리나 사 왔어요……, 그 아름답던 도시가……."

프랑스 인인 클로틸드 수녀는 프랑스의 마르느 강 전투 기사를 정신없이 읽다가 한숨을 쉬며 중얼거렸다.

"이 야만인들이 용감한 우리 프랑스 사람들을 마구 학살하고 있네요. 이런 백정들 같으니. 이런 비열한 것들 같으니."

마리아 베로니카 원장 수녀가 들어와 조용히 책상 앞에 앉았다. 클로틸드 수녀는 원장 수녀가 들어온 것도 모르고 신문을 읽고 있었지만 마르타 수녀는 눈꼬리로 원장 수녀를 바라보았다. 그러나 마르타 수녀에게는 원장 수녀의 눈치를 보고 있을 겨를이 없었다. 마르타는 손가락으로 기사를 짚어 가면서 격앙된 목소리로 외쳤다. 목소리가 심하게 떨리고 있었다.

"클로틸드 수녀님, 이 기사 좀 들어 보세요. '믿을 만한 소식통에 따르면 루뱅의 수녀원도 독일 침략군의 손에 유린되었다. 수많은 무고한 아이들이 무자비하게 학살당했다는 보도도 관계기관에 의해 확인되었다.'"

클로틸드 수녀의 얼굴은 상아처럼 하얗게 질려 있었다.

"보불전쟁普佛戰爭 때도 마찬가지였어요. 정말 비인간적인 족속이군요. 미국 언론이 이들을 '훈(흉노)족'이라고 부르고 있는 것도 무리는 아니군요."

그때 원장 수녀의 낭랑한 음성이 그 방을 울렸다.

"우리 민족을 그렇게 말하는 것은 용서할 수 없어요."

클로틸드 수녀는 원장 수녀의 말을 듣고는 기가 질렸던지 창틀에다 몸을 기대었다. 그러나 마르타 수녀는 반격했다.

"원장 수녀님이셨군요. 제가 원장 수녀님이었다면 동족이라고 역성들지는 않았을 거예요. 독일인은 무자비한 야만인들이에요, 아녀자들을 학살하는 비열한 살인자들이라고요."

"독일 군대는 신사들로 이루어져 있습니다. 나는 그 따위 너절한 신문을 신용할 수 없어요. 그 신문의 보도는 사실이 아니에요."

마르타 수녀는 두 손을 엉덩이에다 대었다. 그러고는 입술을 비죽이 내밀고 농부 아낙네의 거친 음성으로 거침없이 퍼붓기 시작했다.

"그럼, 신사들로 이루어진 당신 나라의 잔인무도한 침략군이 평화로운 나라를 쑥대밭으로 만들었다는, 이 너절한 신문의 보도만은 사실이겠군요?"

원장 수녀의 얼굴이 클로틸드 수녀의 얼굴 이상으로 창백해졌다.

"독일에게는 볕이 잘 드는 땅이 필요했던 겁니다."

"햇빛과 달빛이 잘 비치는 땅이 필요해서 죽이고, 빼앗고, 성당을 부수고, 어린 시절에 내가 그토록 사랑하던 도시를 불바다로 만들었군요. 더러운 돼지 같은 것들!"

원장 수녀는 흥분한 중에도 위엄을 가누면서 자리에서 일어났다.

"마르타 수녀! 이 세상에는 정의라는 것이 있어요. 그러나 독일과 오스트리아는 정의롭지 못한 대접을 받아 왔어요. 그리고 지금 이 순간에도 내 오라버니가 새로운 게르만의 운명을 개척하기 위해 그 전쟁터에서 싸우고 있다는 걸 잊지 말아요. 나는 원장 수녀로서 두 수녀에게 경고합니다. 앞으로는 하느님께 몸바친 자들의 입을 더럽히는 그런 속된 말을 입에 담지 않도록 하세요."

원장 수녀는 어안이 벙벙해진 두 수녀를 남겨 두고 문 쪽으로 갔다. 그 뒤에다 대고 마르타 수녀가 소리쳤다.

"원장 수녀님의 이른바 그 유명한 게르만의 운명은 개척되지 못할 모양입니다. 연합군이 연전연승을 거두고 있으니까요."

마리아 베로니카 원장 수녀는 싸늘하게 웃어 보이고는 방을 나갔다.

전운이 감도는 벽지의 선교관으로 흘러드는 소식은 이 반목의 골을 더욱 깊게 했다. 프랑스 인인 클로틸드 수녀와 벨기에 인인 마르타 수녀는 원래 사이가 좋았던 것은 아니었다. 그러나 유럽에서 전쟁이 발발했다는 소식을 접한 이래로 두 사람은 단짝으로 붙어 다녔다. 마르타 수녀는 늘 병치레하는 클로틸드 수녀의 보호자 노릇을 하느라고 기침약을 조제해 주기도 하고 식사 때는 영양 관리에 신경을 써 주기도 했다. 두 사람은 공공연히 용감한 '블레세'(연합군측 부상병들)에게 보낼 장갑이나 양말을 짜기도 했다. 뿐만 아니라 마리아 베로니카의 면전에서 한숨을 쉬어 가면서, 때로는 비유를 해가면서 그러나 마리아 베로니카의 기분을 상하게 하지 않도록 조심스럽게 서로 사랑하는 조국 이야기를 했다. 한참 그런 이야기를 하다가 마르타 수녀는 의미 심장한 뜻을 실어 이렇게 말하고는 했다.

"그럼 우리 가서, 우리 뜻이 이루어지게 해 달라고 기도합시다."

마리아 베로니카 수녀는 침묵으로 이런 수모를 견디어 내었다. 그녀 역시 조국의 승리를 기도했다. 치점 신부가 이런 눈치를 모를 리 없었다. 그는 세 수녀가 서로 얼굴을 돌리고 저희 조국의 승리를 기도할 동안, 나이안의 진군나팔 소리가 들리는 그 선교관 언덕에서 와이츄 군대의 군홧발 소리를 들으면서, 고통과 피로에 시달릴 대로 시달리면서, 평화를 위해서 시민의 안전을 위해서 그리고 굶주리는 아이들을 위해서 기도했다.

  클로틸드 수녀는 자기 시간이 되면 아이들에게 '라 마르세이에즈'(프랑스 국가)를 가르치기 시작했다. 클로틸드 수녀는, 원장 수녀가 선교관 한쪽 끝에 있는 방에서 다른 아이들과 바구니를 만들고 있을 동안 자기 시간에 들어온 아이들에게 은밀하게 그 노래를 가르쳤다. 아이들은 금방 그 프랑스 국가를 익혔다. 그러던 어느 날 오전, 지친 몸으로 선교관 뜰을 가로지르던 마리아 베로니카는 클로틸드 수녀가 맡고 있는 교실의 창을 통해 피아노 반주에 맞추어 낭랑하게 흘러나오는 아이들의 노래 소리를 들었다. 물론 프랑스 국가였다.

  알롱, 앙팡 들라 파트리……(나가자 조국의 젊은이들아……)

  순간 마리아 베로니카 수녀의 다리가 휘청거렸다. 날이 갈수록 수척해져 가고 있던 원장 수녀의 몸은 금방이라도 그 자리에서 무너져 내릴 것만 같았다. 그러나 원장 수녀는 강한 의지력으로 버티었다. 원장 수녀는 고개를 꼿꼿이 세우고는 창가를 지나갔다.

  그 달 하순의 어느 오후, 같은 클로틸드 수녀의 수업 시간이었다. 클로틸드 수녀의 수업 시간은 교리 공부에 들어가기 전에 '라 마르세이에즈' 제창이 거의 공식화되어 있었다. 수녀는 수업을 시작하면서 아이들에게 이렇게 말했다.

"자, 여러분, 무릎을 꿇고 용감한 프랑스 군인 아저씨들을 위해 잠시 기도합시다."

아이들은 수녀가 시키는 대로 교실 바닥에 무릎을 꿇고 천사축도天使祝禱를 세 번 거듭했다.

아이들에게 일어나라고 손짓하려던 클로틸드 수녀는, 어느새 자기 뒤에 와 있는 마리아 베로니카 원장 수녀를 보고는 흠칫 놀랐다. 마리아 베로니카의 표정은 조용했다. 눈매가 험하지도 않았다. 그러나 원장 수녀는 클로틸드 수녀의 어깨 너머로 아이들을 바라보면서 말했다.

"자, 여러분, 이제 용감한 독일 군인 아저씨들을 위해 잠시 기도해야 공평하겠지요?"

클로틸드 수녀의 얼굴에서 핏기가 사라졌다. 금방 질식할 듯이 숨결도 거칠어졌다.

"원장 수녀님, 이건 제 시간이에요."

마리아 베로니카 원장 수녀는 그 말을 무시해 버렸다.

"자, 여러분, 독일 군인 아저씨들을 위해서……. '은혜로운 성모 마리아시여……'"

클로틸드 수녀의 가슴이 거세게 파도치고 있었다. 입술이 경련을 일으키고 있었다. 발작이라도 하는 듯이 클로틸드 수녀는 손을 들어 원장 수녀의 뺨을 갈겼다.

무시무시한 침묵이 교실 안을 흘렀다. 클로틸드 수녀는, 그제야 원장 수녀의 뺨을 갈긴 것을 알고는 울음을 터뜨리면서 교실을 뛰쳐나갔다.

원장 수녀는 눈썹 한 올 까딱하지 않았다. 원장 수녀는 조금 전과 조금도 다를 바 없는 얼굴에 미소까지 지으면서 아이들에게 말했다.

"클로틸드 수녀님은, 기분이 언짢으셨던 모양입니다. 조금 전에 나를 갈기는 걸 봤죠? 그래서 그랬답니다. 수업은 내가 맡기로 하지요. 하지만 여러분, 먼저 독일 군인 아저씨들을 위하여 천사 축도를 드리기로 해요."

기도가 끝나자 원장 수녀는 태연한 얼굴을 하고 교탁 앞에 선 채로 책을 펼쳤다.

그날 밤 우연히 진료소에 들렀던 치점 신부는, 클로틸드 수녀가 상당량의 클로로다인을 저울에 달고 있는 것을 보고는 몹시 놀랐다. 클로틸드 수녀는 발소리에 놀라 뒤를 돌아다보고 신부가 들어와 있는 줄 알고는 당황한 나머지 약병을 떨어뜨릴 듯이 기겁을 하면서 얼굴을 붉혔다. 교실에서 있었던 사건이 그녀의 신경을 그 이상 억제할 수 없도록 긴장시켰던 것이다.

"위장이 나빠진 것 같아서 조금 준비하고 있습니다……. 요즘은 신경 쓸 일이 하도 많아서요, 신부님."

클로틸드 수녀는 말을 더듬었다. 그러나 신부는, 클로로다인의 양과 수녀의 당황하는 태도로 미루어 신경 안정제로 쓰려 한다는 걸 알고 있었다.

"클로틸드 수녀, 나 같으면 그렇게 많이 쓰지는 않겠어요. 그 약에는 상당량의 모르핀이 들어 있거든요."

수녀가 나가자 치점 신부는 약병을 극약장에다 넣고 약장 문을 잠갔다. 그는 텅 빈 진료소 안에 한동안 서 있었다. 선교관이 처한 급박한 상황, 먼 나라에서 계속되는 무의미한 전쟁의 소용돌이가 그의 가슴을 무겁게 짓눌렀다. 문득 그런 상황 속에서 세 여자가 벌이는 갈등에 화가 났다. 시간이 지나면 해결되려니 생각하고 있었는데, 일이 그 지경에 이른 것이었다. 그는 입술을 굳게 다물었다. 수습해야겠다고 결심한 것이다.

그날의 수업이 모두 끝나자 그는 세 수녀를 호출했다. 수녀들이 들어오자 그는 자기 책상 앞에 세우고 무서운 얼굴을 하고는, 말의 쓰임새에 유의하면서 준엄하게 꾸짖었다.

"이런 비상시에 수녀님들이 보이는 행태는 나를 적지 않게 실망시키고 있어요. 이제 이런 식으로 아옹다옹하는 것은 그만두어야 합니다. 무슨 근거로 마음을 그렇게들 쓰는지 나는 이해할 수 없어요."

고요가 흐르는가 싶더니 클로틸드 수녀가 몸을 부르르 떨면서 앞으로 나섰다.

"근거가 있습니다. 신부님, 이것을 읽어 보아 주셨으면 합니다. 우리 교회의 추기경님께서 내신 것입니다."

클로틸드 수녀는 주머니에서 구겨지고 군데군데 찢긴 인쇄물 한 장을 꺼내어 신부에게 내밀었다.

치점 신부는 인쇄물을 받아 천천히 그 내용을 소리 내어 읽었다. 파리 노트르담 성당의 아메트 추기경이 낸 성명서였다.

"프랑스와 영광스러운 연합군의 사랑하는 형제들과 동지들이여. 전능하신 하느님께서 우리와 함께 하십니다. 하느님께서는 지난날에도 정의로운 우리를 도와주시었습니다. 하느님께서는 전장에 나가 있는 우리의 용감한 병사들 옆에 함께 하시어, 우리의 전력을 강화시키시고 우리의 사기를 드높이십니다. 하느님께서는 당신의 군병들을 지켜주십니다. 하느님께서는 우리에게 승리를 안겨 주실……"

신부는 더 이상 읽지 않았다.

침묵이 흘렀다. 클로틸드 수녀는 의기 양양 목을 꼿꼿이 세웠고 마르타 수녀는 클로틸드 수녀를 옹호하는 듯한 얼굴을 했다. 그러나 마리아 베로니카 수녀도 가만히 있지는 않았다. 원장 수녀는 허리띠에 찬 조그만 주머니에서 네모나게 접은 쪽지를 꺼냈다.

"프랑스 인 추기경의 편견에 가득 찬 견해 같은 것에는 상관하지 않겠습니다. 그러나 여기에, 쾰른 대주교, 뮌헨의 대주교, 에센의 대주교 같은 독일인들의 공동 성명서도 있습니다. 제가 읽어 드리겠습니다. '사랑하는 조국의 국민들이여, 하느님께서는, 어쩔 수 없이 이 싸움터로 뛰어든 정의로운 우리 편에 계십니다. 따라서 우리는 국민 여러분에게 우리 조국의 명예와 영광을 위하여 마지막 한 방울의 피가 마를 때까지 싸울 것을 명하는 바입니다. 지혜롭고 정의로우신 하느님께서는 우리가 옳은 것을 아실 것이니 승리는 반드시 우리……"

"그만 하세요."

치점 신부는 끓어오르는 분노를 자제하려고 애쓰면서 원장 수녀의 말을 가로막았다. 그의 정신은, 연이어 밀려드는 분노와 절망감에 시달릴 대로 시달리고 있는데도 그의 눈앞에서는 인간이 숨기고 있는 악의와 위선의 정수가 드러나고 있는 것이었다. 인생에 대한 수녀들의 몰상식이 그를 견딜 수 없게 했다. 그는 절망감에 사로잡혀 두 손으로 머리를 받치고 있다가 중얼거렸다.

"모두들 저 나름대로 호소하는 데는 하느님도 질려 버리셨을 겁니다."

그렇게 말해 놓고 보니 더욱 견딜 수 없었던지 그는 일어서서 방안을 서성거리기 시작했다.

"……나는 추기경님들이나 대주교님들의 모순되기 짝이 없는 견해들을 공박할 입장에 있지 않습니다. 또 그럴 생각도 없습니다. 나는 하찮은 사제, 비적이 들끓는 이 중국 땅 벌판에 처박혀 있는, 잘난 것이 하나도 없는 스코틀랜드의 사제에 지나지 않습니다. 그러나 이 터무니없는 갈등이 얼마나 어리석고 얼마나 천박한 것인가를 여러분은 왜 모릅니까? 우리 신성한 가톨릭이, 그렇습니다, 기독교 국가의 모든 교회가 이 세계 대전을 왜 당연한 것으로 받아들여야 합니까? 우리는 한 술 더 뜨고 있습니다. 우리는 이 전쟁을 무슨 성전^{聖戰}인 양 여기고 있습니다. 우리는 수백만의 우리 귀한 아들을 보내어 위선의 웃음을 입가에 개어 바르게 하고는 하느님의 사도라도 되는 양, 죽임을 당하게 하고, 불구자가 되게 하고, 영혼과 육신을 찢기게 하고, 서로 죽이고 서로 쳐부수게 하고 있습니다. 그러면서 우리는, '조국을 위해서 죽어라, 애국자로서 죽어라, 왕과 황제를 위해서 죽어라, 그러면 죄사함을 받을 수 있을 것이다.', 이렇게 말하고 있습니다. 사제들은 강단에 서서, '가이사의 것은 가이사에게 돌려주라.'는 설교를 서슴지 않고 있습니다……. 그러나 오늘날 가이사는 없습니다. 다만 아프리카의 다이아몬드 광산, 노예를 마음대로 부릴 수 있는 콩고의 고무 농장을 갖고 싶어 하는 재벌과 정치가가 있을 뿐입니다. 그리스도께서는 한결같은 사랑을 가르치셨습니다. 그리스도께서는 형제애를 가르치셨습니다. 산상(山上)에서, '죽여라! 죽여라! 증오로 무장하고 나가 네 형제의 배에 총검을 꽂으라.'고는 가르치지 않으셨습니다. 오늘날 기독교국의 교회에서, 대성당에서 들려오는 목소리는 그리스도의 목소리가 아닙니다. 시대를 섬기는 비겁한 자들의 목소리일 뿐입니다. 우리가 섬기는 하느님의 이름으로, 이른바 이교 국가인 이 이방 나라로 온 우리가, 우리의 교의와는 어긋나는 짓을 하면서 어떻게 감히 주제넘게 우리의 믿음을 전할 수가 있겠습니까? 중국인들이 우리를 조롱하고, '기독교는 거짓 종교다, 계급과 돈과 증오의 종교다, 사악한 전쟁을 섬기는 종교다.' 이렇게 지탄한다면 여러분에게 할 말이 있겠습니까?……. 왜 이럴 때 교회가 나서지 못하는 것입니까? 왜 이럴 때 그리스도의 살아 있는 배필의 구실을 하지 못하는 것입니까? 증오를 부추기고 신자를 선동하는 대신, 왜 교황의 목소리로, 사제의 목소리로, '무기를 버려라. 죽이지 말라, 명하노니 싸우지 말라.'고 외치지 못하는 것입니까? 그렇습니다. 이렇게 외치면 박해받겠지요, 수많은 사제들이 목숨을 잃겠지요? 하면, 순교가 무엇이던가요? 이러한 죽음이라면, 제단을 장식하는 죽음일지언정, 제단을 더럽히는 죽음은 아니겠지요……."

치점 신부는 음성을 낮추었다. 평정을 되찾은 그의 모습은 선지자의 풍모를 방불케 했다.

"……교회는 이 시대에 비겁했던 죗값을 무느라고 오래 고통을 받을 것입니다. 품안에 넣고 기른 독사는 언젠가는 그 기른 자의 가슴을 깨물 것입니다. 무력을 신성하게 여기는 사람이 부르는 것은 파괴뿐입니다. 이러다가는 수백만의 군대가 일어나 교회를 무너뜨리고 무수한 신자들을 타락케 하여, 다시 한 번 저 카타콤(초기 교회 시절의 지하 공동 묘지)에 가두는 시대가 오고 말 것입니다."

그의 말이 끝났다. 무서운 고요가 흘렀다. 마르타 수녀와 클로틸드 수녀는 고개를 숙이고 있었다. 본의는 아니면서도 신부의 말에 수긍하는 눈치였다. 그러나 마리아 베로니카는, 전날 신부와 반목하던 시절의 오만을 상기시키는 얼굴을 하고는 조롱기가 완연한, 싸늘한 눈길을 신부에게 던지면서 나직하게 말했다.

"신부님, 신부님께서 질타하시는 대성당에나 어울리는……, 참으로 인상적인 말씀이십니다……. 그러나 여기 이 파이탄에서 신부님께서 그런 견해를 실천하지 않으신다면, 그 말씀 또한 공허하게 되는 것은 아닐는지요?"

치점 신부는 온몸의 피가 머리로 솟구치는 것 같았다. 그러나 그것도 잠깐이었다. 그는 노기가 가신 음성으로 나직이 말했다.

"나는 이미 우리 신자들에게, 우리를 위협하는 이 사악한 싸움에 휘말려들지 말라는 엄명을 내린 바 있습니다. 신자들로부터, 교전이 시작되면 가족들을 데리고 우리 선교관으로 들어오겠다는 서약도 받아 두었습니다. 그렇게 해서 어떻게 되든 결과에 대해서는 내가 책임을 집니다."

세 수녀는 아무 말 없이 신부를 바라보았다. 마리아 베로니카의 싸늘한 얼굴이 일순 동요했다. 그러나 방문을 나서는 세 수녀를 바라보면서도 신부는 괴로워했다. 화해한 것 같지 않았기 때문이다. 순간 그는 걷잡을 수 없는 공포를 느꼈다. 그는 운명의 순간이 착실하게 다가오고 있음을 예감했다. 이 예감 또한 그를 견딜 수 없게 했다.

9

일요일 아침 치점 신부는 기어이 들려오고 말 것이라고 여러 날 예감하던 소리에 놀라 잠을 깼다. 작전을 개시한 포대의 둔탁한 포성이 바로 그 소리였다. 그는 침대에서 뛰어내려와 허둥지둥 창가로 갔다. 선교관에서 서쪽으로 몇 킬로미터 떨어진 언덕에서 여섯 문의 경야포(輕野砲)가 파이탄 시내를 포격하고 있었다. 그는 급히 옷을 입고는 아래층으로 내려갔다. 요셉도 어느새 마당으로 나와 있었다.

"신부님, 시작되었습니다. 어젯밤에 나이안 장군이 파이탄에

입성하자 와이츄 군대가 시내를 포격하고 있는 것입니다. 신자들은 벌써 우리 선교관 문 앞에 와 있습니다."

"빨리 들어들 오시게 해라."

요셉이 선교관 문을 따러 가는 것을 보면서 그는 고아원으로 갔다. 아이들은 아침을 먹으려고 식당에 모여 부산을 떨어대고 있었다. 계집아이 두엇이 포성에 놀라 찡찡거리기 시작했다. 그는 식탁 앞으로 다가가 억지로 웃음을 지어 보였다.

"얘들아, 폭죽 터뜨리는 소리야. 며칠 더 있으면 이보다 훨씬 큰 폭죽 소리가 날 테니까 정신들 단단히 차려."

세 수녀는 각각 떨어진 채 주방 앞에 서 있었다. 마리아 베로니카는 대리석상처럼 견고하게 서 있었지만 클로틸드 수녀는 안절부절, 두 손으로 소매를 꼭 잡은 채 부들부들 떨고 있었다. 포성이 들릴 때마다 클로틸드 수녀의 안색이 달라졌다. 아이들에게 고개를 끄덕여 보신 뒤에 그는 클로틸드 수녀에게 농담을 건넸다.

"아이들을 늘 저렇게 잘 먹일 수 있을 테니 걱정 말아요."

마르타 수녀가 눈치를 알고 말을 거들었다.

"그래요, 클로틸드 수녀. 잘 될 테니까 걱정 마세요."

클로틸드 수녀가 억지로 웃어 보려고 하는데 멀리서 또 포성이 들려 왔다. 잠시 후 식당을 나온 치점 신부는 수위실 쪽으로 가 보았다. 활짝 열린 문 앞에 요셉과 정원사 푸 씨가 서 있었다. 남녀노소, 유식한 사람, 무식한 사람 할 것 없이 겁에 질려 모두 한데 뒤엉킨 채, 신자들은 피난처를 찾아 가재도구를 꾸려 선교관으로 밀려들고 있었다. 이런 사람들에게 피난처를 제공할 수 있게 되었다는 사실이 그의 가슴을 뿌듯하게 했다. 높고 튼튼한 담을 높이 쌓으라고 했던 일을 생각하고는 회심의 미소를 지었다. 그의 푸근한 눈길이 한동안 한 노파에게 머물렀다. 고난의 세월이 새겨져 얼굴이 주름투성이인 노파는 짐의 무게에 금방이라도 쓰러질 듯이 선교관으로 들어서서는, 그 많은 사람들을 헤치고 벽돌담 아래 자리를 잡고 농축 우유 깡통을 하나 주워 거기에다 콩을 한 줌 넣고 끓이기 시작했다.

푸 씨는 의연한 모습으로 그의 옆에 서 있었다. 푸 씨와는 반대로 요셉은 여느 때의 요셉과는 달리 상당히 불안해하고 있었다. 결혼한 뒤 사람이 달라진 것이었다. 하기야 무리도 아니었다. 요셉은 두려움을 모르는 용감한 청년이 아니라 한 가정을 책임지고 있는 남편이자 두 아이의 아버지였던 것이다.

"신부님, 서둘러야 합니다. 빨리 들어오게 한 뒤에 문을 닫고 바리케이드를 쳐야 합니다."

신부는 요셉의 어깨 위에다 손을 얹었다.

"요셉, 다 들어오게 한 뒤에 해도 늦지 않다."

"어쩌면 난처하게 될지도 모르겠습니다. 여기에 들어온 사람들 중에는 와이츄의 군대에서 탈영한 사람도 있습니다. 부하가 싸움터를 이탈해서 여기에 숨어 있다는 걸 알면 와이츄가 좋아하지 않을 겁니다."

"와이츄가 좋아하건 싫어하건 그는 싸우지 않을 것이야. 그러니까 그렇게 걱정할 것 없다. 어서 우리 깃발을 올려라. 나는 이곳을 지키고 있겠다."

요셉이 투덜대면서 그 자리를 떠난 지 오래지 않아 선교관 깃발이 올라갔다. 퍼런 바탕에 새파란 성 안드레 십자가가 그려진 선교관 깃발이 바람에 펄럭였다. 치점 신부는 가슴 뿌듯이 긍지를 느꼈다. 깃발이 오르자 용기가 솟는 것 같았다. 중립을 표방하는 선교관 깃발은 사람들에게 평화와 선의의 인류애적인 사랑을 호소하고 있었다.

피난 온 신자들이 다 들어오자 푸 씨가 선교관 문을 굳게 걸어 잠갔다. 문을 잠그고 돌아서던 푸 씨는 손을 들어, 선교관이 있는 '녹옥의 언덕'에서 3백 미터쯤 떨어져 있는 맞은편 언덕의 삼나무 숲을 가리켰다. 이 삼나무 숲에는 놀랍게도 포신이 긴 대포가 들어와 있었다. 치점 신부의 눈에는 가지 사이로, 와이츄 군대의 회색 제복을 입은 병사들이 부산하게 돌아다니며 참호를 파거나 진지를 강화하고 있는 광경이 보였다. 신부의 군사 지식은 보잘 것 없는 것이기는 했어도 삼나무 숲에 있는 대포는, 포격중인 다른 야포에 비해 훨씬 화력이 강할 것이라는 정도는 짐작할 수 있었다. 바로 그의 눈앞에서 불빛이 번쩍하더니 지축을 울리는 포성이 나면서 머리 위로 포탄이 나는 소리가 들렸다.

그 여파는 엄청났다. 삼나무 숲에 새로 모습을 드러낸 중포重砲가 포격을 시작하자 나이안의 포대에서도 응사를 시작했다. 그러나 나이안 군이 가지고 있는 경야포의 사정거리는 형편없이 짧았다. 경야포의 포탄은 삼나무 숲에 훨씬 못 미치고 선교관 주위로 떨어졌는데 그 중 한 발이 주방 앞뜰에 떨어져 토석土

石을 파올렸다가는 소나기처럼 내리게 했다. 선교관은 금방 아수라장으로 변했다. 치점 신부는 선교관 마당에 있던 신자들을 재빨리 교회 안으로 들어가게 했다.

 소란과 혼란은 시간이 지날수록 더해 갔다. 교실에서는 아이들이 외마디 소리를 지르며 우왕좌왕하고 있었다. 이 혼란을 수습하려고 동분서주하고 있는 사람은 마리아 베로니카 수녀뿐이었다. 마리아 베로니카 수녀는 때로는 침착하게 웃기까지 하면서, 때로는 포탄이 작렬하는 소리보다 더 앙칼진 소리를 질러 아이들을 자기 옆으로 불러 모아, 손가락으로 귀를 막게 하고 목청껏 노래를 부르게 했다. 아이들이 어느 정도 진정되자 마리아 베로니카는 아이들을 데리고 마당을 가로질러 수녀원의 지하실로 데리고 들어갔다. 요셉의 아내와 두 아이가 이미 거기에 내려와 있었다. 기름과 양초와 고구마 자루가 빼곡히 들어찬, 지하실의 긴 선반 아래 줄지어 앉아 있는 아이들의 노란 얼굴들을 바라보면서 마리아 베로니카는 이상한 감회를 느꼈다. 마르타 수녀는 선반 위에 서서 이 수녀원 재산을 감시하고 있었다. 지하실이라 포성이 한결 덜했다. 그러나 이따금씩 가까이서 포성이 들릴 때는 건물이 기초째 흔들렸다.

 폴리 아주머니가 아이들을 맡자 마르타 수녀와 클로틸드 수녀는 아이들의 점심을 장만하러 밖으로 나갔다. 겁이 많은 클로틸드 수녀는 제정신이 아니었다. 마당을 가로질러 가다가 포탄의 작은 파편 하나가 뺨을 스치자 클로틸드 수녀는 그만 얼굴을 감싸 쥐고 그 자리에 주저앉아 비명을 질렀다. 엄살을 떠는 게 아니라 정말 창백한 얼굴을 하고는 죽는 시늉을 한 것이었다.

"아이고 하느님, 저 죽습니다."

마르타 수녀가 클로틸드의 어깨를 잡아 일으키면서 빽 소리를 질렀다.

"바보같이 굴지 말고 빨리 아이들에게 죽 먹일 궁리나 해요."

요셉이 부르는 바람에 치점 신부는 진료소로 들어갔다. 여자 하나가 손에 가벼운 부상을 입었던 것이다. 지혈부터 하고, 여자의 손에다 붕대를 감아 준 신부는 요셉을 딸려 여자를 교회 안으로 들여보내고 나서 창가로 다가갔다. 와이츄 군의 대포가 파이탄을 포격한 결과를 보고 싶었기 때문이다. 깃발을 올림으로써 중립을 표방하고 나섰는데도 불구하고 그는 파이탄이 무사하기를 바랐다. 말은 하지 않아도 은연중에 와이츄 군이 패배하기를 바랐던 것이다.

그는 창가에 선 채로 만츄 문에서 수많은 니이안 군사들이 나오고 있는 걸 보았다. 2백여 명은 실히 되어 보이는 나이안 군사들은 잿빛 개미 떼처럼 만츄 문을 나와 삼나무 숲으로 진격해 오기 시작했다.

치점 신부에게는 참으로 신나는 광경이 아닐 수 없었다. 처음에는 진격 속도가 매우 빨랐다. 나이안 군사들이 진격하는 모습은 파란 언덕 색깔에 대조되어 아주 선명하게 보였다. 소총을 든 병사들은 몸을 구부리고 십여 미터씩 진격하다가는 땅바닥에 엎드렸다.

와이츄 군의 대포는 여전히 파이탄 시내를 포격하고 있었다.

잿빛 군복 차림의 나이안 군사는 삼나무 숲 바로 옆까지 진격해 와 있었다. 이즈음 나이안 군사들은 그 뜨거운 태양 아래 납작 엎드려 기어서 들어가고 있었다. 삼나무 숲에서 약 1백 미터 떨어진 곳에 이르자 이들은 땅바닥에 엎드려 꼼짝도 하지 않고 기다렸다. 이윽고 지휘관의 손이 올라갔다. 군사는 외마디 소리를 내지르며 벌떡 일어나 함성과 함께 돌격을 시작했다.

나이안 군사들은 빠른 속도로 삼나무 숲 포대에 접근했다. 몇 초 후면 목표물에 도달할 것 같았다. 그런데 그 순간 고막을 찢어 놓을 듯한 기관총성이 들려 왔다.

삼나무 숲에서 세 문의 맥심 기관총이 이들을 기다리고 있었던 것이었다. 기관총의 일제 사격에 잿빛 군복을 입은 나이안의 군사는 돌격을 저지당하면서 뿔뿔이 흩어졌다. 앞으로 꼬꾸라지는 자도 있었고, 뒤로 넘어지는 자도 있었고, 기도라도 드릴 듯이 무릎을 꿇는 자도 있었다. 그 많던 나이안의 돌격대는 허무하게도 햇살 아래로 무너져 내렸다. 곧 맥심 기관총성도 멎었다. 주위가 조용해지는가 싶더니 삼나무 숲의 대포가 다시 포격을 시작하여 살아 있는 모든 것을 혼비백산하게 했다. 삼나무 숲에서 초록색 제복 차림으로 고물거리는 와이츄의 군사들의 움직임만 느릿느릿했다.

치점 신부는 맥이 빠져 뻣뻣하게 서 있었다. 그것이 전쟁이었다. 수백만 번이나 계속되면서 기술과 방법을 발달시킨 무의미한 살육의 판토마임이 치점 신부의 눈앞에서 펼쳐지고 있는 것이었다. 그는 몸을 떨면서 기도했다. 평화를 위해서 살고 평화를 위해서 죽게 해 달라고.

풀린 눈으로 삼나무 언덕 밑을 바라보다가 그는 긴장했다. 움직이는 사람이 보였던 것이었다. 그 사람은 천천히, 고통스럽게, 선교관 쪽으로 방향을 잡고 비탈을 내려오고 있었다. 걷는 속도가 느려지고 있는 것으로 보아 힘이 빠지고 있는 모양이었다. 그렇게 선교관 쪽으로 다가오던 그 병사는 선교관에서 약 60미터 떨어진 곳에 이르자 그만 땅바닥에 모로 쓰러졌다.

죽었어……. 이 대목에서 내가 영웅 흉내를 낼 필요는 없겠지……. 저 병사를 살려 보겠다고 여기에서 뛰쳐나가면 내 머리에는 총알이 박힐 테지……. 그런 짓을 할 필요는 없는 것이지……. 그는 이런 생각을 했다.

그러나 그는 자기도 모르는 사이에 진료소를 나가 선교관 뒷문으로 다가가고 있었다. 문을 밀면서 그는 잠깐이나마 망설였던 자신을 부끄러워했다. 다행히도 선교관에는 이 무도 보는 사람이 없었다. 그는 밝은 햇살을 받으며, 그 병사가 쓰러져 있는 언덕을 오르기 시작했다.

햇살에 비치는 땅바닥을 배경으로, 검은 옷을 입은 그의 작달막한 모습과 검은 그림자는 너무나 선명했다. 선교관 문은 닫혀 있었다. 그러나, 그는, 삼나무 숲에서는 와이츄 군사들이 자기를 바라보고 있을 것임을 믿어 의심치 않았다. 그러나 서두르지 않을 수 없었다.

부상병은 흐느끼듯 숨을 몰아쉬고 있었다. 두 손으로 상처난 배를 누르고 있었지만 그 손에는 이미 힘이 없었다. 부상병의 그

지없이 인간적인 눈이 왜 이런 짓을 하느냐고 묻는 듯이 신부를 올려다보았다.

신부는 그를 들쳐 업고 선교관 안으로 들어와 문을 잠갔다. 부상병을 누이고 물을 마시게 한 그는 마침 옆에 와 있는 마리아 베로니카에게 진료소로 가서 침대를 하나 마련하라고 일렀다.

오후에도 나이안의 특공대는 삼나무 숲의 와이츄 포대를 공격했다. 그러나 역시 실패였다. 해질 무렵 치점 신부와 요셉은 부상병 다섯을 더 업어 왔다. 진료소는 병원 꼴이 되어 가고 있었다.

다음 날에도 포격은 계속되었다. 폭음은 고막을 찢어 놓을 것만 같았다. 파이탄 시는 계속되는 포격에 시달리고 있었다. 포격은 서문西門에 집중되고 있는 것 같았다. 신부는 와이츄 군의 주력 부대가 부서진 서문 쪽 성벽 위에 모습을 드러내는 것을 보았다. 파이탄 시가 와이츄 군의 수중에 들어갔다고 생각하니 억장이 무너지는 것 같았다. 그러나 확인할 도리는 없었다.

그는 착잡한 마음으로 그 날 하루를 보냈다. 저녁 무렵이 되어서야 그는 아이들은 수녀원 지하실에서, 신자들은 교회에서 밖으로 내보내어 바람을 쏘이게 했다. 다행히도 이들 중에서는 목숨을 잃은 사람이 없었다. 그는 이들 사이를 돌아다니면서 이들을 격려하는 한편 사망자가 없다는 것으로 자신을 위로하려고 애를 썼다.

신자들 사이를 한 바퀴 돈 그는 그제야 요셉이 옆에 와 있는 것을 알았다. 요셉은 겁에 질려 있었다. 신부가 겁에 질린 요셉의 얼굴을 본 것은 그때가 처음이었다.

"신부님, 삼나무 숲에 포진하고 있는 와이츄 군 포대에서 전령이 와 있습니다."

선교관 정문에는 와이츄 군 병사 셋이 와서 서 있었다. 이 세 병사 옆에 서 있는 자는 장교였다. 치점 신부는 그가 삼나무 숲 포대장일 것이라고 생각했다. 신부는 서슴없이 문을 따게 하고는 밖으로 나갔다.

"무엇을 도와 드릴까요?"

포대장으로 보이는 목이 굵고 짧은 중년 사내는 얼굴이 크고 입술이 유난히 두터웠다. 사내는 헤벌린 입으로 숨을 쉬었는데, 숨을 쉴 때마다 누런 윗이빨이 드러났다. 챙이 있는 군모를 쓰고, 견장이 달린 초록색 군복 위에다 가죽 혁대를 맨 것까지는 근사한데, 바지 밑으로 보이는 다 떨어진 운동화는 사내의 차림새를 망치고 있었다.

"와이츄 장군께서 특별한 호의를 베푸시는 바람에 당신은 몇 가지 사항에 대한 협조를 요청받는 영광을 누리게 되었습니다. 첫째, 앞으로는 부상당한 적을 경내로 끌어들이는 일을 중지하시오."

치점 신부는 얼굴을 붉히면서 역정을 내었다.

"부상병은 남을 해치지 못하오. 그들은 더 이상 전투와는 인연이 없는 몸이 된 것이오."

포대장은 신부의 말은 들은 척도 않고 말을 계속했다.

"둘째, 와이츄 장군께서는 당신에게 장군의 병참을 지원하는 특권을 허락하셨습니다. 당신의 병참 지원 품목은 쌀 팔백 파운드와 이곳 창고에 있는 미국제 통조림 식품 전량이오."

치점 신부는 화가 치밀어 오르는 것을 꾹 참고 응수했다.

"우리도 식량이 떨어져 가고 있는 형편이오. 이런 식으로 우리를 약탈할 수는 없소."

역시 포대장은 신부의 항변은 들은 척도 하지 않았다. 포대장에게는 다리를 벌린 채 뻐딱하게 서서 어깨 너머로 상대에게 말을 하는 버릇이 있는 모양이었다. 그런 자세로 하는 말은 말투가 고와도 욕지거리로 들릴 수밖에 없을 터였다.

"셋째, 당신이 보호하고 있는 이 지역 사람들을 이 건물로부터 몰아내시오. 와이츄 장군께서는 당신이 와이츄 군에서 탈영한 자까지 보호하고 있는 것으로 믿고 있소. 만약에 그런 자가 있다면 발각되는 즉시 즉결 처형을 당할 것이오. 그리고 이곳에 있는 자 중, 전투 활동이 가능한 자는 와이츄 군에 편입될 것이오."

이 대목에 이르자 치점 신부는 항변하는 것을 그만두었다. 그는 노기를 띤 채 두 주먹을 쥐고 장교를 노려보았다. 그의 눈앞에서 대기가 이글이글 타오르는 것 같았다.

"만일에 지극히 온당한 당신들의 요구 사항을 거절한다면 나는 어떻게 되는 것이오?"

장교의 완강한 얼굴 위로 미소가 스치고 지나갔다.

"그런 실수는 하지 마시도록 충고해 드리고 싶소. 그렇게 되면 본관은 본의 아니게 포구를 이쪽으로 돌리지 않을 수 없을 것이오. 그러면 당신네들의 이 선교관과 선교관 안에 있는 모든 것은 오 분 안에 가루가 될 것이오."

할 말이 없었다. 세 병사는 키득거리면서 경내에 있는 여자들을 손가락질하고 있었다. 치점 신부는 앞으로 전개될 상황을 확연하게 짐작할 수 있었다. 그것은 강철판에다 새긴 그림보다도 더 확연했다. 그에게는, 전멸시키겠다는 위협을 앞세운 이 비인간적인 요구에 굴복하는 도리밖에는 없었다. 그러나 굴복이 더 큰 요구 더 비인간적인 요구의 서곡이 될 것이라는 것 또한 그는 모르지 않았다. 분노의 불길이 온몸을 태우는 것 같았다. 입술이 말라들어갔다. 그는 이글거리는 눈길을 땅바닥에다 꽂은 채로 말했다.

"와이츄 장군께서는……, 내가 병참 지원 품목을 마련하고……, 우리 경내에 있는 사람들을 소개시키자면 시간적인 여유가 있어야 한다는 것을 양해해야 할 것이오."

"내일까지. 대신 오늘 밤 자정까지 본관에게 성의 표시를 해야 할 것이오. 그러자면 본관의 포대를 방문해야겠지요. 선물은 약간의 통조림 식품과 선물의 격에 어울리는 것, 말하자면 약간의 현금이어야 하오."

치점 신부에게는 할 말이 없었다. 심장이 올라와 목구멍을 막는 기분이었다. 그는 감정을 누르고 거짓말을 했다.

"알겠소, 내게는 선택의 여지가 없는 것 같군요. 오늘 밤에 당신에게 선물을 가지고 가겠소."

"지혜롭게 처신하시오. 기다리고 있겠소. 성공하시기를 빌겠소."

장교는 심하게 비아냥거리고 있었다. 그는 치점 신부에게 경례를 올려붙이고는 소리를 질러 부하들을 지휘하여 삼나무 숲 쪽으로 가 버렸다.

치점 신부는 분노를 이기지 못해 부들부들 떨면서 선교관 안으로 들어갔다. 등 뒤에서 들려 온, 철문 닫히는 소리가 소리의 사슬이 되어 그의 머릿속에서 메아리치는 것 같았다. 아, 이 전쟁의 소용돌이를 무사히 벗어날 수 있을 것이라고 상상했던, 뻔뻔스럽게도 낙관하고 있던 나는 얼마나 어리석은 인간인가……. 나는 비둘기같이 연약한 평화주의자에 지나지 못하는 인간이 아닌가. 요셉과 신자들이 가만히 정문 쪽으로 다가와, 갑작스럽게 닥쳐온 위협에 대한 대응책이 나오기를 기다리는데도 아무 짓도 못하고 슬며시 빠져 자기 방으로 들어와 버린 자신이 혐오스러워 견딜 수 없었다.

여느 때 같으면 교회로 들어가 기도했을 터였다. 그러나 그는 교회로 들어가 무릎을 꿇고, 하느님, 괴롭습니다만 승복하겠습니다, 이렇게 기도할 수는 없었다. 그는 자기 방으로 들어가 고리버들 의자에 난폭하게 몸을 던졌다. 그의 생각이 처음으로 거칠어지기 시작했다. 침착과 인내라는 덕목도 고삐 노릇을 하지 못했다. 그는 평화의 복음을 생각하고는 신음했다. 아, 그 미사여구는 다 어디로 갔는가? 우리 신자들은 앞으로 어떻게 되는 것일까?

그의 마음에 걸리는 게 또 하나 있었다. 폴리 아주머니가 그 시점에 선교관에 와 있다는 것이었다. 그것은 우둔한 사람이 불필요하게 떨어 놓은 미련의 소치라고 그는 주장했다. 그는 불필요하게도 남의 일에 끼어들어 천사 같은 폴리 아주머니를 중국으로 데려 와, 이런 고초를 함께 겪게 한 피스크 부인을 원망했다. 아, 이 일을 어쩔꼬! 세상의 근심거리라는 근심거리는 모두 자기의 양 어깨에 걸린 것 같은 느낌을 떨칠 수 없었다. 그는 벌떡 일어났다. 와이츄의 졸개에게 삼나무 숲의 대포에 항복할 수는 없었다. 항복하고 싶지도 않았다. 삼나무 숲의 대포는 그의 상상력 속에서 엄청난 크기로 자라나 전쟁의 상징, 인류를 살상하기 위해 인간이 지어낸 무자비한 무기의 상징으로 자리 잡고 있었다.

긴장한 나머지 진땀을 흘리면서 방 안을 서성거리는데 문을 가볍게 두드리는 소리가 들려 왔다. 곧 폴리 아주머니가 방 안으로 들어왔다.

"프랜시스, 방해하고 싶지는 않았다만……, 잠깐이면 된다."

폴리 아주머니는 웃었다. 프랜시스 치점의 사생활을 방해할 수 있는 특권을 가진 사람만이 웃을 수 있는 그런 웃음이었다.

"뭔데요, 폴리 아주머니?"

그는 아주머니에게 고통스러워하는 모습을 보여주지 않으려고 태연함을 가장했다. 아주머니는 어쩌면 와이츄의 포대에서 온 새로운 전갈을 가지고 왔을지도 모른다는 생각을 하면서.

"프랜시스, 이 털모자를 한번 써봐 주었으면 좋겠구나. 너무 커서는 곤란하거든. 이것만 쓰면 아무리 추워도 끄떡없다."

핏기 어린 그의 눈앞에다 폴리 아주머니는 뜨개질하고 있던 발라클라바 커포우트(두건 달린 옷)를 꺼냈다.

신부는 웃어야 할지 울어야 할지 몰라 가만히 서 있었다. 참으로 폴리 아주머니다운 엉뚱한 짓이었다. 하늘이 무너져 내리고 있어도 홍차를 끓여 프랜시스 치점에게 먹이려 할 사람이 바로 폴리 아주머니였다. 그러나 가만히 있는 도리밖에 없었다. 그가 가만히 서 있자 아주머니는 짜다 만 커포우트를 입혀 보았다. 그러고는 입술을 비죽이 내민 채 뜨개질 하던 커포우트의 코 수를 세어 보고는 말했다.

"잘 맞는데……, 목이 너무 헐거운 것 같구나. 어디 보자, 예순여덟 코였지? 다섯 코를 줄여야겠어. 고맙다, 프랜시스. 방해가 되었던 건 아니지?"

신부의 눈에 눈물이 괴기 시작했다. 그는 폴리 아주머니의 품속에 머리를 파묻고 울면서, '폴리 아주머니, 난처하게 되고 말았어요, 어떻게 하면 좋겠어요.' 이렇게 하소연하고 싶은 마음을 억누를 수 없었다. 그러나 그럴 수는 없었다. 대신 아주머니를 한참 바라보고 있다가 가만히 물었다.

"폴리 아주머니, 위험이 닥쳐올 텐데 걱정스럽지 않으세요?"

"걱정? 걱정이 고양이 잡는다던? 네가 우리를 보살피고 있는데 걱정은 무슨 걱정?"

치점 신부에 대한 폴리 아주머니의 믿음은 시원하고 맑은, 한 줄기 바람 같았다. 그는 일감을 다시 접고 뜨개바늘을 가운데 찔러 넣은 다음, 눈인사를 보내면서 말없이 밖으로 나가는 폴리 아주머니의 모습을 바라보았다. 담담한 몸짓, 지극히 평범한 분위기……. 거기에 깊고 깊은 지혜의 샘이 있다고 그는 생각했다. 망설임이 그를 떠났다. 무엇을 어떻게 해야 하느냐는 문제가 확연해진 것이었다. 그는 모자와 외투를 챙겨들고 뒷문으로 살며시 선교관을 빠져나갔다.

 선교관 밖으로 나오자 어둠이 그를 에워쌌다. 그는 '녹옥의 언덕'에서 시내로 통하는 길을 빠른 걸음으로 내려갔다. 그의 앞을 막을 것은 아무것도 없을 것 같았다.

 만츄 문에 이르자 입초가 그를 검문했다. 입초는 초롱을 그의 얼굴에 들이대고는 자세히 살폈다. 그는 자신이 파이탄 시내에서는 상당히 유명한 사람인 줄 알아왔던 터였다. 실제로 자주 얼굴을 내밀고 다니는 축에 들기는 했다. 그러나 입초에게는 별로 유명하지 않았던 모양이었다. 다행히도 세 명의 입초 중에 페스트가 창궐해 있을 때 함께 일했던, 숀 중위의 부하가 섞여 있었다. 숀 중위의 부하는 다른 입초들과 상의한 뒤에 신부를 숀 중위 있는 곳으로 안내해 주었다.

 거리에는 사람들이 하나도 보이지 않았다. 군데군데 허물어진 집들이 보이는 거리는 괴괴했다. 거기에서 좀 떨어진 동구東區 쪽에서 총소리가 들려 왔다. 발 빠른 입초의 뒤를 따라가면서 그는 묘한 죄의식을 느꼈다.

 숀 중위는 옛날의 그 둔영소에서 옷을 다 입은 채로, 의사 탈록이 죽어가던 바로 그 침대에 누워 쉬고 있었다. 면도를 못 했는지 얼굴은 텁수룩했고, 바지에는 진흙이 군데군데 묻어 있었다. 눈가에는 피로가 남아 있었다. 치점 신부가 들어서자 숀 중위가 침대에서 일어났다.

 "어서 오십시오. 마침 신부님과 언덕 위에 있는 신부님의 멋진 선교관 꿈을 꾼 참입니다."

그는 등잔 심지를 돋우고 탁자 앞에 앉으면서 말을 이었다.

"차는 원래 안 드시지요? 저도 같습니다. 어쨌든 반갑습니다. 나이안 장군을 만나게 해 드릴 수 있었으면 좋았을 텐데, 유감입니다. 장군께서는 동구 쪽으로 나가셨거든요……. 스파이들을 소탕한다든가……, 어쨌든 장군은 말이 통하는 사람입니다."

치점 신부는 여전히 입을 다문 채 탁자 앞에 앉았다. 그는 숀 중위를 잘 알고 있었다. 숀 중위라면 상대가 가만히 있어도 곧 말을 시킬 터였다. 그러나 이상하게도 숀 중위는 여느 때에 비해 말수가 적었다. 한참 뒤에야 그가 신부를 바라보며 말을 걸었다.

"부탁이 있어서 오셨을 텐데, 왜 말씀을 안 하십니까? 분명히 신부님은, 내 힘으로는 어쩔 수 없는 것을 부탁하러 오셨을 겁니다. 저놈의 악명 높은 소라나에 박살만 나지 않았더라면 이틀 전에 벌써 신부님의 선교관이 우리 관할로 들어왔을 텐데."

"소라나라뇨?"

"대포 말입니다. 저놈의 대포, 몇 년 전부터 나와는 인연이 있어서 잘 알고 있지요. 원래는 프랑스 해군 포함에 앉아 있던 것이지요. 그런데 그게 맨 처음 샤 장군의 수중에 들어갔어요. 나는 격전 끝에 두 차례나 저 대포를 노획했습니다만 우리 사령관은 두 번이나 샤 장군에게 이걸 되팔았어요. 각설하고……, 와이츄가 베이징에서 금화로 이만 달러나 주고 첩을 하나 사 온 적이 있습니다. 이 첩의 이름이 소라나인데, 아르메니아 인으로 아주 아름다웠어요. 그러나 세월이 지나자 이 첩에게 싫증을 느꼈던 와이츄는 샤 장군의 대포와 자기 첩을 맞바꾸어 버렸어요. 어제 우리가 저 대포를 부수려고 숲을 공격하는 걸 보셨겠지요? 이 숲은 개활지대를 내려다보고 있어서 아주 난공불락이에요……. 우리에게는 포대가 있어 봤자 똥포 뿐입니다. 아무래도 이번 전투에서는 안 될 모양입니다……. 나이안 장군 밑에서 입신양명할 기회로는 괜찮은데, 저놈의 대포 때문에 튼 모양이에요."

입을 다물고 있던 치점 신부가 불쑥 이런 말을 했다.

"저 대포를 노획할 수 있다면?"

"안 돼요. 날 꾀지 마세요……. 접근할 방법만 있으면 못 쓰게 만들어 버리는 건데."

"아주 가까이 접근할 방법이 있지요."

숀 중위가 천천히 고개를 들고는 번쩍거리는 눈으로 신부를 바라보았다. 그러나 그는 신부의 다음 말을 기다렸다. 신부는 입을 다물고 숀 중위 쪽으로 몸을 기울였다.

"오늘 저녁에 와이츄의 부하인 저 포대의 포대장이 나에게 와서, 오늘 밤 자정 안으로 식량과 돈을 가지고 오지 않으면 대포로 선교관을 날려버리겠다고 나를 위협했어요."

그는 숀 중위의 표정을 살피면서 말을 이으려다 그럴 필요가 없다는 것을 알고는 입을 다물어 버렸다. 몇 분 동안 두 사람은 서로 입을 다물고 마주앉아 있었다. 오래 미간에 손을 대고 생각하던 숀 중위가 이윽고 웃었다. 웃었다기보다는 그의 안면 근육이 웃는 모양을 그려내었다고 하는 편이 옳다. 그의 눈은 웃고 있지 않았으니까.

"신부님, 나는 언젠가 신부님이야말로 하늘이 내린 사람이라고 생각한 적이 있는데, 아무래도 이 생각을 버리지 말아야 할 것 같군요."

"나는 오늘 밤만은 하늘 생각을 하지 않기로 했소."

치점 신부의 얼굴에 구름이 낀 것 같았다. 숀 중위는 뜻밖의 대답을 듣고도 고개를 끄덕이면서 말했다.

"잘 들으세요. 어떻게 하느냐 하면……."

그로부터 한 시간 뒤 치점 신부와 숀 중위는 둔영소를 나와 만츄 문을 지나서는 선교관으로 통하는 비탈길로 들어섰다. 숀 중위는 제복 대신 퍼런 윗도리와 쿨리들이나 입는 헐렁한 바지를 입고, 그나마 바짓가랑이를 무릎까지 걷어 올려 영락없이 쿨리로 보이는 차림을 하고 있었다. 머리에 쓴 다 찌그러진 모자도 영락없는 쿨리의 모자였다. 등에는 노끈으로 단단히 동여맨 커다란 자루를 메고 있었다. 두 사람 뒤로 약 3백 미터 거리를 두고 숀 중위의 부하 20여 명이 따르고 있었다.

'녹옥의 언덕'을 반쯤 올랐을 때 치점 신부가 그의 어깨에 손을 얹으면서 말을 걸었다.

"내가 짊어질 차례요."

숀 중위는 자루를 이쪽 어깨에서 저쪽 어깨로 옮기면서 대답했다.

"무겁지 않아요. 이런 일이라면 신부님보다는 내가 더 잘 할 거요." 이윽고 두 사람은 선교관 담벽 아래에 이르렀다. 불빛이 하나도 보이지 않았다. 신부가 그토록 사랑하던 선교관 건물은 모두 윤곽만 드러내고, 앞으로 그 건물을 보호해 줄 주인을 기다리고 있었다. 선교관은 완전한 적막에 잠겨 있었다. 문득 수위실 쪽에서 시각을 알리는 미국제 시계의 아름다운 가락이 들려왔다. 신부가 요셉에게 결혼 선물로 사 준 바로 그 시계였다. 신부는 자기도 모르는 사이에 시각을 세었다. 11시였다.

숀 중위는 부하들을 모아 마지막 지시를 하달했다. 병사 중 하나가 담벽에 기댄 채 손으로 입을 가리고는 기침을 했다. 건너편 삼나무 숲까지 들릴 만큼 큰 소리였다. 숀 중위는 목소리를 낮추고 그에게 상스러운 욕지거리를 퍼부었다. 그날 밤의 작전에서 중요한 것은 숀 중위의 부하들이 아니었다. 작전의 중요한 주체는 어디까지나 신부와 숀 중위였다. 숀 중위가 어둠 속에서 신부를 바라보면서 물었다.

"어떻게 하는지 잘 알고 계시겠지요?"

"물론이오."

"내가 휘발유 깡통에 총을 쏘면 휘발유에 불이 붙게 되는데, 이 불이 바로 코르다이트 화약에 점화, 화약이 폭발하게 됩니다. 하지만 그전에 내가 권총으로 휘발유 깡통을 겨누기도 전에 신부님은 멀찍이 피해 있어야 합니다. 상당한 거리까지 떨어져 있어야 한다는 뜻입니다. 엄청난 진동이 주위를 강타할 테니까요……. 준비가 되었으면 가시죠. 제발 부탁입니다. 절대로 횃불을 자루 가까이 갖다 대면 안 되니까 조심해 주세요."

치점 신부는 조심스럽게 성냥을 그어 갈대로 만든 횃대에다 불을 붙였다. 그러고는 횃불을 들고 선교관 담벽에서 삼나무 숲으로 오르기 시작했다. 숀 중위는 신부의 하인인 듯이 그 무거운 자루를 등에 지고 신부의 뒤를 따랐다. 그는 일부러 숲으로 다가가면서 인기척을 내느라고 끙끙거렸다.

삼나무 숲까지는 그리 멀지 않았다. 숲 언저리에 이른 신부는, 그 어둠 속에 숨어 있을 와이츄의 병사들을 겨냥해서 소리쳤다.

"요구한 대로 가지고 왔소. 당신네 대장 앞으로 안내해 주시오."

잠시 아무 대답이 없다가 신부의 뒤에서 인기척이 났다. 신부가 돌아섰다. 연기를 내면서 타고 있는 횃불 빛에 와이츄의 부하 둘이 보였다.

"기다리고 있었다. 이 서양 마술쟁이야. 겁내지 말고 앞장서서 걸어라."

두 병사는 참호의 미로와 끝을 뾰죽하게 깎아 세운 대나무 막대기 사이를 지나 숲 한가운데로 두 사람을 안내했다. 신부의 가슴은 걷잡을 수 없이 뛰고 있었다. 병사들이 흙과 삼나무 가지로 엉성하게 엮어 지은 막사를 중심으로 흩어져, 불의의 습격에 대비해서 두 사람 쪽으로 총신이 긴 장총을 겨누었다.

"본관이 요구한 대로 다 가지고 왔소?"

치점 신부는 그 목소리의 임자가 바로 그날 선교관에 왔던 그 포대장임을 알 수 있었다. 그는 천연덕스럽게 거짓말을 했다.

"깡통 식량을 많이 가져 왔소. 당신도 보면 만족할 것이오."

숀 중위는 포대장과 대포 옆으로 다가가 자루를 보여 주었다. 그제야 포대장이 불빛 앞으로 나왔다.

"별로 많지 않군 그래. 돈도 가져 왔소?"

"물론이오."

"돈은 어디 있소?" 포대장은 이렇게 물으면서 자루에 손을 대려 했다. 치점 신부가 기겁을 하고 소리쳤다.

"거기에 있는 게 아니오. 돈은 내 지갑에 있소."

포대장은 자루를 만지려다 말고 신부 쪽을 바라보았다. 불빛에 비치는 그의 모습은 탐욕스러워 보였다. 병사들이 모여들어 신부를 노려보고 있었다.

치점 신부는 어둠 속을 살금살금 움직여 대포 쪽으로 다가가는 쇤 중위를 보면서 그들의 주의를 끌기 위해 소리를 질렀다.

"여러분, 내 말 좀 들어 보시오……. 부탁이오, 제발 우리 선교관을 부수지 말아 주시오. 내 이렇게 사정하오."

포대장의 얼굴에 웃음기가 돌았다.

"부수지 않을 것이오……, 내일까지는."

어둠 속에서 누군가가 낄낄거렸다.

"선교관은 부숴버리고 여자들은 우리가 돌보지."

치점 신부의 가슴은 포대장의 그 말 한 마디에 그대로 얼어붙는 것 같았다. 쇤 중위는 자루를 메고 있기가 힘에 겹다는 듯이 포미^{砲尾} 가까이에 살며시 자루를 내려놓았다. 이마의 땀을 닦는 척하면서 그는 뒷걸음질로 걸어 치점 신부 곁으로 다가왔다. 병사들의 수가 불어나 있었다. 그들은 신부 일행이 가져 온 선물을 보고 싶다고 안달을 부렸다. 신부는 쇤 중위에게 조금이라도 더 시간을 벌어주고 싶어서 다시 포대장에게 말을 걸었다.

"당신의 말이 미심쩍어서 이러는 것은 아니오만, 나는 와이츄 장군의 확인을 받고 싶소."

"와이츄 장군은 시내에 나가시고 안 계시는걸. 나중에 만나시지."

포대장은 이렇게 말하면서 돈지갑을 받으려고 신부 앞으로 다가왔다. 신부는 숀 중위를 곁눈질했다. 숀의 손이 겨드랑 밑으로 들어가고 있었다. 다음 순간에 신부는 권총 소리를 들었다. 총탄은 자루 안에 든 휘발유 깡통에 명중했다. 폭음이 들릴 줄 알고 있던 그에게는, 그 다음에 일어난 일이 이해되지 않았다. 숀 중위는 자루를 향해 세 발을 더 쏘았다. 자루에서 휘발유가 쏟아져 나오는 게 신부의 눈에도 보였다. 총성이 들리는 간격보다 더 짧은 시간에 그는 생각해 보았다. 숀 중위가 총탄으로 휘발유에 점화할 수 있다고 잘못 알고 있거나, 깡통에 든 기름이 휘발유가 아니라 석유였던 게 분명했다. 숀 중위는 와이츄의 부하들을 향해 권총을 쏘아 대며 숲 속에 들어와 있을 자기 부하들에게 공격을 개시하라고 소리를 질러대고 있었다. 치점 신부는 포대장과 여남은 명의 부하들이 숀 중위에 대한 포위망을 좁히고 있는 걸 보았다. 이 모든 일은 생각하는 것보다 빠른 속도로 일어나고 있었다. 그는 견딜 수 없는 절망과 분노를 느꼈다. 그래서 공들여 자루를 겨냥하고 연어 낚싯대를 던지듯이 조심스럽게 횃불을 던졌다.

겨냥은 아름다워 보일 만큼 정확했다. 횃불은 흡사 혜성처럼 어둠을 가르고 날아가 휘발유에 젖은 땅 한가운데 떨어졌다. 바로 그 순간에 엄청난 소리와 빛줄기가 그를 때렸다. 그 밝은 빛을 빛으로 느낄 사이도 없이 흙무더기가 하늘로 날면서 무시무시한 폭풍이 어둠 속으로 그의 몸을 띄웠다. 그는 의식을 잃어본 적이 없었다. 한없이 넓고 한없이 어두운 곳으로 떨어져 가는 것 같았다. 그는 무엇이든 잡으려고 손을 허우적거렸다. 그러나 손끝에는 아무것도 잡히지 않았다. 그저 어둠 속으로 망각의 구렁텅이로 떨어질 뿐이었다.

의식을 되찾았을 때 치점 신부는 넓은 공터에 누워 있었다. 아픈 곳은 없었다. 숀 중위가 그를 깨우느라고 귀를 잡아당기고 있었다. 숀의 머리 위로 붉은 하늘이 보였다. 온 삼나무 숲이 불길에 휩싸여 무서운 소리를 내면서 타오르고 있었다.

"대포는 끝냈소?"

숀 중위가 신부의 귀를 놓고는 안도의 한숨을 쉬면서 일어났다. 거멓게 그을린 그의 얼굴에서 이빨이 유난히 하얗게 빛났다.

"끝냈어요. 와이츄의 부하 삼십 명도 대포와 함께 날아가 버렸어요. 신부님, 축하합니다 내 평생 사람을 그렇게 멋지게 죽이는 걸 본 적이 없어요. 한 번만 더 해 봐요. 그럼 내 기독교인이 되어 버릴 테니까."

그로부터 며칠 동안 치점 신부는 정신적·육체적 혼란에 호되게 시달려야 했다. 삼나무 숲 사건의 여파로 그는 심각한 육체적 피로감에 시달렸다. 그는 낭만주의 소설에나 나오는 혈기 방장한 주인공이 아니라 마흔을 좋이 넘긴, 땅딸막한 중년 사내에 지나지 않았다. 그는 늘 피로와 현기증을 느꼈다. 시도 때도 없이 두통이 오는 바람에 하루에도 몇 번씩 자기 방으로 돌아와 물항아리에 미지근한 물을 떠 놓고 머리를 담그기도 했다. 이러한 육체적인 고통 뒤로는 늘 그보다 더 견디기 어려운 정신적인 고뇌가 뒤따랐다. 그는 기묘한 승리감과, 회한과, 하느님의 사제로서 인간을 죽이는 일을 도왔다는 사실에 대한 양심의 가책이 뒤섞인 착잡한 기분에 사로잡혔다. 신자들의 안전을 위해서 불가피했다는 변명도 될성부르지 않았다. 대폭발 당시 무의식에 각인된 기억도 그를 고통스럽게 했다. 죽음이란 그런 것일까? 완전한 망각의 늪 속으로 꺼져 들어가는……

그날 밤 그가 선교관을 빠져나갔다는 사실을 아는 사람은 폴리 아주머니밖에 없었다. 그는 폴리 아주머니의 조용한 시선이, 부쩍 말수가 준데다 나날이 수척해 가는 자신의 모습과, 포대가 있던 자리의 타다 남은 삼나무 그루터기로 옮겨 다니고 있다는 것을 어렴풋이 느끼고 있었다. 폴리 아주머니가 그가 들으라는 듯이 했던 평범한 한 마디 말은 참으로 의미심장했다.

"누군가가 우리를 위해 좋은 일을 해 주었군. 저 보기 싫던 것을 싹 쓸어 버렸으니 말이다."

파이탄 외곽과 동쪽의 언덕에서는 전투가 계속되고 있었다. 나흘 째 되는 날 선교관으로는 전세가 와이츄에게 불리해졌다는 소식이 날아들었다.

주말에는 사방에서 구름이 몰려와 파이탄의 날씨는 음산했다. 주일의 파이탄은, 잊어버릴 만하면 한 차례씩 총소리가 들릴 뿐 대체로 조용했다. 치점 신부는 사제관 발코니에서, 서문으로부터 초록색 군복을 입은 와이츄의 군대가 줄지어 나오는 것을 보았다. 퇴각하는 와이츄의 잔당들임이 분명했다. 대부분의 와이츄 반군이, 나이안의 군대에 사로잡혀 반도로 처형당하는 것이 두려워 무기를 버리고 난민들에게 합류했다는 소식도 들어왔다. 치점 신부는 이것을 와이츄가 퇴각하기 시작했다는 증거, 나이안과 협상할 근거를 잃었다는 증거로 이해했다.

선교관 뒤쪽에는 대나무 숲이 있었다. 사람들이 들어가 있어도 시내에서는 보이지 않는 숲이었다. 바로 이 숲에 와이츄의 패잔병들이 모여 있었던 모양이다. 겁에 질려 중구난방으로 떠들어 대는 이들의 목소리는 선교관까지 들려 왔다.

오후 3시에 클로틸드 수녀가 잔뜩 흥분한 채 치점 신부에게 달려왔다. 신부는 심란해서 선교관 뜰을 걷고 있던 중이었다.

"안나가 선교관 뒷담 너머로 패잔병들에게 먹을 것을 던져주고 있습니다. 안나와 사귀고 있는 문제의 병사도 거기에 있는 것 같습니다……. 함께 이야기도 나누었습니다."

치점 신부는 자신의 문제로 몹시 짜증스러워하고 있던 참이라서 퉁명스럽게 대꾸했다.

"먹을 것이 필요한 사람에게 먹을 것을 주는 것이야 나무랄 일이 아니지요."

"하지만 그 자는 사람의 목도 딴다는 망나니들 패거리에 속해 있습니다. 무섭습니다. 밤중에 들어와 해코지를 할지도 모릅니다."

"자기 자신의 목을 너무 그렇게 아끼지 마세요. 순교는 천국으로 통하는 지름길이랍니다."

치점 신부가 내뱉듯이 한 말이었다.

석양 무렵이 되자 와이츄의 패잔병들이 성문에서 몰려 나왔다. 그들은 만츄 교를 지나 '녹옥의 언덕'을 올라와서는 선교관 옆을 지나갔다. 글자 그대로 오합지졸의 무리였다. 얼굴이 시커멓게 그을린 그들은 옆도 돌아보지 않고 도망쳤다.

밤이 오자 그때부터 진짜 난장판이 시작되었다. 곳곳에서 고함소리, 총소리, 말발굽 소리가 들려 왔다. 들판에서는 횃불도 번쩍거렸다. 치점 신부는 선교관 정문 앞으로 나와 울적한 마음으로 이 광경을 내려다보고 있었다. 그렇게 들판을 구경하고 있는데 뒤에서 발걸음소리가 났다. 그는 뒤를 돌아다보았다. 어렴풋이 짐작은 했지만 역시 안나였다. 선교관 고아원 제복 단추를 턱 밑까지 잠근, 단정한 차림을 하고 나온 안나는 보따리를 하나 들고 있었다.

"안나, 어딜 가느냐?"

안나는 가볍게 비명을 질렀으나 곧 안나 특유의 배짱으로 신부와 맞섰다.

"어딜 가든 그건 내 자유입니다."

"나에게 말하지 않을 참이냐?"

"하지 않겠습니다."

그는 표정을 부드럽게 짓고는 태도를 바꾸었다. 더 이상 잡아둘 필요가 없겠다고 판단했던 것이다.

"안나, 우리를 떠나기로 결심한 게로구나. 틀림없지? 내가 무슨 말을 하든, 내가 어떻게 하든 그 결심을 바꾸지 않겠지?"

"오늘은 이렇게 잡혔지만요, 다음에는 신부님도 어쩔 수 없을 거예요."

그는 주머니에서 열쇠를 꺼내어 문을 따주면서 속삭였다.

"안나, 다음이라는 것은 없다……, 어디로 가든 상관하지 않겠다."

안나는 놀랐던 모양이다. 그 큰 눈이 더 커지는 것이 신부의 눈에 보였다. 그러나 안나는 고맙다는 말은 고사하고 작별 인사한 마디 없이, 보따리를 든 채 문을 빠져 나갔다. 정문을 나선 안나는 곧 패잔병 무리가 있는 곳으로 달려갔다.

치점 신부는 맨머리로 거기에 서 있었다. 패잔병들이 선교관 정문 앞을 지나고 있었다. 바로 그때 대열 뒤쪽에서 고함소리가 들려왔다. 신부는 횃불 빛을 받으며 말탄 자들이 앞으로 나오고 있는 것을 보았다. 그들은 앞을 가로막고 천천히 움직이는 무리를 가르면서 다가오고 있었다. 선교관 문 앞에 이르렀을 때 말탄 자 중 하나가 난폭하게 말고삐를 챘다. 신부는 횃불 빛을 받으며 말 잔등에 앉아 있는 사내의 얼굴을 보았다. 인간의 얼굴이 아니라 믿어지지 않을 만큼 무시무시한 사신^{死神}의 얼굴이었다. 눈은 쭉 찢어진데다 눈꼬리가 가늘었고, 불거진 이마는 비좁기 짝이 없었다. 말탄 자는 치점 신부에게 차마 입에 담을 수 없는 욕지거리를 해 대고는 금방이라도 내리칠 듯이 칼 잡은 손을 둘러메었다. 그러나 치점 신부는 꼼짝도 하지 않았다. 폭력에 전혀 개의치 않는 듯한, 혹은 모든 것을 포기해 버린 듯한 신부의 부동의 자세는 그를 몹시 당황하게 한 것 같았다. 이때 뒤에서 누군가가 다급하게 외쳤다.

"빨리 빨리……, 와이츄 장군……. 빨리 투엔라이로 가야 합니다. 놈들이 추격해 오고 있습니다."

와이츄는 어쩔 수 없다는 듯이 칼을 잡고 있던 그 손을 떨어뜨렸다. 그는 박차를 가해 말을 앞으로 내몰면서 허리를 구부리고는 치점 신부의 얼굴에다 한 덩어리가 족히 되는 침을 뱉었다. 그러고는 어둠 속으로 사라졌다.

다음 날, 유난히 찬란한 아침이 밝자 교회의 종이 울리기 시작했다. 푸 씨가 자진해서 종탑으로 뛰어올라 종을 울리고 있는 것이었다. 그는 기쁨을 이기지 못하고 숱이 적은 수염을 흩날리며 종 줄을 잡아당겼다. 피난민 신자들 대부분은 귀향 준비를 끝내고는 환한 얼굴로 선교관 신부님의 말씀을 기다리고 있었다. 아이들이란 아이들은 모두 마당에 나와 웃고 떠들어 대고 있었다. 옆에서는 마르타 수녀와 베로니카 원장 수녀가 뛰노는 아이들을 바라보고 있었다. 이 두 수녀는 2미터 이내로 접근해 있는 것으로 보아 사이가 좋아진 모양이었다.

클로틸드 수녀까지도 아이들과 함께 뛰어다니면서 공을 던지고 받으면서 재미있게 놀고 있었다. 폴리 아주머니는 여느 때처럼 채소 밭 한가운데 자리를 잡고 꼿꼿이 앉아, 인생은 일상의 되풀이에서 더도 덜도 아니라는 태도로, 새로 사온 털실을 감고 있었다.

치점 신부가 사제관 계단을 내려오자 품안에 젖먹이 아이를 안은 요셉이 다가와 들뜬 목소리로 아침 인사를 했다.

"신부님, 이제 끝났습니다. 나이안 장군이 승리한 것입니다. 나이안 장군은 우리에게 평화를 약속했습니다. 오래오래 평화롭게 살 수 있게 해 주겠다고 약속했습니다."

그는 아이를 높이 안아 올리면서 말을 이었다.

"내 아들 조슈아, 이제 전쟁 같은 것은 없다. 이제 눈물도 피도 흘릴 필요가 없다. 평화, 오직 평화가 있을 뿐이다."

치점 신부는 형용할 수 없는 슬픔을 느꼈다. 신부는 말랑말랑한 조슈아의 뺨을 손등으로 비볐다. 그러고는 한숨과 함께 웃었다. 아이들과 그가 그토록 사랑하던 선교관 피난민들(무서운 죄를 짓는 것도 마다하지 않고 구해 놓은)이 그의 주위로 모여들었다.

10

그해 1월 말, 그 지겹게 영광스러운 승리의 보람이 파이탄에 나타나기 시작했다. 치점 신부는 폴리 아주머니에게 그 꼴을 보이지 않게 된 것을 그나마 다행으로 여겼다. 폴리 아주머니는 그 전 주일에 영국으로 돌아갔다. 이별은 힘들었지만 치점 신부는, 보내드리는 편이 서로를 위해 좋을 것 같아 그렇게 했던 것이다.

아침나절, 치점 신부는 마당을 가로질러 진료소로 가다가 쌀 배급을 받으려고 늘어선 사람들을 바라보았다. 그는 배급 받으러 온 사람들의 줄이 선교관 담벽을 둘러싸고 있던 전날 일을 생각했다. 와이츄가 퇴각하면서 추수를 앞둔 논밭에다 불을 지르는 바람에 인근의 곡식이 깡그리 논밭에서 타 버렸던 것이다. 고구마의 소출도 보잘것없었다. 남정네와 무소를 전쟁터에 빼앗기고, 여인네들이 지어낸 농사라 그나마 추수할 양이 예년의 절반밖에 되지 않던 터였다. 종류가 무엇이든 곡물이라는 곡물은 다 품귀 현상을 빚고 있었다. 따라서 값은 하루가 다르게 뛰어올랐다. 파이탄 시내에서도 통조림이 여느 때의 50배에 해당하는 값에 거래되고 있었다. 이 값도 어제 오늘이 달랐다.

그는 사람들을 헤치고 배급소 안으로 들어갔다. 세 수녀가 각각 하나씩의 옻칠한 쌀궤 앞에 나무 되를 들고 서서 사람들이 내미는 그릇에다 쌀을 한 되씩 퍼주는 단조로운 일을 계속하고 있었다.

치점 신부는 한동안 이들을 바라보며 서 있었다. 사람들은 아무 말 없이 끈기 있게 기다리다 쌀을 받아갔다. 들리는 소리라고는 마른 쌀알이 싸각거리는 소리뿐이었다. 그가 마리아 베로니카 수녀에게 말했다.

"이 짓도 계속하기 어렵겠어요. 내일부터는 이나마 반으로 줄이는 수밖에 없을 것 같군요."

"어쩔 수 없지요."

지난 몇 주일 동안의 과로로 원장 수녀의 얼굴이 전보다 더 창백해 보였다. 원장 수녀는 신부에게서 시선을 거두어 쌀궤를 내려다보았다.

그는 두어 번 밖으로 나가 남아 있는 사람 수를 세어 보았다. 다행히도 줄이 짧아져가고 있었다. 그는 다시 마당을 가로질러 지하 창고로 내려가 남아 있는 식량 재고를 살펴보았다. 그는 두 달 전에 챠 씨에게 청을 넣어두기를 잘 했다고 생각했다. 그러나 매일 많은 양을 소비해야 하는 쌀과 고구마 재고량이 이미 위험한 수준에 와 있었다. 그는 선 채로 이런저런 생각을 해 보았다. 그는 값이 높다고는 하나 파이탄에 가면 구입할 수 있을 것이라고 생각했다. 그래서 구호 기금을 요청하기로 결심하고 선교관이 생긴 이래 처음으로 긴급 구호 기금 요청 전문을 외방전교회 본부로 보냈다. 그러나 한 주일 뒤에 온 답신의 내용은 다음과 같았다.

'구호 기금 송금 불가능함. 전시임을 상기하고, 귀하가 이곳에 있지 않은 것만도 다행으로 여길 것. 적십자 활동으로 몹시 분망함. 안셀름 밀리.'

치점 신부는 무표정한 얼굴을 하고 초록색 전보용지를 구겨 버렸다. 그날 오후 신부는 선교관에 있는 돈이라는 돈은 모조리 긁어모아 들고 시내로 나갔다. 그러나 이미 때늦은 다음이었다. 그는 아무것도 살 수 없었다. 곡식 시장은 폐쇄된 지 오래였다. 큰 가게에 물건이 조금씩 있기는 했으나 대개가 보관이 불가능한 참외, 홍당무, 민물고기 같은 것들뿐이었다.

잔뜩 실망한 그는 오는 길에 초롱시장 거리에 있는 메더디스트 선교관에 들러 피스크 박사와 한동안 이야기를 나누고는 챠 씨의 집을 찾아갔다.

챠 씨는 신부를 반갑게 맞아주었다. 두 사람은 계피와 사향과 삼나무 냄새가 나는 그의 집무실에서 차를 마시며 이야기를 나누었다. 식량 부족 사태에 이야기가 미치자 챠 씨가 고개를 끄덕이면서 이런 말을 했다.

"사실입니다. 문제는 바깥사람들이 여기에 별 관심을 기울이고 있지 않다는 데 있습니다. 나는 파오 씨를 체코우로 보내어 새 정부로부터 확실한 보증 같은 것을 받아오게 했습니다."

"성공할 것 같습니까?"

챠 씨는 신부가 전에도 몇 번 들은 적이 있는 상당히 냉소적인 어조로 대답했다.

"그렇겠지요. 하지만 관심을 기울여주겠다는 약속은 구호 대책을 수립하겠다는 약속이 아닙니다."

"곡식 창고에는 많은 양의 곡식이 있다고 들었습니다만……"

"나이안 장군이 한 되도 안 남기고 다 긁어 갔습니다. 이 도시의 양식을 모조리 가져 가 버린 것이지요."

"시민들을 굶주리게 하지 않을 사람이라던데요? 자기를 도와 와이츄를 격퇴시키면 잘살게 해 주겠다고 약속한 분이 아니던가요?"

"지금은 인구를 줄여 주었으니 잘살게 해 준 거나 다름이 없지 않느냐는 나름의 소신을 피력하고 있지요."

할 말이 없어지는 대목이었다. 치점 신부는 식량을 구할 방도를 궁리하다가 입을 열었다.

"피스크 박사에게 많은 곡식이 온다는 것은 그나마 고무적인 소식입니다. 박사의 말에 따르면 베이징에 있는 그네들 전도회 본부가 정크 세 대 분의 곡식을 보내주겠다고 약속했다는 것입니다."

"호, 그거 잘 됐군요."

"대수롭지 않게 여기시는군요."

챠 씨는 빙그레 웃으면서 대답했다.

"베이징에서 파이탄까지는 이만 리 길. 도중에 굶는 백성이 수두룩합니다. 나의 초라한 견해입니다만, 신부님, 한 육 개월 뼈를 깎는 고생을 각오해야 합니다. 중국에 그럴 만한 일이 일어나게 된다는 뜻입니다. 어쩝니까? 견디는 사람은 살아남을 것입니다. 중국도 살아남을 것입니다."

다음 날 치점 신부는 쌀 배급을 받으러 온 사람들을 돌려세우지 않을 수 없었다. 가슴 아픈 일이었지만 그로서는 배급소문을 닫지 않을 수 없었다.

그는 요셉에게 지시해서 사람들을 돌려보내되 극빈자의 이름만 특별히 적어 두게 했다. 나중에 개인적으로 방문할 계획이었다.

사제관으로 돌아온 그는 곧 선교관의 새로운 급양 계획을 시행하게 했다. 계획이 시행되자 아이들은 처음에는 의아해하다가 곧 샐쭉해졌고 그 다음에는 생기를 잃었다. 끼니때마다 아이들은 양이 적다고 불평하면서 더 달라고 보채기도 했다. 단 것과 씹을 것이 부족해지자 아이들은 힘을 잃었다. 곧 체중도 떨어지기 시작했다.

메더디스트 선교관에서는 좋은 소식이 오지 않았다. 온다던 정크선은 이미 3주일째 오지 않고 있었다. 피스크 박사의 얼굴에는 실망하는 기색이 완연했다. 박사의 급양소도 문을 닫은 지 한 달이 넘는 터였다. 파이탄 시민들은 기력을 잃고 일종의 허탈 상태를 보이고 있었다. 얼굴에는 생기가 없었고, 몸짓에는 날랜 구석이 없었다.

이윽고 우려하던 사태가 나타나기 시작했다. 중국이라는 나라의 역사만큼이나 유서 깊은 집단 이주의 대열이 보이기 시작한 것이다. 사람들은 아이들을 데리고 아무 기약도 없이 남쪽으로 떠나기 시작한 것이다.

이러한 이주 현상을 바라보는 치점 신부의 가슴은 찢어지는 것 같았다.

사람들이 굶주림을 견디다 못해 즐비하게 쓰러진 거리, 죽음의 정적이 감도는 도시에 대한 환상이 치점 신부를 괴롭혔다. 그는 드디어 눈에 띄기 시작한 이주 대열을 바라보면서 한 가지 결론을 내렸다.

페스트가 만연할 때 그랬듯이 그는 이번에도 요셉을 불러, 긴급한 상황을 이해시키고는 무거운 마음의 짐을 지워 심부름을 보내기로 한 것이다.

요셉이 선교관을 떠난 그 이튿날 치점 신부는 식당에 들러 남은 쌀을 풀어 아이들에게 먹이라고 명했다. 창고에는 마침 무화과 한 상자도 남아 있었다. 그는 이 상자를 들고 올라와서는 아이들에게 한 개씩 먹였다.

음식이 나아지자 선교관 분위기는 금방 눈에 띄게 좋아졌다. 그러나 마르타 수녀만은 텅 빈 지하 창고와 인심 쓰는 치점 신부를 번갈아 바라보면서 볼멘소리를 했다.

"신부님, 무슨 생각을 하시는지요? 신부님……, 무슨 대책 마련이……, 있으신 거지요?"

"마르타 수녀, 토요일이 되면 알게 될 거요. 가서 원장 수녀에게 그 동안만이라도 아이들에게 특별 급식을 계속하라고 전해 줘요."

마르타 수녀는 마리아 베로니카 원장 수녀에게 이 말을 전하러 갔다. 그러나 마리아 베로니카의 모습은 어디에도 보이지 않았다. 참으로 이상한 일이었다.

그날 오후가 되었는데도 마리아 베로니카 수녀는 모습을 나타내지 않았다. 매주 화요일 바구니 공예실에서 열리는 바구니짜기 강습에도 그녀는 나타나지 않았다. 3시까지도 나타나지 않았다. 두 수녀가 흩어져 찾아볼 만한 곳은 다 찾아보았다. 마리아 베로니카 수녀는 5시가 넘어서야 아이들에게 저녁을 준비해주러 주방으로 나왔다.

창백한 모습이었다. 어디에 가 있었는지, 왜 가 있었는지 그녀는 설명하려 하지 않았다.

그날 밤 마르타 수녀와 클로틸드 수녀는 수녀원에서 들리는 이상한 소리에 잠을 깼다. 분명히 원장 수녀의 방에서 들리는 소리였다.

다음 날 아침 마르타 수녀와 클로틸드 수녀는 세탁실 구석에서, 마당을 가로질러 가는 마리아 베로니카 수녀를 바라보면서 소곤거렸다. 원장 수녀의 꼿꼿하고 위엄이 있는 몸가짐에는 변화가 없었으나 걸음걸이가 전에 비해 느려 보였다.

마르타 수녀가 오래 참던 말을 했다.

"자제력이 무너져 버린 모양이지요? 어젯밤의 그 울음소리, 들었죠?" 손으로 빨래를 짜고 있던 클로틸드 수녀가 대답했다.

"위대한 독일제국이 무너졌다는 소식이라도 들은 모양이지요? 우리는 아직 못 들었는데."

"그래요, 뭔가 끔찍한 일이 생긴 게 분명해요. 사실 말이지만, 저주받은 보쉐('풋내기 고집통'. 1차대전 당시 독일군 병사를 지칭하던 말)만 아니라면 동정하지 못할 것도 아니죠."

"원장 수녀가 우는 소리는 처음 들어봤어. 정말 불쌍한 여자예요. 자존심이 강한 사람이니까 참는 것도 그만큼 어려울 거예요."

"독일이 무너졌다면 자존심 같은 게 무슨 소용이에요? 우리가 저 지경이 되었다고 해봐요. 저 여자가 우리를 동정할 것 같아요? 대단히 미안하지만 그렇지 않을 거예요. 그러니까 하던 일이나 계속해요."

주일 아침 말 탄 사람들 무리가 광산 쪽에서 내려와 선교관으로 올라왔다. 치점 신부는 요셉으로부터 류치 씨 일행이 도착했다는 소식을 듣고 수위실로 내려갔다. 류치 씨가 류씨 마을 사람 셋을 데리고 온 것이다. 치점 신부와 류치 씨는 손을 마주 잡고 반갑게 인사를 나누었다.

"이렇게 와 주셔서 정말 고맙습니다. 하느님께서는 이 빚을 갚아주실 것입니다."

신부의 말에 류치 씨는 그 순박한 얼굴에 웃음을 가득 담고 대답했다.

"예상하시던 것보다는 도착이 늦었지요? 말을 모으는데 시간이 좀 걸렸습니다."

류씨 일행은 서른 마리쯤 되는 고지대 야생마를 몰고 왔다. 고삐는 있었지만 말 잔등에는 안장 대신 바랑 망태기가 양쪽으로 늘어져 있었다. 야생마 무리는 선교관에서 마련해 준 건초를 배불리 먹었다. 치점 신부의 표정은 더없이 밝았다. 그는 류씨 일행을 요셉의 집으로 안내하여 쉬게 했다. 요셉의 아내는 이미 음식 마련을 끝내고 시아버지 류씨를 기다리고 있었다.

치점 신부는 원장 수녀를 찾아갔다. 원장 수녀는 마르타 수녀와 클로틸드 수녀와 상급 학년 처녀들에게 조용히 한 주일 동안 쓸 상보, 침대보, 수건 같은 것을 넘겨주고 있었다. 신부는 만족스러운 듯이 웃으면서 말했다.

"여러분들에게 기분 전환을 좀 시켜줄 참이에요. 기근을 피해 얼마간 류씨 마을에 가 있는 겁니다. 거기에 가면 식량 같은 것은 얼마든지 있답니다. 마르타 수녀는 거기에서 돌아올 때쯤이면 양고기 요리의 명수가 되어 있겠지요. 여러분에게도 아주 좋은 경험이 될 수 있을 것입니다. 애들에게는…… 멋진 방학이 될 것이고요."

수녀들과 상급 학년 처녀들의 놀라움은 이만저만이 아니었다.

마르타 수녀와 클로틸드 수녀는 단조로운 생활에서 풀려나 짜릿한 모험을 할 수 있을 것이라는 생각에서 이 소식을 웃음으로 반겼다.

"원장 수녀님, 틀림없이 또 오 분 안에 준비를 끝내라고 다그치시겠죠?"

마르타 수녀가 원장 수녀에게 다정하게 웃는 얼굴을 보이면서 동의를 구하는 듯이 물었다. 몇 주 만에 처음으로 마르타 수녀가 보인 화해의 몸짓이었다. 그러나 마리아 베로니카 원장 수녀는 그 화해의 몸짓을 받아들이는 어떤 표시도 내비치지 않았다. 치점 신부가 웃으면서 어색한 분위기를 수습했다.

"빨리 준비하는 게 좋을 거요. 어린아이들은 말 잔등에 걸려 있는 바랑 망태기에다 태웁니다. 큰 아이들은 걸리면서 교대로 태워주면 될 겁니다. 밤에도 날씨가 이렇게 좋으니까 고생은 안 되겠지요. 류치 씨가 도와 줄 겁니다. 오늘 출발하면 한 주일 안에는 마을에 도착할 수 있겠지요."

"출애굽이 따로 없네요."

클로틸드 수녀가 웃었다. 치점 신부는 고개를 끄덕였다.

"요셉에게 내 비둘기 통을 주어 보내지요. 아침에 한 마리씩 날려 보내면, 비둘기 편에 여러분이 어디쯤 가 있는지 알 수 있겠지요."

"아니, 그럼 신부님께서는 함께 안 가신다는 말씀이신가요?"

마르타 수녀와 클로틸드 수녀가 이구동성으로 물었다. 치점 신부는, 수녀들이 섭섭하게 여겨주는 게 반가웠다.

"나는 며칠 뒤에 합류하게 됩니다. 당분간은 누군가가 이 선교관을 지켜야 하지 않겠어요? 원장 수녀님과 두 분 수녀님들은, 말하자면 변방 개척자가 되는 겁니다."

"저는……, 갈 수 없습니다."

원장 수녀가 천천히 말했다. 아무도 그 말을 잇지 못했다. 치점 신부는 처음에는 원장 수녀가 나머지 두 수녀와 함께 가는 게 싫어서 그러는 것인 줄 알았다. 그러나 원장 수녀의 표정으로 봐서는 그게 아니었다.

"재미있는 여행이 될 겁니다. 기분 전환에도 좋을 것이고……."

"저는 그보다 더 긴 여행을 해야 합니다……. 그것도 빠른 시일 내에."

이 말에도 대꾸하는 사람이 없었다. 원장 수녀는 천천히 일어서서 먼 곳으로 시선을 던지면서 담담한 목소리로 말을 이었다.

"독일로 돌아가야 합니다. 거서 처리할 일이 생겼습니다……. 재산을 저희 수녀회에……, 오라버니께서……, 싸우다 전사하셨습니다."

원장 수녀가 이 말을 하기 전에 이어지던 침묵의 골도 깊었지만 이 말을 한 다음에 이어지는 침묵의 골은 그것과는 비교도 되지 않을 만큼 깊었다. 클로틸드 수녀는 울음을 터뜨렸다. 마르타 수녀는 우리에 갇혀 발버둥치다가 이윽고 저항을 단념하는 짐승처럼 고개를 꺾었다. 치점 신부는 수녀들의 얼굴을 하나씩 살펴보고는 가만히 그 자리를 떠났다.

선교관 식구들이 류씨 마을에 도착했다는 소식이 오고 나서 나흘 후 마리아 베로니카의 출발 준비가 끝났다. 치점 신부에게는 마리아 베로니카 원장 수녀가 떠난다는 사실이 믿어지지 않았다. 류씨 마을에서 날아온, 비둘기 편의 소식에 따르면 아이들은 불편하기는 하나 그런대로 꽤 쾌적한 숙사를 배정받아 지내고 있었다. 수녀들은 고원 지대의 공기가 아이들의 건강에도 좋아 보인다는 소식을 보내어 오고 있었다. 치점 신부는 선교관 식구들을 그곳으로 보내기로 한 자기의 결심을 내심 만족스럽게 여겼다. 그러나 떠나는 마리아 베로니카는 치점 신부를 견딜 수 없게 만들고 있었다. 마리아 베로니카 원장 수녀와 함께, 긴 장대에다 짐을 꿰어 둘러메고 가는 두 짐꾼 뒤를 따라 부두로 나가면서 치점 신부는 문득 버림이라도 받은 듯한 심한 절망감을 느꼈다.

짐꾼들이 짐을 거룻배에 실을 동안 두 사람은 강둑에 서 있었다. 두 사람의 등 뒤에서 음울한 도시의 소음이 들려 왔다. 강 한가운데엔 거룻배의 선객들을 태우고 떠날 정크 선이 떠 있었다. 그 뱃전에서 찰랑거리는 황토색 누런 강물이 잿빛 수평선까지 펼쳐져 있었다.

치점 신부는 원장 수녀에게 자기의 마음을 나타낼 수 있는 적당한 말을 찾지 못해 가만히 있었다. 원장 수녀는 그에게 늘 일을 도와주었고, 격려해 주었고, 동료애를 아끼지 않은, 참으로 우아하고 훌륭한 여성, 참으로 의지가지가 되는 존재였던 것이다. 치점 신부는 둘이서 큰일을 이룬다는 엄청난 희망에 사로잡혀 있었던 참이었다. 그런데 원장 수녀는 뜻밖에도, 마치 도망이라도 치는 듯이 미지의 상황을 향하여 혼란의 소용돌이로 떠나고 있는 것이었다.

신부는 한숨을 쉬면서 쓰디쓴 미소를 머금은 채 원장 수녀에게 말했다.

"내 조국과 원장의 조국은 교전 중이오. 그러나……, 기억해 주시오……, 나는 원장의 적이 아니오."

참으로 치점 신부다운, 늘 존경해 마지않던 치점 신부만이 할 수 있는 이 인사에는, 그렇게 강철 같던 원장 수녀의 결심도 흔들리기 시작했다. 신부의 깡마른 몸매, 수척한 얼굴, 그리고 얼마 남지 않은 머리숱을 바라보는 원장 수녀의 아름다운 눈에는 눈물이 괴고 있었다.

"신부님……, 신부님은 좋은 분이셨습니다. 저는 신부님을 잊지 않을 것입니다."

원장 수녀는 신부의 손을 힘 있게 쥐었다 놓고는, 자기를 정크 선으로 실어다 줄 거룻배로 재빨리 올라섰다. 치점 신부는 오래 들고 다니던 예의 그 격자무늬 천으로 만든 우산을 짚은 채 강둑에 서서 정크 선이 하나의 점으로 보일 때까지, 그러다 하늘과 맞닿아 있는 수평선 저쪽으로 사라질 때까지 서 있었다.

치점 신부는 마리아 베로니카 수녀 모르게 짐 속에다, 옛날 신학원 시절에 타란트 신부로부터 받았던 스페인의 성모상을 넣어 보낸 참이었다. 그에게 값나가는 물건은 그것밖에 없었기 때문이다. 그는 원장 수녀가 언젠가 그 성모상을 예찬하는 것을 보고 원장 수녀 모르게 그 성모상을 작별 선물로 준 것이다.

치점 신부는 천천히 걸어 선교관으로 돌아왔다. 선교관으로 들어선 그는 마리아 베로니카가 아름답게 손질해 놓은 뜰 앞에서 걸음을 멈추고 잠시 그녀가 뜰에다 가꾸어 놓은 고요와 평화를 음미했다. 백합은 바야흐로 그 향기를 뜰 하나 가득 내뿜고 있었다. 치점 신부와 함께, 식구들이 모두 떠난 선교관을 지키는 정원사 푸 씨는 허리를 구부리고 그 꼼꼼한 손길로 진달래 가지를 손질하고 있었다. 치점 신부는 심한 피로를 느꼈다. 오랫동안 견디어 왔던 피로가 일시에 몰려 온 것 같았다. 인생의 한 장章이 끝난 것 같다는 느낌이 그를 괴롭혔다. 그는 처음으로 자신이 늙어가고 있음을 실감했다. 그는 반얀나무 밑에다 원장 수녀가 갖다 놓은 소나무 탁자 앞에 앉아 두 팔을 탁자 위에다 놓았다. 그가 살며시 얼굴을 두 손으로 감쌌지만, 허리를 구부리고 진달래를 손질하던 푸 씨는 이를 보고도 못 본 체했다.

11

 넓은 반얀나무 잎은 여전히, 뜰에다 내어놓은 탁자 앞에 앉아 일기장을 넘기고 있는 치점 신부에게 그늘을 드리우고 있었다. 감동적인 대목이 있었는지 일기장을 넘기는 그의, 힘줄이 드러난 손은 가볍게 떨리고 있었다. 정원사 푸 씨는 세상을 떠난 지 오래여서, 만약에 예전처럼 그가 신부를 보고 있다면 하늘나라에서 내려다보고 있을 터였다. 푸 씨의 후임인 두 젊은 정원사가 허리를 구부리고 진달래를 손질하고 있었다. 키가 작고 성격이 온순한 중국인 보좌 신부인 츄(周) 신부가 멀찍이 떨어져 서성거리면서 치점 신부에게 따사로운 시선을 던지고 있었다.

8월의 태양이 황금빛 포도주 색깔로 쏟아지는 선교관 경내는 가볍게 들떠 있는 것 같았다. 운동장에서는 노는 시간을 맞아 웃고 떠들어 대는 아이들 목소리가 들려 왔다. 치점 신부는 시계를 보지 않고도 시각을 알 수 있었다. 아이들이 노는 것으로 미루어 11시임을 알 수 있었다. 그는 '아이들'이라는 표현보다는 '아이들의 아이들'이라는 표현을 더 좋아했다……. 그는 황망히 왔다가는 도망치듯 떠나 버린 한해 한해의 세월을 생각했다. 그에게 세월은 너무 빨랐다.

생각에 잠긴 그의 눈앞에 커다란 우유 잔을 든, 웃음을 띤 평퍼짐한 얼굴이 하나 다가왔다. 그는 다가오는 머시 메어리 원장 수녀를 바라보면서 눈살을 찌푸렸다. 공연한 시중으로 자기를 늙은이 취급하는 게 싫었기 때문이다. 그의 나이는 겨우 예순 일곱……, 다음 달이 되어야 예순 여덟……. 그가 생각하기에는 젊은이 대접을 받아야 마땅한 나이였다.

"우유 같은 건 가지고 오지 말라고 했는데요?"

머시 메어리 원장 수녀는 달래는 표정으로 웃었다. 볼수록 건강하고 시원시원해 보이는 수녀였다.

"신부님, 그렇게 길고 험한 여행을 고집하시는 한 오늘은 꼭 드셔야 합니다. 왜 그렇게 불필요한 여행을 고집하시는지 모르겠습니다. 츄 신부님과 피스크 박사님만 가시게 해도 될 텐데요."

"정말 모르겠소?"

"정말 모르겠습니다."

"원장, 유감이군요. 원장의 머리가 어떻게 된 게 분명해요."

원장 수녀는 어이가 없다는 듯이 한바탕 웃고는 신부를 달래려고 했다.

"신부님, 조슈아에게, 신부님께서 안 가시기로 결심하셨다고 할까요?"

"아니오, 한 시간 내에 말에다 안장을 얹어두라고 하세요."

치점 신부는 질렸다는 듯이 고개를 내저으며 안으로 들어가는 원장 수녀의 모습을 바라보다가 자기 고집을 관철한 사람 특유의 웃음을 지었다. 그는 훼방꾼이 없어진 것을 다행으로 여기면서 천천히 우유를 마시고는, 앞에 펴놓고 있던 일기장을 계속해서 읽기 시작했다. 모서리가 다 닳은 일기장을 펼쳐 놓고 마음 내키는 대로 아무 페이지나 읽는 것은 그가 새로 몸에 붙인 습관이었다. 이날 그가 펼친 페이지는 1917년 10월 어느 날의 일기였다.

……파이탄의 형편이 나날이 나아져 가고 있고, 벼농사는 풍작일 듯한 데다 아이들도 류씨 마을에서 무사히 돌아왔다. 그런데도 나는 왜 기운이 빠져 있는지 모르겠다. 그러나 오늘 있었던 작은 일만

은 그런 나에게도 퍽 기분 좋은 일이었다.

감독 사제의 의견에 따라 센샹에서 열린 연례회의 때문에 나흘 동안 선교관을 비운 참이다. 관구에서 가장 멀리 떨어진 곳에 있는 나는 그런 관비 여행을 번거롭게 생각했었는데…… 실제로 우리 선교사들은 수도 적고 서로 너무 멀리 떨어져 있다. 회의 참석자는 티보도 신부의 후임인 서레트 신부와, 체코우 지역에서 온 세 중국인 신부, 그리고 라카이羅開에서 온 네덜란드 인 반다인 신부뿐이어서 이런 회의를 위해 그렇게 오래 뱃길을 올 필요가 있었을까 싶었다. 그러나 상당히 바람직한 '의견 교환'이 있었다. 나는 '공격적인 기독교 선교 방법'을 내용으로 하는 반론을 펴고, '선교사들은 복음서만을 달랑 들고 들어와서는 우리의 땅덩어리를 들고 나간다.'던 파오 씨 종제의 말을 인용하면서 열변을 토했다. 이 일로 서레트 신부를 몹시 불쾌하게 만들었던 모양이다. 서레트 신부는 완력 행사하기를 마다하지 않는 사람, 센샹 인근 20리에 걸쳐 산재하던 아름다운 불교 사원을 쓸어버리고, 하루에 자그마치 5만 명을 개종시켰다고 주장하는 사람이기도 하다.

돌아오는 길에 줄곧 그 자리에서 내가 한 말을 후회했다. '또 어처구니 없는 실수를 했다. 오 하느님, 제 혀를 다스리시어 다시는 실언하는 일이 없게 하소서.' ……이런 말을 일기장에다 쓴 것이 도대체 몇 번이나 되었던가. 센샹에서 그 사람들은 대체 나를 뭘로 알았을까?

참회하는 뜻으로 배를 타고도 객실을 쓰지 않았다. 갑판에서 지내는데 내 옆자리에는 큰 쥐를 잔뜩 넣은 상자를 들고 다니는 사람이 있었다. 이 사람은 내 눈앞에서 끼니때마다 이 쥐를 잡아 맛있게 먹었다. 이런 사람이 옆에 있는데다, 연일 큰비가 와서 강물이 불어나는 바람에 고생을 적지 않게 했다. 고생해도 싸지.

초주검이 되어 파이탄에 이르러 배에서 내렸다. 마중 나온 사람이 있을 턱이 없었다. 그런데 강둑 위에는 노파 한 사람이 나를 기다리고 있었다. 가까이 가 보니 뜻밖에도, 내란 때 우리 선교관 담벽 아래에서 낡은 분유 깡통에다 콩을 삶던 허^{許} 노파였다. 허 노파는 우리 교구에서 제일 가난한 사람, 가장 천한 사람이다.

놀랍게도 나를 만나는 순간 노파의 얼굴빛이 그렇게 밝아 보일 수 없었다. 노파는 빠른 말씨로, 하도 내가 보고 싶어서 사흘 동안이나 오후에는 부두로 나와 비를 맞으면서 나를 기다렸단다. 그러면서 노파는 쌀가루와 설탕으로 만든 떡 여섯 개를 내밀었다. 이 떡은 먹기 위해서 만든 것이 아니라, 서레트 신부가 때려 부쉈다는 불상^{佛像} 앞에 놓기 위해 만든, 말하자면 제사용 떡이다……. 우스꽝스러운 일이기는 하지만……, 그래도 나를 그렇게 간절히 기다려 준 사람이 한 명이라도 있다는 것을 알았으니, 이 아니 기쁜 일이랴!

1918년, 5월. 젊은이들로 이루어진 첫 번째 이주민단^{移住民團}이 류씨 마을로 떠난, 아름다운 아침이다. 이주 민단은 모두 24명……, 조심스럽게 말하거니와, 정확하게는 12쌍이다. 이 12쌍의 이주민들은, 머시 메어리 원장 수녀에게 정다운 인사와 실질적인 충고를 받고 떠난, 믿음이 강한 젊은이들이다. 말이 나왔으니 말이지만, 머시 메어리 수녀…… 마리아 베로니카 원장 수녀에 대한 내 추억이 채 가시지 않았을 때 부임하는 바람에 나는 이 수녀를 적지 않게 미워했다. 그러나 머시 메어리 수녀는 다정하고, 유능하고, 유쾌한 사람이다. 게다가 수녀로서는 참으로 드물게, 결혼 생활에 대한 이해가 놀라울 만큼 깊은 사람이다.

옛날, 캐널게이트의 뱃길 안내인의 아내 메그 팍스톤 노파는 나에게, 보기보다는 그렇게 바보는 아닌 녀석……, 운운한 적이 있다. 아닌 게 아니라 나는, 류씨 마을에 대한 젊은이 이주 계획 입안을 성사시킨 나 자신의 영감을 만족스럽게 여긴다. 이 젊은이들은 우리 선교관 젊은이들 중에서 고르고 고른, 말하자면 노른자위와 같은 아이들이다. 우리 선교관에는 자라나는 젊은이들에게 고루 나누어 줄 일감이 없다. 빈민굴에서 건져내어 선교관에서 애써 교육시킨 이 아이들을 다시 빈민굴로 돌려보내는 일같이 어리석은 일이 또 있을까? 혈기 방장한 이 아이들의 존재는 류씨 마을에도 큰 득이 될 것이다. 뿐인가, 류씨 마을에는 갈아먹을 땅이 넉넉하다. 기후도 좋다. 어느 정도 숫자가 불어나면 젊은 신부를 파견해야지. 부탁하면 안셀름 밀리가 하나쯤은 보내 줄 것이다. 물론 그전에, 안셀름 밀리가 지긋지긋하게 여길 만큼 편지질을 해야겠지만…….

흥분의 도가니였던 잔치 뒤끝이라 그런지 오늘 밤에는 몹시 피곤하다. 합동결혼식은 장난이 아니다. 중국어로 주례사를 했더니 성대가 망가진 것 같다 이 피로는 어쩌면 육체적인 반작용일지도 모르겠다. 휴가가 몹시 필요한 상태다. 나는 지금 파김치가 되어 있다. 피스크 부부는 6개월의 정기 휴가를 얻어 지금은 버지니아에 자리 잡은 아들에게 가 있다. 대리 근무자로 온 에즈라 살킨즈 부부를 보면, 피스크 부부가 얼마나 다정하고 싹싹한 이웃이었던가를 알 수 있다. 에즈라 목사는 다정한 것, 싹싹한 것과는 거리가 먼 사람이다. 뼈대가 굵고, 로터리 클럽 회원 식의 악수를 하는 에즈라 목사의 웃음은 흡사 눅진눅진한 돼지기름 같다. 처음 만났을 때 내 손을 으스러뜨릴 듯이 잡고 그가 한 말. '형제여, 도와드릴 수 있는 일이라면 뭐든지 하겠습니다.'

피스크 부부라면 우리 류씨 마을의 좋은 손님이 될 수 있을 게다. 그래서 초청해 둔 것이다. 에즈라 목사에게는 초대한다는 말을 입 밖에도 내지 않았다. 에즈라 목사라면 류씨 마을에 도착한 지 1분도 안 되어 리비에로 신부의 무덤 앞에다 이런 팻말을 붙일 것이다. '형제여, 구원을 받기는 받았소?' 빌어먹을! 속이 쓰리다. 피로연 때 머시 메어리가 억지로 먹이던 오얏 샌드위치 때문인가 보다⋯⋯.

마리아 베로니카 원장 수녀에게서 온 장문의 편지 덕분에 기분이 아주 좋다. 1922년 6월 10일 자로 부친 편지다. 전쟁의 갖가지 시련과 우여 곡절, 종전 이후의 온갖 굴욕을 다 겪었던 마리아 베로니카는 로마에 있는 시스티나 수녀원의 원장이 됨으로써 그 보상을 받은 셈이다. 시스티나 수녀원은 바로 마리아 베로니카 자신이 속해 있는 종단의 수녀원, 사포렐리와 산티 아포스톨리(12사도) 성당이 내려다보이는, 코르소 언덕과 퀴리누스 언덕 사이의 사면에 자리 잡은 유서 깊은 수녀원이다. 그 수녀원의 원장직이라면 대단한 요직이나 마리아 베로니카에게는 그런 자리에 앉을 자격이 있다. 마리아 베로니카는 그 자리에 만족을 느끼고 있는 듯하다. 마음의 평화도 되찾은 것 같다. 그녀의 편지는 내가 늘 동경해 마지않던 성도^{聖都}의 향기 (안셀름 밀리가 잘 씀직한 표현이 아닌가)를 풍긴다. 그래서 감히 이 성도를 한 번 다녀온다는 계획까지 세우게 했다. 두 번이나 연기된 휴가 허가가 내려온다면 어떻게 하든 나의 낡은 구둣발로 성 베드로 성당의 모자이크 바닥도 한 번 걸어보고, 마리아 베로니카 원장 수녀도 한 번 만나 보아야지. 지난 4월, 안셀름 밀리에게 타이니캐슬 대성당의 주임 사제 취임을 축하하는 편지를 내었을 때, 그는 답장에서 연내에 대리 근무할 신부를 한 사람 파견하고 '그토록 오래 연기되었던' 나의 휴가를 성사시키겠다는 약속을 한 바 있다.

내게도 그렇게 행복한 순간이 온다고 생각하니 전율이 태양에 빛바랜 이 앙상한 몸을 타고 흐른다. 암, 가야지. 돈을 모아 새 옷도 한 벌 장만해야겠다. 조그만 벽돌공 같은 사나이가 산티 아포스톨리 수녀원의 원장 수녀를 안답시고 찾아갔다가 바지 엉덩이의 기운 자국을 보인다면 원장 수녀가 얼마나 무안해할까…….

1923년 9월 17일. 신나는 날이다! 오늘 새 신부가 도착했다. 나에게도 드디어 동료 사제가 생긴 것이다. 하도 고마워 믿어지지 않을 지경이다.

처음에 안셀름 밀리가 보낸 두툼한 편지를 읽고는, 금발에 주근깨투성이인, 건강한 스코틀랜드 인 신부가 오겠거니 생각했는데 웬걸, 나중에 내용을 자세히 읽어보니 베이징의 신학교를 갓 졸업한 현지인 신부란다. 장난을 치고 싶었던 나머지 수녀들에게는 이 사실을 숨겼는데, 이게 지나쳤던 모양이다. 몇 주일 동안 수녀들은 모이기만 하면 본국에서 새로 온다는 이 신부 이야기를 했다. 마르타 수녀와 클로틸드 수녀는 수염을 기른 프랑스 인 신부가 왔으면 하는 눈치였다. 머시 메어리 원장 수녀는 새 신부가 아일랜드 인이기를 바라는 마음에서 9일 기도까지 했다던가. 막상 신부가 도착하자, 내 방으로 뛰어 들어오면서 외치는 아일랜드 인 특유의 사람 좋아 보이는 원장 수녀의 얼굴색은 푸르죽죽하게 변해 있었다.

"새로 오신 신부님은 중국인이에요!"

체구가 작지만 상당히 똑똑한 사람인 츄 신부는 조용조용하고 사근사근한 사람일 뿐만 아니라, 내가 존경하여 마지않는 전형적인 중국인, 내적인 삶을 알차게 꾸려 온 사람이기도 하다. 센상으로 나들이하면서 본 이런 중국인 사제들은 그렇게 인상적일 수 없었다. 건방지게 말한다면, 공자의 지혜와 그리스도의 미덕을 고루 갖춘 사람들이라고 할 수 있다.

다음 달이면 로마로 간다……, 19년 만에 누리는 실로 가슴 설레는 휴가! 학기 말이 될 때마다 책상을 치면서 이런 노래를 부르던 홀리웰 신학교 학생이 된 기분이다.

두 주일만 있으면 우리는 떠난다

저 탄식의 문을 떠난다!

마리아 베로니카는 생강 조림 맛을 잊지 않았을까? 한 단지 사다 주면, 마카로니에 맛을 들였어요, 하는 거나 아닐까? 야호! 요즘같이 신나는 나날이 또 있었던가. 창밖으로 내다보이는 나이 어린 삼나무도 춤을 추는 것 같다. 상하이로 편지를 보내어 선편을 예약해야겠다. 만만세!

1923년, 10월. 어제, 나의 로마행 휴가가 취소되었다는 전보가 왔다. 강둑으로 나가 한동안 앉아 가마우지로 고기를 잡는 어부들을 한참 구경하고 온 참이다. 가마우지를 이용하는 슬픈 고기잡이……, 어쩌면 내 기분이 그래서 그렇게 보인 것인지도 모르기는 하지만. 이 커다란 새의 목에는 잡은 물고기를 삼키지 못하게 고리가 채워져 있다. 이 새들은, 고기잡이를 지루하게 여기는 듯한 모습을 하고 뱃전에 앉아 있다가 갑자기 물속으로 내리꽂혔다가는 꼬리를 파닥거리는 물고기를 물고 물 위로 떠오른다. 물 위로 떠오를 때 이들의 목이 심하게 꿈틀거린다. 주인이 물고기를 빼앗아버리면 이들은 불만스러운 듯이 고개를 주억거린다. 그러나 이런 뼈아픈 경험을 하고도 가마우지는 아무것도 깨닫지 못하는지 또 뱃전에 웅크리고는 쓰라린 패배로 지친 몸의 기력을 되찾으려고 한다.

내 마음도 가마우지의 마음만큼이나 어둡다. 내 패배 또한 가마우지의 패배만큼이나 뼈아프다. 뿌연 물가에 오래 서 있었다. 바람이 강가에 선 머리카락 같은 갈대를 넘실거리게 했다. 이상하게도 내 마음은 로마가 아닌 트위드사이드의 물가로 달려간다. 수정같이 맑은 물가에 맨발로 서서 송어 낚싯대를 던지던 그 물가로…….

요즘 들어 어린 시절의 추억에 묻혀 산다는 느낌이 강하다. 옛날 일이 어제 일처럼 선명하게 떠오른다. 어처구니없게도 나이 값을 하고 있는 게 분명하다. 내 소년 시절의 사랑, 내 사랑하는 노라 꿈을 꾸기도 한다.

실망한 나머지 감상적인 기분에 젖어 있었기 때문인지도 모른다. 곧 잊게 되기는 하겠지만 전보를 받아들었을 당시에는, 메그팍스톤 노파의 말마따나 참으로 '견딜 수 없는 기분'이었다.

결국 이 외딴 곳으로 영원히 쫓겨나고 말았다는 생각이 나를 괴롭힌다. 그래서 만사를 체념하고 있다. 선교사가 유럽 맛을 들이면 마음이 흔들린다는 말은 맞는지도 모른다. 그렇다. 우리는 이 일에 몸과 마음을 온전히 바쳤다. 은퇴 같은 것은 있을 수 없다. 죽을 때까지 이곳에 있으리라. 이곳에 있으면 윌리 탈록이 잠든 저 땅에 스코틀랜드의 혼으로 묻힐 수 있을 테지.

안셀름 밀리의 로마 여행이 나의 로마 휴가보다 훨씬 요긴하다는 것은 논리적으로도 설득력이 있고 사실이 또한 그렇다. 외방전교회 자금 사정상 두 사람의 외유는 무리다. 게다가 안셀름 밀리는 기독교 군병(그는 우리를 '군병'이라고 부른다)의 활약상을 나보다 훨씬 효과적으로 교황 성하게 보고할 수 있을 것이다. 내 혀는 굳어질 대로 굳어져 있는데 비해 안셀름 밀리의 혀는 부드럽기 짝이 없다. 따라서 외방전교회 기금과 지원 문제를 멋지게 요리해 낼 수 있을 것이다. 안셀름 밀리는 로마에서 있었던 일을 자세하게 편지로 알려주겠다고 약속했다. 따라서 나는 상상 속의 교황 알현과 꿈속의 마리아 베로니카에 만족하는 수밖에 없다. 마닐라로 가서 휴가를 지내면 어떻겠냐는 안셀름 밀리의 제안은 받아들일 수가 없다. 즐거우면 즐거운 대로 기분이 상할 것 같아서. 조그맣고 외로운 늙은이가 마닐라의 항구를 거닐면서 로마에 있는 폰티나 언덕을 올라간 기분을 내고 있다면 난들 비웃어주고 싶지 않을까…….

한 달이 지났구나……. 츄 신부는 류씨 마을에 정착하는 데 성공했다. 우리 배달부 비둘기가 번갈아 오가면서 소식을 전하고 있다. 내 계획이 이렇게 척척 맞아떨어져 가고 있으니 이 아니 기쁜 일인가. 안셀름 밀리가 교황 성화를 알현한 자리에서, 하느님밖에 모르시는 이 망각의 황야 한 귀퉁이에 조그만 보석이 있다는 말을 해줬으면 얼마나 좋을까.

1928년, 11월 22일. 이 엄청난 경험을 어떻게 한두 마디 조악한 말, 무미건조한 말로 전할 수 있단 말인가. 어젯밤에 클로틸드 수녀가 세상을 떠났다. 죽음이라는 것은 내 불완전한 삶의 기록에 제대로 기록되어 본 적이 없는 사건이다.

1년 전 폴리 아주머니가 타이니캐슬에서 노년을 선하게 보내시다가 잠든 상태로 세상을 떠났다는 소식이 눈물 젖은 주디의 편지를 통해 내게 이르렀을 때도 내가 일기장에 쓴 것은, '폴리 아주머니, 1927년 10월 17일에 돌아가시다', 이것뿐이었다. 우리가 선한 사람으로 기억하는 사람들도 죽음 앞에서는 어쩔 수 없는가 보다. 그러나 경우가 다를 때가 있다……. 그래서 나 같은 늙은 사제도 무슨 계시라도 받은 것처럼 당혹해하는 게다.

클로틸드 수녀는 며칠째 앓고 있었다. 대수롭지 않은 병으로 여겼다. 다른 수녀들이 자정을 넘긴 시각에 나를 불렀을 때, 나는 클로틸드 수녀의 병세를 보고 적지 않게 놀랐다. 나는 그 자리에서 요셉의 맏아들 조슈아를 불러, 피스크 박사를 부르러 보내려 했다. 그러나 클로틸드 수녀는 이상한 표정을 지으면서 그러지 못하게 했다.

그러고는 묘한 웃음을 띤 얼굴을 하고 조슈아에게 그런 고생을 시킬 필요는 없다고 했다. 한 말은 짧았으나 뜻은 깊었다.

  몇 년 전의 일이 생각난다. 클로로다인을 먹으려 했을 때 야단쳐 주었던 일이……, 울고 싶을 만큼 후회스럽다. 클로틸드 수녀에 대한 배려에 너무 소홀했던 게 아닌가? 불필요하게 긴장하는 버릇, 남들에 대해 신경이 과민한 자신에 대해 늘 얼굴을 붉히는 버릇 때문에 클로틸드 수녀는 매력이 없는 사람, 우스꽝스럽기까지 한 사람으로 비쳤던 것은 사실이다. 그것을 극복하려고 클로틸드 수녀가 벌이던 자기 자신과의 싸움, 그리고 이런 싸움에서 클로틸드 수녀가 거두던 보이지 않는 승리를 모르고 있던 나는 얼마나 어리석은 인간인가. 보이지 않는 패배만 거듭하고 있다고 생각하던 나는 얼마나 어리석은 인간인가.

  근 1년 반 동안이나 클로틸드 수녀는 만성 위궤양으로 인한 위통에 시달려 왔던 모양이다. 피스크 박사로부터 손 쓸 방도가 없다는 진단을 받은 뒤 박사에게는 비밀에 붙여 달라고 부탁하고는 혼자서 투병을 계속해 왔던 것이다. 내가 달려갔을 때는 첫 번째 토혈吐血을 한 뒤였다. 오늘 아침 6시에 두 번째 토혈이 있었지만 클로틸드 수녀는 조용히 이 피를 삼켰다. 나와 수녀는 이런저런 이야기를 나누었지만 그 내용을 여기에다 쓰지는 않겠다. 토막토막 끊긴, 넋두리 같은 이 이야기의 내용……. 클로틸드 수녀를 이해하지 못하는 사람들에게는 비웃음거리가 될지언정 의미 있는 것으로 전해질 수는 없을 것이다……. 그러나, 어쩔꼬, 세상은 비웃는 자에 의해서는 나아져 본 적이 없는 것을…….

우리들은 모두 슬퍼했다. 마르타 수녀의 슬픔이 그 중 컸다. 마르타 수녀는 나를 닮아서 당나귀같이 튼튼하니까 오래 살 것이다. 불쌍한 클로틸드! 때로는 두려움에 떨면서도 자신을 완벽하게 희생시킨 참으로 다정다감한 사람이었다는 생각이 든다. 이제는 두려워할 줄도 모르고 조용히 죽음을 받아들인 그 평화로운 얼굴……. 그 얼굴을 바라보고 있으면 마음이 맑아지는 것 같다.

1929년 11월 30일. 요셉의 다섯 째 아이가 태어났다. 세월 참 빠르기도 하다. 수줍음을 잘 타고, 용감하고, 수다스럽고, 다루기 까다롭던 소년이 이렇게 의젓한 가장이 될 줄을 누가 알았으랴! 단 것을 좋아할 때부터, 몸이 불 줄을 알았어야 하는 것인데. 어쨌든 지금은 풍채가 그럴 듯한 중년이 되어 있다. 참견하기 좋아하고, 아내 앞에서는 오금을 못 펴고, 약간 거만한 데가 있는……. 나를 생각해서 불청객을 내치는 것을 보면 나까지도 머쓱해질 정도다.

1주일이 지났다. 이 지방 소식 한 토막. 챠 씨의 비단 신발이 만츄문에 모셔졌다. 이곳에서는 대단한 명예에 속하는 일이다. 근엄하고, 사려 깊고, 관대했던 내 친구를 위해서 마땅히 경하할 일이다. 그는 이성적인 것, 아름다운 것, 영원한 것을 섬기면서 사는 사람이다.

어제 편지가 왔다. 안셀름 밀리가 로마 방문을 성공적으로 마쳤다는 것은 그리 놀라운 일이 아니다. 내가, 안셀름 밀리가 교회의 고위직에 오를 것이라고 예상해 온 것은 어제 오늘의 일이 아니다. 과연 안셀름 밀리는 바티칸으로부터 외방전교회 업무에 헌신해 온 공로를 인정받았다. 타이니캐슬의 새 주교가 된 것이다. 타인의 성공이 우리의 미래에 던지는 그림자만큼 진한 그림자가 또 있을까? 그 눈부신 성공의 모습이 바라보는 사람들의 눈을 부시게 한다. 그러나 나이를 먹어감에 따라 내 시야는 좁아져 가기만 한다. 따라서 안셀름 밀리의 성공이 내게 견딜 수 없이 눈부실 것도 없다. 오히려 안셀름 밀리가 기뻐할 생각을 하면 나까지 기분이 좋아진다. 질투라는 것은 참으로 못 할 짓이다. 하느님께서 옆에 계시기만 한다면 패배라는 것은 사실 아무것도 아닌 것이다.

내가 도량이 넓은 인간이라는 것만은 누가 알아 줬으면 싶다. 그러나 사실 이것은 도량과는 아무 상관도 없는, 안셀름 밀리와 나 사이의 차이를 구체적으로 확인한 것에서 더도 덜도 아니다. 나 같은 사람이 고위 성직에 오른다면 그거 얼마나 우스꽝스럽겠는가. 우리는 같은 지점에서 출발했지만 안셀름 밀리는 나를 저만치 앞서 내닫고 있을 뿐이다. 안셀름 밀리는 자신의 재능을 마음껏 펼친 사람이다. 그는 《타이니캐슬 크로니클》지(紙)의 표현대로 '훌륭한 언어학자, 괄목할 만한 음악가, 교구 내의 예술가들과 과학자들의 보호자이며, 영향력 있는 지기를 폭넓게 사귀고 있는' 사람인 것이다. 얼마나 운이 좋은 사람인가! 내가 평생을 통틀어 사귄 친구라고는 여섯뿐이다. 그나마 한 사람을 제외하면 모두 평범한 사람들이다. 편지를 보내어 주교위에 오른 것을 축하해 주되, 우리의 우정에 기대어 호의를 입고 싶은 마음만은 추호도 없다는 것을 분명히 해 두자. 안셀름 만세! 자네는 그렇게 많은 것을 이루었는데 나는 해 놓은 것이 없다는 생각을 하니 서글프네. 하느님을 좇아 틈만 나면 머리를 들이미는 짓, 그것도 앞뒤 안 가리고 들이미는 짓밖에는 한 것이 없네……

1929년 12월 30일. 주디에 관한 소식이 온 이래 근 한 달간이나 일기를 쓰지 못했구나……. 고향에서 있었던 그 일을 내 마음 속에 다 정리하려니 아직도 힘이 든다.

나는 이 버림받은 삶의 막바지에 이른 지금 체념을 통하여 한 경지에 이른 것으로 여기고 있었으니……. 어리석다. 그렇게 어리석어서 지금부터 한 주일 전까지만 해도 흐뭇한 마음으로 지낼 수 있었다. 작년에 강가의 옥답 너 마지기도 사들여 선교관 재산도 늘였겠다, 야생 딸기 밭 쪽으로 축사도 넓혔겠다, 새 마구간도 지었겠다 싶은 생각에서 마음이 그렇게 푸근할 수가 없었다. 그런 마음으로, 크리스마스 구유 만드는 아이들을 도우러 교회로 들어갔다. 이것은 내가 즐겨 하는 일 중의 하나다. 모르기는 하지만 내가 이런 일을 좋아하는 것은 평생을 나를 지배해 온 어떤 강박 관념 때문이 아닐까 싶다. 남의 말 좋아하는 사람들은, 억압된 부성 본능이 아이들에 대한 사랑으로 나타난다고 말할 것이다. 어쨌든 나는 아기 그리스도는 물론, 성 안드레 선교관으로 기어든, 얼굴이 노랗고 천하기 짝이 없는 꼬마 부랑자에 이르기까지 고루 사랑한다.

우리는 지붕에다 진짜 솜을 깔아 눈 덮인 분위기를 살린 외양간을 만들고, 구유 뒤로는 황소와 나귀 모양도 만들어 세웠다. 나는 소매를 걷어붙이고 색등을 걸고, 전나무 가지로 만든 하늘에는 별 모양도 박았다. 내 주위에 있는 아이들의 환한 얼굴을 보면서, 흥분해서 떠들어대는 아이들의 목소리를 듣고 있으려니(교회에서 이런 소동을 부려도 좋은 것은 이즈음뿐이다) 마음이 가벼웠다. 나는 그런 마음으로 구세주 강탄 축일을 흥겹게 하는, 온 세계의 기독교 교회의 크리스마스 외양간을 상상했다. 이러한 풍습은 믿지 않는 사람들에게도 어머니들을 기리는 축제로 아름답게 보일 터였다.

이때 머시 메어리 원장 수녀가 보낸 아이 하나가 전보용지를 들고 왔다. 나쁜 소식은 빨리 오는 법. 그 소식은 지구를 반 바퀴나 돌아 그렇게 왔다. 전문을 읽느라고 내 낯색이 변했던 모양이다. 가장 나이가 어린 계집아이 하나가 울음을 터뜨렸다. 들떠 있던 내 마음이 순식간에 무거워졌다.

이 소식을 두고 내가 이렇듯이 상심한다는 게 어떤 사람에게는 우습게 여겨질지도 모른다. 주디와 헤어진 것은 내가 이 파이탄으로 떠나 올 때의 일이다. 그때의 주디는 10대였다. 떨어져 있었기는 하나 주디는 내 마음 속에서 나이를 먹어가고 있었다. 주디는 좀처럼 편지를 보내지 않았다. 어쩌다 써 보내는 사연은 줄에 꿴 진주알처럼 촘촘했다.

유전遺傳이었을까? 팔자가 그래서 그랬을까? 인생은 주디를 무자비하게 내굴렸다. 주디는 제가 무엇을 원하는지, 어떻게 되는 줄도 모르고 진동한동 살아 온 아이다. 그러나 폴리 아주머니가 살아 있을 동안은 주디도 제 마음대로 할 수가 없었다. 따라서 제 변덕의 제물이 되지 않을 수 있었다. 많은 젊은 여성들에게 그러했듯이, 주디도 전시에는 군수품 공장에서 높은 임금을 받고 일할 수 있었다. 주디가 털외투를 사고 피아노를 산 것도 이즈음이었다. 주디가 이런 소식을 써 보내면서 자랑스러워하던 게 엊그제 일 같다. 전시의 긴박한 상황은 주디의 성격과도 잘 어울렸던 모양이다.

어쨌든 노력을 계속했으니까. 이때가 전성기였다. 전쟁이 끝났을 때 주디는 서른 살이 되어 있었다. 일자리가 줄어들자 주디는 취직을 포기하고 타이니캐슬에 있는 집에서 폴리 아주머니와 함께 살았다. 나이를 먹으면서 철도 들어 보이던 때가 이때였다.

주디는 상당히 미심쩍어하는 눈길로 이성을 바라보았던 것 같다. 따라서 결혼 같은 것은 생각하지도 않았던 모양이다. 폴리 아주머니가 세상을 떠났을 때 주디는 마흔이었다. 이 마흔이 된 주디가 독신 생활을 청산할 줄을 누가 알았겠는가. 그러나 폴리 아주머니의 장례식이 끝나고 나서 8개월 뒤에 주디는 결혼을 했고…… 그러고는 버림을 받았다.

여자가 갱년기가 되면 이상한 짓을 곧잘 한다는 사실을 누가 부정하랴. 그러나 주디를 주인공으로 해서 벌어지는 이 눈물겨운 희극의 설명은 이것만으로는 부족하다. 폴리 아주머니가 주디에게 남긴 유산은 2천 파운드 정도. 이만하면 검소하게 산다면 생활비로는 모자라지 않는다. 주니의 편지를 받고 나서야 안 사실이지만 주디는 '고상하고, 정의롭고, 신사다운' 남편이 꾀는 바람에 이 돈을 남편에게 넘겼다. 모르기는 하지만 스카보로의 싸구려 하숙집 같은 데서 만났을 생면부지의 사내에게.

이 정도 주제라면 빅토리아 스타일의, 극적이고…… 대단히 분석적인 소설……. 미련하고 속기 쉬운 인간의 본성을 꼬집어 많은 사람을 웃길 수 있는 소설 한 권감으로 충분하지 않겠는가. 그러나 내가 크리스마스 구유를 만들다가 받은 전보용지에는 그 결말이 열 단어도 안 되게 적혀 있었다. 이 덧없는 만남을 통하여 주디는 아기를 낳게 되었는데, 그 아기를 낳다가 그만 산모가 죽었다는 것이다.

지금 생각해보면, 주디의 모순투성이인 삶에는 늘 어두운 그림자가 따라다니고 있었던 것 같다. 주디의 죽음은 죄악의 씨앗이 아니라(나는 죄악의 씨앗이라는 이 말을 정말 싫어한다) 남성의 약점과 어리석음의 씨앗이었다.

주디의 죽음이 남긴 것은 우리가 이 세상에 사는 까닭에 대한 증언이고, 그 까닭에 대한 설명이며, 우리 모두가 언젠가는 죽어야 한다는 사실을 실증하는 슬픈 흔적이다. 조금씩 다르기는 하지만 본질적으로는 다를 것이 없는, 이 죽음의 비극은 영원히 되풀이된다.

주디가 낳았다는 이 불쌍한 아기의 운명을 생각하고만 있을 수는 없다. 이 아기를 보살필 사람은, 주디를 간호해 준 여자, 주디가 죽었다는 소식을 전해 준 여자밖에 없다. 일이 되어 간 사정으로, 이 여자의 모습을 상상하기는 어렵지 않다. 생활이 궁핍했기 때문에 산모를 돌보았을, 그런 여자일 것이다. 즉시 답장을 쓰고……, 얼마 안 되는 돈이지만 보내 주어야겠다. 청빈을 서약했는데도 불구하고 우리에게는, 인생이 우리에게 지운 무거운 짐을 잊어버리고는 이상하게도 이기적으로 행동하는 순간이 있다. 가엾은 노라…… 가엾은 주디…… 가엾은 아기…….

1930년, 6월 19일. 초여름의 태양이 내리쬐는 참 좋은 날이다. 오늘 오후에 받은 편지 덕분에 다소 들떠 있다. 영세 받은 아기의 이름을 이 초라한 선교관 이름을 따서 '앤드류(안드레의 영어식 발음_역주)'라고 했단다. 이 소식을 접하고는 늘그막에 이게 무슨 꼴이냐면서, 그 아이의 할아버지나 되는 듯이 웃고 말았다. 원하건 원하지 않건 간에 이 관계는 앞으로도 계속될 것이다. 아기의 아비는 사라지고 없다. 찾으려고 애쓸 것도 없다. 내가 매달 얼마씩 스티븐슨 부인이라고 하는 이 여자에게 보내 준다면 사람 됨됨이 그리 어물지 않아 보이는 이 여자가 앤드류를 돌보아 주겠지. 또 웃음이 나온다……. 성직자로서의 내 경력이 그렇지 않아도 뒤범벅인데……. 수만 리 떨어진 곳에 있는 한 아이의 양육까지 맡는다면 여간 우스꽝스러운 일이 아니겠지.

가만가만! '성직자로서의 내 경력'이라고 써 놓고 보니 짚이는 데가 있다. 며칠 전 '영혼의 정죄'라는 문제를 두고 입씨름을 벌일 때 피스크 박사가 그랬지. 열을 내면서(이렇게 열을 낼 줄 아는 피스크 박사가 점점 좋아진다)……. '당신은 꼭 개신교 목사와 하이 앵글리칸(가톨릭 전통은 인정하나 교황은 인정하지 않는 영국의 고교회파高敎會派) 목사를 섞어 놓은 것 같소.'…… 하고.

성신이 번쩍 들게 하는 지적이다. 아닌 게 아니라 내가 자라난 환경과 일찍이 외조부인 다니엘 글레니에게서 받은 엄청난 영향이 나를 걷잡을 수 없는 자유주의자로 만들었을 공산이 크다. 나는 내가 속한 가톨릭을 사랑한다. 나는 태어날 때부터 가톨릭이었고, 자그마치 30년간이나 나름대로는 최선을 다하여 이 가톨릭을 가르쳐 왔으며, 이 가톨릭이 내게 사는 보람, 영원한 안식을 안겨 주었다. 그러나 이곳에 오래 고립되어 나이를 먹으면서 내 삶의 외모는 단순해졌고, 믿음의 모습은 분명해졌다. 되잖은 수작으로 교리를 복잡하게 만드는 불필요한 신소리는 걷어치운 지 오래다. 솔직하게 말해서 나는 금요일에 양고기를 먹었다고 해서 하느님께서 인간을 영원한 지옥 불에 떨어지게 한다고는 믿지 않는다. 기본적인 덕목(하느님과 이웃에 대한 사랑)만 갖추었다면 그걸로 족하지 않겠느냐는 것이다. 그리고 지금이야말로 세계의 온 교회가 서로 반목하는 것을 그만두고…… 한 덩어리가 되어야 할 때가 아닌가? 세계라는 것은 하나의 살아 있는, 살아서 숨 쉬는 개체이다……. 하나의 개체는 그 개체를 구성하는 수십억 개의 세포로 이루어져 있다……. 이 개개의 세포가 곧 인간의 마음이 아니겠는가…….

1932년, 12월 25일. 우리 선교관의 새 수호자인 앤드류가 오늘 날짜로 세 살이 되었다. 좋은 생일이 되었으면 싶다. 또한 내가 트위드사이드의 버얼리 가게에 편지로 주문, 배달하게 한 과자를 너무 많이 먹지 않았으면 싶다.

1935년, 9월 1일. 어쩌다 이렇게 어리석은 늙은이가 되어 가고 있는지……. 어쩌다 보니 이 일기는 아직까지 한 번 만나 본 적도 없고, 앞으로도 만날 것 같지 않은 한 아이에 대한 사소한 기록으로 채워지고 있구나. 그렇다, 우리는 만나게 될 것 같지 않다. 나는 돌아갈 수 없고 아이는 이곳으로 올 수 없다. 내 고집이 세다고 하나 아이를 이곳으로 부르는 것만은 해낼 수 없을 듯하다. 실제로 피스크 박사에게 물어 보았더니 박사는 대답했다. 그 나이의 영국 아이에게 이곳의 기후 조건은 치명적인 것일 거라고.

실망했다는 것을 여기에 고백해두어야겠다. 스티븐슨 부인이 보낸 편지의 행간을 읽어 보면 부인의 경제 사정이 최근 들어 어려워지고 있는 것 같다. 얼마 전에 커크브리지로 이사 갔다는데 내가 아는 한 이곳은 맨체스터 부근의 분위기가 별로 좋지 못한 직조공장 밀집 지대다. 부인의 편지투도 변한 것 같다. 어쩐지 앤드류보다는 내 쪽에서 보내는 돈에 더 관심을 기울이고 있는 거나 아닐까 하는 의구심을 떨칠 수가 없다. 그런데도 교구 신부는 부인이 참 좋은 사람이라고 쓰고 있다. 지금까지 부인이 해 온 것으로 보아 이 말은 사실인 것 같다.

물론 다 내 잘못이다. 관례를 좇아 앤드류의 장래를 가톨릭 기관에서 운영하는 고아원에 맡길 수도 있었다. 그러나 앤드류는 나와는 '혈연관계'가 있는 유일한 아이⋯⋯. 지금은 저세상에 있는 사랑하는 노라의 살아 있는 기념비⋯⋯. 따라서 그렇게 비인간적인 짓은 할 수 없었던 것이다. 나와 관료주의 사이에다 싸움을 붙이는 것도 사실은 나의 이런 뿌리 깊은 기벽이 아닐지⋯⋯. 그렇다면 나와⋯⋯ 앤드류는⋯⋯ 그 결과에 대한 책임을 져야 한다⋯⋯ 우리는 하느님 안에서 손을 잡았으니 그 아이의 장래는⋯⋯.

치점 신부가 일기장의 다른 페이지를 뒤적거리고 있는데 말발굽 소리가 들려 왔다. 그는 그 소리를 들으면서 일어설까 말까 망설였다. 일어서야 할 일이나 소중한 몽상의 시간을 토막 내기도 아까웠기 때문이다. 그러나 말발굽 소리는 점점 더 가까이 다가왔다. 활기찬 사람의 음성도 거기에 섞여서 들려 왔다. 그는 일어서기로 작정하고는, 그때까지 써 오던 일기 끝에다 이런 글을 덧붙여 썼다.

1936년, 4월 30일. 지금 츄 신부, 피스크 부부와 함께 류씨 마을로 떠나는 참이다. 어제 츄 신부가 내 조언을 구하러 내려왔다. 몸에 이상이 생긴 목동 하나를 격리시켰는데 아무래도 천연두 같다는 것이다. 그와 함께 가기로 했다. 말이 있는데다 새로 난 길이 있어서 이틀이면 마을에 도착할 수 있다. 나는 가는 김에 동행을 늘렸다. 전부터 피스크 부부에게 우리의 시범 마을을 구경시켜주겠노라고 거듭 약속한 바도 있고 해서 이번에 함께 가기로 한 것이다. 박사 부부와 오래 전에 했던 약속을 지킬 수 있는 마지막 기회이기도 하다. 박사 부부는 이 달 말에 미국으로 돌아간다. 박사 부부가 지금 저쪽에서 나를 부르고 있다. 소풍이라도 떠나는 듯한 차림을 하고 있구나……. 가는 길에 피스크 박사에게 따져야지……. 뭐요? 내가 개신교 목사 같다고? 그렇게 무례한 말이 어디 있소……, 하고.

12

　해는 이미 비좁은 계곡을 둘러싸고 있는 민둥민둥한 산 뒤로 떨어지고 있었다. 치점 신부 일행은 류씨 마을에서 돌아오는 길이었다. 신부는 츄 신부에게 약을 주어 목동을 치료하라고 시킨 뒤에 그 마을을 떠나오면서도 내내 그 마을 일만 생각했다. 치점 신부는 일행에게 아무래도 그 근처에서 야영해야겠다고 손짓하는 참인데, 길 한 복판에 더러운 군복 차림에 소총을 거꾸로 멘 세 사내가 나타났다.

그 근처에서 그런 사내를 만난다는 것은 그리 희한한 일이 아니었다. 그 지역에는 무리를 짓고 밀수한 무기로 무장하고는 마적 행세를 일삼는 비정규군이 흔했다. 치점 신부는 "평강이 함께 하기를 빕니다." 이런 인사를 건네고 이들 사이를 지나서는 뒤따르는 사람들을 위해 말을 천천히 몰았다. 박사 부부 일행이 얼른 따라오지 않자 치점 신부는 뒤를 돌아보았다. 치점 신부는 놀라고 말았다. 그래서는 안 되는데, 메더디스트 선교관에서 데리고 온 두 짐꾼이 부들부들 떨고 있었기 때문이었다. 치점 신부가 데려온 조슈아의 얼굴에도 근심이 엿보였다. 조슈아는 길 앞쪽을 턱 끝으로 가리키면서 신부에게 말했다.

"와이츄의 부하들 같은데요……. 저기에 또 있습니다."

치점 신부는, 조슈아의 눈길을 좇았다. 잿빛이 도는 초록색 군복 차림의 병사들이 20여 명, 하얀 먼지를 일으키며 다가오고 있었다. 언덕의 그늘진 사면에는 20여 명의 병사들이 더 흩어져 있었다. 치점 신부는 피스크 박사와 눈짓을 나누고는 중얼거렸다.

"지나가 봅시다."

치점 신부 일행은 곧, 먼지를 일으키며 다가오던 무리를 만났다. 신부는 예의 인사를 건네면서 길 한복판으로 말을 몰았다. 병사들은 얼떨결에 길을 비켜주었다. 유일하게 말을 타고 있던 젊은 병사 하나가 타고 있던 말을 세웠다. 다 찌그러진 모자를 쓰고 잔뜩 거드름을 피우는 이 병사는 엉뚱하게도 하사 계급장을 소매에다 달고 있었다.

"누구시오? 어디로 가는 길이시오?"

"우리는 선교사들이오. 지금 파이탄으로 가는 길이오."

치점 신부는 여전히 일행을 인도해서 병사들 사이를 지나가면서 어깨 너머로 대답했다. 일행은 어쩔 줄을 몰라 멍한 얼굴로 바라보고 있는 병사들 무리 사이를 천천히 지났다. 치점 신부가 앞장서서 일행을 이끌었고, 그 뒤로 피스크 부인과 피스크 박사, 조슈아, 그리고 두 짐꾼이 따르고 있었다.

하사는 다소 미심쩍어하면서도 그냥 지나가게 하려는 모양이었다. 하사가 아무 말 않는다면 일행은 무사히 그곳을 지날 수 있는 것이었다. 그런데 그때였다. 짐꾼 두 사람 중 나이 많은 쪽이 이성을 잃고 말았다. 병사들 사이를 지나는데 병사들이 총 끝으로 툭툭 건드리자 그만 기겁을 하고는 소리를 지르면서 보따리를 놓고 관목 숲 속으로 냅다 뛰기 시작한 것이었다.

아뿔싸! 치점 신부는 이런 말이 튀어나오려는 것을 용케 참아 내었다. 어스름녘의 산 사면에서 병사들과 치점 신부 일행은 일순 꼼짝도 하지 않고 가만히 서 있었다. 그때 총성이 울렸다. 한 발, 두 발, 세 발……. 총소리가 산 사면에서 메아리쳤다. 짐꾼은 관목 숲으로 들어서다 말고 폭삭 꼬꾸라졌다. 병사들이 함성을 질렀다. 이들은 곧 웅성거리면서 치점 신부 일행을 에워싸고는 욕지거리를 해 대기 시작했다. 치점 신부가 예상했던 대로 하사가 노기 띤 음성으로 말했다.

"우리와 함께 가 주어야겠소."

"우리들은 선교사들이오. 우리에게는 가진 돈도 없소. 우리는 정직한 사람들이오."

피스크 박사가 항변했다.

"정직한 사람은 도망치지 않소. 우리의 사령관 와이츄 장군을 만나 주어야겠소."

"우리에게는 아무 잘못……."

"여보, 그래 봐야 득될 게 없어요. 가만히 계세요."

피스크 박사가 항변을 계속하려 하자 부인이 속삭였다.

말에 올라 병사들에게 둘러싸인 채 치점 신부는 조금 전에 온 길을 따라갔다. 5리쯤은 갔을 때 젊은 하사는 물이 마른 시내 쪽으로 들어갔다. 시내 옆으로는 언덕으로 오르는 자갈길이 있었다. 병사들은 깊숙한 골짜기에 들어서자 걸음을 멈추었다.

일백여 명은 실히 되어 보이는, 패잔병 같은 병사들이 흩어진 채 쉬고 있었다. 담배를 피우는 자, 빈랑나무 열매를 씹는 자, 겨드랑이에서 이를 잡아내는 자, 발가락 사이 때를 파내고 있는 자……, 각양각색이었다. 산협(山峽)을 등지고 말똥 모닥불이 지펴진 평평한 바위 위에 책상 다리를 하고 앉아 저녁을 먹고 있는 자가 와이츄였다.

와이츄는 배가 나온 55세 전후의 사나이로, 치점 신부 일행이 당도했는데도 꼼짝도 하지 않고 앉아 있었다. 그러나 꼼짝도 하지 않았기 때문에 더욱 잔인한 악마 같아 보였다. 무소 기름을 바르고 가운데 가르마를 탄 그의 긴 머리카락은 이마와 관자놀이를 덮고 있어서 가뜩이나 가는 눈이 더욱 가늘어 보였다. 와이츄는 3년 전에, 총탄에 앞니를 부러뜨리고 윗입술을 찢기는 부상을 입은 적이 있었다. 와이츄의 얼굴에는 그 흉터가 무시무시하게 남아 있었다. 얼굴이 그렇게 흉측하게 변해 있었지만 치점 신부는, 파이탄에서 퇴각하던 날 선교관 문 앞에서 말을 탄 채 자기에게 침을 뱉던 와이츄의 모습을 알아 볼 수 있었다. 그때의 치점 신부에게 와이츄의 행패를 견디는 것은 그리 어려운 일이 아니었다. 그러나 자기를 알아 본 것 같은, 인간의 눈이라고 할 수 없는 그 끔찍한 눈을 바라보면서 치점 신부는 심장이 목구멍으로 올라오는 듯한 공포를 느꼈다.

하사가 일행을 붙잡을 때의 상황을 설명할 동안에도 와이츄는 턱 밑에 바싹 갖다 댄 접시에서 쌀밥과 돼지고기를 집어 입 안으로 넣는 젓가락 동작을 멈추지 않았다. 그때 두 병사가 양쪽에서 각각 겨드랑이에 손을 넣어 조금 전에 도망쳤던 그 짐꾼을 끌고 와 모닥불 가까이로 팽개쳤다. 이 가련한 짐꾼은 두 손을 뒤로 묶인 채 와이츄 앞에 무릎을 꿇고는 벌벌 떨면서 알아들을 수도 없는 말을 계속해서 지껄여 대고 있었다.

와이츄는 계속해서 음식을 먹으면서 태연한 얼굴로 허리에 차고 있던 권총 집에서 권총을 뽑아 짐꾼을 쏘았다. 목숨을 빌고 있던 짐꾼은 앞으로 꼬꾸라졌다. 짐꾼의 몸은 꼬꾸라진 뒤에도 한동안 바들바들 떨었다. 구멍 뚫린 머리에서 벌겋고 끈적끈적해 보이는 액체가 쏟아져 나왔다. 총성의 여운이 채 사라지기도 전에 와이츄는 또 음식을 먹기 시작했다.

피스크 부인이 가느다랗게 비명을 질렀다. 놀랍게도 다른 병사들은 이 사건에 아무 관심도 보이지 않고 있었다. 짐꾼을 끌고 들어왔던 두 병사가 시체를 끌어내어가서는 구두를 벗기고, 옷을 벗기고, 엽전 꾸러미를 뒤져내는 등 조직적으로 짐꾼의 소지품을 약탈했다. 치점 신부는 구역질을 느끼면서 옆에 서 있는 피스크 박사에게 속삭였다. 박사의 안색도 창백했다.

"침착하시오……. 내색해서는 안 되오……. 잘못하면 우리 모두 가망 없게 되고 말아요."

신부 일행은 와이츄의 다음 반응을 기다렸다. 이 냉혹하고 무자비한 살인으로 와이츄 주위의 분위기는 싸늘하게 식어 있었다. 와이츄가 손짓하자 다른 두 병사가 또 한 사람의 짐꾼을 끌어내어 바닥에다 무릎을 꿇렸다. 와이츄가 이 짐꾼마저 죽이려고 하는 줄 알았던 치점 신부는 속이 뒤집히는 듯한 구역질을 느꼈다. 그러나 와이츄는 남의 말 하듯이 무덤덤하게 이런 말을 했다.

"당신네들의 하인인 이 자는 지금 파이탄으로 가서 당신네들의 친구들에게, 당신네들이 당분간 내 보호를 받고 있다는 소식을 전한다. 나의 이 같은 호의에는 약간의 선물을 마련하여 사례하는 것이 통례로 되어 있다. 내일 모레 정오에, 내 부하 두 사람이 만츄 문에서 오 리 떨어진 곳에서 이 자를 기다릴 것이다. 이 자는 물론 혼자 와야 한다. 이 자가 선물을 마련해 오는 게 바람직하지 않겠는가."

"우리를 잡아 두어서 좋을 것은 없소. 나는 이미 우리에게는 값나가는 물건이 없다는 말을 당신 부하들에게 한 바 있소."

피스크 박사가 노기 띤 음성으로 말했다. 그러나 와이츄는 들은 척도 하지 않고 하던 말을 계속했다.

"머리 당^當 오천 달러의 사례금을 받겠다. 더도 덜도 아니다."

피스크 박사는 안도의 한숨을 내쉬었다. 적은 돈은 아니었으나, 비교적 형편이 풍족한 메더디스트 선교관에서 그 정도의 돈을 마련하는 일이 반드시 불가능한 일인 것만은 아니라고 생각했기 때문이다. 그래서 그는 이런 제안을 내놓았다.

"그렇다면 내 아내를 저 심부름꾼에게 딸려 보내시오. 내 아내가 돈을 마련할 것이오."

와이츄는 들은 척도 하지 않았다. 순간 치점 신부는, 피스크 박사가 항변을 계속해서 공연한 화를 자초하는 것이나 아닌가 하고 생각했다. 그러나 다행히도 박사는 비틀거리며 아내 쪽으로 다가가 버렸다. 짐꾼이 다시 끌려 나왔다. 짐꾼은 하사가 엄명을 내리고는 등을 밀자 구르듯이 언덕을 내려가 버렸다. 와이츄가 일어서서 출발 준비를 서두르는 부하들을 훑어보고는 자기 말 가까이 다가갔다. 짐꾼은 관목 위로 허연 맨다리를 쳐든 채 발가벗긴 시체가 되어 누워 있었다. 치점 신부 일행의 눈에는 이 짐꾼의 시체가 허깨비처럼 자꾸만 눈앞을 어른거렸으나 와이츄는, 이것이 보이지 않는지 태연하게 말 잔등에 올랐다.

신부 일행이 타고 온 말도 끌려 나왔다. 와이츄의 부하들은 네 사람을 긴 삼끈으로 엮어 말에다 태웠다. 곧 와이츄 일행은 칠흑 어둠 속으로 이동을 시작했다.

말이 어찌나 빨리 달리는지 대화는 불가능했다. 치점 신부는 자기네들을 어디론가 끌고 가는 와이츄라는 인물에 대해 생각했다.

그즈음 옛날의 세력을 잃고 사양길을 걷고 있던 와이츄는 극한투쟁을 벌이지 않을 수 없게 되어 있었다. 3만이라는 대군을 거느리고 체코우 지역을 호령하는 한편 수많은 도시를 손 안에 넣고 닥치는 대로 세금을 거두어들여 투엔라이 요새에서 봉건영주와 다름없이 호사스럽게 살던 그가 서서히 영락의 길로 들어섰던 것이다. 말하자면 전성 시절에는 베이징에서 첩을 사 오는데 5만 테일을 썼을 정도로 쏠쏠이 사정이 좋았던 그가 그즈음에는 비열한 약탈로 겨우 입에 풀칠이나 하는 비적 신세가 되어 있던 것이다. 인근 지역 용병 부대와의 두 번에 걸친 전투에서 참패한 그는 처음에는 민단(民團)과의 제휴를 희망했지만 거절당하자 홧김에 그 반대 세력인 유격대 쪽으로 추파를 던졌다. 그러나 이 두 세력이 와이츄의 제휴 요청을 꺼림칙하게 여긴 것은 어쩌면 당연했다. 이렇게 영락해버린 그는 이 양대 세력을 원망하면서 외로운 싸움을 벌여나갔다. 그의 부하들도 하나둘씩 무리를 떠나기 시작했다. 작전 규모를 줄일 수밖에 없게 됨에 따라 그의 성정은 점점 광포해져 갔다. 2백 명이 채 못 되는 부하를 거느리는 수모를 겪게 되면서부터 그의 약탈과 방화는 인근 지역을 공포의 도가니로 몰아넣었다. 잃어버린 영화에 대한 미련을 증오로 상쇄시키기로 작정한 이 타락한 악마에게 인류는 곧 자기의 적이었다.

밤은 깊어 가고 있었다. 와이츄 일행은 나지막한 산을 넘고, 두 개의 시내를 건너고, 늪지를 헤치고 한 시간쯤 더 들어갔다. 치점 신부는 북극성의 위치로 서쪽으로 가고 있다는 것을 어렴풋이 짐작할 수 있었을 뿐, 정확하게 어디로 가고 있는지는 전혀 알 수 없었다. 나이에 걸맞게 늘 말을 천천히 몰아오던 그에게 전속력으로 달리는 말 잔등 위에서 배겨 내기란 여간 어려운 일이 아니었다. 온 뼈마디가 다 쑤셔 오는 것 같았다. 그러나 그는 피스크 부부 역시 같은 고통을 겪고 있거니 여기면서 이를 악물고 참아 내었다. 덩치는 크지만 나이는 어린 조슈아는 적지 않게 겁을 먹고 있는 눈치였다. 신부는 무사히 선교관으로 돌아가면, 근 6개월 동안이나 갖고 싶어 안달을 부리던 흰 털이 섞인 밤색 말을 꼭 조슈아에게 줘야겠다고 생각했다. 그는 눈을 감고 무사히 선교관으로 돌아갈 수 있게 되기를 기도했다.

새벽녘에 그들은 사방이 바위와 바람에 날리는 모래뿐인 곳에 이르렀다. 사방으로 보이는 땅은 모두 황량한 황무지였다. 식물 대신 누런 이끼류가 자라고 있을 뿐이었다. 여기에서 한 시간쯤 더 가자 물소리가 들리면서, 성벽 둘레 호^{壕} 급사면^{急斜面} 뒤로 투엔라이 요새가 보였다. 여러 차례 포위 공격을 받은 듯 총안이 다 허물어진 이 성채 안 급경사면에는 오래된 흙벽돌집이 여러 채 있었다. 강가에는 옛 절의 빤질빤질한 기둥이 지붕도 없이 서 있었다.

성 안으로 들어가자 일행은 말에서 내렸다. 와이츄는 말에서 내리자마자 말 한 마디 없이 벽돌집 중에는 유일하게 사람이 살

만한 곳으로 보이는 집으로 들어갔다. 아침 공기는 차가웠다. 치점 신부 일행이 여전히 밧줄에 엮인 채 딱딱한 흙바닥 위에 떨며 서 있는데, 절벽에 벌집처럼 뚫어져 있는 동굴에서 여자들과 늙은이들이 나와 가까이 와서는 곧 일행을 둘러쌌다. 잠시 뒤에는 병사들도 이들에게 가세했다. 치점 신부가 이들에게 큰 소리로 말했다.

"먹을 것과 쉴 곳을 베풀어 주었으면 고맙겠소!"

"먹을 것과 쉴 곳을 달래!"

치점 신부 일행을 둘러싸고 있는 무리 속으로 이 말이 퍼져 나갔다. 이 말이 낄낄대고 있는 이들의 호기심을 자극한 것이었다. 치점 신부는 여기에서 실망하지 않고 초주검이 되어 흙바닥에 주저앉은 피스크 부인을 바라보고는 더 큰 소리로 말했다.

"이 선교사 부인이 얼마나 고생하셨는지는 여러분도 아시겠지요. 이분에게 따뜻한 차를 대접하실 친절한 분은 안 계십니까?"

"차래…… 따뜻한 차래……."

무리는 이 말을 되풀이하면서 치점 신부 일행에 대한 포위망을 좁혔다. 이들이 손을 내밀면 치점 신부 일행의 몸에 손가락이 닿을 만한 거리에 이르렀을 때, 한 늙은이가 원숭이만큼이나 잽싸게 손을 내밀어 피스크 박사의 회중시계 줄을 낚아챘다. 이것을 신호로 약탈이 시작되었다. 치점 신부 일행을 둘러싸고 있던 무리는 돈, 성무 일과서^{聖務日課書}, 성경, 결혼반지, 신부의 낡은 은제 연필 같은 것을 남김없이 털어갔다. 약탈이 시작된 지 3분이 채 못 되어 치점 신부 일행은 입고 있는 옷과 신고 있는 구두만 남기고 깡그리 털리고 말았다.

그렇게 털고도 모자랐던지 한 여자가 탐욕스러운 눈길로, 피스크 부인의 모자에 달린 까만 쇠붙이 장식을 보더니 재빨리 이것을 나꿔채려 했다. 여자의 속셈을 알아차린 부인은 외마디 소리를 지르며 모자를 빼앗기지 않으려고 저항했다. 그러나 소용없었다. 여자의 손길에 까만 쇠붙이 장식이 달린 모자, 모자와 핀으로 연결되어 있던 가발까지 벗겨져 나갔다. 순식간에 머리카락 한 올 없어, 흡사 굳은 식용유 덩어리 같은 부인의 알머리가 드러났다. 하얀 아침 햇살을 받고 있는 부인의 알머리는 참으로 보기에 민망할 정도로 흉측했다.

보던 사람들이 모두 침을 삼켰다. 이어서 웃음이 터졌다. 둘러선 무리는 부인을 조롱하기 시작했다. 부인은 두 손으로 얼굴을 가리고는 울음을 터뜨렸다. 피스크 박사는 비단 손수건을 꺼내어 부인의 머리를 가려주려고 했다. 그러나 무리 중 누군가가 그 비단 손수건마저 나꿔채 갔다. 치점 신부는 부인의 모습을 차마 보고 있을 수가 없어서 고개를 돌려버렸다.

하사가 달려오자 이 소동은 시작될 때처럼 순식간에 끝났다. 무리는 흩어졌다. 하사는 신부 일행을 동굴로 끌고 갔다. 여느 동굴과 다른 것이라고는 문이 있다는 것뿐이었다. 이들이 들어서자 철창으로 된 동굴 문이 무시무시한 소리와 함께 닫혔다. 치점 신부 일행만이 남게 된 것이었다.

신부가 중얼거렸다.

"적어도 호젓하게는 된 셈이오."

오래 침묵이 흘렀다. 흙바닥에 앉아 우는 아내를 다독거리던 피스크 박사가 천천히 설명했다.

"아내는 성홍열을 앓았어요. 우리가 중국에 오던 바로 그 해에. 아내가 어찌나 이것을 감추려고 하는지……. 아무도 모르게 하느라고 고생도 많이 했다오."

신부가 두 사람을 위로했다.

"아무도 모를 거요. 조슈아와 나는 입이 무덤보다도 무거운 사람들이니까. 파이탄에 돌아가면 더 좋은 것으로 마련합시다."

"들었지, 아그네스? 제발 울음을 그쳐요."

부인은 오래 애써서 울음을 참아 내다가 드디어 울음을 그치고는 고개를 들었다. 타조 눈같이 눈가가 붉었다.

"신부님, 친절하게 말씀해 주셔서 정말 고마워요."

"그 자들은 그래도 이것 하나는 남겨 주었어요. 이걸 쓰면 도움이 좀 될 겁니다."

신부는 이러면서 안주머니에서 큼직한 밤색 손수건을 꺼냈다. 부인은 이 손수건을 받아서 머리에다 쓰고는 두 귀를 잡아 귀 뒤로 나비 모양으로 묶었다. 피스크가 아내의 등을 두드리며 속삭였다.

"이제 됐어. 아주 감쪽같은걸."

부인은 금방 웃는 얼굴을 되찾고는 사방을 둘러보았다.

"감쪽같다니, 고마워요. 이 야오팡^{窯房}(지하 감옥-역주) 안을 좀 치웠으면 좋겠네요."

그러나 치울 것은 별로 없었다. 지표면에서 약 3미터 내려간

곳에 만들어진 지하 감옥에는 부서진 질그릇 조각과 음습한 어둠이 있을 뿐이었다. 빛과 공기가 들어오는 곳은 창살로 된 출입문뿐이었다. 무덤 속과 같았다. 그러나 지칠 대로 지쳐 있던 이들은 흙바닥에 그대로 누운 채 잠이 들었다. 이들이 창살문 열리는 소리를 듣고 잠을 깬 것은 그 날 오후였다. 눈부시게 환한 빛살과 함께 더운 물주전자와 빵 두 덩어리를 든, 중년 부인으로 보이는 여자가 야오팡 안으로 들어왔다. 여자는, 치점 신부가 빵 한 덩어리를 피스크 박사에게 건네주고는 자기가 든 빵의 반을 떼어 조슈아에게 주는 모습을 물끄러미 내려다보고 있었다. 치점 신부는 여자의 침묵과 여자의 분위기를 심상치 않게 여기고 조심스럽게 고개를 들었다. 그러고는 소리쳤다.

"아니, 너는 안나가 아니냐?"

여자는 대답하지 않았다. 한동안 대담하게 신부의 시선을 정면으로 받고 있던 여자는 등을 돌려 야오팡을 나가 버렸다. 피스크 박사가 조심스럽게 물었다.

"아는 여자였소?"

"확실하지는 않아요. 아니, 아니, 확실하오. 우리 선교관에 있다가……, 도망친 아이였소."

"그 선교관 교육이 신통치 않았던 게로군."

피스크 박사가 처음으로 농담을 했다.

"길고 짧은 것은 대어 봐야 알지."

치점 신부가 응수했다. 그날 밤 이들은 잠을 이룰 수 없었다. 감금당했다는 사실이 주는 불쾌감이 이들을 괴롭혔다. 이들은 축축한 공기나마, 바깥 공기를 쐬기 위해 돌아가면서 창살문 앞에 눕기로 했다. 몸집이 작은 피스크 박사는 몸이 괴로운지 신음소리를 내놓기 시작했다.

"그 끔찍한 빵 때문이오. 십이지장이 꼬여버린 것 같아요."

다음 날 정오, 안나가 다시 뜨거운 물주전자와 좁쌀로 만든 죽 사발을 들고 들어왔다. 치점 신부도 더 이상은 '안나'라는 이름을 부르는 따위의 바보짓을 하지 않았다.

"우리는 얼마나 여기에 있어야 할까?"

처음에는 대답을 않기로 작정하고 있는 듯하던 안나가 냉담하게 대답했다.

"이곳 사람 둘이 파이탄으로 떠났어요. 그들이 돌아오면 풀어주겠죠."

피스크 박사가 말참견을 했다.

"먹을 만한 음식과 담요 좀 갖다 주지 않겠니? 돈을 내지."

안나는 고개를 가로젓고는 돌아섰다. 문 앞으로 나가 창살문을 내린 뒤에 안나가 내뱉듯이 말했다.

"돈을 주고 싶으면 줘봐요. 하지만 오래는 있지 않게 될 거고, 이곳에서 기다리는 것은 아무것도 아니랍니다."

안나가 가버린 뒤 피스크 박사가 투덜거렸다.

"아무것도 아니라니······. 저 여자에게 꼬여버린 내 십이지장을 보여 주는 수는 없나······."

"윌버, 그렇게 약한 말씀 마세요. 우리에게 이런 일이 처음인가요, 뭐? 옛날 일 생각해서라도 좀 참으세요."

중국에서

어둠 속에서 피스크 부인이 남편을 위로했다.

"그때야 젊기라도 했지 어디 귀국 날짜를 잡아 둔 늙은이들이었나? 그러나저러나 이 와이츄라는 작자, 선교관과 무슨 원수를 졌나……. 몸값을 받아 팔자를 고치려고 하나……."

"윌버, 기분을 상하게 하지 말아야 해요. 봐요, 기분이 상하면 바로 풀이 죽어버리잖아요. 이야기를 나누는 것도 좋지 못해요. 필경은 두 분이 종교 전쟁을 벌이고 말 테니까. 말놀이 어때요? 쉽고 재미있는 말놀이 없을까? 그래요, 스무고개 해요. 식물성, 동물성, 광물성……, 하는 거 알지요? 조슈아, 잠들지 않은 거죠? 좋아요. 내가 어떻게 하는 건지 설명해 줄 테니까 잘 들어요."

네 사람은 스무고개 놀이를 한동안 재미있게 했다. 조슈아는 놀랄 만큼 잘 따라왔다. 그러나 피스크 부인이 애써 지어낸 분위기는 오래 가지 않았다. 부인은 깔깔대며 웃다가는, 웃는 것이 실없게 여겨졌던지 웃음을 그쳤다. 지하 감옥에는 다시 침묵이 감돌았다. 선잠이 들었다가는 깨어서 뒤척거리는, 전날과 조금도 다를 것이 없는 시간이 계속되었다.

"파이탄에 갔다는 병사들이 돌아올 때가 되었는데……."

다음 날 피스크 박사가 불쑥 이런 말을 했다. 그의 머리와 손에는 건드리면 뜨거울 만큼 열이 많았다. 수면 부족과 탁한 공기가 그의 몸에 이상을 일으킨 것이었다. 그날 밤 밖에서 사람들이 웅성거리는 소리와 개 짖는 소리가 들려 왔다. 파이탄으로 갔던 병사들이 돌아온 것 같았다. 한동안 사람들 소리와 개 짖는 소리가 들리고 난 뒤로는 무서운 침묵이 흘렀다.

이윽고 발걸음 소리가 들리더니 창살문 열리는 소리가 났다. 치점 신부 일행은 밖으로 나오라는 명령이 떨어지자 어둠 속을 엉금엉금 기어 문 앞으로 나왔다. 시원한 밤공기를 쐴 수 있는 데다, 몸을 자유롭게 움직일 수 있어서 살 것 같았던 이들은 안도의 한숨을 내쉬었다.

"이제 좀 살겠어. 이제 고생도 끝난 거야."

피스크 박사가 중얼거렸다. 병사들은 이들을 와이츄 앞으로 끌고 갔다. 와이츄는 야자나무 잎으로 만든 방석에 앉아 있었다. 그의 옆에는 등잔과 긴 담뱃대가 있었다. 작고 지저분한 그 방에서는 아편 냄새가 풍겨 나왔다. 와이츄 바로 옆에는 팔에 붕대를 감은 병사가 하나 서 있었다. 붕대에는 피가 번져 나와 있었다. 하사를 비롯한 대 여섯 명의 병사들은 손에 손에 등나무 몽둥이를 들고 그 앞에 도열해 있었다.

신부 일행이 들어서자 와이츄의 방 안은 물을 끼얹은 듯이 조용해 졌다. 와이츄는 무시무시한 눈으로 신부 일행을 노려보았다. 보면서 명상하는 듯한 그윽한 눈빛이었다. 그러나 그것은 명상하는 사람의 눈이 아니라 잔혹한 사람의 눈이었다. 얼굴 뒤에 감추어져 있는 그 눈빛은 눈을 통해서가 아니라 느낌을 통해서만 알 수 있는 그런 의미를 담고 있었다. 그의 음성은 감정이 하나도 실리지 않아 메마르기 짝이 없었다.

"사례금은 지불되지 않았다. 내 부하 둘은 사례금을 받으려고 시내로 들어갔다가 하나는 죽고 하나는 부상을 당했다.

치점 신부는 오한을 느꼈다. 올 것이 드디어 오고야 말았구나……, 하고 생각하면서 그가 말했다.

"심부름꾼이 당신의 뜻을 우리 친구들에게 전하지 못했을 것이오. 이 심부름꾼은 겁을 먹은 나머지 파이탄으로 가는 대신 고향인 산시로 도망치고 말았을 것이오."

"말이 너무 많군. 말이 너무 많으니 몽둥이로 다리를 열 대 쳐라."

치점 신부는 이런 일을 예상하고 있었다. 벌은 혹독했다. 병사들 중 하나가 휘두르는 각(角)진 몽둥이 모서리가 순식간에 그의 허벅지와 장딴지 살을 터뜨렸다. 피스크 부인이 분노를 참으면서 소리쳤다. 창백하던 부인의 뺨이 빨갛게 달아올랐다.

"그 짐꾼은 우리가 데려 온 사람입니다. 그 짐꾼이 도망쳤다면 그것은 우리가 책임질 일이지 신부님이 책임질 일은 아닙니다."

"저것도 말이 많군. 귀싸대기를 열 대 쳐라."

부인은 양쪽 뺨을 열 대 얻어맞았다. 박사는 아내 옆에서 어쩔 줄을 모르는 채 부들부들 떨며 서 있었다.

"똑똑한 척들 하니 내 말에 대답해 보아라. 너의 하인이 도망쳤다면, 놈들이 어떻게 알고 내 부하들을 기다리고 있다가 습격했겠느냐?"

치점 신부는 파이탄 주둔군은 비상경계를 펴고 있다, 와이츄의 군대는 눈에 띄는 즉시 사살하게 되어 있다, 이렇게 말하고 싶었다. 사실이 그랬다. 그러나 그는 이 말을 입 밖으로 내지 않았다.

"너무 말이 없구나. 말을 너무 하지 않으니, 어깨를 열 대 쳐라."

 신부는 다시 어깨를 열 대 얻어맞았다. 피스크 박사가 흥분한 여자처럼 두 손을 내저으며 소리를 질렀다.

 "우리 선교관으로 갑시다. 선교관에 도착하는 즉시 그 금액을 지불할 것을 엄숙하게 서약하겠소."

 "나는 바보가 아니다!"

 "그럼 내가 편지를 써 줄 테니, 부하를 초롱시장 거리로 보내시오. 지금 당장 보내어도 좋소."

 "내 부하를 또 죽이라는 것이냐? 나를 바보로 여겼으니, 열다섯 대 쳐라."

 매질을 견디다 못해 피스크 박사가 울음을 터뜨리며 소리쳤다.

 "당신은 불쌍한 사람이오. 나는 당신을 용서하오만 당신은 불쌍한, 불쌍한 사람이오."

 박사의 말이 무서운 침묵을 사아냈다. 와이츄의, 쭉 찢어신 눈이 번쩍거렸다. 그는 조슈아 쪽으로 고개를 돌렸다. 조슈아는 힘깨나 쓰게 생긴 건장한 청년이었다. 와이츄는 부하를 하나라도 더 만들고 싶은 참이었다.

 "너 나를 보아라. 내 기치 아래로 들어와 목숨을 도모하는 게 어떠냐?"

 조슈아가 또박또박 대답했다.

 "영광입니다. 그러나 그렇게는 할 수 없습니다."

 "서양 귀신을 물리치면 너를 살려 주겠다."

 그 순간 치점 신부는 침을 삼키고, 조슈아가 와이츄에게 항복해버리는 순간에 자신이 겪어야 할 고통과 굴욕을 참아낼 마음의 준비를 갖추었다.

"하늘에 계신 주님을 위해 기꺼이 죽겠습니다."

"버르장머리 없이 굴었으니 서른 대를 쳐라."

조슈아는 맞으면서도 비명을 지르지 않았다. 그는 눈을 내리깐 채로 서른 대를 다 맞아 내었다. 맞고도 신음소리 한 번 내지 않았다. 한 대 한 대씩 매가 떨어질 때마다 정작 더 아파한 사람은 치점 신부였다.

"신부에게 묻겠다. 하인을 타일러 마음을 바꿔 먹게 하지 그래?"

조슈아 덕분에 용기를 얻은 그가 단호하게 대답했다.

"싫소."

"겁 없이 대들었다. 스무 대를 쳐라."

열두 번째로 앞정강이에 내리꽂히는 몽둥이질에 뼈 부러지는 소리가 났다. 부러진 다리뼈를 통해 무서운 통증이 온 몸으로 번져 왔다. 아, 이 늙은이의 뼈마저 부러뜨리는구나……. 신부는 이를 악물었다.

와이츄는 끝났다는 듯한 눈치를 보이면서 말했다.

"너희들을 계속해서 가두어 둘 수는 없다. 내일까지 돈이 오지 않으면 너희들 신상에 좋지 못한 일이 생길 것이다."

그는 신부 일행을 남겨 놓고 들어가 버렸다. 신부는 얼마 안 떨어진 야오팡 앞까지도 걸을 수 없었다. 야오팡으로 돌아오자 피스크 부인이 신부를 앉히고 그 옆에 무릎을 꿇고는 구두와 양

말을 벗겼다. 그제야 정신을 차린 피스크 박사가 그의 부러진 다리뼈를 맞추어주었다. 박사의 목소리는 심하게 떨리고 있었다.

"댈 막대기는커녕……, 이런 넝마밖에 없으니……. 부러져도 지독하게 부러졌어요. 안정을 취하지 않으면 골치 아프게 될 거요. 내 손이 이렇게 떨리고 있는 걸 느낄 수 있소? 오, 주여, 저희를 도우소서. 다음 달이면 고향으로 돌아가는데……, 이러다가는……."

박사가 치료를 끝내자 부인이 그의 등을 쓰다듬으면서 이렇게 말했다.

"윌버, 제발 그러지 마세요……. 어떻게 하든지 힘을 잃지 말아야 해요. 지금부터 이러면 내일은 어떻게 견디겠어요."

그 말이 옳았다. 그들은 다음 날을 생각하고 마음을 고쳐먹었다.

다음 날 아침 네 사람은 공터로 끌려 나갔다. 공터 주위에는 투엔라이 주민들이 구경꾼으로 몰려나와 웅성거리고 있었다. 병사들은 긴 대나무 장대를 가져 와 등에다 대고는 팔을 벌리게 한 다음, 팔을 대나무 장대 끝에다 묶었다. 병사들은 두 사람이 한 조가 되어 이 장대 끝을 하나씩 잡아들었다. 신부 일행의 몸이 공중으로 떠올랐다. 병사들은 이렇게 이들을 하나씩 든 채 공터를 여섯 바퀴 돌고는, 와이츄가 앉아 있는 집 앞의, 총탄 자국이 무수히 난 벽 앞에다 세웠다.

치점 신부는 다리의 통증은 이를 악물고 참으면서도 그 치욕은 견뎌 내지 못해 절망한 나머지 눈을 감았다. 다 같은 하느님의 피조물인데, 한 무리는 피와 눈물을 흘리고 또 한 무리는 여흥거리로 이를 구경하면서 낄낄대고 있다는 사실을 그는 받아들일 수 없었다. 하느님께서는 인간을 이렇게 만드시지는 않았다……. 아니다, 이렇게 만드신 하느님은 존재하지 않는다……. 그는 이런 생각을 두서없이 했다.

병사들 몇몇이 소총을 들고 서 있는 것을 보고 치점 신부는 한시바삐 그 고통스러운 순간을 끝내어 주기를 바랐다. 그러나 와이츄가 손짓하자 병사들은 신부 일행을 데리고 가파른 길을 따라 내려갔다. 이들이 이른 곳은 몇 척의 거룻배가 묶여 있는 강가, 물이 얕은 곳이었다. 물가에 이르자 병사들은 구경꾼들 앞에서 이들을 다시 배를 잡아매는 막대기에 묶고는 물속으로 집어넣었다. 깊이가 이들의 키와 비슷한, 흐르는 물이었다.

금방이라도 총살할 듯한 기세를 보이던 병사들이 물속으로 집어넣자 이들은 어리둥절해했다. 퀴퀴한 동굴 속에 갇혀 있던 이들에게 그 더러운 것들을 말끔히 씻어 줄 수 있는 물은 고마운 것일 수밖에 없었다. 물의 냉기 덕분에 이들은 생기를 되찾을 수 있었다. 산에서 내려오는 물이라 차가웠을 뿐만 아니라 맑기가 수정 같았다. 치점 신부도 물의 냉기 덕분에 다리의 통증을 느낄 수 없어서 다행으로 여겼다. 피스크 부인은 웃기까지 했다. 용기를 되찾은 모양이었다.

"목욕은 되는 셈이네요."

부인의 말이었다.

그러나 약 반 시간이 지나고 보니 문제가 달라졌다. 치점 신부는 동료들의 얼굴을 차마 볼 수 없었다. 처음에 그렇게 시원하던 물은 점점 차갑게 느껴지더니 급기야는 사지의 감각을 무디게 했다. 이어서 온몸은 물론 발끝에 이르기까지 감각이 마비되기 시작했다. 얼어붙기 직전인 팔다리로 피를 보내려고 심장이 힘겹게 뛸 때마다 가슴에서도 통증이 왔다. 충혈된 머리는 몸에서 떨어진 채 벌건 안개 속에 떠 있는 것 같았다. 흐려져 가는 의식을 가누면서 치점 신부는 그 이상한 고문의 의미를 생각해 보았다. 이 고문은 폭군 창티^{章帝}가 고안한 이른바 '물고문'이었다. 간헐적으로 가학적인 고통을 주는 이 고문은 창티 이후 유구한 세월이 흘렀는데도 고스란히 옛 모양 그대로 남아 있었다. 와이츄는 자신의 목적을 이루기 위해 이 고문 방법을 응용하고 있는 것이었다. 그렇다면 와이츄는 아직도 몸값에 대한 미련을 버리지 않고 있는 셈이었다. 치점 신부는 한숨을 쉬었다. 와이츄가 몸값에 대한 미련을 버리지 않았다는 것은, 신부 일행의 고통이 아직 끝나지 않았다는 뜻이기 때문이었다.

피스크 박사가 이빨을 딱딱 마주치는 소리를 내면서 말했다.

"놀라운 방법이야…… 이 고통……. 완벽한 앙기나 페토리스(협심증)를 일으키게 하는……, 꽉 막힌 혈관으로 피를 보내려니까 심장이 애를 먹을 수밖에……. 아이고, 우리 예수님…… 만군의 주 하느님…… 어찌하여 저희를 버리십니까? 불쌍한 마누라……, 하느님께서 보우하사, 기절해 버렸군……. 나는 어디에 있지……. 아그네스, 아그네스……."

그는 이 말을 끝으로 정신을 잃었다.

치점 신부는 고통을 참으면서 조슈아를 바라보았다. 희미한 시야에 들어온 조슈아의 머리는 쟁반에 올려져 있었다는 세례 요한의 머리 같았다. 아, 불쌍한 요셉, 가엾은 요셉……. 맏아들이 이 꼴이 된 것을 알면 요셉의 마음이 얼마나 아플까…….

"조슈아, 너의 믿음과 너의 용기……, 내겐 너무나 기쁜 일이다."

"신부님, 이 정도는 아무것도 아닙니다."

침묵. 몸을 마비시키는 물의 냉기와 필사적으로 싸우면서 신부가 말했다.

"조슈아, 너에게 할 말이 있다. 선교관으로 돌아가면 흰 털 박힌 밤색 말, 너에게 주겠다."

"신부님께서는 선교관으로 돌아갈 수 있다고 생각하세요?"

"조슈아, 못 돌아가면 하느님께서 천국에서 탈 수 있게 너에게 밤색 말보다 훨씬 좋은 말을 한 필 주실 게다."

한참이나 입을 다물고 있던 조슈아가 힘없이 말했다.

"신부님, 선교관에서 그 밤색 말을 받는 게 더 낫겠어요."

치점 신부는 물결이 밀려와 자기 귓전을 때린다고 생각했다. 이렇게 생각한 순간 그 물결은 두 사람의 대화를 끊어 버리고는 신부를 어둠 속으로 처박았다. 신부는 야오팡 안으로 돌아온 다음에야 정신을 차렸다. 네 사람 다 물에 흠뻑 젖은 채 야오팡 바닥에 누워 있었다. 신부는 정신을 차리려고 애쓰면서 한동안 더 누워 있었다. 박사가 아내에게 뭐라고 투덜대고 있었다.

"어쨌든 나오기는 했잖아. 저 빌어먹을 놈의 강물에서."

부인이 투덜대는 남편을 달랬다. 부인의 목소리는, 남편과 저녁 차릴 의논이라도 하고 있는 것처럼 태연했다.

"월버, 나오기는 했어요. 하지만 내가 저 무지막지한 자들을 잘못보지 않았다면 우리는 내일 다시 물속으로 들어가야 할 거예요. 그러니까 마음을 놓는다는 것은 우리들 자신을 속이는 짓이지요. 저 자는 우리를 죽일 거예요. 그러니까 저 자가 우리를 살려 둔 것은, 되도록이면 잔혹하게 죽일 방법을 생각할 시간을 벌기 위해서라고요."

"아그네스……, 두렵지 않아?"

"조금도 두렵지 않아요. 당신도 두려워하지 말아야 해요. 우리는 이 가련한 이교도들에게……, 그리고 신부님에게……, 뉴잉글랜드의 개신교도가 어떻게 죽는가를 똑똑히 보여 주어야 해요."

"아그네스, 당신은 참 용감한 여자야."

신부는 피스크 부인이 남편을 힘 있게 껴안고 있을 거라고 생각했다. 신부는 부인의 말에 감동하고 있었다. 세 동료에 대한 애정이 신부의 가슴을 아프게 했다. 신부는 생각은 서로 다르지만 세 사람이 자기에게 얼마나 소중한 사람들인가를 새삼 깨달았다. 도망칠 방법은 없을까? 그는 땅바닥에 이마를 댄 채 이를 악물고 도망칠 방법을 생각했다.

한 시간 뒤 여자가 밥 접시를 가지고 들어왔을 때 신부는 문과 여자 사이를 가로막고 섰다.

"안나! 나는 네가 안나라는 걸 알고 있다. 그러니 더 이상 부인하진 말아라. 선교관에서 우리는 너에게 할 도리를 다 했다. 그런데도 너는 고마워할 줄을 모르는구나. 날 뿌리치고 갈 마음은 먹지 말아라. 내 말이 끝날 때까지는 너를 보내 주지 않겠다. 너는 아직도 하느님의 딸이다. 그런 네가 우리가 천천히 죽어가는 것을 구경만 하고 있을 수는 없는 일이다. 나는 하느님의 이름으로 너에게 말한다. 너는 우리를 도와주어야 한다."

"나는 아무것도 할 수 없어요."

야오팡 안이 어두워 안나의 얼굴을 볼 수는 없었다. 여전히 퉁명스럽기는 해도 목소리는 전날보다 훨씬 부드러워진 것 같았다.

"너는 얼마든지 할 수 있다. 철창문을 잠그지 말아 주렴. 네가 그랬다는 걸 알 사람은 하나도 없을 게다."

"그래 봐야 소용없어요. 병사들이 지키고 있어서 말은 한 마리도 훔칠 수 없어요."

"안나, 우리에게 말은 필요하지 않아."

안나의 눈이 어둠 속에서 빛나는 것 같았다.

"걸어서 투엔라이를 떠나면 다음 날이면 잡히고 말아요."

"우리는 거룻배로 떠난다……. 강물을 따라."

"불가능해요. 흐름이 얼마나 거칠고 빠른데."

"여기서 죽는 것보다는 급류에 휩쓸려 죽는 편이 낫겠지."

"어디서 어떻게 죽든 나와 상관없는 일이에요. 어떻게든 도와줄 생각도 없고요."

이때 불쑥 피스크 박사가 어둠 속에서 손을 내밀어 안나의 손을 잡으면서 말했다.

"안나, 내 손을 잡고 잘 들어 줘. 상관없다고 했는데, 상관없어서야 쓰나. 내 말 알아듣겠지. 오늘 밤에 문을 잠그지 마, 알았지?"

안나는 잠깐 망설이다가 대답했다.

"안 돼요…… 오늘 밤에는 그럴 수 없어요."

안나가 천천히 손을 거두어들이면서 말했다.

"그럴 수 있어야 해."

"내일……, 내일……, 내일 할게요."

안나는 이상하게도 기가 죽은 듯이 고개를 숙여 보이고는 야오팡을 나갔다. 안나 뒤로 철창문 닫히는 소리가 났다.

전보다 무거운 침묵이 야오팡 안을 감돌았다. 안나가 약속을 지킬 것임을 믿는 사람은 하나도 없었다. 안나에게 그럴 마음이 있다고 하더라도, 만일의 경우 발각되어 안나가 받아야 할 벌의 무게에 비하면 이 약속은 연약하기 짝이 없는 것이었다.

피스크 박사가 부인의 어깨에 몸을 기대고는 중얼거렸다. 박사가 자기 손가락으로 자기 가슴을 타진하는 소리도 들렸다.

"발병이야……. 옷은 아직까지도 마르지 않았어. 여보, 이 소리 들려? 둔탁하지? 폐엽성 폐렴이야. 아, 나는 종교 재판 당시의 고문보다 지독한 고문은 없는 줄 알았는데……."

그럭저럭 그들은 그날 밤을 지냈다. 잿빛 아침은 싸늘했다. 철창문으로 빛살이 들어올 즈음 공터 쪽에서 발걸음 소리가 들려왔다. 피스크 부인은 여전히 그 손수건으로 머리를 가린 채, 비장한 결심을 한 듯한 얼굴을 하고 신부에게 부탁했다.

"치점 신부님, 신부님께서는 연장자이십니다. 오늘 다시 나가면 우리는 모두 순교할 것입니다. 그전에 기도를 드려주실 것을 부탁드립니다."

치점 신부는 부인 옆에 무릎을 꿇었다. 모두가 손을 모았다. 그는 평생 해 온 기도 가운데 가장 간곡하다고 할 수 있는 기도를 드렸다. 병사들이 철창문을 열었다.

몸이 전날에 비해 훨씬 허약해져 있었기 때문인지 물은 더 차갑게 느껴졌다. 물속으로 들어가면서 박사는 신경질적으로 비명을 질렀다. 치점 신부에게는 그렇게 소리를 질러 대는 박사가 희미하게 보였다. 곧 정신이 가물가물해졌다. 그는 의식의 끈을 놓치지 않으려고 생각에 몰두했다. 한 방울이면 죄짐을 벗을 수 있게 해 주는 세례……. 여기에는 몇 방울이나 되는 물이 있을까? 백만 곱하기 백만……, 한 방울씩의 물로 세례를 받으려고 기다리는 4억의 중국인들…….

그때 피스크 부인이 소리쳤다. 부인의 눈은 빛나고 있었다.

"신부님, 치점 신부님! 이곳 사람들이 강둑에서 구경하고 있어요. 저들에게 보여주는 거예요. 본을 보여주는 거예요. 찬송가를 부르는 거예요. 우리 신구교가 같이 부르는 찬송가에 뭐가 있죠? 그래요, 성탄절 찬송가예요. 후렴이 아름답죠. 자, 조슈아……, 월버…… 다 함께 하는 거예요."

부인은 떨리는 소리로 노래를 부르기 시작했다.

"……참 반가운 신도여, 다 이리 와서……."

치점 신부가 합세했다.

"……베들레헴 성내에 가 봅시다."

그날 오후 늦게 네 사람은 다시 야오팡으로 돌아왔다. 박사는 모로 누워 있었다. 그의 숨소리가 몹시 거칠었다. 그러나 그의 태도는 의기양양했다.

"폐엽성 폐렴이야……, 어제 알았어. 타진하니까 소리가 둔탁하더군. 염발음이라는 거지. 아그네스, 미안해. 하지만 기분은 나쁘지 않군."

그 말에는 아무도 대꾸하지 않았다. 부인은 쉴 새 없이 젖은 손으로 남편의 이마를 쓸어주고 있었다. 안나가 들어왔을 때도 부인은 남편의 머리를 쓸고 있었다. 안나는 아무것도 들고 있지 않았다. 여전히 그 뚱한 얼굴을 하고 입구에 선 채로 안나가 말했다.

"당신들 몫의 음식을 병사들에게 주었어요. 병사들은 내가 장난하고 있는 줄 알아요. 장난하는 게 아니라는 걸 눈치 채기 전에 떠나세요."

무덤 속의 고요보다 더 무거운 고요가 흘렀다. 치점 신부의 부서지고 찢긴 몸뚱아리 안에서 심장이 유달리 큰 소리를 내며 쿵쾅거렸다. 자유롭게 그 야오팡을 벗어날 수 없으리라고 생각하던 그들에게 그것은 엄청난 소식이었다. 신부가 하느님께 속삭였다.

"안나, 하느님께서 너를 축복해 주실 것이다. 너는 아직도 하느님을 잊지 않고 있구나. 하느님께서도 너를 잊지 않으셨던 모양이다."

안나는 대꾸하지 않았다. 대꾸 대신 안나는 상대 쪽에서는 도저히 헤아려 볼 수 없는 그 검은 눈으로 치점 신부를 바라보았다. 치점 신부는 눈 속에서 아기 안나를 구한 이래 한 번도 그 눈빛을 잊어 본 적이 없었다. 그러나 신부는 피스크 박사 앞에서 안나가 선교관에서 교육을 제대로 받았음을 실증해 주었다는 뜻에서 그지없이 만족스러웠다. 안나는 한동안 그렇게 섰다가는 조용히, 미끄러지듯이 그 자리를 떠나버렸다.

야오팡 바깥은 어두웠다. 바로 옆 야오팡에서 나직한 말소리와 웃음소리가 흘러나왔다. 공터 건너편으로 와이츄가 기거하는 집의 불빛이 보였다. 그 집에 면한 마구간과 병사들의 막사에서도 희미한 빛줄기가 새어나오고 있었다. 갑자기 개 짖는 소리가 들려와 그렇지 않아도 곤두서 있는 치점 신부의 신경을 몹시 건드렸다. 그곳을 빠져나갈 수 있다는 새로운 희망이 또 하나의 아픔으로 그의 가슴을 벅차게 했다.

조심스럽게 신부는 홀로 서보려고 했다. 그러나 불가능했다. 그는 곧 구슬 같은 땀방울을 떨구며 그 자리에 쓰러졌다. 여느 때에 비해 세 배가 넘는 크기로 부풀어 오른 다리는 사용 불능이었다.

그는 조슈아에게 의식을 거의 잃고 있는 박사를 거룻배까지 업어다 놓으라고 속삭였다. 신부는 조슈아가 부인의 도움을 받으며 박사를 업고 바위 그림자 아래로 가는 걸 바라보았다. 조슈아의 발밑에서 자갈이 구르는 소리가 들려 왔다. 신부의 귀에는 그 소리가 죽은 사람이라도 깨워 놓을 만큼 큰 소리로 들렸다. 그래서 침을 삼키면서 긴장했다. 그러나 그 소리는 그의 귀에만 그렇게 큰 소리로 들렸던 모양이다. 5분 뒤에 조슈아가 되돌아왔다. 그는 조슈아의 어깨에 매달린 채 바위 그늘 아래로 천천히, 고통스럽게 끌려갔다.

치점 신부가 갔을 때 피스크 박사는 이미 거룻배 바닥에 뉘어져 있었다. 부인은 그 옆에 허리를 구부리고 앉아 있었다. 신부는 고물 쪽에 자리를 잡고 앉았다. 그러고는 쓸 수 없는 다리를 두 손으로 장작개비 들듯이 들어 옆으로 치워 놓고는 뱃전에다 팔꿈치를 대었다. 조슈아가 올라와 거룻배를 계류시키고 있던 밧줄을 풀기 시작하자 신부는 고물에 달린 노를 잡고는 저을 준비를 했다.

그때 절벽 위에서 고함소리가 들려 왔다. 그 소리를 신호로 사방에서 고함소리가 났다. 병사들의 외마디 소리에 이어 개 짖는 소리도 들려 왔다. 어둠 속에서 횃불 두 개가 빠른 속도로 다가오고 있었다. 외마디소리, 고함소리에 섞여 거룻배 계류장 쪽으로 다가오는 어지러운 발걸음 소리도 들려 왔다.

몸을 움직일 수 없어 애를 태우면서 신부는 입술을 움직여 말을 하려고 했다. 그러나 그는 말을 하지 않았다. 조슈아는 떨리는 손으로 밧줄을 풀어내려고 애쓰고 있었다. 그는 신부의 말을 듣지 않고도 위험이 임박했다는 것을 너무나도 잘 알고 있었다.

마침내 밧줄을 풀어낸 조슈아는 거룻배가 기우뚱하는 바람에 배 바닥에 벌렁 나자빠졌다. 치점 신부는 거룻배가 밧줄에서 풀려났다는 것을 알고는 있는 힘을 다해 흐름이 빠른 곳으로 배를 몰아넣으려고 노를 저었다. 배는 물이 괴어 있는 곳을 벗어나자 한 바퀴 돌면서 뜸을 들이다가 천천히 하류로 떠내려가기 시작했다. 계류장 쪽으로 보이는 횃불의 불빛 아래로 강둑에서 우왕좌왕하는 병사들의 모습이 보였다. 총성이 한 발 들렸다. 이어서 일제 사격이 시작되었다. 납탄이 날아와 핑핑 수면을 스쳤다. 거룻배의 속도는 점점 더 빨라졌다. 소총의 사정거리를 벗어나기는 시간 문제였다. 치점 신부는 안도의 한숨을 내쉬며 앞을 가로막고 있는 어둠을 바라보았다. 그때였다. 산발적인 총소리가 들렸는가 했는데 둔탁한 것이 그의 얼굴을 때렸다. 팔매질한 돌에 맞은 것 같은 충격에 그의 머리가 몹시 흔들렸다. 얼굴을 맞았다는 느낌 이외의, 다른 통증 같은 것은 느낄 여유가 없었다. 그는 손으로 얼굴을 쓸어 보았다. 얼굴이 피에 젖어 있었다. 총탄이 그의 윗턱을 뚫고 오른쪽 뺨으로 나온 것이었다. 그는 그래도 가만히 있었다. 곧 총성이 멎었다. 총탄에 맞은 사람은 신부뿐이었다.

강물의 흐름이 빨라지자 배도 엄청난 속도로 미끄러졌다. 신부는 마음속으로 황하^{黃河}에 합류하게 될 것이라고 생각했다. 그 물길이라면 다른 곳으로는 갈 데가 없었기 때문이다. 그는 허리를 구부려 피스크 박사를 바라보았다. 박사가 의식을 되찾고 있었다. 그는 박사를 위로하려고 애썼다.

"기분이 어떻소?"

박사는 기침을 짧게 두어 번 하고는 대답했다.

"죽어가고 있는 것치고는 기분이 괜찮소. 아그네스, 미안해. 영감 할멈이 바뀌어 내가 할멈 노릇을 해 온 것 같아."

"말을 하지 마세요."

신부는 마음이 답답해지는 것 같아 몸을 일으켰다. 피스크 박사의 생명의 불은 꺼져가고 있었다. 죽음에 대한 저항도 그만둔지 오래 된 것 같았다. 신부는 울고 싶은 충동을 애써 억눌렀다.

엄청나게 커진 물소리가 들려 왔다. 폭포 비슷한 곳으로 흘러가고 있다는 증거였다. 그 물소리가 그의 시력을 앗아갔던 모양이었다. 신부의 눈에는 아무것도 보이지 않았다. 그는 눈을 감은 채로 하나뿐인 노로 거룻배를 물살 한가운데로 저어 넣으려고 노력했다. 그 물살에 실려 내려가면서 그는 영혼을 하느님께 맡겼다.

그는 그 보이지 않는 폭포를 어떻게 지났는지, 어떻게 살아남을 수 있었는지 기억할 수 없었다. 고막을 터뜨릴 듯한 물소리를 들으면서 그는 혼수상태로 빠져 들어갔다. 배가 사정없이 곤두박질치거나 물줄기가 배를 덮을 때도 그는 아무 쓸모도 없어진 노를 놓지 않았다. 그들은 텅 빈 공간으로 떨어지가고 있는 것 같았다. 거룻배의 바닥이 내려앉아 한없이 물속으로 빠져 들어가고 있는 것 같았다. 단숨에 배를 깨뜨려 버릴 듯한 물벼락이 날아들자 그는 꼼짝없이 침몰하는 모양이라고 생각하고는 눈을 감았다. 그러나 배는 다시 떠올랐다. 계속해서 하류로 떠내려가는 이들의 머리 위로 물보라가 쉴 새 없이 일었다. 겨우 물벼락에서 놓여났다고 생각하면 또 하나의 물벼락이 뱃전을 때리며 이들을 삼켰다. 좁은 물길에서는 배가 빠른 속도로 바위에 부딪치면서 떠내려가다가, 나뭇가지에 걸려 공중으로 치솟았다가는 떨어진 적도 있었다. 신부의 머릿속은 어지러웠다. 배는 그런 상태로 한없이 떠내려갔다.

 물의 흐름이 잔잔한 강 하류에 이르렀을 때에야 신부는 정신을 차렸다. 희미한 새벽이 그들을 앞질러 와, 풀밭같이 조용한 수면을 밝히면서 거기에 기다리고 있었다. 얼마나 떠내려 왔는지는 알 수 없었으나 신부는 몇십 리는 족히 될 거라고 나름의 짐작으로 헤아려 보았다. 그는 배가 황하에 합류한 만큼 조금만 더 가면 파이탄에 이를 것이라고 생각했다.

 신부는 움직이려고 해 보았다. 그러나 몸이 말을 듣지 않았다. 피로가 사슬이 되어 그의 몸을 옥죄고 있는 것 같았다. 뼈가 으스러진 다리는 납덩어리보다 무거웠고 부서진 얼굴에서 오는 통증은 지독한 치통 같았다. 그러나 그는 필사적인 노력을 다해 거룻배 바닥을 천천히, 조금씩 기어갔다. 주위는 꽤 밝았다. 조슈아는 거룻배 바닥에 네 활개를 펴고 널부러져 있었다. 신부는 그의 코에 자신의 귀를 갖다 댔다. 숨은 쉬고 있었다. 조슈아는 지친 나머지 곯아 떨어져 있었다. 역시 바닥에는 피스크 박사가 부인의 팔을 베고 누워 있었다. 부인은 자기의 몸으로 남편의 몸을 가려 뱃전으로 날아드는 물보라로부터 남편을 지켜 주고 있었다. 부인은 깨어 있는 것은 물론이고 여느 때와 조금도 다름없는 얼굴을 하고 있었다. 치점 신부는 의아해하는 눈으로 부인을 바라보았다. 네 사람 중 끝까지 흐트러진 모습을 보이지 않고 견뎌 낸 사람은 부인뿐이었던 것이었다. 부인은 남편의 용태가 어떠냐고 묻는 듯한 신부의 시선을 받고는 가볍게 고개를 갸웃거렸다. 신부는 그제야 박사의 임종이 가까워진 것을 알았다.

피스크 박사는 숨을 토막토막 끊어서 쉬고 있었다. 물론 숨을 전혀 쉬지 못하고 있을 때가 많았다. 이따금씩 무슨 말인가를 중얼거렸으나 그의 눈은 이미 텅 비어 있었다. 신부가 가까이 갔을 때, 박사는 신부를 알아본 듯한 눈치를 보였다. 박사는 웃으려고 하는 것 같았으나, 그의 입술은 웃음을 지어 내지 못했다. 그래도 말은 가까스로나마 했다.

"이것 보시오……. 선교관에서 애들 잘 가르쳤다고 재지 마시오……. 당신이 가르쳐서……, 그런 게 아니라……, 내가 뇌물을 주었단 말이오……. 흐흐……, 신발 속에 넣고 다니던 오십 달러짜리 지폐를 손에 쥐어주었단 말이오……. 하지만 여보시오, 하느님께서 당신을 축복하시기를 빌겠소."

피스크 박사는 때로는 끊어가면서, 때로는 웃어가면서 이 말을 다 하고는 잠깐 의기양양한 미소를 지었다. 결정적인 대목에서 신부를 이겼다고 생각하고는 아주 만족스러워하는 것 같았다. 박사는 말을 마치자 곧 눈을 감았다. 해가 뜬 다음에야 부인과 신부는 그가 숨을 거둔 것을 알았다.

다시 고물로 돌아온 치점 신부는 남편의 손을 가슴 위에다 모아 주는 부인을 바라보았다. 그는 문득 자기 손을 내려다보았다. 손목 위에는 불긋불긋한 반점이 돋아나 있었다. 손등을 쓸어 보았다. 피부에 납 탄알이라도 든 것처럼 반점 부분이 부어올라 있었다. 그는, 잠들어 있을 동안 독충에 물렸을 것이라고 생각했다.

강물에서 솟은 아침 안개 속으로 그는 강 하류 쪽을 바라보았다. 멀리 가마우지를 이용해서 고기잡이하는 배들이 보였다. 그는 눈을 감았다. 거룻배는 황금빛 안개를 헤치고 이리 흔들리고 저리 흔들리면서 가마우지 고깃배 쪽으로 흘러가고 있었다.

13

그로부터 6개월이 지난 어느 날 오후, 선교관에 새로 파견되어 온 의사인 스티븐 먼시 신부와 제롬 크레이그 신부가 담배를 피우면서 커피 잔을 앞에 놓고 무슨 이야기인가를 열심히 하고 있었다.

"준비는 완벽하게 된 모양이네. 다행히 날씨도 좋을 것 같고."

스티븐 먼시 신부의 말에 제롬 크레이그 신부가 고개를 끄덕였다.

"암. 악대를 수배할 수 있었던 것도 천행이었지."

두 사람은 젊고 건강하고 의욕도 있고 하느님에 대한 믿음도 튼튼한 사제들이었다. 볼티모어 대학에서 의사 면허증을 얻은 미국인 스티븐 먼시 신부는 동료 신부보다 키가 훨씬 커서 육척 장신이었고 제롬 크레이그 신부는 홀리웰 신학교에서 권투부를 이끈 운동선수답게 온몸이 근육질로 되어 있는 젊은 사제였다. 크레이그 신부는 영국인이었지만 샌프란시스코에 있는 성 미카엘 신학교에서 2년간에 걸친 선교사 준비 과정을 마친 탓인지 미국인이나 다름없이 상냥했다. 그가 먼시 신부를 만난 것도 그곳에서였다. 두 신부는 서로에게 매력을 느끼고는, 곧, '스티브', '제리'라고 부르면서 반말을 할 정도로 친한 친구 사이가 되었다. 그러나 이들이 이런 식으로 반말을 나누는 것은 주위에 아무도 없을 때였다. 형편이 여의치 않아 서로 위엄을 갖추어야 할 때면 이들의 말투는 공식적인 말투로 바뀌었다. 가령, "야, 제리, 오늘 오후에 농구 안 할 테냐······." "어, 그런데 말이오, 신부, 내일 미사는 몇 시지요?" 이런 식이었다. 이 두 사람의 우정은 파이탄으로 함께 파송된 이래 더욱 돈독해져 있었다.

먼시 신부가 잔에다 커피를 따랐다. 머리카락을 짧게 깎은 씩씩한 청년 사제인 먼시 신부는 크레이그 신부보다는 2년 연장이라 두 사람의 관계를 실질적으로 주도하고 있었다.

"머리 메어리 원장 수녀께 우리 방으로 좀 들러 달라고 무탁해 두었네. 송별 행사의 몇 대목을 좀 의논하고 싶어서. 성격이 아주 좋아 보이고 일에도 열심이더군. 우리를 크게 도와주실 분인 것 같아."

"좋은 분인 것 같더군. 사실 말이지만, 우리 둘이서만 계획했다면 굉장하게 했을 텐데 말이야."

"쉿! 그렇게 떠벌리지 말게. 노인은 자네가 생각하는 것처럼 귀머거리가 아니야."

크레이그 신부가 근육질 몸에 어울리지 않게 몸을 꼬고 웃으면서 중얼거렸다.

"대단해. 저분이 저렇게 일어설 수 있었던 것도 다 자네 덕이라는 것은 아니네만, 저 연세에 다리뼈가 부러지고, 턱이 부서진 데다 천연두까지 겹쳤는데도 거뜬하게 일어나는 걸 보면……, 정말 대단한 근력이야."

"하지만 전 같지 않아. 세 가지 우환이 노인을 아주 녹초로 만들어 놓고 말았어. 고향까지의 긴 여행……, 무사히 치러 낼 수 있어야 할 텐데."

"정말 괴짜 영감이야……. 아, 미안하네, 말이 빗나갔어. 좀 구식 노인이라는 편이 적절한 표현이겠어. 노인이 몸져누워 있는데, 피스크 부인이 귀국하기 직전에 네 기둥짜리 침대를 보냈던 날의 일 기억나나? 그 침대에 누이느라고 우리가 땀깨나 흘리지 않았던가? 그 양반이 입버릇처럼 하던 말……. 이 사람들아, 멀쩡한 사람이 어떻게 누워 있으라는 말인가……."

크레이그 신부는 이 말끝에 웃었다.

"머시 메어리 원장 수녀에게 고깃국 그릇을 던진 것은 또 어떻고? 아니야, 이러면 안 돼, 크레이그 신부, 우리가 이런 식으로 나오는 대로 지껄여서야 쓰겠나? 잘만 사귀면 저렇게 좋은 분도 없을 걸세. 이런 곳에서 삼십 년 정도 틀어박혀 있으면 사람이 좀 이상해지는 거야 당연한 일 아니겠나. 하느님 은덕으로 우리는 짝을 맞추어 와 있으니 다행한 일 아닌가…… 네, 들어오세요."

먼시 신부의 말이 끝나자 머시 메어리 원장 수녀가 빨간 뺨 하나 가득 웃음을 띠고 들어왔다. 원장 수녀의 눈길은 다정했다. 원장 수녀는 착실해 보이는 두 젊은 사제를 맞게 되어서 여간 기분이 좋은 것이 아니었다. 그래서 알게 모르게 어머니 행세를 하려 했다. 젊은 사람들이 들어오고 보니 선교관 분위기도 훨씬 힘 있어 보여서 원장 수녀에게도 좋았다. 나이 든 여성으로서야 당연할 일일 테지만 원장 수녀는 두 젊은 신부의 세탁물도 돌보아주고, 속옷도 기워주는 등 여간 정성을 기울이는 게 아니었다. 먼시 신부가 원장 수녀에게 말을 걸었다.

"원장 수녀님, 마셔도 취하지 않는 유쾌한 마실 것, 한 잔 어떻습니까? 좋지요? 설탕은 두 숟가락? 저희들은 사순절이 끝날 때까지 원장 수녀님께서 뭘 드시는지 감시해야 하는 입장이라고요. 내일 있을 치점 신부님 송별회 건으로 의논드릴 게 있어서요."

세 사람은 근 반 시간 동안 이야기를 나누었다. 시종 화기애애하고 열띤 분위기였다. 두 신부의 이야기를 듣고 있던 원장 수녀가 별안간 문 밖으로 귀를 기울였다. 모성의 보호 본능이 원장 수녀의 표정을 더없이 그윽하게 했다. 한동안 귀를 기울이고 있던 원장 수녀가 걱정스러워 하는 듯한 얼굴을 하고 말했다.

"무슨 소리 들었죠? 지금은 안 들리네. 이 할아버지가 또 아무 말씀 없이 나가신 게 분명해요. 나가봐야겠어요, 죄송해요, 신부님들. 노신부님을 찾으러 나가야 해요. 또 밖으로 나가셔서 흙탕물에라도 빠지시면 큰일이니까."

치점 신부는 다 낡은 우산을 접어들고 지팡이 삼아 짚으면서 마지막으로 성 안드레 선교관을 순례하고 있었다. 어처구니없게도 그는 얼마 걷지 않고도 피로를 느꼈다. 그는 오래 병상에 누워 있었더니 기력이 쇠하고 말았구나, 하고 생각하면서 한숨을 쉬었다. 이제는 완연한 노인이었다. 그 자신은 아무것도 달라진 게 없다고 여기는데, 변한 것이 없다고 생각하는데, 남들이 노인 대접을 하려 드는 데는 어쩔 수 없었다. 그는 다음 날이면 파이탄을 떠나야 했다. 믿어지지 않는 일이었다. 선교관 뜰, 윌리 탈록의 무덤 옆에 뼈를 묻겠노라고 결심하지 않았던가? 안셀름 밀리 주교의 편지에 적혀 있던 글월 한 마디가 그의 가슴에 새롭게 와 닿았다.

"······거기에 집착하지 말고, 건강도 좋지 않다니 건강도 돌볼 겸 외방전교 업무는 이쯤 해서 끝내도록 하게······."

오, 하느님, 하느님 뜻대로 하소서.

선교관 뜰에서 묘비명을 바라보고 서 있는 그의 머릿속을 아름다운 추억과 따뜻한 상념이 꼬리에 꼬리를 물고 지나갔다. 윌리 탈록, 클로틸드 수녀, 정원사 푸 씨의 묘비 이외에도 그 뜰에는 여남은 개의 묘비가 더 서 있었다. 하나하나의 묘비는 그들의 평범한 순례의 시작이며 끝이자 이정표였다.

그는 뙤약볕에서 등에를 쫓으려는 말처럼 고개를 세차게 내저었다. 몽상에 덜미를 잡힐 때는 아니라고 생각한 것이었다. 그의 시선이 새 목초지를 일군 선교관 담벽 너머로 옮겨 갔다. 거기에서는 조슈아가 네 동생의 부러워하는 듯한 시선을 받으면서 흰 털이 박힌 밤색 말을 조련하고 있었다. 요셉은 거기에서 별로 멀지 않은 곳에 서 있었다. 자그마치 자식을 아홉이나 거느린 이 뚱뚱하고 낙천적인, 마흔 다섯 살 먹은 중년은 산책을 끝내고 막내 아이를 태운 유모차를 밀면서 수위실 쪽으로 가고 있었다. 삶에 기분 좋게 항복해버린 점잖은 사내의 보기 좋은 전형이 아닌가……, 하고 생각하면서 신부는 웃었다.

그는 되도록 남의 눈에 띄지 않게 조심하면서 선교관 주위를 돌았다. 남의 눈에 띄지 않으려는 것은, 모두가 다음 날의 송별 행사를 준비하느라고 바쁘게 일하고 있을 것이기 때문이었다. 그는 학교, 기숙사, 식당, 뜨개질 및 깔개 만드는 작업이 진행되고 있는 작업실, 앞 못 보는 아이들에게 바구니 짜는 법을 가르쳐주기 위해 지난해에 작업실에 붙여 지은 부속실을 차례로 돌아보았다. 아, 나는 왜 이렇게 하찮은 것들에 애착을 품고 이렇게 돌아보고 있는 것일까? 몇 해 전까지만 해도 그는 자신이 이루어 놓은 것들에 대해 나름대로 만족했던 터였다. 그러나 약간 감상적인 쪽으로 마음이 기울어 있는 그의 눈에 그런 것들은 아무것도 아닌 것으로 보였다. 그는 애써 발길을 돌렸다. 새로 지은 건물 안에서 부는, 솜씨가 아주 서툰 관악기 소리가 들려 왔다. 그는 다시 한 번 쓴웃음을 지었다. 눈살도 찌푸린 것 같았다. 새파란 보좌 신부들이 또 무슨 엉뚱한 수작을 벌이려는 게 분명했다. 신부는 전날 밤의 일을 떠올렸다. 신부가 애써 선교관 지부가 있는 류씨 마을의 위치를 설명하려 하자 의사인 먼시 신부가 '비행기'라는 말을 입에 올렸던 것이었다. 세상에! 류씨 마을까지 비행기로 가면 두 시간 거리라는 것이었다. 옛날에는 걸어서 두 주일이 걸리는 거리였는데…….

거기에서 더 가지 말아야 했다. 오후의 날씨가 싸늘해져가고 있었다. 더 갔다가는 원장 수녀에게 또 무슨 잔소리를 들을지 모르는 일이었다. 그러나 그는 고집스럽게 우산에 몸을 의지하고는 천천히 '녹옥의 언덕'을 내려갔다. 그가 이른 곳은 최초의 선교관이 있던 곳이었다. 선교관 터에는 대나무가 자라 있고 나지막한 담이 있던 곳은 물이 괴어 늪이 되어 있었지만 벽돌로 지은 외양간은 여전히 그 자리에 있었다.

그는 고개를 숙이고, 지붕이 날아가 버린 외양간 안으로 들어갔다. 추억이 또 한 차례 그를 괴롭혔다. 그의 눈에는 중국인 소년 하나만을 데리고, 화로 앞에 앉은, 열의와 고집뿐인 한 젊은 사제의 모습이 보이는 것 같았다. 그 자리는 종도 복사도 없이 혼자서 트렁크를 제대삼아 최초의 미사를 드리던 바로 그 자리였다. 그때의 일이 그의 눈에 선했다. 그는 불편한 몸으로 거기에 무릎을 꿇고는, 이루어 놓은 일보다는 이루려 하던 의욕으로 자신을 심판해주실 것을 하느님께 빌었다.

선교관으로 돌아온 그는 옆문으로 살며시 자기 방으로 들어갔다. 다행이었다. 어느 누구의 눈에도 들키지 않은 것이었다. '난리'는 질색이었다. 신부 자신의 건강을 염려해서 선교관 신구들이 우당탕거리면서 뜨거운 물을 준비한다, 따뜻한 국을 마련한다…… 이런 소동을 그는 '난리'라고 불렀다. 신부의 방에는 놀랍게도 챠 씨가 와서 기다리고 있었다. 추위에 오느라고 푸르죽죽하게 변해 있던 챠 씨의 주름진 얼굴이 신부를 보자 곧 밝아졌다. 여느 때와는 달리 신부는 예의 같은 것은 접어두고 이 옛 친구의 손을 힘 있게 잡았다.

"와주시면 얼마나 좋을까 하고 욕심을 내고 있던 참입니다."

신부의 말에 챠 씨가 슬픔과 고통을 참는 듯한 목소리로 대답했다.

"어떻게 오지 않을 수 있겠습니까? 신부님, 이렇게 떠나게 되셔서 정말 섭섭합니다만, 섭섭하다는 말씀을 새삼스럽게 다 드릴 필요는 없겠지요? 신부님을 사귀어 온 세월이 제게는 참으로 귀한 세월이었습니다."

"나 역시 선생이 보고 싶을 것입니다. 선생의 친절과 자선을 생각하면 몸 둘 바를 모르겠습니다."

"원 천만의 말씀을 다 하십니다. 신부님께서 나를 이끌어 주신 것에 비하면 정말 아무것도 아닙니다. 게다가 나는 신부님의 선교관 뜰에서 평화를 누리고 아름다움을 즐기지 않았습니까? 신부님께서 가시고 나면 이 뜰이 쓸쓸해 보일 것입니다. 하지만……, 건강이 나아지시면 이 파이탄으로 되돌아오시겠지요?"

"그렇게는 안 될 것입니다. 유감스럽지만 나중에 하늘나라에서 만날 기약을 해야 할 것입니다."

어색한 침묵이 흘렀다. 챠 씨가 머뭇거리다가 침묵을 깨뜨렸다.

"함께 하는 시간을 얻을 수 없다면 먼 훗날에 만나 이야기를 나눌 날을 기약하는 것도 좋겠지요."

"나는 평생을 그런 이야기를 나누는 일에다 바쳤답니다."

챠 씨는 평소의 그답지 않게 또 망설이다가 말을 이었다.

"내게는 이승의 삶이 끝난 상태를 깊이 생각해 본 바가 없습니다. 그러나 만일에 그런 상태가 있다면 신부님과 그곳에서 우정을 나누는 것도 참 좋은 일이겠지요."

치점 신부는 챠 씨와 그렇게 오래 사귀어 왔는데도 불구하고 이 날만은 그가 하고 싶어 하는 말의 요지를 알 수 없어 애를 태웠다. 그래서 치점 신부는 대답하는 대신 웃기만 했다. 놀랍게도 챠 씨가 대화의 본론을 건드렸다.

그의 거무죽죽한 얼굴에 홍조가 어리기 시작했다.

"신부님, 제가 자주 이런 말씀을 드렸지요? 이 세상에는 종교가 여러 가지 있고, 천국으로 들어가는 문도 여러 개가 있다고요. 그런데 신부님과 같은 문으로 천국에 들어가고 싶다는 생각이 들었습니다."

목을 조르는 듯한 침묵이 흘렀다. 치점 신부는 허리를 구부린 채 그대로 굳어진 듯이 가만히 있다가 속삭였다.

"나는 선생께서 진지하게 말씀하시는 것인지 짐짓 그래 보시는 것인지 그걸 모르겠습니다."

"오래 전에 신부님께서 제 자식을 살려주셨을 때도 저는 이 문제를 진지하게는 생각지 않았습니다. 그때 저는 신부님이 어떤 삶을 살고 계시는지 알지 못했습니다. 인내와 용기를 필요로 하는 그 고요한 삶을 이해하지 못했습니다. 종교를 섬기는 사람의 행실은 종종 그 종교를 지향하는 선의 진위를 재는 잣대가 되는 법입니다. 신부님, 신부님께서는 모범을 보임으로써 저를 정복했습니다."

치점 신부는 손을 들어 이마를 짚었다. 그가 감정을 숨기고 싶어 할 때마다 보이는 동작이었다. 그가 자기의 양심으로부터 꾸지람을 받은 것은 한두 번이 아니었다. 그의 양심은 그에게, 챠 씨에게 진정으로 그럴 마음이 없었다고 하더라도 기독교에 귀의하겠다는 챠 씨의 희망을 거절한 것은 잘못이 아니었느냐고 꾸짖고 있었던 것이었다. 신부는 천천히 대답했다.

"나는 오늘 하루 종일 내 입 안에서 버적거리는 내 실패의 잿가루를 씹었습니다. 그런데 선생의 말씀은 내 가슴에다 다시 불을 붙였습니다. 바로 이 순간에 들은 선생의 말씀 한 마디로도, 이곳에서 내가 했던 노력은 무익하지 않았다고 할 수 있습니다. 그러나 그럼에도 불구하고 나는 이렇게 말씀드릴 수밖에 없습니다. 우정 때문에 그러실 것은 없습니다. 이런 것은 참 믿음이 있을 때만 가능합니다."

챠 씨는 분명하게 대답했다.

"마음의 쥰비는 다 되어 있습니다. 저는 신부님에 대한 우정 때문에 또 제 믿음 때문에 이 길을 가려는 것입니다. 신부님과 저는 형제입니다. 당신과 저는 형제입니다. 그렇다면 신부님의 주님은 제 주님이어야 합니다. 그렇게 된다면 설사 신부님이 내일 떠나야 한다고 해도 제 마음은 섭섭하지 않을 겁니다. 언젠가는 우리 주님의 뜰에서 만나게 될 것임을 믿으니까요."

치점 신부는 말을 할 수 없었다. 그는 자신의 감정의 바닥을 드러내지 않으려고 애썼다. 그러면서 천천히 손을 내밀어 챠 씨의 손을 잡았다. 그러고는 낮은 목소리로 천천히 말했다.

"그럼 교회로 내려갑시다."

다음날 아침이 밝았다. 아침은 맑고 상쾌했다. 노랫소리에 잠을 깬 치점 신부는 피스크 부인이 주고 간 침대에서 내려와 비틀거리면서 창가로 다가갔다. 그의 개인 방 발코니 아래엔, 흰 옷에 파란 띠를 맨 선교관 학교 하급 학년인 아홉 살 안팎의 아이들이 스무 명 정도 모여 서서 신부를 위해 노래를 부르고 있었다. '만세, 미소 짓는 아침이……'라는 노래였다.

신부는 눈살을 찌푸렸다. 그러고는 1절이 끝나자 소리쳤다.

"애들아, 그만하면 되었으니까 가서 아침들 먹어라."

아이들은 노래를 그치고 악보를 들고 선 채로 신부에게 웃음을 보냈다.

"신부님, 이 노래 마음에 드셔요?"

"아니……. 응, 마음에 든다. 하지만 지금은 아침 먹을 시각이야."

아이들은 노래를 처음부터 다시 시작해서 끝까지 불렀다. 치점 신부가 방 안으로 돌아와 면도를 하고 있을 때 아이들은 다른 노래를 불렀다. 그런데 아이들의 노랫말에, '그대의 아름다운 뺨'이라는 구절이 나오는 대목에서 그는 그만 면도칼에 뺨을 베이고 말았다. 손바닥만 한 거울에 비치는 자신의 모습을 들여다보던 신부는 혀를 찼다. 총상으로 인한 흉터와 천연두로 인한 곰보 자국이 나 있는 얼굴에 또 칼자국까지 생긴 것이었다. 예쁘게 보여야 하는 날에, 이게 뭐야? 험상궂은 깡패 같지 않나…….

아침 식사 시간을 알리는 종이 울렸다. 먼시 신부와 크레이그 신부는 부러 태연한 얼굴을 꾸미고 웃으면서 치점 신부를 기다리고 있다가 신부가 내려가자 먼시 신부는 의자를 끌어다 주었고 크레이그 신부는 요리 접시의 뚜껑을 열었다. 두 사람은 치점 신부를 즐겁게 하려고 어찌나 애를 쓰는지 자리에 앉아 있지도 못했다. 치점 신부가 호통을 쳤다.

"일백 살 된 증조할애비 다루는 듯한 이 따위 장난 그만두지 못해? 정신 나간 사람들이 아닌가!"

크레이그 신부는 영감 입 한 번 험하네, 하고 생각하면서 웃고는 다정하게 말했다.

"신부님, 저희들은 특별한 대접을 해 드리는 게 아닙니다. 하지만 처음으로 길을 닦으신 개척자의 명예야 무슨 수로 피하시겠습니까? 신부님께서도 이것만은 피하시고 싶지 않으실 것입니다. 신부님께서는 당연히 그만한 대접을 받으셔야 합니다. 여기에는 의혹이 여지가 없습니다."

"의혹의 여지는 얼마든지 있네."

"신부님, 이곳 일은 이제 걱정 마십시오. 신부님께서 걱정하시는 까닭은 압니다만, 저희들이 신부님께서 이루어 놓으신 것을 잘 지켜 나가겠습니다. 어이, 제리, 아니 크레이그 신부, 내게는 성 안드레 선교관 규모와 능률을 배가시킬 복안이 있네. 신부님, 저희들은 이십 명 정도의 전교傳敎 임원을 두고 월급을 듬뿍듬뿍 주어 가면서, 신부님의 친구 분이 운영하시던 초롱시장 거리의 메더디스트 선교관 맞은편에다 급식소도 근사하게 하나 차리겠습니다. 메더디스트 선교관 사람들에게 보란 듯이 말씀이지요. 어디까지나 정직하고 속을 터놓는 가톨릭 선교관으로 세워 나갈 것입니다. 머지않아 우리 선교관의 자가용 비행기도 마련하게 될 테니까 그때를 기다려 주십시오. 전교 실적을 알리는 도표가 신부님 앞으로 배달될 때를 기다려 주십시오. 뿐만 아니라……."

"암소 떼가 목장으로 돌아올 때도 기다려 주지."

치점 신부가 젊은 신부들의 말은 들은 척도 않고 중얼거렸다.

두 젊은 신부는 저희끼리만 아는 뜻을 실어 시선을 나누었다.

"여행하시면서 약 드시는 걸 잊으시면 안 됩니다. 하루 세 번, 한 숟가락씩 드시는 겁니다. 신부님 가방에다 큰 병으로 하나 넣어 두었으니까요."

치점 신부는 웃음을 터뜨렸다. 몸을 흔들면서 큰 소리로 웃었다.

"가방에는 없네. 아침 먹으러 내려오기 직전에 내다 버렸으니까. 여보게들, 내 걱정은 말게. 나 말이지, 고약한 건달이야. 그러니까 이래라 저래라 하면 손해야. 이 선교관? 자네들이 잘 해 나갈 것으로 믿어. 단……, 너무 뽐내지 않으면……. 친절의 본을 보이고 관용을 베풀 줄 알게 되면……, 중국 노인들에게 계란 먹는 방법을 가르치려고 들지 않으면."

"물론, 물론, 잘 해 나갈 겁니다."

치점 신부는 식탁을 떠나 방 한쪽으로 가서는 격자무늬 우산을 들고 왔다. 옛날 '녹슨 맥' 신부에게서 받았던 바로 그 우산이었다.

"여보게들, 나에게는 자네들에게 남겨 줄 비행기 같은 것은 없네만, 아주 요긴하게 쓰일 기념품 하나 주고 가겠네. 옛날에 우리 은사이시던 신부님께서 내게 주신 것이야. 나는 이것을 평생 들고 다녔다네. 파이탄의 하고많은 우산 가운데 아마 이놈의 나이가 가장 많을 것이네. 어쩌면 이 우산이 행운을 가져다줄지도 모르네."

크레이그 신부가 귀중한 고대의 유물인 양 조심스럽게 그 우산을 받았다.

"고맙습니다, 신부님. 정말 색깔이 아름답습니다. 중국제 우산입니까?"

"중국제 우산보다 질이 더 형편없을 거야."

치점 신부는 웃으면서 고개를 가로젓고는 입을 다물어 버렸다.

먼시 신부가 크레이그 신부에게 묘한 눈짓을 하고는 냅킨을 식탁에 내려놓았다. 그의 눈이 유난히 반짝거리고 있었다. 그가 일어섰다

"신부님, 괜찮으시다면 저와 크레이그 신부는 먼저 일어시겠습니다. 시간이 다 되었고, 곧 츄 신부도 도착할 것 같아서요."

치점 신부는 11시에 떠나게 되어 있었다. 그는 자기 방으로 올라갔다. 간단한 소지품 정리가 끝났는데도 한 시간 정도 여유가 있었다. 신부는 선교관 안을 좀 걸을 생각으로 아래층으로 내려가 교회 쪽으로 걸음을 옮겨 놓았다. 그러나 문을 나서는 순간, 그는 충격적인 광경에 그만 걸음을 멈추고 말았다. 5백 명이나 되는 선교관 신자들 전부가 줄을 지은 채 조용히 서서 그가 나오기를 기다리고 있었다. 츄 신부가 인솔하고 온 듯한 류씨 마을 사람들은 열의 한쪽 가에 서 있었고, 나이든 처녀들과 공예 기

술학교 학생들은 그 반대편, 머시 메어리와 마르타 수녀와 중국인 수녀들이 인솔하고 있는 선교관의 보배 같은 아이들은 맨 앞줄에 서 있었다. 신자들은 무엇인가를 애타게 기다리는 눈길을 하고 서 있다가 초라한 모습으로 그가 나타나자 일제히 허리를 구부렸다. 신부는 격정을 이기지 못하고 전율했다.

물을 끼얹은 듯이 조용했다. 요셉이 송별사를 낭독하게 되어 있었던 모양이다. 누가 마술이라도 부린 듯이 의자 두 개가 신자들 앞에 놓여졌다. 신부가 누구에겐가 등을 떠밀려 의자에 앉자 요셉이 나머지 의자 위로 올라갔다. 그러고는 힘겹게 몸을 가누면서 빨간 두루마리를 꺼내 들었다.

"사랑하는 신부님이시여, 하늘에 계신 우리 주님의 귀하신 사도시여, 신부님께서 넓은 수평선 저쪽으로 떠나시는 모습은 저희에게는, 신부님의 어린 양들에게는 견딜 수 없이 슬픈 일입니다······."

중간에 몇 번 끊긴 것을 제하면 송별사는 과거에 많이 듣던, 현란한 찬사가 넉넉하게 들어간, 흔해 빠진 미문에서 더도 덜도 아니었다. 제 아내 앞에서 은밀히 여러 번 연습했을 터인데도 불구하고 요셉의 목소리는 선교관 뜰을 휘어잡지 못했다. 그는 이따금씩 땀을 뻘뻘 흘리며 부들부들 떨었다. 옆에 서서 송별사를 낭독하는 요셉의 구두를 보면서, 신부 자신이 탄 말의 고삐를 잡고 앞서 달리던 30년 전의 그 날래고 날쌘하던 소년을 생각했다. 송별사가 끝나자 거기에 모여 선 사람들은 우렁차게 '영광송^{榮光頌}'을 불렀다. 자기 구두를 내려다보고 있던 치점 신부는 맑은 목소리가 선교관 뜰을 울려퍼지자, 뼈마디가 녹아내리는 듯한 진한 감동의 순간을 견디지 못해 조용히 기도했다. 하느님, 바보같이 눈물을 보이지 않게 하소서, 하고.

기념품 증정식 순서가 되자 바구니 짜는 법을 배우던, 앞 못 보는 아이 하나가 나왔다. 검은 치마에 흰 블라우스를 입은 이 아이는 옆에서 방향을 지시하는 원장 수녀의 목소리에 따라 정확하게 치점 신부 앞에 이르러서는 무릎을 꿇고, 수녀들이 난징에 특별히 주문해서 제작하게 한 장식이 아름다운 금도금 성배^{聖杯}를 바쳤다. 신부의 눈에는 벌써 그 성배가 잘 보이지 않았다.

"아이야, 하느님께서 너를 축복하실 게다."

치점 신부가 중얼거렸다. 이 말밖에는 더 할 수가 없었.

그의 뿌연 시계^{視界} 안으로 챠 씨의 최고급 가마가 들어왔다. 수많은 손이 신부를 부축하여 가마 안으로 들게 했다. 신부의 가마를 앞세운 대열이 어지럽게 터지는 폭죽 사이를 지나는 네 취주 악대가 연주를 시작했다.

교황처럼, 가마꾼들의 어깨 위에 앉은 채로 언덕을 내려가면서 그는 우스꽝스러운 악대 부원들 모습에만 시선을 집중시키려고 애썼다. 하늘색 제복을 입고 뺨이 불룩하게 바람을 넣어가며 나팔을 부는 20여 명의 중학생들 앞에서 이를 지휘하는 악장은 놀랍게도 머리에는 군모를 쓰고 발에는 하얀 장화를 신은 여덟 살배기 계집아이였다. 계집아이는 지휘봉을 돌리고 무릎을 들었다 놓았다 하면서 천연덕스럽게 악대를 몰고 나갔다. 그는 웃으려고 했으나 웃음이 나와 주지 않았다. 시내에 이르렀을 때는 가마 문으로 낯익은 얼굴들이 드나들었다. 거리를 지날 때마다 폭죽이 귀가 멍멍해질 만큼 터졌다. 부두에 닿았을 때 사람들은 그의 발밑에다 꽃을 던졌다.

챠 씨의 배는 시동이 걸린 채 조용히 기다리고 있었다. 가마가 내려지자 치점 신부는 밖으로 나왔다. 마침내 헤어질 때가 온 것이다. 사람들은 그를 에워싸고 작별 인사를 했다. 젊은 두 신부, 츄 신부, 원장 수녀, 마르타 수녀, 챠 씨, 요셉, 조슈아……의 면면이 보였다. 신자들 중 여자들은 눈물을 흘리면서 그의 앞에 무릎을 꿇고 그의 손에 입을 맞추었다. 그는 떠나기 전에 몇 마디 할 생각을 하고 있었다. 그러나 한 마디도 할 수 없었다. 가슴이 터질 것만 같았다.

눈물이 앞을 가리는 바람에 그는 장님이나 다름없이 배에 올랐다. 작별 인사를 던지려고 그가 군중들을 돌아다보았다. 군중들은 침묵하고 있었다. 원장 수녀의 신호에 따라 아이들이 그가 좋아하던 찬미가 '오소서, 성신이여'를 부르기 시작했다. 이들이 마지막 순간까지 남겨 두었던 순서였다.

'……성신이여, 오소서, 눈부신 천상의 보좌에서 내려오소서……'

9세기에 샤를마뉴 대제가 노랫말을 썼다는 이 찬미가는 가톨릭 교회가 사랑하는 노래이자 그가 사랑하는 노래였다. 부두에 선 사람들은 모두 한 목소리가 되어 그 노래를 부르고 있었다.

'……우리 영혼을 거두소서, 주님 앞으로 거두소서……'

더 이상 견딜 수 없게 된 그는 자기감정에 몸을 내맡겼다. 고맙구나, 참으로 고맙구나……. 하지만 이런 마음으로 나는 왜 떠나야 한다지? 그의 얼굴이 심하게 일그러졌다.

배가 계류장을 떠나자 그는 군중들을 향하여 손을 흔들었다. 눈물이 그의 일그러진 얼굴을 타고 흘러내리고 있었다.

제5부

귀국

1

 안셀름 밀리 주교는 올 시각이 넘었는데도 오지 않고 있었다. 주교관을 지키던 잘생긴 신부는 두 번이나 객실 문을 열고는, 주교와 주교 비서는 불가피한 교구 회의 때문에 늦는 모양이라고 설명했다. 치점 신부는 읽고 있던 《타블렛》지紙로 시선을 돌리면서 중얼거렸다.
 "고위 성직자는 시간을 지키지 않아도 된다던가?"
 "주교님께서는 워낙 바쁜 분이어서요."
 젊은 신부는 애매하게 웃으면서 문을 닫았다. 중국에서 왔다는 이 늙은이를, 은그릇이 놓인 객실에 혼자 남겨둬도 되는 걸까……. 젊은 신부는 이런 생각을 하는 것 같았다. 약속한 시각은 11시였다. 벽시계 바늘은 12시 30분을 가리키고 있었다.

'녹슨 맥' 주교와 면담하기 위해 기다리던 방도 바로 그 방이었다. 몇 년이나 되었더라? 아이고, 맙소사……. 벌써 36년이나 되었구나! 그는 서글퍼졌던 나머지 고개를 가로저었다. 주교관을 지키고 있는 애송이 신부를 곯리는 게 치첨 신부는 재미있었다. 그러나 기분이 나쁘라고 그랬던 것은 아니었다. 이날따라 신부의 마음은 걷잡을 수 없이 불안했다. 주교의 거동에 자꾸 신경이 가는 것도 어쩔 수 없었다. 주교에게 부탁할 일이 있어서 그런 것일 터였다. 그는 부탁하는 게 싫었지만 그 건만은 부탁을 해서라도 이루어지게 하지 않으면 안 되었다. 그래서 리버풀에서 하선下船하여 싸구려 여관에 머물면서, 회견에 응하겠다는 답신을 받았을 때 그렇게 기뻐했던 것이다.

그는 구겨진 바지를 부지런히 손질하고 낡은 목깃을 세웠다. 그는 자신이 늙은이가 아니라고 생각했다. 할 일이 많았으니 그렇게 생각한 것도 무리는 아니었다. 점심때를 넘긴 시각이었다. 그는 안셀름 밀리가 점심이라도 함께 하자는 뜻에서 일부러 이러는 것인가, 하고 생각했다. 그는 안셀름 밀리를 만나면 허풍도 좀 떨고, 격한 성미도 좀 누그러뜨리고, 이야기를 하면 잘 들어주고, 농담하면 웃어주고, 필요하면 아첨이라도 할 결심을 하고 있었다. 뿐만 아니라 공연히 긴장하거나 화를 내어 뺨의 흉터가 실룩거리게 하지 말아야겠다는 생각도 했다. 경련이 일어나면 자신이 바보같이 보일 것 같았기 때문이다.

  1시 10분 전이었다. 그 시각이 되어서야 객실 바깥의 복도에서 인기척이 나더니 안셀름 밀리 주교가 객실 안으로 들어왔다. 몹시 서둘렀던 모양이다. 그의 몸짓은 시원시원했다. 그는 벽시계의 시각을 의식하는 눈치를 보이면서 웃었다.

  "오, 프랜시스, 다시 만나게 되어 정말 반갑네. 좀 늦었으니 양해해 주게. 아니, 아니, 일어설 것은 없어. 여기에서 이야기하지. 내 방에 가는 것보다는 여기에 있는 편이 자네에게 편할 테니까."

  밀리 주교는 의자를 하나 끌어다 치점 신부 옆에 놓고 거기에 앉아서는, 잘 가꾸어 보기 좋은 통통한 손을 치점 신부의 어깨에 올리고, 맙소사, 이 친구, 왜 이렇게 늙었어, 꼴은 이게 무엇이고……. 이렇게 생각한 것 같았다. 그의 입에서 나온 말은 물론 달랐다.

  "파이탄은 어떤가? 슬리드 신부가 그러는데, 꽤 발전했다며? 전염병과 기근에 시달릴 대로 시달린 그 파이탄에 갔던 일, 생생하게 기억하고 있네. 다 하느님께서 주장하신 일이 아니겠나. 말하자면 그 무렵이 나의 개척시대였던 셈이네. 이따금씩 그때 일을 생각하지. 그런데 이제 겨우 주교야. 동양의 강가에서 헤어지고 몇 해 만인가, 프랜시스, 나 많이 달라진 것 같지?"

  치점 신부는 옛 친구를 찬찬히 뜯어보았다. 찬탄이 나오지 않을 수 없는 풍채였다. 그는 밀리가 얼마나 빠른 속도로 출세 가도를 달려왔는지 한눈에 알 수 있었다. 그는 나이에 비해 놀라울 정도로 젊어 보였다. 직위에 어울리는 위엄은 이미 그의 몸에 배어 있었고, 젊은 시절의 화려하던 재주는 잘 익어 원숙해질 대로 원숙해져 있었다. 풍채에 어울리는 거드름도 피울 줄 아는 것 같았다. 게다가 부드러운 얼굴, 형형한 눈빛은 천상 고위 성직자의 얼굴이자 눈빛이었다. 밀리의 이빨은 하나도 빠지지 않고 고스란히 남아 있었고 피부의 윤기도 옛날과 다름이 없었다. 치점 신부는 솔직하게 대답했다.

"자네 풍채가 이렇게 좋아 보이기는 처음일세."

안셀름 밀리 주교는 기분이 좋았던지 고개를 끄덕였다.

"오, 세월이여! 자네나 나나 예전처럼 젊지는 않네. 하지만 나는 건강하네. 솔직히 말하자면 나는 능률적으로 일하자면 완벽한 건강이 필요하다고 믿는 사람이네. 내가 이 건강 때문에 얼마나 고생하는가를 안다면 자네도 놀랄 것이네. 자고 나면 영양의 균형 어쩌고 해대면서 잔소리를 하지……. 아주 건강한 스웨덴 인 안마사도 하나 있는데 말일세, 무시무시하게 주물러 댄다네……. 자네는 몸을 마구 굴린 것 같네만."

"안셀름, 자네 옆에 이렇게 있으니 나는 헌털뱅이 영감 같네. 다 하느님의 뜻이 아니겠나. 하지만 마음은 젊다네. 아니, 젊어지려고 노력한다고 하는 편이 좋겠네. 내게는 할 일이 아직 남았거든. 그것은 그렇고, 파이탄에서 내가 한 일이 자네를 불만스럽게 하지 않았기를 바라네만……."

"치점 신부, 자네의 활약은 참으로 눈부신 것이었네. 그러나 숫자상으로 조금은 불만스러운 것도 사실이네. 슬리드 신부가 어제 보고서를 내었더군……. 자네가 파이탄에서 삼십 육 년 동안 개종시킨 신자 수는 로울러 신부가 오 년 동안 개종시킨 신자 수보다 적었네. 그렇다고 해서 내가 자네를 힐책하고 있다고는 생각하지 말게. 옛 친구니까 이런 말을 할 수도 있는 것이 아니겠나? 나중에 시간이 있을 때 이 문제를 의논해 보기로 하세."

안셀름 밀리 주교는 벽시계를 힐끗 바라보고는 말을 이었다.

"……혹 내가 도와주어야 할 만한 일이라도 있는가?"

치점 신부는 한동안 뜸을 들였다가 작은 소리로 말했다.

"있네……. 안셀름 밀리 주교……. 교회를 하나 주게."

그때까지만 해도 부드럽고 조용한 얼굴을 하고 있던 주교의 얼굴이 그 순간에 달라졌다. 그는 고개를 들고 치점 신부를 자세히 바라보았다. 치점 신부는 조용히, 그러나 분명한 어조로 덧붙여 말했다

"안셀름 밀리 주교, 트위드사이드 성당을 주게. 렌톤 성당 자리가 빈 것으로 아네. 아시다시피 렌톤 성당은 트위드사이드 성당보다 훨씬 크고 형편이 나은 교회가 아닌가. 트위드사이드 본당 신부를 렌톤으로 영전시키고 그 자리를 내게 주었으면 하네. 부탁이네……. 나를, 이 늙은이를, 고향으로 돌아가게 해 주게."

잘생긴 주교의 얼굴에 어색한 웃음이 피어올라 있었다.

"프랜시스, 자네 아주 내 주교구 인사를 주무르고 싶은 모양일세."

"자네에게 이런 부탁을 하는 데는 특별한 이유가 있네. 이 청만은 꼭 들어주었으면 고맙겠네."

치점 신부는 자기의 목소리가 떨리고 있는 데 당황했다. 그래서 잠시 쉬었다가는 다그치듯이 이어서 말했다.

"맥냅 주교께서 내가 중국에서 돌아오면 교회를 하나 주겠다고 약속하신 바도 있네. 내 주머니 안에는 맥냅 주교의 편지도 있으니까 원한다면 보여 줄 수도 있네." 주교는 손을 내저었다. 말투나 몸짓은 더할 나위 없이 세련되어 있었다.

"전임자가 편지에 남긴 약속까지 지킬 것을 요구하지는 말아 주게. 자네의 말을 유념하겠네만 약속은 할 수 없네. 트위드사이드는 나 역시 탐내던 교회라네. 이 주교직이라는 짐을 벗으면 조그만 별장이라도 하나 지어 놓고 곤돌포 성$^{Castel\ Gandolfo}$(로마에서 동남쪽으로 약 30km쯤 떨어진 알바니 구릉 꼭대기에 자리 잡은 알바노 호수가 있는 작은 마을. 교황의 여름 휴양지로 유명하다—역주) 삼아 지내볼까……, 했던 것일세."

주교는 여기까지 말하고는 바깥으로 귀를 기울였다. 사동자가 와서 뫃는 소리가 들렸다. 잠시 후에는 사람들이 두런거리는 소리도 들려 왔다. 주교는 앞에 있는 상대가 눈치 채지 못할 정도로 교묘하게 시계를 보고 있었다.

"하느님의 손 안에 든 일일세. 하느님께서 어떻게 하시는지 두고 보세……. 두고 봐……."

주교가 대화를 끝내고 싶어 하는 눈치를 보이자 치점 신부는 항변이라도 하듯이 말했다.

"밀리 주교……, 트위드사이드를 원하는 까닭을 설명할 수 있게 해 주었으면 하네……. 나는 트위드사이드를 내 집으로 삼았으면 　　하네……. 내가 부양해야 하는 사람이…….”

또 한 대의 자동차가 멎는 소리가 났다. 주교는 보라색 수단의 깃을 여몄다.

"그런 이야기라면 나중에 해도 되지 않겠나……. 나 요즘 몹시 바쁘다네. 그렇지 않아도 나중에 시간이 나면 자네와 오래, 정담을 나눌 자리를 만들 참이었네. 오늘은 공식 오찬 약속이 있지 뭔가. 시장 나으리, 시의원들이 오늘의 내 손님들이네. 정치, 정치, 자고 새면 정치야. 교육위원회 사람들 만나랴, 수리^{水利} 위원회, 금융위원회……. 퀴드 프로 쿠오(가는 것이 있어야 오는 것이 있지). 요즘은 아주 주식 중개인이 되어버린 기분이야……. 하지만 나는 이런 일을 은근히 즐긴다네, 즐겨!"

"일 분만 더 시간을 내어 주면…….”

신부는 말을 하다 말고 입을 다물고는 시선을 바닥으로 떨어뜨렸다.

주교는 이미 일어 서 있었다. 그는 치점 신부의 어깨에다 손을 얹고는 떠밀 듯이 문까지 바래다주었다.

"자네가 귀국해서 얼마나 반가운지 모르겠네. 곧 또 만나게 될 테니까 너무 걱정하지 말게. 지금은 이렇게 헤어지는 수밖에 없네만. 잘 가게, 프랜시스. 하느님의 축복이 있기를 빌겠네.”

치점 신부는 밖으로 나왔다. 주교관 뒷마당에는 검은 리무진 자동차가 여러 대 와 있었다. 노신부 프랜시스 치점의 눈에 너구리 모자를 쓴 푸르뎅뎅한 얼굴, 위엄 있는 얼굴, 귀티가 나는 얼굴, 금시계 줄을 늘어뜨리고 있는 고급 관료들의 얼굴이 보였다.

음습한 바람이, 햇살 좋은 땅에 오래 살다 온 노인의 뼛속으로 불어 들어왔다. 노인은 얇은 하복 깃을 여몄다. 주교관을 빠져 나오는데 주교의 전용차가 모퉁이를 돌면서 바퀴로 그의 얼굴에다 흙탕물을 끼얹었다. 그는 손으로 얼굴을 닦으면서 옛날 일을 생각하고는 빙그레 웃었다. 옛날에 안셀름 밀리를 진흙 구덩이에다 처넣었더니 오늘 이렇게 복수하는군…….

가슴이 시렸다. 안셀름 밀리와의 회견이 그에게 안겨 준 것은 실망뿐이었다. 게다가 피곤해서 그 자리에 주저앉고 싶었다. 그러나 그의 가슴 속에서는 이상한 불길이 오르고 있었다. 그는 교회를 찾아 들어가야겠다고 생각했다. 길 건너 쪽에 새로 지은 성당의 호화스러운 돔이 보였다. 수백만 파운드를 대리석으로 바꾼 듯한 교회였다. 그는 비틀거리면서 그쪽으로 걸었다.

성당 앞 계단을 오르던 그가 멈칫 하다가 걸음을 멈추었다. 맨위 계단의, 젖은 판선 위에 절름발이 하나가 가슴에다, '상이 군인이니 도와주시오'라는 쪽지를 붙이고 앉아 있었다.

신부는 한동안 찬바람을 맞으며 앉아 있는 그 상이군인을 바라보다가 오래 간직하고 있던, 단 하나 남은 은전을 주머니에서 꺼내어 상이군인 앞에 놓인 깡통에 넣어 주었다. 어떤 의미에서 역시 상이 군인인 치점 신부와 진짜 상이군인은 잠시 서로를 바라보다가는 거의 동시에 고개를 돌렸다.

치점 신부는 넓고 아름다운 성당 안으로 들어갔다. 대리석과 참나무와 청동을 풍부하게 사용한 교회, 중국에 있는 자신의 선교관 같은 것은, 옆에 갖다 놓아 봐야 보이지도 않을 만큼 엄청난 규모로 정교하게 지어진 교회였다. 그러나 그는 당당하게 제단 앞으로 나아가 무릎을 꿇고는 기도했다.

"아, 주님, 딱 한번 만입니다. 이번만 주님 뜻이 아니고 제 뜻대로 이루어지게 하소서."

2

다섯 주일 뒤, 치점 신부는 오래 미루고 있던 커크브리지 여행길에 올랐다. 기차역에서 나왔을 때, 마침 점심시간이라 대규모 공업 중심지의 직조 공업 단지에서는 직공들이 몰려나오고 있었다. 여자들은 숄을 머리에 덮고 빗속을 걷다가 기름기가 도는 자갈 길 위로 마차가 지나갈 때마다 잠깐씩 걸음을 멈추었다.

그는 대로로 나와 지나가는 사람에게 길을 물었다. 그러고는 그 사람이 가르쳐 주는 대로 그 지방 직조 공업의 아버지라고 할 수 있는 실업가의 동상 옆을 지나 빈민가로 들어섰다. 고층 공용 주택에 둘러싸인 광장으로 나서자 퀴퀴한 냄새가 코를 찔렀다. 그는 이 광장을 가로질러 비좁은 골목길로 들어섰다. 양옆으로 선 고층 건물 때문에 대낮에도 해가 들지 않을 듯한 골목이었다. 가볍게 들떠 있던 치점 신부의 가슴은 그 골목으로 들어서는 순간 무너져 내리는 것 같았다. 빈민굴일 것이라고 예상은 했지만 그렇게까지 비참할 줄은 몰랐다. 어리석었어라! 내가 아이를 이런 곳에다 방치해 두고 있었구나. 마치 하수구 같은 곳에…… 그는 이런 생각을 하면서 골목길로 들어갔다.

공용 주택 입구에 붙은 번호를 확인하면서 걷던 그는 이윽고 앤드류가 사는 공용 주택을 찾아내고는 어두컴컴한 계단을 올라갔다. 창유리는 다 부서져 나가고 없었고, 가스등도 깨어져 있었다. 송수관이 터졌는지 계단은 젖어 있었다.

계단을 오르던 그는 갑자기 나타난 물체에 걸려 비틀거리다 겨우 몸을 가누었다. 계단 한 중간에 아이가 하나 앉아 있었다. 소년이었다. 그는 어둠에 익은 눈으로 곱추같이 등을 구부리고 앉아 있는 소년을 보았다. 소년은 앙상한 무릎에 팔꿈치를 대고 손으로 그 큰 머리를 떠받친 채 앉아 있었다. 양초같이 누런 살 속으로 뼈가 보일 것 같았다. 일곱 살쯤 되었을까……. 그런데도 아이는 세월과 세상에 지친 노인 같았다.

갑자기 아이가 얼굴을 들었다. 부서진 창을 통해 들어온 희미한 빛줄기가 아이의 얼굴을 비추었다. 신부는 아이의 얼굴을 들여다보고는 몹시 놀랐다. 그는 터져 나오는 외마디 소리를 꾹 참았다. 가슴이 폭풍의 바다에 뜬 조각배처럼 걷잡을 수 없이 설레었다. 영락없는 노라의 얼굴이었기 때문이다. 큼직한 눈은 틀림없는 노라의 눈이었다.

"이름이 무엇이냐?"

아이는 잠시 머뭇거리다가 대답했다.

"앤드류."

 치점 신부는 계단을 올라 문을 열었다. 여자가 있었다. 여자는 지저분한 깔개 위에 책상다리를 하고 앉아 잰 손길로 바느질을 하고 있었다. 여자 옆의, 엎어 놓은 계란 상자 위에는 술병이 놓여 있었다. 가구라고는 하나도 보이지 않았다. 주전자, 부대 몇 개, 손잡이가 부서져 나간 항아리 하나가 보일 뿐이었다. 상자 위에는 바느질이 덜 끝난 허름한 바지가 쌓여 있었다.

 신부는 참담한 심정으로 서 있다가 기어들어가는 목소리로 물었다.

"스티븐슨 부인이시지요? 아이 일로 왔습니다."

 부인이 고개를 끄덕였다. 고개를 끄덕이는 순간 부인의 손에서 바느질감이 무릎으로 떨어졌다. 나이도 많지 않았고 질이 나쁜 사람 같지도 않은 부인은 만고풍상에 찌든 사람 같았다.

"편지는 잘 받았습니다."

 부인은 이어서 자신을 변호할 생각이 있었던지 신세타령을 시작했다. 자신이 그 지경이 된 까닭을 설명하면서는 필요 없는 이야기까지 했다.

 신부는 부인의 말을 가로막았다. 사연이 얼굴에 씌어 있었기 때문이다.

"오늘 아이를 데려 가겠습니다."

 치점 신부의 말에 부인이 부어오른 자신의 손으로 시선을 떨어뜨렸다. 부인의 손가락은 바늘에 얼마나 찔렸는지 퍼렇게 부어올라 있었다. 부인은 자신의 감정을 숨기려 했다. 그러나 치점 신부의 조용한 태도는 꾸짖는 것 이상으로 부인을 견딜 수 없게 했던 모양이다. 부인은 울기 시작했다.

"제가 아이를 좋아하지 않는다고는 생각지 말아 주세요. 아이는 제게 큰 도움이 되고 있습니다. 저도 잘 거두려고 애써 왔고요. 하지만 생활이……."

10분 뒤에 신부는 그 집을 나왔다. 그의 옆에는 그 앙상한 가슴에 종이 꾸러미를 든 앤드류가 있었다. 신부의 기분은 몹시 착잡했다. 아이는 낯선 사람과 떠나게 된 뜻하지 않은 여행을 불안하게 여기고 있는 것이 분명했다. 신부는 아이의 그런 불안을 감지할 수 있었다. 그는 당분간은 침묵을 지키고 있는 편이 아이를 도와주는 길이라고 생각했다. 문득 표현할 길 없는 기쁨이 그의 가슴 속을 퍼져 나갔다. 아, 하느님께서는 그래서 나를 중국에서 이곳으로 데려다 놓으셨구나, 그래서 내게 새 삶을 주셨구나. 이 아이를 보살피라고…….

두 사람은 아무 말 없이 기차역으로 들어갔다. 앤드류는 다리를 좌석 아래로 늘어뜨린 채 꼼짝도 하지 않고 앉아 있었다. 아이의 몸은 지저분했다. 가늘고 파리한 목에는 테를 두른 듯이 때가 끼어 있었다. 그는 잠깐씩 신부를 곁눈질하고 곧 얼굴을 돌려버리고는 했다. 아이의 속마음을 속속들이 알 수는 없는 노릇이었다. 신부는 눈빛을 보고, 아이가 불안과 의혹에 사로잡혀 있을 것이라고 미루어 헤아렸다.

"겁내지 말아라."

"겁 안 나요."

아이의 아랫입술이 파르르 떨렸다. 매연의 도시 커크부리지를 떠난 기차는 시골길을 가로질러 전속력으로 강변을 달렸다. 아이의 얼굴이 천천히 밝아지고 있었다. 기차 여행에 재미를 느끼기 시작하는 모양이었다. 시골이 그렇게 아름다운 줄을 안 것은, 빈민굴의 우중충한 풍경과 달라도 크게 다르다는 것을 안 것은 이때가 처음인 모양이었다. 넓게 펼쳐진 들판을 지나자 울창한 삼림 지대가 시작되었다. 지천으로 자라 있는 푸른 고사리와 이끼류가 볼 만했다. 숲 사이로는 번쩍거리면서 흐르는 물줄기가 보였다.

"우리가 가는 데도 시골인가요?"

"그래, 거의 다 왔다."

오후 3시쯤 기차는 트위드사이드로 들어갔다. 강가에 있는 이 도시는 옛날과 달라진 것이 하나도 없었다. 햇살을 받고 있는 이 도시로 치점 신부는 하루 전에 떠났다가 돌아가는 사람처럼 그렇게 들어갔다. 낯익은 이정표를 바라보는 치점 신부의 가슴은 걷잡을 수 없이 두근거리고 있었다. 두 사람은 조그만 역을 빠져나와 성콜룸바 성당 사제관으로 들어갔다.

제6부

시작의 끝

1

객실 창을 통하여 슬리드 신부는 뜰을 내다보고 서 있었다. 뜰에는 바구니를 든 미스 모파트와 치점 신부와 앤드류가, 저녁 거리 채소를 솎아내는 정원사 두갈을 바라보고 서 있었다. 이 네 사람 사이에는 가족적인 분위기가 흐르고 있었다. 슬리드 신부는 그 분위기에서 소외되었다는 기묘한 느낌을 경험했다. 그는 마음을 다잡아먹었다. 등 뒤 탁자 위에는 슬리드 신부가 휴대용 타자기로 찍어 놓은 보고서가 있었다. 너무나도 명백한 증거 자료가 명시된 이 보고서는 치점 신부에게는 치명적인 것이었다.

슬리드 신부는 한 시간 뒤에 타이니캐슬로 떠나게 되어 있었다. 그 보고서는 그날 밤이면 안셀름 밀리 주교의 손으로 넘어갈 터였다.

마침내 일을 마무리 지었다는 만족감을 느끼면서도 그의 마음 한 구석은 찜찜했다. 성 콜룸바 성당에서 지낸 한 주일이 그에게 몹시 힘겨웠던 것도 부인할 수 없는 사실이기 때문이었다. 성 콜룸바 성당 업무를 점검하면서 그는 치점 신부에게 불리한 자료를 얼마든지 찾을 수 있었다. 때로는 이런 자료가 하도 많아 조사하고 점검하는 슬리드 신부 자신도 당황했다.

그러나 신심 있는 뚱보 신자 글레드닝 부인을 비롯한 한 무리 신자들을 제외한 대다수의 신자들이 이 괴상한 치점 신부에 대해 애정이라고 해도 좋을 기묘한 감정을 느끼고 있다는 사실은 슬리드 신부를 당혹케 했다. 그러나 슬리드 신부가 아무리 인색하게 보아도 치점 신부에게 애정을 느끼는 사람들은, 슬리드 신부 자신에게 보이려고 치점 신부가 동원한 사람들이 아니라는 것만은 분명했다. 정작 슬리드 신부를 견딜 수 없게 한 것은 어느 날 밤 성당을 찾아온 장로교회 목사까지도, 한동안의 논란 끝에, 치점 신부의 인기가 나날이 높아가고 있는 것은 물론 많은 사람들이 치점 신부를 존경하고 있는 만큼 그런 성직자가 사람들을 떠나는 일이 있어서는 안 된다고 한 사실이었다. 그 장로교회 목사는 이 '존경'이라는 말을 힘주어 강조했다.

슬리드 신부가 이런 생각을 하고 있는데 눈앞에 보이던 네 사람이 각자 자기 갈 데로 갔다. 앤드류는 정자 쪽으로 갔다. 연을 가지러 가는 모양이었다. 치점 신부는 연을 만드는 데 거의 광적이었다. 꼬리를 흔들면서 하늘을 날아오르는 이 괴상한 종이 장난감을 보면서 슬리드 신부는 괴조怪鳥 같다고 생각했다. 그러나 기가 막히게 잘 난다는 것은 슬리드 신부도 인정하는 참이었다.

며칠 전의 화요일에는 치점 신부와 앤드류가 각각 하나씩 연을 까마득하게 날려 올리고는 연싸움까지 벌인 일이 있었다. 그것을 보고 있던 슬리드 신부는 참다못하고 이런 말을 한 일이 있었다.

"신부님, 이런 놀이를 하셔도 괜찮을까요? 시간을 보내시는 방법으로는 그리 고상하지 못하다고 생각됩니다만……."

치점 신부는 웃었다. 이쪽의 기분을 상하게 하는 일이 없는, 사람을 미치게 할 정도로 조용하고 따뜻한 미소였다.

"중국인들은 연싸움을 참 좋아하지요. 중국인들, 고상한 사람들입니다."

"이교도 풍습인 것으로 압니다만."

"그래요, 하지만 아주 좋은 이교도 풍습입니다."

그는 이 말을 남기고는 태연하게 두 개의 연이 뜬 하늘로 얼굴을 돌렸다. 노신부는 아이를 가르치는 데 재미를 느끼고 있는 모양이었다. 이따금씩은 노인이 연 실을 잡은 채 무슨 말을 하면 앤드류가 정자에 앉아 노인이 하는 말을 받아 적을 때도 있었다. 아이가 다 받아 적으면 노인은 이것을 연 실에다 매어 하늘로 날려 올리고는 했는데 이럴 때는 노인이고 아이고 그렇게 좋아할 수가 없었다.

슬리드 신부는 이들의 장난에 호기심을 느꼈다. 그래서 하루는 아이의 손에서 아이가 쓴 것을 빼앗아 읽어 보았다. 또박또박하게 받아 쓴, 철자 하나도 틀리지 않은 완벽한 문장이었다. 내용은 이러했다.

'어리석음과 완고함과 잔악함과 맞서서 용감하게 싸울 것을 약속드립니다. 앤드류. 추신 : 관용은 가장 귀한 미덕입니다. 겸손은 그 다음입니다.'

슬리드 신부는 그 종이쪽지를 바라보면서 한동안 가만히 서 있었다. 그런 장난을 좋은 장난으로 용인하는 데는 시간이 필요했기 때문이다. 슬리드 신부는 얼어붙은 얼굴을 하고는 앤드류가 다음 말을 받아 적을 때를 기다렸다가 다시 종이를 받아 읽어 보았다.

'우리의 육신은 이 땅의 흙이 되지만 우리 영혼은 하늘로 올라가 지고한 삶의 모습으로 천상의 광명 가운데 살게 됩니다. 하느님은 모든 인류의 한 분뿐이신 아버지이십니다.'

슬리드 신부는 치점 신부를 바라보면서 다정하게 말을 걸었다.

"좋은 말씀이군요, 신부님. 성 바울의 말씀이었지요?"

"아니오, 공자님 말씀이오."

노신부가 안됐다는 듯이 고개를 가로저으면서 대답했다.

무안을 당한 슬리드 신부는 아무 말 없이 그곳에서 발길을 돌렸다.

그날 밤에 슬리드 신부는 노신부와 마음에도 없던 토론을 벌였다. 노인은 교묘한 논리로 슬리드 신부가 추궁하는 논점에서 슬쩍슬쩍 벗어나고는 했다. 결국 슬리드 신부가 언성을 높여 따지고 대들었다.

"신부님, 하느님에 대한 신부님의 생각은 좀 이상하군요."

"우리가 어떻게 감히 하느님에 대해 이런 생각이 옳다, 저런 생각이 옳다고 할 수 있겠어요? 우리가 쓰는 '하느님'이라는 말은 사람이 만든……, 창조자에 대한 경칭입니다. 이런 경칭을 쓰는 사람, 이렇게 섬기는 마음을 가진 사람은 누구나 하느님을 봅니다. 그러니까 너무 걱정 마세요."

웃으면서 응수하는 노신부의 말에 슬리드 신부는 얼굴이 달아오르는 것을 어쩔 수 없었다.

"신부님께서는 거룩한 교회를 아주 가볍게 여기시는 것 같은데요."

"그 반대랍니다……. 한평생을 나는 교회의 품안에서 살았습니다. 나는 그 품을 포근하게 여기고 있습니다. 교회는 우리를……, 우리 순례자 무리를 어둠 속에서도 인도하시는 자애로우신 어머니입니다. 그러나 이런 어머니는 한 분만 계시는 것이 아닌지도 모릅니다. 그래서 순례자들 중에는 순례의 여정을 다하지 못하고 비틀거리면서 집으로 돌아가는 순례자가 있는지도 모릅니다."

이런 대화는 이 두 사람이 시도 때도 없이 나누는 많은 대화의 일부분에 지나지 않았다. 그런데 이런 대화가 슬리드 신부의 신경을 견딜 수 없게 했던 모양이다. 신부는 이런 대화를 나눈 날 악몽에 시달리기도 했다. 어느 날 밤에는, 집안이 다 잠든 뒤에 자신의 수호천사와 치점 신부의 수호천사가 아래층 거실로 술을 마시러 내려가는 꿈을 꾼 적이 있었다. 치점 신부의 수호천사는 통통하게 살찐 귀여운 천사인데 반해 자신의 수호천사는 인상이 험악하고 날개를 아무렇게나 퍼덕거리는 나이 많은 천사였다. 두 천사는 의자 팔걸이에 날개를 걸치고 술을 마시면서, 각기 보호하고 있는 인간을 놓고 입씨름을 벌였다.

슬리드 신부 자신의 수호천사는 치점 신부를 감상주의자라고 공격했다. 심한 공격은 아니었다. 그러나 치점 신부의 수호천사는 맹렬하게 슬리드 신부 자신을 공격했다. 자신을 만신창이가 되도록 공격했다. 그는 치점 신부의 수호천사가 자신의 수호천사를 이런 말로 몰아붙이고 있는 것을 보면서 꿈속에서 진땀을 흘렸다.

"나는 그렇게 질이 나쁜 인간을 본 적이 없어……. 편견 덩어리, 현학적인 속물, 야심가……. 정말 지겨운 작자야."

슬리드 신부는 한밤중에 깜짝 놀라서 깨어났다. 참으로 욕지기가 나는 무서운 꿈이었다. 그는 부들부들 떨기 시작했다. 두통이 시작되고 있었다. 그는 그런 악몽에는 마음을 쓰지 않아도 좋다는 것을 알고 있었다. 그런 꿈은 깨어 있을 때 먹은 마음이 뒤틀린 형태로 재현되고 있는 것에 지나지 않았다. 말하자면 파라오의 아내가 꾸었던 꿈같은, 의미 있는 꿈도 아니었다. 그는 더러운 마음이라도 먹었던 것처럼 그 꿈에 대한 생각을 떨쳐버리려고 애썼다. 그런데도 그 꿈은 여전히 창가에 서 있는 그를 괴롭혔다. 편견 덩어리, 현학적인 속물, 야심가……, 정말 지겨운 작자야……?

 다음 날 슬리드 신부는 여전히 창가에서 밖을 내려다보고 있었다. 어쩌면 그가 잘못 본 것인지도 몰랐다. 앤드류는 정자에서 연 대신 커다란 바구니를 하나 들고 뜰로 나와서는 정원사 두갈의 도움을 받으면서 잘 익은 오얏과 배를 따 담기 시작했다. 한동안 그렇게 과일을 따던 앤드류는 바구니를 안고 사제관 안으로 들어왔다.

 슬리드 신부는 몸을 사리고 싶었다. 그는 아이가 자기에게 주려고 과일을 따오고 있다고 확신했다. 그는 아이의 선물이 반갑지 않았다. 그의 마음은 어지러웠다. 노크소리가 났다. 신부는 어지러운 마음을 수습했다.

"들어오너라."

 앤드류가 들어와 서랍장 위에다 과일 바구니를 놓았다. 귀여움을 받지 못하고 있다는 사실을 부끄럽게 여기고 있는 듯한 내도를 보이면서 아이는 계단을 오르면서 되뇌었을, 치점 신부의 전갈을 또박또박 전했다.

"치점 신부님께서는 신부님께서 이 과일을 가지고 가시기를 바라고 계십니다. 오얏이 참 달고 맛이 있고, 배는 끝물입니다."

 슬리드 신부는 아이의 얼굴을 똑바로 바라보았다. 마지막 한 마디 말에 무슨 숨은 뜻이 있는 것 같았다.

"치점 신부는 어디에 계시느냐?"

"아래층에서 신부님을 기다리고 계십니다."

"내 자동차는?"

"두갈 씨가 돌려서 정문에다 대기시켜 두었습니다."

신부는 잠시 가만히 있었다. 앤드류가 돌아서서 방을 나가려고 했다.

"잠깐만! 그 과일 바구니를 내 차 안에다 갖다 놓아주면 좋지 않겠느냐? 내게는 편리하고, 너는 기왕 나를 도와주는 김에 제대로 도와주는 셈이 되지 않겠느냐?"

아이는 얼굴을 붉히며 바구니 쪽으로 돌아섰다. 아이가 바구니를 드는데 오얏 하나가 떨어져 침대 밑으로 굴러들어 갔다. 아이는 몹시 당황한 기색을 보이며 방바닥에 무릎을 꿇고는 그 오얏을 꺼냈다. 오얏이 터져 아이의 손에 과즙이 묻었다. 슬리드 신부는 싸늘하게 웃으면서 아이의 일거수일투족을 내려다보고 있었다.

"그것 한 개는 못 쓰게 되고 말았지?"

"……."

"못 쓰게 되고 말았지, 하고 묻고 있지 않느냐?"

"네, 못 쓰게 되었습니다, 신부님."

슬리드 신부의 미소는 여전히, 아니 조금 전보다 더 차가웠다.

"정말 고집이 센 아이로구나. 나는 지난 한 주일 동안 너를 관찰해 왔다. 너는 고집이 센 데다 버릇도 나빠. 왜 너는 내 얼굴을 보지 않느냐?"

아이는 힘겹게, 떨어뜨리고 있던 고개를 들었다. 슬리드 신부의 시선을 만난 아이는 겁먹은 망아지처럼 떨었다.

"어떤 사람의 얼굴을 똑바로 보지 못한다는 것은 그 사람에게

죄스러운 마음을 갖고 있다는 증거다. 게다가 그런 것은 나쁜 버릇이다. 랄스턴에 가면 아마 제대로 교육을 받을 수 있을 게다."

침묵. 아이의 얼굴은 이미 하얗게 질려 있었다. 슬리드 신부는 웃으면서 입술에다 침을 발랐다.

"왜 대답을 않느냐? 고아원에는 가기 싫어서 그러는 것이겠지?"

"가기 싫어요."

"그래? 그렇지만 옳은 일을 하고 싶기는 하겠지? 그렇지?"

"네, 신부님."

"그럼 고아원에 가야 한다. 내 너에게 말하지만, 곧 가게 될 게다. 자, 이제 그 바구니를 내 자동차에다 갖다 실어라. 더는 떨어뜨리지 말아야 한다."

아이가 나간 뒤에도 슬리드 신부는 꼼짝도 하지 않고 서 있었다. 그는 입을 꽉 다물고 있었다. 두 팔을 양 옆으로 떨어뜨린 채 그는 주먹을 불끈 쥐었다.

그는 입술만큼이나 딱딱한 표정을 하고는 탁자 쪽으로 걸어갔다. 아이를 그렇게 모질게 다그칠 수 있을 줄은 몰랐던 참이다. 그러나 그렇게 모질게 굴었는데도 불구하고 그의 마음은 편치 않았다. 그는 조금도 망설이는 기색을 보이지 않고 보고서를 집어서는 박박 찢었다. 넝마가 된 보고서를 움켜쥔 그의 손아귀에는 힘이 들어가 있었다. 찢어진 보고서를 바닥에다 집어던진 그는 무릎을 꿇고 중얼거렸다. 목소리는 애처로웠다.

"오, 주님. 저 노인에게서 배울 수 있게 하소서. 아, 사랑하는

시작의 끝

주님, 남들을 지겹게 하는 인간이 되지 않게 하소서…."

 같은 날, 슬리드 신부가 떠난 뒤 치점 신부와 앤드류는 성당 뒷문을 통해 밖으로 나왔다. 소년의 눈은 여전히 부어 있었으나 얼굴은 밝았다. 아이의 가슴은 기대로 부풀어 있었다.

 치점 신부가 아이를 재촉하면서 무슨 음모라도 꾸미는 사람처럼 나직하게 말했다.

 "한련^{旱蓮} 꽃을 밟지 않도록 주의해라. 두갈이 어디에서 우리를 보고 있을지도 모른다. 벌써 많이 당하지 않았느냐?"

 앤드류가 지렁이를 캐고 있을 동안 치점 신부는 창고로 가서 송어 낚싯대를 챙겨 들고 나와 문 앞에서 아이를 기다렸다. 앤드류가 숨을 헐떡거리며 다가오자 치점 신부는 웃으면서 아이를 놀렸다.

 "트위드사이드 최고의 송어 낚시꾼과 낚시질하러 가다니, 너는 참 운이 좋은 놈이다. 앤드류, 하느님께서는, 물고기를 만드시고는 이렇게 우리를 보내셔서 그 물고기를 잡게 하시는구나."

 손에 손을 잡고 강으로 통하는 구불구불한 오솔길을 따라가던 두 사람의 모습은 오래지 않아 강 쪽으로 사라졌다.

작가와 작품 해설

아취볼드 조셉 크로닌^{Archibald Joseph Cronin} 박사는 1896년 스코틀랜드의 덤바튼셔에서 태어나 1981년 세상을 떠난, 의사이자 소설가이다. 사실주의를 출발점으로 삼되 낭만주의 시점에 서서 사회비평적 시각으로 세상읽기를 게을리 하지 않는 그의 소설은 독자의 켜가 두꺼운 것으로도 유명하다. 독자의 켜가 두껍다는 것은 그의 소설이 많은 독자들에게 읽는 재미를 누리게 해 준다는 뜻일 수 있겠는데, 그렇다면 이른바 3, 40년대 작가로 분류되는 그의 작품이 지금도 여전한 인기를 누리고

있다는 점, 그의 작품 중에 영화화된 작품이 적지 않다는 점 그리고 폭넓게 읽히고 있다는 점 등은 그의 소설이 읽는 재미와 씹는 맛을 두루 갖추고 있다는 사실을 반증하는 자료가 될 수 있을 것이다.

스코틀랜드에서 태어나 스코틀랜드 서남부의 항구 도시인 글래스고우 의과 대학을 졸업한 크로닌은 영국 해군의 군의관으로 제1차 세계대전에 종군했다. 그 후 1921년부터 약 3년간 웨일즈에서 개업의로 지낸 그는 광산촌 광부들의 직업병에 관심을 가지고 이를 집중적으로 연구, 그 연구 논문으로 의학 박사 학위를 받고는 1926년에 런던에서 다시 병원을 개업했다.

그러나 그는 곧 병원 문을 닫았다. 건강이 나쁘다는 이유였으나 사실은 어릴 때부터 꿈꾸어 오던 소설을 쓰기 위해서였다고 한다. 이때부터 그가 쓴 첫 작품이 《모자 장수의 성$^{Hattder's\ Castle}$》(1941년 영화화)이다. 이 작품이 성공하자 두 번째로 쓴, 웨일즈 광산촌 문제를 다룬 작품 《별들이 내려다본다$^{The\ Stars\ Look\ Down}$》(1939년 영화화)는 그를 세계적인 작가로 만들었다. 이어서 그는 경제적인 압박과 바람직한 의학적 처치 사이의 괴리를 그린 《성채$^{The\ Citadel}$》(1938년 영화화)를 썼고 여세를 몰아 희곡 《유피테르가 웃는다$^{Jupiter\ Laughs}$》를 펴냈다. 이 희곡은 1940년 런던과 뉴욕에서 상연되었다가 이듬 해에 《빛나는 승리$^{Shinning\ Victory}$》라는 제목의 영화로 만들어졌다.

크로닌이 그 다음 해인 1941년에 쓴 작품이 바로 《모자 장수의 성》, 《성채》와 함께 그의 3대 걸작 중 하나로 꼽히는 이 작품《천국의 열쇠》The Keys of the Kingdom로서, 이 작품은 1944년에 영화로 만들어졌다. 영화배우 그레고리 펙이 주인공 프랜시스 치점 신부로 나오는 이 영화는 오늘날에도 흑백 영화의 고전으로 손꼽힌다.

크로닌의 작품에는 이밖에도 스코틀랜드에서 자란 아일랜드 소년의 청춘을 그린《풋내기 시절》Green Years(1946년 영화화)과 그 속편《샤논의 길》Shannon's Way과 의사 시절의 이야기를 다룬《두 세계의 모험》Adventures in Two World 등이 있다.

이 작품에서 말하는 '천국의 열쇠'는 어떤 의미를 지니는 것일까?

'……내가 천국의 열쇠를 네게 주리니 네가 땅에서 무엇이든지 매면 하늘에서도 매일 것이요 네가 땅에서 무엇이든지 풀면 하늘에서도 풀리리라.'(〈마태 복음〉 16:19)

이것은 그리스도가 베드로에게 교회의 반석, 교회의 청지기 자리를 약속하면서 한 말이다. 여기에서 '맨다', '푼다'고 하는 말은 율법에 관한 어떤 결정을 내리는 경우 특정한 행위를 '금지한다', '허락한다'는 뜻이라고 한다. 말하자면 이로써 그리스도는 사도들에게, 믿는 자들 영혼의 청지기 노릇을 맡기면서 사도들의 권세와 책임의 터 매김을 한 것이다.

한 마을에서 태어나고 자란 프랜시스 치점과 안셀름 밀리라는, 성격이 서로 다른 두 사람의 이야기가 대칭 구조로 다루어진 이 소설은 주인공 프랜시스 치점 신부의 회고담으로 시작한다.

프랜시스 치점과는 한 마을에서 태어나 같은 신학교, 같은 신학원을 나와 보좌 신부 노릇까지 같은 성당에서 하게 되는 안셀름 밀리는 신심이 있고, 외모가 뛰어나고, 눈치가 빠르고, 언변이 빼어나고, 사교 수완이 있는 인물이다. 요컨대 밀리는 이 같은 천부적인 조건을 십분 활용하여 신학교에서는 우등생, 보좌 신부 시절에는 수석 보좌, 30대에는 외방 전교회 참사, 40대에는 주임 신부, 50대에는 주교직에 오르는 등 이른바 출세 가도를 달린다. 그러나 안셀름 밀리는 보좌 신부 시절에는 본당을 위해 기적을 연출하고, 주임 신부 시절에는 정치와 야합하는 것도 서슴지 않는 계산이 빠르고 수완이 있고 술수에 능한 성직자다. 하느님과 교회를 사랑하면서도 정작 인간은 사랑하지 않는 안셀름 밀리는, 크로닌이 파악하는 한 사도의 책임보다는 사도의 권세에 더 관심을 기울이는, 더 심하게 말하자면 천국의 열쇠와는 인연이 없는 사람인 듯하다.

그러나 어린 시절에는 부모를, 소년 시절에는 사랑하는 사람까지 잃은 뒤 교회 일에 몸을 바치기로 결심하는 프랜시스 치점은 외모가 보잘것없고, 어눌하고, 반항적이고, 완고하고, 수줍음을 몹시 타는 사람이다. 그러나 겉보기에 그러할 뿐 사실 그는 감수성이 예민하고, 완고하리만큼 정직하고, 불의에는 목숨을 내어놓고 저항할 만큼 용감하고, 회의懷疑하는 것을 두려워하지 않는 솔직한 사람이다.

기독교에 몸 바친 성직자이면서도 천국에 들어가는 문이 하나 뿐만은 아니라고 믿는 그는 '그대가 하느님을 믿지 않아도, 네 행위를 보아 하느님께서 너를 믿을 것이다', '고통을 받는다는 사실 자체가 참회의 길이다', '주님, 이번만은 주님 뜻대로 마시고 제 뜻대로 이루어지게 하소서'…… 이런 말을 서슴지 않는다. 요컨대 교회보다는 인간을, 천국보다는 이승에서의 참다운 삶을 더 귀하게 섬기는 프랜시스 치점은 작가 크로닌이 파악하는 한 사도의 권세보다는 사도의 책임에 더 관심을 기울이는, 더 심하게 말하자면 천국의 열쇠를 이미 손 안에 넣은 사람인 듯하다.

그러나 옮긴이가 보기에 반드시 한 번쯤 짚고 넘어가야 할 또 하나의 인간형이 있다. 프랜시스 치점 신부의 친구인 의사 윌리 탈록으로 대표되는 인간형이 바로 그것이다.

윌리 탈록은 아버지를 그대로 빼박은 듯한, 정의로운 무신론자이다. 그는 바르게 살아야 한다, 이웃을 사랑해야 한다는 등의 종교적 가르침을 좇아야 한다는 생각에 쫓기지 않으면서도 자신의 온 삶을 던져 이웃을 사랑하면서 바르게 살다가 의롭게 죽어 간다. 서로에게 엄격한 신구교新舊敎의 싸움터인 스코틀랜드에서 성장, 의사가 되어 가난한 사람들을 위해 일하다, 후일 친구인 프랜시스 치점 신부가 선교사로 일하는 중국의 벽지 파이탄에서 페스트와 싸우다 목숨을 잃으면서도, 그는 전통적인 사상이나 그 시대 그 땅 사람들이 공유하던 신학에 굴복하지 않고 자기 존재를 던져 이를 검증하는 삶을 온몸으로 살아 낸다. 다시 말하면, 보편적인 진리가 선험적으로 존재한다는 많은 사람들의 믿음을 맹신으로 보고, 이의 해체 작업을 온몸으로 시도하는 것이다.

사적私的인 견해이지만, 옮긴이는 사도의 권세와 책임을 다하는 사람만이 천국에 이른다는 주장에는 승복하지 않는다. 만일에 작가 크로닌이 이 책에서 안셀름 밀리는 천국의 열쇠를 얻지 못할 것이라고 암시했다면 옮긴이는 기꺼이 동의하겠지만, 프랜시스 치점만이 천국의 열쇠를 얻을 것이라고 암시했다면 옮긴이는 여기에 동의하지 않을 것이다. 프랜시스 치점에게 천국의 열쇠가 약속된다면 마땅히 윌리 탈록에게도 그런 약속이 베풀어져야 하리라고 믿기 때문이다. 전적으로 의지하지는 않았다고 하더라도 '만사를 형통하게 하는 기도'를 무기로 싸운 치점 신부의 싸움보다는, 맨손으로 싸운 탈록 의사의 싸움이 더 치열하지 않았겠는가? 자선만으로는 구원을 받을 수 없다는 주장은 우리를 쓸쓸하게 한다.

만일에 탈록이 믿음이 없었다는 이유로 천국의 문전에서 거절당했다면 치점 신부는 어떻게 할까? 그런 천국을 거부하는 치점 신부를 보고 싶다.

번역 대본으로 삼은 책은 보스턴의 〈LITTLE, BROWN AND COMPANY〉가 펴내어, 이 출판사 104년 역사상 가장 많은 판매고를 올렸다는 1943년 판 《The keys of the Kimgdom》을 썼다. 작가와 주인공 두 사람이 모두 자부심이 몹시 강한 골수 스코틀랜드 인이라서 원문에는 켈트 어를 어원으로 하는 낱말과, 켈트 특유의 어법語法이 많았다. 이러한 이른바 켈티시즘이 이 방면의 전문 지식이 없는 옮긴이의 애를 태웠다. 그러나 옮긴이 역시, 이 켈티시즘과 어려운 싸움에서 나름대로 최선을 다하고자 노력했다.

과인過人 이윤기

"천국을 하늘에 있다고 생각하지 말라…… 천국은 여러 분의 손바닥 안에 있다……. 천국은 어디에나 있을 수 있고 실제로도 어디에나 있다…… 무신론자라고 해서 다 지옥에 가는 것은 아니다. 나는 지옥에 가지 않은 무신론자를 한 사람 알고 있다. 지옥은 하느님의 얼굴에 침을 뱉은 자만이 가는 곳이다……."

천국의 열쇠
The keys of the Kimgdom

초 판 1쇄 1990년 4월 20일
개 정 판 1쇄 2005년 4월 10일
재개정판 1쇄 2014년 12월 25일
2쇄 2018년 11월 25일
3쇄 2020년 11월 25일

지은이 아취볼드 조셉 크로닌
옮긴이 이윤기
펴낸이 김현주
펴낸곳 섬앤섬

편집 한글
디자인 한다인
인쇄 세영미디어

출판등록 2008년 12월 1일 제396-2008-000090호
주소 경기도 고양시 일산동구 백석로 119. 210-1003호
주문 및 문의 전화 070-7763-7200 **팩스** 031-907-9420
e-mail somensum@naver.com

2020년 11월 25일 펴낸 책

이 책은 저작권법에 따라 보호받는 저작물이므로 무단 전재와 복제를 금하며, 이 책 내용의 전부 또는 일부를 이용하려면 반드시 저작권자와 섬앤섬 출판사의 서면 동의를 받아야 합니다.

ISBN 978-89-97454-14-3 03840

이 도서의 국립중앙도서관 출판예정도서목록(CIP)은 서지정보유통지원시스템 홈페이지 (http://seoji.nl.go.kr)와 국가자료공동목록시스템(http://www.nl.go.kr/kolisnet)에서 이용하실 수 있습니다.(CIP제어번호 : CIP2014033744)